TERESA MEDEIROS

Eine skandalöse Lady
Geheimnis der Liebe

Teresa Medeiros schrieb mit 21 Jahren ihren ersten Roman. Seitdem ist sie ein absoluter Publikumsliebling, und ihre Bücher stehen regelmäßig auf den Bestsellerlisten. Sie erhielt zahlreiche Preise und wurde von der Zeitschrift *Affaire de Coer* als eine der »10 besten Romanautorinnen der USA« ausgezeichnet. Die Autorin lebt mit ihrem Mann und vier Katzen in Kentucky.

TERESA MEDEIROS

Eine skandalöse Lady

Geheimnis der Liebe

Zwei Romane in einem Band

Weltbild

Die amerikanische Originalausgabe von *Eine skandalöse Lady* erschien 2003
unter dem Titel *One Night of Scandal* bei Avon Books, an Imprint of
HarperCollins Publishers Inc., New York.

Die amerikanische Originalausgabe von *Geheimnis der Liebe* erschien 2004
unter dem Titel *Yours Until Dawn* bei Avon Books, an Imprint of
HarperCollins Publishers Inc., New York.

Genehmigte Lizenzausgabe für Verlagsgruppe Weltbild GmbH,
Steinerne Furt, 86167 Augsburg
Eine skandalöse Lady

Übersetzung: Ute-Christine Geiler
Geheimnis der Liebe

Übersetzung: Ute-Christine Geiler
Umschlaggestaltung: Studio Höpfner-Thoma, München
Umschlagmotiv: Agentur Thomas Schlück, Garbsen (© Pino Daeni)
Gesamtherstellung: CPI Moravia Books s.r.o., Pohorelice
Printed in the EU

ISBN 978-3-8289-8852-1

2010 2009 2008 2007
Die letzte Jahreszahl gibt die aktuelle Lizenzausgabe an.

TERESA MEDEIROS

Eine skandalöse Lady

Roman

Aus dem Amerikanischen
von Ute-Christine Geiler

Weltbild

1

Verehrter Leser, ich werde niemals jenen Moment vergessen, da ich zum ersten Mal den Mann erblickte, der mich umzubringen plante …

LONDON, 1825

Carlotta Anne Fairleigh schlüpfte nach draußen. Aber unglücklicherweise schlüpfte sie nicht nur aus dem Fenster im zweiten Stock des eleganten Mayfair-Stadthauses ihrer Tante Diana, sondern gleichzeitig auch aus dem Oberteil ihres kostbaren Ballkleides. Ersteres wäre ihr vielleicht ohne Zwischenfall gelungen, wenn die Seidenrüschen, die das Mieder ihrer Abendrobe zierten, nicht an einem vorstehenden Nagel am Fensterbrett hängen geblieben wären.

»Harriet!«, flüsterte Lottie verzweifelt. »Harriet, wo bist du? Ich brauche dringend deine Hilfe!«

Sie reckte den Hals und spähte in den gemütlichen Salon, in dem sie bis vor ein paar Minuten äußerst behaglich gesessen hatte. Eine Katze mit buschigem weißem Fell döste vor dem Kamin, Harriet allerdings schien gemeinsam mit Lotties Glück verschwunden zu sein.

»Wo steckt das dumme Gänschen von Mädchen nur?«, murmelte Lottie vor sich hin.

Während sie sich bemühte, die Rüsche von dem Nagel zu lösen, rutschte sie mit den glatten Sohlen ihrer dünnen Ziegenlederschuhe auf dem Ast aus, sodass sie auf dem leicht glitschigen Holz verzweifelt nach Halt suchen musste.

Verstohlen blickte sie über ihre Schulter nach hinten, während ihre Arme von der Anstrengung und der unnatürlichen Haltung schmerzten. Die Steinplatten auf der Terrasse unter ihr, die noch vor wenigen Minuten so leicht erreichbar zu sein schienen, waren nun Meilen entfernt. Kurz erwog sie, nach einem Lakai zu rufen, fürchtete aber, dass es ihr Bruder wäre, der kommen und sie in ihrer gegenwärtigen Zwangslage entdecken würde. Obwohl nur zwei Jahre älter, war George, nachdem er gerade von seiner ersten Grand Tour auf dem Kontinent zurückgekehrt war, nur zu gerne bereit, seine kleine Schwester bei jeder passenden Gelegenheit mit seiner neu erworbenen Welterfahrenheit zu belehren.

Die misstönenden Laute eines Streichquartetts, das seine Instrumente stimmte, klangen durch die Französischen Fenster auf der Nordseite des Hauses. In Kürze, das wusste Lottie, würde sie das Rattern von Kutschenrädern, leises Stimmengemurmel und Gelächter hören, wenn die Crème des Londoner Adels eintreffen würde, um Lotties Einführung in die Gesellschaft feierlich zu begehen. Sie konnten nicht ahnen, dass der Ehrengast des Ereignisses eben gerade aus einem Fenster zwei Stockwerke über ihnen hing und damit höchstwahrscheinlich seine einzige Chance auf Ehrbarkeit verwirkt hatte.

Lottie wäre nicht in diese Klemme geraten, wenn Sterling Harlow, ihr Schwager und Vormund, ihr Debüt in Devonbrooke House abgehalten hätte, seinem weitläufigen Stadthaus im West End. Aber seine Cousine Diana hatte ihm die Zusage entlockt, ihr die Ehre zu überlassen.

Es bedurfte keiner großen Anstrengung sich auszumalen, wie die illustren Gäste ihrer Tante unten auf der Terrasse um Lotties Körper, der auf den Steinplatten zerschmettert dalag, herumstehen würden. Die Damen würden ihre parfümierten Spitzentücher an die Lippen drücken, um ihre Schluchzer zu dämpfen, während die Männer betrübt die Köpfe schütteln, bedauernd mit der Zunge schnalzen und leise bemerken würden, was für eine Schande es sei, Lotties anregender Gesellschaft auf immer beraubt zu sein. Sie warf einen wehmütigen Blick auf den sattvioletten Popelinstoff ihres Abendkleides. Wenn es nicht zu großen Schaden bei ihrem Absturz nahm, konnte ihre Familie sie darin vielleicht beisetzen.

Sich deren Reaktion vorzustellen war ebenfalls nicht schwierig. Ihre Schwester Laura würde ihr vom Weinen fleckiges Gesicht an der Brust ihres Mannes bergen, ihr zart fühlendes Herz zum letzten Mal von Lotties Leichtsinn gebrochen. Aber am allerschlimmsten wäre die bittere Enttäuschung, die sich auf die attraktiven Züge ihres Schwagers malen würde. Sterling hatte erhebliche Zeit, Mühe, Geduld und Geld darauf verwendet, sie in eine junge Dame zu verwandeln. Heute Nacht war ihre letzte Chance, ihm zu beweisen, dass seine Bemühungen nicht vergebens gewesen waren.

Lottie säße noch immer vor dem Spiegel ihrer Frisierkommode, wäre ihre beste Freundin Harriet nicht in den Raum gekommen, gerade als die Kammerzofe ihrer Tante letzte Hand an Lotties Frisur legte.

Da ihr die hektische Röte in den Wangen ihrer Freundin nicht entgangen war, hatte sich Lottie rasch erhoben. »Danke, Celeste, das ist alles.«

Sobald die Zofe sich zurückgezogen hatte, war Lottie zu Harriet geeilt. »Was ist denn los, Harriet? Du siehst aus, als läge dir etwas auf der Seele.«

Obwohl Harriet Dumwinkle nicht wirklich dick war, vermittelte doch alles an ihr den Eindruck von Rundlichkeit – ihre Wangen mit den Grübchen, die Gläser ihrer

Drahtbrille vor den rehbraunen Augen, die Schultern, die trotz endloser Stunden mit einem Atlas auf dem Kopf im Salon von Mrs. Lytteltons Bildungsanstalt für junge Damen immer noch leicht nach unten hingen. Ihr Name allein hatte ihr gnadenlosen Spott von Seiten ihrer Mitschülerinnen eingetragen. Es war der Sache außerdem nicht dienlich gewesen, dass das Mädchen tatsächlich ein bisschen ... nun ... dümmlich war.

Da sie Ungerechtigkeit noch nie hatte tatenlos mit ansehen können, hatte Lottie sich zu Harriets Beschützerin aufgeschwungen. So wenig gerne sie es auch zugab, sogar sich selbst gegenüber, es lag an Harriets geistiger Schwerfälligkeit, dass das gutmütige Mädchen sich an Lotties Streichen beteiligte, ohne sich wegen der Folgen zu sorgen.

Harriet umklammerte Lotties Arm. »Ich habe eben zwei Dienstmädchen miteinander flüstern hören. Du errätst nie, wer seit zwei Wochen nebenan lebt, praktisch direkt vor der Nase deiner Tante.«

Lottie schaute aus dem Fenster. Das verdunkelte Haus, das ebenfalls an den eleganten Platz grenzte, war in der anbrechenden Dämmerung kaum zu erkennen. »Niemand, würde ich sagen. Es ist so ruhig wie eine Gruft. Wir sind seit Dienstag hier, und ich habe noch keine Menschenseele gesehen.«

Harriet öffnete den Mund.

»Halt!« Lottie hob abwehrend die Hände und wich zurück. »Egal. Ich will es gar nicht wissen. Das Letzte, was ich gebrauchen kann, ist von Laura gescholten zu werden, weil ich mich in etwas eingemischt habe, das mich nichts angeht.«

»Aber das tust du doch gar nicht«, widersprach Harriet und blinzelte hinter den runden Gläsern ihrer Brille wie eine Eule. »Du bist eine Schriftstellerin. Und du hast immer gesagt, dass deine Schwester den Unterschied zwischen Recherche und Einmischung nicht erkennen kann. Daher muss ich dir sagen ...«

Lottie unterbrach sie erneut. »Weißt du, wen meine Tante auf Sterlings Bitte hin für heute eingeladen hat? Miss Agatha Terwilliger.«

Harriet wurde blass. »Die schreckliche Terwilliger höchstpersönlich?«

Lottie nickte. »Eben jene.«

Miss Agatha Terwilliger war die einzige Lehrerin bei Mrs. Lyttleton gewesen, die sich geweigert hatte, Lotties Hang zu Streichen einfach angeborener Mutwilligkeit oder ihrer Lebhaftigkeit zuzuschreiben. Sie war mehr daran interessiert gewesen, den Charakter ihres Schützlings zu formen, als dessen vernarrten, einflussreichen Vormund, den Herzog von Devonbrooke, zu besänftigen. Die mürrische alte Jungfer hatte Lottie unermüdlich Einhalt geboten und sich so deren unvergängliche Feindschaft eingehandelt, aber auch eine Art widerwilligen Respekt erworben.

»Sterling möchte Miss Terwilliger beweisen, dass ich nicht länger der ungestüme Wildfang bin, der die Finger ihrer Handschuhe aneinander genäht hat und auf einem Pony in ihr Schlafzimmer geritten ist. Wenn ich heute Nacht jene Stufen hinabschreite, dann wird diese verschrumpelte alte Zimtzicke« – Lottie zuckte angesichts dieses beklagenswerten Rückfalls in eine wenig damenhafte Ausdrucksweise zusammen – »dieses reizende alte Fräulein nichts anderes sehen als eine junge Dame, die dazu taugt, in die gute Gesellschaft eingeführt zu werden. Eine junge Dame, die sich endlich doch die Erkenntnis zu Eigen gemacht hat, dass Tugend sich selber Lohn ist.«

Harriets Miene wurde flehentlich. »Aber selbst die tugendhafteste aller Damen gönnt sich ab und zu einen stärkenden Schluck von dem köstlichen Süppchen Skandal. Und darum *musst* du einfach erfahren, wer in dem Haus wohnt. Es ist ...«

Lottie hielt sich mit beiden Händen die Ohren zu und begann, den zweiten Satz aus Beethovens fünfter Symphonie zu summen. Unglückseligerweise hatten Jahre des Belauschens anderer sie zu hoher Kunstfertigkeit im Lippenlesen geführt.

»Nein!« Langsam ließ sie die Hände sinken. »Das kann nicht sein! Der mörderische Marquis höchstpersönlich?«

Harriet nickte so heftig, dass ihre Locken wie die seidigen Schlappohren eines Spaniels auf und ab flogen. »Eben der. Und die Dienstmägde schwören, dass heute seine letzte Nacht in London ist. Morgen reist er wieder nach Cornwall ab.«

Lottie schritt mit immer erregteren Schritten die Länge des verblassten Aubussonteppichs ab. »Morgen? Dann ist dies vielleicht meine letzte Chance, einen Blick auf ihn zu erhaschen. Oh, wenn ich das nur früher erfahren hätte! Ich hätte an dem Baum vor dem Fenster nach unten klettern und in seinen Garten gelangen können, ohne dass jemand etwas davon geahnt hätte.«

Harriet erschauerte. »Und was, wenn er dich dabei erwischt hätte, wie du ihm nachspionierst?«

»Ich hätte nichts zu fürchten«, erwiderte Lottie mit mehr Überzeugung, als sie eigentlich empfand. »Soweit ich es verstanden habe, ermordet er doch nur diejenigen, die er liebt.« Plötzlich kam ihr eine Idee; sie eilte zu ihrer Truhe und begann, deren Inhalt zu durchwühlen, warf achtlos Ziegenlederhandschuhe, Seidenstrümpfe und handbemalte Fächer rechts und links daneben auf den Boden, bis sie das Opernglas gefunden hatte, das sie suchte. »Ich denke nicht, dass es schadet, wenn ich einmal einen kleinen Blick riskiere, nicht wahr?«

Als Lottie den Raum durchquerte, folgte ihr Harriet so dicht auf den Fersen, dass sie ihr fast auf die kurze Schleppe ihres Abendkleides getreten wäre. Am Fenster angekommen, stieß Lottie es auf, lehnte sich hinaus und richtete das winzige Fernglas auf das Gebäude gegenüber. Gut, dass die zarten Knospen der Linde sich noch nicht zu Blättern entfaltet hatten. Obwohl die beiden Häuser nicht mehr als eine Steinmauer trennte, hätten sie genauso gut in zwei verschiedenen Welten stehen können. Anders als bei dem Stadthaus ihrer Tante fiel aus den Fenstern dort drüben kein Licht, keine Dienstboten eilten geschäftig umher, und weder das fröhliche Lachen herumtobender Kinder noch das aufgeregte Bellen von Hunden war zu vernehmen.

Harriet stützte ihr Kinn auf Lotties Schulter, sodass sie erschreckt zusammenfuhr. »Meinst du, dein Onkel hat ihn zum Ball eingeladen?«

»Selbst wenn Onkel Thane ihm eine Einladung geschickt hätte, würde er nicht kommen. Es heißt, er lebt wie ein Einsiedler«, erklärte Lottie geduldig. »Und Einsiedler sind dafür bekannt, selbst Einladungen zu den begehrtesten Soireen zu verschmähen.«

Ein träumerischer Seufzer schlüpfte über Harriets Lippen. »Denkst du, er könnte unschuldig sein? Die Klatschzeitungen mögen ihn verurteilt haben, aber er ist nie vor Gericht gestellt worden.«

Mit einer Hand verscheuchte Lottie ein neugieriges Rotkehlchen, das auf dem Zweig über ihrem Kopf gelandet war und versuchte, an ihren hochgesteckten blonden Locken zu picken. Es war zwar der allerletzte Schrei, die Frisur mit Federn zu schmücken, aber sie bezweifelte, dass ein echter Vogel unbemerkt bleiben oder als modisches Accessoire Anerkennung finden würde. »Welche Beweise verlangst du denn noch? Eines Nachts ist er in sein Stadthaus heimgekehrt, um seine schöne junge Frau in den Armen seines besten Freundes zu entdecken, wohin sie zweifellos durch seine Gefühlskälte getrieben worden war. Er hat ihren Liebhaber zum Duell gefordert, ihn erschossen und sie gezwungen, ihn in die Wildnis Cornwalls zu begleiten, wo sie ein paar Monate später bei einem mehr als verdächtigen Sturz von den Klippen gestorben ist.«

»Wenn ich er wäre, hätte ich sie erschossen statt ihren Liebhaber«, bemerkte Harriet.

»Himmel, Harriet, wie herrlich blutrünstig!«, rief Lottie erfreut und wandte den Kopf, um ihre Freundin mit neuer Wertschätzung zu mustern. »Erst letzte Woche stand in *The Tatler* das faszinierende Gerücht zu lesen, dass der Geist seiner verstorbenen Frau in den Hallen von *Oakwylde Manor* spuken und dabei wehklagend nach ihrem verstorbenen Liebhaber rufen soll. Es heißt, sie würde nicht eher Ruhe finden, bis ihr Gerechtigkeit widerfahren ist.«

»Das muss einem ja auf den Magen schlagen. Vielleicht hat er deswegen beschlossen, zwei Wochen nach London zu gehen und Geschäfte zu erledigen.«

»Verflixt und zugenäht! Musste er alle Vorhänge zuziehen?« Lottie ließ das Opernglas sinken. »Ich hatte fest vor, den Bösewicht meines ersten Romans exakt nach seinem Vorbild zu gestalten.« Seufzend schloss sie das Fenster. »Aber vermutlich ist das ohnehin bedeutungslos. Nach heute Nacht bin ich offiziell auf dem Heiratsmarkt, was bedeutet, dass die Gerüchteküche Londons zu kochen beginnt, wann immer ich die falsche Gabel benutze oder nicht in mein Taschentuch niese. Ehe man es sich versicht, werde ich auf irgendeinem Landsitz begraben sein, zusammen mit einem langweiligen Squire als Ehemann und einer Bande Rotzlöffel am Schürzenzipfel.«

Harriet sank auf eine weich gepolsterte Ottomane und

streckte die Hand aus, um die Katze zu streicheln, die darauf döste. »Aber ist das denn nicht der Wunsch einer jeden Frau? Einen reichen Mann zu heiraten und ein Leben der Muße zu führen?«

Lottie zögerte, da sie – was sehr, sehr selten vorkam – nicht die richtigen Worte fand. Wie sollte sie nur das Unbehagen beschreiben, das sie bei dieser Vorstellung beschlich? Während ihre Einführung in die Gesellschaft immer näher rückte, hatte sie das bedrückende Gefühl, ihr Leben würde zu Ende sein, ehe es richtig begonnen hatte.

»Natürlich ist es das, was sich jede Frau wünscht«, sagte sie und versuchte dabei, sowohl sich als auch Harriet zu beruhigen. »Nur ein Spatzenhirn würde ernsthaft davon träumen, eine so bekannte Schriftstellerin zu werden wie Mrs. Radcliffe oder Mary Shelley.« Sie setzte sich auf den Stuhl vor der Frisierkommode, tauchte ein Stückchen Reispapier in eine Puderdose und betupfte sich damit die Nase. »Ich kann Sterling nicht wieder enttäuschen. Er und Laura haben mich in ihrem Heim aufgenommen, sich um meine Erziehung gekümmert und mich aus unzähligen Schwierigkeiten befreit. Er ist mehr ein Vater für mich als ein Schwager. Wenn ich heute Abend die Treppe hinabschreite, dann will ich sein Gesicht vor Stolz aufleuchten sehen. Ich will die wohlerzogene junge Dame sein, von der er immer geträumt hat, dass ich sie einmal werde.«

Sie seufzte und wünschte sich, die junge Frau im Spiegel würde nicht so sehr wie eine Fremde aussehen. Der Zweifel, der ihre Züge überschattete, ließ ihre blauen Augen viel zu groß für ihr Gesicht erscheinen. »Wir finden uns besser mit unserem Schicksal ab, liebe Harriet. Unsere Tage der Freiheit sind vorüber. Nach dem heutigen Abend wird es für keine von uns mehr irgendwelche aufregenden Abenteuer geben.«

Lottie traf Harriets Blick im Spiegel. »Nach dem heutigen Abend«, flüsterte sie. Und ehe sie wusste, wie ihr geschah, war sie schon aufgesprungen, hatte ihre Röcke gerafft und ein Bein über das Fensterbrett geschwungen.

»Wo willst du hin?«, rief Harriet.

»Ich werde einen Blick auf unseren berühmt-berüchtigten Nachbarn werfen«, erwiderte Lottie und zog ihr anderes Bein nach. »Wie kann ich je hoffen, überzeugend einen Bösewicht zu beschreiben, wenn ich nie einen zu Gesicht bekommen habe?«

»Bist du dir sicher, dass das klug ist?«

Die Besorgnis ihrer Freundin ließ Lottie innehalten. Es passte nicht zu Harriet, gegen irgendetwas Vorbehalte zu haben, das Lottie vorschlug, gleichgültig, wie haarsträubend ihr Vorhaben auch war. »Ich habe noch den Rest meines Lebens, mir Sorgen zu machen, ob das klug ist, was ich tun will. Aber mir sind nur noch wenige kostbare Minuten der Freiheit gegönnt.«

Damit glitt sie langsam aus dem Fenster. Wenn sie sich reckte, konnte sie mit den Zehenspitzen den Ast unter sich erreichen. Während ihrer Jahre auf der Schule für höhere Töchter hatte sie mannigfaltige Erfahrungen darin gesammelt, Bäume hinab- und wieder hinaufzuklettern, um unbegründeten Ausgangssperren und übereifrigen Schulleiterinnen zu entgehen.

»Aber was soll ich tun, wenn deine Schwester und deine Tante kommen, um dich zu holen?«, rief ihr Harriet hinterher.

»Mach dir keine Gedanken. Mit ein bisschen Glück bin ich zurück, ehe die Musiker den ersten Walzer anstimmen.«

Und genau das wäre sie auch gewesen, wenn ihre Rüschen nicht an dem blöden Nagel hängen geblieben wären und Harriet nicht plötzlich verschwunden wäre. Immer noch zwischen Baum und Fenster hängend, zerrte Lottie ein letztes Mal an dem Stoff. Ohne Vorwarnung riss die Rüsche ab. Einen Moment lang überlegte sie, ob sie sich nach der Verzierung oder dem Ast greifen sollte. Dieses Zögern kostete sie endgültig ihr Gleichgewicht, und sie fiel rückwärts in die dünnen Zweige; der Entsetzensschrei blieb ihr in der Kehle stecken.

Glücklicherweise stürzte sie nicht tief.

Sie landete auf einem stacheligen Polster aus Zweigen, die nach Frühling und frischem Grün dufteten. Ihr war schwindelig, und sie dachte gerade, dass die Londoner Gentlemen wohl noch etwas warten mussten, ehe sie ihr vorzeitiges Ableben betrauern müssten, als mit einem Mal Harriets Kopf und Schultern im Fenster oben erschienen.

»Oh, da bist du ja!«, rief sie fröhlich.

Lottie starrte finster zu ihr hoch. »Wo hast du gesteckt? Bist du eine Tasse Tee trinken gegangen?«

Lotties Sarkasmus prallte von ihrer Freundin ab. Völlig unbeeindruckt hielt sie ein dunkles Stoffbündel aus dem Fenster. »Ich habe deinen Umhang geholt. Es ist doch erst Mai, weißt du. Die Luft ist noch sehr frisch, und du wirst bestimmt nicht krank werden wollen, oder? Das könnte dein Tod sein.«

»Vierzig Fuß in die Tiefe zu stürzen aber vielleicht auch«, unterrichtete Lottie sie grimmig. Mit einem bedauernden Blick auf das ruinierte Oberteil ihres Kleides, rief sie: »Wirf ihn mir herunter. Wie es aussieht, brauche ich ihn.«

Der Umhang kam herabgesegelt und landete auf ihrem Kopf, sodass sie einen Moment nichts sehen konnte. Lottie schob sich den weichen Wollstoff aus dem Gesicht, knüllte ihn zusammen und warf ihn über die Steinmauer.

Harriet schaute besorgt über ihre Schulter ins Zimmer. »Was soll ich tun, solange du fort bist?«

»Sei so lieb und besorg Nadel und Faden, ja?« Sie hob ihre eine Brust, die sich aus ihrem Ausschnitt befreit hatte, zurück unter den Stoff und erklärte Lottie: »Ich denke nicht, dass Laura das hier vorschwebte, als sie sagte, mein Debüt würde *das* Gesprächsthema der guten Gesellschaft werden.«

Den kräftigen Zweig über sich ergreifend, zog Lottie sich auf die Füße. Nachdem sie ihr Gleichgewicht wiedergefunden hatte, war es für sie keine Herausforderung mehr, sich zu dem dicken Ast hinabzuschwingen, der über die Mauer in den Garten auf der anderen Seite ragte. Gerade als sie dort auf dem Boden angelangt war, hörte sie vor dem Haus ihrer Tante das Rattern einer Kutsche, gefolgt von dem gedämpften Stimmengemurmel der Insassen.

Sie hatte sogar noch weniger Zeit, als erhofft. Die ersten Gäste trafen ein.

Als sie sich bückte, um den Umhang aufzuheben, drang eine scharfe, leider nur zu vertraute Stimme von jenseits der vorderen Mauer an ihr Ohr und jagte ihr einen kalten Schauer über den Rücken. »Es ist ein Wunder, dass das Mädchen sein Debüt erlebt. Ich habe Carlotta immer gewarnt, dass sie eines Tages in eine Klemme geraten würde, aus der sie sich nicht wieder mit Hilfe ihres Charmes herauswinden kann.«

»Eines Tages, Miss Terwilliger«, flüsterte Lottie und legte sich die weichen Falten ihres Umhanges um die Schultern. »Aber nicht heute Nacht.«

Hayden St. Clair saß allein in der Bibliothek seines gemieteten Stadthauses und las im Kerzenschein. »›Der geheimnisumwitterte M.M. höchstselbst wurde gestern beim Betreten eines Herrenausstatters in der Bond Street gesehen‹«, las er halblaut aus der neusten Ausgabe der *Gazette* vor. »Eine beachtliche Leistung«, sagte er leise zu sich, »bedenkt man, dass ich das Haus seit Montag nicht verlassen habe.« Er blätterte auf die nächste Seite der Zeitung und suchte nach der Spalte mit der Fortsetzung. »›Es gibt Spekulationen, dass sein Aufenthalt in London so anberaumt wurde, dass er zeitlich mit dem Beginn der Saison zusammenfällt, zu dem eine stattliche Zahl errötender Schönheiten auf der Jagd nach einem Gatten in die Stadt gekommen ist.‹«

Hayden erschauerte, als er einen bemitleidenswerten Fuchs in eleganter Abendkleidung vor seinem geistigen Auge sah, der von einer Meute kichernder Debütantinnen zur Strecke gebracht wurde.

»›Sollte der M.M. tatsächlich beschlossen haben, sich eine Braut zu suchen, dann möchte der unwürdige Verfasser dieser Zeilen als passende Farbe ihres Brautkleides schwarz vorschlagen.‹«

Er schnaubte halb belustigt, halb abfällig. »Sehr witzig, wirklich, elendes Pack!«

Damit hielt er das Pamphlet über die Kerzenflamme und wartete geduldig, bis sich die Ecken aufrollten und das Papier Feuer fing. Sich auf dem brokatüberzogenen Lehnstuhl vorbeugend, warf er es in den kalten Kamin und beobachtete mit nicht geringer Befriedigung, wie es zusammen mit den heutigen Ausgaben der *Times*, des *St. James Chronicle* und dem *Courier* sowie der des *Spy* zu Asche verbrannte. Sich der Zeitungen zu entledigen wäre sicher einfacher gewesen, wenn er sich die Mühe gemacht hätte, das Holz anzuzünden, das der Lakai im Kamin aufgeschichtet hatte, aber verglichen mit den rauen Winden, die über Bodmin fegten, erschien ihm Londons feuchte Kälte geradezu angenehm mild. Er war erst seit zwei Wochen in London, aber er vermisste bereits den salzigen Geruch des Meeres in der

Luft und das schrille Kreischen der Möwen, wenn sie über den schaumgekrönten Wellen kreisten.

Er überlegte, was die Klatschkolumnisten wohl schreiben würden, wenn sie wüssten, dass er auf der Suche nach einer Frau nach London gekommen war – allerdings nicht nach einer Ehefrau. Wenn die Zeitungsschreiber mit ihren Bemühungen, ihn zu verunglimpfen und zu verleumden, weniger Erfolg gehabt hätten, wäre ihm das vielleicht sogar gelungen.

Der *Tatler* war sogar so weit gegangen zu behaupten, er sei aus Cornwall abgereist, um den Geistern zu entfliehen, die ihn auf seinem Landsitz angeblich verfolgten. Anders als die berufsmäßigen Schwätzer war er nicht so närrisch, zu glauben, Geister trieben nur an zerklüfteten Klippen oder auf windgepeitschten Mooren ihr Unwesen. Sie konnten genauso gut in einem melancholischen Klavierstück von Schubert lauern, das aus einem Fenster am Bedford Square wehte. Sie verbargen sich in einem Hauch blumigen Parfüms, das hartnäckig an seinem Mantel hing, auch noch lange, nachdem er an seiner Trägerin auf dem überfüllten Gehsteig vorbeigegangen war. Sie versteckten sich hinter den hübschen jungen Mädchen mit ihren frischen Gesichtern, ihren lustig wippenden Locken und ihrem übermütigen Geschwätz, die an den Schaufenstern der Regent Street entlangflanierten und jedem Mann, der des Wegs kam, ein Lächeln entlockten.

Jedem Mann, der zu unerfahren war, um zu erkennen, dass die Freude des einen Mannes sich sehr wohl als der Untergang eines anderen erweisen konnte.

Erst heute Morgen hatte Hayden so ein Geschöpf erblickt – eine goldhaarige Waldfee, die aus einer wappenbeschlagenen Kutsche gestiegen und in das Haus nebenan gegangen war, wobei sie dem Mädchen, das ihr folgte, neckend etwas zurief. Er hatte sie aus dem Fenster seines Schlafzimmers im oberen Stockwerk beobachtet; wie erstarrt hatte er dagestanden, die Hände gehoben, um seine Krawatte zu knoten. Obwohl er das Fenster rasch geschlossen und die schweren Vorhänge zugezogen hatte, ehe er mehr als einen quälend flüchtigen Blick auf ihr Gesicht hatte werfen können, verfolgte ihn ihr fröhliches Lachen schon den ganzen Tag.

Er erhob sich und trat zu dem eleganten Lederkasten, der am Rand der Schreibtischplatte stand. Er war heute geliefert worden. Vorsichtig öffnete er den Deckel und betrachtete den auf das Samtfutter gebetteten Inhalt. Es schien ihm ein armseliger Ersatz für den Schatz, den zu finden er gehofft hatte. Genauso gut hätte er in Cornwall bleiben können, aber sein Vorhaben war ihm zu wichtig gewesen, als es einem Sekretär, Anwalt oder anderen Mittelsmann anzuvertrauen, gleichgültig, wie diskret diese waren. Er begann, den Deckel mit den Beschlägen aus Messing zu senken, hielt aber kurz inne, als zögerte er, den Inhalt des Kastens zu verstecken.

Er war gerade damit beschäftigt, Bücher und Schriftstücke in die Reisetasche auf der anderen Seite des Schreibtisches zu packen, als an der Haustür ein Klopfen ertönte. Hayden beachtete es nicht weiter, da er aus Erfahrung wusste, dass, wenn er das nur lange genug tat, sein Besucher wieder gehen würde, wer auch immer es war. Kurz nach dem Tee hatte er seinen Dienstboten freigegeben, damit wenigstens sie ihren letzten Abend in London genießen konnten, auch wenn er selbst darauf verzichtete.

Aber der Messingklopfer verstummte nicht, sondern wurde ununterbrochen, laut und nachdrücklich betätigt. Ungeduldig steckte Hayden die letzten Bücher in die Tasche, durchquerte mit ausholenden Schritten das Foyer zur Haustür und riss sie auf.

Was er erblickte, vertrieb augenblicklich jegliche Zweifel, die er vielleicht noch an der Existenz von Geistern gehegt hatte.

Ein Gespenst aus seiner Vergangenheit lehnte an dem Eisengländer, und in dem fahlen Licht der Gaslaternen in der Straße sah sein weißblondes Haar wie ein silberner Heiligenschein aus. Seit dem windigen Herbsttag vor viereinhalb Jahren hatte Hayden Sir Edward Townsend nicht mehr gesehen, jenem Tag, an dem Hayden seine Ehefrau in der Oakley-Familiengruft zur letzten Ruhe gebettet hatte. Obwohl Justines Beerdigung eigentlich ohne Trauergäste stattfinden sollte, hatte Hayden nicht das Herz gehabt, Ned fortzuschicken. Schließlich hatte Ned sie auch geliebt.

Er hatte Ned das letzte Abschiednehmen nicht verwehrt, aber er hatte den Friedhof verlassen, ohne auch nur ein einziges Wort mit seinem Freund gewechselt zu haben.

Früher einmal hätte sein Freund ihn vielleicht zur Begrüßung umarmt und ihm einen freundschaftlichen Schlag auf die Schulter gegeben. Jetzt aber verbot Haydens steife Haltung eine solche Geste.

»Ned«, sagte er mit gepresster Stimme.

»Hayden«, erwiderte Ned mit leicht spöttischer Miene.

Ehe Hayden widersprechen konnte, ging Ned an ihm vorbei ins Haus, blieb stehen und wirbelte seinen Spazierstock geschickt zwischen den Fingern. Er sah fast noch genauso aus wie der zwölfjährige Junge, den Hayden vor all den Jahren in Eton kennen gelernt hatte – eine langgliedrige Gestalt, die vom Kopf mit dem modischen Haarschnitt bis zu den glänzend polierten Wellingtons an seinen Füßen tadellos gepflegt war.

»Komm doch bitte herein«, bemerkte Hayden trocken.

»Danke. Ich glaube, das werde ich.« Ned drehte sich einmal im Kreis und klopfte dabei mit der Spitze seines Stockes auf das Eichenparkett. »Ich konnte nun wirklich nicht zulassen, dass du dich aus London fortstiehlst, ohne mich zu sehen. Vielleicht hat dein Butler versäumt, es dir zu sagen, aber ich habe an jedem einzelnen Tag der vergangenen Woche vorgesprochen. Leider hat mich bislang keine Antwort von dir erreicht.« Sein Blick blieb an einem Tischchen hängen, auf dem eine silberne Schale stand, die vor Visitenkarten und Einladungen auf edlem Pergamentpapier überquoll – allesamt ungeöffnet. »Ah … nicht der Butler ist schuld, sondern ich. Ich habe mich zu sehr auf die Manieren verlassen, die deine Mutter dir beigebracht hat, Gott sei ihrer Seele gnädig.«

Hayden lehnte sich gegen die Tür und verschränkte die Arme vor der Brust. Er weigerte sich, schuldbewusst auszusehen. »Meine Mutter hat mir beigebracht, dass es von schlechten Manieren zeugt, sich in die Angelegenheiten anderer einzumischen.«

Ned beachtete ihn nicht weiter, nahm einen Packen Einladungskärtchen und begann, sie durchzusehen. »Lady Salisbury. Lady Skeffington. Die Herzogin von Barclay.« Er schaute Hayden mit hochgezogenen Brauen an. »Die hier stammen alle von äußerst angesehenen Gastgeberinnen. Sag mir – was für ein Gefühl ist es, einmal mehr einer der begehrtesten Junggesellen Londons zu sein?«

Hayden nahm ihm die Karten aus der Hand und warf sie in die Schale zurück. »Ich habe kein Interesse an der Gesellschaft von Leuten, die sich auf ihre guten Manieren etwas einbilden, nicht aber auf ihre Freundlichkeit und Güte. Sie suchen keinen vierten Teilnehmer in ihrem Kartenspiel und keinen Tanzpartner für ihre Töchter beim Walzer. Sie laden mich ein, damit ihre Gäste etwas zu flüstern haben hinter ihren Fächern und Zigarren – ein Kuriosum, um es zu begaffen und um über es herzuziehen.«

»Ach ja, genau, der ›Mörderische Marquis‹. In den Zeitungen und Skandalblättchen gibt er den Erzschurken ab, nicht wahr? Es ist erstaunlich, dass ich den Mut zu einem Besuch aufbringen konnte.« Ned studierte angelegentlich seine sorgfältig manikürten Fingernägel. »Aber da ich nicht vorhabe, mit irgendeiner deiner zukünftigen Ehefrauen zu schlafen, brauche ich mir wohl keine Sorgen zu machen, dass du mich zum Duell fordern könntest oder so in Wut gerätst, dass du mit dem Marmeladenlöffel auf mich losgehst.«

Hayden versteifte sich, getroffen von den unverblümten Worten seines Freundes. »Das musst du auch nicht. Ich habe nicht vor, erneut zu heiraten.«

»Das tut mir Leid.« In Neds kühlen grauen Augen stand Bedauern, kein Mitleid. »Du warst der ergebenste, liebevollste Ehemann, den sich eine Frau nur wünschen kann.«

Einen Augenblick lang schwiegen sie beide. Dann blitzten Neds Zähne auf, fast wie bei seinem Lächeln früher. »Komm und geh mit mir aus, heute Nacht, Hayden! Harriette Wilson ist von dem Herzog von Beaufort ausbezahlt worden und hat sich in Paris zur Ruhe gesetzt, von wo aus sie alle Welt mit ihren Memoiren foltert, aber ihre Schwestern sind noch hier und wissen genau, wie man Feste feiert. Wir können uns betrinken, uns ein leichtes Mädchen besorgen und so tun, als wären wir wieder achtzehn und frisch aus Eton. Komm mit mir! Du wirst sehen, es wird wieder genauso wie früher werden.«

Trotz Neds anders lautender Beteuerungen wussten sie natürlich beide genau, dass es nie wieder so sein würde wie früher. Statt drei ungestümer, gut aussehender, junger Manner, die die unerlaubten Vergnügungen der Großstadt erkundeten, würden sie nur zu zweit sein.

Hayden kramte aus den Tiefen seiner Erinnerung ein Lächeln hervor. »Ich fürchte, du wirst die liebreizenden Wilson-Schwestern heute Nacht allein umwerben müssen. Ich habe vor, bald zu Bett zu gehen, damit ich morgen schon früh nach Cornwall aufbrechen kann.«

Ned spähte in den düsteren Raum hinter sich. »Ich ertrage den Gedanken nicht, dass du in deiner letzten Nacht in der Zivilisation allein in diesem gemieteten Mausoleum hockst. Lass dir wenigstens von mir eine kleine Annehmlichkeit schicken, um dich zu wärmen.«

»Das wird nicht nötig sein. Der Koch hat eine schöne fette Wachtel auf dem Herd für mich stehen lassen, und eine Flasche Madeira ist auch noch da. Das ist alle Annehmlichkeit, die ich benötige.« Damit öffnete Hayden die Eingangstür.

Ned verschwendete keine Zeit, beleidigt zu sein oder so zu tun, als verstünde er nicht. Aber er blieb auf der Türschwelle stehen und drehte sich mit einem nachdenklichen Blick zu Hayden um. »Du solltest vielleicht nicht so vorschnell meine Einladung ablehnen. Selbst der saftigsten Wachtel schadet eine Prise Gewürz nur selten.«

Hayden beobachtete, wie Ned zu seiner Kutsche ging, von dem übermütigen Zwinkern seines Freundes beunruhigt. In Eton hatte das immer Ärger bedeutet, meist weiblicher Natur.

Über sich selbst den Kopf schüttelnd, schloss er entschieden die Tür und sperrte sowohl die Nacht als auch deren Geister einfach aus.

Lottie suchte sich vorsichtig ihren Weg durch die Schatten, die der Baum mit seinen ausladenden Ästen vom Grundstück ihrer Tante aus warf, dankbar dafür, dass sie Harriet nicht erlaubt hatte, sie zu begleiten. Harriet war noch nie besonders gut darin gewesen, sich lautlos zu bewegen. Sie hatte die unglückselige Angewohnheit, wie ein Ackergaul zu trampeln und zu stampfen, gleichgültig, wie weich der Boden oder wie zierlich ihre Schuhe waren.

Nebel stieg in feinen Schwaden von der feuchten Erde auf und schimmerte gespenstisch blass im schwachen Licht der Mondsichel. Als sie aus dem Schatten trat, zog sich Lottie die Kapuze ihres Umhanges über den Kopf, um ihr helles Haar zu bedecken.

Das schmale, dreistöckige Haus ragte vor ihr auf, dunkel und abweisend. Wäre nicht das Gerede der Dienstmädchen gewesen, hätte Lottie schwören können, dass es verlassen war.

Sie musterte die Reihe dunkler Fenster im dritten Stock und überlegte, welches wohl zu dem Schlafzimmer des Marquis gehörte. Es war nur zu leicht, sich ihn vorzustellen, wie er ausgestreckt auf den Seidenlaken lag, in der eleganten Hand einen Schwenker mit edlem Brandy, ein sardonisches Funkeln in den Augen und ein zynisches Lächeln auf den Lippen.

Ehe er vor elf Jahren seine nunmehr verstorbene Ehefrau umworben und geheiratet hatte, war Hayden St. Clair, so hieß es, einer der begehrtesten Junggesellen ganz Englands gewesen. Die Ankündigung seiner Verlobung mit der jüngsten Tochter eines unbedeutenden französischen Adeligen war der Überlieferung nach mit hysterischen Anfällen und herzerweichenden Tränenströmen zur Kenntnis genommen worden. Obwohl seine Ehe mit dem Mädchen in einer Tragödie geendet hatte, konnte die Erinnerung an ihre stürmische Romanze selbst auf die Züge der strengsten Matrone ein wehmütiges Lächeln zaubern. Trotz seines ziemlich Aufsehen erregenden gesellschaftlichen Absturzes zweifelte Lottie nicht daran, dass eben jene Matronen ihn immer noch in ihren Salons willkommen heißen würden, und sei es nur zur Befriedigung morbider Neugierde.

Doch stattdessen hatte er sich für das Exil in der Wildnis Cornwalls entschieden. Seine kurzen, unregelmäßigen Aufenthalte in London waren geheimnisumwittert. Ironischerweise hatte sein Bemühen, möglichst unauffällig zu sein, die Neugier der Gesellschaft nur angefacht und die Skandalblättchen mit Stoff versorgt, die voller Mutmaßungen und Halbwahrheiten waren.

Lottie wartete mehrere Minuten lang, trat von einem Fuß ungeduldig auf den anderen, aber in dem dunkeln Haus war immer noch kein Lebenszeichen auszumachen. Vielleicht war der Marquis gar nicht der Einsiedler, für den ihn alle Welt hielt. Vielleicht war er gerade jetzt in irgendeinem Herrenclub oder in einer Spielhölle und gab sich den dunkleren Vergnügungen der Stadt hin.

Sie drehte sich um und wollte gerade wieder den beschwerlichen Aufstieg über die Mauer und den Baum in ihr Zimmer beginnen, als hinter den Französischen Fenstern an der Ecke des Gebäudes ein Lichtschein aufflackerte.

Ihr Herzschlag beschleunigte sich. Es war vermutlich nur ein Dienstmädchen oder ein Lakai, versuchte sie sich zu überzeugen, jemand, der prüfte, ob alle Fenster und Türen für die Nacht verschlossen war. Trotzdem schlich sie im Schutz der Schatten entlang der Mauer dorthin. Als sie die Ecke der Terrasse erreichte, war das Licht verschwunden.

Lottie warf einen Blick zu dem Haus ihrer Tante. Das Rattern von Kutschenrädern war immer häufiger zu hören, die Geigenmusik schien sie immer nachdrücklicher zu rufen. Sie durfte es nicht wagen, länger zu bleiben. Ihr Schwager mochte sie auf Händen tragen, aber die gute Gesellschaft hatte ihn nicht grundlos den »Teufel von Devonbrooke« getauft. Wenn sie den ersten Tanz ihres Einführungsballes versäumte, würde die Hölle los sein.

Das Licht tauchte erneut auf, ein schwacher Schimmer,

zu verlockend, um ignoriert zu werden, dann war es wieder verschwunden. Lottie schlich auf Zehenspitzen über die Terrasse und schwor, nur ein einziges Mal in die Höhle des Marquis zu spähen, ehe sie sich in die keuschen Arme der Tugend begab.

Eine Hand hebend, um das Mondlicht abzuschirmen, trat sie dichter an das Fenster.

Die angrenzende Tür flog auf. Eine Männerhand schoss hervor, umklammerte ihr Handgelenk mit kraftvollem Griff und zerrte sie ins Haus. Zu erstaunt, um zu schreien, starrte Lottie schreckensbleich in das Gesicht des Mörderischen Marquis höchstpersönlich.

2

Sein Gesicht war sowohl schrecklich als auch unwiderstehlich attraktiv, und in seiner düsteren Schönheit spiegelte sich die Schwärze seiner Seele wider …

Obwohl das Kerzenlicht sein Gesicht in Schatten tauchte, war es ausgeschlossen, den Mann mit einem Diener zu verwechseln. Über seinen abgeschabten Lederstiefeln trug er eng anliegende Hosen aus feinem schwarzem Tuch, eine aufgeknöpfte Weste und ein cremefarbenes Hemd ohne Kragen, das am Hals offen stand. Nur ein Gentleman würde sich so nachlässig kleiden. Würziges Lorbeeraroma haftete seiner Haut an und mischte sich mit der berauschenden Wärme des Weines in seinem Atem. Er war einen Kopf größer als Lottie, und seine breiten Schultern versperrten ihr den Blick auf den mondbeschienenen Garten.

»Zum Teufel mit Ned! Ich nehme an, das ist seine Vorstellung von Diskretion, dich auf die Rückseite des Hauses zu schicken, dass du dich wie ein Dieb durch die Büsche schlagen musst.« Seine Stimme war seidenweich, aber auch rau, und sie vermochte Lotties aufgewühlte Sinne im selben Moment zu besänftigen und zu erregen. »Gott sei Dank habe ich den Dienstboten den Abend frei gegeben.«

»D-d-das haben Sie?«, stammelte sie, sich der Tatsache nur zu bewusst, dass sie nie mit einem Mann allein gewesen war, der nicht entweder mit ihr verwandt war oder ein Dienstbote. Noch hatte es je jemand gewagt, sie mit so erschreckender Vertraulichkeit zu behandeln. Auch wenn sein Griff sanfter geworden war, machte er keine Anstalten, ihr Handgelenk loszulassen.

Sein Daumen strich sachte über ihren wild klopfenden Puls. »Wenigstens gibt es so keine Zeugen.«

»N-n-nein?«, wiederholte Lottie und kam sich langsam wie der Papagei ihrer Tante Diana vor.

Ihre lebhafte Fantasie malte ihr augenblicklich mehrere düstere Szenarien aus, bei denen ein Mann es vorziehen würde, keine Zeugen zu haben. Die meisten beinhalteten Erwürgen oder ein ähnlich gewaltsames Ende ihres Lebens und eine verzweifelte Harriet, die sich weinend über ihren Leichnam beugte.

Seine Finger waren nicht lang und aristokratisch, wie sie es sich eingebildet hatte, sondern grob, kräftig und leicht schwielig. Als er ihre eiskalten Hände zwischen seinen rieb, bemühte sie sich, nicht daran zu denken, wie sie sich um ihren Hals anfühlen würden.

»Du zitterst ja. Du hättest wirklich nicht so lange in der Kälte bleiben sollen, du kleines Dummchen!«

Normalerweise hätte Lottie sich lautstark und heftig dagegen verwahrt, dass ihre Intelligenz derart in Frage gestellt wurde, aber im Moment hatte sie selbst erhebliche Zweifel an deren Existenz.

»Ich habe vorn keine Kutsche gesehen. Vermutlich hat Ned dich einfach hier zurückgelassen?« Als sie nichts erwiderte, schüttelte er den Kopf. »Ich wusste, dass er etwas im Schilde führt, der aufdringliche Halunke. Und maßt sich an, mir schlechte Manieren vorzuwerfen. Nun, es hilft alles nicht, nicht wahr? Du kannst genauso gut mit mir kommen. In den Kamin in der Bibliothek ist Holz gelegt.«

Er schloss das Fenster und verriegelte es, nahm einen silbernen Kerzenständer von einem Beistelltisch aus Kirschholz. Lottie erkannte das unstete Licht wieder, das sie hinter dem Fenster flackern gesehen hatte. Als er auf die Tür zuging, begriff sie, dass dies vielleicht ihre letzte Gelegenheit zur Flucht sein könnte. Aber es mochte auch genauso gut ihre letzte Chance sein, ein Abenteuer zu erleben, ehe sie ein Leben in niemals endender Langeweile begann. Wenn sie bliebe, was würde sie Harriet alles berichten können! Natürlich vorausgesetzt, sie überlebte.

Als er um eine Ecke verschwand, folgte sie ihm, wie von unsichtbaren Fäden seines Willens gezogen. Er schien nicht zu der Sorte Mann zu gehören, die an Widerspruch gewöhnt war.

Während sie tiefer in das Haus vordrang, sah sie sich verstohlen um und bemühte sich, etwas zu erkennen. Sie würde Harriet nicht viel über seine Behausung berichten können. Das flackernde Kerzenlicht verstärkte die düsteren Schatten lediglich. Weiße Laken verhüllten alle Möbelstücke und verliehen den Räumen ein gespenstisches Aussehen. Das Hallen ihrer Schritte auf dem Eichenparkett war das einzige Geräusch, das zu vernehmen war.

Der Hausherr warf ihr über die Schulter einen neugierigen Blick zu. »Du bist ja nicht sehr gesprächig, was?«

Lottie musste sich auf die Lippen beißen, damit sie nicht laut auflachte. Wenn George das gehört hätte! Ihr Bruder behauptete steif und fest, dass sie deshalb ab und zu schwieg, um Luft zu holen, weil Blau ihrem hellen Teint so wenig schmeichelte.

»Vielleicht ist das auch nur gut so. Derzeit bin ich ebenfalls nicht sonderlich redselig. Genau genommen halte ich meine eigene Gesellschaft nur schwer aus.« Er warf ihr einen weiteren Blick zu. »Es kommt jedenfalls einem Wunder gleich, eine Frau zu finden, die ihre Zunge hüten kann.«

Lottie klappte das Kinn herunter; sie schloss ihren Mund aber rasch wieder, um sich nicht zu einer Erwiderung verleiten zu lassen.

Als ihr Gastgeber sie durch eine Bogentür in einen Raum schob, streifte sie mit ihrer Schulter seine Brust. Sie atmete scharf ein, überrascht, wie überdeutlich sie sich auf einmal seiner Nähe bewusst war, und durch nichts auf die Welle süßer Empfindungen vorbereitet, die sie bei der flüchtigen Berührung durchfuhr und ihre Wangen erglühen ließ.

Obwohl die Möbel in diesem Zimmer nicht unter Schutzbezügen steckten, machte die kleine Bibliothek keinen einladenderen Eindruck als der Rest des Hauses. Die deckenhohen Regale waren bis auf eine dicke Staubschicht leer. Er stellte den Kerzenständer auf den Schreibtisch, sodass das Licht auf einen schmalen Lederkasten fiel, der darauf stand. Lotties Blick folgend, trat er rasch zu dem Kasten, klappte mit unergründlicher Miene den Deckel zu und schloss ab. Diese verräterische Geste fachte ihre Neugier nur noch weiter an. Was wollte er verbergen? Die frisch mit Tinte beschriebenen Seiten seiner Memoiren, denen er seine entsetzlichen Taten anvertraute? Den abgeschlagenen Kopf seines letzten Opfers?

Lottie blieb jäh stehen, wie gebannt von ihren schrecklichen Gedanken, während er zum Kamin ging, sich bückte und das dort vorbereitete Holz anzündete. Seine Bemühungen mit Feuerzeug, Zunder und Schüreisen ließen schon bald Flammen auf dem Kaminrost knistern, die einen anheimelnden Schein ausstrahlten, wie eine sonnige Oase in der Düsterkeit des Hauses.

Das Feuer zeichnete die Umrisse seiner breiten Schultern und schmalen Hüften nach. Erst als er in den Lichtkreis der Kerzen auf dem Schreibtisch trat, konnte Lottie ihn zum ersten Mal deutlich sehen.

Mit ihrem Vormund, ihrem Bruder und ihrem Onkel Thane war Lottie ihr Leben lang von gut aussehenden Männern umgeben gewesen, sodass, wenn auf der Straße ein attraktiver Mann an ihr vorüberging, sie ihn kaum eines Blickes würdigte. Wäre ihr jedoch dieser Mann begegnet, sie wäre gewiss gegen den nächsten Laternenpfosten gelaufen. Sein Gesicht war nicht eigentlich schön, sondern eher faszinierend. Zum allerersten Mal in ihrem Leben hatte ihre Fantasie sie im Stich gelassen. Auch wenn er noch argwöhnischer wirkte als sie, stand kein sardonisches Funkeln in seinen Augen, kein zynisches Lächeln kräuselte seine Lippen. Er war viel jünger, als sie angenommen hatte. Die tiefen Falten um seinen Mund hatte die Erschöpfung, nicht die Zeit dort eingegraben. Er besaß ein kräftiges Kinn und ausdrucksstarke Wangenknochen, auf denen dunkler Bartschatten lag. Sein zerzaustes Haar war von einem so tiefen Dunkelbraun, dass sie es fast mit Schwarz verwechselt hätte. Er benötigte dringend einen Haarschnitt. Lottie kribbelte es in den Fingern, so überwältigend war der Drang, ihm eine widerspenstige Locke aus der Stirn zu streichen.

Seine rauchgrünen Augen unter den dunklen Brauen waren das Einnehmendste an seinen Zügen. Ihre tiefe Klarheit glühte und erstarrte abwechselnd, je nachdem, wie das flackernde Kerzenlicht sie beleuchtete.

Lottie wurde schwindelig. *Dieser* Mann war der Mörderische Marquis? *Das* war der gewissenlose Schurke, der seine Frau und seinen besten Freund in ein frühes Grab gesandt hatte?

Er räusperte sich und deutete auf einen Tisch, auf dem eine halb verzehrte Mahlzeit und eine halb leere Flasche Wein Zeugnis von einem einsamen Abendessen ablegten. »Mein Kutscher kehrt vermutlich erst in einer Weile zurück. Möchtest du etwas essen? Oder ein Glas Madeira, um die Kälte aus deinen Knochen zu vertreiben?«

Lottie schüttelte den Kopf, traute sich immer noch nicht zu sprechen, aus Angst, sich zu verraten.

Er schien überrascht. Vielleicht war der Wein vergiftet. »Dann lass mich wenigstens deinen Umhang nehmen.«

Ehe sie das ebenfalls ablehnen konnte, überwand er die kurze Entfernung zwischen ihnen. Mit unerwarteter Sanftheit schob er ihr die Kapuze vom Kopf.

Lottie kniff die Augen zusammen und machte sich darauf gefasst, dass er erkannte, dass sie nicht die Frau war, die er erwartet hatte. Ihre Familie würde vermutlich noch nicht einmal ihre Schreie hören können, wenn die Geigen so laut spielten.

Seine Hand verharrte über ihrem Haar. Sie riskierte einen Blick. Er rieb sacht eine helle Strähne, die sich aus ihrer Frisur gelöst hatte, zwischen Daumen und Zeigefinger und betrachtete sie fasziniert.

Mit nachdenklicher Stimme bemerkte er leise: »Wenigstens hatte Ned genug Verstand, mir keine Brünette zu schicken.« Er hob den Blick und sah ihr in die Augen. »Wo hat er dich gefunden? Bist du eine Cousine von Fanny Wilson? Oder hat er Mrs. Gowan einen Besuch abgestattet?«

Die Namen kamen Lottie irgendwie vage bekannt vor, aber da seine Berührung ihr die Sinne verwirrte, hatte sie bereits Mühe, sich an ihren eigenen Namen zu erinnern.

Er löste seine Hand aus ihrem Haar und umfing sanft ihre Wange. Mit dem Daumen streichelte er die weiche Haut und kam dabei ihren Lippen gefährlich nahe. »Wer hätte gedacht, dass ein Teufel wie Ned einen Engel wie dich finden würde?«

Lottie war in ihrem Leben schon mit vielen Namen belegt worden – Kobold, Unruhestifterin und Plagegeist. Nachdem sie ein römisches Feuer in seinem Schuppen angezündet hatte, war sie von Jeremiah Dower, dem übellaunigen, aber heiß geliebten Gärtner in ihrem Landhaus in Hertfordshire, »kleiner Satansbraten« genannt worden. Aber noch nie hatte jemand sie mit einem göttlichen Wesen in Verbindung gebracht.

»Ich kann Ihnen versichern, Sir, dass ich kein Engel bin«, murmelte sie und blinzelte zu ihm empor.

Er ließ seine Hand unter die weichen Löckchen in ihrem Nacken gleiten, und seine warmen Finger fühlten sich auf ihrer empfindsamen Haut an, als gehörten sie genau dorthin. »Du bist vielleicht kein Engel, aber ich wette, du könntest einem Mann einen hübschen Vorgeschmack auf den Himmel geben.«

Als ihre Blicke sich trafen, riss er sich leise fluchend von ihr los. Er ging zum Kamin und fuhr sich dabei mit den Fingern durchs Haar. »Himmel, was tue ich da? Ich wusste, ich hätte dich nie ins Haus lassen dürfen.« Er stand mit dem Profil zu ihr, völlig reglos bis auf das rhythmische Zucken seiner Wangenmuskeln. »Ich fürchte, ich schulde Ihnen eine Entschuldigung, Miss. Ebenso wie die Summe, die Ihnen versprochen worden ist. Es scheint, als seien Sie und ich die Opfer eines geschmacklosen Scherzes.«

Lottie war von seinem jähen Rückzug fast ebenso erschüttert wie von seiner Nähe vorher. »Sie machen nicht den Eindruck, als wären Sie belustigt«, bemerkte sie.

Eine geballte Faust auf das Kaminsims gestützt, starrte er in die lodernden Flammen. »Oh, ich hege keinen Zweifel daran, dass Ned davon überzeugt ist, nur mein Bestes zu wollen. Er bildet sich immer noch ein, mein Freund zu sein, und weiß, dass ich es nicht wage, gewisse Etablissements aufzusuchen, da diese Bluthunde von den Skandalblättchen jeden meiner Schritte genauestens verfolgen. Mir eine namenlose, gesichtslose Frau zu schicken kann nur gut gemeint sein.« Er warf ihr einen glühenden Blick zu, unter dem ihr heiß wurde. »Aber das erklärt noch lange nicht, warum, zur Hölle, er dich geschickt hat.«

Sein lässig eingeflochtener Fluch hätte sie schockieren sollen, aber sie war zu sehr von der Einsamkeit in seinen Augen abgelenkt. Die Skandalblätter hatten nicht gelogen. Dieser Mann wurde von Geistern verfolgt, innerlich.

Er machte einen Schritt auf sie zu, dann einen zweiten. »Ich kann das hier nicht tun«, erklärte er hitzig, blieb aber nicht stehen, bis er bei ihr war, und streckte die Hände aus, um ihr Gesicht zu umfangen. Seine Stimme wurde zu einem heiseren Flüstern. »Oder doch?«

Lottie konnte ihm darauf keine Antwort geben. Als er den Kopf senkte, begann sie zu zittern. Ihre Lage war viel übler als vermutet. Dieser gefährliche Fremde wollte sie nicht umbringen. Er wollte sie küssen.

Und sie wollte es ihm erlauben.

Ohne es zu merken, hielt sie den Atem an, als seine Lippen die ihren streiften. Sie waren weicher, als sie aussahen, aber doch fest genug, ihren Mund mit einer einzigen federleichten Liebkosung gefügig zu machen. Ihre Lippen prickelten, teilten sich einen Spalt breit, während er sanften Druck ausübte, mehr bittend als fordernd.

Nach einem Augenblick köstlicher Spannung löste er sich von Lottie. Ihre Augen öffneten sich flatternd, gerade rechtzeitig, um zu sehen, wie sich seine Lippen belustigt verzogen. »Wenn ich es nicht besser wüsste, würde ich fast schwören, dass du noch nie zuvor geküsst worden bist.« Ehe sie entscheiden konnte, ob das ein Kompliment oder eine Beleidigung war, verblasste sein Lächeln. »Ich weiß nicht, welche Anweisungen man dir gegeben hat«, erklärte er eine Spur verächtlich, »aber es ist nicht nötig, bei mir die Unschuldige zu spielen. Ich gehöre nicht zu den alternden Lüstlingen, denen junge Dinger am liebsten sind.«

Lottie öffnete empört den Mund.

»Das ist schon viel besser so.« Bevor sie etwas erwidern konnte, senkte er seine Lippen erneut auf ihre, nahm eine Einladung an, die sie gar nicht ausgesprochen hatte.

Na gut!, dachte Lottie. Sie würde ihm schon noch zeigen, wie dumm und unerfahren ein junges Ding sein konnte! Es mochte zwar stimmen, dass sie noch nie zuvor geküsst worden war, aber sie hatte ihre Schwester und ihren Schwager oft genug dabei ertappt, um mit den Grundlagen dieser Tätigkeit vertraut zu sein. Ohne innezuhalten und die Klugheit ihres Tuns zu überdenken, schlang sie ihm die Arme um den Hals und drückte ihre Lippen fest auf seine.

Ihre Kühnheit währte nur so lange, bis seine Zunge sengend in ihren Mund glitt. Sie hätte sich abgestoßen fühlen sollen, aber das zärtliche Reiben an ihrer Zunge war unwiderstehlich. Er erkundete die nachgiebige Weichheit ihres Mundes, bis sie sich an ihm festklammerte, nicht um ihre Fertigkeiten als Frau unter Beweis zu stellen, sondern damit sie nicht einfach zerschmolz, so weich waren ihre Knie. Er küsste nicht wie ein Mörder; er küsste wie ein Engel – tief, heiß und süß, mühsam beherrschte Leidenschaft und pure Seligkeit.

Als sie mit ihrer Zungenspitze seine berührte, stöhnte er kehlig, schlang seine Arme um ihre Taille und zog sie fester an seinen harten, sehnigen Männerkörper. Er drängte sie rückwärts, bis sie mit den Kniekehlen an die Polster der griechischen Liege stieß, die in den Schatten verborgen stand. Ihr Umhang glitt zu Boden und entblößte dabei ihren Hals und ihre Schultern.

Lottie hatte ihr ramponiertes Oberteil völlig vergessen, vergessen, wie leicht es für einen Mann wäre, mit seiner Hand unter den zerrissenen Stoff zu gleiten und ihre Brust zart zu umfassen. Als Hayden St. Clair eben das tat, erstarrte sie jäh, hin und her gerissen zwischen Schreck und Lust.

Zuerst dachte Lottie, das Klopfen, das sie hörte, stammte von ihrem Herzen, das gegen ihre Rippen pochte. Dann merkte sie aber, dass jemand den Messingklopfer an der Haustür betätigte.

Sie fuhren auseinander, beide atemlos. Ihre Blicke trafen sich – ihrer schuldbewusst, seiner aufgewühlt.

Er fluchte. »Wenn das Neds Vorstellung von einem Scherz ist, erwürge ich ihn.«

Lottie machte den Mund auf, aber es kam nur ein Quietschen heraus.

»Bleib hier«, befahl er, »während ich den Besucher, wer auch immer es ist, seiner Wege schicke.«

Kaum war er weg, kehrten sowohl ihr Atem als auch ihr Verstand zurück. Was, wenn der Neuankömmling die geheimnisvolle Frau war, mit der er sie verwechselt hatte? Oder schlimmer noch, was, wenn Sterling ihre Abwesenheit bemerkt hatte und sie suchen gegangen war? Gleichgültig, was davon zutraf, es war mehr als wahrscheinlich, dass sie erwürgt werden würde. Verzweifelt nach einem Fluchtweg suchend, begann Lottie, sich in der Bibliothek umzusehen. Sie zog die schweren Samtvorhänge von dem Fenster zurück und schaute nach oben. Obwohl von Harriet nichts zu sehen war, wirkte das Licht, das von der anderen Seite des Gartens aus dem Fenster im zweiten Stock des Hauses ihrer Tante fiel, verlockend. Vielleicht könnte es ihr gelingen, aus dem Fenster zu steigen und in den mondlichtgesprenkelten Schatten zu verschwinden, solange ihr Gastgeber anderweitig beschäftigt war.

Aber bevor Lottie mehr tun konnte, als sich ihren Umhang zu holen, kam eine Frau in einer weinroten Pelisse, einem perlenbesetzten Kleid, in den Raum gefegt, das schimmernde kastanienbraune Haar zu einer beeindruckenden Hochfrisur aufgesteckt. Niemand konnte ihr Schönheit absprechen, obwohl sie eher greller Natur war, mehr zu Covent Garden und auf die Theaterbühne passte als auf die Titelseite von *La Belle Assemblée*.

Der Marquis folgte ihr dicht auf den Fersen. »Ich glaube, Sie haben einen Fehler gemacht, Miss. Sie können hier nicht einfach hereinplatzen, als gehörte Ihnen das Haus.«

»Da kann es keinen Fehler geben«, erwiderte die Frau. »Das hier ist die Adresse, die meinem Kutscher genannt wurde.« Sie zog ihre schwarzen spitzenbesetzten Handschuhe aus und begann, die seidenen Verschnürungen ihrer Pelisse zu öffnen. Ihre elegante Erscheinung stand in verblüffendem Widerspruch zu ihrem breiten East-End-Akzent. »Wir beeilen uns lieber, wissen Sie. Es ist kalt und nass wie in einer Gruft da draußen. Der arme Kerl wird nicht ewig warten.« Sie musterte Hayden von oben bis unten, wie eine Hafenratte ein besonders saftiges Stück Käse beäugen würde, ehe sie leise bemerkte: »So schade das auch ist.«

Lottie musste, ohne es zu merken, einen Laut von sich gegeben haben. Die Frau fuhr zu ihr herum. »Was macht sie denn hier?«

Hayden war entschlossen, sich nicht vom Thema abbringen zu lassen. »Vielleicht sollte die Frage lauten: ›Was tun Sie hier?‹«

Die Frau blinzelte erstaunt. »Nun, Mrs. McGowan schickt mich.«

Mrs. McGowan. Fanny Wilson. Jetzt machten die Namen in Lotties Verstand plötzlich erschreckend Sinn, hallten in ihrem Kopf wider wie Misstöne eines verstimmten Klaviers. Sie hatte sie oft genug in den Skandalblättchen gelesen. Beide Frauen waren berüchtigte Mitglieder der Demimonde, Frauen, die ihre Körper an jene verkauften, die reich genug waren, sich die teuersten und ausgefallensten Vergnügen leisten zu können. Ihr Gesicht wurde vor Entsetzen knallrot, als ihr langsam dämmerte, für wen – und was – Hayden St. Clair sie gehalten hatte. Sie hielt ihren Umhang krampfhaft vor ihr ruiniertes Oberteil, fühlte sich aber dennoch nackt.

Die Frau begann, um Lottie herumzugehen, ließ ihren Blick von ihren Füßen zu ihrem Kopf gleiten, so wie sie es vor wenigen Minuten erst bei Hayden getan hatte. »Der feine Herr, der mich bestellt hat, hat kein Wort über Ihre Lady hier verloren.«

Ihre Lady. Die Worte sandten ihr einen merkwürdigen Schauer über den Rücken. Sie wartete, dass der Marquis die Frau korrigierte, aber er schwieg.

»Mit all der sahnigen Haut und diesen großen blauen Augen ist sie ein appetitlicher Happen, was?« Zu Lotties unermesslicher Erleichterung richtete die Frau ihre Aufmerksamkeit wieder auf Hayden, ein habgieriges Glitzern in den Augen. »Aber für mich ist es unerheblich, wie niedlich sie ist. Wenn Sie zusehen wollen, wie ich es mit ihr treibe, kostet das das Doppelte. Vergnügen wie diese gibt es nicht billig, auch für einen feinen Herrn wie Sie nicht.«

Hayden legte seinen Kopf schief und musterte Lottie mit

nachdenklicher Miene. Einen entsetzlichen Augenblick lang dachte sie, er würde tatsächlich den widerwärtigen Vorschlag der Dirne in Betracht ziehen. Dann aber sagte er schließlich sehr, sehr leise, als wären er und Lottie die einzigen Anwesenden im Zimmer: »Wenn sie von Mrs. McGowan kommt, was tun Sie dann hier?«

»Ich … äh, ich gehe gerade.« Lottie setzte ein strahlendes Lächeln auf und bewegte sich vorsichtig auf die Tür zu. »Da Ihr Butler heute Nacht frei hat, finde ich allein den Weg hinaus. Sie brauchen sich nicht zu bemühen.«

Er trat einen Schritt vor und verstellte ihr den Weg. »Das wird nicht nötig sein. Ich denke, mein anderer Gast ist es, der gehen wird.«

»Dann bringe ich sie rasch zur Tür«, schlug Lottie vor und packte den Arm der Frau, als würde sie gerade in der Themse ertrinken und jemand hätte ihr ein Rettungsseil zugeworfen.

»He, einen Moment mal, mein Herr«, protestierte die Frau und entriss Lottie ihren Arm. »Ich will nicht, dass mein guter Ruf leidet. Jeden Tag – und jede Nacht – hat Lydia Smiles einen Kunden nie anders als befriedigt zurückgelassen.«

Ohne den Blick von Lottie zu wenden, nahm Hayden ein dickes Bündel Geldscheine aus dem offen stehenden Koffer auf dem Schreibtisch und warf es der Frau zu. »Ich glaube, das sollte Sie für Ihre Zeit und Mühe mehr als entschädigen, Miss Smiles. Und ich kann Ihnen versichern, dass mich im Moment nichts mehr befriedigen kann als Ihr unverzüglicher Aufbruch.«

Trotz ihres beleidigt verzogenen Mundes verschwendete die Frau keine Zeit und stopfte sich die Pfundnoten in den Ausschnitt. Während sie sich ihre Handschuhe überstreifte, warf sie Hayden einen bedauernden, Lottie einen mitleidsvollen Blick zu. »Schade, dass ich nicht bleiben kann. Er macht den Eindruck, als wäre er mehr, als du verkraften kannst.«

Dem konnte Lottie nicht widersprechen. Die Frau verließ das Zimmer, und kurz darauf fiel die Eingangstür krachend ins Schloss und besiegelte Lotties Verhängnis.

Hayden St. Clair lehnte sich gegen den Schreibtisch, verschränkte die Arme vor der Brust und sah genauso mörderisch aus, wie die Gesellschaft es ihm nachsagte. »Sie schreiben, nicht wahr?«

»Wie kommen Sie denn auf diese Idee?« Lottie warf verstohlen einen schuldbewussten Blick auf ihre Hände und versteckte sie hinter ihrem Rücken. Sie hatte viel Mühe und Sorgfalt darauf verwendet, zu Ehren ihrer Einführung in die Gesellschaft jede Spur von Tinte von ihren Fingern zu schrubben.

»Nennen wir es eine wohl begründete Vermutung, in Ordnung?« Er verengte die Augen zu Schlitzen. »Also, welches dieser grässlichen Skandalblätter hat Sie geschickt, mir nachzuschnüffeln? Der *Tatler*? Der *Whisperer*? Oder ist am Ende sogar die *Times* so tief gesunken, zu solchen Mitteln zu greifen?« Er schüttelte den Kopf. »Ich kann einfach nicht glauben, dass sie so dumm waren, eine Frau zu schicken. Besonders eine Frau wie Sie.« Er musterte sie vom Scheitel bis zur Sohle, und sein unnachgiebiger Blick sandte eine Hitzewelle über sie. »Himmel, wenn ich zu einer gewissen Sorte Mann gehören würde …« Er ließ den Satz unvollendet, als wäre er sich selbst nicht sicher, was für eine Sorte Mann er sein wollte.

Sie straffte die Schultern. »Ich kann Ihnen versichern, Mylord, dass ich keine Spionin bin.«

»Dann seien Sie doch bitte so freundlich und erklären mir, warum ich Sie dabei ertappt habe, wie Sie durch ein Fenster in mein Haus gespäht haben.«

Sie öffnete den Mund, schloss ihn aber gleich wieder. Er zog eine Augenbraue hoch.

Lottie ließ die Schultern sinken. »Na gut! Wenn Sie es unbedingt wissen müssen: Ich habe spioniert. Aber nicht für irgendeine Zeitung, sondern nur um meine eigene Neugierde zu befriedigen.«

»Und, ist das gelungen?« Die unausgesprochene Herausforderung in seinem Blick erinnerte sie daran, dass sie noch vor wenigen Minuten in seinen Armen gelegen und ihn geküsst und die sengende Hitze seiner Hand auf ihrer nackten Haut gespürt hatte.

Sie spürte, wie ihre Wangen flammend rot wurden, und begann, vor dem Fenster auf und ab zu gehen. »Ich weiß gar nicht, warum Sie so schlecht gelaunt sind. Himmel, ich saß drüben und habe mich um meine eigenen Angelegenheiten gekümmert …«

Er zog die andere Augenbraue hoch.

»Nun, ich hatte die ehrenwerte Absicht, mich nur um meine Angelegenheiten zu kümmern, bis Harriet die Dienstmädchen davon flüstern gehört hat, dass der Nachbar meiner Tante niemand anderer als der Mör …« Sie schloss rasch den Mund und warf ihm einen beunruhigten Blick zu.

»Der Mörderische Marquis?«, hakte er leise nach.

Sie beschloss, dass es am besten wäre, dies weder zu bestätigen noch abzustreiten. »Und ehe ich es mich versehe, hänge ich in einem Baum fest, mein wunderschönes Kleid ist zerrissen, während die Katze meiner Tante mir Grimassen schneidet.« Sie blieb stehen. »Können Sie mir so weit folgen?«

»Nein, kein bisschen«, erwiderte er freundlich und überkreuzte seine Knöchel. »Aber bitte, lassen Sie sich dadurch nicht aufhalten.«

Sie begann wieder, auf und ab zu gehen, und trat dabei auf den Saum ihres Umhanges, den sie sich über den Arm gelegt hatte. »Nachdem ich also knapp einem Treffen mit der schrecklichen Terwilliger entronnen war, entdecke ich ein verdächtiges Licht in Ihrem Haus. Es hätte hier irgendwo brennen können, wissen Sie? Himmel, ich hätte Ihnen das Leben retten können. Und welchen Dank zollen Sie mir dafür? Sie zerren mich ins Haus, nennen mich ein kleines Dummerchen, und dann … dann …« Sie fuhr anklagend zu ihm herum. »Dann haben Sie mich geküsst.«

»Sicherlich das übelste meiner Vergehen«, entgegnete er leise und sah dabei jedoch eher belustigt als schuldbewusst aus. »Selbst Mord verblasst im Vergleich dazu.«

Sie breitete die Arme aus und bemerkte es noch nicht einmal, dass dabei ihr Umhang zu Boden glitt. »Verstehen Sie denn nicht? Ich kann noch nicht geküsst werden. Ich komme erst noch heraus.«

»Das sind Sie doch schon.«

Von seinem Blick und seiner wieder rauer gewordenen Stimme gewarnt, sah Lotti an sich hinab und entdeckte, dass der eingerissene Ausschnitt ihres Kleides bei ihrem erregten Herumgehen nach unten gerutscht war. Eine muschelrosa Brustwarze lugte über den Rand der Seide.

Verlegen zerrte sie den Stoff hoch und zuckte zusammen, als sie eine weitere Naht reißen hörte.

Entschlossen, ihren Verstand wiederzufinden, wenn schon nicht ihre Würde, riss sie das Fenster auf, deutete auf das Haus ihrer Tante jenseits des Gartens und verkündete: »Ich werde herausgebracht, in die Gesellschaft eingeführt. Heute Nacht. Dort drüben!«

Das elegante Haus war strahlend hell erleuchtet. Das Geräusch von Pferdegeschirr, das Klappern von Hufen und das Rattern von Kutschenrädern wurde untermalt von Gelächter und Stimmengewirr. Das Geigenquartett hatte das Stimmen der Instrumente abgeschlossen und spielte sich warm, und jede Note klang bereits mehr nach Musik als die davor. Da es schien, als liefe alles wie geplant ab, durfte Lottie hoffen, dass ihre Abwesenheit bislang unbemerkt geblieben war.

Haydens Miene veränderte sich langsam, wechselte von gefährlich zu tödlich. »Sie«, hauchte er und betrachtete ihre Züge, als sähe er sie zum ersten Mal. »Sie sind wirklich nicht von den Skandalblättchen, nicht wahr? Sie sind das Kind von nebenan. Das, das ich heute Morgen gesehen habe.« Er fuhr sich mit einer Hand durchs Haar und strich sich ungeduldig die Locken aus der Stirn. »Herr im Himmel, was habe ich nur getan?«

»Nichts!«, versicherte ihm Lottie eilig, von seiner Reaktion eher beunruhigt als erfreut. »Und ich bin wohl kaum mehr als Kind zu bezeichnen. Sie müssen wissen, dass ich in weniger als zwei Monaten einundzwanzig werde. Bedenken Sie, Mary Shelley war erst sechzehn, als sie mit Percy Byshe Shelley nach Frankreich durchgebrannt ist.«

»Sehr zum Kummer der ersten Mrs. Shelley, von der er es versäumt hatte, sich zuvor scheiden zu lassen.« Hayden ging hinter dem Schreibtisch auf und ab, als wollte er eine Schranke zwischen ihnen errichten. »Ich bin erleichtert, dass Sie den Windeln entwachsen sind, aber ist einundzwanzig nicht ein wenig alt für ein Debüt?«

Lottie schob das Kinn vor. »Ich gelte wohl kaum als sitzen geblieben, falls Sie das andeuten wollen. Wir haben die Saison in Griechenland verbracht, als ich achtzehn wurde. Dann letztes Jahr habe ich dummerweise« – sie zögerte, da ihr klar wurde, dass ihre Erklärung sie kaum wie eine reife Frau von Welt erscheinen lassen würde – »Masern bekommen. Aber es war eine schwere Form«, fügte sie hinzu, »und wäre es Scharlach geworden, hätte ich sterben können.«

»Und was für eine Tragödie das gewesen wäre. Dann hätten wir einander nie kennen gelernt.«

Lottie hatte ihn falsch eingeschätzt. Er konnte sehr wohl sardonisch sein.

Ihren finsteren Blick ignorierend, stützte er sich mit beiden Händen auf den Schreibtisch. »Haben Sie irgendeine Idee, in was für eine unhaltbare Lage Sie uns beide gebracht haben, Miss ... Miss ...?«

»Fairleigh«, erwiderte sie, streckte anmutig eine Hand aus und machte einen artigen Knicks, der Miss Terwilliger stolz gemacht hätte, hätte Lottie nicht mit ihrer anderen Hand das Oberteil ihres Kleides an Ort und Stelle halten müssen. »Miss Carlotta Anne Fairleigh. Aber meine Familie und meine Freunde nennen mich Lottie.«

Sein geringschätziges Schnauben ließ keinen Zweifel daran, was er davon hielt. »Ja, sicher, warum auch nicht? Also, *Miss Fairleigh*, ist Ihnen denn Ihr guter Name gar nichts wert? Ihr Ruf? Niemand weiß einen guten Ruf zu würdigen, ehe er verloren ist. Glauben Sie mir, ich sollte es wissen.«

»Aber ich habe doch gar nichts verloren«, widersprach sie.

»Noch nicht«, stieß er zwischen zusammengebissenen Zähnen hervor. Als er um den Schreibtisch herumging und auf sie zukam, begann Lottie, langsam zu dem offen stehenden Fenster zurückzuweichen. »Was genau schlagen Sie vor, soll ich mit Ihnen tun, *Miss Fairleigh*?«

Sie setzte ein hoffnungsvolles Lächeln auf. »Da mich in Stücke zu hacken und meine Leiche in der Aschetonne zu verstecken viel zu viel Umstände machen würde, wäre es vielleicht am besten, Sie würden mir helfen, unbemerkt in das Haus meiner Tante zurückzugelangen, ehe Sterling mich vermisst.«

»Sterling?«, wiederholte er ungläubig und kam weiter auf sie zu. »Das wird doch am Ende nicht Sterling Harlow sein, oder? Der Teufel von Devonbrooke höchstpersönlich?«

Sie winkte ab. »Oh, er ist in Wahrheit gar nicht so teuflisch, wie es heißt. Meine Eltern sind bei einem Brand ums Leben gekommen, als ich erst drei war. Sterlings Mutter Lady Eleanor hat uns alle bei sich aufgenommen, aber sie starb, als ich zehn war, und Sterling ist mir sowohl Bruder als auch Vater gewesen, seit er meine Schwester Laura geheiratet hat.«

Der Marquis musterte sie finster. »Dann macht es Ihnen sicher nichts aus, wenn ich Sie am Ohr nehme, nach drüben zerre und verlange, dass Sie die Tracht Prügel erhalten, die Sie eindeutig verdienen.«

Sie schluckte, und ihr Lächeln verblasste. »Vielleicht wäre die Aschetonne doch nicht so schlimm.«

Sein Schatten fiel über sie. Halb rechnete sie damit, dass er sie mit dem Kopf voran aus dem Fenster werfen würde, aber er bückte sich nur, hob ihren Umhang auf und legte ihn ihr um die Schultern. Sie konnte die Hitze seiner Hände durch die weichen Wollfalten spüren.

»Da ist noch etwas, das Sie zu erklären versäumt haben, *Miss Fairleigh*. Warum haben Sie sich von mir …« Er senkte seinen Blick auf ihre Lippen, und seine dichten dunklen Wimpern verbargen den Ausdruck in seinen rauchig grünen Augen. »War das ebenfalls, um Ihre Neugier zu befriedigen?«

Unfähig, dem Drang zu widerstehen, befeuchtete sie ihre Lippen mit der Zungenspitze. »Nein«, antwortete sie leise. »Das war, um Ihre zu befriedigen.«

Er würde sie erneut küssen. Die Absicht verdunkelte seine Augen einen Moment lang, bevor er es sich selbst eingestand. Dieses Mal umfing er ihr Gesicht sanft mit beiden

Händen und küsste sie, als wäre es ihr erster und sein letzter Kuss. Während er seine Zunge in ihrem honigsüßen Mund kreisen ließ, geschah etwas Seltsames. Goldene Töne schienen durch Lotties Adern zu gleiten, herrlich süß und jubilierend. Sie benötigte einen Augenblick, bis sie klarer denken konnte, und erkannte, dass die Musik nicht aus ihrem Herzen kam, sondern aus dem Ballsaal im Haus ihrer Tante.

»Oh nein!« Sie umklammerte Haydens muskulöse Unterarme und schaute mit schreckensweiten Augen zu ihm auf. »Die Musiker haben eben den ersten Walzer angestimmt! Ich hätte schon längst die Treppe hinabschreiten sollen! Jeder sollte mich voller Bewunderung anschauen, und Sterling sollte mich zum Eröffnungstanz auf das Parkett im Ballsaal führen!«

Hayden sah mit unergründlicher Miene über ihre Schulter aus dem Fenster. »Ich fürchte, er ist im Moment anderweitig beschäftigt.«

Lottie drehte sich langsam zum Fenster um und blickte nach oben, eine düstere Vorahnung, was sie dort sehen würde, wie ein Eisklumpen in ihrem Magen. Selbst aus diesem Winkel konnte sie erkennen, dass der Salon im zweiten Stock nicht länger verlassen war. Ganz im Gegenteil, er schien geradezu überfüllt mit Leuten zu sein.

Aber Lottie sah auch die blasse, spinnenhafte Gestalt, die ganz in Schwarz gekleidet war und sich mit Lotties Opernglas vor den Augen aus dem Fenster beugte. Lottie hielt gespannt den Atem an, als Agatha Terwilliger das kleine Fernglas an den hoch gewachsenen Mann weiterreichte, der steif neben ihr stand.

Es war zu spät, das Fenster zuzuschlagen und die Vorhänge zuzuziehen. Als Sterling das Opernglas hob, war alles, was Lottie tun konnte, wie erstarrt in Hayden St. Clairs Armen stehen zu bleiben.

3

Ich fürchte, meine Unschuld wurde nur durch meine Unbesonnenheit übertroffen …

»Das Mädchen ist ruiniert. Vollkommen ruiniert.« Agatha Terwilliger hob ihr Lorgnon und betrachtete die Anwesenden in dem eleganten Salon von Devonbrooke House mit missbilligender Miene. »Es ist genauso, wie ich es befürchtet habe. Ich habe schon immer gewusst, dass es mit ihr noch einmal ein böses Ende nehmen würde.«

Bei dieser Bemerkung ging Harriets leises Schluchzen in ein lautes Weinen über. Sie lag ausgestreckt auf einem weich gepolsterten Diwan aus grüngold gestreiftem Damast, das Gesicht fleckig vom vielen Weinen, ihren Knöchel, der zum doppelten seiner normalen Größe angeschwollen war, auf einem Kissen hochgelegt. »Sie dürfen Lottie keinen Vorwurf machen. Es ist alles *meine* Schuld! Ich habe alles ruiniert. Wenn ich nicht Angst bekommen hätte, ihr nicht nachgestiegen und dabei in das Loch im Gartenbeet gestolpert wäre und so alles vermasselt hätte, dann hätte niemand gewusst, dass sie nicht hier war.«

»Und wenn ich und meine Begleiter dich nicht jammern gehört hätten, dann lägst du immer noch japsend im Gras wie ein an Land gespülter Dorsch.«

Dermaßen durch ihre ehemalige Lehrerin in ihre Schranken verwiesen, ergab sich Harriet einem nervösen Schluckauf.

Lotties Bruder George fischte ein mit einem Monogram besticktes Taschentuch aus seiner Westentasche und reichte es ihr. Nach dem heiligen Georg benannt, konnte er nur selten der Versuchung widerstehen, einem jungen Mädchen zu helfen, das einem Drachen ausgeliefert war. »Sie müssen sich nicht die Schuld geben, Miss Dumwinkle«, erklärte er. »Miss Terwilliger hat alle alarmiert, als sie Lottie nicht in ihrem Zimmer finden konnte. Wäre sie nicht so hartnäckig gewesen, hätte keiner der Gäste meiner Tante je erfahren, dass meine Schwester vermisst wird.« Er lehnte sich mit der weltmüden Anmut an das Kaminsims, die er sich in Europa zu Eigen gemacht hatte, und strich sich eine vorwitzige sandfarbene Locke aus den Augen. »Vielleicht ist die Lage gar nicht so aussichtslos, wie wir fürchten. Das hier ist kaum die erste Patsche, in die Lottie sich gebracht hat.«

»Aber es kann gut und gerne die Letzte sein.« Miss Terwilliger faltete ihre winzigen, vogelgleichen Hände über ihrem Gehstock und bedachte ihn mit einem vernichtenden Blick. »Sagen Sie, ist Dreistigkeit in Ihrer Familie eigentlich erblich?«

Georges Miene spannte sich an, und sein trotziger Gesichtsausdruck ließ ihn eher wie zwölf als zweiundzwanzig aussehen. Er öffnete den Mund, schloss ihn rasch wieder, sich nur zu deutlich der Tatsache bewusst, dass jede Erwiderung ihre Einschätzung bestätigen würde.

Von dem gepolsterten Lehnstuhl in der Ecke des Raumes aus verfolgte Lottie das sich vor ihr abspielende Drama. Sie saß da, die nackten Füße unter dem Saum ihres Nachthemdes verborgen, einen Kaschmirschal um die Schultern; auf ihrem Schoß hatte sich ein flauschiges graues Kätzchen zusammengerollt. Cookie, die geliebte alte Dienerin, die sie praktisch von der Wiege an aufgezogen hatte, war erst vor wenigen Minuten ins Zimmer geschlurft und hatte ihr eine Tasse mit heißer Schokolade in die Hände gedrückt. Bisher unterschied sich die Erfahrung, von einem ehrlosen Mörder beinahe geschändet worden zu sein, kaum von einer schlimmen Erkältung.

Aber das war nur deshalb so, weil ihr Vormund noch nicht wieder erschienen war, seit er sie in eine Kutsche gesetzt und von dem Haus ihrer Tante hatte fortbringen lassen. Als sie Sterling das letzte Mal gesehen hatte, war er zu St. Clairs Haus zurückgegangen, während ihm ihre gestammelten Erklärungsversuche noch in den Ohren hallen mussten. Besorgt nippte sie an ihrer Schokolade und versuchte, sich vorzustellen, was sich wohl gerade zwischen den beiden Männern abspielte.

Das Ticken der vergoldeten Uhr auf dem Kaminsims war mehrere angespannte Minuten lang das einzige Geräusch neben Harriets unablässigem Schniefen. Als sie eindöste, sank Miss Terwilligers weißhaariger Kopf auf die Brust, sodass ihr schwarzes Spitzenhäubchen über ihr Ohr rutschte.

Alle schraken auf, als die Eingangstür krachend ins Schloss fiel. Sterlings feste Schritte, mit denen er das mit Marmor ausgelegte Foyer durchquerte, waren unverwechselbar. Das Kätzchen sprang von Lotties Schoß und flüchtete unter die nächste Ottomane. Lottie wünschte, sie könnte das auch.

Sie setzte sich auf, als Sterling und Laura das Zimmer betraten. Obwohl ein paar vereinzelte Silbersträhnen Sterlings hellbraunes Haar durchzogen, hatte sein gutes Aussehen kein bisschen in den zehn Jahren gelitten, seit er ihre Schwester geheiratet hatte. Und wären nicht die Sorgenfalten gewesen, die ihre glatte Stirn unter den glänzend braunen Locken durchzogen, hätte man die gertenschlanke Laura mit Leichtigkeit selbst für eine Debütantin halten können statt für eine zweifache Mutter. Selbst als Kind schon war Lottie immer rundlicher gewesen als ihre ältere Schwester.

Lottie versuchte, so unbekümmert wie möglich zu klingen. »Da seid ihr ja! Ich dachte schon, ihr würdet die ganze

Nacht wegbleiben. Wo sind Nicholas und Ellie? Sind sie nicht mit euch heimgekommen?« Sie hatte gehofft, die Gegenwart ihrer lebhaften Nichte und ihres ungestümen Neffen würde die trübselige Stimmung vertreiben, die sich über den Haushalt gelegt hatte.

Laura reichte ihre mit Nerz besetzte Pelisse einem wartenden Lakai und wich Lotties Blick aus. »Die Kinder werden die Nacht mit ihren Cousins und Cousinen verbringen. Unter den gegebenen Umständen hatte Diana das Gefühl, dass es das Mindeste war, was sie und Thane tun konnten.«

Lottie sank in ihren Stuhl zurück. Harriets Schniefen war Folter genug. Sie glaubte nicht, dass sie es ertragen könnte, mit anzuhören, wie noch jemand die Schuld für ihre Fehleinschätzung auf sich nahm.

Langsam setzte sich Laura auf die Kante eines cremefarbenen Sofas und schaute Lottie immer noch nicht an, während Sterling zu dem hohen Sekretär in der Ecke schritt und sich einen großzügigen Schluck Brandy in ein Glas goss. Er leerte es in einem Zug, die breiten Schultern unter seinem schwarzen Abendrock steif vor Anspannung. Lottie sank das Herz noch tiefer. Da er wusste, dass Laura Alkohol nicht schätzte, gönnte er sich nur selten Stärkung in Form eines Drinks.

Cookie betrat erneut den Salon, ein Tablett in den Händen. Sie beugte sich über Lottie, ein liebevolles Lächeln auf dem vollen Gesicht. »Nun, nun, Kleines. Würdest du gerne ein bisschen warmes Gingerbrot zu deiner Schokolade haben?«

Sterling fuhr herum, die Knöchel der Hand, die das Glas umklammerten, waren weiß. »Um Himmels willen, würdest du bitte endlich aufhören, sie zu verhätscheln! Das ist genau das, was uns überhaupt erst in diese Lage gebracht hat!«

Lottie erstarrte, die Hand halb zum Tablett gehoben. Sogar Harriet verstummte. Das Echo von Sterlings Ausbruch hing wie eine Wolke in der Stille. In den zehn Jahren, seit Cookie in seinen Dienst getreten war, hatte er nie ihr gegenüber die Stimme erhoben.

Die alte Frau richtete sich langsam auf, das zitternde Kinn stolz vorgereckt. »Wie Sie wünschen, Euer Gnaden.« Sie machte einen förmlichen Knicks, bei dem ihre Kniegelenke hörbar knackten, dann drehte sie sich um und stolzierte aus dem Zimmer.

Sterling ließ die Schultern sinken, während er ihr nachsah. Laura war es, die schließlich zu sprechen begann. »Du kannst genauso gut damit aufhören, dich und alle anderen zu quälen, Liebster. Du hast dich auf dem ganzen Weg nach Hause geweigert, mit mir auch nur ein Wort zu wechseln. Aber du kannst nicht auf ewig für dich behalten, was zwischen dir und dem Marquis geschehen ist.«

Sterling stellte das leere Glas auf den Schreibtisch zurück, ehe er sich wieder umdrehte und alle der Reihe nach anschaute. Zum ersten Mal sah man ihm seine achtunddreißig Jahre wirklich an. »Lord Oakleigh sagt, er habe nicht vor, noch einmal zu heiraten. Er behauptet, er habe deine Schwester nicht kompromittiert, und weigert sich, ihr einen Antrag zu machen.«

Harriet keuchte auf und wurde so blass, dass George sein Taschentuch gegen das Riechfläschchen austauschen musste, das Miss Terwilliger ihm reichte.

Lottie holte zitternd Luft und versuchte, sich davon zu überzeugen, dass das Gefühl, das sich in ihr breit machte, Erleichterung war. »Dann ist ja alles gut«, erklärte sie und war es herzlich leid, dass alle über sie redeten, als sei sie nicht anwesend. »Weil ich ihn nämlich gar nicht heiraten will. Ich kenne ihn überhaupt nicht. Und außerdem ist er chronisch schlecht gelaunt.«

Alle drehten sich um und schauten sie an.

»Ihr müsst mich nicht so entsetzt ansehen. Ich habe euch doch schon erzählt, dass ich mir das Kleid zerrissen habe, als ich aus dem Fenster geklettert bin. Der Mann hat zwar vielleicht Manieren wie ein Bauernlümmel, aber er ist kein Lügner. Er ist unschuldig. Er hat mich nicht kompromittiert.«

Der Ausdruck in Lauras weichen braunen Augen wurde scharf, als sie das Gesicht ihrer Schwester studierte. »Und kannst du auch abstreiten, dass er dich geküsst hat?«

Zu ihrem Entsetzen spürte Lottie, wie ihre Wangen heiß wurden. Die herausfordernde Äußerung ihrer Schwester weckte andere ungebetene Erinnerungen. Hayden St. Clair, wie er ihre Locke zwischen den Finger rieb, als wäre sie aus feinstem gesponnenem Gold, die quälende Einsamkeit in seiner Stimme und seinem Blick, als er sie anschaute, die Zärtlichkeit, mit der er ihre Brust umfasst hatte.

Sie musste sich überwinden, aber sie zwang sich, Lauras Blick zu erwidern. »Und was ist an einem harmlosen Kuss so schlimm? Ich wage zu behaupten, dass George auch kein Kostverächter ist. Ihn aber zwingt niemand zur Heirat.«

Ihr Bruder schien plötzlich ungewöhnliches Interesse an dem geschnitzten Kaminaufsatz gefunden zu haben.

Sterling schüttelte mit ernster Miene den Kopf. »Ich fürchte, dieser Mann hat mehr als ein paar harmlose Küsse gestohlen. Er hat dich auch jeglicher Hoffnung beraubt, je eine anständige Verbindung einzugehen.«

Die Gewissheit hinter seinen Worten ließ sogar Laura erblassen. »Vielleicht sollten wir nicht so voreilig mit unserem Urteil sein, Sterling. Was, wenn Lottie Recht hat und es nicht mehr als ein unschuldiger Kuss war? Sicher wird es noch andere Anträge geben.«

»Oh, an Anträgen wird es ihr nicht mangeln, sicher nicht«, erwiderte Sterling bitter. »Aber nicht die, die wir uns erhofft hatten. Morgen Früh wird ganz London über den Ruin deiner Schwester in den Skandalblättchen lesen.«

Lottie tauschte einen verlegenen Blick mit Harriet. Vielleicht war dies hier ihre Strafe für all die Stunden, die sie beide beim Studium eben dieser Zeitungen zugebracht und über die Fehltritte anderer gekichert hatten.

»Ich sehe nicht ein, warum ich überhaupt heiraten soll«, erklärte sie trotzig. »Sicher gibt es für eine Frau doch noch andere Möglichkeiten außer einer Ehe, ihr Leben zu gestalten.«

Miss Terwilliger klopfte mit der Spitze ihres Stockes auf den Fußboden. »Ausnahmsweise hat das Mädchen Recht. Man muss sich nur mich ansehen. Ich bin der lebende Beweis, dass eine Frau keinen Mann benötigt, um ein langes und erfülltes Leben zu führen.«

Während die verhutzelte alte Frau ein vergilbtes Taschentuch aus ihrem Retikül zog und sich schnäuzte, musste Lottie einen Schauder unterdrücken.

»Das stimmt sicher, Miss Terwilliger«, erwiderte Laura behutsam, »aber keine achtbare Familie oder Bildungsanstalt wird eine Gouvernante oder Lehrerin einstellen, deren Vergangenheit durch einen Skandal befleckt ist. Und ganz gewiss nicht jemanden, der so hübsch ist wie unsere Lottie.«

»Ich muss keine Ehefrau oder Gouvernante sein«, wandte Lottie ein und spürte, wie sich erste Hoffnung in ihr regte. »Himmel, ich könnte Schriftstellerin werden, so wie ich es mir immer erträumt habe! Alles, was ich benötige, ist etwas Tinte, Papier und ein kleines Haus irgendwo am Meer.«

Miss Terwilliger schnaubte. »Ich würde das lächerliche Geschreibsel, das du da fabrizierst, nicht Schriftstellerei nennen. Nicht mit all diesen wimmernden weißen Damen und rachedurstigen Herzögen, die durch irgendwelche Burgen streifen, den Kopf unter dem Arm. Diese Sorte Unsinn ist höchstens dazu geeignet, Vogelkäfige damit auszulegen.«

Ehe Lottie widersprechen konnte, meldete sich die sonst so furchtsame Harriet zu ihrer Verteidigung. »Ich mag Lotties Geschichten ... selbst wenn ich davon Albträume bekomme und mit dem Kissen über dem Kopf schlafen muss.«

»Carlottas literarisches Können steht hier nicht zur Debatte«, entgegnete Sterling scharf. »Es geht um ihre Zukunft.« Als er sich vor Lottie hockte und ihre beiden Hände umfasste, wünschte sie sich, er würde wieder schreien. Sein Zorn war immer schon leichter zu ertragen gewesen als seine Enttäuschung.

»Du begreifst es immer noch nicht, nicht wahr, Püppchen? Das hier ist nicht dasselbe wie damals, als du den Korb mit Fröschen an Lady Hewitts Schleppe gebunden hast oder als du den Fuchs von Lord Dravens Jagdgesellschaft unter deinem Bett versteckt hast. Das hier kann ich nicht wieder in Ordnung bringen. Ich kann nicht machen, dass es aufhört. All mein Reichtum, meine Titel und mein politischer Einfluss, meine gesellschaftliche Stellung – das alles ist wertlos im Angesicht eines Skandals wie diesem. Ein zerstörter Ruf ist nicht wie ein zerrissenes Kleid, das man mit Nadel und Faden wieder flicken kann. Einmal ruiniert, ist er auf immer verloren.« Er streckte eine Hand aus und strich ihr übers Haar, und in seinen Augen stand Bedauern und Betroffenheit. »In all diesen Jahren bist du selbst das Einzige gewesen, vor dem ich dich nicht habe beschützen können.«

Lottie drückte seine Hände an ihre Wangen, überwältigt von dem Gefühl der Hilflosigkeit, das diesen mächtigen Mann vor ihr auf die Knie gezwungen hatte. Als Laura sich auf die Lippe biss und Harriet erneut Georges Taschentuch nahm, um ihr Gesicht darin zu verbergen, musste Lottie ihre eigenen Tränen fortblinzeln. »Es tut mir so Leid. Ich wollte doch nur, dass ihr alle heute Nacht stolz auf mich seid. Ehrlich, das wollte ich.«

Die Mühe, die hinter Sterlings zärtlichem Lächeln stand, brach ihr das Herz. »Ich weiß, Liebes. Warum gehst du nicht einfach ins Bett und schläfst ein wenig, während deine Schwester und ich entscheiden, was getan werden muss.«

... während deine Schwester und ich entscheiden, was getan werden muss.

Die Endgültigkeit von Sterlings Worten machte allein die Vorstellung, sich in ihr warmes weiches Bett zu legen und zu schlafen, unmöglich. Sie konnte den Verdacht einfach nicht abschütteln, dass Sterling schon irgendeine unwiderrufliche Entscheidung über ihr Schicksal getroffen hatte. Sobald George Miss Terwilliger zu ihrer Kutsche geleitet hatte und zwei Lakaien Harriet in ein Gästezimmer getragen hatten, schlich Lottie wieder die Treppe hinab, dankbar, dass die Lampen im Foyer für die Nacht niedriger brannten.

Die hohen Türen zum Salon standen immer noch offen. Sie schlüpfte hinter eine davon und spähte durch den Spalt zwischen Tür und Angel. Sterling saß am Sekretär, seine Hand glitt eilig über ein Blatt Papier, auf das er etwas schrieb.

Laura ging hinter ihm auf und ab, ihre hübschen Züge von Sorge überschattet. »Wir sollten erleichtert sein, nicht wahr? Schließlich ist dieser Lord Oakleigh kaum der Ehemann, den wir für Lottie ausgesucht hätten. Was wissen wir denn schon von ihm, außer dem, was über ihn in den Klatschspalten geschrieben wird?«

»Man kann sich schwerlich auf der Basis solcher Zeitungsberichte ein Bild vom Charakter eines Mannes machen.«

Lottie überlegte, ob Sterling wohl an den Skandal dachte,

den Lauras und seine überhastete Hochzeit verursacht hatte. Die Klatschpresse hatte nicht glauben wollen, dass ein berüchtigter Lebemann wie der »Teufel von Devonbrooke« sein Herz an die verwaiste Tochter eines mittellosen Pfarrers verlieren konnte – ohne Nachhilfe von ihrer Seite. Natürlich war das, was sich in Wirklichkeit zugetragen hatte, wesentlich schockierender als alles, was die Blätter gedruckt hatten.

»Vielleicht ist es nur gut, dass er sich weigert, um sie anzuhalten«, sagte Laura. »Wie könnten wir von Lottie verlangen, einen Mann zu heiraten, der sie gar nicht haben will?«

Ihre Schwester hatte nicht völlig Recht, dachte Lottie mit einem Schauer. Hayden St. Clair wollte sie. Nur nicht zur Gattin.

»Ein Mann, der sie vielleicht niemals lieben wird?«, schloss Laura.

Sterling tauchte die Feder in das Tintenglas und schrieb weiter. »Viele lange und gute Ehen sind auf wesentlich dauerhafteren Grundlagen als Liebe errichtet worden.«

»Unsere aber nicht«, erinnerte ihn Laura leise. »Und Thanes und Dianas auch nicht, auch Cookies und Dowers nicht. Wir sind es doch, die Lottie gelehrt haben, dass Liebe die *einzige* Grundlage für eine Ehe ist. Wie können wir dann so grausam sein, von ihr zu verlangen, den Rest ihres Lebens ohne sie zu leben?« Laura begann, seine verspannten Schultern zu massieren. »Warum überspringen wir nicht einfach diese Saison und reisen alle morgen nach Hertfordshire zurück? Dort sind wir immer am glücklichsten gewesen. Es wird nicht lange dauern, und ein neuer Skandal wird die Erinnerung an Lottie und diesen Marquis aus den Köpfen aller verdrängen.«

Sterling griff hinter sich und tätschelte ihr die Hand. »Die

Zeit wird das Problem nicht lösen, Liebes. Ich fürchte, die Gesellschaft hat ein sehr gutes und unversöhnliches Gedächtnis. Hayden St. Clair sollte das besser als jeder andere wissen«, fügte er bitter hinzu. »Im Gegenteil, es wird nur eine Frage der Zeit sein, ehe die weniger von Skrupeln geplagten Männer unserer Bekanntschaft auftauchen, gleichgültig, ob hier in London oder in Hertfordshire. Sie werden irgendetwas davon faseln, wie Leid es ihnen tut, dass wir in einer so *schwierigen Lage* sind. Sie werden überaus *liebenswürdig* sein und unserer Lottie ihr *Mitgefühl* und ihren *Schutz* anbieten. Was sie ihr jedoch nicht anbieten werden, ist ihr guter Name.«

Laura schüttelte bestürzt den Kopf. »Das kann unmöglich die einzige Zukunft sein, die sie hat.«

Er faltete das Blatt Papier, tropfte Siegelwachs darauf und drückte sein herzogliches Siegel in das warme Wachs. »Das wird es nicht sein. Nicht, wenn ich es verhindern kann.« Er erhob sich und zog energisch an dem Klingelzug, der neben dem Sekretär hing.

Lottie drückte sich dichter hinter die Tür, als Addison, der Butler des Herzogs, aus einem dunklen Flur kam und an ihr vorüberging. Niemand hätte gedacht, dass er aus dem Schlaf gerissen worden war, so wach wirkte er und so ordentlich war er gekleidet. Lottie hatte insgeheim immer schon vermutet, dass er in akkurat gebügelten Hosen, gestärktem Hemd und Weste schlief.

»Sie haben geläutet, Euer Gnaden?«, fragte er.

Als Sterling sich umdrehte, hielt er zwei Schreiben in der Hand, die fast identisch aussahen. »Ich möchte, dass diese Briefe hier so schnell wie möglich zugestellt werden.«

Lottie runzelte die Stirn, und ihr wurde angesichts seiner entschlossenen Miene kalt bis auf die Knochen. Welche Nachricht konnte so dringend sein, dass sie mitten in der

Nacht überbracht werden musste? Sie kniff die Augen zusammen und schaute zur Uhr auf dem Kaminsims. Oder in den ersten Minuten des neuen Tages?

Laura fasste ihren Mann am Arm, und in ihrer Stimme klang Panik mit. »Sterling, was tust du da?«

»Was ich tun muss.« Er löste sanft ihren Griff. »Und, Addison?«

»Ja, Euer Gnaden?«

»Sorgen Sie außerdem dafür, dass meine Pistolen im Morgengrauen bereit sind.«

Lottie schlug sich eine Hand vor den Mund, um ihr entsetztes Aufkeuchen zu ersticken.

Zum ersten Mal war es Sterling gelungen, den Diener zu erschüttern. Addison zögerte, ehe er langsam antwortete: »Ja, Euer Gnaden. Ich werde mich persönlich darum kümmern.«

Die Verbeugung des Dieners ließ seine gewöhnliche Präzision vermissen, dann ging er. Laura, die ihren Mann mit offenem Mund ungläubig anstarrte, blieb zurück. »Im Namen von allem, was heilig ist, was hast du getan?«

Er drehte sich erneut zum Schreibtisch um und beschäftigte sich angelegentlich damit, das Tintenglas zu verschließen und das Siegelwachs wieder in das richtige Fach zu legen. »Um die Ehre meiner Schwägerin zu verteidigen, habe ich Lord Oakleigh zum Duell gefordert. Und ich habe Thane gebeten, mein Sekundant zu sein.«

»Das wird Thane nicht tun. Diana wird es nicht zulassen.« Laura schüttelte mit entschlossener Miene den Kopf. »Und ich auch nicht.«

Sterling stützte sich mit beiden Händen auf die Schreibtischplatte, den Rücken seiner Frau zugewandt. »Niemand von uns hat in dieser Angelegenheit noch die Wahl, auch du nicht!«

Tränen begannen, Laura über die Wangen zu laufen. »Das ist Irrsinn, Sterling! Du weißt, wie sehr ich meine kleine Schwester liebe, aber du hast doch auch gesagt, dass es zu spät ist, ihre Ehre zu retten. Wozu kann dies dann gut sein?«

»Zeigen, dass sie uns etwas bedeutet, uns wertvoll ist. Dass sie es wert ist, für sie zu kämpfen.«

Laura zog von hinten an seinem Ärmel. »Und ist sie es wert, für sie zu sterben?«

Sterling drehte sich zu ihr um und sah sie mit feuchten Augen an. »Ja, das ist sie.«

Laura blickte einen langen, hilflosen Augenblick zu ihm auf, ehe sie sich in seine Arme warf. Er hielt sie fest und schloss die Augen, während er sein Gesicht in ihrem weichen Haar vergrub.

Lottie wich langsam in die Schatten des schwach beleuchteten Foyers zurück, und die Ungeheuerlichkeit ihrer Dummheit lastete schwer auf ihren Schultern und brannte scharf in ihrem Magen. Das hier war kein herrlich erregendes Melodrama, das sie sich ausgedacht hatte. Das hier war das Leben ihres Schwagers, das Herz ihrer Schwester, die Zukunft ihrer Nichte und ihres Neffen. Diesmal hatte sie nicht nur sich selbst Schande gemacht, sie hatte sie alle ruiniert.

Jeder Mann, der seinen besten Freund im Duell töten konnte, würde sicherlich keine Gewissensbisse haben, einen Fremden zu erschießen. Ihre überreizte Phantasie ließ die Szene bildhaft vor ihren Augen erstehen, wie Hayden St. Clair auf taufeuchtem Rasen stand, sein dunkles Haar im Wind wehte und er eine noch rauchende Pistole in der Hand hielt. Sie konnte Sterling in einer Blutlache liegen sehen; Laura, die seinen leblosen Körper in ihren Armen wiegte, das Gesicht tränenüberströmt, ihre sanften braunen Augen voll bitterer Anklage, als sie Lottie anschaute. Eine Anklage, die unweigerlich in Hass umschlagen würde, wenn sie begriff, wie teuer der Leichtsinn ihrer Schwester sie alle zu stehen kam.

Lottie schloss die Augen, um das schreckliche Bild zu vertreiben, und einen verräterischen Augenblick lang war es Hayden St. Clair, der in seinem Blut lag, dessen kohlschwarze Wimpern auf den blassen Wangen ruhten. Nur würde niemand seinetwegen weinen, niemand seinen leblosen Körper wiegen, seinen Tod betrauern.

Als Lottie ihre Augen öffnete, waren sie trocken. Trotz all seiner noblen Vorsätze hatte Sterling sich geirrt. Einer von ihnen hatte noch die Wahl.

Sie durchquerte das Foyer mit sicheren Schritten und begann zu laufen, noch bevor sie die Treppe erreichte.

4

Bei seinem gewagten Vorschlag errötete ich …

Hayden war gerade erst tief in die Daunenmatratze seines zusammen mit dem Haus gemieteten Bettes gesunken und hatte seinen müden Glieder ausgestreckt, als unten ein nur allzu vertrautes Klopfen ertönte.

»Das ist doch wohl ein Scherz«, stöhnte er und rollte sich auf den Rücken, um die Unterseite des Betthimmels finster anzustarren. Die eine Sache, auf die er sich im Zusammenhang mit seinem Aufenthalt in London gefreut hatte, waren ein paar Stunden ungestörten Schlafes gewesen. Aber es schien, sogar das sollte ihm verwehrt bleiben.

Noch nicht einmal dieser Schuft Ned hätte eine so diabolische Folter aushecken können. Hayden war ein Mann, der seine Einsamkeit über alles andere schätzte, und doch war er im Lauf weniger Stunden erst von einer neugierigen Jungfrau gestört worden, dann von einer unverschämten Dirne und schließlich von einem erzürnten Herzog. Vielleicht war Ned zurückgekehrt, um ihm zu verraten, dass dieser ganze Albtraum nur ein kolossaler Scherz war, die reizende Debütantin und ihr wütender Schwager in Wahrheit nur Schauspieler waren, die er beauftragt hatte, eine lächerliche Farce aufzuführen, in der Hayden unwissentlich die Hauptrolle übernommen hatte.

Aber wenn das stimmte, dann war die Frau, die er heute Nacht in seinen Armen gehalten hatte, wahrlich eine begnadete Schauspielerin. Jede Fleet-Street-Hure konnte Leidenschaft heucheln, aber die Unschuld, die er in ihrem Kuss erkannt hatte, war nicht so leicht vorzutäuschen.

Das Klopfen hörte auf. Hayden genoss die segensreiche Stille, wagte kaum zu atmen. Vielleicht war es nur sein Kammerdiener gewesen oder ein anderer Dienstbote, der von einer Nacht der Ausschweifungen in einer der örtlichen Kneipen heimkehrte.

Er drehte sich wieder auf die Seite, entschlossen, wenigstens noch kurz zu schlafen, ehe die Sonne aufging.

Das Klopfen setzte wieder ein – laut und hartnäckig.

Die Bettdecke zurückschlagend, sprang Hayden aus dem Bett. Er zog sich seinen Morgenmantel über, verknotete mit abgehackten Bewegungen das Band in der Mitte. Dann schnappte er sich eine Kerze und eilte die Treppe hinab. Für einen Mann, der nichts mehr wollte, als allein gelassen zu werden, war seine Gesellschaft derzeit in der Tat ziemlich gefragt.

Als er die Tür aufriss, war die letzte Person, die er auf seiner Türschwelle zu sehen erwartete, Carlotta Anne Fairleigh.

Sie öffnete den Mund.

Er schloss die Tür.

Es entstand eine kurze Pause, dann war das Klopfen erneut zu hören, diesmal aber doppelt so heftig wie zuvor.

Hayden riss die Tür wieder auf und nutzte seine Größe aus, um Furcht einflößend auf seinen ungebetenen Gast hinabzustarren. Sie hatte ihr zerrissenes Abendkleid gegen einen kastanienbraunen Rock mit einem pelzbesetzten Spencer aus smaragdgrünem Samt ausgetauscht, sodass sie nun nicht mehr wie eine bedrängte Jungfer aussah, sondern einfach nur hinreißend. Das kurze Jäckchen umschloss ihre schmale Taille und betonte die sanften Rundungen ihres Busens. Auf ihre Locken hatte sie sich einen gewagten kleinen Filzhut gesetzt, den eine rosa Feder schmückte. Seltsamerweise war es diese trotzig auf dem Hut thronende, neckische kleine Feder, die unerwartet an Haydens Herz rührte. Wenn es sie einschüchterte, einem wütenden, großen Mann gegenüberzustehen, der mit nichts als einem burgunderroten Morgenmantel bekleidet war und die Stirn finster gerunzelt hatte, dann verbarg sie das gut.

»Guten Abend, Miss Fairleigh. Oder sollte ich besser ›Guten Morgen‹ sagen?« Er sah suchend auf die hinter ihr verlassen daliegende Straße. Eine Mietdroschke verschwand gerade um die Straßenecke und erstickte so all seine Hoffnungen im Keim, sie rasch wieder loszuwerden. »Sind Sie allein gekommen, oder muss ich jeden Augenblick damit rechnen, dass ein aufgebrachter Onkel oder Cousin zweiten Grades aus den Büschen springt und mit einem Degen herumfuchtelt?«

»Ich bin allein«, erwiderte sie, warf aber dennoch einen nervösen Blick über ihre Schulter.

»Das ist, was mir Sorgen bereitet. Sollte nicht ein Kindermädchen oder so darauf aufpassen, dass Sie sicher ins Bett gebracht werden? Wenn man jemanden dazu anstellen könnte, wäre allen viel Ärger erspart geblieben – besonders mir.«

Hayden bemühte sich zu vergessen, dass er erst vor einer kurzen Weile gefährlich dicht davor gestanden hatte, sie in sein Bett zu bringen. Obwohl er eigentlich bezweifelte, dass sie weiter als bis zum griechischen Sofa in der Bibliothek gekommen wären. Wenigstens beim ersten Mal.

Sie seufzte. »Wie ich Ihnen bereits früher zu erklären versucht habe, Lord Oakleigh, bin ich schon seit vielen Jahren dem Kinderzimmer entwachsen.«

»Was bedeutet, dass Sie alt genug sein müssten, um zu wissen, wie riskant es ist, sich eine öffentliche Droschke zu mieten und einen allein lebenden Gentleman ohne Anstandsdame und zu allem Überfluss noch mitten in der Nacht aufzusuchen.«

Ihr seidenes Retikül umklammernd, als wäre es ein Talisman, straffte sie die Schultern. »Glaubt man meiner Familie, ist mein Ruf bereits zerstört. Ich habe nichts mehr zu verlieren.«

»Wenn Sie das glauben, Miss Fairleigh«, erwiderte er mit gefährlich leiser Stimme, »dann sind Sie noch wesentlich jünger und naiver, als ich dachte.«

Obwohl sie sich zwang, seinem Blick nicht auszuweichen, stieg ihr Röte in die Wangen.

Hayden kam sich wie der schlimmste Tyrann vor. Er seufzte und trat zurück. »Sie können genauso gut hereinkommen, ehe jemand Sie sieht. Es mag immer noch ein oder zwei Leute in London geben, die sich nicht der Tatsache bewusst sind, dass ich das Verführen von Debütantinnen meiner Liste von Lastern hinzugefügt habe.«

Sie verschwendete keine Zeit, seiner zögerlich ausgesprochenen Einladung zu folgen. Ehe er die Tür schließen konnte, war sie schon auf dem Weg in die Bibliothek. »Fühlen Sie sich ganz wie zu Hause, während ich mich rasch anziehe«, rief er ihr zu. »Wie vorhin auch schon.«

Wenn sie seine sarkastischen Bemerkungen ignorieren konnte, dann konnte er ganz bestimmt ebenso mit ihrem betörenden Hüftschwung unter den wippenden Röcken verfahren. Nach ein paar Minuten kehrte er in die Bibliothek zurück und entdeckte, dass sie die erlöschenden Flammen im Kamin wieder angefacht und sich in dem Stuhl vor dem Schreibtisch niedergelassen hatte, als gehörte sie dorthin. Wenn auch sonst nichts, so war sie wenigstens erfinderisch.

Hayden setzte sich in den Stuhl hinter dem Schreibtisch und musterte sie. Obwohl es zahllose Dichter und Romantiker gab, die ihr herzförmiges Gesicht zweifellos als engelsgleich beschreiben würden, war es das teuflische Funkeln in ihren himmelblauen Augen, das ihn so faszinierte. Ihre honigbraunen Wimpern und Brauen bildeten einen unwiderstehlichen Kontrast zu ihrem goldblonden Haar. Ihr voller Mund war reizend geschwungen und hob sich an den Mundwinkeln. Ihre zarte Nase war am Ende elegant nach oben gebogen, doch ihr festes Kinn verriet mehr Entschlusskraft, als es der Mode entsprach.

Genau wie er befürchtet hatte, war er das Ziel eben dieser Entschlusskraft. Sie streifte sich ihre Handschuhe ab und stopfte sie in ihr Retikül, dann sagte sie: »Ich bin sicher, Sie wundern sich, weswegen ich Sie zu einer so unpassenden Tageszeit stören muss.«

Hayden vermutete, dass sie ihn zu jeder Tageszeit stören würde. »Ich bebe vor Neugier.« Er trommelte mit den Fingern auf die Schreibtischunterlage, aber sein trockener Tonfall deutete etwas völlig anderes an.

Sie beugte sich vor, und ihre Miene war beunruhigend

ernsthaft. »Das ist ein bisschen peinlich, aber ich habe mir überlegt, ob ich Sie nicht irgendwie dazu überreden könnte, mich zu heiraten.«

Einen langen Moment konnte Hayden nicht sprechen. Er lehnte sich in seinem Stuhl zurück, räusperte sich einmal, zweimal und ein drittes Mal, dann fragte er: »Machen Sie mir etwa einen Heiratsantrag, Miss Fairleigh?«

»Irgendwie schon, denke ich. Allerdings wäre es sicher eine romantischere Geschichte für unsere Enkelkinder, wenn Sie mir einen Antrag machen könnten.«

Ihr hoffnungsvoller Ton veranlasste ihn, bei seiner Antwort die Stimme zu senken. »Ich fürchte, es wird keine Enkelkinder geben. Wie ich schon Ihrem Vormund unmissverständlich erklärt habe, habe ich nicht vor, erneut zu heiraten. Jetzt nicht. Und auch nicht später irgendwann. Ich habe ihm außerdem versichert, dass es für Sie und mich nicht nötig sei zu heiraten, da trotz des gegenteiligen Anscheins ich Sie nicht kompromittiert habe.« Als Hayden wieder an die samtige Weichheit ihrer Brust unter seiner Handfläche denken musste, verspürte er Gewissensbisse. Vielleicht war er in dem Punkt nicht ganz aufrichtig, auch vor sich selbst nicht.

Unbeeindruckt von seiner Zurückweisung, erkundigte sich Lottie: »Was wäre, wenn Sie mich kompromittiert hätten? Was dann?«

Er überlegte sich seine Antwort sorgfältig. »Dann wäre ich als Ehrenmann genötigt gewesen, Ihnen den Schutz meines Namens anzubieten.«

Sie senkte den Kopf. In Erinnerung an seine vergangenen Erfahrungen mit Frauen machte sich Hayden auf wortreiche Bitten gefasst, Anschuldigungen und vielleicht sogar ein paar künstliche Tränen. Er war jedoch nicht darauf gefasst, dass sie ihren Hut abnehmen würde. Die Feder hing traurig nach unten, als sie das Stück Filz auf die Schreibtischkante legte. Ihre Hände glitten suchend über ihr Haar und zogen eine nach der anderen die perlenbesetzten Nadeln heraus, bis eine Flut schimmernder Locken auf ihren schlanken Hals fiel.

Dann hob sie den Kopf und schaute ihn mit einem Blick an, in dem Unschuld, aber auch eine kühne Einladung stand. Hayden fühlte, wie ihm der Mund trocken wurde, Opfer eines Hungers, den zu stillen er sich zu lange geweigert hatte. Ihre sinnliche Kühnheit hätte noch schlimmeren Schaden angerichtet, wenn er nicht das Beben ihrer Finger bemerkt hätte, als sie die stoffüberzogenen Knöpfe ihrer Jacke zu öffnen begann.

Hayden hatte den Schreibtisch umrundet, ehe ihm überhaupt bewusst wurde, dass er sich bewegte. Er bedeckte ihre Hand mit seiner und hoffte, ihr würde nicht auffallen, dass seine Finger auch nicht ganz ruhig waren. Er konnte das Pochen ihres Herzens durch den schweren Samt ihrer Jacke fühlen.

Seine Stimme war viel rauer als sein Griff. »Verzeihen Sie bitte, dass ich frage, aber sind Sie hierher gekommen, um mich zu überreden, Sie zu ehelichen oder zu verführen?«

»Keines von beidem. Beides. Ist es wirklich von Bedeutung, solange es auf dasselbe hinausläuft?« Sie schaute zu ihm auf, und trotz ihrem Eifer konnte er ihre Verzweiflung erkennen. »Sie können nicht leugnen, dass Sie Verlangen für mich empfinden. Sie hatten nichts dagegen, mich zu kompromittieren, solange Sie glaubten, Sie würden dafür zahlen.«

»Aber der Preis, den Sie nun fordern, ist viel zu hoch.« Er studierte ihr Gesicht aus zusammengekniffenen Augen. »Ihr Vormund ist einer der reichsten Männer Englands. Sie haben vermutlich eine großzügige Mitgift. Berücksichtigt man ihr hübsches Gesicht, bin ich sicher, dass es Ihnen weder jetzt noch in Zukunft an Verehrern mangeln wird. Warum, um Himmels willen, sollten Sie einen Mann mit meinem Ruf heiraten wollen?«

Sie schluckte nervös und fuhr sich mit der Zungenspitze über die Lippen. »Weil ich Sie … unwiderstehlich finde?«

Als diesmal ein Klopfen an der Eingangstür ertönte, zuckte Hayden noch nicht einmal mit der Wimper. Lottie dagegen fuhr fast aus der Haut.

»Bleiben Sie exakt hier«, befahl er ihr knapp und sah sie warnend an.

Als er zurückkehrte, saß sie immer noch so, wie er sie verlassen hatte, und starrte in das flackernde Feuer im Kamin. Er warf die Nachricht, die er eben erhalten hatte, auf ihren Schoß, wobei er darauf achtete, dass das gebrochene herzogliche Siegel ihres Vormundes zu sehen war.

Ihre Schultern sanken herab, und sie stieß den angehaltenen Atem aus. »Wenn Sie nicht einwilligen, mich zu heiraten, dann wird mein Schwager sich dazu verpflichtet fühlen, meine Ehre auf dem Duellplatz zu verteidigen.« Sie hob den Blick zu ihm. »Ich kann die Vorstellung nicht ertragen, dass Sterling sein Leben wegen etwas so Unbedeutendem wie meinem Ruf aufs Spiel setzt.«

Hayden lehnte sich gegen eine Ecke seines Schreibtisches. »Wieso sind Sie so sicher, dass Ihr Vormund das Duell nicht gewinnen wird?«

Sie atmete zitternd ein, weigerte sich aber, seinem Blick auszuweichen. »Es heißt, Sie seien ein ausgezeichneter Schütze.«

Obwohl sich Haydens Miene nicht veränderte, hörte er wieder den ohrenbetäubenden Knall zweier Pistolen, die nahezu gleichzeitig abgefeuert wurden, roch den bitteren Gestank des Schwarzpulvers, sah Phillipe auf dem Gras zusammenbrechen, einen Ausdruck verblüfften Unglaubens auf den jungenhaften Zügen. Als er sprach, tat er das mit eisiger Ruhe. »Selbst ein ausgezeichneter Schütze kann sein Ziel verfehlen, wenn er an einen Gegner mit einem ähnlichen Können gerät. Wer sagt denn, dass es nicht mein Herzblut sein wird, das Ihretwegen vergossen wird?« Er lachte leise, der trockene Laut bar jeder Erheiterung. »Oh, ich vergaß – glaubt man den Skandalblättchen, habe ich ja gar kein Herz.«

»Beweisen Sie, dass sie sich irren«, erwiderte Lottie herausfordernd, und ihr trotzig vorgerecktes Kinn kündigte genau die Probleme an, die er befürchtet hatte. »Indem Sie mich heiraten und das Leben meines Schwagers verschonen.«

Er neigte den Kopf zur Seite. »Also sorgen Sie sich nur um sein Leben, nicht um Ihr eigenes?«

Während sie das Schreiben in ihren Händen zusammenknüllte, zeigte sie ein kleines, selbstironisches Lächeln. »Ich habe Sterling und meine Schwester belauscht. Wie es aussieht, darf ich mich nach heute Nacht auf eine Parade sittenloser Gentlemen gefasst machen, die darauf brennen, mich auf ihren Knien zu schaukeln.«

Hayden hätte beinahe über ihre Worte gelacht, wenn das von ihr gezeichnete Bild nicht die trüben Wasser seines Gewissens aufgewühlt hätte. Was, wenn Devonbrooke Recht hatte? Was, wenn er durch seine Weigerung, sie zu heiraten, sie zu einem Leben im Schatten oder am Rande der Gesellschaft verurteilt hatte? Er wusste genau, wie kalt es in diesem Schatten sein konnte.

Sicherlich hatte es das schon gegeben, dass eine junge Frau aus bester Familie sich in die Demimonde begeben hatte, nachdem sie in einen Skandal verwickelt worden war. Noch wäre es für eine Schönheit wie Lottie nicht schwierig, einen reichen Beschützer zu finden, der sie verhätschelte und verwöhnte, zumindest so lange, bis er sein Auge auf ein hübscheres und jüngeres Gesicht warf und beschloss, sie an den nächsten Mann weiterzureichen. Und an den nächsten. Und wieder an den nächsten …

Hayden war sich nicht bewusst, dass er seine Hände zu Fäusten geballt hatte, bis er spürte, wie sich seine Fingernägel in die Handballen gruben.

Er ging um Lotties Stuhl herum und beugte sich von hinten über ihre Schulter, nah genug, dass sein Atem die daunenweichen Löckchen über ihrem Ohr bewegte. »Und was, wenn ich einer eben jener Männer bin, von denen Ihr Schwager gesprochen hat? Wie wollen Sie wissen, dass ich Sie heute Nacht nicht einfach in mein Bett nehme, nur um Sie am Morgen in Schande zu Ihrer Familie zurückzuschicken? Was soll mich davon abhalten, Sie zu meiner Mätresse zu machen, statt zu meiner Frau?«

Sie wandte den Kopf, sodass ihre korallenfarbenen Lippen nur einen Hauch von seinen entfernt waren. »Ihr Wort.«

Hayden schaute ihr in die Augen, die seinen Blick rückhaltlos erwiderten. Es war eine ganze Weile her, seit jemand auf sein Wort vertraut hatte. Um ihren Vormund zu beschützen, war sie willens, sowohl ihre Jungfräulichkeit als auch ihren Stolz zu opfern. Sie würde es ihm sogar gestatten, mit seinen blutbefleckten Händen ihr zartes junges Fleisch zu besudeln.

Langsam richtete er sich auf und kehrte zu dem Schreibtisch zurück, auf dem immer noch der elegante Kasten stand, der in nur wenigen Stunden die Reise nach Wales antreten sollte. *Ich hätte dort bleiben sollen*, dachte Hayden bitter. Weit weg von hübschen jungen Frauen und ihren Verwandten, die sich überall einmischen mussten.

Als er erneut seinen Gast betrachtete, war es kühl und abschätzend. »Verraten Sie mir, Miss Fairleigh, ob Ihr Vormund Ihnen eine gute Erziehung hat angedeihen lassen?«

Obwohl sie über die Frage verblüfft erschien, nickte sie. »Ich habe zwei Jahre in Mrs. Lytteltons Bildungsanstalt für junge Damen verbracht. Während meines Aufenthaltes dort habe ich mehrere Briefe aus Mrs. Chapones *Zur Hebung des Verstandes* auswendig gelernt, darunter ›Höflichkeit und Vollkommenheit‹ und ›Die Zügelung von Herz und Neigung‹.« Sie zuckte entschuldigend die Schultern. »Ich muss gestehen, ich habe ›Die Beherrschung des Temperaments‹ nie ganz gelernt.«

»Ebenso wenig wie ich«, murmelte er.

Sie zählte die Fertigkeiten an ihren Fingern ab, die an solchen Anstalten so hoch geschätzt wurden. »Ich kann recht nette Aquarelle malen, ein Porträt mit Wiedererkennungswert zeichnen und ein Mustertuch sticken.« Ihre Miene hellte sich auf. »Oh, und ich kann sehr gut Klavier spielen.«

»Keine Musik«, sagte er und schüttelte den Kopf. »Dafür habe ich keine Verwendung.«

Sie wirkte bestürzt. »Nun … dann spreche ich noch fließend Französisch, kann eine gerade Naht nähen, Menuett und Walzer tanzen und …«

»Können Sie ein lateinisches Nomen deklinieren?«

Sie schaute ihn verwundert an, da sie das ganz offensichtlich nie für eine der Fähigkeiten in Betracht gezogen hatte, die von einer Ehefrau erwartet wurden. »Wie bitte?«

»Können Sie ein lateinisches Nomen deklinieren?«, wiederholte er mit einem Anflug von Ungeduld. Er stieß den ledernen Globus neben dem Schreibtisch an, sodass er sich zu drehen begann, und fragte: »Können Sie Marrakesch auf einem Globus finden? Können Sie mir sagen, in welchem Jahr die Ostgoten Rom erobert haben? Verfügen Sie über irgendein nützliches Wissen, das sich nicht auf das

Säumen von Taschentüchern beschränkt oder Ihrem Tanzlehrer wunde Zehen eingebracht hat?«

Ihre Kiefermuskeln traten hervor, so fest biss sie die Zähne zusammen, während sie um Selbstbeherrschung rang. »A-, o-, e-, i- oder konsonantische Deklination?« Ohne seine Antwort abzuwarten, fuhr sie fort: »Marrakesch ist die Hauptstadt Südmarokkos, welches im Nordwesten Afrikas liegt. Und die Ostgoten haben niemals Rom erobert, das waren die Westgoten, und zwar im Jahr 409 nach Christi Geburt, wenn ich mich nicht irre.«

Nur mit Mühe gelang es Hayden, nicht über seine Verschämtheit aufzustöhnen. Wenn sie sich als dummes Ding herausgestellt hätte, dessen Kopf voll gestopft war mit nutzlosen Nichtigkeiten, hätte er sie vielleicht mitleidslos ihrem Schicksal überlassen.

Als er ihre Hand ergriff und sie auf die Füße zog, landete die Duellforderung ihres Vormundes unbeachtet auf dem Teppich. Er ging zur Zimmertür, während sie hinter ihm herstolperte, da sie für jeden seiner Schritte drei machen musste.

»Wohin bringen Sie mich?«, erkundigte sie sich außer Atem. »Wollen Sie mich jetzt kompromittieren?«

Er blieb abrupt auf der Türschwelle stehen, fuhr herum und zerrte sie mit sich zum Schreibtisch zurück. Er nahm ihren Hut und stülpte ihn ihr auf den Kopf. Die Feder rutschte weiter nach unten auf ihre Stupsnase, sodass sie niesen musste.

»Nein, Miss Fairleigh«, erklärte er durch zusammengebissene Zähne. »Ich werde Sie, verdammt noch mal, heiraten.«

Während die elegante Kutsche des Marquis durch die verlassenen Straßen des Londoner West Ends rollte, schienen die verdunkelten Fenster der Stadthäuser Lottie wie aus verschlafenen Augen anzuschauen. Die ersten rosafarbenen Streifen mussten sich erst noch im Osten zeigen. Selbst die pflichtbewusstesten Dienstboten wären um diese Zeit am Morgen immer noch im Bett.

Was der Grund dafür war, dass sich in Lotties Magen ein unangenehmes Gefühl breit machte, als sie um die Straßenecke bogen und Devonbrooke House hell erleuchtet vorfanden. Sie warf Hayden einen verstohlenen Blick zu, aber seine starre Miene verriet nichts.

Die Eingangstür des Hauses stand einen Spalt breit offen. Lottie und Hayden traten unbemerkt ein. Dienstboten in der Eingangshalle eilten blindlings hin und her, sodass niemand ihre Ankunft auffiel.

Sterling kam aus dem Salon, sein Gesicht hager vor Erschöpfung. »Was soll das heißen, sie ist nicht da?«, rief er. »Wie kann sie verschwunden sein? Ich habe sie schon vor Stunden zu Bett geschickt.«

Cookie folgte ihm, den Tränen nah. »Ihr Bett ist leer, Euer Gnaden. Und es sieht nicht so aus, als habe sie darin geschlafen.«

Laura kam ihnen nachgelaufen. »Denkst du, sie könnte fortgelaufen sein? Vielleicht hat sie Angst bekommen, wir könnten sie zwingen, dieses Ungeheuer zu heiraten.«

Lottie spürte, wie sich unter ihrer Hand die Muskeln in Haydens Arm anspannten. Ehe ihr etwas Kluges einfiel, um auf sich aufmerksam zu machen, trat Addison aus der Bibliothek, einen länglichen Kasten aus poliertem Mahagoni in den Händen.

Der Butler blieb vor Sterling stehen, schlug die Hacken zusammen, und in seiner Miene spiegelte sich die Wichtigkeit seiner Aufgabe wider. »Ihre Pistolen, Euer Gnaden. Frisch geölt und geladen.«

»Vielleicht sollten wir wieder gehen«, flüsterte Lottie und versuchte, Hayden zur Tür zu ziehen. »Das hier ist wohl nicht der richtige Augenblick, unsere freudige Neuigkeit zu verkünden.«

»Ganz im Gegenteil«, flüsterte Hayden zurück. »Ihr Vormund scheint dringend ein wenig Freude zu benötigen.« Ehe Lottie ihn daran hindern konnte, fasste er sie an der Hand und zog sie mit sich in die Halle.

Von Cookies Aufkeuchen gewarnt, drehte sich Sterling herum. »Sie!«, rief er aus. »Was, zum Teufel, tun Sie hier? Haben Sie dieser Familie nicht schon genug angetan für eine Nacht?« Als Lottie in sein Blickfeld stolperte, fügte Sterling leise hinzu: »Nein, anscheinend nicht.«

»Wenn ihr mir einfach fünf Minuten zuhören wollt, damit ich alles erklären …«, begann Lottie.

»Ich bin nur an der Antwort auf eine Frage interessiert«, unterbrach Sterling sie. »Hast du die Nacht in seinem Bett verbracht?«

Sich der warmen Finger nur zu bewusst, die mit ihren verschränkt waren, spürte Lottie, wie ihr die Röte in die Wangen kroch.

»Moment mal«, ergriff Hayden das Wort und trat vor. »Ich werde es nicht dulden, dass die Ehre der jungen Dame in Zweifel gezogen wird.«

»Es ist nicht ihre Ehre, die mir Sorgen macht«, entgegnete Sterling wütend, »sondern ihr Mangel daran. Es besteht jedoch keine Notwendigkeit, das hier zu erörtern. Diese Angelegenheit zwischen uns kann besser auf dem Duellplatz beigelegt werden.«

»Ich bin gekommen, Sie davon zu unterrichten, dass ein Duell nicht mehr nötig sein wird«, erklärte Hayden.

Sterling studierte ihn einen Moment lang schweigend, ehe er kühl erwiderte: »Nein, vermutlich nicht.«

Als er den Deckel des Kastens in Addisons Händen aufklappte, schrie Cookie auf, und Laura fiel ihm in den Arm, doch er schüttelte die Hand seiner Ehefrau mühelos ab. Sterling nahm eine der geladenen Pistolen und zielte damit auf das Herz des Marquis.

Obwohl Hayden keine Miene verzog, stellte sich Lottie vor ihn, als könnte ihre zierliche Gestalt ihn vor einer Pistolenkugel schützen. »Steck die Waffe weg, Sterling! Seine Absichten mir gegenüber sind ehrenhaft. Er ist gekommen, um meine Hand anzuhalten.«

Sterling ließ langsam die Pistole sinken, wandte aber seinen Blick nicht von dem Gesicht des Marquis. »Stimmt das?«

»Ja«, antwortete Hayden.

»Woher der schnelle Gesinnungswandel? Als ich vor ein paar Stunden mit Ihnen sprach, haben Sie noch geschworen, Sie würden nie mehr heiraten.«

Haydens Hände schlossen sich um Lotties Schultern, und sie erschauerte unter ihrer Besitz ergreifenden Härte. »Sicherlich muss ich Ihnen nicht erst sagen, wie überzeugend Ihre Schwägerin sein kann.«

Sterling richtete seinen Blick auf Lottie. »Und was ist mit dir? Vermutlich willst du mir als Nächstes weismachen, dass du dich Hals über Kopf in ihn verliebt hast.«

Irgendwie war Lottie dankbar dafür, dass Hayden ihr Gesicht nicht sehen konnte, als sie ihrem Vormund in die Augen sah und sagte: »Viele dauerhafte und glückliche Ehen sind auf stabilerer Grundlage errichtet worden als Liebe.«

Sterling ließ die Schultern sinken und gab sich geschlagen. Seine eigenen Worte konnte er nicht widerlegen. Er reichte die Pistole dem überraschten Addison und sagte an Hayden gewandt: »Kommen Sie mit, Oakleigh. Wir werden das im Salon diskutieren.«

Als die Tür hinter den beiden Männern zufiel, schaute Lottie zu Laura. Ihre Schwester musterte sie mit tränenverschleiertem Blick. »Oh, Lottie, was hast du jetzt nur wieder angestellt?«

Lottie straffte die Schultern und zwang ein zittriges Lächeln auf ihre Lippen. »Ich scheine mir einen Marquis geangelt zu haben.«

5

Doch er weigerte sich einzulenken.
Entweder würde ich seine Braut werden oder
nie die eines anderen Mannes!

»Der Marquis von Oakleigh«, verkündete der Butler, als er auf der Türschwelle erschien. Obwohl es dem faltigen alten Mann gelang, eine bemerkenswert ausdruckslose Miene aufzusetzen, schienen seine buschigen weißen Augenbrauen unmittelbar in der Gefahr zu schweben, davonzufliegen.

Ned Townsend verschluckte sich beinahe an einem Mund voll Zigarrenqualm, als Hayden St. Clair in den Rauchsalon seines Stadthauses in Kensington geschlendert kam. Obwohl Ned einen hastigen Versuch unternahm, die auf dem Tisch verstreut herumliegenden Klatschblätter und Zeitungen zu verbergen, war es zu spät, um mehr zu tun, als sich darüber zu lehnen und sie mit seinem Oberkörper zu verdecken, in der Hoffnung, dass auf diese Art und Weise wenigstens die schlimmsten Schlagzeilen nicht zu sehen waren.

»Also hast du dich schließlich doch entschlossen, mir einen Besuch abzustatten«, sagte Ned und setzte sein liebenswürdigstes Lächeln auf. »Vielleicht sind deine guten Manieren doch nicht mangels Nutzung so verstaubt, wie ich befürchtet hatte. Welchem Umstand verdanke ich die Ehre deines Besuches? Ich dachte, du wolltest eigentlich heute früh nach Cornwall aufbrechen? Und jetzt ist es lange nach Mittag.«

»Ich wäre schon längst auf dem Weg, wärest nicht du und deine infernalische Einmischung«, entgegnete Hayden und blitzte ihn aus seinen grünen Augen eiskalt an.

Ned konnte nicht umhin, sich zu fragen, ob das das Letzte gewesen war, was Phillipe auf dem Rasen in Wimbledon Common vor beinahe fünf Jahren gesehen hatte.

Haydens Erscheinung bildete einen starken Gegensatz zu Neds eigenem, kurz geschnittenem Haar, dem gestärkten Halstuch und den polierten Messingknöpfen. Haydens Stiefel waren an den Spitzen abgestoßen und seit mindestens drei Jahren außer Mode, sein Halstuch war locker gebunden und leicht schief. Sein Rock war weit geschnitten und hing lose um seinen schlaksigen Körper, als hätte er kürzlich mehr als nur ein paar Mahlzeiten ausfallen lassen. Wie gewohnt trug er seinen Biberhut in der Hand, statt auf dem Kopf, sodass sein zerzaustes Haar dem Wind schutzlos ausgeliefert gewesen war. Trotz seiner vornehmen Abstammung hatte ihn immer etwas Wildes umgeben, etwas vage Unzivilisiertes, das die feinen Damen ebenso wie die leichten Mädchen unwiderstehlich zu finden schienen. Wenn sie gezwungen waren, zwischen Ned, Hayden und Phillipe zu wählen, hatten sie sich unweigerlich für Hayden entschieden.

So wie es auch Justine getan hatte.

Ned zog an seiner Zigarre und setzte eine unschuldige Miene auf. »Ich habe keine Ahnung, wovon du sprichst.«

»Ach, komm schon. Sicher bist du nicht der einzige Mensch in ganz London, der nicht von dem Debakel letzte

Nacht gehört hat.« Haydens Blick fiel auf die Zeitungen, und er biss die Zähne zusammen. »Nein, ich sehe, das bist du nicht.«

Ehe Ned das Gegenteil behaupten konnte, hatte Hayden die Ausgabe der *Times* unter seinem Ellbogen hervorgezogen. Er hielt sie in das helle Sonnenlicht, das durch die hohen Bogenfenster in den Raum fiel, und las die fetten Schlagzeilen mit dramatischer Befriedigung. »›M.M. fordert ein weiteres Opfer in einem Verbrechen der Leidenschaft‹.« Als Ned sich geschlagen gab und sich in seinem Stuhl zurücklehnte, nahm sich Hayden zwei weitere Zeitungen. »›M.M. gibt einer Unschuldigen den Todeskuss‹. Oh, und wir dürfen die Bastion des respektablen Journalismus nicht vergessen, den *St. James Chronicle*: ›Debütantin erliegt unwiderstehlicher Umarmung von Todeslord‹.«

»›Todeslord‹«, wiederholte Ned nachdenklich. »Du musst doch zugeben, das klingt wesentlich poetischer als ›Mörderischer Marquis‹, nicht wahr?«

Hayden warf die Zeitungen auf den Tisch zurück. »Ich hoffe, du bist zufrieden. Dieser Müll verkauft sich ganz bestimmt besser als die letzte Ausgabe von Harriette Wilsons Memoiren.«

Ned beugte sich vor, um die Asche von seiner Zigarre in eine Kupferschale zu klopfen, die nach dem Vorbild eines Elefantenfußes geformt worden war. »Ein bedauerlicher Zwischenfall, so viel ist sicher. Aber ich sehe einfach nicht, warum ich daran schuld sein soll.«

»Weil es ohne dich nie geschehen wäre. Als ich dieses Mädchen dabei ertappt habe, wie es an der Rückseite meines Hauses entlangschlich, habe ich sie für eines von Mrs. McGowans Mädchen gehalten. Jemanden, den *du* angeheuert hast.«

Ned blieb der Mund offen stehen, sodass die Zigarre

schlaff aus seinem Mund hing. Ehe sie herunterfallen konnte, nahm er sie zwischen Daumen und Zeigefinger und sank gegen die Lehne seines Stuhles, unfähig, sein Lachen zurückzuhalten. »Himmel, das ist köstlich! Das arme, kleine Ding. Bitte sag mir nicht, du hättest …«

»Natürlich habe ich nicht«, knurrte Hayden. Aber während er seine Unschuld beteuerte, schien er doch Schwierigkeiten zu haben, Neds Blick zu erwidern, eine Beobachtung, die Ned besonders interessant fand. »Es ist nicht meine Art, jede Frau in mein Bett zu nehmen, die an meine Tür klopft. Oder auch an mein Fenster.«

»Wenn es das wäre, hättest du vielleicht nicht so schlechte Laune.« Ned legte einen Finger auf die *Times*. »Also, wer ist dieses Mädchen? Die Zeitungen haben ein paar Andeutungen fallen lassen, aus denen der eine oder andere schlau wird, aber sie haben sich nicht getraut, ihren Namen zu nennen.«

Hayden ließ sich in einen satinbezogenen Lehnstuhl fallen und überkreuzte die Füße. »Carlotta Anne Fairleigh«, sagte er und sprach den Namen aus, als besiegelte er damit seinen Untergang.

Obwohl es Ned fast gänzlich gelungen war, seine Belustigung zu zügeln, traten ihm erneut Tränen der Erheiterung in die Augen. »Die kleine Lottie Fairleigh? Der Wildfang von Hertfordshire höchstpersönlich?«

Haydens Miene wurde argwöhnisch. »Du hast schon von ihr gehört?«

»Natürlich. Es wird dir schwer fallen, jemanden in London zu finden, der das nicht hat.«

»Ich verstehe nicht ganz. Wie kann sie so berüchtigt sein, wenn sie noch gar nicht in die Gesellschaft eingeführt ist?«

»Und was denkst du, warum das so ist?«, erkundigte sich Ned, unfähig, sein Grinsen zu verbergen.

»Sie hat mir erzählt, dass sie während der vorletzten Saison mit ihrer Familie in Griechenland war und letztes Frühjahr unter einem bösen Fall von Masern zu leiden hatte.«

Ned schnaubte abfällig. »Wohl eher ein böser Fall von akuter Verlegenheit. Ihr Vormund wollte vermutlich warten, bis sich das Gerede um ihren letzten Versuch eines Debüts gelegt hatte.« In dem Wissen, dass er Haydens volle Aufmerksamkeit besaß, lehnte sich Ned in seinem Stuhl vor. »Devonbrooke hat sie zur Saison in die Stadt gebracht, als sie siebzehn war, und hatte fest vor, sie auf die Gesellschaft loszulassen. Vor dem Ball, den er ihr zu Ehren geben wollte, wollte er sie bei Hofe vorstellen, wie es üblich ist.«

Jetzt war Hayden an der Reihe, abfällig zu schnauben. Sie wussten beide, dass König George, der für seine Ausschweifungen berüchtigte ehemalige Prince of Wales, die einst angesehene Tradition vornehmlich als Gelegenheit nutzte, junge Schönheiten, die eifrig darauf bedacht waren, zu gefallen, in der ersten Blüte ihrer Weiblichkeit zu beäugen.

Ned fuhr fort. »Du musst dir also die liebliche Lottie vorstellen, wie sie in einer Reihe anderer aufgeregter junger Mädchen darauf wartet, vor den König gerufen zu werden. Als es schließlich so weit ist, schreitet sie auf unseren edlen König zu, ihr zarter Busen mit kostbaren Diamanten geschmückt, mit denen man gut und gerne das Lösegeld für einen König bezahlen könnte, und die Straußenfedern, die ihre Frisur zieren, wippen bei jedem ihrer Schritte anmutig. Als sie aber ihre Röcke anhebt, um ihren Hofknicks zu machen, kommt sie dem König zu nahe und kitzelt den armen George mit ihren eleganten Federn in der Nase. Er bekommt einen Niesanfall, während dem jeder einzelne der Knöpfe an seiner Weste abplatzt.« Ned zuckte die Schultern. »Natürlich wäre das vielleicht nicht geschehen, wenn er sich nicht in seinen Abendanzug gezwängt hätte, bis er wie eine Wurst in der Pelle darin steckte.«

»Das arme Mädchen kann doch nicht für die unmäßige Schlemmerei unseres Königs verantwortlich gemacht werden.«

»Eine Einschätzung, die unser gerechtigkeitsliebender Souverän offenbar teilte, denn zur Erleichterung aller – und besonders der jungen Dame selbst – begann er einfach zu lachen. Während die königlichen Lakaien auf Händen und Knien herumkrochen, um die Knöpfe aufzusammeln, bemerkte er ein goldenes Funkeln. Unheilvollerweise steckte es in den geweihten und daher unberührten Tiefen von Miss Fairleighs Ausschnitt.«

»Oh, Hölle«, stieß Hayden aus, stützte seine Ellbogen auf die Lehnen seines Stuhles und bedeckte seine Augen mit einer Hand, als wollte er so abwehren, was nun kommen musste.

»Nun, als die unerschrockene Miss Fairleigh die königlichen Wurstfinger ihre reizenden jungen Brüste begrapschen fühlte, verteidigte sie ihre Tugend, wie es nur eine wahre Dame kann.«

Hayden spähte zwischen seinen Fingern zu Ned. »Bitte sag jetzt nicht, dass sie ihm eine Ohrfeige gegeben hat.«

»Selbstverständlich nicht.« Neds Grinsen wurde breiter. »Sie hat ihn gebissen.«

Hayden ließ langsam seine Hand sinken. »Sie hat den König gebissen?«

»Ziemlich fest, so hat man mir berichtet. Es waren drei Wachen nötig, ihre perlengleichen Zähne aus seinem Arm zu lösen.«

Trotz seiner gerunzelten Stirn stand in Haydens Augen ein unmissverständliches Funkeln der Erheiterung. »Ich bin erstaunt, dass sie nicht im Tower gelandet ist.«

»Ohne das Einschreiten ihres Vormundes hätte sie vielleicht dieses Schicksal ereilt. Was auch der Grund ist, weshalb Devonbrooke gewartet hat, bis Georges schlechte Gesundheit ihn in die Abgeschiedenheit von Windsor getrieben hat, ehe er sie wieder auf den Heiratsmarkt gebracht hat. Was ich höre, ist das Mädchen schon immer sehr ungestüm und übermütig gewesen und neigt zu sehr modernen Ansichten über Frauen in den bildenden Künsten.« Ned winkte mit seiner Zigarre. »Aber wenn du sie nicht kompromittiert hast, sehe ich nicht, warum irgendetwas davon für dich von Bedeutung sein sollte.«

»Unglücklicherweise teilt ihr Vormund deine freizügigen Ansichten nicht«, erwiderte Hayden trocken. »Er besorgt gerade, während wir hier sprechen, eine Heiratslizenz vom Erzbischof.«

»Ah«, sagte Ned und war augenblicklich ernüchtert. »Ich habe gehört, dass Devonbrooke auf dem Gebiet über einige Erfahrung verfügt.« Obwohl inzwischen fast zehn Jahre vergangen waren, wurde über den saftigen Skandal der überstürzten Heirat des Duke in bestimmten Kreisen immer noch geflüstert. »Also nehme ich an, Glückwünsche sind angebracht, ja?«

»Beileidsbezeigungen wohl eher, da ich gegen meinen Willen mit den Ehefesseln an eine Kindsbraut gebunden werde.«

Ned lachte leise. »Du bist doch erst knapp einunddreißig, Hayden, und wohl kaum im Greisenalter. Man sollte meinen, du verfügst noch über das Durchhaltevermögen, sie zu befriedigen.«

Hayden warf ihm einen finsteren Blick zu. »Es ist nicht mein Durchhaltevermögen, um das ich mich sorge, sondern meine Geduld. Meine letzte Frau hat den geringen Vorrat, mit dem ich davon gesegnet war, restlos aufgezehrt.«

»Aber du warst doch erst ein junger Spund, als du Justine geheiratet hast.«

Und beerdigt hast.

Die Worte hingen unausgesprochen zwischen ihnen in der Luft, bis Ned die Hand ausstreckte und seine Zigarre ausdrückte. »Welchem Umstand verdanke ich die Ehre deines Besuches? Willst du mich doch noch fordern? Soll ich nach meinem Sekundanten schicken?«

Hayden erhob sich, drehte seinen Hut in der Hand. Obwohl er so aussah, als würde er jeden Moment an seinen Worten ersticken, gelang es ihm schließlich doch, sie auszusprechen. »Die Hochzeit soll morgen in Devonbrooke House um zehn Uhr vormittags stattfinden. Ich dachte, vielleicht ... nun, ich bin gekommen, dich zu bitten, mein Trauzeuge zu sein.«

Ned lehnte sich im Stuhl zurück, trotz allem gerührt. »Himmel, ich fühle mich geehrt!«

»Das musst du nicht«, erwiderte Hayden, als das alte teuflische Funkeln in seine Augen trat. »Mir blieb keine andere Wahl. Du bist der einzige Freund, den ich noch habe.«

Als er sich umwandte und zur Tür ging, konnte Ned sich die Bemerkung nicht verkneifen: »Kein Grund zum Verzweifeln, Hayden. Es ist doch nur, bis dass der Tod euch scheidet.«

Hayden blieb auf der Türschwelle stehen, drehte sich aber nicht um. Als er schließlich an dem verblüfft starrenden Butler vorbei zur Eingangstür des Stadthauses schritt, klang ihm Neds Lachen noch in den Ohren.

»Todeslord«, wiederholte Lottie nachdenklich, und ihre hochfrisierten Locken waren das Einzige, was von ihr hinter dem *St. James Chronicle* zu sehen war. »Hm, das klingt nicht schlecht, nicht wahr? Vielleicht sollte ich meinen ersten Roman *Die Braut des Todeslords* nennen.« Sie spähte über den Rand der Zeitung zu Harriet. »Oder wäre *Des Todeslords Braut* nicht noch aufsehenerregender?«

Harriet erschauerte. »Ich kann nicht begreifen, wie du so völlig ungerührt darüber reden kannst. Und besonders nicht, wo du doch eben diese Braut *sein* wirst.«

Die beiden saßen nebeneinander auf Lotties Bett, vergraben unter einer wahren Flut von Zeitungen. Offenbar hatte Sterling seine Anweisung, Lottie nicht zu verwöhnen, widerrufen, denn es war ihr gestattet worden, bis nach Mittag im Bett zu bleiben. Seit dem Aufwachen war ihr jeder Wunsch mit erstaunlicher Geschwindigkeit und Gründlichkeit erfüllt worden. Ein Paar Lakaien hatte Harriet zu ihrem Bett gebracht, während Dienstmädchen darauf warteten, ihren Knöchel hoch zu lagern. Cookie hatte sie mit Lotties Lieblingsnaschereien versorgt, darunter auch kleine französische, mit Rum und Honig getränkte Törtchen in Herzform. Sogar George hatte seinen Kopf durch die Tür gesteckt und sich zu einer Partie Whist angeboten, falls es ihnen langweilig werden sollte, die Klatschblätter und Zeitungen zu lesen, die in einem schier endlosen Strom eintrafen, die Tinte kaum getrocknet. Lottie hätte all die Aufmerksamkeit vielleicht sogar genossen, wären nicht Cookies besorgtes Zungeschnalzen und die mitleidigen Blicke der anderen Bediensteten gewesen.

Statt sich mit einem wohlhabenden Marquis verlobt zu haben, könnte man fast meinen, sie hätte sich mit einer tödlichen Krankheit angesteckt. Sie begann zu verstehen, wie sich ein Verurteilter fühlen musste, wenn ihm ein opulentes Mahl vorgesetzt wurde, kurz bevor er zum Galgen ging.

Dies war genau der Grund dafür, warum sie beschlossen hatte, allen eine gefasste Miene zu zeigen. Sie weigerte sich, Mitleid mit sich selbst zu haben, wenn alle anderen solche verbissene Befriedigung daraus bezogen, sie zu bemitleiden. Sie hatte Sterling bei ihrem Debüt vielleicht Schande bereitet, aber sie hatte nicht vor, das bei ihrer Hochzeit zu wiederholen. Wenn sie zu ihrer eigenen Hinrichtung gehen musste, dann würde sie das hoch erhobenen Hauptes tun. Glücklicherweise war Harriet zu sehr mit dem sich vor ihren Augen abspielenden Drama beschäftigt, um zu bemerken, wie aufgesetzt Lotties Fröhlichkeit war.

Den *Chronicle* zur Seite legend, nahm sie sich das letzte der französischen Törtchen von dem Tablett auf Harriets Schoß. »Ich muss zugeben, dass es ziemlich beunruhigend ist, über mich selbst als tragische Heldin meiner eigenen Geschichte zu lesen.« Sie leckte sich einen Honigtropfen von der Oberlippe. »Vielleicht sollte ich meine bevorstehende Heirat als Recherche für meinen ersten Roman betrachten. Eine Chance, in die Schatten des Herzens des Marquis hinabzusteigen und das Geheimnis um den Tod seiner ersten Frau zu lüften.«

»Das ist alles gut und schön«, erwiderte Harriet düster, »aber wer soll dann das Geheimnis um den Tod seiner zweiten Frau lüften?«

Ihrer Freundin einen tadelnden Blick zuwerfend, bemächtigte sich Lottie der Nachmittagsausgabe des *Whisperers.* »Das ist unerhört. Dieser Artikel beschreibt unsere verzweifelte geheime Liebe füreinander und zeichnet Sterling als herzlosen Bösewicht, der zwischen uns und dem Glück steht.«

»Wie schrecklich romantisch!«, rief Harriet und drückte sich eine Hand aufs Herz.

»Wie bodenlos lächerlich.« Lottie legte das Pamphlet zusammen und ignorierte einen merkwürdigen Stich der Wehmut. »Ich kann dir versichern, der Marquis hegt keinen Funken Liebe für mich, geheim oder sonst irgendwie. Allerdings muss ich zugeben, dass Sterling gestern Nacht ziemlich schurkisch aussah, als er anfing, mit dieser Pistole herumzufuchteln.« Sie überflog einen besonders aufgebauschten Bericht über die Ereignisse der vergangenen Nacht in einem der billigeren Blätter, die an den Docks verkauft wurden. »Gütiger Himmel!«, entfuhr es ihr, und sie spürte, wie ihr die Kehle vor Nervosität trocken wurde. »Dieser Darstellung zufolge könnte man meinen, wir wären in flagrante delicto erwischt worden.«

»Wo? Ich dachte, es wäre in Mayfair gewesen«, fragte Harriet, die in der Schule das Fach Latein immer am meisten verabscheut hatte, gefolgt von Geographie und Belehrungen über damenhaftes Auftreten.

Seufzend beugte sich Lottie vor und flüsterte ihrer Freundin die Übersetzung ins Ohr.

»Oh, Himmel!«, hauchte Harriet und errötete bis zu den Wurzeln ihrer braunen Haare. »Sicher nimmt doch niemand an, dass du etwas so Schreckliches tust. Mit *ihm*.«

Ehe Lottie das näher ausführen konnte, ertönte ein leises Klopfen an der Tür. Sie ließ sich in den Kissenberg zurücksinken und hoffte auf mehr französische Törtchen. Aber es waren ihre Schwester Laura und ihre Tante Diana, die mit einem Paar Lakaien im Gefolge eintraten. Lauras Augen waren vom Weinen gerötet, während Dianas von dunklen Schatten unterlegt waren.

Obwohl Sterlings Cousine nicht wirklich Lotties Tante war, machten ihre unkomplizierte Liebenswürdigkeit und ihr gesunder Menschenverstand sie wie geschaffen für diesen Titel. Trotz der Strenge ihres waldgrünen Kleides und ihres festen Haarknotens war der Kuss, den sie Lottie auf die Stirn gab, so liebevoll wie der einer Mutter. »Hallo, Kleines. Wenn deine liebe Miss Dumwinkle uns entschuldigen will, müssen deine Schwester und ich kurz mit dir reden.«

»Kann Harriet nicht dableiben?«, erkundigte sich Lottie, die eben erst zu begreifen begann, wie verloren sie sich bald schon fühlen würde, wenn ihre ergebene Freundin nicht mehr ständig bei ihr sein würde. Hayden hatte darauf bestanden, dass sie unverzüglich nach der Hochzeit morgen Vormittag zu seinem Landsitz in Cornwall aufbrachen.

»Uns wäre es anders lieber«, antwortete Laura und tauschte einen Blick mit Diana.

Lottie wartete neugierig schweigend, bis die beiden Lakaien Harriet aus dem Raum befördert hatten. Nachdem sie die Tür sorgfältig geschlossen hatte, ließ sich Laura neben ihr auf der einen Seite ihres Bettes nieder, Diana auf der anderen.

Diana fasste Lottie an der Hand, stärkte sich mit einem tiefen Atemzug und erklärte: »Deine Schwester und ich haben beide das Gefühl, wir würden etwas Wichtiges versäumen, wenn wir nicht versuchen würden, dich auf die nächsten Tage vorzubereiten …«

»Und Nächte«, fügte Laura heftig errötend hinzu.

»Und die Nächte«, pflichtete Diana ihr bei, »die kommen werden.«

Lottie ließ ihren Blick besorgt zwischen den beiden hin und her wandern. Vielleicht war es noch nicht zu spät, unter die Kissen zu kriechen und so zu tun, als schliefe sie.

Diana drückte ihre Finger so kräftig, dass einer von Lotties Knöcheln knackte. »Wie du sicher weißt, ist die vornehmste und schönste Pflicht einer Frau die ihrem Ehemann gegenüber.«

»Und nie ist diese Pflicht schöner, als zu dem freudigsten Zeitpunkt von allen – ihrer Hochzeitsnacht«, fügte Laura hinzu, und ihre Unterlippe begann zu zittern.

Diana warf ihr einen warnenden Blick zu. »Denn dann kommt der lang erwartete Augenblick, da die … Zuneigung« – sie stolperte über das Wort, und ihre bis dahin unerschütterliche Fassung geriet ins Wanken – »zwischen Mann und Frau schließlich ihren körperlichen Ausdruck finden darf.«

»Und solchermaßen der zärtliche Beginn eines Lebens wird … voller gegenseitiger Achtung und Hingabe und Gl … Gl … Glück.« Das letzte Wort wurde so lang gezogen, dass es wie ein Heulen klang, während Laura an Lotties Schulter sank und in Tränen ausbrach.

»Oh, um Himmels willen, Laura, hör auf!« Diana betupfte sich selbst mit einem Taschentuch die überquellenden Augen. »Du wirst das arme Kind noch zu Tode erschrecken.«

»Nun, nun«, murmelte Lottie tröstend, drückte die Hand ihrer Tante und strich ihrer Schwester über das weiche braune Haar. »Es besteht wirklich keine Notwendigkeit, mir die Grundlagen irdischer Liebe auseinander zu setzen – schließlich bin ich auf dem Land neben einer Schafzucht aufgewachsen.«

Lottie wusste, dass ihre Schwester und ihre Tante vermutlich daran denken mussten, wie sehr sich ihrer beider Hochzeitsnacht von Lotties unterschied. Sie waren beide mit Ehemännern gesegnet, die sie anbeteten, einem Luxus, den sie selbst nie kennen lernen würde. Stattdessen wurde von ihr erwartet, dass sie willig in das Bett eines Fremden kam – eines Mannes, der ihr keine allmählich gewachsene Zuneigung entgegenbrachte, eines Mannes, der gezwungen werden musste zu einer Ehe, die er nicht wollte, mit einer Frau, die er nicht kannte, eines Mannes, bei dem es gut möglich war, dass gemeine Lust über Zärtlichkeit siegte. Die Vorstellung von Hayden St. Clair auf ihr, in ihr, weckte ein dunkles Ziehen in ihrem Inneren, den Schatten eines Gefühles, das sie sogar noch mehr ängstigte als er selbst.

Diana wischte sich die letzten Tränen ab, und ihre Miene wurde entschlossen. »Es gibt Dinge, die du nicht von den Tieren lernen kannst, meine Liebe. Dinge, die selbst den strengsten und störrischsten Ehemann deinem Willen beugen können.«

Interessiert beugte sich Lottie vor und lauschte gebannt jedem der Worte ihrer Tante. Laura hob abrupt den Kopf, so schockiert, dass ihre Tränen während eines Schluchzers versiegten. »Diana, sicherlich kannst du doch nicht vorhaben …«

»Aber gewiss doch. Wenn Lottie schon in dieses feindliche Lager marschieren muss, dann soll sie das wenigstens nicht unbewaffnet tun. Und du und ich wissen genau, mit welchen Waffen wir sie ausrüsten müssen.«

Von der niedergedrückten Stimmung in Devonbrooke House am folgenden Vormittag her zu schließen, hätte man meinen können, seine Bewohner hätten sich versammelt, um einer Beerdigung beizuwohnen, nicht einer Hochzeit. Laura und Diana standen dicht beieinander, die Taschentücher griffbereit, und ihre Haltung war beinahe so versteinert wie ihre Mienen.

Da sie nicht Schwarz tragen würde, wie es die witzigeren Skandalblätter vorgeschlagen hatten, war die Braut in Rosa gekleidet. Es war keine Zeit gewesen, eine Näherin hinzuzuziehen, sodass Laura und Diana Lottie dabei geholfen hatten, sich für ein zartrosa Satinkleid mit einem Überrock aus elfenbeinfarbener Spitze zu entscheiden, das sich bereits in ihrer Garderobe befand. Um das Zittern zu verbergen, hielt sie mit beiden Händen den Strauß aus dunkelblauen Hyazinthen, den Cookie ihr hastig aus dem Garten auf der Rückseite des Hauses gepflückt hatte. Cookies Tränen schimmerten noch wie Tau auf den samtigen Blüten.

Sie hätte die Hyazinthen fast fallen lassen, als Hayden St. Clair unter dem Türbogen erschien. Er wurde von einem hoch gewachsenen, schlanken Herrn begleitet, dessen modisch kurz geschnittenes, blondes Haar mehr Silber als Gold aufwies.

Als die Männer sich auf ihre Plätze vor dem Marmorkamin stellten, der auch als Altar dienen würde, musterte der Fremde sie kühn, ehe er ihr zuzwinkerte. Das kam derart unerwartet, dass Lottie es beinahe erwidert hätte, bevor ihr wieder einfiel, ihn unter finster gerunzelter Stirn strafend anzusehen. Es wäre völlig unpassend, wenn sie ihrem Bräutigam den Eindruck vermittelte, sie würde direkt unter seiner Nase flirten. Am Ende würde sie gar nicht lebendigen Leibes in Cornwall ankommen. Sie konnte ihre Familie schon über der hastig gekritzelten Nachricht weinen sehen, die sie von ihrem tragischen Ableben unterrichtete, weil sich die Schleppe ihres Kleides in den Speichen der Kutschenräder verfangen hatte.

Eine einsame Violine schluchzte eine Melodie, das Zeichen für Lottie, den Arm ihres Vormunds zu nehmen und sich von ihm an die Seite ihres Bräutigams geleiten zu lassen. Sie holte tief Luft. Wenn sie schon zum Galgen gehen musste, dann war nun die Zeit gekommen, sich ihren Scharfrichter anzuschauen.

Ganz in Schwarz – bis auf das strahlende Weiß seines Hemdes, seiner Manschetten, seines Kragens und Halstuches – wirkte Hayden St. Clair irgendwie noch größer und beeindruckender, als sie sich erinnerte. Erfreut bemerkte sie, dass er einen Versuch unternommen hatte, wie vergeblich der auch gewesen war, sein ungebärdiges Haar zu bändigen. Ohne den Bartschatten auf Wangen und Kinn schien er eher in Georges' Alter zu sein als in Sterlings.

Während Lottie weiter auf ihn zuschritt, erinnerten sie

Tausende kleiner, bislang unbemerkter Einzelheiten daran, dass sie ihn überhaupt nicht kannte: die kaum wahrnehmbare Kerbe in seinem Kinn, die feine weiße Narbe unter seinem linken Ohr, der leichte Schatten auf seiner Oberlippe, den selbst das schärfste Rasiermesser niemals ganz würde entfernen können.

Als sie ihren Platz an seiner Seite einnahm, wünschte sie sich fast, dass ihre Tante und ihre Schwester ihre Ratschläge für sich behalten hätten. Obwohl ihre nimmermüde Neugier sie dazu getrieben hatte, jedes ihrer Worte in sich aufzusaugen wie ein Schwamm, konnte sie sich kaum vorstellen, je etwas von den schockierenden Dingen, die sie ihr beschrieben hatten, mit diesem Mann zu tun.

Oder ihm anzutun.

Sie schlug die Augen nieder und hoffte, er würde ihr Erröten mädchenhafter Scheu zuschreiben.

Als der Bischof Sterling aufforderte, ihre Hand dem Bräutigam zu übergeben, musste Lottie ihre schmale Hand seinem Besitz ergreifenden Griff mit einem leichten Ruck entziehen.

Das starre Lächeln war wie festgefroren auf Sterlings Gesicht und veränderte sich nicht, noch nicht einmal, als er sich zu Oakleigh vorbeugte und so leise, dass nur sie drei es hören konnten, knurrte: »Wenn Sie ihren Geist brechen, dann breche ich Ihnen das Genick.«

Als Lottie und Hayden vor dem Bischof knieten, war die Hand ihres Bräutigams warm und trocken, seine Stimme tief und fest, während er schwor, allen anderen zu entsagen, ihr solange treu zu sein, bis dass der Tod sie scheide. Lottie wiederholte die feierlichen Worte und konnte nicht anders, als sich zu fragen, ob er an die andere Frau denken musste, die denselben Schwur geleistet hatte, nur um ihn zu brechen.

Der Rest der Zeremonie zog wie in weiter Ferne an ihr vorbei. Ehe Lottie es merkte, schloss der Bischof bereits wieder das Gebetbuch und forderte sie auf, sich zu erheben. Seine Augen hinter dem Drahtgestell seiner Brille funkelten amüsiert, als er ihrem frisch gebackenen Ehemann die Erlaubnis gab, ihr Gelübde mit einem Kuss zu besiegeln.

Im Schutz der Geste, mit der sie Hayden die Wange zum Kuss bot, flüsterte sie: »Es tut mir so Leid, dass ich Sie in diese Klemme gebracht habe.«

»Ich bin nur dankbar, dass Sie meine Aufmerksamkeiten erträglicher fanden als die des Königs«, murmelte er als Antwort, und sein Atem strich dabei warm über ihre empfindsame Ohrmuschel. »Wenigstens haben Sie mich nicht gebissen.«

Lottie wich zurück und starrte ihn verblüfft an, so schockiert, dass sie zu flüstern vergaß. »Wer, um alles auf der Welt, hat Ihnen das erzählt …«

Ehe sie den Satz beenden konnte, senkten sich die Lippen ihres Mannes auf ihre und brachten sie mit einem Kuss zum Verstummen.

6

Durfte ich mir auch nur einen schwachen Widerhall von Zärtlichkeit aus solch rücksichtslosen Händen erhoffen?

Als Hayden endlich das in gespannter Atmosphäre abgehaltene Hochzeitsfrühstück verlassen durfte, das sein neuer Schwager und seine neue Schwägerin ausgerichtet hatten, musste er feststellen, dass seine Kutsche mit Koffern, Kisten und Kasten so schwer beladen war, dass man sie kaum noch unter dem Gepäckberg sehen konnte. Eine wahre Armee aus livrierten Lakaien mühte sich damit ab, die schwere Last mit Seilen festzuzurren und nach übersehenen Lücken und Löchern zu suchen, in die sie noch ein weiteres Gepäckstück zwängen könnten.

»Gütiger Himmel«, entfuhr es Ned, der die durchhängenden Achsen misstrauisch beäugte. »Deine neue Braut hält ganz eindeutig nichts davon, mit leichtem Gepäck zu reisen.«

»Ihr Vormund hat schon zwei Gepäckwagen vorausgesandt.« Hayden schüttelte ungläubig den Kopf. »Wenn ich nicht meine eigenen Dienstboten mit ihnen in einer anderen Kutsche mitgeschickt hätte, würde ich eigens ein Gespann mieten müssen, um uns aus London hinauszuschaffen.«

»Ist das nicht …?« Ned deutete auf ein seltsames Gerät, das auf der Spitze des Gepäckberges befestigt war.

Hayden schaute mit zusammengekniffenen Augen nach oben auf ein Gebilde, das wie die hölzernen Räder eines Laufrades aussah – das neumodische Fortbewegungsmittel, das ein Baron aus Deutschland für weitläufige Parks und Gärten erfunden hatte. »Ja, ich glaube schon.«

Lottie trat gerade in der Minute aus dem Haus und wankte unter dem Gewicht eines flachen Weidenkorbes, der dreimal so umfangreich war wie sie. Hayden trat vor, um ihn ihr abzunehmen, aber sie hielt den Korb außer Reichweite.

»Danke, bemühen Sie sich nicht. Ich komme bestens allein klar«, behauptete sie und schleppte ihre Last keuchend zur Kutsche. Sie betrachtete ihn mit Argwohn, seit er ihre unheilvolle Begegnung mit dem König erwähnt hatte.

Ein eilfertiger Lakai öffnete ihr den Kutschenschlag, sodass sie ihre Bürde auf einem Sitz abstellen konnte. Hayden spähte ihr über die Schulter, fasziniert von den geheimnisvollen Lauten, die aus dem Korb zu kommen schienen.

Obwohl er nicht die geringste Ahnung hatte, wo er noch einen Zoll Platz finden sollte, schlug er vor: »Vielleicht sollten wir das von den Lakaien noch auf das Dach laden lassen.«

Der Korb knurrte, bebte und hüpfte leicht, als wollte er dagegen protestieren.

Lottie trat zurück und warf ihrem Mann die Kutschentür vor der Nase zu. »Das wird nicht nötig sein. Es ist mein Lunch.«

Hayden zog eine Augenbraue in die Höhe, war aber der Ansicht, seine junge Frau eine unverfrorene Lügnerin zu nennen, würde ihre Ehe von Anfang an unter keinen guten Stern stellen.

Sie hatte ihr Brautkleid gegen ein flaschengrünes Reisekleid getauscht, dessen Kragen mit gestärkter Spitze besetzt war und das ein breites Revers aus Pelz hatte. Der Knoten, zu dem sie vorhin noch ihre Locken frisiert hatte, war verschwunden, ersetzt durch einen ordentlichen Lockenschopf, gekrönt von einem breitkrempigen Strohhut, auf dem sich Krepp, Bänder und winzige Rosenblüten aus Seide türmten. Er vermutete, dass sie sich für diese modische Kreation entschieden hatte, um gesetzter zu wirken, doch in Wahrheit sah sie aus wie ein kleines Mädchen, das mit den Sachen seiner Mutter Verkleiden spielt. Und auf keinen Fall sah sie alt genug aus, um irgendjemandes Ehefrau zu sein.

Besonders seine.

»Warte, Lottie! Du hast Mr. Zappel vergessen!«

Hayden trat zur Seite, als Miss Dumwinkle aus dem Haus gehumpelt kam, eine sich windende schwarze Katze auf Armeslänge von sich haltend.

Lottie nahm das pelzige kleine Wesen und legte es sich

wie einen lebendigen Muff über ihren Arm. »Es stört Sie doch nicht, wenn ich meine Katze mitnehme, oder?«, fragte sie ihn, und eine unerklärliche Röte färbte ihr die Wangen.

»Natürlich nicht«, versicherte ihr Hayden. »Ich bin überzeugt, das Tier wird sich schon bald heimisch in Oakwylde fühlen. Die Scheunen sind voller Mäuse.«

»Die Scheunen?«, wiederholte Lottie, und ein Unheil verkündendes Funkeln trat in ihre Augen.

Ehe sie mehr sagen konnte, kam der Rest ihrer Familie aus dem Haus. Lotties Vormund erweckte den Anschein, als bereute er bereits seinen Entschluss, sein kostbares Mündel Hayden anzuvertrauen. Devonbrooke hätte es zweifellos begrüßt, wenn sie ihre Hochzeitsnacht unter seinem Dach verbringen würden. Aber Hayden hatte nicht vor, auch nur eine Minute länger unter dem wachsamen Auge dieses Mannes zu bleiben. Ein unbedachtes Stöhnen von Lotties üppigen Lippen, und der Duke würde wieder nach seinen Duellpistolen schicken.

Als der Bruder seiner Braut, deren Schwester, Tante und Onkel, ja sogar die Dienstboten sie umringten, sie nacheinander umarmten, küssten und herzten, wich Hayden weiter zurück in den Schatten einer der hohen Säulen vor dem Eingang. In ihren Augen, das wusste er, würde er nie etwas anderes als ein Eindringling sein – das böse Ungeheuer, das ihre geliebte Märchenprinzessin mit sich nahm.

Während Hayden sich entfernte, trat Ned vor. Hayden schlug seinem Freund von hinten die Hand auf die Schulter. »Wohin des Wegs?«

»Die Braut küssen, natürlich! Als dein Trauzeuge betrachte ich das als meine heilige Pflicht.«

»Nur über meine Leiche«, erwiderte Hayden. »Oder deine, wenn meine Braut herausfindet, dass du es warst, der mir von dem Zwischenfall mit dem König erzählt hat.«

Ned gab sich geschlagen und lehnte sich gegen die Säule. »Wenn ihre Zähne so scharf wie ihr Verstand sind, darf sich unser Monarch glücklich schätzen, noch am Leben zu sein.«

Lottie war nicht entgangen, dass ihr Mann sich zurückgezogen hatte, aber ehe sie ihn in den Kreis zurückholen konnte, schlang Harriet ihr die Arme um den Hals und drückte sie so fest an sich, dass ihr die Knochen zu brechen drohten und ihre Katze protestierend miaute.

Tränen benetzten die dicken Brillengläser des Mädchens. »Ich wünschte, ich könnte mit dir nach Cornwall kommen! Du weißt ja, ich habe keinerlei Aussichten auf dem Heiratsmarkt. Wer will schon die einfältige Tochter eines Friedensrichters ohne nennenswertes Vermögen heiraten?«

»Sei kein Gänschen«, schalt Lottie sie. »Am Ende der Saison wirst du mir einen Brief schreiben und von den Dutzenden von Heiratsanträgen erzählen, die du erhalten hast, und dass du dich einfach nicht entscheiden kannst, wem du zuerst das Herz brechen sollst.« Die Katze an ihren Bruder weiterreichend, drückte Lottie Harriet ihr eigenes Taschentuch in die Hand und wies sie an, sich zu schnäuzen.

Mit einem misstrauischen Blick auf Hayden beugte George sich vor und flüsterte: »Wenn ihr beide nicht miteinander auskommt, kannst du ihn ja immer noch vergiften, weißt du.«

Trotz ihrer überstrapazierten Nerven zuckte es um Lotties Lippen. Keiner von ihnen hatte vergessen, wie Lottie als Zehnjährige in einem Anfall blinder Eifersucht versucht hatte, Sterling dauerhaft aus Lauras Leben zu entfernen, indem sie giftigen Fliegenpilz in seinen Kuchen gebacken hatte.

»Geht man nach dem Ruf des Marquis, ist es viel wahrscheinlicher, dass er mich vergiftet«, unterrichtete sie George.

Ihr Bruder versetzte ihr einen herzhaften Klaps auf die

Schulter. Obwohl ihre Beziehung immer schon von einer Mischung aus Groll und Zuneigung beherrscht gewesen war, kannte er sie vermutlich besser als sonst jemand. Und liebte sie trotz allem. Sie wusste, dass es ihm peinlich sein würde, trotzdem schlang Lottie ihm die Arme um den Hals. Zu ihrer Verwunderung duckte er sich nicht weg, als sie ihm einen Kuss geben wollte, sondern erwiderte ihn mit einer festen Umarmung.

»Du solltest dich für mich freuen, weißt du«, flüsterte sie ihm ins Ohr. »Es geschieht nicht jeden Tag, dass eine einfache Pfarrerstochter die Frau eines Marquis wird.«

George zog an einer ihrer Locken. »An dir ist nie etwas einfach gewesen.«

»Was genau der Grund dafür ist, dass es nicht nötig ist, sich meinetwegen Sorgen zu machen. Ich kann ihn dazu bringen, dass er mich liebt, oder etwa nicht?«

»Natürlich kannst du das«, versicherte George ihr. Zögernd ließ er sie los, und in seinem schiefen Lächeln spiegelte sich ihrer beider Besorgnis wider.

Dann war Cookie da und drückte ihr ein in Wachspapier gewickeltes und verschnürtes Päckchen in die Hand. An seiner Wärme und dem würzigen Duft, der ihm entströmte, erkannte Lottie, dass es Pfefferkuchen war, frisch aus dem Ofen. Obwohl Cookies Nase rot und geschwollen war, ließ ihr Lächeln nichts von seiner gewohnten Herzlichkeit vermissen, als sie Lottie in ihre Arme zog. »Dieser gut aussehende Schurke da sollte sich besser gut um mein kleines Lämmchen kümmern oder ich mache ihm eine Schüssel Haferplätzchen, jawohl.«

Lottie brach in Gelächter aus. Cookies Haferkekse waren berüchtigt, weil sie so staubtrocken waren, dass ihr Ehemann sie dazu benutzt hatte, Löcher im Stuck damit zu flicken.

Als die Köchin sich von ihr löste und sich die Augen mit ihrem Schürzenzipfel betupfte, musste sich Lottie dem Moment stellen, den sie am meisten gefürchtet hatte. Obwohl es ihr gelungen war, sich während all der anderen Abschiede ihre Munterkeit zu bewahren, glänzten die Augen, mit denen sie sich Laura und Sterling zuwandte, verdächtig.

Die Verantwortung für ihre kleine Familie hatte auf Lauras schmalen Schultern gelastet, als sie selbst erst dreizehn Jahre alt gewesen war. Trotzdem hatte sie weder Lottie noch George je das Gefühl gegeben, eine Bürde oder lästige Pflicht für sie zu sein.

Laura ließ Lottie eine rasche, herzliche Umarmung zuteil werden, die Augen trocken. »Wenn du mich je brauchen solltest, musst du nur ein Wort sagen, und ich komme sofort.«

»Dann solltest du besser schon einmal deine Koffer packen«, entgegnete Lottie, »denn ich brauche dich immer.«

Als Laura zurücktrat und in Dianas Armen Trost suchte, legte Sterling Lottie die Hände auf die Schultern. Ihre Lippen verzogen sich zitternd zu einem Lächeln. »Ich verspreche dir, ich werde die beste Ehefrau sein, die ich mir nur vorstellen kann. Ihr werdet dieses Mal beide stolz auf mich sein können, das verspreche ich.«

Sterling schüttelte den Kopf, und auch sein Lächeln war nicht fest. »Das sind wir doch immer schon, Püppchen. Immer schon.« Als er ihr einen zärtlichen Kuss auf die Stirn drückte, verfiel der Rest der Familie in unbehagliches Schweigen.

Sterling trat schließlich widerstrebend zurück. George reichte ihr die Katze. Lottie blieb nichts anderes mehr übrig, als sich von dem wartenden Lakaien in die Kutsche helfen zu lassen und darauf zu warten, dass ihr Ehemann neben ihr Platz nahm.

Hayden gab einem seiner Reitknechte ein Zeichen. Der Mann kam nach vorne, einen schönen Braunen am Zügel. Als Hayden aufsaß, sah sogar sein Freund Ned verwundert aus.

Hayden lenkte das Pferd zur offenen Kutschentür. »Ich hatte noch nie viel für die Enge einer Kutsche übrig«, erklärte er. »Ich hoffe, es stört Sie nicht, wenn ich reite.«

»Selbstverständlich nicht«, erwiderte Lottie leise und streichelte die Katze auf ihrem Schoß. »Mr. Zappel hier ist alle Gesellschaft, die ich brauche.«

Ihr Bräutigam konnte sie nicht ausstehen.

Warum sonst sollte er darauf beharren, Meile um strafende Meile auf dem Rücken eines Pferdes zu verbringen statt in der verhältnismäßigen Bequemlichkeit einer Kutsche, wenn nicht, um sie zu meiden? Die dicken Samtpolster dämpften die meisten Schlaglöcher auf der Straße, und Lottie beugte sich vor und verdrehte sich fast den Hals, um einen flüchtigen Blick auf ihren frisch gebackenen Ehemann zu erhaschen. Sie konnte nicht umhin, ihm zuzugestehen, dass er auf dem Pferderücken eine gute Figur abgab; der Schulterkragen seines Mantels wehte im Wind, und sein dunkles Haar war zerzaust. Er sah so düster und wild aus wie der Bösewicht ihrer Kurzgeschichte *Der schurkische Pastor von Pfaffenreuth*. Am Schluss dieser tragischen Geschichte hatte Lotties Heldin es vorgezogen, sich vom höchsten Turm der Klosterruine zu stürzen, als ihre kostbare Tugend dem lüsternen Kirchenmann zu opfern. Lottie konnte nur hoffen, dass nicht auch von ihr so ein Opfer verlangt werden würde.

Es juckte sie in den Fingern, so sehr sehnte sie sich nach Papier und einem Stift, um Hayden zu zeichnen, aber ihr Schreibzeug war sicher verstaut. Die Gefahren des Schreibens in einer fahrenden Kutsche waren ihr vertraut, seit sie einmal aus Versehen ein ganzes Glas Tinte über Georges nagelneuen Rock ausgeschüttet hatte. Ihr Bruder hatte sich zwei Wochen lang geweigert, mit ihr auch nur ein Wort zu wechseln.

Eine Welle der Melancholie abwehrend, machte sie es sich in ihrem Sitz bequem. Obwohl es schon viele Stunden und unzählige Meilen zurücklag, klangen ihr die Abschiedsworte ihrer Familie immer noch im Ohr. Zum ersten Mal in ihrem Leben war sie wirklich allein. Selbst in den ersten schweren Jahren nach dem Tod ihrer Eltern hatten sie, George und Laura immer noch einander gehabt. Jetzt hatte sie niemanden. Der Kater auf ihrem Schoß rieb seinen Kopf an ihrer Hand, als wollte er sie daran erinnern, dass das nicht ganz stimmte.

Sie kraulte ihn am Kinn, was ihm ein Schnurren entlockte. »Du bist eine nette Gesellschaft, Großer, wenn auch keine gesprächige.«

Sie legte den Kopf in den Nacken und hoffte auf ein Nickerchen, während dem die endlos erscheinenden Stunden schneller vergehen würden. Doch ehe sie ihre Augen schließen konnte, fiel ihr auf, dass sich unter dem Sitz ihr gegenüber poliertes Messing befand. Sie beugte sich vor, und erkannte einen Streifen abgenutztes Leder und Messingverschlüsse. Es war der Kasten, den sie auf Haydens Schreibtisch gesehen und den er eilig zugeklappt hatte, als sie das Zimmer betreten hatte. Was sich auch immer darin verbarg, er hatte sich geweigert, es der Obhut seiner Dienstboten anzuvertrauen oder den rauen Elementen außerhalb der Kutsche.

Sie fragte sich, was einem Mann wohl so viel wert sein könnte, von dem es hieß, dass nur wenig ihm etwas bedeute, und betrachtete ihn verstohlen aus dem Kutscheninnern.

Hayden ritt in leichtem Trab ein gutes Stück vor der Kutsche, die breiten Schultern in den Wind gestemmt.

Sie würde der Versuchung nicht nachgeben, gemahnte sie sich streng und faltete ihre behandschuhten Hände fest im Schoß. Sie war nun eine Lady, eine Marquise. Und eine Marquise würde sich nie dazu herablassen, in den Sachen anderer herumzuschnüffeln, gleichgültig wie verlockend die Gelegenheit auch war.

»Tugend ist sich selber Lohn. Tugend ist sich selber Lohn«, wiederholte sie halblaut. Vielleicht würde sie Mrs. Terwilligers Lieblingssinnspruch sogar irgendwann glauben, wenn sie ihn sich nur oft genug vorsagte.

Als wollte es ihre Entschlussfestigkeit testen, fiel ein Strahl Sonnenlicht durch das Kutschenfenster und ließ den Messingbeschlag golden glitzern. Lottie biss sich auf die Lippe und stöhnte tonlos. Wäre sie Parzival, der Heilige Gral hätte nicht verführerischer aussehen können.

Den erschreckten Kater auf den Sitz neben sich schiebend, kniete sie sich auf den Kutschenboden und zog den länglichen Kasten aus seinem Versteck. Sie fuhr mit den Händen über den Deckel und stellte fest, dass er verschlossen war.

Da sie über einige Erfahrung darin verfügte, ihre Nase ungebeten in Angelegenheiten zu stecken, die sie eigentlich nichts angingen, nahm Lottie einfach eine Hutnadel von ihrem Kopf und machte sich an dem Schloss zu schaffen. Sie war so in ihre Aufgabe versunken, dass sie es nicht bemerkte, als die Kutsche zu schaukeln aufhörte und zum Stehen kam. Die Kutschentür wurde geöffnet, und ein Mann räusperte sich hinter ihr.

Sie erstarrte, sich nur zu deutlich der Tatsache bewusst, dass ihr Ehemann einen ungehinderten Ausblick auf ihre Kehrseite genoss. Dankbar für ihre voluminösen Röcke, versetzte sie dem Kasten einen Schubs, sodass er an seinen Platz unter dem Sitz zurückrutschte.

Ihre Hutnadel triumphierend in die Höhe haltend, sagte sie über ihre Schulter zu Hayden: »Mir ist eine Hutnadel heruntergefallen. Aber ich habe sie wieder gefunden.«

»Das ist ein glücklicher Umstand«, erwiderte er gedehnt und beäugte das hohe Gebilde aus bunten Bändern und Blumen auf ihrem Kopf. »Wir wollen schließlich nicht, dass Sie diesen Hut verlieren.«

Ehe er noch irgendetwas sagen konnte, wurde er von dem Anblick der rotbraunen Katze abgelenkt, die auf dem Sitz thronte wie ein dicker Pascha in einer Sänfte.

Stirnrunzelnd musterte er das Tier. »Das ist merkwürdig. Ich hätte schwören können, Ihre Katze sei schwarz.«

Lottie erhob sich und nahm auf dem gegenüberliegenden Sitz Platz: »Das muss eine optische Täuschung gewesen sein. Wenn er schwarz wäre, hätte ich ihn schließlich nie Kürbis genannt, nicht wahr?«

»Kürbis?« Hayden kniff die Augen zusammen. »Ich dachte, er hieße Mr. Zappel?«

»Das stimmt auch«, erwiderte sie. »Mr. Kürbis Zappel.«

Die Katze streckte und reckte sich, und sah viel zu fett und faul aus, um je einer so anstrengenden Tätigkeit wie zappeln nachgegangen zu sein.

Hayden holte tief Luft, griff unter seinen Kragen und rieb sich den Nacken. »Wir haben an der Poststation hier angehalten, um die Pferde zu wechseln. Ich dachte, Sie hätten vielleicht gerne eine Erfrischung.« Er nickte zu dem Korb neben ihr, und in seine Augen trat ein listiges Funkeln. »Es sei denn, natürlich, Sie würden Ihren Proviant mit mir teilen.«

»Oh nein!« Lottie kam an die Tür. »Ich werde ihn mir für nachher aufheben. Cookie hat nur eine Portion eingepackt.«

Sie nahm die Hand, die er ihr reichte, und spürte seine Wärme durch das Leder ihrer Handschuhe, als sie aus der Kutsche stieg. Sie war beinahe an der Tür des Gasthofes angekommen, ehe ihr auffiel, dass er ihr nicht folgte.

Sie drehte sich um. »Kommen Sie nicht mit?«

Er schaute weiterhin in die Kutsche, seine Miene war nachdenklich. »Nein, ich denke nicht, dass ich es will. Es scheint, dass ich meinen Appetit verloren habe.«

Als Lottie kurze Zeit später zu der Kutsche zurückkehrte, entschlossen, den Korb aus der Kutsche zu schmuggeln, während Hayden in den Ställen beschäftigt war, befanden sich sowohl der Korb als auch Kürbis noch dort, wo sie sie gelassen hatte.

Der geheimnisvolle Kasten jedoch war verschwunden.

Lottie versuchte, nicht an die vor ihr liegende Nacht zu denken. Als aber die Schatten der Hecken länger wurden und die Dämmerung hereinbrach, die die am Fenster vorbeifliegenden Felder in violettes und graues Licht tauchte, konnte sie nicht länger so tun, als würde der heutige Tag und damit ihre Unschuld ewig währen. Wenn sie den Gasthof erreichten, in dem sie die Nacht verbringen würden, wurde von ihr erwartet, in das Bett ihres frisch angetrauten Ehemannes zu steigen so wie zahllose Bräute überall im Land.

Er hatte die Diener vorausgeschickt und dafür gesorgt, dass sie ungestört sein würden. Es würde keinen Kammerdiener geben, der sein Bad zubereitete, keine Zofe, die ihr beim Auskleiden half. Vielleicht hatte er vor, diese Aufgabe selbst zu übernehmen. Sie konnte ihn sich nur zu leicht vorstellen, wie er die Perlenknöpfe, die ihr Mieder verschlossen, einen nach dem anderen öffnete und den Stoff auseinander schlug, sodass die zarte Spitze darunter zum Vorschein kam, die blasse Schwellung ihrer Brüste.

Oder er würde vielleicht warten, bis sie im Bett lag, die Kerzen löschen und im Schutz der Dunkelheit zu ihr kommen. Er würde ihr Nachthemd bis zu ihrer Taille hochschlagen – sanft, wenn er ein geduldiger Mann war, oder grob, wenn nicht –, sich dann auf sie legen und … und …

Trotz Dianas und Lauras ausführlicher Erklärungen konnte sich Lottie einfach nicht dazu bringen, diese Gedankengänge bis zu ihrem unvermeidlichen Ende weiterzuverfolgen. Als sie ihr gesagt hatten, dass es weniger schmerzhaft und wesentlich angenehmer sein würde, wenn ihr Bräutigam sich die Zeit nahm, ihren Körper vorzubreiten, hatte sie spitz vorgeschlagen, dass sie vielleicht besser mit ihm statt mit ihr reden sollten.

Ihre Tante und ihre Schwester hatten sich ebenso genötigt gefühlt, sie zu warnen, dass sie von Männern gehört hatten, die sehr primitiv bei der körperlichen Liebe vorgingen. Männer, die ihre Frauen bestiegen, sie begatteten wie ein Hammel, den man im Pferch auf die Schafe loslässt, um sich dann nach vollbrachter Tat von ihnen herunterzurollen und augenblicklich zu schnarchen zu beginnen. Begreiflicherweise waren die Frauen solcher Männer geneigt, das Ehebett eher für eine unangenehme Pflicht zu halten, die man ertragen musste, statt sie zu genießen. Für den Fall, dass sich Hayden als so ein Mann entpuppen sollte, hatten sie Lottie mehrere Vorschläge mit auf den Weg gegeben, wie sie ihm Lust bereiten könnte, sodass er im Gegenzug dazu verleitet würde, ihr mehr Zärtlichkeit zu zeigen. Eine ganze Reihe erschreckender, jedoch unzweifelhaft verführerischer Bilder schossen ihr durch den Kopf, sodass er zu schmerzen begann. Lottie rieb sich die Stirn und überlegte, wie sie sich je an all das erinnern sollte, was sie ihr gesagt hatten. Vielleicht hätte sie sich Notizen machen sollen.

Sie hatte keine Probleme, sich daran zu erinnern, wie gekonnt Hayden sie mit seinen kräftigen Händen gestreichelt hatte, wie seine Zunge wie warmer Honig über ihre Lippen gestrichen, in ihren Mund getaucht war. Sie hatte fast mehr Angst, dass ihr Ehemann keine Anweisungen benötigte und genau wüsste, welche schlimmen Dinge er mit ihr anstellen musste, welche weichen, geheimen Stellen er berühren musste, um sie so weit zu bringen, bis sie ihm nichts mehr verwehren konnte.

Erschauernd zog sich Lottie ihren Schal fester um die Schultern. Inzwischen war es draußen dunkel geworden, und die Kutsche verlangsamte immer noch nicht ihre Fahrt. Als der Mond aufging, fuhren sie an einem Gasthof vorbei, dann an einem weiteren, deren einladende Lichter so rasch wieder von der Dunkelheit verschluckt wurden, wie sie erschienen waren.

Obwohl Lottie entschlossen war, wach zu bleiben, lullte das beruhigende Schnurren der Katze auf ihrem Schoß und das unablässige Schaukeln der Kutsche sie schließlich doch in einen traumlosen Schlaf.

Als die verheißungsvollen Lichter des *Alder Tree Inn* zwischen den Bäumen auftauchten, gab Hayden den Vorreitern und dem Kutscher ein Zeichen. Am liebsten würde er bis an den Rand der Erschöpfung reiten, aber die Pferde verdienten es nicht, sein Schicksal zu teilen.

Die Kutsche rollte aus und blieb auf dem Hof des gemütlichen kleinen Gasthauses stehen. Sich den Schlaf aus den Augen reibend, kamen die Pferdeburschen des Hauses aus dem Stall, um die Pferde auszuspannen. Hayden warf einem von ihnen seine Zügel zu, saß ab und unterdrückte nur mühsam das Stöhnen, das sich ihm bei der jähen Beanspruchung seiner steifen Muskeln auf die Lippen drängte. Während der Kutscher vom Kutschbock kletterte, um den

Schlag zu öffnen, ging Hayden zum Gasthof, um Zimmer für den Rest der Nacht zu nehmen.

Der Kutscher räusperte sich umständlich. »Mylord?«

Hayden drehte sich um und sah den Mann neben der offenen Tür der Kutsche stehen. Vorgewarnt davon, wie angelegentlich er seine Stiefelspitzen betrachtete, trat Hayden müde an das Gefährt und spähte hinein.

Lottie lag auf einer der gepolsterten Bänke auf der Seite; ihr Hut war verrutscht, die Lippen waren leicht geöffnet, und ein kleiner grauer Pelzball mit einer schneeweißen Blesse und weißen Pfoten hatte sich in ihrer Armbeuge zusammengerollt. Blinzelnd betrachtete Hayden das schlafende Kätzchen, aber sein Blick wurde rasch von etwas anderem angezogen. Die Röcke von Lotties Reisekleid waren nach oben gerutscht und gewährten ihm einen verführerischen Blick auf bestickte Seidenstrümpfe mit Strumpfband und spitzengesäumte Pantalons. Die Hitze, die augenblicklich in seine Lenden stieg, zeigte Hayden, dass sein Versuch, sich bis zu Erschöpfung zu verausgaben, kläglich gescheitert war. Er könnte zur Hölle und wieder zurückreiten, und immer noch würde ihn ein solcher Anblick nicht kalt lassen.

Aber es war ihm gelungen, Lottie zu erschöpfen. Das schwache Licht der Kutschenlampe betonte die Schatten unter ihren Augen. Hayden stieß leise einen Fluch aus. Den Pferden hatte er mehr Fürsorge angedeihen lassen als seiner Frau. Er hätte sich denken können, dass die unbarmherzige Fahrt irgendwann ihren Preis fordern würde.

Obwohl ihre sanft gerötete Haut und die unter der Wange gefalteten Händen sie wie ein kleines Mädchen aussehen ließen, erinnerte ihn das rhythmische Heben und Senken ihrer Brüste daran, dass sie kein Kind war. Sie war eine Frau.

Seine Frau.

Er versteifte sich und versuchte zu ergründen, woher dieser verräterische Gedanke gekommen war. Wenn ihn seine sieben Jahre mit Justine eines gelehrt hatten, dann, dass man einen anderen Menschen nicht besitzen konnte. Je fester man den anderen halten wollte, desto mehr konnte man verlieren.

»Soll ich sie wecken, Mylord?«

Hayden zog Lotties Röcke nach unten; den Kutscher, der neben ihm stand, hatte er fast vergessen. Es wäre das Vernünftigste, sie von dem Kutscher wecken zu lassen, während er sich um ihre Unterbringung kümmerte.

»Das wird nicht nötig sein«, hörte er sich selbst sagen. Er reichte dem Kutscher das Kätzchen, ehe er sich vorbeugte, um seine Frau auf seine Arme zu nehmen.

7

Als ich einen ersten Blick auf seine Festung erhaschte, begriff ich, dass ich den Herrn der Hölle selbst geheiratet hatte …

Als Hayden Lottie durch die Gaststube des Wirtshauses trug, schmiegte sie sich enger an seine Brust und schlang ihm die Arme um den Hals. Die Wirtin, bereits in Morgenmantel und Nachthaube, war ihnen geschäftig vorausgeeilt, um in ihrem besten Zimmer ein Feuer im Kamin anzuzünden, während ihr strahlender Gatte seinen Gast darüber unterrichtete, dass ihnen nicht jede Nacht die Ehre zuteil würde, einen Edelmann und seine Gemahlin zu beherbergen. Die Frau des Wirtes wartete in der Tür, eine Kerze in der Hand, als Hayden am oberen Ende der Treppe ankam.

Er steckte ihr eine Pfundnote zu, damit sie bis zum Morgen nicht gestört würden. Sie ging mit einem Zwinkern, das sie trotz der weißen Zöpfe, die unter ihrer Haube hervor bis auf ihre Hüfte fielen, entwaffnend mädchenhaft aussehen ließ.

Hayden trat die Tür zu, dann zog er Lottie den Hut vom Kopf und legte sie vorsichtig auf das Bett, das sie teilen würden. Wie der Rest des Wirtshauses, war die Bettdecke verblichen, aber sauber. Sie sank seufzend in die weichen Federn, wollte ihren Griff um seinen Hals aber nicht lockern, bis Hayden ihre Hände nahm und sanft löste. Sie verzog unzufrieden das Gesicht, kuschelte sich tiefer in das Kissen und murmelte etwas von französischen Törtchen und Mr. Zappel, alles, ohne ihre Augen zu öffnen.

Hayden wich einen Schritt zurück und musterte die voll bekleidet auf dem Bett liegende Frau. Vielleicht hätte er die Wirtin doch nicht so voreilig wegschicken sollen.

Es war nicht so, dass er sich mit dem geheimnisvollen Netz aus Verschnürungen und Bändern, dem Gewirr aus Knöpfen und Häkchen nicht auskannte, die zu der Kleidung einer Frau gehörten. Denn ehe er in Justines Bann geraten war, hatte er bereits seinen Teil davon geöffnet.

Seine düsteren Erinnerungen abschüttelnd, zog er Lottie den pelzgefütterten Umhang und die zierlichen Halbstiefelchen aus, dann öffnete er einen nach dem anderen die Perlenknöpfe ihres Reisekleides. Als er unter ihr Hemd fasste, um die einengenden Bänder ihres Korsetts zu lockern, musste er sich ins Gedächtnis rufen, dass er das Recht besaß, das zu tun.

Also warum kam er sich dennoch wie ein Wüstling der übelsten Sorte vor?

Trotz Lotties Unerschrockenheit schien alles an ihr viel kleiner als bei ihm. Ihre Verletzlichkeit weckte in ihm Beschützerinstinkte. Er hatte auch versucht, Justine zu schützen, aber versagt.

Mit dem Handrücken streifte er versehentlich die sanfte Wölbung einer ihrer weißen Brüste. Sein Blick wanderte zu ihrem Gesicht. Als er sie von der Enge der Fischbeinstangen befreite, teilten sich ihre Lippen zu einem seligen Seufzen.

Haydens Mund wurde trocken. Er musste daran denken, wie süß eben diese Lippen schmeckten. Wie zart und nachgiebig sie sich unter seinen anfühlten. Er wollte sie wieder kosten, seine Zunge zwischen diese vollen korallenroten Bögen gleiten lassen und einen Schluck ihres Nektars stehlen.

Aber es wäre kein Stehlen, erinnerte er sich grimmig. Er hatte alles Recht, ihre Küsse zu fordern – und noch viel mehr. Dieses Mal würde es keinen wachsamen Vormund geben, der sich in alles einmischte und ihn aufhielte, sollte er sich entschließen, mit der Hand unter die Röcke ihres Reisekleides zu gleiten und den schmalen Schlitz in ihren Seidenunterhosen zu suchen. Kein Skandalblattschreiber, um ihn dafür zu verleumden, wenn er durch den Stoff in ihren zarten Körper vordrang und ihr mit seinen Fingern einen Nektar entlockte, der viel heißer und süßer war als der ihres Mundes, bis ihre atemlosen Seufzer in Stöhnen übergingen und ihre Schenkel sich einladend spreizten. Keine Klatschmäuler, die Gerüchte und Lügen in die Welt setzten, wenn er ihre Röcke nach oben schob und ihren sich vor Lust verzehrenden Körper mit seinem eigenen bedeckte.

Er hätte sie zu seiner Mätresse machen sollen statt zu seiner Ehefrau. Dann hätte nie die Gefahr bestanden, dass sie in seine Vergangenheit vordrang oder gar in sein Herz. Sich selbst als den schlimmsten Narren verfluchend, beugte Hayden sich vor, bis sein Mund Lotties weiche Haut streifte.

Lottie rollte sich auf die Seite und seufzte zufrieden. Vielleicht würde Sterling sie wieder bis nach Mittag schlafen lassen oder wenigstens so lange, bis Cookie mit einem Tablett voll warmer Brötchen und einem Krug heißer Schokolade an ihre Tür klopfte. Sie kuschelte sich tiefer in ihr Kopfkissen und hoffte, zu der verschwommenen Seligkeit ihrer Träume zurückzukehren. Sie erinnerte sich vage an starke Arme, die sie trugen, als wöge sie nicht mehr als eine Feder, an eine breite Brust unter ihrer Wange, warme Lippen, die erst ihre Stirn, dann ihre Lippen mit köstlicher Zärtlichkeit streiften.

Sie schlug die Augen auf. Das milchige Licht des heraufdämmernden Morgens fiel durch die Butzenglasscheiben eines fremden Fensters. Grob behauene Balken zierten die Wände und dienten einer getünchten Decke als Dachsparren. Sie könnte sich in irgendeinem der Gasthöfe zwischen London und Cornwall befinden. Das Letzte, woran sie sich erinnerte, war, von dem einschläfernden Schaukeln der Kutsche eingenickt zu sein. Den Nebel des Schlafes fortblinzelnd, kämpfte sie darum, Traum von Wirklichkeit zu trennen.

Sie hätte schwören können, dass die starken Arme ihrem Ehemann gehört hatten. Aber Hayden hätte genauso gut dem Kutscher oder einem der Pferdeburschen die lästige Aufgabe übertragen können, sie in ihr Bett zu bringen.

Sie holte tief Luft. Das Aroma von Lorbeer und Sandelholz hing ihrer Haut noch schwach an. Es war sein Geruch, der sie einhüllte, sie bezauberte und sie als die Seine brandmarkte.

Lottie rollte sich langsam auf den Rücken und biss sich auf die Lippe, sodass sie nicht schreien würde, wenn sie einen dunklen Schopf auf dem Kissen neben sich entdeckte.

Das Bett neben ihr war kalt und leer. Sie war allein.

Sie setzte sich auf und vergrub ihr Gesicht in den Händen, hin und her gerissen zwischen Erleichterung und Verlegenheit. Sie hatte ihre eigene Hochzeitsnacht verschlafen und so Lauras und Dianas wunderbare Belehrungen unnötig werden lassen. Für was für ein grässliches Gänschen ihr Ehemann sie halten musste!

Aber halt, was war mit dem Kuss? War das ein Traum oder eine Erinnerung gewesen? Als sie mit den Fingerspitzen ihre Lippen berührte, kam ihr ein noch erschreckenderer Gedanke.

Was, wenn sie mehr als nur die Nacht verschlafen hatte?

Die in ihr bei diesem Gedanken aufwallende Panik bekämpfend, schaute sie sich vorsichtig um. Die zerwühlten Laken verrieten nichts. Sie war immer schon eine ruhelose Schläferin gewesen, dazu neigend, sich hin und her zu werfen und zu treten, bis ihr Bettzeug aussah, als sei es in einen Wirbelsturm geraten. Langsam hob sie die Decke an und spähte hinunter. Obwohl ihr Kleid, ihre Schuhe und ihr Korsett verschwunden waren, trug sie immer noch ihr Hemd, ihre Pantalettes und Strümpfe.

»Ich kann mich nicht entscheiden, was beleidigender ist«, verkündete eine männliche Stimme gedehnt, die zugleich seidenweich und rau klang. »Dass du dachtest, ich würde mich einer schlafenden Frau aufzwingen, oder dass du glaubst, du würdest dich nicht daran erinnern, wenn ich es getan hätte.«

Lotties erster Impuls war, sich die Decke über den Kopf zu ziehen. Stattdessen zwang sie sich, die Augen zu senken. Hayden stand in der offenen Tür, an den Türrahmen gelehnt. Ausgerechnet diesen Moment hatte er sich aussuchen müssen, um wie aus dem Werbeschild eines Herrenausstatters gestiegen auszusehen. Obwohl man ihn nie für einen Dandy, wie Sir Ned es war, halten würde, war sein Halstuch ordentlich geknotet und seine Weste frisch gebügelt. Ein Paar Reithosen aus Wildleder schmiegten sich um seine schlanken Hüften. Sein Kinn war frisch rasiert, sein Haar angefeuchtet und nach hinten gekämmt. Seine plötzliche Vorliebe für eine ordentliche Erscheinung bewirkte, dass sich Lottie ihrer eigenen unzureichenden Bekleidung nur noch stärker bewusst wurde.

Erschüttert, dass er ihre Gedanken so genau erraten hatte, raffte sie die Decke vor ihrer Brust und starrte durch eine Wolke wirrer Haare trotzig zu ihm auf. »Mein Kleid scheint verschwunden zu sein. Ich wollte mich nur vergewissern, dass ich nicht auch noch alles andere verloren habe, was von Wert ist.«

»Du warst völlig erschöpft letzte Nacht, daher habe ich die Frau des Wirtes gebeten, dir aus den Kleidern zu helfen.« Er nickte zu einem hochlehnigen Stuhl in der Zimmerecke, über den eine Decke gebreitet war. »Ich habe da drüben geschlafen.«

Lottie verzog das Gesicht. Der Stuhl musste entsetzlich unbequem gewesen sein, besonders nach einem harten Tag im Sattel. »Also hast du mich hierher getragen?«

Er nickte. »Glücklicherweise war es weit nach Mitternacht, sodass nur ein paar andere Reisende in der Gaststube waren. Es wäre sicher nicht gut, wenn Gerüchte London erreichten, ich hätte meine junge Braut erwürgt, ehe die Hochzeitsnacht auch nur anfangen konnte.«

Sie musterte ihn aus zusammengekniffenen Augen, aber es war unmöglich zu sagen, ob er sich über sie oder über sich selbst lustig machte. Er hatte immer noch nicht all ihre Fragen beantwortet. Es mochte zwar sein, dass er einer schlafenden Frau nicht die Unschuld rauben würde, aber würde er ihr einen Kuss stehlen? Oder war die leichte Berührung seiner Lippen an ihrer Stirn nicht mehr als ein Traum gewesen?

Er stieß sich von dem Türrahmen ab. »Wenn du magst, schicke ich dir eines der Dienstmädchen, um dir beim Anziehen zu helfen. Ich dachte, du würdest dein Frühstück vielleicht gerne unten in der Gaststube einnehmen.« Er zog eine Augenbraue hoch. »Es sei denn, du würdest lieber aus dem Korb essen, den Cookie dir gestern gepackt hat.«

»Dem Korb? Himmel, der Korb! Oh nein, ich habe den Korb völlig vergessen!« Ohne einen Gedanken an ihre unzulängliche Bekleidung zu verschwenden, schlug Lottie die Decke zurück.

Hayden durchquerte leicht beunruhigt den Raum in zwei langen Schritten und deckte sie wieder zu. »Kein Grund zur Sorge. Kürbis, Mr. Zappel und ihre reizende Reisegefährtin befinden sich alle unten in der Küche des Wirtshauses und schlecken aus einer Untertasse Sahne.«

»Oh.« Ihn verlegen anschauend, lehnte sich Lottie in die Kissen zurück und zog die Knie an. »Vermutlich hätte ich es dir früher sagen sollen, aber ich hatte Angst, du machst dir nichts aus Katzen.«

»Unsinn«, erklärte er knapp. »Ich liebe Katzen. Ihr Leder ergibt die weichsten, glattesten Handschuhe.«

Sie keuchte auf. Er war schon auf halbem Weg zur Tür, ehe sie begriff, dass er sie neckte. Wenigstens dieses Mal. Sie kniete sich hin. »Du musst mich für undankbar halten. Ich habe mich noch nicht einmal richtig bei dir dafür bedankt, dass du mich geheiratet und Sterlings Leben verschont hast.«

»Dazu besteht keine Notwendigkeit«, erwiderte er, ohne sich umzudrehen. »Vom Duellieren halte ich nichts mehr. Ich hätte die Forderung deines Schwagers niemals angenommen.«

Während Lottie stumm vor Verwunderung in die Kissen sank, zog er die Tür hinter sich ins Schloss und ließ sie mit einem neuen Rätsel zurück.

Sie befanden sich seit etwa einer Stunde wieder auf dem Weg nach Cornwall, als aus dem bleiernen Himmel kühler Regen fiel. Lottie öffnete ein Kutschenfenster und lehnte sich hinaus, um die Regentropfen auf ihrem Gesicht zu spüren. Jetzt war Hayden gezwungen, sich zu ihr ins Trockene zu gesellen und sie vielleicht auch in die wahren Gründe für die Heirat einweihen. War es möglich, dass er ihr so etwas wie Zuneigung entgegenbrachte? Dass er sie nicht aus Mitleid oder Pflichtgefühl zu seiner Frau gemacht hatte, sondern weil er es wollte?

Als er sein Pferd zügelte, sah sie ihn erwartungsvoll an. Aber er blieb nur lange genug stehen, um etwas aus seinen Satteltaschen zu nehmen. Doch sobald er sich die weiten Falten über den Kopf stülpte, sah Lottie, dass es ein Umhang aus Öltuch war, dazu gemacht, seinen Träger selbst noch vor den rauesten Elementen zu schützen. Zwar blieb sein Kopf unbedeckt, aber er schüttelte sich einfach das Wasser aus den Haaren und ritt wieder los.

Es schien, als zöge ihr Ehemann es vor, in dem kalten strömenden Regen zu reiten, statt ein paar wenige Stunden in ihrer Gesellschaft zu verbringen. Lottie sank in den Sitz zurück und wünschte sich, sie könnte das Brennen in ihren Augen dem scharfen Wind zuschreiben.

Später am Nachmittag erwachte Lottie aus einem unruhigen Schlaf und entdeckte, dass ihr Kater Kürbis auf ihrem Schoß lag. Mr. Zappel und ihr kleines grauweißes Kätzchen Mirabella hatten sich auf dem gegenüberliegenden Sitz zusammengerollt. Jetzt, da sie nicht länger dazu verurteilt waren, wie Schmuggelgut zu reisen, genossen sie die Geräumigkeit der Kutsche in vollen Zügen.

Obwohl das Prasseln des Regens auf dem Kutschendach nachgelassen hatte, war der Himmel immer noch grau und schwer. Lottie schob die schlafende Katze auf den Sitz und beugte sich vor, um das Fenster zu öffnen. Doch als sie hinaussah, stockte ihr der Atem.

Das ordentliche Muster aus Wiesen, Äckern und Feldern, Hecken und Steinmäuerchen war verschwunden und in eine Landschaft übergegangen, die für sie so fremdartig aussah wie die körnige Oberfläche des Mondes. Der Wind fegte brausend über ein Meer aus Gras und Marschen und machte dabei ein Geräusch wie ein Chor aus Geisterkehlen, pfiff um die hoch aufragenden Felsen, mit denen das unfruchtbare Moor übersät war. Es war, als würde dieses Fleckchen Erde nie den Kuss des Frühlings spüren, sondern auf ewig unter dem Winterhimmel schlummern. Und doch verlieh diese Trostlosigkeit der Landschaft eine herbe Schönheit, eine faszinierende Wildheit, der Lottie nie auf den ordentlich rechteckigen Plätzen Londons oder den sanften Hügeln Hertfordshires begegnet war.

Begeistert lehnte sie sich in den Wind. Es war nicht schwierig zu verstehen, wie Cornwall das Land der Sagen und Legenden hatte werden können. Fast konnte sie den gehörnten Hünen Kormoran sehen, wie er zwischen den hohen Felsen umherschritt, als wären es Kieselsteine, einen dicken Knüppel in der Hand, und Jack, den Riesentöter, der ihm folgte. Der Wind trug ihr das metallische Schlagen der Schwerter von König Artus zu, als er seinen unehelichen Sohn Mordred zum letzten Mal auf dem Schlachtfeld traf. Und war das der Schatten einer Wolke, die über das Marschland hinwegzog, oder Horden hässlicher kleiner Kobolde, die aus den uralten Grabstätten strömten, auf der Suche nach einem Reisenden, um ihn zu schrecken, oder einem Baby, um es zu stehlen?

Sie erhaschte einen flüchtigen Blick auf Hayden, der weit vor der Kutsche und den Vorreitern ritt. Wenn sie doch nur auch auf einem Pferd sitzen könnte, statt in die stickige Kutsche verbannt zu sein! Der Geruch des Meeres stieg ihr kitzelnd in die Nase, und dann sah sie zum ersten Mal Oakwylde Manor.

Es bestand aus düsteren grauen Steinen, die sich scharf gegen den wolkenverhangenen Himmel abzeichneten. Mit dem Moor hinter und den Klippen vor ihnen konnte man wirklich meinen, das Ende der Welt erreicht zu haben.

Hayden wendete sein Pferd, hielt mit seinen muskulösen Schenkeln das Tier im Zaum. Der Wind peitschte sein Haar, sodass er selbst ein Teil der Landschaft schien, so wie der graue Himmel und die aufgewühlte See. Wenn hier das Ende der Welt war, dann war er dessen Herr und Meister.

Und ihrer.

Die Kutsche bog in eine Auffahrt, die mit grob behauenen Steinen gepflastert war. Als Lottie ihr Gesicht gen Himmel hob, tauchte ihr neues Heim vor ihr auf. Hayden mochte vielleicht der Herr dieses Gebäudes sein, aber sie würde bald schon dessen Herrin sein.

Selbst an Sterlings Standards gemessen, war das im elisabethanischen Stil erbaute Herrenhaus mit seinen weitläufigen Seitenflügeln und dem Hof in der Mitte beeindruckend. Obwohl das steile Dach von einem Gewirr aus Ziegelschornsteinen überzogen war, stiegen daraus nur ein paar wenige Rauchfahnen empor, um sich mit den Wolken zu vereinen. Ohne Sonnenlicht, das sich darin spiegeln konnte, blickten die unzähligen Sprossenfenster dumpf und gelangweilt wie halb geschlossene Augen auf ihre Umgebung. Das Haus schien nicht tot zu sein, sondern einfach unter demselben Bann zu stehen wie der gequälte Himmel und das windgepeitschte Moor. Lottie erschauerte und fragte sich, ob die Sonne wohl jemals an diesem Ort scheinen würde.

Während die Kutsche schaukelnd zum Stehen kam,

schwang die Haustür auf, und mehr als zwei Dutzend Dienstboten kamen heraus, bildeten ein Spalier, um ihren Herrn und dessen Frau willkommen zu heißen. Lottie wunderte sich, weil es so wenige waren. Für ein Haus von dieser Größe müsste die Dienerschaft mindestens doppelt so viele Köpfe zählen.

Sie hatte nie unter Schüchternheit gelitten, aber plötzlich zögerte sie, die schützende Gemütlichkeit der Kutsche zu verlassen. Die Braut eines Marquis zu sein war eine Sache, aber ihren Platz als seine Frau einzunehmen, eine völlig andere. Sie ließ sich Zeit, die Katzen in den Korb zu packen, die Falten aus ihren Röcken zu streichen und ihren Hut gerade zu rücken. Schließlich wurde der Kutschenschlag geöffnet. Doch nicht der Kutscher oder ein Lakai hielten ihr hilfreich die Hand hin, sondern Hayden selbst.

Ein tapferes Lächeln aufsetzend, ergriff sie seine Hand und stieg aus. Die langen Schürzen der Hausdiener flatterten im Wind, und Lottie war gezwungen, ihren Hut mit der anderen Hand festzuhalten. Als sie sich dem Haus näherten, betrachtete Hayden angespannt die Reihe der Dienstboten. Neben ihrer knappen Zahl konnte Lottie nichts Besonderes an ihnen entdecken, das diese Anspannung erklärt hätte. Von dem ehrwürdigen Butler und der hoch gewachsenen, dürren Haushälterin mit dem schweren Schlüsselring an ihrer Hüfte bis zu den Lakaien und den errötenden Dienstmägden mit den frischen Apfelbäckchen sahen sie genauso aus wie die Dienerschaft eines ganz gewöhnlichen Herrenhauses eines beliebigen Adeligen.

»Willkommen zu Hause, Mylord«, begann der Butler und trat vor. »Die Wagen mit dem Gepäck sind bereits eingetroffen und ausgeladen.«

»Sehr gut, Giles«, antwortete Hayden, doch seine Miene entspannte sich nicht.

Mehrere der jüngeren Dienstmädchen starrten Lottie mit unverhohlener Neugier an. Sicherlich hatte Hayden die Diener, die mit dem Gepäck vorausgesandt worden waren, angewiesen, den Rest der Dienerschaft auf die Ankunft seiner Frau vorzubereiten.

Oder nicht?

Ehe er mit der förmlichen Vorstellung beginnen konnte, kam eine füllige, sonnengebräunte Frau, deren Äußeres verblüffend an ein Rebhuhn erinnerte, um die Ecke des Hauses. Ihre Ankunft wäre nicht weiter bemerkenswert gewesen, wenn sie nicht in Begleitung eines Mädchens von etwa zehn Jahren gewesen wäre ... das sie am Ohr mit sich zog.

Hayden erstarrte, und Lottie konnte nicht anders, als die beiden anzustarren. Die Diener gönnten dem Schauspiel keinen zweiten Blick, fast so, als gehörte es zu den Dingen, die sie alle Tage erlebten.

Obwohl es sein Kinn trotzig vorgereckt hatte, verzog das Mädchen keine Miene und äußerte keinen Laut des Protests, als sie von der Frau an den Dienern vorbei direkt vor Hayden geschleppt wurde. Die Frau legte dem Mädchen die Hände auf die Schultern, um sie daran zu hindern, einfach wegzulaufen.

Das Kind war groß gewachsen, aber furchtbar dünn, hatte scharfe Züge, die eines Tages als apart bezeichnet werden würden. Ihre Mähne dunklen Haares war das Auffälligste an der Kleinen; es umrahmte ihr Gesicht wie eine Hecke, der man es gestattet hatte, ungehindert zu wuchern. Lottie juckte es in den Fingern, einen Kamm und ein Band zu nehmen und das Wirrwarr zu bändigen, obwohl mit einer Harke und einem Seil vermutlich ein besseres Ergebnis zu erzielen wäre. Wenn Cookie hier wäre, würde sie gewiss darauf beharren, das Kind mit Gingerbrot und Plumpudding aufzupäppeln, bis es mehr Fleisch auf den Knochen hatte.

Obwohl es schien, als hätte sich jemand große Mühe gegeben, das Mädchen präsentabel zu machen, war einer ihrer Strümpfe nach unten gerutscht und bauschte sich um den Knöchel. Die blaue Schürze war zerknittert und mit Grasflecken übersät, während das dazu passende Haarband sich gelockert hatte und nun auf dem Rücken baumelte, sodass der Kleinen die Haare ins Gesicht hingen.

Etwas an ihrer Miene kam Lottie vage vertraut vor. Das trotzig gereckte Kinn, der misstrauische Ausdruck in ihren wunderschönen violetten Augen, die schmollend verzogenen Lippen …

Lottie tat das als Einbildung ab. Nach ihrer Erscheinung zu urteilen, musste sie das Kind eines der Dienstboten sein oder eine Waise aus einem Dorf in der Nähe, die im Herrenhaus Aufnahme gefunden hatte. Sterling hatte solchen Kindern von Zeit zu Zeit ein Zuhause gegeben, ihnen Schulbildung zukommen lassen, bis sie alt genug waren, sich in die Dienerschaft einzureihen.

Die Frau strahlte Hayden an, als könnte das freundliche Zwinkern ihrer warmen braunen Augen die Übellaunigkeit des Kindes irgendwie wieder wettmachen. »Willkommen zu Hause, Master Hayden. Wir sind so froh, Sie wieder hier zu haben. Ich hoffe, Sie haben auf Ihrer Reise alles gefunden, was Sie gesucht haben!« Sie wandte ihr sommersprossiges Gesicht Lottie zu und lächelte.

Trotzdem sie die Vertraulichkeit der Frau befremdlich fand, konnte Lottie nicht anders, als ihr warmes Lächeln zu erwidern.

»Ganz im Gegenteil, Martha«, entgegnete Hayden mit einem Anflug von Selbstironie in seiner Stimme. »Ich habe wesentlich mehr gefunden, als ich gesucht habe.«

»Das können wir sehen«, platzte das Mädchen heraus und schüttelte sich das Haar mit einer trotzigen Kopfbewegung aus dem Gesicht. »Wer ist sie? Meine neue Gouvernante?«

Ehe Lottie auf diese absurde Frage reagieren konnte, legte sich Hayden ihre behandschuhte Hand in die Armbeuge und verkündete: »Nein, Allegra. Sie ist deine neue Mutter.«

8

War seine erste Frau aus ihrem modrigen Grab gestiegen, um mich zu erschrecken oder … zu warnen?

Lottie wäre es schwer gefallen zu sagen, wer von Haydens Erklärung entsetzter war – sie selbst oder das Mädchen. Sie starrten einander eine Schrecksekunde lang an, ehe sie beide ihren ungläubigen Blick auf Hayden richteten. Lottie versuchte, ihm ihre Hand zu entreißen, aber er hielt sie fest. Seine Miene war unergründlich.

Verblüfftes Murmeln war von der versammelten Dienerschaft zu hören. Offenbar war seine Tochter nicht die Einzige, die von der Nachricht von Haydens Eheschließung überrascht worden war. Eines der Dienstmädchen wagte es sogar, leise zu kichern, nur um sogleich durch ein scharfes Zischen von der Haushälterin zurechtgewiesen zu werden. Der strafende Blick der Frau hätte einen Wasserfall zu Eis erstarren lassen können.

Lotties Blick ausweichend, sagte Hayden: »Lottie, ich würde dir gerne meine Tochter Allegra vorstellen.«

»Tochter?«, brach es aus Lottie heraus, die zu verblüfft war, um diskret zu sein. »Du hast mit keinem Wort eine Tochter erwähnt!«

In dem Augenblick, da die Worte ihren Mund verlassen

hatten, bereute sie sie und wünschte sich, sie könnte sie zurücknehmen. Obwohl sie das zuvor für unmöglich gehalten hätte, wurde die Miene des Mädchens noch verschlossener. »Warum auch? Schließlich tut er am liebsten so, als gäbe es mich nicht.«

Haydens Kiefermuskeln spannten sich an, bis er fast ein Spiegelbild des Mädchens zu sein schien. »Du weißt genau, dass das nicht stimmt, Allegra. Ich ziehe es lediglich vor, dich nicht unnötig der Neugier anderer auszusetzen.«

»Weil du Angst hast, ich könnte dich in Verlegenheit bringen«, entgegnete Allegra hitzig.

»Nein, weil ich fürchte, jemand anderer könnte versuchen, dich in Verlegenheit zu bringen«, erwiderte er.

Lottie fühlte sich genötigt einzuschreiten, ehe der Schlagabtausch in einen offenen Streit überging. »Nun, Allegra, du darfst deinem Papa nicht böse sein, dass er uns beide nichts über die andere verraten hat. Wäre unsere … äh, seine … Brautwerbung nicht so Hals über Kopf erfolgt, hätte ich sicher Zeit gehabt, in meiner Ausgabe von *Debrett's Adelsregister* nachzuschlagen.« Ihre Nägel in Haydens Arm bohrend, strahlte Lottie zu ihm auf. »Du wolltest mir einfach nicht die Überraschung verderben, nicht wahr, Liebling?«

Allegra verschränkte ihre knochigen Arme vor ihrer Brust und sah dabei ihrem Vater immer ähnlicher. »Ich hasse Überraschungen.«

»Nun, meine junge Dame, ich glaube nicht, dass das ganz der Wahrheit entspricht«, erklärte Hayden, und seine Miene wurde weicher.

Obwohl er einen der Lakaien mit der Aufgabe hätte betrauen können, ging er selbst zu der Kutsche zurück und öffnete den hinteren Kutschkasten. Zualleroberst in dem geräumigen Staufach befand sich der geheimnisvolle Kasten, der Lotties Neugier geweckt hatte, seit sie ihn zum ersten Mal erblickt hatte. Während Allegra mit misstrauischer Gleichgültigkeit verfolgte, wie ihr Vater damit zu ihr zurückkehrte, biss sich Lottie vor Spannung auf die Unterlippe.

Auf Haydens Zuruf trat ein Lakai vor und hielt den Kasten fest, während Hayden einen kleinen Goldschlüssel aus seiner Westentasche zog und ihn in das Schloss steckte. Lottie und die Dienstboten verrenkten sich die Hälse, als er den Deckel öffnete, sodass Allegra hineinsehen konnte.

Lottie konnte ein entzücktes Aufkeuchen nicht unterdrücken. Statt eines abgeschlagenen Kopfes ruhte auf dem Samtfutter eine der schönsten Puppen, die Lottie je gesehen hatte. Sie trug ein lavendelfarbenes Kleid aus getupfter Schweizer Baumwolle, mit rosa Blümchen bestickt, Seidenstrümpfen und einem Paar zierlicher Ziegenlederstiefelchen. Ihr volles zobelschwarzes Haar fiel in schimmernden Locken auf ihre Schultern. Ein Meister seines Faches hatte ihre zarten Züge geformt und bemalt. Ein Lächeln spielte um ihren Rosenknospenmund, während ihre violetten Augen übermütig unter den dichten Wimpern zu funkeln schienen.

Lotties Blick wanderte langsam zwischen der Puppe und Allegra hin und her. Hayden hatte offenbar weder Kosten noch Mühen gescheut, eine exakte Miniatur seiner Tochter anfertigen zu lassen – nicht das Kind, das sie war, sondern die Frau, die sie eines Tages sein würde.

Hayden wartete so gespannt auf Allegras Reaktion, dass Lottie hätte schwören können, er atme nicht. Allegra blickte mit ausdrucksloser Miene unverwandt in den Kasten. Die Stille zog sich in die Länge, bis Lottie es nicht länger ertrug.

»Was für ein herrliches Stück!«, rief sie aus und lächelte Allegra an, während sie eine Hand ausstreckte, um die Puppe an der Wange zu berühren. »Himmel, sie sieht genauso aus wie du!«

»Seien Sie nicht so dumm«, entgegnete das Mädchen und warf ihr einen verächtlichen Blick zu. »Sie sieht überhaupt nicht so aus wie ich. Sie ist schön.«

Mit diesen Worten riss sie sich von Martha los und rannte mit wehenden Haaren davon. Dieses Mal versuchte niemand, sie aufzuhalten. Die Diener musterten entweder angelegentlich die Spitzen ihrer Schuhe oder starrten stur geradeaus.

Hayden beobachtete, wie seine Tochter um die Hausecke verschwand, seine Miene ebenso versteinert wie die des Kindes.

Obwohl sie nicht hätte sagen können, was sie dazu trieb, so kühn zu sein, drückte ihm Lottie tröstend den Arm. »Nimm dir ihre Worte nicht zu sehr zu Herzen. Ich war als Kind auch ausgesprochen altklug.«

»Das bist du immer noch«, antwortete er kurz angebunden, klappte den Deckel des Kastens zu und drückte ihn ihr in den Arm. Ehe Lottie etwas erwidern konnte, hatte er schon auf dem Absatz kehrtgemacht und war ins Haus gegangen.

»Nehmen Sie es dem Herrn nicht übel«, sagte Martha zu Lottie, als sie ihr voran die breite, geschwungene Treppe in den zweiten Stock des Hauses emporstieg. »Sogar als Junge hatte er einen Hang zu unbedachten Äußerungen.«

»Sie kannten ihn als Kind?«, erkundigte sich Lottie und fuhr mit ihrem Finger über die eiserne Balustrade.

»Ja. Ich war sein Kindermädchen, wissen Sie. Seines und das seines Vaters davor, Friede seiner Seele«, fügte die Frau hinzu und bekreuzigte sich rasch über ihrem beeindruckenden Busen. »Da er sein einziges Kind und Erbe war, war Master Hayden immer der Augapfel seines Vaters. Ich habe mir oft gedacht, es war ein wahrer Segen, dass sein Vater und seine Mutter gestorben sind, bevor er sich entschloss, dieses launische französische Mädchen zu heiraten. Der Skandal hätte sie vermutlich umgebracht.«

Ein Segen für wen, fragte sich Lottie und musterte die Frau von der Seite. Gewiss nicht für Hayden, der sich allein der gesellschaftlichen Ächtung stellen musste.

Martha schien keine Bedenken zu haben, die Pflichten der Haushälterin zu übernehmen. Zum Beispiel, die junge Braut zu ihren Räumen zu geleiten, nachdem ihr Bräutigam sie schmählich im Stich gelassen hatte.

Trotz der weißen Strähnen, die ihr braunes Haar durchzogen, hatte die ältere Frau eine für ihr Alter schier unerschöpfliche Energie. Selbst wenn sie stillstand, schien sie noch geschäftig. Während sie durch einen Irrgarten aus Korridoren und Galerien geführt wurde, kam Lottie nicht dazu, sich in Ruhe umzusehen oder die Familienportraits mit den streng blickenden Vorfahren ihres Gatten zu betrachten, die die Wände zierten. Selbst der Lakai, der ihnen folgte, war zum Laufschritt gezwungen, wollte er nicht mit dem Kasten mit der Puppe und dem Korb aufgebrachter Katzen allein zurückbleiben.

»Hat Allegra das aufbrausende Wesen ihres Vaters geerbt?«, wollte Lottie wissen.

Martha schnaubte. »Zusammen mit dem ihrer Mutter, fürchte ich. Auch wenn es Leute gibt, die es gern versucht hätten, kann niemand behaupten, das Kind wäre ein Wechselbalg.«

Am Ende des langen Flures öffnete die Frau eine Tür, sodass man in ein Zimmer sehen konnte, das so voll gestopft war mit Truhen, Koffern, Hutschachteln, Reisetaschen und anderen Dingen, dass kaum noch Platz zum Gehen war.

Mit einem Zungenschnalzen bahnte Martha sich mit ihren ausladenden Hüften einen Weg. »Das ist genau das, was ich befürchtet hatte. Als die Wagen mit dem Gepäck eintrafen, hat Mrs. Cavendish, die Haushälterin, Ihre Sachen einfach in diesen Raum hier oben schaffen lassen, weil er dem Schulzimmer am nächsten liegt. Ich lasse ein paar Dienstmädchen rufen und augenblicklich alles in die Räume der Marquise bringen.«

»Und wo genau liegen diese Räume?«

Martha blinzelte verwundert. »Natürlich neben denen des Marquis.«

Lottie schaute sich um. Von dem Wenigen, was sie von dem weißen Eisenbettgestell, den einfachen, wahllos zusammengestellten Möbeln und der verblassten Tapete sehen konnte, erinnerte sie der Raum auf tröstliche Art und Weise an das Zimmer, das sie sich mit ihrer Schwester in Hertfordshire geteilt hatte, ehe Sterling sie alle mit seinem Luxus umgeben hatte.

»Das wird nicht nötig sein, Martha«, sagte sie daher bestimmt. »Ich glaube, dieses Zimmer ist genau das Richtige.«

Die Frau betrachtete sie verwundert von der Seite. »Nun gut, Mylady«, erwiderte sie langsam. »Dann werde ich Mrs. Cavendish ein paar Mägde zum Auspacken herschicken lassen.«

»Das wird ebenfalls nicht nötig sein«, versicherte Lottie ihr. Sie glaubte nicht, dass ihr angeschlagener Stolz das Gekicher und die Neugier der Dienstmädchen verkraften würde. »Ich bin sehr wohl daran gewöhnt, mich um mich selbst zu kümmern«, log sie daher. »Ich werde allein zurechtkommen.«

»Wie Sie wünschen, Mylady.« Obwohl ein Anflug von Tadel Marthas haselnussbraune Augen verdunkelte, entfernte sie sich pflichtschuldig und scheuchte den Lakaien vor sich her.

Drei Stunden später, als der Himmel vor dem Fenster sich von Grau zu Schwarz verfärbte und ein schüchterner Mond zwischen dahinjagenden Wolkenfetzen hindurchlugte, befand sich Lottie immer noch dort, wo sie ihrem eigenen Bekunden nach sein wollte – allein. Sie saß auf einer der vielen Truhen, die sie noch auspacken musste, trug eines ihrer elegantesten Kleider und wartete, zum Essen gerufen zu werden.

Nach einem kurzen Ausflug in den kleinen Dachgarten, den Lottie am anderen Ende des Flures entdeckt hatte, hatte Kürbis es sich auf einem weichen Kissen gemütlich gemacht, während Mr. Zappel sich auf einen Erkundungsgang zwischen den Koffern und Schachteln begeben hatte, dicht gefolgt von Mirabella. Das Kätzchen war noch so klein, dass es nur über zwei Fortbewegungsarten verfügte – hüpfen und springen. Ihre Lieblingsbeschäftigung bestand derzeit darin, ahnungslos Vorübergehende anzuspringen und nach ihren Strümpfen zu haschen, was genau der Grund dafür war, dass Lottie ihre Füße hochgezogen und auf die Scharniere der Truhe gestellt hatte.

Sie strich die Moiree-Seide ihrer Röcke glatt; sie hatte sich bereits dreimal umgezogen – keine einfache Aufgabe ohne die Hilfe einer Zofe. Aber sie war zu stolz, um nach einer zu läuten, nachdem sie Marthas Angebot abgelehnt hatte. Schließlich hatte sie sich für ein Abendkleid mit einem rechteckigen Ausschnitt und weiten Röcken entschieden, das dieselbe Farbe wie ihre Augen hatte. Obwohl sie eine ganze Schachtel Haarnadeln und mehrere reichlich undamenhafte Flüche verbraucht hatte, bei denen ihr frommer Vater sich in seinem Grab umdrehen würde, war es ihr am Ende doch gelungen, ihre Locken in einem recht ansehnlichen Knoten zu bändigen – bis auf ein paar außergewöhnlich widerspenstige Strähnchen, die ihr schmeichelnd ins Gesicht fielen.

Sie kniff sich in die Wangen, damit sie sich röteten, entschlossen, jeder Zoll wie die Hausherrin auszusehen, wenn ihr Ehemann sie das nächste Mal erblickte. Dann würde er erkennen, dass sie bei weitem kein altkluges Kind war, sondern eine Frau, mit der man rechnen musste.

Ihr Magen knurrte. Sie schaute auf die Uhr, die an der dünnen Goldkette um ihren Hals hing. Sicherlich gab es viel praktischere Wege, sich einer unerwünschten Frau zu entledigen, als sie verhungern zu lassen. Das Kinn in die Hand gestützt, malte sie sich Lauras und Sterlings Bestürzung aus, wenn sie ein Paket erhielten, in dem sich nichts anderes befand als ihre ausgeblichenen Knochen und eine Bekundung des Bedauerns von ihrem Ehemann. Bedachte man, dass sie noch nie in den zwanzig Jahren ihres Lebens freiwillig eine Mahlzeit hatte ausfallen lassen, würden sie wenigstens wissen, dass es Mord gewesen war.

Ein Klopfen ertönte an der Tür und erschreckte Lottie so sehr, dass sie beinahe von der Truhe gefallen wäre. Sie lief zur Tür und blieb dann stehen, bis ihr Atem sich beruhigt und sie sich ihre Haare glatt gestrichen hatte, ehe sie sie öffnete, denn sie wollte nicht, dass der Lakai, der geschickt worden war, sie zum Essen nach unten zu begleiten, etwas von ihrem Eifer bemerkte. Denn schließlich bestand keinerlei Notwendigkeit für sie, nervös zu sein. Hayden war derjenige, der beschämt seinen Kopf senken müsste, nachdem er sie vor versammelter Dienerschaft herabgesetzt hatte.

Sie öffnete die Tür. Es war kein Lakai, sondern ein rothaariges, sommersprossiges Dienstmädchen, das vor ihr stand, ein Tablett in den Händen und ein entschuldigendes Lächeln auf den Lippen. »Miss Martha dachte, Sie wären vielleicht hungrig nach der langen Reise, Mylady.«

»Wie umsichtig von ihr.« Mit einem schwachen Lächeln nahm Lottie das Tablett entgegen.

Das Mädchen eilte geschäftig durch das Zimmer, zündete mehrere Bienenwachskerzen und das Feuer im Kamin an. Sie erbot sich, Lottie beim Umkleiden für die Nacht zu helfen, aber Lottie lehnte ab und war bald darauf wieder allein.

Es schien, ihr Ehemann war es zufrieden, dass sich eine Dienerin um ihr Wohl kümmerte. Vielleicht saßen er und seine Tochter gerade in diesem Augenblick in einem eleganten Speisesaal und nahmen ein üppiges Mahl zu sich. Da sie sich weigerte, sich von der Vorstellung den Appetit verderben zu lassen, aß Lottie mit ungezügelter Begeisterung und verzehrte das frisch gebackene Brot und den herzhaften Bohneneintopf bis auf den letzten Bissen. Martha hatte sogar daran gedacht, eine großzügige Portion von zerkleinerten Bücklingen und Hühnchenfleisch für die Katzen mitzuschicken. Wenigstens hatte ihr herzloser Ehemann die Tiere noch nicht in die Scheunen verbannt. Oder seinen Schneider kommen lassen, um für drei Paar neue Handschuhe Maß zu nehmen.

Nachdem sie gegessen hatte, löste Lottie den Haarknoten und kämpfte sich aus ihrem eleganten Abendkleid, wobei sie in ihrer Achtlosigkeit ein gutes Stück der kostbaren venezianischen Spitze am Saum abriss. Sie wühlte sich durch die Reisetruhen, bis sie schließlich ihre Nachthemden fand.

Obenauf lag eines, das sie noch nie zuvor gesehen hatte. Als sie es im Kerzenlicht hochhielt, glitt die durchsichtige Seide wie Wasser durch ihre Finger. Die Berührung an sich war schon ein sinnliches Vergnügen. Es war ein Kleidungsstück, das für einen besonderen Zweck angefertigt worden war – um die Lust der körperlichen Liebe zwischen Mann und Frau zu schüren.

Von einer Woge der Einsamkeit überwältigt, drückte Lottie den Stoff an die Wange. Sie konnte fast vor sich sehen, wie Laura und Diana ihn sorgfältig zusammenfalteten und in die Truhe legten, zusammen mit all ihren Hoffnungen und Träumen für Lotties Zukunft.

Sie stopfte das Negligee wieder zurück und zog eines ihrer ältesten und schäbigsten Nachthemden hervor. Der vertraute Stoff hüllte sie tröstend ein, als sie schließlich alle Kerzen bis auf eine ausblies und in das kalte, fremde Bett stieg. Während Kürbis und Mr. Zappel sich auf ihren Füßen zusammenrollten, machte es sich Mirabella auf Lotties Kissen bequem und begann, sich einer weiteren ihrer Lieblingsbeschäftigungen hinzugeben: an den Haaren ihrer Herrin zu knabbern. Das Kätzchen war so klein, dass Lottie die Hälfte der Zeit besorgt war, sie würde sich aus Versehen im Schlaf darauflegen und es erdrücken.

Lottie lag da und beobachtete das Spiel der Schatten, die das im Kamin flackernde Feuer an die Wand warf. Der Wind säuselte kummervoll an den Fenstern, und die schiefen Fensterläden klapperten.

Ihr Blick wanderte zu der unverschlossenen Tür.

Was, wenn Hayden sie gar nicht vernachlässigte, sondern sich einfach Zeit ließ, bis der Rest des Haushalts schlief. Vielleicht hatte er deshalb letzte Nacht im Gasthaus darauf verzichtet, sie in ihrem Bett aufzusuchen. Vielleicht hatte er abgewartet, bis sie sein Königreich am Meer erreichten, wo sein Wort und sein Wille immer noch Gesetz waren.

Jetzt, da er frei war von den Beschränkungen der Gesellschaft, war er vielleicht in diesem Augenblick bereits auf dem Weg in ihr Zimmer, um ihr Gewalt anzutun? Lottie erschauerte; bei dem Gedanken rann ihr das Blut gleichzeitig heiß und kalt durch die Adern. Zum ersten Mal begriff sie, wie sehr sie seiner Gnade ausgeliefert war. Hier an diesem Ort gab es keine Laura, die sie vor Gefahren warnte, kein George, der zu ihrer Rettung herbeieilte, kein Sterling, der sie vor sich selbst beschützte. Sie hatte bloß ihren Verstand, auf den sie sich verlassen konnte.

Sie kniff die Augen zusammen und versuchte verzweifelt, sich in den Schlaf zu träumen.

So lag sie lange da und lauschte auf das leise Knarren und Seufzen des Hauses um sich herum. Sie war gerade dabei einzuschlafen, als ein gespenstisches Wimmern sie aufschreckte, sodass sie senkrecht im Bett saß. Einen Moment lang hörte sie nur das Klopfen ihres eigenen Herzens in ihren Ohren. Dann war der unheimliche Schrei erneut zu vernehmen, so voller Qual, dass man es nicht dem Wind zuschreiben konnte.

Als käme sie aus einer anderen, wesentlich unbekümmerteren Zeit ihres Lebens, hörte Lottie ihre eigene Stimme: *In* The Tatler *stand das faszinierende Gerücht zu lesen, dass der Geist seiner verstorbenen Frau in den Hallen von Oakwylde Manor spuken und dabei wehklagend nach ihrem verstorbenen Liebhaber rufen soll.*

Sie zog sich das Kissen über den Kopf, und ihr klapperten vor Angst die Zähne. Obwohl sie die meiste Zeit ihres Lebens von Gespenstern gelesen und über sie geschrieben hatte, war sie sich bis eben nicht sicher gewesen, ob sie überhaupt an solche glaubte. Es war jedoch völlig ausgeschlossen, dass jenes klagende Geräusch aus einer menschlichen Kehle kam.

Sie kauerte sich unter die Decken, für eine Ewigkeit, wie es ihr schien, ehe ein Funken Scham sich in ihre Angst mischte. Sie benahm sich kaum wie die unerschrockene Heldin, die zu sein sie sich immer eingebildet hatte. Wenn dies ein Schauerroman wäre oder sogar eine ihrer eigenen Geschichten, dann wäre die mutige junge Heldin mehr als nur darauf erpicht, sich eine Kerze zu nehmen und die bedrohlichen Schatten des düsteren Schlosses zu erkunden.

Lottie nahm all ihren Mut zusammen, schlug die Decken zurück und schwang ihre eiskalten Füße aus dem Bett. Harriet mochte vor der Aussicht zurückschrecken, ein Gespenst in Fleisch und Blut – beziehungsweise eben nicht – zu treffen, doch sie selbst, die Marquise von Oakleigh, war aus härterem Stoff gemacht.

Hayden wanderte über die verlassenen Korridore von Oakleigh Manor wie ein Phantom. Dunkelheit hatte sich schon vor Stunden über das Herrenhaus gelegt, und inzwischen waren auch die mutigsten seiner Bediensteten sicher hinter den verriegelten Türen ihrer Unterkünfte. Er würde keiner Menschenseele begegnen – wenigstens keiner lebenden.

Er fragte sich bereits, welcher Teufel ihn geritten hatte, seine junge Braut hierher zu bringen. Er hätte ihr erlauben sollen, sich ihren eigenen Haushalt in dem gemieteten Haus in Mayfair einzurichten, wo sie sicher und geborgen im Schoß ihrer Familie hätte bleiben können. Sie wären gewiss nicht das erste Ehepaar der guten Gesellschaft, das getrennte Haushalte führte.

Oder in getrennten Betten schlief.

Marthas Augen hatten tadelnd gefunkelt, als sie gekommen war, ihn davon zu unterrichten, dass Lottie es abgelehnt hatte, die luxuriösen Räumlichkeiten der Marquise zu beziehen, und stattdessen mit einem einfachen Schlafzimmer in der Nähe des Schulzimmers vorlieb genommen hatte. Als er angeordnet hatte, ihr eine herzhafte Mahlzeit auf ihr Zimmer zu bringen, zusammen mit ein paar Happen für ihre Katzen, hatte er fast damit gerechnet, sein altes Kindermädchen würde sich schlichtweg weigern. Was erwartete Martha eigentlich von ihm? Dass er seine Braut verhungern ließ? Oder dass er zum Ostflügel ging und sie an den Haaren in sein Schlafzimmer zerrte?

Martha mochte es vielleicht nicht begreifen, aber Lottie war genau da, wo sie sein sollte. Weit weg von dem Westflügel des Hauses. Und weit weg von ihm.

Doch auch das dämpfte die Versuchung nicht. Lotties Zimmer mochte außer Hörweite des Westflügels liegen, es befand sich aber auch außer Hörweite der Dienstbotenquartiere. Wenn er wollte, konnte er zu ihr gehen und seine Lust nach Belieben stillen, ohne dass jemand je davon erführe, noch nicht einmal die hellhörige Martha.

Hayden rieb sich die Stirn und versuchte, die Bilder zu vertreiben, die bei diesem Gedanken auf ihn einstürmten. Bilder von Lotties weichen Gliedern, verschlungen mit seinen eigenen, ihre schimmernden goldenen Locken ausgebreitet über sein Kissen, ihre üppigen Lippen zu einem Keuchen der Lust geöffnet.

Seine Phantasie war beflügelt worden, als er sie für den größten Teil seiner Hochzeitsnacht beim Schlafen beobachtet und bewundert hatte, wie unbekümmert sie die Decken von sich getreten und einen schlanken Schenkel über ihr Kissen gelegt hatte, als wäre es ihr Geliebter. Es hatte jeder Unze seiner ohnehin schon geschwächten Willenskraft bedurft, um diese Decken nicht von ihr zu ziehen und den Platz des Kissens einzunehmen. Seiner Entschlusskraft war nicht unbedingt zuträglich gewesen, dass er gewusst hatte, dass viele seiner Zeitgenossen der Meinung wären, es sei sein gutes Recht und sogar seine Pflicht, sie zu nehmen.

Aber im Augenblick harrten dringendere Pflichten seiner, mahnte er sich selbst, als er seine eben noch ausholenden Schritte verlangsamte, je näher er Allegras Tür kam. Ein dünner Lichtschein fiel unter der Tür hindurch. Seit sie ein kleines Kind gewesen war, hatte seine Tochter unter Albträumen gelitten. Er hatte bestimmt, dass in der Nähe ihres Bettes immer eine Lampe brennen sollte, für den Fall, dass sie in der Nacht aufwachte und Angst bekam. Früher einmal wäre sie zu ihm gelaufen gekommen. Früher einmal hätte sie darauf vertraut, dass er die Ungeheuer für sie verjagen würde. Aber das war, bevor er in ihren Augen selbst eines geworden war.

Mit den Fingerspitzen berührte er vorsichtig das glatt polierte Eichenholz. Er wollte sich vorstellen, dass sie in ihrem Bett lag und ihre neue Puppe im Arm hielt. Aber sie hatte sein Geschenk zurückgewiesen und allen Trost, den es ihr hätte bringen können. Er lauschte mehrere Minuten lang vor ihrer Tür, hörte aber nichts als ein rastloses Wimmern.

Hayden erstarrte, und die Haare in seinem Nacken sträubten sich. Bildete er es sich nur ein, oder war das Geräusch lauter als sonst? Klagender? Wütender? Oder hatten die zwei Wochen in London seine Sinne geschärft und seine Nerven noch mehr auf die subtilen Nuancen von Verlust und Schmerz sensibilisiert? Als das zweite Wehklagen erklang, zuckte er noch nicht einmal zusammen, weil er wusste, dass so markerschütternd und durchdringend diese gespenstischen Laute auch waren, das Schlimmste noch bevorstand.

Jemand spielte Klavier. Lottie blieb stehen, als die Töne aus einiger Entfernung an ihr Ohr drangen, langsam, süß und eindringlich. Zuerst konnte sie nicht feststellen, um welches Stück es sich handelte, dann aber erkannte sie es als den ersten Satz der Sonate von Beethoven, die nach seinem Tod als *Mondscheinsonate* bekannt geworden war.

Die Melodie war wunderschön, doch es schien, als beklagte sie einen unaussprechlichen Verlust. Lottie spürte, wie ihr die Kehle eng wurde. Einen Moment lang fragte sie sich verwirrt, ob sie vielleicht ihr Bett nicht verlassen hatte, um ein Gespenst zu suchen, sondern in einen Traum geglitten war, in dem sie dazu verurteilt war, auf ewig über die einsamen Korridore von Oakwylde Manor zu wandeln, nur mit der flackernden Kerze und der berückend traurigen Melodie, um sie zu leiten.

Dem Sirenengesang folgend, schritt sie eine gewundene Treppe nach unten. Sie hatte kein einziges Mal das Wehklagen gehört, seit sie aus ihrem Schlafzimmer gekommen war, den Kerzenhalter in den bebenden Fingern. Mit leichten Schritten durchquerte sie die mondbeschienene Eingangshalle und wandte sich nach rechts, ging mehrere Minuten lang, bis sie sich schließlich auf einem weiten Korridor befand, den auf beiden Seiten verschlossene Türen säumten. Sie blieb stehen, um zu lauschen. Die wehmütigen Töne schienen zugleich von überall und nirgendwo herzukommen. Eine Hand schützend vor die flackernde Kerzenflamme haltend, machte sie sich auf den Weg in die Halle und probierte der Reihe nach jede der Türen. Sie ließen sich mühelos öffnen und mündeten alle in stille dunkle Räume.

Gerade als die Musik ihr leidenschaftliches Crescendo erreichte, stand sie vor der Tür am entfernten Ende des Flurs. Sobald ihre Finger die Messingtürklinke berührten, riss Lottie ihre Hand zurück. Die Stille schnitt ein dunkles Loch in das Tuch der Nacht, nichts war zu vernehmen, außer dem Geräusch ihres keuchenden Atems.

Langsam griff sie nach der Türklinke und hielt die Luft an, als sie sie nach unten zu drücken begann. Doch sie gab nicht nach. Sie rüttelte daran. Nichts. Die Tür war abgeschlossen. Sie ließ sich dagegensinken und überlegte, dass sie, wäre sie so tapfer, wie sie sich immer eingebildet hatte, jetzt enttäuscht und nicht erleichtert sein würde.

Nach einer Weile atmete sie tief ein und entdeckte, dass die Luft mit einem schweren, süßen Jasminduft geschwängert war. Ein kalter Luftzug wehte durch den Korridor und löschte die Flamme ihrer Kerze, sodass Lottie im Dunklen stand.

Sie hatte sich immer davor gefürchtet, allein im Dunklen zu sein. Aber *nicht* allein im Dunkeln zu sein, war viel schlimmer. Sie konnte die Anwesenheit von jemandem – etwas – genau hinter sich spüren, gefährlich und wild.

Ein leises Knurren drang aus den Schatten. »Warum, zur Hölle, kannst du einfach nicht bleiben, wo du hingehörst?«

Der Kerzenhalter entglitt ihren Fingern und fiel polternd zu Boden, als sie von einem Paar Hände gepackt, herumgewirbelt und grob gegen die Tür gedrückt wurde.

9

Wollte ich seinen Verrat überleben, würde ich die Sache selbst in die Hand nehmen müssen …

An dem Griff um ihre Schultern war nichts Geisterhaftes. Die Finger, die sich um ihre Oberarme geschlossen hatten, strahlten eine sengende Hitze aus, die Lottie viel erfolgreicher eine Gänsehaut über die Arme sandte, als es ein eisiger Luftzug gekonnt hätte.

Sie benötigte einen Moment, bis sie bemerkte, dass sie nicht in völliger Dunkelheit gefangen war. Der Mond warf blasses Licht durch das schmale Bogenfenster aus Buntglas über den Doppeltüren. Aber bis ihre Augen sich daran gewöhnt hatten, reichte es nur aus, das wilde Funkeln im Blick ihres Ehemannes zu erkennen.

In dem Augenblick wirkte Hayden mehr als bereit, einen Mord zu begehen. Mit jedem abgehackten Atemzug bebten seine Nasenflügel, und seine sich hebende und senkende

Brust streifte ihre. Sein Knie hatte er zwischen ihre Beine geschoben, sodass Flucht ebenso wie Gegenwehr unmöglich war. Während sein Blick an ihren zitternden Lippen hängen blieb, war alles, was sie tun konnte, reglos in seinen Armen zu stehen und darauf zu warten, dass er sie entweder küsste oder umbrachte.

Langsam klärte sich sein Blick wieder, und die Schatten des Wahnsinns zogen sich zurück. »Du?«, keuchte er. Als er seinen Mund auf ihren Hals senkte, konnte sie nur hilflos den Kopf zur Seite neigen. Er roch an der seidenweichen Haut, atmete ihren Duft ein wie ein Hengst, bevor er eine Stute besteigt. »Ich verstehe das nicht. Warum trägst du das verfluchte Parfüm?«

Lottie schüttelte den Kopf, und ihr Atem wurde schwerer. Er schien alle Luft im Flur zu verbrauchen. Statt ihn fortzustoßen, klammerten sich ihre Finger an den Stoff seines Hemdes und zogen ihn näher. »Was für ein Parfüm? Ich trage keinen Duft.«

Er ließ sie abrupt los und machte einen Schritt nach hinten. Aus irgendeinem Grund fühlte sie sich ohne seine Berührung verletzlicher.

Er fuhr sich mit unsicheren Händen übers Gesicht. »Was tust du hier?«, verlangte er mit rauer Stimme zu wissen. »Warum liegst du nicht in deinem Bett, wo du hingehörst?«

Lottie fand, es war nicht der günstigste Moment, ihn daran zu erinnern, dass sie eigentlich in sein Bett gehörte. »Ich *war* in meinem Bett. Aber wie soll ich bei diesem Furcht erregenden Lärm schlafen? Damit kann man ja Tote aufwecken!«

Sie bereute die Worte, sobald sie sie ausgesprochen hatte, doch es war zu spät, sie zurückzunehmen. Obwohl sie das nicht für möglich gehalten hätte, wurde Haydens Miene noch verschlossener. »Ich weiß nicht, wovon du sprichst.«

»Himmel, natürlich weißt du das! Du musst es doch auch gehört haben. Das Wehklagen und Wimmern!« Sie deutete mit der Hand auf die Tür hinter sich. »Und dann hat jemand da drin Klavier gespielt, als bräche ihm das Herz.«

»Ich habe nichts gehört«, entgegnete er mit flacher Stimme, ohne die Tür anzusehen.

»Was ist mit dem Jasminduft? Du kannst nicht abstreiten, Jasmin gerochen zu haben.«

Er zuckte die Schultern. »Eines der Dienstmädchen muss hier vorhin mit frisch geschnittenen Blumen aus dem Garten entlanggegangen sein. Ich habe ihren Duft ganz einfach für dein Parfüm gehalten.«

Lottie verschwendete ihren Atem nicht darauf, ihn daran zu erinnern, dass in dieser rauen und kargen Gegend Jasmin kaum vor Juni blühen würde, wenn überhaupt. »Und dann war vermutlich das Jammern, das ich gehört habe, einfach der Wind, der durch einen Riss in einem der Schornsteine pfiff?«

»Hast du eine bessere Erklärung?«, fragte er mit herausforderndem Blick.

Lottie feuchtete ihre trockenen Lippen mit der Zunge an, ehe sie damit herausplatzte: »Ich dachte, es wäre vielleicht ein Geist.«

Hayden starrte sie einen langen Moment an, dann schnaubte er abfällig: »Sei kein dummes Gänschen. Trotz dem, was die Skandalblätter drucken, um ihre armseligen Papierfetzen zu verkaufen, gibt es so etwas wie Geister nicht. Was hast du gedacht?«, fragte er. »Dass meine verstorbene Frau aus ihrem Grab gestiegen ist, um dich zu warnen?«

»Ich weiß nicht. Sag du es mir. Neigte sie zu Eifersuchtsanfällen?« Während Lottie die fast heidnische Schönheit seiner Augenbrauen und der unrasierten Wangen bewunderte, fiel es ihr schwer, sich vorzustellen, dass eine Frau nicht eifersüchtig über einen solchen Mann wachen würde.

»Wenn sie nicht ihren Willen bekam«, erwiderte er leise, »neigte Justine zu allen möglichen Anfällen.«

Von seiner Aufrichtigkeit beschämt, presste Lottie ihre Hand auf ihr immer noch heftig pochendes Herz. »Es war kein Geist, der mich fast zu Tode erschreckt hat, sondern du.«

»Nun, das ist eine Mordmethode, der mich noch niemand beschuldigt hat. Ich bezweifle, dass deine Familie es gut aufnehmen würde, aber die Klatschbasen wären begeistert über diese Neuigkeit.« Er lehnte sich gegen die Wand und musterte sie spöttisch unter seinen dunklen Wimpern hervor. »Also sag mir, Carlotta, wenn ich dich zu Tode erschreckt *hätte*, wärest du zurückgekommen, um mich als Geist zu verfolgen?«

Sie überlegte einen Moment, ehe sie nickte. »Ganz bestimmt. Aber ich würde nicht wimmernd und wehklagend herumschweben oder irgendein hübsches Klavierstück spielen. Ich würde gegen einen Eisenkessel schlagen und aus voller Kehle alle Strophen von ›Mein Weib ist ein mutwillig Ding‹ singen.«

Ihre Antwort entlockte ihm ein Lachen, das sein Gesicht verwandelte, die jungenhaften Fältchen um seine Augen vertiefte und ein unwiderstehliches Grübchen in seiner Wange zum Vorschein brachte. Unter seinem Blick wurde sie sich fast schmerzlich ihrer eigenen, wenig verführerischen Aufmachung bewusst.

Er hatte ein seltenes Geschick dafür, sie in einem ungünstigen Moment zu erwischen. Obwohl sie wie der Gipfel der Welterfahrenheit hatte wirken wollen, wenn sie das nächste Mal aufeinander trafen, stand sie barfuß in ihrem schäbigen Baumwollnachthemd vor ihm, und ihre Haare waren eine wilde Lockenmähne, die ihr wie bei einem kleinen Mädchen auf die Schultern fiel. Aber er schaute sie nicht an, als wäre sie ein kleines Mädchen. Er schaute sie an, wie ein Mann eine Frau ansah.

»Du solltest dich wirklich schämen«, erklärte sie. »Das hier ist heute das zweite Mal, dass du mich überrascht hast.«

Sein Lächeln verblasste, und Lottie vermisste es augenblicklich. Er nahm eine zierliche Vase von einem Marmortischchen und drehte und wendete sie in seinen Händen. »Wenn ich die Nachricht von unserer Eheschließung hätte vorausschicken können, hätte ich es getan. Aber ich durfte nicht riskieren, dass Allegra von einem der Dienstboten von meiner neuen Ehefrau erfährt. Sie wäre fortgelaufen, noch bevor wir hier eingetroffen wären.« Er sagte das so, als wäre das ein alltägliches Ereignis.

»Warum hast du *mir* nicht von *ihr* erzählt? Hattest du Angst, ich würde ebenfalls fortlaufen?«

»Wärest du das?«

»Ich weiß nicht«, erwiderte sie aufrichtig. »Aber ich weiß, dass ich anders mit der Situation umgegangen wäre, hättest du mich vorgewarnt, dass ich nicht nur eine Ehefrau sondern auch Mutter werden würde.«

»Wenn du dich gütigst erinnern willst, als wir uns kennen lernten, suchte ich keines von beidem.«

Woran sich Lottie erinnerte, war der Augenblick in Mayfair, als er sich zu ihr umgedreht und sie angesehen hatte, während sie vor dem Kamin stand. Was auch immer er eigentlich gesucht hatte, da, so könnte sie beschwören, hatte er es gefunden. Wenn die Frau von Mrs. Gowan ein paar Minuten früher gekommen wäre, hätte er sie dann genauso angesehen? Hätte er ihr gepudertes Gesicht ebenso zwischen seine Hände genommen und ihre rot geschminkten Lippen geküsst, als wäre sie ein lang verloren geglaubter Teil seiner Seele, von dem er noch nicht einmal gewusst hatte, dass er ihm fehlte? Lottie fragte sich, ob er sie wohl jemals wieder so ansehen würde, und was sie dann tun würde.

Er stellte die Vase wieder auf das Tischchen. »Wie du sicherlich inzwischen erraten hast, bin ich nach London gefahren, um eine Gouvernante für meine Tochter zu suchen. Sie wird allmählich selbst Martha zu viel.«

Lottie erinnerte sich an den unnachgiebigen Griff der älteren Frau, mit dem sie Allegra am Ohr gepackt hatte, und bezweifelte das, behielt diese Ansicht aber für sich.

»Sie ist immer schon ein schwieriges Kind gewesen, aber in den letzten paar Monaten ist sie völlig unerträglich geworden.«

»Ich denke, etwas Ähnliches habe ich von Zeit zu Zeit auch über mich sagen hören«, bekannte Lottie.

»Stell sich das einer vor«, erwiderte er trocken.

»Es gibt ein paar ausgezeichnete Institute, die sich darauf spezialisiert haben, das Unmögliche möglich zu machen. Hast du jemals erwogen, sie auf eine solche Schule zu schicken?«

»Selbstverständlich habe ich das.« Er fuhr sich erbittert mit einer Hand durchs Haar. »Mir wäre nichts lieber, als sie von hier, aus diesem Haus wegzubringen …« *Von mir.* Lottie hörte die beiden Wörter so deutlich, als hätte er sie ausgesprochen. »Aber sie will nichts davon wissen. Jedes Mal, wenn ich das Thema anspreche, bekommt sie einen derartigen Tobsuchtsanfall, dass ich um ihre Gesundheit fürchte. Letzten Monat, als ich eine Schule in Luzern erwähnt habe, hat sie einfach die Luft angehalten, sodass wir den Arzt rufen mussten. Was der Grund dafür ist, warum ich beschlossen habe, nach London zu fahren und die Sache selbst in die Hand zu nehmen.« Ein bitteres Lächeln kräuselte seine Lippen. »Aber dank der Bemühungen der Gerüchteküche und der Klatschpresse hatte ich keinen Erfolg. Welche achtbare Frau würde schließlich mit einem Mann meines Rufes nach Cornwall fahren?«

Lottie schaute ihn an und begriff allmählich, worauf dies hinauslief. »Keine achtbare Frau, vermute ich, aber vielleicht eine, die ihre Achtbarkeit verloren hat? Eine, deren Ruf zerstört ist?«

Ohne darauf zu antworten, schaute er weg.

Nach einem Augenblick unbehaglichen Schweigens erkundigte sie sich leise: »Warum mich heiraten? Warum hast du mich nicht einfach engagiert?«

»Selbst mit Anstandsdame konnte ich kaum eine unverheiratete junge Frau hier in mein Heim bringen, um meine Tochter zu unterrichten, besonders eine, die ich angeblich kompromittiert hatte.«

Lottie versuchte, sich zu sagen, dass sie für seine Aufrichtigkeit dankbar sein sollte. Wenigstens hatte er sie von allen möglichen romantischen Phantasien befreit, ehe sie sich noch mehr zum Narren machen konnte, als sie das bereits getan hatte.

Da sie immer die Hauptrolle in den Theateraufführungen an Mrs. Lytteltons Schule gespielt hatte, gelang ihr ein sprödes Lächeln. »Wie schön zu erfahren, dass du immerhin einen Vorteil aus unserer kleinen Vernunftehe ziehst, wenn du schon mit einer unerwünschten Frau belastet bist. Wenn du mich entschuldigen willst, würde ich jetzt gerne in mein Bett zurückkehren, ehe der Wind wieder durch den Schornstein pfeift oder ›Halleluja‹ auf dem Klavier spielt.«

Als sie an ihm vorübergehen wollte, fasste er sie am Arm und hielt sie fest. »Wenn du von unserer Verbindung mehr erwartet hast, Mylady, dann tut mir das sehr Leid.«

Sanft, aber nachdrücklich entzog sie ihm ihren Arm und

bog den Kopf in den Nacken, um ihm in die Augen sehen zu können. »Das ist nicht nötig, Mylord. Schließlich haben Sie mir nur Ihren Namen versprochen.«

Ohne eine Kerze oder eine gespenstische Melodie, um ihr den Weg zu weisen, brauchte Lottie vier Versuche, um zu ihrem Schlafzimmer zurückzufinden. Eine wehklagende weiße Dame wäre eine willkommene Abwechslung gewesen, doch sie traf auf nichts Furchterregenderes als eine kleine ängstliche Maus, die genauso verloren aussah, wie sie selbst sich fühlte. Zum ersten Mal fiel ihr auf, wie merkwürdig es war, dass nicht ein einziger Dienstbote gekommen war, den geheimnisvollen Lärm zu erkunden. Sie mussten alle stocktaub oder betrunken in ihren Betten liegen, um die entsetzlichen Schreie nicht gehört zu haben.

Als sie schließlich an ihrem Zimmer ankam, war Lottie ziemlich missgestimmt. Dass sie fast über Mirabella stolperte und sich die nackten Zehen an einer der noch unausgepackten Truhen stieß, trug kaum zu einer Besserung ihrer Laune bei. Sie hatte kein Recht, ärgerlich zu sein, sagte sie sich, während sie zu ihrem Bett humpelte. Hayden hatte ihr seinen Namen versprochen, nicht sein Herz.

Geistesabwesend streichelte sie Mr. Zappel, lehnte sich gegen das Kopfende und starrte in die ersterbenden Flammen im Kamin. Wenigstens würde sie keine kostbare Zeit damit verschwenden müssen, herumzuliegen und auf eine Hochzeitsnacht zu warten, die niemals stattfinden würde. Hayden konnte abstreiten, dass er an Gespenster glaubte, aber als er sie mit dem unheilvollen Funkeln in seinem Blick angesehen hatte, hatte er ihr bewiesen, dass seine Leidenschaft niemals ihr, sondern immer seiner toten Frau gelten würde. Für ihn konnte sie nie mehr sein als eine bessere Gouvernante.

Miss Terwilligers faltiges Gesicht erschien vor ihrem geistigen Auge. Sollte sie am Ende doch das Schicksal der alten Frau ereilen? Würde sie ihre Jugend in einem modrigen Schulzimmer vergeuden, bis ihr Blut und ihre Leidenschaft zu Kreidestaub vertrocknet waren?

Ihre eigenen Worte kehrten zurück, sie zu verfolgen: *Ich muss doch keine Ehefrau oder eine Gouvernante werden. Ich kann doch einfach eine Schriftstellerin werden, wie ich es mir immer schon gewünscht habe! Alles, was ich brauche, sind Tinte, Papier und ein kleines Haus irgendwo am Meer.*

Lottie setzte sich auf, von einem neuen Gedanken beseelt. War dieses Schloss am Meer nicht eindeutig einem einfachen Häuschen vorzuziehen?

Selbst in dem Chaos, das im Raum herrschte, benötigte Lottie nicht lange, um den schmalen Lederkasten zu finden, den sie suchte. Mit entschlossenen Bewegungen packte sie Papier, Feder und ein neues Tintenfässchen aus. Nachdem sie das Feuer wieder angeschürt und eine frische Kerze angezündet hatte, setzte sie sich an den Rosenholzschreibtisch in der Ecke, den genüsslich schnurrenden Kater Kürbis auf dem Schoß.

Sie kaute einen Moment an der Feder, dann schrieb sie: DES TODESLORDS BRAUT von *Carlotta Anne Fairleigh* oben auf das Blatt, ihren Namen mit einem eindrucksvollen Schnörkel versehend. Nach einer kurzen Denkpause strich sie alles durch und schrieb darunter: DIE BRAUT DES TODESLORDS von *Lady Oakleigh*. Wenn ihr Gatte ihr nicht mehr als seinen Namen zu bieten hatte, dann wollte sie daraus wenigstens Nutzen ziehen. Jeder Verleger in London würde sich nach einem solchen Manuskript alle zehn Finger lecken. Und selbst Miss Terwilliger würde nicht länger ihr Talent in Zweifel ziehen können.

Rücksichtslos alle etwaigen Gewissensbisse unterdrückend, nahm Lottie ein leeres Blatt und legte es vor sich. Es bedurfte keiner größeren Anstrengung, Haydens Gesicht vor sich erscheinen zu lassen, in dem Moment, als er sie gegen die Tür gedrückt hatte, seine Augen voll verzehrender Leidenschaft. Ihre Feder flog über die Seite, während sie schrieb: »*Ich werde niemals jenen Moment vergessen, da ich zum ersten Mal den Mann erblickte, der mich umzubringen plante. Sein Gesicht war sowohl schrecklich als auch unwiderstehlich attraktiv, und in seiner düsteren Schönheit spiegelte sich die Schwärze seiner Seele wider …*

10

Wenn er der Herr der Hölle war, dann war ich nun deren Herrin …

Am nächsten Morgen beschloss Lottie, wenn ihr Ehemann eine Gouvernante wollte, dann sollte er auch eine bekommen. Die Kleider aus rosa schimmernder Seide und dunkelblauem Samt verschmähend, die sie so liebte, zog sie ein silbergraues Morgenkleid aus einer ihrer Truhen. Sie riss die gestreifte Seidenschleife auf der Rückseite ab und entfernte die Rosetten, die den Saum zierten, sodass sie ein Gewand erhielt, das so unerbittlich grau und trostlos war wie der Himmel vor ihrem Fenster.

Sie bürstete sich ihr lockiges Haar glatt und band es zu einem schmerzhaft straffen Knoten. Nicht einem einzigen Löckchen wurde es gestattet, sich daraus zu befreien.

Sie betrachtete sich in dem großen Ankleidespiegel, der in der Zimmerecke stand, ihre vollen Lippen zu einer strengen Linie zusammengepresst. Jetzt fehlte nur noch eine Drahtbrille und ein dicker, fetter Leberfleck auf dem Kinn, und man hätte sie mit Miss Terwilliger verwechseln können. Sie sah richtig alt aus – wie mindestens vierundzwanzig.

Während sie darauf wartete, dass es Zeit fürs Frühstück wurde, begann sie, die Kisten und Truhen durchzusehen. Vielleicht würde sie sich hier nicht mehr so fremd fühlen, wenn sie sich erst einmal mit vertrauten Dingen umgeben hatte. Sie hatte gerade zwei Truhen ausgeräumt und jeden Schubladen und jedes Fach in der Wallnussholzkommode in der Ecke gefüllt, als sie plötzlich eines merkwürdigen Gefühl bekam. Obwohl sie schon in unzähligen Schauerromanen darüber gelesen und sogar selbst ein bis zwei Mal in ihren eigenen Geschichten darüber geschrieben hatte, hatte sie es nie wirklich selbst erlebt.

Die Härchen in ihrem Nacken sträubten sich.

Die Strümpfe, die sie in der Hand hielt, entglitten ihren Fingern, als Lottie sich langsam umdrehte und sich fragte, ob sie wohl gleich dem Geist von Haydens erster Frau gegenüberstehen würde.

Von dem Haar, das ihr ins Gesicht hing und dem Schmutzfleck auf ihrer Nase her zu urteilen, war das Geschöpf, das um die Ecke lugte, jedoch eindeutig irdisch. Da sie spürte, dass ihre Besucherin kurz davor stand, bei der kleinsten Reaktion wegzulaufen, wandte Lottie rasch ihre Aufmerksamkeit wieder der Truhe zu.

»Guten Morgen, Allegra«, sagte sie mit kühler Freundlichkeit. »Möchtest du nicht hereinkommen?«

Aus dem Augenwinkel beobachtete sie, wie das Mädchen mit offenen Schnürsenkeln zögernd in den Raum schlüpfte. Lottie war dankbar, dass das erste Kapitel ihres Romans, kurz vor dem Morgengrauen fertig gestellt, unter dem falschen Boden ihres Schreibsets verborgen lag, sicher vor neugierigen Augen.

Nach einem Moment unbehaglicher Stille fragte Allegra unvermittelt: »Lieben Sie meinen Vater?«

Lottie konnte nicht sagen, warum sie darüber nachdenken musste. Schließlich kannte sie den Vater des Mädchens kaum.

Während sie noch nach einer passenden Antwort suchte, klopfte Allegra mit der Stiefelspitze auf den Boden. »Ich würde Ihnen keinen Vorwurf machen, wenn nicht. Er ist einfach unerträglich.«

Lottie wurde einer Erwiderung – ob nun zustimmend oder widersprechend – enthoben, da Mirabella diesen Moment wählte, wie eine wild gewordene Wollmaus unter dem Bett hervorgerannt zu kommen. Mit dämonischer Freude stürzte sie sich auf Allegras lose Schnürsenkel.

Eigentlich erwartete Lottie, dass Allegra sich sofort zu dem Kätzchen hinabbeugen und es streicheln und bestaunen würde, wie jedes andere kleine Mädchen es getan hätte, aber das Kind starrte unverwandt auf den Gegenstand, den Lottie soeben aus der Truhe vor sich genommen hatte.

Lottie hielt die abgegriffene Puppe in die Höhe, und ein liebevolles Lächeln spielte dabei um ihre Lippen. »Meine Schwester hat sie mir von ihrer allerersten Reise nach London mitgebracht, als ich etwa so alt war wie du jetzt. Laura dachte, sie sähe genauso aus wie ich. Kannst du dir vorstellen, dass das arme Ding hier einmal fast ebenso hübsch war wie die Puppe, die dein Vater für dich hat machen lassen?«

Die Puppe hatte ursprünglich blonde Locken besessen, die zu einem bezaubernden Knoten aufgesteckt gewesen waren, aber Lottie hatte den größten Teil davon versengt, als sie sich eingebildet hatte, sie müsse sie mit dem Lockeneisen bearbeiten. Die rosa bemalten Wangen waren verblasst, die

Rüschen an ihren Unterröcken zerrissen und fleckig, die kleine Stupsnase abgesplittert. Über dem einen Auge trug sie eine schwarze Seidenklappe.

»Nachdem sie ihr eines Auge in einem tragischen Unfall beim Bogenschießen verloren hatte, haben mein Bruder und ich mit ihr immer Pirat gespielt«, erklärte Lottie. »Wir haben sie über die Planke vom Heuboden nach draußen gehen lassen – daher stammt die abgeschlagene Nasenspitze.«

Allegra betrachtete die Puppe nachdenklich. »Ich mag sie«, erklärte sie schließlich. »Darf ich mit ihr spielen?«

Lottie war auf eine so dreiste Bitte nicht vorbereitet. Aber Allegras unnachgiebigem Blick konnte man nur schwer widerstehen. Trotz dem, was ihr Hayden über Allegras Wutanfälle erzählt hatte, hatte Lottie den Eindruck, dass das Kind nur um wenig bat und noch weniger erwartete.

So strich Lottie die Röcke der Puppe glatt und reichte sie dem Mädchen. »Vermutlich kannst du bei ihr ohnehin nicht noch mehr Schaden anrichten, als ich es schon getan habe.«

»Danke.« Ohne ein weiteres Wort klemmte sich Allegra die Puppe unter den Arm und marschierte aus dem Raum.

Lottie erschien zum Frühstück und stellte fest, dass Hayden bereits auf sie wartete. Er saß am Kopf eines Mahagonitisches von solch einschüchternden Ausmaßen, dass man auf dessen glänzender Oberfläche bequem ein Cricket-Spiel abhalten konnte. In Devonbrooke House gab es auch einen solchen Tisch, aber wenn die Familie unter sich speiste, hatte Sterling darauf bestanden, dass sie ihre Plätze nur an einem Ende einnahmen, um die Gesellschaft der anderen besser genießen und sich unterhalten zu können. Als ein Lakai Lottie zu dem einzelnen Stuhl am anderen Ende der Tafel geleitete, konnte sie daraus nur schließen, dass Hayden an keinem von beidem Interesse hatte.

Er besaß jedoch genug Manieren, um sich zu erheben, als sie den Raum betrat.

»Guten Morgen, Mylord«, sagte sie steif und setzte sich.

»Mylady«, erwiderte er und musterte ihre schmucklose Aufmachung mit unergründlicher Miene.

Er setzte sich wieder und zog eine Uhr aus seiner Westentasche. Zunächst glaubte Lottie, die Geste wäre gedacht, sie für ihr Zuspätkommen zu tadeln, aber dann begriff sie, dass sich auf dem Tisch noch ein weiteres Gedeck befand.

Genau zwischen ihren beiden Plätzen.

Hayden hatte kaum Zeit, seine Taschenuhr zuschnappen zu lassen, als Allegra erschien. Statt sich lustlos vorwärts zu schleppen, hüpfte das Mädchen. Sie hatte sich fürs Frühstück zurechtgemacht, indem sie sich einen schmutzigen Strumpf hochgezogen und den Dreck von ihrer Nase auf die Wange verschmiert hatte. Leise vor sich hin summend, schob sie umständlich einen der schweren Stühle näher zu ihrem eigenen und setzte ihre Last mit zärtlicher Fürsorglichkeit darauf ab, wie sie gewöhnlich nur den Alten oder Gebrechlichen zuteil wird.

Hayden schaute stirnrunzelnd zu dem Stuhl, unfähig, seine Verblüffung zu verbergen. »Was, um Himmels willen, ist das *Ding* da?«

»Das ist meine neue Puppe. Mami hat sie mir gegeben.« Allegra drehte sich zu Lottie um und strahlte sie an. Das sonnige Lächeln verwandelte ihr Gesicht. Einen flüchtigen Moment lang war sie nicht nur apart, sie war wunderschön.

Dieses kleine Ungeheuer.

Als Hayden seinen Blick auf Lottie richtete, spürte sie, wie ihr der Magen in ihre Kniekehlen sank. »Wie überaus großzügig von Mami«, erklärte er mit seidenglatter Stimme, aber unheilvoll glitzernden Augen, während er seine Kaffeetasse zu einem spöttischen Toast hob.

Allerdings war es großzügig von Lottie, seinem Kind ein abgenutztes, heiß geliebtes Spielzeug zu überlassen, während sein eigenes teures Geschenk in seinem mit Samt ausgeschlagenen Kasten vor sich hin moderte.

»Es ist nur eine meiner alten Puppen«, beeilte sich Lottie zu erklären. »Allegra kam in mein Zimmer, als ich sie gerade auspackte, und sie gefiel ihr sofort.«

Das Mädchen faltete ihre Serviette zu einem behelfsmäßigen Lätzchen und steckte es ihrem Schützling in den rüschenbesetzten Ausschnitt. »Mami sagt, die Puppe sieht genauso aus wie sie, als sie so alt war wie ich.«

Hayden studierte nachdenklich die verfilzten, angesengten Locken, die abgesplitterte Nasenspitze und die Piratenklappe der Puppe. Trotz ihrer vielen Gebrechen hatte ihr verbliebenes blaues Auge nie ganz sein übermütiges Funkeln eingebüßt, ebenso wenig wie der Rosenknospenmund sein mutwilliges Lächeln. »Ich für meinen Teil«, sagte er, »kann immer noch eine deutliche Ähnlichkeit erkennen.«

Zu seinem Glück betrat in diesem Moment das kleine rothaarige Dienstmädchen, das Lottie gestern ihr Abendessen gebracht hatte, geschäftig das Speisezimmer, eine Schüssel mit dampfendem Haferschleim in den Händen, und versperrte ihm damit den Blick auf Lottie, die ihn empört anschaute. Während sie aßen, wurde das angespannte Schweigen nur von Allegras Geplapper unterbrochen, wenn sie einen Löffel an die Lippen ihrer Puppe hob, um sie mit Haferschleim zu füttern. Lottie trank ihre heiße Schokolade in einem Zug und wünschte sich, es wäre Strychnin.

Als Allegra den Rest des Porridges genüsslich aus ihrer Schüssel geschlürft hatte, blickte sie zwischen Hayden und Lottie hin und her. »Also, wie habt ihr beide euch kennen gelernt?«

Lottie verschluckte sich fast an dem Bückling, den sie sich gerade in den Mund gesteckt hatte.

»Ich glaube, diese Frage lasse ich besser deine Stiefmutter beantworten.« Hayden lehnte sich in seinem Stuhl zurück. Das schadenfrohe Funkeln in seinen Augen warnte sie, dass er auf ihre Antwort genauso gespannt war wie Allegra.

Sie wusste, sie konnte nicht einfach damit herausplatzen: »Ich habe deinen Vater heimlich beobachtet, und dann hat er mich ertappt und für eine Kurtisane gehalten.« So betupfte sich Lottie ihre Lippen mit der Serviette, um Zeit zu gewinnen. »Nun … auch wenn es so aussehen mag, als hätten wir überstürzt geheiratet, wusste ich schon viel über deinen Vater, ehe wir uns begegnet sind.«

»Ist er berühmt?«, erkundigte sich Allegra und blinzelte unschuldsvoll.

»Berüchtigt«, murmelte Hayden und trank einen Schluck von seinem Kaffee.

Lotties Lächeln fühlte sich an wie festgefroren. »Sagen wir einfach, dass er in gewissen Kreisen gefeiert wird, weshalb ich auch darauf bedacht war, seine Bekanntschaft zu machen.«

»Und war er so, wie Sie es sich erhofft hatten?«

»Mehr sogar.« Lottie schenkte Hayden ein zuckersüßes Lächeln, bei dem sie die Zähne zeigte.

»Und wo habt ihr euch getroffen?«

»Genau genommen während meines Debüts«, unterrichtete Lottie das Mädchen, und gab sich große Mühe, nicht zu lügen. »Genau vor dem ersten Walzer.«

Sie sank erleichtert gegen die Lehne, als Allegra sich neugierig an ihren Vater wandte. »Woher wusstest du, dass du sie heiraten möchtest?«

Selbst über die Länge des Tisches hinweg war Haydens Blick, mit dem er Lottie ansah, so intim wie eine Liebkosung. »Wie du sicher sehen kannst, sind die Reize deiner Stiefmutter so bestechend, dass ich nicht lange überredet werden musste.«

Und das stimmte, musste Lottie einräumen. Wenigstens wenn man die Duellpistole nicht mitzählte, mit der Sterling auf sein Herz gezielt hatte. Sie löste ihren Blick von seinem, nicht nur von der unverhohlenen Schwindelei erschüttert, sondern vor allem von der beunruhigenden Wirkung, die er auf sie hatte. In Zukunft würde sie besser aufpassen müssen. Jeder Mann, der ein Kind so anlügen konnte, und dazu noch sein eigenes, war sogar noch gefährlicher, als sie angenommen hatte.

Zu ihrer Erleichterung erschien das Dienstmädchen in diesem Moment wieder, um den Tisch abzudecken.

Allegra wischte der Puppe fürsorglich den Mund ab und erhob sich. »Entschuldigst du mich bitte, Vater?«

»Bitte, bitte«, antwortete Hayden gleichmütig.

Als sie ging, die Puppe wie ein Baby über die Schulter gelegt, starrte das Dienstmädchen ihr mit offenem Mund hinterher, zu sehr abgelenkt, um zu bemerken, dass heiße Schokolade aus einer Tasse auf Lotties Schoß tropfte.

»Meggie!«, sagte Hayden scharf.

Das Mädchen schrak zusammen. »Oh, Mylady, es tut mir ja so Leid!« Sie nahm sich eine Serviette und rieb die Schokolade nur noch tiefer in den kostbaren Stoff von Lotties Rock.

»Es ist in Ordnung«, versicherte Lottie dem Mädchen, während sie mit ihr um die Serviette rang.

Als das Mädchen schließlich gegangen war, lehnte sich Hayden in seinem Stuhl zurück, ein trockenes Lächeln um die Lippen. »Du musst ihr verzeihen, Lottie. Sie ist nicht daran gewöhnt zu hören, wie meine Tochter um Erlaubnis für irgendetwas fragt. Besonders mich nicht.«

»Wenn wir unseren Unterricht beginnen, tue ich, was ich kann, um ihre Manieren zu verbessern.«

»Ich schere mich keinen Deut um ihre Manieren.« Hayden stellte scheppernd seine Kaffeetasse auf den Tisch und erschreckte Lottie mit seiner Heftigkeit. »Ich habe dich nicht hierher gebracht, damit du Allegra den Kopf mit einem Haufen Nichtigkeiten und Unsinn voll stopfst. Ich möchte, dass du sie in Sprachen, Geschichte und Mathematik unterrichtest. Ich möchte, dass du ihr etwas beibringst, das ihr tatsächlich etwas nützt, wenn sie später im Leben ihren Weg in dieser Welt allein gehen muss.«

»Der größte Teil der guten Gesellschaft hält die Anmut, mit der man einen Hofknicks ausführt, und die Fähigkeit, eine Tanzkarte richtig auszufüllen, für das einzig notwendige Wissen, um sich einen wohlhabenden Ehemann einzufangen«, erklärte Lottie.

»Das alles wird für Allegra nutzlos sein. Sie wird niemals in der Lage sein, den ihr zustehenden Platz in der Gesellschaft einzunehmen oder eine vorteilhafte Verbindung einzugehen.« Seine Stimme war voller Bitterkeit. »Dafür haben ihre Mutter und ich gesorgt.«

»Es wird noch Jahre dauern, ehe sie ihr Debüt machen kann. Vielleicht, wenn genug Zeit vergangen ist …«

Sein mitleidiger Blick ließ sie verstummen. »Ich könnte sie die nächsten dreißig Jahre hierbehalten, doch wenn sie Eintritt in die Gesellschaft begehrt, wird sie immer nur als die Tochter eines kaltblütigen Mörders bekannt sein.«

Lottie schluckte, nicht sicher, ob er auf das Duell anspielte, das seinen besten Freund das Leben gekostet hatte.

»Ich möchte, dass du ihren Geist schulst.« Ein merkwürdiger Schatten glitt über seine Züge. »Ich möchte, dass du ihn stark machst. Unzerbrechlich.«

Lottie dachte daran, wie berechnend das Kind vorgegangen war, als es eben die abgewetzte Puppe umsorgt hatte, und murmelte: »Das sollte keine allzu schwere Aufgabe sein.«

»Ich muss nur wissen, dass, wenn ich einmal nicht mehr da bin, Allegra im Stande ist, allein zurechtzukommen. Solange ich lebe, wird es ihr nie an etwas mangeln.« Er musterte Lotties Gesicht, und das Grün seiner Augen wurde so warm wie eine in Sonnenlicht getauchte Waldlichtung. »Wenn du mir hilfst, sie zu beschützen, gilt das auch für dich.«

Er versprach vielleicht etwas, das er nicht halten konnte, überlegte Lottie, nachdem er sich mit einer knappen Verbeugung verabschiedet hatte und gegangen war. Sie fürchtete, sie wünschte sich bereits etwas, das sie nie bekommen würde.

Nachdem auch eine ausgedehnte Durchsuchung des Hauses keinen Hinweis auf den Verbleib ihres jungen Schützlings erbrachte, begab sich Lottie in die Küche im Untergeschoss, in der Hoffnung, einer der Dienstboten dort könnte ihr verraten, wo Allegra war. Sie ließ die letzte Treppenstufe hinter sich und umrundete eine Ecke, um Mrs. Cavendish und Martha bei einer hitzigen Diskussion zu überraschen. Ihre flüsternden Stimmen konnten weder von den Dienstmägden, die dicht gedrängt in der Nähe beieinander standen, noch von Lottie verstanden werden, aber sie brauchte nur so nah an sie heranzugehen, dass sie ihre Lippen lesen konnte.

»Ich denke nicht, dass wir das Mädchen einstellen sollten«, erklärte Mrs. Cavendish gerade. Die blasse Haut der Haushälterin spannte sich über vorstehenden Wangenknochen, wodurch ihr Gesicht eingefallen wirkte. Wäre sie eine der Lehrerinnen bei Mrs. Lyttelton gewesen, hätten Lottie und Harriet sie bestimmt wenig freundlich auf den Spitznamen »Mrs. Kadaver« getauft. »Was wissen wir schließlich von dem jungen Ding, außer dass sie heute Morgen auf der Türschwelle hier aufgetaucht ist und um eine Anstellung gebeten hat?«

»Nun, ich denke, wir können es uns nicht leisten, sie nicht einzustellen«, antwortete Martha. »Wir haben letzten Monat drei Mädchen verloren und zwei weitere gestern Nacht. Sie sind noch vor dem Morgengrauen weggelaufen, ohne zu packen. Wenn das so weitergeht, sind im Sommer nur noch wir beide übrig, uns um das Haus zu kümmern.«

»Aber das Mädchen hat kein einziges Empfehlungsschreiben, keinerlei Erfahrung, und sie ist so blind wie ein Maulwurf. Als Giles ihr heute Morgen die Tür geöffnet hat, hätte sie ihn fast mit seinem Halstuch erwürgt, weil sie meinte, es wäre der Türklopfer. Und hast du gesehen, wie sie mit dem Besen umgeht? Himmel, sie hat mehr Staub aufgewirbelt als zusammengefegt. Als ich ihr den Staubwedel gegeben habe, hat sie ihn mir zurückgegeben und behauptet, sowohl Federn als auch Staub würden sie zum Niesen bringen.«

»Sie wird es schnell genug lernen, wenn sie etwas in ihren Magen bekommen möchte. Wenn nicht, bringe ich sie zur Not mit ein paar Ohrfeigen zur Vernunft.«

Mrs. Cavendish richtete sich auf und atmete durch geblähte Nasenflügel ein. »Ich halte es immer noch für einen Fehler.«

Martha zischte, als wollte sie Mrs. Cavendish am liebsten ebenfalls gewaltsam zur Vernunft bringen: »Dann ist es eben ein Fehler, den wir machen müssen. Was sonst sollen wir tun? Es kann nur schlimmer werden, jetzt, da er eine andere Frau ins Haus gebracht hat. Selbst die Männer haben

Angst, nach Einbruch der Dunkelheit ihre Quartiere zu verlassen. Niemand möchte es riskieren, diesem entsetzlichen …«

Lottie musste unabsichtlich ein Geräusch gemacht haben, denn beide Frauen schauten sie an. Sie hätten nicht schuldbewusster aussehen können, wären sie dabei ertappt worden, den Brandy aus der Flasche zu trinken.

Mrs. Cavendish erholte sich als Erste; die dünnen Lippen zu einem besorgten Lächeln verkniffen, eilte sie mit klimperndem Schlüsselring zu Lottie. »Oh, Mylady, was tun Sie denn hier unten? Wenn Sie etwas benötigen, brauchen Sie nur zu läuten.«

»Sie hat Recht.« Martha folgte der Haushälterin geschäftig. »Sie dürfen nicht vergessen, dass Sie nun eine Marquise sind und ich Ihnen jederzeit zur Verfügung stehe.«

Ehe Lottie Luft holen konnte, waren die beiden Frauen bei ihr und geleiteten sie aus der Küche, unterstützt von sanften Ermahnungen und freundlichen Ratschlägen, sodass ihr keine Zeit blieb, länger über das kurzsichtige Dienstmädchen nachzudenken, vor dem sich eine trübe Zukunft voller Niesanfälle und Ohrfeigen erstreckte.

Da beide, Martha und Mrs. Cavendish, abstritten, irgendetwas über Allegras Aufenthaltsort zu wissen, entschloss sich Lottie, das Gelände um das Schloss zu erkunden. Als sie aus der Eingangstür trat, trieb ihr der scharfe Wind die Röte in die Wangen und schien sich über ihren Kaschmirschal lustig zu machen. Es fiel ihr schwer zu glauben, dass irgendwo in England eine milde Frühlingsbrise wehte und schmeichelnd über die Knospen der Bäume strich, bis sie barsten, während die zarten Blütenblätter von den spät blühenden Tulpen sich ihren Weg durch die sonnenwarme Erde ans Licht bahnten. Hier gab es nur Moor und Wind, Meer und Himmel, die alle miteinander um die Herrschaft über dieses karge Reich stritten.

Obwohl ihr erster Gedanke war, auf der Stelle umzukehren und ins Haus zurückzugehen, machte sie sich entschlossenen Schrittes auf den Weg und dachte über das Gespräch nach, das sie eben belauscht hatte. Trotz Haydens anders lautender Behauptung war sie offenbar nicht die Einzige, die letzte Nacht das Wehklagen gehört hatte, noch war es zum ersten Mal vorgekommen. Wenn es wieder geschah, versprach Lottie sich, würde sie nicht kopflos in die Nacht fliehen wie die entsetzten Dienstmädchen. Sie würde irgendwie den Mut finden, dorthin zu gehen, wo sie die gespenstische Musik gehört hatte, auch wenn das eine erneute Auseinandersetzung mit ihrem Mann bedeutete.

Nachdem eine Durchsuchung des verlassen daliegenden Schlosshofes und der vernachlässigten Gärten ergebnislos verlaufen war, fand sie Allegra schließlich hoch oben in den knorrigen Ästen eines Apfelbaumes am Rande eines heillos überwucherten Obstgartens. Lotties Puppe lag verloren am Fuß des Baumes mit dem Gesicht auf der Erde.

Mit einem betrübten Kopfschütteln hob Lottie sie auf, wischte den Schmutz ab und setzte sie, an den Baumstamm gelehnt, auf den Boden. »Hallooo!«, rief sie zu Allegra empor. »Möchtest du nicht herunterkommen und mit mir reden?«

Die gute Laune des Kindes war wie weggefegt. »Nein, danke«, rief sie hinab und schaute weiter zum entfernten Horizont. »Mir gefällt es hier, wo ich bin.«

Lottie dachte nur einen Moment über diese Information nach. »Nun gut. Wenn du nicht zu mir kommen möchtest, dann komme ich eben zu dir.« Da sie die Lektion aus der Nacht ihres Debüts gelernt hatte, nahm Lottie sich die Zeit, ihren Schal abzulegen und ihre Röcke zwischen den Beinen festzustecken, sodass sie eine Art Hose erhielt, ehe sie den Aufstieg begann.

Sie erreichte Allegras luftigen Aussichtspunkt mit lädierten Strümpfen und leicht außer Atem, nur um zu entdecken, dass das Mädchen sie argwöhnisch musterte. »Ich dachte, Damen wäre es verboten, auf Bäume zu steigen.«

»Damen dürfen tun, was immer sie wollen«, unterrichtete Lottie sie, beugte sich vor und senkte ihre Stimme zu einem verschwörerischen Flüstern. »Solange niemand sie dabei beobachtet.«

Sie machte es sich auf einem kräftigen Ast bequem, zur einen Seite die geschwungene Küstenlinie, zur anderen ein wogendes Meer aus Dünengras. Obwohl der Wind an ihren Röcken zerrte und ihr die Luft raubte, ehe sie sie einatmen konnte, musste sie zugeben, dass man von hier oben einen herrlichen Ausblick hatte.

Allegra fuhr fort, sie finster anzustarren. »Was tun Sie hier? Sollten Sie nicht bei meinem Vater sein?«

»Genau genommen war dein Vater derjenige, der mich auf die Suche nach dir geschickt hat. Er dachte, ich könnte dir vielleicht bei deinem Unterricht helfen.«

»Ich habe keinen Unterricht.«

Von der Barschheit des Kindes gekränkt, antwortete Lottie scharf: »Nun, vielleicht ist es an der Zeit, dass du welchen erhältst. Ich habe ein paar wundervolle Bücher aus London mitgebracht – Raleighs *Die Geschichte der Welt,* Linnaeus *Philosophia Botanica,* Savignys *Die Geschichte des Römischen Rechts im Mittelalter.*«

»Ich mag Bücher nicht.«

Lottie schaute sie argwöhnisch an. Sie traute niemandem, der Bücher nicht mochte. »Wenn du Bücher nicht magst, dann hast du nie *Burg Wolfenbach* von Mrs. Pearsons gelesen. Diese Geschichte war so spannend, dass ich, nachdem ich sie gelesen hatte, mich über eine Woche lang geweigert habe, ohne eine brennende Kerze neben meinem Bett zu schlafen.«

Allegra schnaubte verächtlich. »Martha sagt, dass Bücher Verschwendung von Papier und Zeit sind und dass ich besser beraten wäre zu lernen, wie man Kartoffeln anbaut.«

Lottie war so entsetzt, dass sie einen Moment lang nicht sprechen konnte. »Nun, wenn Martha je *Die Mitternachtsglocke*, *Die geheimnisvolle Warnung* oder *Der mörderische Mönch* gelesen hätte, wäre sie vielleicht nicht so schnell bei der Hand, alle Bücher als Zeit- und Papierverschwendung abzutun!« Lottie erinnerte sich daran, dass sie dem Kind ein Vorbild in Bezug auf Anstand und Sitte sein sollte und bemühte sich, ihr Temperament zu zügeln. »Da ich keinerlei Erfahrung mit Kartoffelanbau habe – warum treffen wir uns dann nicht einfach heute Nachmittag vor dem Tee im Schulzimmer zu unserer allerersten Stunde?«

»Gut. Es ist ja schließlich nicht so, als hätte ich die Wahl, nicht wahr, *Mami*?« Dieses Mal sprach sie das Wort voller Wut und Verachtung aus.

»Ich bin nicht deine Mami, Allegra«, erklärte Lottie ruhig, »und du brauchst nicht so zu tun, als wäre ich es.«

»Dann müssen Sie nicht so zu tun, als würden Sie mich mögen.« Das Mädchen zog ein Bein an, schlang ihre Arme darum und blickte hinaus aufs Meer. »Niemand sonst tut es.«

»Das stimmt sicher nicht. Dein Vater, zum Beispiel, scheint dich sehr zu mögen.«

»Ha! Er mag mich nicht. Er kauft mir nur teure Geschenke wie die dumme Puppe, weil er Mitleid mit mir hat.«

Lottie runzelte die Stirn, erschüttert von der Überzeugung in der Stimme des Mädchens. »Du bist seine Tochter. Warum, um alles auf der Welt, sollte er mit dir Mitleid haben?«

Allegra wandte sich zu ihr um, und ihr dunkles Haar wehte im Wind. »Können Sie ein Geheimnis für sich behalten?«

»Nein«, antwortete Lottie aufrichtig.

Allegra verdrehte die Augen und wandte sich dann wieder der Betrachtung der schroffen Klippen und der rauen Küstenlinie zu. »Er hat Mitleid mit mir, weil meine Mutter verrückt war und ich es auch sein werde.«

Obwohl sie diejenige war, die Allegra etwas beibringen sollte, erkannte Lottie, dass sie einiges von dem Mädchen lernen konnte. Sie war nicht wirklich überrascht von der Enthüllung, dass Haydens Frau unter Wahnsinn gelitten hatte. Sicher würde nur eine Verrückte einen Mann betrügen, der so küssen konnte wie er.

»Hat dir das dein Vater gesagt, dass du verrückt werden wirst?«

»Natürlich nicht«, erwiderte Allegra verächtlich. »Er spricht nie über etwas, das wichtig ist. Aber ich höre die Dienstboten reden, wenn sie glauben, ich könnte nichts verstehen. ›Armes Kind. Sie ist genau wie ihre Mutter‹, flüstern sie, schauen mich an und schütteln mitleidsvoll den Kopf, als wäre ich nicht nur irre, sondern auch noch blind.«

»Hast du das Gefühl, verrückt zu sein?«, erkundigte sich Lottie und musterte das trotzige Gesicht des kleinen Mädchens.

Allegra schien von der Frage überrascht, als hätte sie nie zuvor darüber nachgedacht. »Nein«, antwortete sie schließlich und blinzelte, als wäre sie selbst von ihrer Antwort überrascht. »Aber ich bin oft wütend.«

Lottie lachte, stellte sich auf den Ast unter sich und begann den Abstieg. »Das ging mir in deinem Alter auch so. Mach dir keine Sorgen, das vergeht.«

Als sie auf dem Boden angekommen war, schüttelte Lottie ihre Röcke aus. Kurz erwog sie, ihre Puppe zu retten, aber nach einem Moment des Nachdenkens entschied sie, sie in Allegras zweifelhafter Obhut zu lassen. Sie zog sich den Schal fester um die Schultern und machte sich auf den Weg zum Haus.

»Er wird Sie niemals lieben, wissen Sie?« Der Wind trug Allegras Worte zu ihr. »Er wird nie jemanden außer ihr lieben.«

Lottie stolperte über einen Grashügel, hoffte, dass das Mädchen nichts gesehen hatte, schritt weiter und murmelte dabei: »Das werden wir ja noch sehen.«

11

Bald schon musste ich erkennen, dass es viel entsetzlichere Schrecken auf dieser Welt gibt als wehklagende weiße Damen …

25. Mai 1825

Liebe Mrs. Terwilliger,
ich schreibe Ihnen heute, um meine aufrichte Reue zu bekunden für allen Ärger und alle Verlegenheiten, die ich Ihnen während unserer gemeinsamen Jahre bei Mrs. Lyttelton bereitet habe. Nach eingehender und qualvoller Gewissensprüfung musste ich erkennen, dass ich nicht halb so klug bin, wie ich es mir eingebildet hatte.

Während vielleicht eine gewisse vulgäre Belustigung und der Gewinn an Ansehen unter Gleichaltrigen damit verbunden ist, lebende Tiere für einen unbestimmten Zeitraum in ein Schlafzimmer einzusperren, ist der Preis bezüglich der Verluste an Eigentum und Würde dafür eindeutig zu hoch.

(Sie sollten wirklich dankbar sein, dass ich damals nur ein Pony bei Ihnen gelassen habe! Ich kann Ihnen versichern, eine Ziege richtet wesentlich mehr Schaden an, da sie einen größeren Appetit hat, besonders auf Seidenunterwäsche und Blumenbänder, wie sie modische Hüte zieren.)

Weiterhin kann ich Ihnen versichern, dass die Finger der Handschuhe zusammengenäht zu bekommen nicht annähernd so unangenehm ist, wie die Säume der Unterhosen so zu manipulieren, dass es, wenn man sich das erste Mal hinsetzt, ein so hässliches und peinliches Geräusch gibt, wie man es in höflicher (oder unhöflicher) Gesellschaft besser unerwähnt lässt.

Derweil ich mich bemühe, Ihre unerschütterliche Gefasstheit zu zeigen, kann ich nicht umhin, Ihre Selbstbeherrschung zu bewundern. Wenn ich einen Wutschrei in meiner Kehle aufsteigen fühle oder spüre, wie meine Finger sich am liebsten um den Hals eines gewissen minderjährigen weiblichen Wesens schließen würden, denke ich an Sie, beiße die Zähne zusammen und zwinge meine starren Lippen zu einem nachsichtigen Lächeln. Wenn ich mich dabei ertappe, wie ich die Schärfe meines Frühstücksmessers sorgfältiger als nötig an meinem Daumen prüfe, erinnere ich mich an Ihre Haltung damals und finde die Kraft weiterzumachen, ohne Ohrfeigen auszuteilen.

Ich stelle mir gerne vor, dass Sie stolz wären auf das Muster an Tugend und Reife, das ich geworden bin.

Immer Ihre ergebene Dienerin,
Carlotta Oakleigh

P.S.: Können Sie mir ein Mittel empfehlen, mit dem sich Brombeermarmeladeflecken aus Stiefelleder entfernen lassen?

30. Mai 1825

Liebe Tante Diana,
obwohl uns nunmehr eine gewisse Entfernung trennt, weiß ich, du hast nicht vergessen, dass ich diesen Sommer Geburtstag habe. Ich hege die Hoffnung, du würdest mir vielleicht einen neuen Hut schenken und ein paar hübsche Unaussprechliche. (Oh, und ein Paar modische Nankeen-Halbstiefel würde ich ebenfalls nicht verschmähen.)

Deine Dich liebende Nichte
Lottie

P.S.: Bestell Onkel Thane und den Zwillingen liebe Grüße, aber bitte sprich nicht von den Unaussprechlichen.

4. Juni 1825

Lieber George,
wie musst du gelacht haben, als du erfuhrst, dass deine kleine Schwester – ich kann gar nicht daran denken! – eine Mutter geworden ist! Du, der du immer behauptet hast, mir läge an keinem Kind außer mir selbst etwas. (Obwohl wir beide wissen, dass das nicht ganz der Wahrheit entspricht, denn ich habe die Zwillinge immer gerne gemocht, ebenso wie ich meine süße Nichte und meinen Neffen, Ellie und Nicholas, liebe. Und entgegen dem, was du immer gesagt hast, liebe ich Ellie nicht allein deswegen, weil sie ein Ebenbild meiner selbst in ihrem Alter ist. Sie besitzt eine Reihe anderer gewinnender Züge, zu denen in nicht unbeträchtlichem Maße ihr fester Glaube an ihre Klugheit und Schönheit zählt.)

Ich bin mir fürderhin sicher, du wärest überrascht zu erfahren, dass ich mich der Reife, der Zurückhaltung und des

Anstands befleißige, den man von einer Frau in meiner Stellung erwartet. Ich bemühe mich, ein gutes Beispiel für meine unverbesserliche junge Stieftochter zu sein, sie mit fester, aber liebevoller Hand zu leiten.

Bewahre also das Bild des sorglosen Mädchens, das du einst Schwester (und anderes) nanntest, in deinem Herzen, denn die Freuden der Mutterschaft haben mich schließlich doch erwachsen werden lassen!

Gereifte Grüße,
Carlotta

P.S.: Mit den braunen Spinnen hast du dich geirrt. Ihr Biss ist nicht tödlich. Noch nicht einmal, wenn sie sich versehentlich in deinen Schuh verirrt haben.

8. Juni 1825

Liebe Laura und lieber Sterling,
bitte verzeiht mir, dass ich nicht eher geschrieben habe, aber ich bin völlig in der zärtlichen Zuwendung meines Ehemannes und meiner Stieftochter aufgegangen, mit der sie mich überschüttet haben. Sie bereiten mir solche Freude, dass ich es schwer finde, mich von ihrer Gesellschaft loszureißen, um selbst die einfachste Aufgabe zu erledigen!

Ich bin mir sehr wohl der Tatsache bewusst, dass ihr Vorbehalte gegen diese Ehe hattet, aber ich möchte Euch versichern, dass ich nicht nur einen liebevollen Ehemann gewonnen habe, sondern auch eine reizende Stieftochter. Bitte macht Euch meinetwegen keine Sorgen oder gar Vorwürfe. Ich könnte es nicht ertragen, wenn ihr das tätet!

Ich verspreche, in Kürze mehr zu schreiben. Bis dahin denkt an mich, umgeben von dem Glück, wie es nur die freudenreiche Verbindung zwischen Ehemann, Ehefrau und Kind schenken kann.

Auf immer,
Eure liebende
Lottie

P.S.: Könntet ihr mir ein neues gelbes Sonnenschirmchen schicken? Es sieht so aus, als hätte ich mich auf meines gesetzt und dabei alle Stäbe zerbrochen.

10. Juni 1825

Oh, meine liebste Harriet!
Verzeihe bitte meine krakelige Schrift, aber ich habe mich in die Ungestörtheit einer Besenkammer zurückgezogen, um diesen Brief an dich zu verfassen. (Stell dir deine einst modische, elegante Freundin vor, wie sie auf einem umgestülpten Eimer sitzt, das Schreibpapier auf einem Knie balancierend, während sich ein Moppstiel in eine Stelle ihres Körpers bohrt, die besser ungenannt bleibt.) Warum ich in der Besenkammer bin, fragst du? Sei geduldig, meine liebste Freundin, denn zur rechten Zeit wird es dir enthüllt werden!

Als George mir schrieb, dass du es vorgezogen hast, sofort nach meiner Abreise nach Cornwall in den Schoß deiner Familie zurückzukehren, war ich bestürzt. Sterling und Laura hätten sich sehr gefreut, dich bis zum Ende der Saison als ihren Gast zu behalten. Die Vorstellung wäre mir ein großer Trost gewesen, dass du von einem Nachmittagstee zum nächsten gehst, dich auf einem hochrädrigen Phaeton durch den Hyde-Park kutschieren lässt, flirtest und die Nächte auf unzähligen Bällen und Soireen durchtanzt, die ich besucht hätte, hätte ich nicht meine erste Saison auf Spiel gesetzt für einen Kuss. (Auch wenn ich zugeben muss, dass es ein außerordentlich wundervoller Kuss war.)

Solltest du denken, ich kauere hier in diesem Schrank, um einem brutalen Ehemann zu entkommen, dann lass dir versichern, dass der Marquis ein Muster an Fürsorglichkeit und Zurückhaltung ist. Manchmal wünsche ich mir, er würde mich anschreien oder schimpfen, nur als Beweis, dass er sich meiner Gegenwart bewusst ist. Obwohl er einen unfehlbar höflichen Gentleman abgibt, hat er doch die lästige Angewohnheit, einfach durch mich hindurch – statt mich anzusehen. (Und wie du gut weißt, vertrage ich es nicht gut, nicht beachtet zu werden.)

Nein, es ist seine Tochter, der ich zu entkommen suche – die zehnjährige Stiefgöre, die mir jeden Augenblick meines Daseins verleidet. Ich weiß, ich kann mich hier nicht auf ewig verstecken, zumal der Nachmittagsunterricht – wenn man ihn so bezeichnen will – in einer Stunde beginnt. An den meisten Tagen bestehen diese Stunden daraus, dass ich vorne stehe und geduldig französische Verben konjugiere, während das kleine Ungeheuer gähnt und mit dem Fuß auf den Boden klopft oder aus dem Fenster starrt und neue Schändlichkeiten gegen mich ausheckt. Erst gestern kam ich in mein Schlafzimmer zurück, um zu entdecken, dass meine ganze kostbare Tinte in den Fläschchen durch Schuhwichse ersetzt worden war. Mein erster Gedanke war, die kleine Hexe aufzuspüren und sie ihr über den frechen Kopf zu kippen, aber ich habe mich dann doch geweigert, ihr diese Befriedigung zuteil werden zu lassen.

Was der Marquis gegen die Streiche seiner Tochter unternimmt? Obwohl ich vermute, dass unsere kleinen Zusammenstöße eine geheime Quelle der Belustigung für ihn darstellen, nimmt er sie mit nicht mehr zur Kenntnis als einer hochgezogenen Augenbraue oder einem kaum wahr-

nehmbaren Zucken seiner Lippen, während er sich hinter die neueste Ausgabe der Times *zurückzieht. Er scheint völlig damit zufrieden, uns die Sache allein austragen zu lassen. Der Sieger gewinnt alles.*

Mein einziger Trost besteht darin, mich jeden Abend an meinen Schreibtisch zu setzen und weiter an meinem Roman zu schreiben. (Meinen Roman habe ich doch schon erwähnt, oder nicht?) Glücklicherweise waren die Nächte bislang friedlich, da das Gespenst nicht wieder erschienen ist. (Das Gespenst hatte ich bereits erwähnt, oder?)

Warte! Was höre ich da? Schleicht da jemand die Treppe hinunter? Ein Schauer läuft mir über den Rücken, als ich die Tür einen Spalt weit öffne und vorsichtig in den Korridor spähe. Ah, süße Erleichterung. Es ist nicht der Satansbraten von Stieftochter, sondern nur das neue Dienstmädchen auf der Flucht vor Marthas Zorn. Ich muss das arme, täppische Geschöpf erst noch zu Gesicht bekommen. Sie verbringt ihre ganze Zeit damit, wie eine kurzsichtige Krabbe von einer häuslichen Katastrophe zur nächsten zu fliehen. Man kann ihr ganz leicht folgen, indem man einfach immer dem Geräusch von zerbrechendem Porzellan und Marthas Gezeter nachgeht.

Es gibt noch viel mehr, das ich dir erzählen möchte, aber es ist nur eine Frage der Zeit, ehe ich entdeckt werde. Oh, liebste, süße Harriet, meine Freundin und Vertraute, wie wünschte ich, du wärest hier!!

Auf ewig,
Deine Lottie

P.S.: Wenn ich auch nur noch einen weiteren Käfer in meinem Schuh entdecke, dann wird mein Ehemann, fürchte ich, nicht mehr der einzige Angehörige dieses Haushalts sein, der eines Mordes beschuldigt wird.

Zwei Tage, nachdem Lottie den Brief an Harriet abgeschickt hatte, stahlen sich am späten Nachmittag Sonnenstrahlen hinter einer Wolke hervor, ein Schauspiel, dessen Zeuge man hier eher selten wurde. Da sie sich nach einem Hauch Frühling sehnte, beschloss Lottie, dass es Zeit war, für eine Weile sowohl dem Haus als auch Allegra zu entkommen. Sie schlenderte gerade an den Ställen vorbei, als sie ein vertrautes Prickeln im Nacken spürte. Müde, auf Schritt und Tritt verfolgt zu werden, fuhr sie herum, in der festen Absicht, Haydens kleinem Trotzkopf von Tochter gehörig die Leviten zu lesen.

Ein kleines gelbes Kätzchen marschierte auf wackeligen Beinen hinter ihr her.

Lottie wich zurück, als wäre es ein bengalischer Tiger. »Oh nein, das tust du nicht! Das Letzte, was ich im Augenblick gebrauchen kann, sind mehr Katzen in meinem Leben. Du gehst besser dahin zurück, wo du herkommst.« Sie ging weiter rückwärts und fuchtelte mit den Händen herum.

Von ihrer Zurückweisung völlig unbeeindruckt, beschleunigte das Kätzchen seine Schritte, bis es mit voller Wucht gegen ihren Knöchel rannte. Seufzend bückte sich Lottie zu dem Tier hinab und hob es hoch. Mit dem heiseren Maunzen, das es von sich gab, und dem weichen gelben Fell war es eher so, als hielte sie ein Entenküken statt ein Katzenjunges in Händen.

Ein schlaksiger Junge mit einem Schopf dicker schwarzer Haare, die ihm in die Stirn fielen, kam aus den Ställen geeilt. Als er sie mit dem Kätzchen sah, kam er schlitternd zum Stehen und nahm seine abgenutzte Kopfbedeckung ab. »Entschuldigen Sie die Belästigung, Mylady. Seine Mama ist verschwunden. Hat das Kleine hier und drei weitere zurückgelassen, sodass sie nun selber schauen müssen, wie sie zurechtkommen.«

Lottie konnte ein Aufstöhnen nur mühsam unterdrücken. »Drei andere, sagst du, Jem?«

»Fürchte ja, Mylady.« Der Junge schüttelte bedauernd den Kopf. »Und dabei sind die armen Kleinen gerade erst entwöhnt.«

Wie um seine Worte zu unterstreichen, kamen drei weitere Kätzchen unterschiedlicher Farbe und Form aus dem Stall gewackelt und sahen aus wie scheckige Ratten.

Als das gelbe Kätzchen an Lotties Arm zu ihrer Schulter hochzuklettern begann, seufzte sie schicksalsergeben. »Hast du vielleicht einen Korb?«

In der Hoffnung, die Kätzchen ungesehen in ihr Schlafzimmer zu schmuggeln, beschloss Lottie, durch eines der offen stehenden französischen Fenster auf der Meerseite des Hauses zu schlüpfen. Sie musste einen Augenblick mit den schweren Samtvorhängen kämpfen, ehe sie sich daraus befreien konnte, nur um sich gegenüber einem gewaltigen Schreibtisch aus Mahagoni wiederzufinden, auf dem sich ledergebundene Rechnungsbücher stapelten.

Einem Schreibtisch, hinter dem zufälligerweise ihr Ehemann saß.

Er beobachtete sie mit mildem Interesse, als wäre sie ein exotischer Wurm, der sich soeben seinen Weg aus dem Holz herausgebohrt hatte.

Sie umklammerte den Korb und dankte im Stillen ihrer Geistesgegenwart, die sie dazu veranlasst hatte, ein Tuch darüber zu breiten. »Oh, hallo!«, rief sie und hoffte, das gelegentliche Miauen der Kätzchen zu übertönen. »Es ist ein herrlicher Tag, nicht wahr? Ich war spazieren und habe …« Sie suchte verzweifelt nach einer Frucht oder einem Gemüse, das in einer so kargen, felsigen Gegend gedeihen mochte. »Walnüsse gesammelt. Ich habe Walnüsse gesammelt.«

Mit einem freundlichen Lächeln griff Hayden nach dem mit einer Quaste verzierten Klingelzug hinter seinem Stuhl. »Ich lasse Martha kommen. Wir können Sie bitten, dass die Köchin eine Pastete daraus zubereitet.«

Lottie konnte ihr Entsetzen nicht ganz verbergen. »Oh nein! Tu das bitte nicht! Ich esse sie lieber frisch aus der Schale.«

»Wie du möchtest«, murmelte Hayden und wandte sich wieder den Rechnungsbüchern zu.

Sie ging zur Tür.

»Carlotta?«

»Ja?«

Ohne aufzusehen, sagte er: »Sie sind bestimmt hungrig. Geh am besten gleich in die Küche und hol dir Sahne und Bücklinge.«

Lottie erstarrte. Allegra hatte Recht. Der Mann war unerträglich. Sie schaute auf das sich leicht bewegende Tuch über dem Korb. Was hatten Laura und Diana ihr in der Nacht vor ihrer Hochzeit gesagt? Dass es für Liebende nichts Ungewöhnliches war, Aufmerksamkeiten und kleine Geschenke auszutauschen, um den anderen außerhalb des Schlafzimmers zu umwerben?

»Du solltest dich schämen, Mylord«, schalt sie und drehte sich zu Hayden um.

Wenigstens besaß er den Anstand, diesmal von seiner Arbeit aufzusehen. »Ach ja?«

»Ja, solltest du. Weil du mir jetzt die Überraschung verdorben hast.« Sie trat an den Schreibtisch, überaus zufrieden mit sich selbst, da es ihr gelungen war, ihm eine Reaktion zu entlocken, selbst wenn es Argwohn war. »Ich hatte gehofft, eine hübsche Schleife um dein Geschenk zu binden, ehe ich es dir überreiche.«

Lottie stellte den Korb auf den Tisch und zog schwungvoll das Tuch weg. Die Katzen quollen in alle Richtungen heraus, torkelten auf unsicheren Beinen über die Schreibtischplatte. Hayden hätte nicht entsetzter aussehen können, hätte sie einen Korb giftiger Schlangen vor ihm ausgekippt. Ein getigertes Kätzchen begann, an der Spitze seiner Schreibfeder zu knabbern, während ein schwarzes ein offenes Glas Tinte anpeilte.

Er rettete im letzten Moment die Tinte, und das Kätzchen rutschte über die Kante in einen hölzernen Papiereimer, wo es sogleich schrill zu miauen begann.

»Sieh nur!« Lottie deutete auf das gelbe Kätzchen. Es war auf Haydens Schoß gesprungen und nuckelte selig an einem der stoffbezogenen Knöpfe seiner Weste, und sein Schnurren war noch lauter als das klägliche Maunzen seines Geschwisterchens. »Ist das nicht niedlich? Der kleine Kerl denkt, du seist seine Mutter.«

Mit einer Grimasse trennte Hayden das Tierchen von dem Knopf und hielt es auf Armeslänge von sich. »Nun, das bin ich auf keinen Fall.« Er richtete seinen finsteren Blick von dem Kätzchen auf Lottie. »Ich schätze deine Großzügigkeit sehr, Mylady, aber was soll ich eigentlich mit diesen … diesen … Geschöpfen anfangen?«

Lottie ging rückwärts zur Tür und fühlte sich, als hätte sie gerade einen Sahnetopf leer geschleckt. »Oh, ich weiß nicht. Vielleicht solltest du nach Martha läuten, dass sie dir eine Pastete daraus zubereitet.«

»Führe mich nicht in Versuchung«, knurrte er und schüttelte sein Bein in dem Versuch, das schwarze Kätzchen zu entmutigen, dem es schließlich gelungen war, sich selbst zu befreien, indem es den Papierkorb umgeworfen hatte, und das nun versuchte, an Haydens in wildledernen Reithosen steckendem Bein nach oben zu klettern.

»Das würde mir nicht im Traum einfallen«, rief Lottie

und schenkte ihm ein übermütiges Lächeln, ehe sie aus dem Zimmer eilte.

Lottie lächelte immer noch, als sie auf ihrem Weg zur Küche durch die Eingangshalle schritt. Sie dachte, sie sollte wenigstens ein Schüsselchen Sahne und etwas Bückling auftreiben, obwohl sie nicht wirklich sagen konnte, ob es aus Mitleid mit den Kätzchen oder mit Hayden war. Vielleicht sollte sie noch mehr von den Vorschlägen ihrer Tante und ihrer Schwester ausprobieren. Wenn sonst nichts, hatte es ihr wenigstens die ungeteilte Aufmerksamkeit ihres Ehemannes eingebracht.

Als sie den Korridor entlangschlenderte, der zu der Treppe in die Küche führte, kam ihr Meggie entgegen. Die kupferfarbenen Zöpfe lugten unter ihrer Haube hervor. Statt stehen zu bleiben und artig einen Knicks zu machen, wie sie es gewöhnlich tat, eilte die junge Dienstmagd an Lottie mit nicht mehr als einer gemurmelten Entschuldigung vorbei, das gerötete Gesicht abgewandt.

Lottie starrte ihr nach und schüttelte verwundert den Kopf, ehe sie weiterging.

Noch bevor sie unten an der Treppe ankam, drang aufgeregtes Stimmengewirr und fröhliches Lachen an ihr Ohr. Sie duckte sich hinter die Kupfertöpfe, die von der verputzten Decke hingen, spähte um die Ecke und entdeckte eine Gruppe Dienstboten, die um den abgenutzten Tisch aus Kieferholz herumstanden und auf etwas blickten, das darauf lag. Weder Giles noch Martha oder Mrs. Cavendish waren zu sehen.

»Lies das noch einmal, Köchin«, verlangte eines der Spülmädchen und deutete einem stämmigen Lakaien über die Schulter.

»Lies es doch selbst«, erklärte die Köchin bissig und

beugte sich weiter vor, bis ihre Nase beinahe an den Tisch stieß. »Ich bin noch nicht einmal mit dem hier fertig.«

»Sie kann es nicht«, bemerkte der Lakai. »Ihre Mutter hat ihr nie das Lesen beigebracht.«

Die Magd kniff ihn fest in seinen livrierten Hintern. »Aber sie hat mir ein paar andere Dinge beigebracht, nicht wahr, Mac?«

Als sie sich vor Gelächter nicht mehr halten konnten, reichte die Köchin ein billiges Massenblättchen über ihre Schulter nach hinten. »Hier, nehmt das. Da sind Bilder drin.«

»Ooooh!« Mit einem begeisterten Ausruf entrissen sie ihr die Zeitung, sodass sie beinahe kaputtging. Lottie schlich vorsichtig näher, selbst von Neugier überwältigt. Sie drehte und wendete den Kopf, konnte aber nur eine grobe Karikatur von einem Mann und einer Frau erkennen.

»Habt ihr das schon gehört?« Eine der Mägde, die offensichtlich lesen konnte, hielt ein zerknittertes Zeitungsblatt in die Höhe, und ihre Augen glänzten aufgeregt. »›Ehe sie ihn in die Ehefalle lockte, unterhielt sie Gerüchten zufolge eine Reihe von Liaisons mit anderen Männern, eine kurze Affäre mit dem König selbst eingeschlossen.‹« Mehrere der Dienstboten keuchten entsetzt auf. »›Ihre früheren Liebhaber erklären, dass ihr lüsterner Appetit nur von ihrem Ehrgeiz übertroffen wurde.‹«

Lottie verzog mitleidig das Gesicht. Früher einmal hätte sie Meldungen wie diese mit einer Sensationslust verschlungen, die noch größer war als der Diener, jetzt aber empfand sie nichts als Mitgefühl für das so übel verleumdete Opfer. Keine Frau, egal, wie schlecht sie auch war, verdiente es, dass ihr Ruf mit so einem Unrat besudelt wurde.

Die Köchin schnaubte abfällig. »Wirbelwind-Brautwerbung, in der Tat! Mehr wie eine Spinne, die ein Netz für die saftigste, fetteste Fliege webt, die sie fangen kann.«

»Ha! Hört euch das mal an!« Ein weiteres Pamphlet wurde aus dem Stapel gezogen. »›Nach einer Nacht der Sünde entdeckte die erfinderische Pfarrerstochter in dem wollüstigen Adeligen die Antwort auf all ihre Gebete.‹«

»Auf dem Bild hier sieht es aber nicht so aus, als betete sie!«

Der Lakai hielt die Zeitung hoch, sodass alle die Zeichnung sehen konnten. Darauf war eine junge Frau mit riesigen Augen, einem übertrieben üppigen Lockenknoten und schwellendem Busen dargestellt, die vor einem hämisch grinsenden Gentleman kniete. Der Lakai hatte Recht. Sie betete ganz gewiss nicht.

Lottie legte sich eine Hand auf den Magen, da ihr plötzlich übel wurde. Ihre übereilte Ehe hatte vielleicht die achtbareren Zeitungen besänftigt, aber nicht diese gewöhnlichen Blätter. Das hier war genau das, wovor Sterling sie hatte beschützen wollen. Er war bereit gewesen, zu töten oder selbst getötet zu werden, um diese hässlichen Stimmen auf ewig zum Verstummen zu bringen.

»Kein Wunder, dass der Herr es nicht eilig hat, sie in sein Bett zu holen«, bemerkte einer der Gärtner. »Vermutlich hat er Angst, er holt sich die Franzosenkrankheit.«

»Oder er wartet ab, bis er sicher sein kann, dass sie nicht das Kind eines anderen im Bauch trägt.«

Alle begannen zu lachen, aber das Gegacker der Spülmagd endete in einem schrillen Entsetzensschrei, als sie sich umdrehte. Alle Farbe wich ihr aus den roten Wangen, sodass sie kreideweiß wurden. Zuerst glaubte Lottie, sie habe diese Reaktion hervorgerufen, aber der entgeisterte Blick der Frau war auf etwas gerichtet, das sich irgendwo oberhalb von Lotties linker Schulter befand. Einer nach dem anderen stießen die Diener sich gegenseitig in die Rippen, bis alle schwiegen.

»Würde jemand sich die Mühe machen, mir zu erklären, was das hier zu bedeuten hat?« Haydens gemessene Worte fielen wie Gewehrschüsse in die plötzliche Stille.

Lottie musste gewankt haben, denn ihr Ehemann legte ihr die Hände auf die Schultern und hielt sie. Obwohl ihr erster Wunsch war, sich an ihn zu lehnen und sowohl seine Wärme als auch seine Stärke in sich aufzusaugen, zwang sie sich, aufrecht zu stehen. Eine finster schauende Martha und eine bleichgesichtige Mrs. Cavendish waren mit ihm gekommen.

Die Zeitungen und Pamphlete wurden möglichst unauffällig unter den Tisch geschoben. »Wir haben uns nur einen kleinen Spaß gegönnt, Mylord«, erklärte die Köchin kleinlaut. »Wir haben es nicht böse gemeint.«

Als der Lakai versuchte, die Ausgabe mit der Zeichnung hinter seinem Rücken zu verstecken, griff Hayden danach.

»Nein!« Lottie sprang vor und entriss die Zeichnung der Faust des Dieners und knüllte sie zusammen, ehe Hayden etwas sehen konnte.

Mit sanftem, aber festem Griff packte Hayden ihr Handgelenk und zog das Blatt aus ihren gefühllosen Fingern. Als er es auseinander faltete, war sie versucht, die Augen zuzukneifen, ehe er erkannte, was er da vor sich hatte, aber ihr Stolz zwang sie, ihren Blick nicht von seinem Gesicht zu wenden.

Während Hayden die vulgäre Zeichnung betrachtete, breitete sich langsam Röte über seinen Hals aus. Er schaute sie an und zerknüllte das Papier in der Hand. Trotz der unterdrückten Gewalt der Geste, war seine Stimme sanft, als er sagte: »Es tut mir Leid. Ich hatte gehofft, dir das ersparen zu können.«

Jede Spur dieser Sanftheit wich aus seiner Miene, als er sich an seine Dienerschaft wandte. »Wer hat diesen Unrat in mein Haus gebracht?«

Niemand wagte es, auch nur Luft zu holen.

Er trat zur Köchin und streckte auffordernd die Hand aus. Nach einem Moment des Zögerns holte sie vergilbte Zeitungen unter dem Tisch hervor und legte sie in seine Hand. Er warf sie alle miteinander unverzüglich und ohne sie eines Blickes zu würdigen ins Feuer. Die anderen Diener verschwendeten keine Zeit, ebenfalls zum Feuer zu gehen und nacheinander die Zeitungen, Pamphlete und Klatschblätter in die Flammen zu legen, bis der Gestank von verbrannter Druckerschwärze den Raum füllte.

Hayden drehte sich mit mitleidlosem Blick um. »Mrs. Cavendish, ich mache Sie persönlich für das Handeln der Dienerschaft verantwortlich. Wären Sie so gütig, mir den Schuldigen zu nennen, der diesen … diesen Müll in mein Haus gebracht hat?«

Die Haushälterin wich tatsächlich einen Schritt zurück. »A-a-aber Mylord, ich habe nichts davon gewusst, bis Meggie mich holen gekommen ist, so wie Sie auch. Wie, um alles auf der Welt, soll ich den Schuldigen finden?«

Martha musterte die gesenkten Köpfe der Diener reihum und kniff die Augen zusammen. »Überlassen Sie das getrost mir«, erklärte sie und verschwand in dem dunklen Korridor, der zu den Dienstbotenquartieren führte.

Während sich die quälende Stille ausbreitete, zog der Lakai verlegen seinen Kopf ein und deutete mit dem Daumen auf den Kamin. »Alle Welt weiß, dass sie sich die Hälfte von dem Müll ausdenken, Mylord. Wir wollten nicht respektlos ihr gegenüber sein.«

Hayden trat einen Schritt nach vorne, und einen Moment lang dachte Lottie, er würde dem Mann tatsächlich handgreiflich gegenüber werden. »*Ihr*? Soll damit am Ende meine *Gemahlin* gemeint sein?« Das Besitz ergreifende Funkeln in seinen Augen sandte Lottie einen angenehmen

Schauer über den Rücken. »Eure *Herrin*? Die Marquise?« Haydens frostiger Blick glitt über die restlichen Dienstboten. »Die Dame, die die Macht besitzt, euch ganzen armseligen Haufen ohne Empfehlungsschreiben oder Lohn zu entlassen?«

Sie alle sahen so bedrückt aus, dass Lottie ihnen gerade versichern wollte, sie habe nichts in der Art vor, als Martha in die Küche zurückkehrte und ein schluchzendes Dienstmädchen hinter sich herzerrte. Die schlecht sitzende Haube des Mädchens war ihr über die Augen gerutscht. Alles, was man von ihrem Gesicht erkennen konnte, war ein Paar zitternder Lippen und eine gerötete Nase.

»Ich habe die Schuldige gefunden!«, verkündete die alte Frau triumphierend. »Es war nur einmal fest kneifen nötig, und schon hat sie gestanden, all diese hässlichen Skandalblätter in ihrem Koffer hergeschmuggelt zu haben. Nun, du schlimmes Ding, hast du irgendetwas zu deiner Herrin zu sagen, ehe sie dich deiner Wege schickt?« Martha versetzte der Magd einen Schubs in Richtung Lottie und nahm ihr die Haube ab.

Das Mädchen blinzelte Lottie unter Tränen an, das glatte braune Haar klebte ihr am Kopf, und ihr rundes Gesicht war fleckig vom vielen Weinen.

Lottie starrte sie mit offenem Mund an. »Harriet?«

»Lottie!« Mit einem erstickten Schluchzen warf sich Harriet in Lotties Arme und brachte sie damit fast aus dem Gleichgewicht.

12

Sein grausames, dennoch über die Maßen attraktives Gesicht begann mich zu verfolgen – in meinen Träumen, wie auch im Wachen …

Martha war völlig verdattert. »Mylady, was tun Sie da? Sicher kennen Sie dieses Geschöpf nicht näher?«

»Allerdings!« Lottie, die sich noch nicht ganz von dem Schock erholt hatte, schlang dem schluchzenden Mädchen tröstend einen Arm um die Schultern und bedachte das alte Kindermädchen mit einem finsteren Blick. »Dieses *Geschöpf* ist meine liebste Freundin – Miss Harriet Dumwinkle. Ihr Vater ist Richter in Kent.«

»Ein Richter?« Martha stolperte rückwärts, und die Köchin schob ihr rasch einen Stuhl hin.

Die alte Frau ließ sich schwer darauf sinken. Nach den blauen Flecken auf Harriets Armen zu urteilen, war das Mädchen schon öfter zur Strafe gekniffen worden. Und nach Marthas glasigen Augen zu urteilen, sah sich die dafür Verantwortliche schon deswegen in irgendeinem idyllischen Landstädtchen an den Pranger gestellt.

Obwohl Mrs. Cavendish missbilligend mit der Zunge schnalzte, glitzerten ihre Augen triumphierend. »Sie hätten auf mich hören sollen. Ich habe Sie gewarnt, dass nichts Gutes davon kommen würde, sie einzustellen, dieses dumme …« Als Lottie ihren Blick auf die Haushälterin richtete, lächelte Mrs. Cavendish mit zusammengebissenen Zähnen. »… liebe Mädchen.«

Zwei weitere Stühle wurden rasch für Lottie und Harriet herbeigeschafft. Lottie führte ihre Freundin vorsichtig zu einem davon und nahm dann ihr gegenüber Platz.

Sachte rieb sie Harriets zitternde Hände zwischen ihren. »Ich dachte, du seist nach Hause gefahren. Wie, um alles in der Welt, bist du hier gelandet?«

»An der Antwort auf diese Frage bin ich auch ausgesprochen interessiert«, erklärte Hayden, fischte ein Taschentuch aus seiner Westentasche und reichte es Harriet. Er lehnte sich gegen den gemauerten Herd und wirkte in dieser weiblichen Domäne noch männlicher als sonst.

»Ich bin weggelaufen«, platzte Harriet zwischen atemlosem Schluckauf heraus. »Ich habe den Herzog und die Herzogin in dem Glauben gelassen, dass ich zu meiner Familie zurückkehre, aber ich habe mich einfach nicht dazu durchringen können. Ich wusste, wie enttäuscht meine Eltern wären, wenn ich unverrichteter Dinge auf ihrer Türschwelle auftauche. Sie hatten so gehofft, dass ich in London einen Ehemann fände, der mich ihnen abnimmt.«

»Aber wie bist du nach Cornwall gekommen, noch nicht einmal in Begleitung eines Dienstmädchens, das sich um dich kümmert?«, fragte Lottie.

»Deine Schwester hat mich in die Kutsche nach Kent gesetzt, aber ich bin einfach auf der anderen Seite wieder ausgestiegen und habe meine schönste Brosche gegen eine Fahrkarte in der Postkutsche nach Cornwall eingetauscht.« Harriet schnäuzte sich laut in Haydens Taschentuch. »Ich wusste, niemand würde mich vermissen.«

»Du arme Kleine.« Lottie strich Harriet eine Haarsträhne aus der Stirn. »Was ist mit deiner Brille passiert?«

»Als ich in der Kutsche saß, habe ich sie abgenommen, um die Gläser zu polieren, und dann ist dieser große Herr eingestiegen und hat sich einfach darauf gesetzt. Statt sich dafür zu entschuldigen, dass er sie zerbrochen hat, hat er mich angeschrien, ich sei dumm und gedankenlos.« Neue Tränen traten Harriet in die Augen.

Lottie drückte die Hand ihrer Freundin, ehe Harriet erneut zu weinen begann. »Warum bist du nicht sofort zu mir gekommen? Warum glaubtest du, du müsstest dich als Dienstmädchen ausgeben?«

Harriet warf einen verstohlenen Blick zu Hayden. »Ich hatte Angst, er würde mich zu meiner Familie zurückschicken.« Sie beugte sich weiter vor zu Lottie und flüsterte so laut, dass jeder im Raum es klar und deutlich verstehen konnte: »Oder mich verschwinden lassen.«

Hayden verdrehte die Augen. »So faszinierend Ihre Abenteuer auch sein mögen, Miss Dumwinkle, ich darf Sie darauf hinweisen, dass Sie noch nicht erklärt haben, wie Sie in den Besitz dieser Schundblätter und Klatschmagazine gekommen sind.«

Harriet hob den Blick und schaute ihn aus feuchten braunen Augen an. »Sie wurden auf der Straße direkt vor dem Gasthaus verkauft, in dem ich auf meine Kutsche gewartet habe. Ich habe meine letzten Schillinge dafür ausgegeben, so viele zu erstehen, wie nur irgend möglich, damit niemand sonst sie zu Gesicht bekommt. Ich wollte sie bei der ersten Gelegenheit verbrennen.«

»Aber das haben Sie nicht«, erinnerte Hayden sie freundlich.

»Um ehrlich zu sein, ich habe sie völlig vergessen. Mit all dem Staubwischen, Fegen und Gezänk …«

»Und Kneifen.« Lottie sah vorwurfsvoll zu Martha.

Harriet zuckte hilflos die Schultern. »Ich habe keine Ahnung, wer sie aus meinem Koffer gestohlen hat und für die anderen Dienstboten herumliegen ließ. Wer würde so etwas Böses, Hinterhältiges tun?«

»Wer wohl?«, murmelte Lottie und kniff die Lippen zusammen.

Zu spät bemerkte sie, dass Hayden sie nachdenklich beobachtete. Als er sich von dem Herd abstieß und wortlos aus der Küche ging, hatte sie keine andere Wahl, als ihm zu folgen.

Sie fanden Allegra im Schulzimmer, wo sie im warmen Sonnenlicht brav an ihrem kleinen Schreibtisch saß. Sie übertrug feinsäuberlich Zahlenreihen aus ihrer Rechenfibel in ein leeres Heft. Ihre schmutzigen Strümpfe waren ordentlich nach oben gezogen worden, und ein Band aus blassem Violett bändigte ihre Locken, sodass sie ihr nicht ins Gesicht fielen. Lotties Puppe saß neben ihr auf dem Schreibtisch und trug ein passendes Band in ihrer angesengten blonden Haarpracht.

Als Lottie den Raum betrat, strahlte Allegra sie an. »Guten Tag, Mami. Ist es schon Zeit für meinen Unterricht?«

»Das könnte man sagen«, erwiderte Hayden und trat hinter Lottie ins Zimmer.

Als seine hoch gewachsene Gestalt einen Schatten über ihren Schreibtisch warf, verblasste Allegras Lächeln.

»Hast du irgendetwas zu deiner Verteidigung zu sagen, junge Dame?«, erkundigte er sich.

Allegra schloss langsam ihre Fibel, ehe sie sich erhob und vor ihren Vater stellte. Sie verschwendete ihren Atem nicht damit, den unausgesprochenen Vorwurf abzustreiten. »Ich werde nicht sagen, es täte mir Leid, denn das stimmt nicht. Ich dachte, sie sollten es wissen. Ich dachte, alle sollten wissen, was für eine Frau du geheiratet hast.«

Lottie bemühte sich, ihre Wut zu zügeln. »Du bist vielleicht zu jung und zu naiv, um es zu begreifen, aber die Geschichten, die in diesen Zeitungen gedruckt werden, sind nicht nur hässlich, sondern auch unwahr. Die einzige Art und Weise, wie diese Leute Gewinn machen können, besteht darin, Lügen über unschuldige Leute zu verbreiten.«

Das Mädchen griff unter ihre Fibel und zog ein weiteres Pamphlet hervor. Nach dem zerfetzten und zerknitterten Zustand und den schmutzigen kleinen Fingerabdrücken, mit denen das Papier übersät war, zu urteilen, sah es aus, als sei es mehr als einmal gelesen worden.

»Was ist mit dieser Geschichte? Ist das auch eine Lüge?« Allegra begann laut vorzulesen, und sowohl ihre Stimme, als auch ihre Hände zitterten dabei. »›Manch einer mag sich noch daran erinnern, wie Oakleigh einst seinen tödlichen Charme einsetzte, um das Herz der bezaubernden Justine du Lac zu gewinnen. Seine junge Frau täte gut daran, sich vorzusehen. Es scheint, dass sich in den Mörderischen Marquis zu verlieben nur einen kurzen Schritt davon entfernt ist, eine Klippe hinabzustürzen. Oder gestoßen zu werden.‹«

Einen entsetzlichen Augenblick lang konnte Lottie Hayden nicht ansehen. Alles, was sie tun konnte, war, mit angehaltenem Atem darauf zu warten, dass er zu lachen begann und seiner Tochter das Haar zauste, sie dafür schalt, solch einem abwegigen Unsinn überhaupt Beachtung geschenkt zu haben. Ein einziger Blick auf Allegras betroffene Miene genügte, und sie wusste, sie warteten beide auf dasselbe. Und dass das Mädchen schon viel länger darauf wartete als Lottie.

Da ihr die Geduld ihrer Stieftochter fehlte, drehte sich Lottie um und schaute Hayden auffordernd an.

»Geh auf dein Zimmer, Allegra«, befahl er mit ausdruckslosem Gesicht. »Und bleibe da, bis ich nach dir schicke.«

Ein erstickter Schluchzer entrang sich Allegras Kehle. Sie warf das zerknüllte Zeitungsblatt auf den Boden und lief an ihnen vorbei und zur Tür hinaus. Nach einem undeutbaren Blick auf Lottie machte Hayden auf dem Absatz kehrt und folgte seiner Tochter.

Hayden preschte auf seinem Pferd über das Moor, während die Dämmerung sich über das Land senkte. Er wusste, er konnte reiten, bis sie beide schweißbedeckt waren, aber es gab kein Entkommen vor dem Augenblick im Schulzimmer, als Lottie sich mit fragendem Blick zu ihm umgedreht hatte. In den Jahren seit Justines Tod hatte er sich an jeden nur vorstellbaren Blick gewöhnt – neugieriges Starren, verstohlenes Spähen, argwöhnisches Mustern. Es war ihm sogar gelungen, sein Herz gegen den Schatten des Verdachts zu stählen, der in den Augen seiner Tochter lauerte, wann immer sie ihn anschaute.

Aber als Lottie ihre blauen Augen vertrauensvoll auf ihn gerichtet hatte, ihn anflehte – nein, von ihm verlangte –, die Antwort auf die Frage zu geben, die nie jemand anders zu fragen gewagt hatte, da hatten die Mauern, die er um sein Herz errichtet hatte, gewankt.

Er wendete den Braunen am Rand des Moores und galoppierte zurück zum Herrenhaus. Er mochte bereit sein, seinen eigenen Hals zu riskieren, indem er über den sumpfigen Torf jagte, nicht aber den des Pferdes.

Er hätte wissen müssen, dass Lottie vor der Herausforderung nicht zurückschrecken würde. Für einen Mann, der die letzten vier Jahre lang jeden seiner Atemzüge daran gemessen hatte, was er ihn kosten würde, war ihr unbekümmerter Mut zugleich lästig und unwiderstehlich.

Hayden wünschte sich fast, er hätte eine Spur von Furcht oder Verachtung in ihren Augen erkennen können. Vielleicht könnte er sie dann so kühl zur Seite schieben wie den Rest seiner Leidenschaften. Aber die Möglichkeit, dass sie ihm glauben könnte, was auch immer er ihr erzählte – *an* ihn glauben könnte –, stellte eine Versuchung dar, wie er sie sich nie vorgestellt hätte. Eine Versuchung, noch süßer und gefährlicher als die üppigen Kurven ihres Körpers.

Über den Hals des Pferds gebeugt, trieb Hayden das Tier am Haus vorbei zu den Klippen und versuchte, sich auf diese Weise daran zu erinnern, wie hoch der Preis sein mochte, wenn er sich ergab.

Sie stand am äußersten Rand der Klippen und schaute hinab in die brodelnde See. Welle um Welle brach sich an den zerklüfteten Felsen unter ihr und sandte die Gischt hoch in die Luft. Eine kühle Nebelwolke stieg auf, hüllte sie ein, legte sich auf ihre Haut, sodass die spinnwebfeine Seide ihres Nachthemdes ihre Brüste und Schenkel nachzeichnete. Obwohl sie erschauerte, wich sie nicht zurück. Sie hatte von solch ungezügelter Wildheit ihr ganzes Leben lang geträumt. Während ein Teil von ihr sich danach sehnte, der dunklen, windigen Nacht zu entkommen, sehnte sich ein anderer Teil ihres Wesens danach, die Arme auszubreiten und sie zu umfangen, sich ihr und ihrer alles verzehrenden Umarmung zu überlassen.

Langsam drehte sie sich um. Er war da, so wie sie es gewusst hatte, ein dunklerer Schatten vor dem tintenschwarzen Himmel. Als er nach ihr griff, trat sie einen Schritt dichter an den Abgrund. Aber sie wussten beide, sie würde nicht weglaufen. Sie konnte ihm nicht mehr widerstehen als die Gezeiten dem unnachgiebigen Sog des Mondes. In seinen Armen dahinschmelzend, hob sie ihr Gesicht, um seinen Kuss zu empfangen.

Er nahm ihre Lippen, sachte und zart zuerst, dann wild und rau, und seine Zunge plünderte ihren willigen Mund. Sie klammerte sich an ihn, erwiderte seine Leidenschaft mit verzweifelter Hingabe, wusste, es würde nicht genug sein, ehe jeder Zoll ihres Fleisches vereint war, bis sie sich seinem Willen unterwarf und ihn tief in sich aufnahm. Ihr ganzer Körper schmerzte, wo auch immer er sie berührte – an Lip-

pen, Busen, dem heißen feuchten Fleisch zwischen ihren Schenkeln. Früher einmal wäre er damit zufrieden gewesen, zu wissen, dass sie ihm gehörte, ihr Herz und ihr Körper, aber heute Nacht forderte sein Kuss nichts weniger als ihre Seele.

Der Wind frischte auf, wurde wilder, versuchte, sie aus seinen Armen zu reißen. Doch sie wusste, sie hatte nichts zu befürchten, denn er würde sie nie gehen lassen. Wenigstens glaubte sie das, bis er seinen Mund von ihren Lippen löste und ihr einen leichten Stoß versetzte. Als sie am Abgrund strauchelte, ihre Arme sich ihm noch Halt suchend entgegenreckten, war das Letzte, was sie sah, sein Gesicht – sowohl schön, als auch kalt, denn es zeigte kein Zeichen von Reue.

Dann fiel sie, fiel und fiel in die gähnende Leere, ins endlose Nichts, und ihr Entsetzensschrei hallte ihr in den Ohren.

Lottie schreckte auf. Sie saß an ihrem Schreibtisch, ihre klamme Haut schweißnass.

Zitternd schob sie die zerknitterten Seiten ihres Manuskripts beiseite und barg ihr Gesicht in den Händen. Der Traum musste ihre Strafe dafür sein, dass sie so tief in der Nacht noch geschrieben und mitten in dem Kapitel eingeschlafen war. Nachdem sie Harriet geholfen hatte, ihre Habe von der Dienstbotenkammer in das Zimmer auf der anderen Seite des Flures zu räumen, hatte sich Lottie an ihren Schreibtisch zurückgezogen, um all ihre Zweifel und ihren Argwohn in einer weiteren Szene ihres Romans zu verarbeiten. Eine Szene, in der die Heldin zum ersten Mal Verdacht schöpft, dass der Mann, dem sie ihr Herz anvertraut hat, ein herzloser Mörder ist.

Aber der Traum war viel lebensechter als alles, was Lottie je geschrieben hatte. Obwohl sie nie einen klaren Blick auf das Gesicht ihres Liebhabers hatte werfen können, konnte sie immer noch seine Küsse auf ihren Lippen spüren, immer noch das unbekannte Ziehen zwischen ihren Beinen fühlen.

Sie drückte ihre Fingerspitzen an die Schläfen und versuchte, dem allen einen Sinn zu geben. War die Frau auf den Klippen sie oder die arme, todgeweihte Justine gewesen, verraten von einem treulosen Kuss? War der Traum eine Vision aus der Vergangenheit oder eine Mahnung für die Zukunft? Oder war das alles einfach nur ein Produkt ihrer überreizten Phantasie, genährt durch diesen verhängnisvollen Zusammenstoß im Schulzimmer zwischen Allegra und Hayden?

Lottie zuckte zusammen, als die Tür zu ihrem Schlafzimmer aufflog. Harriet kam hereingeeilt, die Nachthaube schief über einem Auge. »Hörst du auch diese entsetzlichen Schreie? Was, um alles auf der Welt, kann so gottlose Laute erzeugen?« Sie kletterte auf Lotties Bett und setzte sich in die Mitte, wobei sie nur um Haaresbreite Mr. Zappel verfehlte, und steckte ihre bloßen Füße unter ihr Nachthemd. »Könnte es das Gespenst sein, über das die Diener die ganze Zeit flüstern? Spukt es hier wirklich?«

Lottie begriff erst jetzt, dass sie den markerschütternden Schrei, der sie geweckt hatte, nicht geträumt hatte. Als sie lauschte, verwandelten sich die entfernten Schreie in ein schrilles Kreischen, immer wieder von dem Geräusch zerbrechenden Glases unterbrochen.

Lottie schüttelte den Kopf. »Das, meine liebe Harriet, ist kein Gespenst.«

Harriet blinzelte wie eine erschreckte Eule. »Was ist es dann? Werden wir von Schmugglern überfallen? Das hier ist Cornwall, weißt du. Werden wir in unseren Betten geschändet?«

Immer noch unter den Nachwirkungen des schrecklichen

Traumes leidend, antwortete Lottie: »So viel Glück werden wir nicht haben.«

Doch sie wusste sehr gut, dass weder Gespenster oder Schmuggler einen so entsetzlichen Lärm erzeugen konnten. Während die Wutschreie weiterhin ertönten, spürte sie ihren Zorn erwachen. Die letzten drei Wochen hatte sie sich wirklich bemüht, sich zu beherrschen, eine sanftmütige Ehefrau zu sein, wie ein Adeliger sie verdiente, eine geduldige Stiefmutter und eine nachsichtige Gouvernante. Und was hatte ihr das eingebracht? Bei jeder sich bietenden Gelegenheit war ihr von einer zehnjährigen Göre trotzig die Stirn geboten worden, sie war von ihrer eigenen Dienerschaft verspottet und beleidigt worden, während sie sich nach der Berührung eines Mannes sehnte, der sich noch nicht einmal die Mühe machte abzustreiten, dass er in einem Anfall von Eifersucht seine Frau über die Klippen gestoßen haben könnte.

Sie erhob sich, schob die Seiten ihres Manuskripts zurück in das Schreibset und schloss den Deckel.

»Wo gehst du hin?«, verlangte Harriet zu wissen, als Lottie sich ihren Morgenmantel von einem Stuhl nahm und zur Tür eilte.

Lottie drehte sich um, und ihre Augen glitzerten auf eine Art und Weise, die ihre Freundin nur allzu gut kannte. »Ich werde einem gewissen jungen Fräulein zeigen, warum ich der Hertfordshire-Wildfang genannt wurde.«

Als Lottie die Treppe zum zweiten Stock hinablief und sich dabei den Gürtel ihres Morgenmantels zuband, schlug die Standuhr auf dem Treppenabsatz gerade Mitternacht. Gewöhnlich war um diese Tageszeit kein Diener mehr außerhalb seiner Kammer anzutreffen, aber heute Nacht eilten Dienstmägde und Lakaien wie aufgescheuchte Mäuse über die Flure des Herrenhauses. Mehrere von ihnen warfen ihr neugierige Blicke zu, als sie vorüberging, offenkundig überrascht, ihre Herrin in Nachtkleidung durch das Haus eilen zu sehen, während ihr das Haar offen über den Rücken fiel.

Lottie bog um eine Ecke, um beinahe mit dem stämmigen Lakaien zusammenzustoßen, der die grausame Karikatur so lustig gefunden hatte.

Als er mit feuerroten Wangen rückwärts stolperte, warf Lottie ihren Kopf mit wehenden Locken in den Nacken. »Entschuldigung, ich bin auf dem Weg zu einem romantischen Stelldichein mit dem König.« Sie legte sich einen Finger auf die Lippen und senkte ihre Stimme zu einem Flüstern. »Aber bitte nichts dem Master verraten.«

Sie ließ ihn stehen und ging weiter. In dieser Nacht brauchte sie weder eine Kerze noch eine gespenstische Melodie, um ihr den Weg zu weisen. Die Korridore waren hell erleuchtet, als wäre jede Lampe im Haus angezündet worden, einen Schrecken zu vertreiben, der noch schlimmer war als ein Geist von jenseits des Grabes. Mehrere Diener hatten sich auf dem Flur vor Allegras Schlafzimmer versammelt, ihre Gesichter weiß vor Anspannung. Der Boden zu ihren Füßen war mit Porzellanscherben übersät, und Jem, der Stallbursche, lehnte an der Wand, einen blutigen Stofffetzen an den Kopf gepresst. Allegras Tür war geschlossen, aber in ihrem Zimmer wütete der Sturm mit unverminderter Heftigkeit.

Ehe Lottie die Tür erreichen konnte, warf sich die kleine Meggie davor und knickste gleichzeitig unbeholfen. Sie musste schreien, wollte sie über den Lärm gehört werden. »Oh, Mylady, wir trauen uns nicht, sie noch einmal aufzumachen!« Die Magd zuckte zusammen, als ein Gegenstand die Tür von der anderen Seite traf. »Sie hat Girt bereits ein blaues Auge verpasst und dem armen Jem hier mächtige Kopfschmerzen.«

Der Stallbursche nickte bekräftigend, um sogleich zusammenzuzucken.

»Ich weiß, dass ihr mich nur beschützen wollt, aber ich kann gut auf mich selbst aufpassen. Bitte tretet zur Seite«, verlangte Lottie.

Meggie warf dem blutenden Stallburschen einen Hilfe suchenden Blick zu. »Geh, hol den Master, Jem. Schnell!«

Stöhnend stieß sich Jem von der Wand ab und eilte den Flur entlang.

»Ich weiß es zu schätzen, was du da tust, Meggie, ehrlich«, versicherte Lottie dem Mädchen. »Aber als deine Herrin bestehe ich darauf, dass du zur Seite trittst und mich in das Zimmer lässt.«

Sie redete immer noch auf die Magd ein, als Hayden auf dem Korridor erschien. Mit ungekämmtem Haar und entschlossen funkelnden Augen sah er so sehr wie der Liebhaber ihres Traumes aus, dass Lottie spürte, wie ihre Haut heiß wurde und ihr Herzschlag sich beschleunigte. Noch nicht einmal die beiden kleinen Kätzchen, die ihm folgten, ließen ihn weniger Furcht einflößend aussehen.

»Was, zum Teufel, denkst du, tust du da?«

Obwohl er drohend über ihr aufragte, wich Lottie nicht zurück. »Deine Tochter stört den Schlaf aller, meinen eigenen eingeschlossen. Ich möchte einfach nur mit ihr reden.«

Mit einem grimmigen Blick zu den Dienern, fasste Hayden sie am Handgelenk und zog sie mit sich in das leere Schlafzimmer gegenüber. Der Raum war nur vom Mondlicht erhellt so wie die Klippe aus Lotties Traum.

Hayden schob die Kätzchen aus der Gefahrenzone, schlug die Tür zu und schloss somit das Licht vom Flur aus. »Du kannst reden, bis du blau im Gesicht wirst, aber ich kann dir versichern, dass du deinen Atem verschwendest. Mit Allegra kann man nicht vernünftig reden, wenn sie so ist wie jetzt. Ich habe bereits Martha ins Dorf geschickt, den Arzt zu holen.«

»Und was genau soll der tun?«

»Sie davon abhalten, sich etwas anzutun. Oder einem anderen.« Er fuhr mit dem Daumen die dünne Narbe unter seinem linken Ohr nach und wusste vermutlich noch nicht einmal, dass er das tat. »Wenn es ihm gelingt, ihr ein wenig Laudanum zu verabreichen, schläft sie vielleicht bis morgen früh.«

Lottie überlegte, wie er wohl zu der Narbe gekommen war und wie viele schlaflose Nächte er erduldet hatte, während er auf den Arzt wartete, damit dieser jemandem Laudanum verabreichte, den ihr Ehemann liebte.

Trotz des in ihr aufwallenden Mitgefühls, sagte sie: »Es klingt, als bräuchte Allegra weniger eine Dosis Laudanum als eine gehörige Tracht Prügel.«

Er drängte sie mit dem Rücken gegen die Tür und sah aus, als wäre er durchaus in der Lage, gewalttätig zu werden. »Nur damit du es weißt, ich habe nie Hand gegen mein Kind erhoben!«

Als Lottie zu ihm aufschaute, wie er im Mondlicht groß und zornig und gefährlich dastand, erkannte sie erstaunt, wie verzweifelt sie sich danach sehnte, dass er seine Hand auf ihre Brust legte, sie zärtlich umfing, während er langsam seinen Mund auf ihren senkte und sie …

Ein wütender Schrei drang durch das dicke Holz der Tür und ließ die Phantasie wie eine Seifenblase zerplatzen.

»Ja, das ist offenkundig, nicht wahr?«, erwiderte Lottie und bemühte sich, ihren Verstand beieinander zu halten. »Vielleicht könnten wir alle ungestört schlafen, wenn du es getan hättest. Wärest du so nett, mir zu sagen, was dieses Mal der Auslöser ist? Ich nehme nicht an, euer Gespräch ist gut verlaufen, oder?«

»Nicht sonderlich.« Hayden entfernte sich einen Schritt von ihr und rieb sich den Nacken, und sein Zögern, sich ihr anzuvertrauen, war nicht zu übersehen. »Ich habe ihr gesagt, wenn sie sich vor allen Dienstboten nicht bei dir entschuldigt, würde ich sie auf eine Schule fortschicken. Und ich habe ihr gesagt, dass es diesmal mein Ernst ist.«

Ein Funken Wärme entzündete sich in Lotties Magen. Das Letzte, womit sie gerechnet hätte, war, dass er für sie eintreten würde. Dann jedoch kam ihr ein anderer Gedanke. Wenn er Allegra in eine Schule schickte, würde er sie hier nicht länger brauchen. Obwohl sie es sich nicht erklären konnte, breitete sich bei dem Gedanken ein Gefühl in ihr aus, das verdächtig an Panik erinnerte.

Sie drehte sich um und legte ihre Hand um den Türknauf.

»Ich warne dich«, erklärte Hayden. »Du wirst nicht vernünftig mit ihr reden können. Nicht, wenn sie in diesem Wahnsinn gefangen ist.«

Lottie warf ihm einen erbitterten Blick zu. »Oh ja, sie ist wahnsinnig. Und zwar vor Wut!«

Damit riss sie die Tür auf und trat in den Korridor. Meggie beobachtete mit weit aufgerissenen Augen, wie sie näher kam.

Hayden folgte Lottie und befahl barsch: »Lasst sie hinein.«

Obwohl die Augen des Dienstmädchens noch größer wurden, kam es ihr nicht in den Sinn, ihrem Herrn nicht zu gehorchen. Meggie öffnete die Tür und suchte rasch Schutz in Jems Armen.

Lotties Schritte verrieten kein Zögern, noch nicht einmal, als eine Porzellanschüssel dicht an ihrem Kopf vorbeizischte und an der Wand des Flures zerschellte, nur wenige Zoll entfernt von der Stelle, wo Hayden stand. Sie griff einfach hinter sich und schloss die Tür direkt vor seiner Nase. Nach dem Chaos zu urteilen, das sich ihrem Blick bot, schien es, als würden Allegra bald die Wurfgeschosse ausgehen.

Das Mädchen hockte in der Mitte eines riesigen Himmelbettes und umklammerte verzweifelt die zerwühlte Bettdecke. Ihr Gesicht war fleckig vor Zorn, ihre langen dunklen Wimpern tränenverklebt. Während Lottie sie ruhig musterte, stieß Allegra einen ohrenbetäubenden Schrei aus und nahm den letzten Gegenstand, der noch auf dem Bett lag – Lotties Puppe. Sie hielt sie an einem Fuß, hob den Arm und holte aus.

»Das würde ich an deiner Stelle nicht tun.« Obwohl Lotties Stimme leise war, schwang dennoch genug Drohung darin, um das Mädchen innehalten zu lassen. Besonders, als Lottie noch einmal hinter sich griff, diesmal, um den Schlüssel im Schloss umzudrehen.

Allegra, die wild um sich blickend und schwer atmend dasaß, ließ die Puppe langsam sinken. »Haben die anderen dich nicht gewarnt? Man sollte mir nicht zu nahe kommen, wenn ich so bin wie jetzt. Ich bin verrückt, weißt du. I-i-ich kann mich nicht beherrschen. Ich schlage dich vielleicht oder trete dich oder kratze dich … oder … oder …« Sie bleckte ihre perlweißen kleinen Zähne. »Himmel, oder ich beiße dich sogar!«

»Wenn du das tust, dann beiße ich zurück. Darin habe ich Erfahrung, musst du wissen. Einmal habe ich sogar den König gebissen.«

Allegra blieb der Mund offen stehen. »Von England?«

»Genau den. Sechs Wachen waren nötig, meine Zähne von seinem Arm zu lösen. Oder waren es acht?« Genau genommen waren es nur drei gewesen, aber Lottie hatte das Gefühl, ein wenig Übertreibung konnte nicht schaden, weder in der Literatur noch im Leben.

Sie schlenderte zum Bett. Allegra rutschte nach hinten,

bis sie mit den Schultern an das Kopfteil stieß. »Ich warne dich! Komm mir nicht zu nahe. Wenn du das tust, dann werde ich … werde ich den Atem anhalten, bis ich blau werde.«

»Na, dann los. Lass dich von mir nicht aufhalten.« Lottie setzte sich ans Fußende des Bettes und lächelte das Kind erwartungsvoll an.

Eher irritiert als wütend sog Allegra in tiefen Zügen Luft ein, schürzte die Lippen und blies die Backen auf. Während die Augen des Kindes leicht hervortraten und ihr Gesicht sich langsam von Rosa zu Violett verfärbte, zählte Lottie leise. Sie war erst bei fünfunddreißig angekommen, als Allegra nach Luft keuchend in die Kissen fiel.

»Nicht sehr beeindruckend, fürchte ich«, bemerkte Lottie mit einem bedauernden Kopfschütteln. »Als meine Schwester einmal den letzten Teekuchen meinem Bruder gegeben hat, habe ich den Atem für knapp zwei Minuten angehalten. Als ich fertig war, weinte meine Schwester, und George lag auf seinen Knien und flehte mich an, seinen Kuchen zu essen.«

Allegra setzte sich auf, senkte den Kopf wie ein Bulle kurz vor dem Angriff. Ganz offensichtlich hatte sie sich ihre schlimmste Drohung für den Schluss aufgehoben. »Wenn du nicht sofort mein Zimmer verlässt, schreie ich.«

Lottie lächelte nur.

Allegra öffnete den Mund.

Lottie schrie.

Es war ein wahres Meisterstück von einem Schrei, aus voller Kehle und kräftigen Lungen, einer Opernsängerin würdig, dazu gemacht, jedes Trommelfell innerhalb eines Umkreises von fünfzig Meilen zum Platzen zu bringen. Wenn noch ein Stück heiles Porzellan im Raum gewesen wäre, es wäre in tausend Scherben zersprungen.

Erst als der Schrei zu Ende ging, wurde sich Lottie der Tatsache bewusst, dass mit Fäusten gegen die Tür gehämmert wurde und eine Männerstimme ihren Namen rief. Die Tür brach aus den Angeln und flog ins Zimmer. Hayden stolperte gleich darauf herein, blieb jäh stehen, verblüfft, dass Lottie friedlich am Fußende des Bettes saß, vollkommen unversehrt, ein heiteres Lächeln auf den Lippen, während Allegra völlig verängstigt auf ihrem Kopfkissen kauerte und sich mit beiden Händen die Ohren zuhielt.

Martha und ein weißbärtiger Herr, der der Arzt aus dem Dorf sein musste, standen mit ebenso verwunderten Mienen hinter Hayden.

Mit einem heiseren Aufschluchzen sprang Allegra vom Bett, lief an ihrem Vater vorbei und warf sich in Marthas Arme.

Die üppige Taille der Frau umklammernd, weinte sie: »Oh, Martha, bitte, mach, dass sie weggeht. Ich werde auch ganz artig sein, das schwöre ich! Ich tue alles, was Vater will. Nur lass nicht zu, dass sie mich beißt oder noch einmal so ein schreckliches Geräusch macht!«

Während Allegra ihr Gesicht an Marthas Busen barg und immer noch schluchzte, erhob sich Lottie von dem Bett. Hayden starrte sie an, als wäre sie Attila, der Hunnenkönig, und Johanna von Orleans in einer Person vereint.

»Ich glaube, sie wird nun schlafen«, verkündete Lottie. Mit einem scharfen Blick zu dem Arzt fügte sie hinzu: »*Ohne* Laudanum.«

Dann zog sie die Schleife ihres Morgenmantels zu und segelte an allen vorbei aus dem Schlafzimmer. Auf dem Flur standen Meggie, Jem und der Rest der Dienerschaft und betrachteten sie mit einer neu gewonnenen Mischung aus Bestürzung und Respekt.

»Oh, Mylady, wir dachten, das junge Fräulein würde Sie

umbringen, jawohl«, brach es aus Meggie heraus. »Ich haben den Herrn noch nie so gesehen. Himmel, er hat Jem einfach zur Seite geschoben und selbst die Tür eingeschlagen!«

Während Lottie an ihnen vorüberging und sich bei der Vorstellung, wie sich Hayden gegen die Tür warf wie ein Ritter, der zur Rettung seiner Edeldame eilte, ein Lächeln verkneifen musste, machten die Dienstboten entweder einen Knicks oder eine Verbeugung. Sie wusste, Allegras Entschuldigung konnte getrost bis morgen früh warten. Nun, da es den Dienern möglich war, ihre Nachtruhe ungestört zu genießen, war es nicht länger von Bedeutung, dass Gerüchte behaupteten, sie sei die Mätresse jedes Adeligen in London gewesen.

Sie waren einfach nur froh, dass sie jetzt ihre Herrin war.

13

Wie könnte ich nur entdecken, welche entsetzlichen Geheimnisse hinter der verschlossenen Tür seines Herzens lauerten?

Nach dieser Nacht wurde Allegra eine Musterschülerin. Sie erschien jeden Morgen pünktlich um zehn Uhr zu ihrem Unterricht, die Schürze frisch gestärkt und die Strümpfe ordentlich am Strumpfband befestigt. Sie stand neben ihrem Tisch, die Hände vor sich gefaltet, und deklinierte brav lateinische Substantive, ehe sie das kleine und das große Einmaleins fehlerfrei aufsagte. Sie konnte Marrakesch auf dem Globus finden und die Geschichte der Ost- und Westgoten wiedergeben, dass es den Römern Tränen des Neids in die Augen getrieben hätte.

Lottie musste nicht länger jeden Morgen ihre Schuhe ausschütteln, ehe sie hineinschlüpfte, oder ihre Hüte verstecken – für den Fall, dass sich eine Ziege in ihr Zimmer verirrte. Da sich sowohl Allegra als auch das Gespenst friedlich verhielten, waren allen Bewohnern des Herrenhauses mehrere selige Nächte ungestörter Nachtruhe vergönnt. Es schien, als herrschte auf Oakwylde Manor Waffenstillstand.

Aber ohne die Herausforderung, Allegras Streichen zu entgehen, fand sich Lottie alsbald von einem anderen Leiden geplagt – Langeweile. Hayden war noch unnahbarer als zuvor und behandelte sie mit der zurückhaltenden Freundlichkeit, die man vielleicht einer Cousine zweiten Grades entgegenbrachte. Und obwohl sie dankbar für die Gesellschaft ihrer treuen Freundin war, konnte man nicht behaupten, dass Harriet sonderlich aufregend war. Ihr Hauptgesprächsthema drehte sich gewöhnlich um das Gebäck, das am Vortag zum Tee gereicht worden war.

Eines düsteren Dienstagmorgens befanden sich Allegra und Lottie im Schulzimmer; sie schauten aus dem Fenster und beobachteten, wie die Regentropfen an den Fensterscheiben hinabliefen. Während ein Tropfen in den nächsten überging, spürte Lottie, wie ihr die Lider schwer wurden. Allegras Gähnen war ansteckend.

Ehe sie gänzlich einnickte, fing sich Lottie jedoch und schlug energisch das Schulbuch vor sich zu.

Allegra zuckte schuldbewusst zusammen und begann, eilig in ihr Heft zu schreiben.

Lottie erhob sich. »Wir beschäftigen uns seit letzter Woche mit Magellan und DeSoto. Nun, ich sage, wie kann man besser verstehen lernen, wie der Verstand eines Entdeckers arbeitet, als selbst auf Entdeckungsreise zu gehen?«

»Entdeckungsreise?« Obwohl Allegra nicht minder argwöhnisch als sonst aussah, glomm doch ein Funken von Interesse in ihrem Blick auf.

»Es heißt, dieses Haus hier besäße mehr als fünfzig Zimmer, und ich habe vermutlich nicht einmal die Hälfte davon gesehen. Warum fangen wir nicht einfach mit dem Dachboden an und arbeiten uns von da nach unten durch? Wer weiß, am Ende finden wir sogar eines dieser Priesterverstecke oder einen der Geheimgänge, von denen Meggie und Jem immer flüstern.«

»Aber was ist mit Vater? Wenn ich meinen Unterricht für heute nicht ordentlich beende, wird er nicht begeistert sein.«

Lottie spürte, wie sich ihre Lippen zu einem übermütigen Lächeln verzogen. »Die Gerüchte besagen auch, dass dein Vater heute Morgen mit seinem Verwalter nach Boscastle geritten ist, um dort ein paar Angelegenheiten vor Ort zu klären, und er wird nicht vor dem späten Nachmittag zurückerwartet. Und Martha ist ins Dorf gegangen, um ihre Schwester zu besuchen.« Obwohl Allegra immer noch nicht überzeugt schien, hielt ihr Lottie auffordernd die Hand hin. »Komm, kleine Conquistadora, auf uns wartet eine Welt, die entdeckt werden will.«

An einem derart dunklen und windigen Tag, an dem der Regen auf das Dach mit den vielen Giebeln prasselte, gab es keinen besseren, gemütlicheren Ort als einen geräumigen Dachboden. Die miteinander verbundenen Mansarden voller Truhen mit mottenzerfressenen Kleidern und aussortierten Spielsachen hielten Lottie und Allegra den größten Teil des Vormittags beschäftigt. In einer Ecke fand Lottie ein geschecktes Schaukelpferd. Vorsichtig strich sie mit der Hand über seinen grob geschnitzten Hals und fragte sich, ob es wohl früher einmal Hayden gehört hatte.

Schließlich verließen sie gegen Mittag mit Flecken auf den Strümpfen und Spinnweben im Haar den Dachboden. Obwohl Allegra einsilbig blieb, fuhr Lottie fort, auf ihre Stieftochter einzureden, und war dabei so freundlich und liebenswert, dass es für zwei reichte.

Sie schlenderten eine Weile durch den zweiten und dritten Stock, wo sie nur Schlafzimmer und Empfangsräume entdeckten, die von jahrelanger Nichtbenutzung völlig staubig waren. Sie hatten gerade das Ende einer langen mit Portraits gesäumten Galerie erreicht, als sie hinter sich Schritte hörten.

Lottie nahm Allegra an der Hand und eilte mit ihr zu einer Hintertreppe. Obwohl sie sich ziemlich sicher war, dass es sich nur um Meggie handelte, die einen Stapel sauberer Wäsche brachte, flüsterte sie drängend: »Komm, DeSoto! Es sind diese verfluchten Engländer, die unsere Schiffe plündern und unsere Beute stehlen wollen.«

Als sie im Erdgeschoss ankamen, war Lottie atemlos vor Lachen, und sogar Allegra schien mit einem Lächeln zu kämpfen. Sie traten aus dem Treppenhaus und blieben stolpernd auf einem breiten Gang stehen, von dem zu beiden Seiten Türen abgingen.

Allegras Miene verdüsterte sich wieder, und sie wollte zum Anfang des Flures zurückgehen. »Wir sollten nicht hier sein. Es ist verboten.«

Lottie drehte sich langsam um und erkannte die Doppeltüren am entfernten Ende des Korridors wieder. Sie befanden sich im Westflügel, genau an der Stelle, wo sie in ihrer ersten Nacht die gespenstische Klaviermusik gehört hatte.

Allegra blickte schuldbewusst über ihre Schulter, und ihre Stimme wurde drängender. »Wir sollten wirklich gehen. Ich darf hier nicht spielen.«

Aber Lottie wurde wie magisch von den Flügeltüren angezogen. Die Türen, gegen die Hayden sie mit heißen, hungrigen Händen gedrückt hatte. Die Türen, die anzusehen er sich geweigert hatte, als sie die Musik erwähnte.

Sie begann langsam darauf zuzugehen. »Was für Forscher wären wir«, fragte sie leise, »würden wir beim ersten Anzeichen von Gefahr fliehen?«

Sie griff mit bebenden Fingern nach einer der Türklinken.

»Das ist zwecklos.« Allegra näherte sich ihr, ebenfalls wie magnetisch von den Türen angezogen. »Seit mehr als vier Jahren sind sie abgeschlossen. Martha ist die Einzige, die einen Schlüssel haben darf.«

Lottie wusste, es war falsch, Allegra zu ermutigen, ihrem Vater gegenüber ungehorsam zu sein. Aber die Neugier vertrieb rasch ihre Gewissensbisse. Wenn er nichts zu verbergen hatte, warum sollte Hayden darauf bestehen, dass die Türen verschlossen blieben?

Allegra kam interessiert näher, als Lottie die Hand zu ihrem Haarknoten hob und eine Haarnadel herauszog. Da sie keinen Hut trug, würde sie sich damit behelfen müssen. Nach mehreren Minuten des Herumstocherns und Bohrens, begleitet von leisen Flüchen, spürte sie schließlich, wie das Schloss nachgab.

Sie richtete sich auf. Allegra stand inzwischen dicht hinter ihr, sodass Lottie jeden der raschen Atemzüge des Kindes hören konnte. Sie griff hinter sich und nahm Allegras eisige Hand, nicht ganz sicher, ob sie das tat, um Allegra Mut zu machen oder sich selbst.

Als Lottie vorsichtig die Tür öffnete, entrang sich ihren Lippen unwillkürlich ein Seufzen. Der achteckige Raum war von erlesener Schönheit – luftig und elegant, ohne das dunkle Mahagoni, das den Rest des Hauses beherrschte. Er war im griechischen Stil eingerichtet worden, der erst vor wenigen Jahren in der guten Gesellschaft der letzte Schrei gewesen war. Die Wände waren mit weiß lackierten Holzpaneelen getäfelt, die am Rand mit vergoldetem Blattwerk eingefasst waren. Handgemalte Blumen zierten jedes Sims und Fries. Schlanke Säulen säumten den Raum, erhoben sich zu einem kuppelförmigen Oberlicht, das dem grauen Himmel zum Trotz auch noch das letzte Tageslicht einfing. Die Paneele weiter unten waren himmelblau gestrichen und mit luftigen weißen Wolken bemalt.

»So habe ich mir immer den Himmel vorgestellt«, flüsterte Lottie, da sie die Stille nicht stören wollte.

Bis auf das sanfte Prasseln der Regentropfen auf das Oberlicht war das einzige Geräusch im Raum das ihrer weichen Schuhe, als sie und Allegra Hand in Hand über das Parkett gingen.

Wenn das hier der Himmel war, dann musste die Frau auf dem Portrait über dem weißen Marmorkamin ein Engel sein. Sobald Lottie alt genug gewesen war, aus ihrem Bettchen zu klettern und zu einem Spiegel zu laufen, hatte sie gewusst, dass sie eine Schönheit war. Aber dieses göttliche Geschöpf mit ihren wehenden Zobellocken und lachenden violetten Augen war wahrhaft unbeschreiblich schön.

Wenigstens hat Ned genug Verstand, mir keine Brünette zu schicken.

Als Haydens wehmütige Worte ihr wieder einfielen, berührte Lottie geistesabwesend mit einer Hand ihr eigenes Haar. Zum ersten Mal schien es ihr farblos, ein blasser Schatten eines viel lebhafteren Farbtons.

Die Frau auf dem Gemälde besaß nicht den Alabasterteint englischer Rosen, sondern eine sinnlich gallische Tönung. Sie schaute jemanden links vom Künstler an, jemanden, der sie dazu brachte, ihre üppigen Lippen zu einem reizenden Schmollmund zu verziehen, und der ihre Augen mit unausgesprochenen Versprechen funkeln ließ. Es war schwer zu glauben, dass solche Lebhaftigkeit für immer ausgelöscht sein sollte. Selbst noch auf Leinwand gebannt, wirkte Justine lebendiger, als die meisten Frauen es sich je erhoffen durften.

Sie gehörte zu den Frauen, für die ein Mann sterben und für die er töten würde.

Lottie war so erschüttert, dass sie gar nicht spürte, wie Allegras Finger ihrer Hand entglitten, bis sie nicht mehr da waren. Sie drehte sich um und entdeckte, dass das Kind vor dem Bild seiner Mutter stand und es mit unheimlicher Distanziertheit betrachtete.

»Deine Mutter war wunderschön«, sagte Lottie und bemühte sich, ihr Unbehagen nicht zu zeigen.

Allegra zuckte die Schultern. »Vermutlich. Ich erinnere mich nicht wirklich an sie.«

In der Hoffnung, den verführerischen Bann des Gemäldes zu brechen, kehrte Lottie ihm den Rücken und bemerkte, dass der Raum kein Atelier war, sondern ein Musikzimmer. Eine vergoldete Harfe stand in der Ecke neben einem niedrigen Diwan. In der gegenüberliegenden Ecke befand sich ein Klavichord, das eigentlich in ein Musikzimmer des vorigen Jahrhunderts gehört hätte. Aber den Mittelpunkt des Raumes bildete ein Wiener Konzertflügel, der weiß lackiert worden war, damit er farblich in das Zimmer passte. Der flügelförmige Deckel war geöffnet, die geschwungenen Beine eine Studie der Anmut.

Lottie trat zu dem Instrument und strich mit einem Finger sachte über die schimmernden Tasten in Elfenbeinweiß und Ebenholzschwarz. Nirgendwo war auch nur ein Stäubchen zu entdecken. Wenn Martha die Einzige war, die einen Schlüssel zu diesem Raum haben durfte, dann war sie eine sehr sorgfältige Hüterin des Gedenkens an ihre ehemalige Herrin.

Lottie nahm aus dem Augenwinkel eine flüchtige Bewegung wahr und fragte Allegra: »Spielst du?«

Das Mädchen riss seine Hand zurück und versteckte sie hinter ihrem Rücken. »Natürlich nicht. Vater würde das nie erlauben.«

Lottie runzelte die Stirn. Auf dem Notenständer lagen mehrere vergilbte Notenblätter, fast so, als sei ihre Besitzerin nur kurz zum Nachmittagstee gegangen und würde jeden Augenblick zurückkommen. Als Lottie sich auf die Bank setzte, hatte sie das Gefühl, ein Heiligtum zu entweihen.

Sie lockerte ihre Finger, begann mit ein paar holpernden Akkorden, dann spielte sie ein Stück. Das Piano hatte einen herrlichen Klang – voll und majestätisch. Lottie hatte immer schon gerne alle möglichen Instrumente gespielt. Lange bevor Sterling den ersten Musiklehrer für sie angestellt hatte, hatten Laura, George und sie viele vergnügliche Abende an dem leicht verstimmten Klavier in Lady Eleanors Empfangssalon verbracht.

Nach ein paar Minuten glitten ihre Finger geschickt über die Tasten und spielten eine beschwingte Passage aus Händels Wassermusik, die schon immer Lotties Lieblingsmusik gewesen war. Sie blickte verstohlen über ihre Schulter zu Allegra.

Das Kind starrte mit einem Ausdruck hingerissener Faszination auf die Tasten, wie Lottie ihn noch nie zuvor gesehen hatte. Das Tempo ändernd, stimmte Lottie ein fröhliches Tanzlied aus Schottland an, drehte sich halb zu Allegra um und begann, mit übertriebenem schottischem Akzent zu singen:

Mein Weib ist ein mutwillig' Ding,
will einfach nicht auf mich hör'n.
Sie verkauft' ihren Mantel und versäuft'n.

Sie verkauft' ihren Mantel und versäuft'n.
Jetzt wickelt se sich in 'ne Decke,
will einfach nicht auf mich hör'n.

Es dauerte nicht lange, da summte Allegra mit und klopfte mit ihrem Fuß den Takt. Nach der dritten Strophe fiel sie in den Refrain ein, zuerst schüchtern, doch mit jeder Note wuchs ihr Selbstvertrauen. Ihre Stimme war ein rauchiger Alt, die perfekte Ergänzung zu Lotties Sopran.

Irgendwie konnte Lottie den Gedanken nicht ertragen, dass sich Allegra wieder hinter das Schutzschild des Argwohns zurückziehen könnte. Nachdem sie alle Strophen gesungen hatten, dachten sie sich selbst neue aus. Über ihre komischen Improvisationen mussten sie so lachen, dass sie kaum noch singen konnten. Keiner von ihnen beiden bemerkte, dass sie die Tür zum Musikzimmer einen Spalt breit offen gelassen hatten.

Musik und Lachen.

Etwas, das Hayden nie mehr in Oakwylde Manor zu hören geglaubt hatte … Als eine unterspülte Brücke seinen Ritt nach Boscastle zu einem vorzeitigen Ende gebracht hatte, war er heimgekehrt und hatte gehört, dass beides durch das Haus klang.

Er stand in der Eingangshalle, Regenwasser tropfte ihm von der Hutkrempe, während er auf das gespenstische Echo lauschte. Einen verwirrten Augenblick lang glaubte er tatsächlich, dass die Zeit in seiner Abwesenheit zurückgedreht worden war.

Er sah sich selbst den Flur entlanggehen, der zu dem Musikzimmer führte, die Schritte nicht von düsteren Vorahnungen schwer, sondern leicht und beschwingt. Er stieß die Türen auf und erblickte Allegra, nicht hoch aufgeschossen und schlaksig, sondern klein und pausbäckig auf dem Schoß ihrer Mutter.

Die dunklen Haarschöpfe der beiden verschwammen zu einem, während Justine Allegras mollige Finger auf die Tasten legte und dazu mit ihrem süßen Altsopran ein heiteres Wiegenlied sang. Hayden lehnte sich eine Weile gegen den Türrahmen, zufrieden, den beiden einfach nur zuzuschauen. Zu seiner Erleichterung lagen unter den Augen seiner Frau keine Schatten, die Schlechtes verhießen.

»Papa!«, quietschte Allegra erfreut, und ihre Augen leuchteten auf, als sie ihn sah. Sie glitt vom Schoß ihrer Mutter und kam zu ihm gelaufen, damit er sie auf die Arme hob. Als sie ihre weiche Wange an seine drückte, schloss er die Augen und atmete ihren süßen Kinderduft tief ein.

Als er sie wieder öffnete, stand er immer noch in der zugigen Eingangshalle, die Arme leer und das Herz schwer von dem Verlust.

»Mylord?«, sprach ihn Giles verwundert an. »Sie sind völlig durchnässt. Darf ich Ihnen Hut und Mantel abnehmen?«

Hayden antwortete nicht. Er schob den Mann einfach wortlos beiseite und begab sich zum Musikzimmer.

Lottie und Allegra waren so vertieft in ihr Vergnügen, dass sie seine Schritte nicht hörten, als er den Raum durchquerte, nichts davon merkten, dass sie nicht länger allein waren, bis der Klavierdeckel mit einem lauten Knall zufiel und so den Blick auf ihn freigab.

14

Leider war jedes Wort, das über seine schönen Lippen kam, eine hübsche Lüge, dazu bestimmt, mich zu verführen!

Lottie erhob sich von der Bank und schaute Hayden über die schimmernde Oberfläche des Deckels hinweg an.

Er hatte sich noch nicht einmal die Zeit genommen, seinen Mantel oder seinen Hut abzulegen. Regen tropfte von dem Schultercape seines Mantels auf das Parkett, während die Krempe seines Hutes seine Augen überschattete. Aus dem Augenwinkel konnte Lottie sehen, wie Allegra die Schultern hängen ließ, kleiner zu werden schien. Bei dem Anblick hätte Lottie am liebsten frustriert mit dem Fuß aufgestampft.

»Wer hat dich hereingelassen?«, verlangte Hayden zu wissen.

»Niemand«, erwiderte Lottie wahrheitsgemäß und gleichzeitig auch trotzig.

Er richtete seinen anklagenden Blick auf seine Tochter. »Allegra?«

Das Kind schüttelte nachdrücklich den Kopf. »Ich habe keinen Schlüssel.«

Er nahm seinen Hut ab. Und als sie seine Augen sah, wünschte sich Lottie fast, er hätte ihn aufgelassen. »Wie, zum Teufel, seid ihr beide dann hier hereingekommen? Du weißt doch, dass es verboten ist.«

»Wir haben Entdecker gespielt«, bekannte Lottie und hoffte, damit seine Aufmerksamkeit von dem Kind abzulenken.

Ihr Plan ging ein wenig zu gut auf. Hayden stellte sich vor

sie und forderte sie mit zu Schlitzen zusammengekniffen Augen und zusammengebissenen Zähnen stumm auf weiterzureden.

Sie hob ihre Schultern in einer Geste der Entschuldigung. »Und, wie du sicher weißt, gibt es für einen Entdecker nichts Verlockenderes als das Verbotene.«

Einen Augenblick lang flackerte noch etwas anderes in seinen eiskalten grünen Augen auf – etwas, das zugleich gefährlich und betörend war. »Was also hast du getan? Martha den Schlüssel gestohlen?«

»Natürlich nicht! Ich würde Allegra niemals ermutigen zu stehlen.« Lottie faltete sittsam ihre Hände. »Ich habe das Schloss mit einer Haarnadel geöffnet.«

Einen Augenblick betrachtete Hayden sie ungläubig, dann lachte er laut auf. »Oh, das ist gut! Du ermutigst meine Tochter nicht zum Stehlen, hast aber keine Skrupel, ihr beizubringen, wie man Schlösser knackt.« Allegra kam um den Flügel herum und zupfte an seinem Ärmel, aber er war zu sehr damit beschäftigt, Lottie finster anzustarren, um es zu bemerken. »Was hast du für die nächste Stunde geplant? Ihr zu zeigen, wie man mit gezogener Waffe eine Kutsche anhält?«

Ehe Lottie darauf etwas erwidern konnte, zupfte Allegra ihren Vater noch einmal am Ärmel, und diesmal gelang es ihr, seine Aufmerksamkeit auf zu sich ziehen. »Sie hat mir nicht beigebracht, das Schloss zu knacken. Sie hat es selbst getan.« Ihre Stimme wurde lauter. »Und weißt du auch, warum? Weil sie gemerkt hat, dass mir langweilig war und ich unglücklich war, und sie ist die Einzige in diesem Haus, der genug an mir liegt, das zu ändern!«

Hayden und Lottie starrten sie an, beide gleichermaßen erstaunt über diesen leidenschaftlichen Ausbruch. Nie in einer Million Jahren hätte Lottie es sich träumen lassen, dass

Allegra sie verteidigen würde. Während sie das Gesicht des Mädchens betrachtete, fühlte sie eine unerwartete Zärtlichkeit für ihre Stieftochter in sich aufsteigen.

Hayden jedoch schien nicht unter irgendwelchen sentimentalen Anwandlungen zu leiden. »Deine Stiefmutter kennt sich vielleicht mit den Regeln in diesem Haushalt noch nicht gut aus, junge Dame, du aber schon. Es gibt absolut keine Entschuldigung für deinen Ungehorsam.« Er schüttelte mit ernster Miene den Kopf. »Ich bin zutiefst von dir enttäuscht.«

»Nun, das ist ja nichts Neues, oder, Vater? Das bist du ja schon immer gewesen.« Es wäre weniger schlimm gewesen, wenn Allegra in Tränen ausgebrochen wäre, aber sie drehte sich um und ging mit steifen Schritten zur Tür, die Hände an ihren Seiten zu Fäusten geballt.

Mit einem unterdrückten Fluch wandte sich Hayden vom Flügel ab, nur um geradewegs auf das Portrait seiner ersten Ehefrau zu blicken. Lottie war beinahe dankbar, dass sie sein Gesicht in diesem Augenblick nicht sehen konnte. Mit einer Einsicht, von der sie nicht gewusst hatte, dass sie sie besaß, wusste sie plötzlich, wer links von dem Künstler gestanden hatte, als das Bild gemalt wurde. Justines lachende Augen und ihr Schmollmund galten Hayden.

»Nach ihrem Tod«, sagte er schließlich mit einer Stimme, die so trocken wie Grabstaub war, »habe ich mehr als vierzehn Tage in diesem Raum verbracht – ich habe mich geweigert, zu essen, zu schlafen, meine Tochter zu sehen. An dem Tag, an dem ich endlich die Kraft fand, durch diese Türen zu gehen, habe ich mir geschworen, nie wieder einen Fuß über diese Türschwelle zu setzen, solange ich lebe.« Steif drehte er dem Portrait und Lottie den Rücken zu, als könnte er es nicht länger ertragen, eine seiner beiden Frauen anzusehen.

»Es tut mir Leid«, flüsterte Lottie, die zum ersten Mal die volle Bedeutung ihres unbedachten Tuns begriff.

»Was tut dir Leid?«, fragte er und drehte den Hut in seinen Händen. »Dass du meinen Wünschen keine Beachtung schenkst? Dass du meine Tochter dazu anstiftest, sich mir zu widersetzen? Dass du mit deiner Einmischung einen weiteren Keil zwischen uns getrieben hast?«

»Wenn du meinst, dass ich ein schlechtes Vorbild für deine Tochter bin, dann verstehe ich einfach nicht, warum du mich überhaupt nach Oakwylde gebracht hast.«

Hayden schlug mit der Faust auf den Flügel. »Weil ich wollte, dass sie so wird wie du!«

Lottie starrte ihn verblüfft an, völlig überrascht von seinen Worten.

»Ich wollte, dass sie ihren Verstand benutzt, um sich einen Ausweg aus einer Lage zu überlegen, anstatt Sklave ihrer Launen zu sein. Ich wollte, dass sie klug und stark, erfinderisch und selbstbewusst wird!«

Während Lottie in seine leidenschaftlich blitzenden Augen blickte, hatte sie ein merkwürdiges Gefühl in ihrer Brust, als schmölze etwas in ihr, fast so, als hätte sie einen Löffel von Cookies noch warmem Gewürzpudding hinuntergeschluckt. Sie ging um das Piano herum und trat so dicht zu ihm, wie sie sich traute. »Ich schwöre dir, dass ich nichts Böses wollte, als ich sie hierher gebracht habe. Hast du sie nicht gehört, als du hereinkamst? Sie hat gesungen und gelacht wie jedes andere zehnjährige Mädchen. Für ein paar wenige Minuten war sie glücklich!«

»Ihre Mutter hat auch gern gelacht und gesungen. Leider folgte auf Justines Fröhlichkeit unweigerlich Elend für alle anderen, sie selbst eingeschlossen.«

»Und auch für dich?«, riet Lottie.

Hayden antwortete nicht.

Sie seufzte. »Wie willst du mich also für meinen Fehltritt bestrafen? Mich ohne Abendessen ins Bett schicken?«

»Mach dich nicht lächerlich. Obwohl du darauf bestehst, dich wie ein Kind aufzuführen, bist du keines mehr.«

»Aber ich bin auch kein Dienstbote«, erklärte sie hitzig. »Obwohl du darauf beharrst, mich wie einen zu behandeln.«

Als er sich umdrehte und zur Tür schritt, ihre Herausforderung kühl ignorierend, hätte Lottie am liebsten einen Wutanfall von Allegras Ausmaßen bekommen und die kostbare Schäferin aus Porzellan, die sie vom Kaminsims her hämisch angrinste, genommen und ihm hinterhergeworfen.

»Vielleicht war es gar nicht Irrsinn, der deine Frau in das Bett eines anderen getrieben hat«, rief sie ihm nach. »Vielleicht war es deine unerträgliche Gleichgültigkeit.«

Hayden erstarrte, fuhr mit einer abrupten Bewegung herum und kam zu ihr zurück, und das Eis in seinem Blick war sengendem Feuer gewichen. Sie wäre nicht überrascht gewesen, hätte die feuchte Wolle seines Mantels plötzlich zu dampfen angefangen. Er drängte sie mit seinem harten, muskulösen Körper gegen das Piano, legte die kräftigen Finger einer Hand um ihren Hals.

Doch statt sie zu erwürgen, senkte er seinen Mund auf ihren. Sie erwartete, dass er sie mit seinem Kuss strafen, nicht Lust bereiten würde, was der Grund dafür war, warum seine gezügelte Gewalt sie so aufwühlte und die leidenschaftlichen Bewegungen seiner Zunge sie erzittern ließen. Er küsste sie, als gehörte sie ihm, als hätte sie das immer schon getan und würde es in alle Ewigkeit tun. Er war der Liebhaber aus ihrem Traum, und die dunkle Macht seines Kusses ließ sie an den Abgrund eines gefährlichen Gefühles taumeln.

Sie klammerte sich immer noch hilflos an ihm fest, als er seine Lippen von ihren löste. Er löste seine Finger aus ihrem zerwühlten Haarknoten und schaute sie unter schweren Lidern begehrlich an. »Ich kann dir versichern, Mylady, es ist nicht Gleichgültigkeit, die mich von deinem Bett fern hält.«

Er ließ sie so abrupt los, wie er sie gepackt hatte, verließ mit ausholenden Schritten das Zimmer und schlug die Tür hinter sich mit einem so lauten Knall zu, dass die Harfensaiten protestierend klirrten.

Als Lottie gegen den Flügel sank, bis in die Seele hinein erschüttert, schaute Justine auf sie herab, ein belustigtes Funkeln in den wissenden Augen.

Lottie lag in dieser Nacht hellwach im Bett, und jeder Nerv in ihr schien zu prickeln, so angespannt war sie. Eine friedliche Stille hatte sich über das Haus und seine schlafenden Bewohner gelegt, aber merkwürdigerweise verstärkte diese Ruhe ihr wachsendes Unbehagen. Selbst einer von Allegras Wutanfällen wäre eine willkommene Abwechslung gewesen. Sie erwog kurz, über den Flur zu Harriet zu gehen, aber als sie vorhin nach ihrer Freundin gesehen hatte, hatte die friedlich wie ein Lamm geschlafen.

Sie drehte sich auf die Seite und trat ihre Decke sowie einen erstaunten Mr. Zappel zur Seite. Sie versuchte, den Kater festzuhalten, aber es war zu spät. Er war schon – ganz beleidigte Katze – vom Bett gesprungen und lief zur Tür, zog sie mit der Pfote auf und trabte aus dem Schlafzimmer, offenbar auf der Suche nach besserer Gesellschaft.

Lottie ließ sich in die Kissen zurückfallen. »Es sieht fast so aus, als könnte ich dieser Tage niemanden glücklich machen«, sagte sie zu Mirabella, die sich auf dem Kissen neben ihr zusammengerollt hatte. »Besonders niemanden männlichen Geschlechts.«

Sie schloss die Augen, öffnete sie aber rasch wieder. In Wahrheit hatte sie mehr Angst vor dem Schlaf als vor dem

Wachsein. Denn mit dem Schlaf kämen Träume, und in diesen Träumen würde sie am Ende wieder auf einer sturmumtosten Klippe landen, in den Armen eines Fremden. Eines Fremden, dessen Kuss genau wie der ihres Ehemannes schmeckte.

Sie schaute nach oben zu den Schatten, die über die Decke flackerten. Vielleicht sollte sie ihrem Roman eine neue Szene hinzufügen, in der die unerschrockene Heldin die leidenschaftlichen Avancen des Schurken abwehrt, der sie mit einem Trick zur Ehe verleitet hat. Eine Szene, in der sie ihn hochnäsig davon unterrichtet, dass sie lieber sterben würde, als seinen Kuss zu ertragen. Denn ein edler Tod wäre sicher der Würdelosigkeit, seinen harten, hungrigen Mund auf ihrem zu spüren, vorzuziehen, dem dunklen, köstlichen Eindringen seiner Zunge, der Liebkosung seiner Fingerspitzen an ihrem Hals, wenn er sie dazu verleitete, sich ihm weiter zu öffnen, ihn tiefer in sich aufzunehmen …

Sich auf die Unterlippe beißend, um das verräterische Prickeln zu unterbinden, rollte sich Lottie auf den Bauch. Sie war gerade in einen unruhigen Schlaf gesunken, als ohne irgendein wehklagendes Weinen als Vorwarnung Klaviermusik an ihr Ohr drang.

Lottie schlug die Augen auf. Ihr erster Impuls war, sich die Decke über den Kopf zu ziehen, doch sie konnte sich nicht bewegen, nur den Atem anhalten und lauschen.

Die entfernte Melodie war zugleich wunderschön und schrecklich – unkontrollierbare Leidenschaft, und in jedem Ton hallte so etwas wie Wahnsinn nach.

»Justine«, flüsterte sie. Seit sie ihr Portrait gesehen hatte, konnte sie sie nicht mehr einfach nur als »das Gespenst« bezeichnen.

Welche Kraft wäre stark genug, eine Frau aus dem Grab zurückzuholen? Wollte Justine sie verjagen, weil sie meinte, sie sei eine Rivalin in Bezug auf Haydens Liebe? Oder versuchte sie, Lottie davor zu warnen, nicht denselben Fehler wie sie selbst zu begehen und ihr Herz oder ihr Leben Hayden anzuvertrauen?

Lottie legte sich das Kissen über den Kopf und hielt sich die Ohren zu. Aber es gab kein Entkommen vor dem ungemilderten Zorn, der in der Musik mitschwang und einfach nicht ignoriert werden konnte.

Als das Stück ungestüm den Höhepunkt erreichte, warf sie das Kissen zur Seite, stand auf, ging zu ihrem Frisiertisch und wühlte in den Bändern, Spangen und Strumpfbändern, bis sie fand, wonach sie suchte: eine lange, gefährlich aussehende Hutnadel aus Silber.

Sie hielt sie in den Feuerschein vom Kamin und bewunderte ihr Schimmern. Offensichtlich hatte Justine eines vergessen. Lottie besaß nun den Schlüssel zu ihrem Königreich. Und wenn dieses Königreich sich als Hölle entpuppen würde, dann war dem Teufel persönlich zu begegnen ein Risiko, das sie in Kauf nehmen müsste.

Hayden war schlecht gelaunt. Er durchstreifte die verlassenen Korridore des Hauses und verfluchte sich für seine Dummheit. Ursprünglich hatte er Lottie mit dem Kuss strafen wollen, am Ende hatte er jedoch nur sich selbst gestraft. Sogar sein Bett war nun zum Folterinstrument geworden, seine kalten Laken ein schier unerträglicher Gegensatz zu der verlockenden Wärme von Lotties Armen.

Sie hatte die Dämonen entfesselt, als sie es gewagt hatte, die Tür zum Musikzimmer aufzustoßen. Es war fast so, als sei ein Teil von ihm in dem Raum zusammen mit der Erinnerung an Justine begraben gewesen. Lottie jedoch hatte sich nicht damit zufrieden gegeben, ihn im Schatten mit den anderen Gespenstern zu Staub zerfallen zu lassen. Sie war mit ihren albernen Liedern und ihrem übermütigen Lachen hineinspaziert und hatte ihn ans Licht gezerrt.

Sogar Justine war vor ihrer unerschrockenen Entschlossenheit geflohen. In dem Moment, als sie sich küssten, war nur Lottie da gewesen – ihr einladender Mund wie eine lodernde Flamme unter seinem –, heiß und süß und unwiderstehlich. Als sie ihre kleinen Hände um seinen Hemdkragen geschlossen und ihn näher zu sich gezogen hatte, statt ihn fortzustoßen, hatte er das beunruhigende Gefühl gehabt, etwas in ihm erwachte zu neuem Leben, nicht nur in seinem Körper, sondern auch in seiner Seele.

Belastender noch als ihr Kuss war jener Augenblick gewesen, als er erklärt hatte, dass er wollte, Allegra würde wie sie werden. Dass er ihren Mut und ihre Klugheit bewunderte, ihre Weigerung, sich an die erstickenden Regeln der Gesellschaft zu halten. Genauso gut hätte er gleich damit herausplatzen können, dass er dabei war, sich in sie zu verlieben.

Hayden blieb wie erstarrt stehen, denn dieser Gedanke war viel erschreckender als irgendein wehklagender Geist aus der Vergangenheit. Das letzte Mal, als er sein Herz verloren hatte, hätte ihn das beinahe auch noch den Verstand gekostet.

Wie um ihn an den Preis solcher Dummheit zu gemahnen, drang plötzlich wildes Klavierspiel an seine Ohren, erschuf rohe Eindringlichkeit mit seiner Schönheit und seinem Wahnsinn.

Hayden bewegte sich unwillkürlich auf die Quelle des Geräusches zu und fürchtete dabei, Lottie hätte unabsichtlich eine Macht entfesselt, die sie beide zerstören könnte.

Lottie eilte mit wehendem Nachthemd durch den dunklen Flur. Da sie genau wusste, dass die Diener sich alle in ihren

Betten verkrochen hatten, hatte sie sich nicht die Zeit genommen, einen Morgenmantel überzuziehen. Die Musik schwoll mit jedem Schritt an, der sie näher zum Westflügel brachte. Aber sie war nicht bereit, sich von ihrem Vorhaben abbringen zu lassen. Nicht länger trieb sie Mut oder Neugier an, sondern der leidenschaftliche Wunsch, sich der Frau zu stellen, die sich weigerte, Haydens Herz freizugeben.

In Wahrheit hatte Lottie mehr Angst, als je zuvor in ihrem Leben. Als sie den langen, verlassenen Korridor erreichte, vermochte noch nicht einmal die Musik das Klappern ihrer Zähne zu übertönen. Als sie sich den Türen am Ende des Flurs näherte, erwartete sie halb, dass sie von allein aufschwingen würden, eine Einladung, hinter der sich eine Falle verbarg.

Ihre steifen Finger ließen sich nicht um die Türklinke legen. Als sie sie schließlich doch nach unten drücken konnte, geschah nichts. Die Türen waren verschlossen so wie heute Nachmittag, als Allegra und sie hier gestanden hatten. Lotties Hände schwitzten so schlimm, dass sie die Haarnadel zweimal fallen ließ, ehe es ihr schließlich gelang, das Schloss zu knacken.

Dennoch zögerte sie. Wenn sie die Türen ohne Warnung aufstieß, würde sie eine ihr übel wollende, wabernde Gestalt am Piano entdecken? Oder würden sich die Tasten wie von selbst bewegen, gespielt von unsichtbarer Hand?

Völlig entnervt von diesem Bild drückte sie die Klinke langsam nach unten und hoffte, die Musik würde so jäh verstummen wie in ihrer ersten Nacht in Oakwylde Manor. Doch als sie die Tür vorsichtig öffnete, fluteten die Töne so gewaltig über sie hinweg, dass Lottie spürte, wie ihr Herz im selben Rhythmus zu klopfen begann.

Der geräumige Salon war in Schatten gehüllt. Obwohl der Regen schon vor Stunden aufgehört hatte, huschten noch Wolken über den Ausschnitt des Nachthimmels, den man durch das Oberlicht erkennen konnte. Die Wolkenfetzen schoben sich immer wieder vor den Mond und tauchten Justines Portrait abwechselnd in Licht und Schatten.

Der Deckel des Klaviers war geöffnet, sodass von der Tür aus nicht zu sehen war, wer davor saß.

Langsam ging Lottie um das Instrument herum und schwor sich, nicht zu schreien, gleichgültig, wen – oder was – sie auf der anderen Seite entdecken würde. Berauschender Jasminduft wehte zu ihr und hüllte sie in eine erstickende Wolke, sodass ihr schwindelig wurde.

Als sie den Flügel umrundete, saß da eine Frau, ganz in duftiges Weiß gekleidet, und das dunkle Haar fiel ihr offen über den Rücken.

Justine.

Lottie hätte nicht schreien können, selbst wenn sie gewollt hätte. Furcht schnürte ihr die Kehle zu.

Ein Windstoß vertrieb die Wolken. Mondschein strömte durch das Oberlicht und enthüllte ihr nicht die Züge einer Frau, sondern die eines Kindes, das ein Nachthemd trug, in das es zweimal hineingepasst hätte.

Allegra.

Wie gebannt von der Schönheit und der Kraft des Spiels ihrer Stieftochter, musste sich Lottie am Klavier festhalten, um nicht zu straucheln.

Allegras kleine Finger flogen über die Klaviertasten und entlockten dem Instrument Töne, die mit solcher Wut und solchem Leid angefüllt waren, die kein Kind ihres Alters kennen sollte. Tränen rannen ihr über die blassen Wangen, während sie spielte, doch ihre gebannte Konzentration wich nie von den Notenblättern vor sich ab, noch nicht einmal, als Lottie in ihr Blickfeld trat, die wie von unsichtbaren Kräften zu der Schöpferin solch erstaunlicher Kunst gezogen wurde.

Allegra schlug in die Tasten und beendete das Notturno mit einem kraftvollen Anschwellen der Melodie.

»Wie?«, flüsterte Lottie in die ohrenbetäubende Stille, die darauf folgte.

Allegra verschränkte ihre Hände im Schoß. Plötzlich waren es wieder die Hände eines Kindes, ungeschickt und unbeholfen. »Es gibt einen Geheimgang hinter dem Kaminsims, der in den zweiten Stock hinaufführt. Mama und ich haben dort immer Verstecken gespielt. Papa« – sie stolperte über das Wort, fasste sich aber rasch wieder –, »mein Vater konnte uns nie finden, wenn wir uns da versteckt haben.«

»Ich meinte, wie du gelernt hast, so zu spielen?« Lottie deutete auf die Tasten, und der nachwirkende Schreck beraubte sie aller Wortgewandtheit. »*So*?«

»Mama hat mich unterrichtet bis sie starb.« Das Mädchen hob die schmalen Schultern. »Es war nie so schwer für mich, wie für andere Leute.«

Lottie schüttelte den Kopf. Allegra war ein Wunderkind und ahnte noch nicht einmal etwas davon. »Ich dachte, du kannst dich nicht mehr an deine Mutter erinnern.«

»Oh, ich erinnere mich noch sehr gut an sie!« Ihre Augen leuchteten leidenschaftlich auf. »Er will es nicht, aber ich tue es. Sie war lieb, freundlich und lustig, hat immerzu gelacht und gesungen. Sie konnte stundenlang mit mir auf dem Fußboden sitzen und hat gemalt oder mir ein neues Lied beigebracht. Sie hat mich all ihre Hüte tragen lassen, und wir haben zusammen mit meinen Puppen Tee getrunken.«

Lottie lächelte wehmütig und wünschte sich, sie hätte auch solche Erinnerungen an ihre eigene Mutter. »Du musst sie sehr vermissen.«

Allegra stand von der Klavierbank auf. Sie ging auf dem Parkettboden auf und ab und raffte den dünnen Leinenstoff mit beiden Händen, damit sie nicht über den Saum des viel zu großen Nachthemdes stolperte. »Ich wollte nie ein Gespenst werden, weißt du? Wann immer Vater fort war, habe ich mich hierher geschlichen und Klavier gespielt. Mir war gar nicht klar, dass mich die Diener hören konnten, bis ich eines Morgens Meggie und Martha darüber flüstern gehört habe, dass es hier spukt.«

»Aber du hast nicht aufgehört.«

»Nein«, gab Allegra mit trotzigem Blick zu. »Das habe ich nicht. Nach einer Weile habe ich sogar zu spielen begonnen, wenn Papa zu Hause war. Als er einmal auf einer Geschäftsreise in Yorkshire war, habe ich die Truhe auf dem Dachboden gefunden, wohin er Mamas Sachen verbannt hatte. Ich habe ihr Nachthemd angezogen, weil es wie sie roch.«

Lottie nickte. Das musste den Jasmingeruch erklären, obwohl er seltsamerweise jetzt viel schwächer schien als noch vor ein paar Minuten.

Allegra blickte Lottie flehentlich an. »Ich hatte nichts von ihr, weißt du? Er hat alles weggesperrt. Und er hat sich geweigert, überhaupt von ihr zu sprechen. Es war, als hätte es sie nie gegeben, und das konnte ich einfach nicht ertragen!« Die Stimme des Mädchens brach, als ihr Tränen die Wangen hinabliefen. »Oh, ich hasse ihn! Ich hasse ihn aus ganzem Herzen!«

Lottie hatte nicht gemerkt, dass sie ihre Arme ausgebreitet hatte, bis Allegra sich hineinwarf. Das Mädchen schlang Lottie die Arme um die Taille und schluchzte, als bräche erneut ihr Herz. Während sie Allegra über das dicke, weiche Haar strich, hob Lottie ihren Kopf und sah Hayden auf der Türschwelle zum Musikzimmer stehen. Im Mondlicht war sein Gesicht aschfahl. Ehe sie die Hand nach ihm ausstrecken konnte, war er bereits wieder in den Schatten verschwunden.

Behutsam breitete Lottie die Decke über das schlafende Kind. Obwohl Allegras Gesicht immer noch tränenfeucht war, schlief sie mit einer Hingabe, wie nur Kinder es können. Vermutlich würde sie erst am Morgen aufwachen. Trotzdem zögerte Lottie, sie allein zu lassen. Sie sah sich im Schlafzimmer um, bis sie ihre alte Puppe auf dem Fenstersitz entdeckte, die sie freundlich angrinste. Lottie drückte Allegra die Puppe sanft in den Arm, ließ die Lampe auf dem Nachttischchen brennen und zog leise die Zimmertür hinter sich ins Schloss.

Sie fand Hayden genau da, wo sie ihn vermutet hatte – er stand in der Mitte des Musiksalons und betrachtete Justines Portrait. Der Mond war weitergewandert und badete das Gemälde in silberem Licht.

»Warum sollte meine Tochter mich nicht hassen?«, fragte er bitter, als er Lotties zögernde Schritte hinter sich hörte. »Schließlich habe ich ihr die Mutter genommen.«

Einen Augenblick lang blieb Lottie das Herz stehen.

»Sieh dich im Haus um«, fuhr er fort. »Außerhalb dieses Raumes gibt es kein Gemälde von ihr, keine Stickereien, die sie angefertigt hat, keine Aquarelle, die sie gemalt hat – noch nicht einmal die kleinste Erinnerung daran, dass sie je hier gelebt hat. Allegra war noch so klein, als ihre Mutter starb. Ich nehme an, ich dachte, es wäre besser, wenn sie sie einfach … vergäße.«

Lotties Herz begann wieder zu schlagen, wenn auch unregelmäßig. Sie ließ sich auf dem Rand des Diwans nieder, da ihr die Knie den Dienst zu versagen drohten. »Wie konntest du glauben, Allegra würde sie vergessen? Du hast sie ja offensichtlich auch nicht vergessen.«

Dem Portrait den Rücken kehrend, ging Hayden zum Flügel und spielte mit einem Finger die ersten Noten des zweiten Satzes aus Beethovens »Pathétique«. »Ich habe ihr sogar nach dem Tod ihrer Mutter das Klavierspiel verboten. Vermutlich hatte ich irgendwie Angst, dass die Musik und der Wahnsinn Hand in Hand gingen, dass sie das eine nicht ohne das andere haben könnte. Justine war einfach brillant. Wäre sie ein Mann gewesen, hätte man sie eingeladen, vor dem König zu spielen. Sie liebte die Musik abgöttisch.«

»Und du liebtest sie.« Lottie weigerte sich, einen von ihnen beiden dadurch zu beleidigen, indem sie das als Frage hinstellte.

Haydens Finger trafen auf die falsche Taste. Er zog seine Hand zurück. »Wir waren sehr jung, als wir heirateten. Ich war gerade zweiundzwanzig und sie siebzehn Jahre alt. Zuerst meinte ich, ihre sprunghaften Launen wären Teil ihres Charmes. Schließlich war sie Französin und viel weniger zurückhaltend als die Frauen, die ich gewohnt war. In der einen Minute lachte sie, in der nächsten schmollte sie wegen irgendeiner eingebildeten Beleidigung, nur um einen gleich darauf in einen Streit zu verwickeln. Danach weinte sie und bat einen völlig zerknirscht um Verzeihung.« Er schüttelte den Kopf, wie über sich selbst verwundert. »Es war unmöglich, ihr länger als ein paar Minuten böse zu sein.«

Lottie warf einen verstohlenen Blick zu dem Portrait und wünschte sich dann, sie hätte es nicht getan.

Hayden setzte sich rittlings auf die Klavierbank vor sie und schaute sie an. »Erst nach Allegras Geburt schlug Justines Launenhaftigkeit in etwas Düstereres um. Tagelang schlief sie nicht, um dann manchmal wochenlang ihr Bett nicht zu verlassen.«

»Das muss sehr schwer für dich gewesen sein.«

Er schüttelte den Kopf, ihr Mitleid ablehnend. »Es gab dunkle Tage, aber auch fröhliche. Wenn es Justine gut ging, waren wir alle glücklich. Sie liebte Allegra über alles. Mutter zu sein bereitete ihr große Freude. Obwohl sie manchmal ihren Zorn an mir ausließ, habe ich nie gesehen, dass sie ihre Hand gegen unsere Tochter erhoben hat.« Sein Gesicht verdunkelte sich so abrupt, dass Lottie unwillkürlich zum Oberlicht schaute, um zu sehen, ob sich wieder eine Wolke vor den Mond geschoben hatte. »Als Allegra sechs war, verfiel Justine wieder in schlimme Melancholie. Ich dachte, eine Saison in London würde sie vielleicht aufheitern. Wir haben so jung geheiratet, und ich habe mich immer ein bisschen schuldig gefühlt, dass ich sie dadurch des gesellschaftlichen Trubels beraubt hatte, den sie so liebte.« Ein bitteres Lächeln spielte um seine Lippen. »Meine besten Freunde Phillipe und Ned hatten ihr vor unserer Eheschließung ebenfalls den Hof gemacht. An unserem Hochzeitstag haben sie gelacht und gescherzt, sie würden es mir nie verzeihen, dass ich ihnen den Schatz vor der Nase weggeschnappt hatte.«

Allerdings ein Schatz mit dunklen Flecken, dachte Lottie, brachte es jedoch fertig, nichts zu sagen.

Hayden erhob sich und begann, auf und ab zu gehen, so wie seine Tochter es vorhin getan hatte. »Zunächst schien London die Antwort auf all meine Gebete zu sein. Mehr als vierzehn Tag lang war Justine umjubelter Mittelpunkt der Gesellschaft, die Schönste auf jedem Ball. Dann begann es ihr wieder schlechter zu gehen. Ich kannte die Anzeichen nur zu gut. Sie hörte auf zu schlafen. Ihre Augen strahlten zu sehr, ihr Lachen wurde schrill. Über alles und jedes – oder nichts – fing sie mit mir zu streiten an. Wir hatten schlimme Auseinandersetzungen. Wir sagten beide Dinge, die einfach … unverzeihlich waren. Sie begann bis tief in die Nacht aufzubleiben, trug zu viel Puder und Rouge, flirtete in meiner Gegenwart schamlos mit anderen Männern.«

»Was hast du getan?«, fragte Lottie und widerstand dem Drang, nach seiner Hand zu fassen, als er an ihr vorüberging.

»Was konnte ich schon tun?« Er fuhr zu ihr herum und sah sie an. »Als einer meiner mitfühlenden Freunde seinen Leibarzt schickte – einen höchst achtbaren Herrn, der unseren früheren König während seiner Krankheit behandelt hatte –, schüttelte der Mann nur den Kopf und riet mir, sie nach Bedlam zu schicken. Bedlam!« Hayden kniete sich vor Lottie, nahm ihre Hände in seine. Suchend glitt sein Blick über ihr Gesicht, und in seinen Augen stand unermessliche Qual. »Weißt du, was sie den Insassen des Betlam-Hospital antun, Lottie? Sie ketten sie in winzigen Zellen an die Wand. Die Wärter nehmen von den Leuten Eintrittsgeld, damit sie kommen und sie begaffen. Himmel, Justine hätte keine Nacht dort überlebt!«

Lottie konnte es nicht ertragen, ihn oder das Portrait anzusehen, konnte sich nicht überwinden, sich die lebenslustige junge Frau an eine Wand gekettet vorzustellen, wie ein wildes Tier, während Schaulustige vorbeigingen, lachten und mit dem Finger auf sie zeigten. Sie merkte gar nicht, dass sie weinte, bis Hayden ihr zärtlich eine Träne mit dem Daumen fortwischte.

»Nachdem der Arzt gegangen war, habe ich Justine gesagt, wir würden am kommenden Morgen nach Cornwall zurückkehren.« Er berührte die Narbe unter seinem linken Ohr und lächelte leicht. »Sie hat diese Nachricht *nicht* gut aufgenommen. Ich hatte Angst, sie würde sich etwas antun, darum verabreichte ich ihr eine großzügige Dosis Laudanum. Ihr Arzt hatte mir eine Flasche mitgegeben, für alle Fälle. Nach kurzer Zeit schlief sie wie ein Baby. Ich musste noch Vorkehrungen für die Reise treffen und mich von Freunden verabschieden, daher habe ich sie in der Obhut eines Dieners zurückgelassen.«

Hayden stand auf. Früher einmal hätte Lottie atemlos das Ende einer solchen Geschichte herbeigesehnt. Aber mit einem Mal wollte sie ihm am liebsten die Finger über die Lippen legen, ihn anflehen, kein weiteres Wort über jene Nacht zu verlieren.

Als er wieder sprach, war alle Leidenschaft aus seiner Stimme gewichen, sodass sie so ausdruckslos klang und unerreichbar war wie der Mond. »Als ich heimkehrte, fand ich sie mit Phillipe.« Sein unnachgiebiger Blick bannte Lottie auf den Diwan. »Weißt du, was das Schlimmste war?«

»Nein«, flüsterte sie. Aber es war zu spät. Sie beide wussten es.

»Er ließ sie in dem Glauben, ich wäre es. Sie war krank und halb betäubt und verwirrt. Sie dachte, ich wäre zurückgekommen, um mich mit ihr zu versöhnen. Wenn sie nicht, nur halb bei Sinnen, zugesehen hätte, wie ich ihn von ihr herunterzerrte, ich hätte nicht auf das Duell gewartet. Ich hätte ihn mit meinen bloßen Händen umgebracht.« Unwillkürlich bewegte er seine Hände und erinnerte Lottie an ihre Kraft.

»Wenn du das getan hättest, säßest du jetzt in Newgate, und Allegra wäre ohne Vater.« Aber wäre sie auch ohne Mutter? Das war die eine Frage, die Lottie sich nicht zu stellen überwinden konnte.

Hayden fuhr sich mit einer Hand durchs Haar und schüttelte den Kopf. »Nachdem Phillipe geflohen war, war alles verschwommen. Ich war selbst halb von Sinnen. Ich erinnere mich daran, Justine auf die Arme genommen und durch das Stadthaus getragen zu haben. Mein einziger Gedanke war, sie von dem Bett wegzubringen, wo sie … wo er …« Er ballte die Hände zu Fäusten. »Sie hat nicht begriffen, was geschehen ist. Ich erinnere mich daran, wie sie sich in meinen Armen angefühlt hat, wie sie sich an mich schmiegte, ihre Arme vertrauensvoll um meinen Hals schlang, so wie sie es schon hundertmal zuvor getan hatte. Sie blickte mir in die Augen und sagte, wie sehr ihr all die entsetzlichen, verletzenden Dinge Leid täten, die sie mir gesagt hatte. Sie sagte, wie sehr sie mich liebte, wie froh sie wäre, dass ich ihr die Chance gegeben hätte, diese Liebe zu beweisen.«

Er öffnete die Fäuste und musterte sie, als gehörten sie einem Fremden. »Einen flüchtigen Moment lang, als ich ihr in die wunderschönen Augen sah, wollte ich sie erwürgen, nur um ihr das Wissen um das zu ersparen, was sie getan hatte – was sie uns angetan hatte.«

»Aber das hast du nicht«, erklärte Lottie heftig und stand von dem Diwan auf.

Er beobachtete argwöhnisch, wie sie zu ihm kam. »Ich brauche dein Mitleid nicht, und ganz gewiss benötige ich deine Vergebung nicht.«

»Ich bemitleide dich nicht«, stellte sie kühl fest. »Ich beneide dich.«

»Beneiden?« Er schnaubte ungläubig. »Bist du auch verrückt?«

Sie schüttelte den Kopf. »Die meisten Leute gehen durchs Leben, ohne je eine Liebe wie die zu erleben, die du und Justine füreinander empfanden.«

Hayden hob flehend den Blick zu dem Oberlicht. »Gütiger Himmel, verschone mich mit den romantischen Flausen von Schulmädchen. Wenn *das* Liebe war«, spie er aus, »dann will ich nie wieder etwas damit zu tun haben. Dieses Gefühl zerstört alles.«

»Es hat dich oder deine Tochter aber nicht zerstört. Wenigstens bislang noch nicht.«

»Bist du dir dessen so sicher? Du hast doch gehört, was Allegra heute Nacht gesagt hat. Sie hasst mich.«

Lottie stemmte sich die Hände in die Hüften. »Ach ja? Ist das der Grund dafür, warum sie bei der bloßen Andeutung hysterisch wird, an eine Schule und damit von dir fortgeschickt zu werden? Ist das der Grund dafür, warum sie sich in dieses Zimmer geschlichen und Gespenst gespielt hat, in der verzweifelten Hoffnung, dass du es sein würdest, der durch diese Türen hereinkommt, und nicht ich? Himmel, sie wusste keinen anderen Weg, deine Aufmerksamkeit zu erregen, als sich als ihre verstorbene Mutter zu verkleiden!«

Einen langen Augenblick lang konnte Hayden sie nur ungläubig anblinzeln. »Das ist doch absolut lächerlich! Wann immer ich ihr meine Aufmerksamkeit zu schenken versuche, schleudert sie sie mir ins Gesicht, so wie die Puppe, die ich für sie habe machen lassen.«

»Doch nur, weil sie keine Puppen oder teure Spielsachen von dir möchte. Sie will, dass du sie ansiehst! Sie möchte, dass du sie einmal wirklich ansiehst, ein einziges Mal, ohne Justine zu sehen!«

Lottie hätte nicht sagen können, wann ihre Stimme lauter geworden war. Sie wusste nur, dass sie plötzlich vor ihm stand, so nah, dass sie die Hitze spürte, die von seinem Körper ausging, und den frischen Duft seiner Rasierseife roch.

Hayden streckte die Hand aus und wickelte sich eine ihrer langen goldenen Locken um den Finger, und seine Stimme wurde gefährlich leise. »Und was ist mit dir, Carlotta? Was willst *du*?«

Lottie wollte, dass er sie ansah, wenigstens ein einziges Mal, ohne Justine zu sehen.

Sie wollte, dass er ihr versicherte, dass sie sich nicht gerade in einen Mörder verliebte.

Aber am allermeisten wollte sie ihn küssen. Sie wollte sich auf die Zehenspitzen stellen und seinen Mund mit ihrem liebkosen. Sie wollte ihn küssen, bis alle Gespenster – sowohl Justine als auch das Phantom seines jugendlichen Selbst – aus dem Raum vertrieben worden waren. Sie wollte ihre Arme um seinen Hals legen, sich an ihn drücken und ihn daran erinnern, wie warm und tröstlich eine lebendige Frau sein konnte.

Also tat sie es.

15

Wie konnte mein verräterischer Körper sich so sehr nach der Berührung eines Mörders verzehren?

Hayden versteifte sich überrascht, als Lottie mit ihren Lippen über sein Kinn strich, süße Küsse darauf hauchte. Er schloss die Augen, und ein Muskel an seinem Hals zuckte, als sie ihre Lippen seinem Mundwinkel näherte. Doch es war die kühne Liebkosung ihrer Zunge an der empfindsamen Stelle, die ihm ein Stöhnen entlockte, ihn veranlasste, sie ebenfalls zu küssen, unfähig, noch länger der sinnlichen Unschuld dieses Kusses zu widerstehen.

Beide Arme um Lottie schlingend, bedeckte Hayden ihren Mund mit seinem und stieß seine Zunge tief in die samtige Hitze hinter ihren Lippen. Ihre Zunge umspielte seine, trieb ihn in den Wahnsinn mit ihrem wortlosen Versprechen von Lust. Lust, die er sich selbst zu lange verwehrt hatte. Irgendwie waren für ihn Liebe und Verlust untrennbar miteinander verbunden. Aber Lottie wollte geben, nicht nehmen, und er war machtlos, ein so großzügiges Angebot abzulehnen.

Bis er aufschaute und Justine sah, die ihn auslachte, ihn verspottete, dass er erneut der Versuchung erlag, die sich schon einmal als sein Untergang erwiesen hatte.

Hayden schob Lottie von sich und rang nach Luft. Wenn er sie anzusehen wagte, wie sie dort im Mondlicht stand, während ihr das gesponnene Gold ihrer Haare offen auf den Rücken fiel, die üppigen Lippen feucht und leicht geschwollen von seinen Küssen und einen sehnsüchtigen Ausdruck in den blauen Augen, dann – das wusste er – wären sie beide verloren. Er hätte sie unter sich auf dem Diwan gehabt, das Nachthemd bis zur Taille hochgeschlagen, ehe sie Luft holen konnte.

»Ich habe dir schon einmal gesagt«, begann er mit so harter Stimme, dass er sie selbst kaum wiedererkannte, »weder brauche noch will ich dein Mitleid.«

»Meinst du, das sei alles, was ich dir zu bieten hätte – Mitleid?«

Hayden schloss die Augen und stählte sich innerlich gegen das Stocken in ihrer leicht heiseren Stimme. »Ich bin sicher, du hast einiges zu bieten, Mylady. Aber ich habe im Gegenzug nichts zu geben.«

»Weil du alles *ihr* gegeben hast.«

Obwohl sein Schweigen ihn in ihren Augen belasten musste, konnte Hayden es sich nicht verwehren, Lottie einen letzten verstohlenen Blick zuzuwerfen.

In ihren Augen glitzerten unvergossene Tränen, doch ihr trotziges kleines Kinn hatte nichts von seiner Entschlossenheit eingebüßt. »Dann, hoffe ich, werdet ihr beide sehr glücklich miteinander sein. Ich beginne langsam zu glauben, dass ihr einander verdient.«

Mit diesen Worten drehte sich seine Frau um und ging aus dem Raum, so, wie seine Tochter es an diesem verdammten Tag auch schon getan hatte.

Einen Fluch unterdrückend, nahm Hayden eine der Porzellanschäferinnen vom Kaminsims und schleuderte sie voller Wucht gegen Justines Portrait. Die Figur zerbrach an der Leinwand, ohne den geringsten Makel auf den engelsgleichen Zügen seiner verstorbenen Frau zu hinterlassen.

Am nächsten Morgen saß Lottie auf einem Felsen nahe dem Rand der Klippe; der Wind zerrte am Saum ihres Kleides. Am liebsten hätte sie geweint, aber sie wusste, die Tränen würden ihr aus dem Gesicht geweht, ehe sie ihr über die Wangen laufen konnten. So starrte sie einfach nur blicklos auf das Meer hinaus. Das Herz war ihr schwer, und in ihren Augen brannten die unvergossenen Tränen. Sie fragte sich, ob Justine je hier gesessen und auf die zerklüfteten Felsen geblickt hatte, auf denen ihr Leben enden würde.

Lottie begann zu verstehen, wie sehr sie sich zum Narren gemacht hatte, seit sie nach Oakwylde Manor gekommen war. Sie hatte alle Gespenster aus dem Haus verbannen wollen und dabei nie bedacht, dass es nicht Haydens Haus war, das keine Ruhe fand, sondern sein Herz. Trotz ihres Mutes und ihrer Entschlossenheit wusste sie nicht, wie man gegen einen Feind kämpfte, den man nicht sehen konnte.

Während sie zuschaute, wie die Brandung sich dort unten schäumend an den Felsen brach, überlegte sie, was für ein Gefühl es wohl wäre, mit einer derart verzehrenden Leidenschaft geliebt zu werden. Aber Leidenschaft und rasende Eifersucht gingen oft Hand in Hand, erinnerte sie sich. Der Hunger, besitzen zu wollen, war allzu oft gepaart mit dem Drang, zu zerstören, was nicht besessen sein wollte.

»Justine«, flüsterte sie bitter und schaute suchend zu dem wolkengrauen Himmel empor. »Warum musstest du alle seine Geheimnisse mit ins Grab nehmen?«

Sie schloss die Augen und fragte sich, ob sie sich den schwachen Jasminduft in der Luft nur einbildete.

Als sie sie wieder aufschlug, stand Allegra da, Lotties Puppe im Arm. Wie gewöhnlich hielt sie sich nicht mit einer höflichen Begrüßung auf, sondern platzte einfach heraus: »Vater sagt, ich darf ins Musikzimmer und Klavier üben, wann immer und so oft ich will.«

Obwohl ihre Miene nicht weniger mürrisch war als sonst, gelang es dem Mädchen dennoch, so glücklich zu wirken, wo Lottie sie nie zuvor erlebt hatte. Widersinnigerweise war es Haydens Freundlichkeit, nicht seine Zurückweisung, die Lotties Augen überlaufen ließ.

»Das ist wunderbar«, sagte sie und wischte sich eine Träne ab, ehe Allegra sie sehen konnte. »Ich bin so froh für dich.«

»Warum weinst du dann?«, fragte das Kind und kam näher.

»Ich weine doch gar nicht«, behauptete Lottie. »Der Wind hat mir nur Sand ins Auge geweht.« Doch zu ihrer Bestürzung rannen ihr die Tränen schneller über die Wangen, als sie sie wegwischen konnte.

»Nein, das ist es nicht«, widersprach Allegra vorwurfsvoll. »Du weinst.«

Nicht länger fähig, das Offensichtliche abzustreiten, barg Lottie ihr Gesicht in ihren Händen, um ihre Schluchzer zu dämpfen.

Verblüfft spürte sie, wie ihr eine schmale Hand auf die Schulter gelegt wurde. »Warum weinst du?«, fragte Allegra noch einmal und klang dabei aufrichtig neugierig. »War jemand gemein zu dir? Jemand außer mir?«

Sie erntete ein ersticktes Auflachen unter Tränen. Lottie hob den Kopf und lächelte das Kind aus feuchten Augen an. »Niemand ist gemein zu mir gewesen. Ich bin heute nur ein bisschen traurig.«

»Hier.« Allegra hielt Lottie ihre alte Puppe hin. »Wenn ich traurig bin, dann drücke ich sie manchmal ganz fest und fühle mich gleich besser.«

Von der unerwarteten Großzügigkeit ihrer Stieftochter überrascht, nahm Lottie ihre alte Puppe und drückte sie vorsichtig. Erstaunlicherweise fühlte sie sich tatsächlich etwas besser. Aber nicht annähernd so gut, wie in dem Moment, als Allegra ihre kleine Hand in ihre schob.

»Wir beide wollten gerade frühstücken«, bemerkte Allegra. »Warum kommst du nicht mit? Es sei denn, du bist nicht hungrig.«

Lottie schaute versonnen auf ihre verschränkten Hände. Hayden mochte sie vielleicht nicht brauchen, aber seine Tochter schon.

Sie wischte sich die letzten Tränen weg und ließ sich von Allegra auf die Füße ziehen. »Sei nicht dumm«, erklärte sie und schlenkerte beschwingt ihre verschränkten Hände, während sie zum Haus gingen. »Ich bin niemals zu sehr *irgendetwas*, um nicht hungrig zu sein.«

Hayden St. Clair wurde von einem Geist verfolgt.

Dieser Geist war jedoch viel hartnäckiger als jedes Gespenst, das zwischen den Seiten eines Schauerromans zu finden war. Er wehklagte nicht wie eine Todesfee und warf auch kein geheimnisvolles Licht aus dem Fenster eines leer stehenden Zimmers. Er klirrte nicht nach Mitternacht mit Ketten oder geisterte im Mondschein durch Flure, den Kopf unterm Arm. Noch spielte er berückend schöne Melodien auf dem Flügel im Musiksalon oder weckte ihn aus tiefstem Schlaf mit einem schwülen Duft, der sich schon vor Jahren verflüchtigt haben müsste.

Ganz im Gegenteil, er verfolgte ihn im Schlafen wie im Wachen, jede Minute des Tages, eroberte kühn jeden Raum seines Hauses, bis es keinen Ort mehr gab, an dem er ihm entfliehen konnte.

Seinen ersten Vorgeschmack darauf hatte er ein paar Tage nach dem nächtlichen Zusammentreffen mit Lottie im Musiksalon bekommen. Er ging gerade an den Türen zum Empfangssalon vorbei, als er ein höchst seltsames Geräusch hörte. Er blieb wie erstarrt stehen, neigte den Kopf zur Seite und lauschte. Der Laut war ihm nicht völlig fremd, er hatte ihn sogar schon viele Male zuvor gehört, aber vor so langer Zeit, dass es fast wie eine Melodie aus einem Traum war.

Seine Tochter kicherte.

Unfähig, dem Sirenengesang zu widerstehen, ging er wieder zurück und spähte vorsichtig um den Türbogen, der die Salontür einfasste.

Lottie, Harriet, Allegra und Lotties zerzauste alte Puppe saßen um einen Tisch mit Teakholzintarsien und nahmen ihren Nachmittagstee ein. Sie trugen kunstvolle Hüte, verziert mit bunten Federn, Bändern, Blumen und Netzstoff. Hayden stutzte, dann erkannte er, dass Lotties Puppe einen ausgestopften Papagei auf der Schulter sitzen hatte. Der zerzauste Vogel passte ausgezeichnet zu ihrer Augenklappe und ihrem abenteuerlustigen Grinsen. Jetzt fehlte nur noch ein Fernrohr, und schon könnte sie in See stechen.

Sogar Mirabelle trug einen Hut – einen Babyhut aus elfenbeinfarbener Spitze, der unter ihrem pelzigen Kinn mit einer Schleife gebunden war. Allegra hielt das sich windende Tierchen auf ihrem Schoß fest, damit es nicht flüchtete, und kicherte jedes Mal, wenn die bedauernswerte Kreatur mit der Pfote nach den Bändern ihrer Kopfbedeckung schlug.

Offensichtlich war Hayden der Einzige, der keine Einladung zu der kleinen Teegesellschaft erhalten hatte. Drei der Kätzchen, die Lottie ihm geschenkt hatte, saßen auf dem Tisch und leckten Sahne aus einem Untersetzer, während ihr gelbes Geschwisterchen damit beschäftigt war, um ein Tischbein herum nach seinem Schwanz zu jagen.

Als Allegra einen rüschenbesetzten Unterrock zu Mirabellas eleganter Aufmachung hinzufügte, liefen Kürbis und Mr. Zappel schnurstracks aus dem Zimmer, weil sie offenbar fürchteten, einer ähnlich entwürdigenden Behandlung unterworfen zu werden. Hayden wusste, er wäre gut beraten, es ihnen nachzutun. Trotzdem blieb er, wo er war, und zögerte, der anheimelnden Szenerie den Rücken zu kehren.

Doch er hatte nicht damit gerechnet, dass ihn das gelbe Kätzchen entdecken würde. Ehe er sich unbemerkt entfernen konnte, kam es auf ihn zugelaufen und miaute aus voller Kehle.

»Verräter«, murmelte Hayden und versuchte, es mit dem Fuß vorsichtig wegzuschubsen. Aber es war zu spät. Keiner der Anwesenden lächelte mehr, ihr lustiges Geplauder war verstummt. Miss Dumwinkle sah aus, als würde sie gleich an dem Mund voll Scones ersticken. Wenn ihr das gelang, dann – so nahm Hayden an – würde das sein Gewissen mit der Verantwortung für einen weiteren vorzeitigen Tod belasten.

Lottie blies sich eine vorwitzige Feder aus dem Gesicht, musterte ihn kühl und sah in ihrer Hutkomposition aus Tüll und Gaze und den fingerlosen Spitzenhandschuhen ganz genau wie eine Schlossherrin aus. »Guten Tag, Mylord. Möchten Sie sich nicht zu uns gesellen?«

Allegra verbarg ihr Gesicht trotzig in Mirabellas Fell, als könnte es ihr nicht gleichgültiger sein, ob er Lotties Einladung annahm oder nicht. Hayden wusste als Einziger, dass es keine Einladung sondern eine Herausforderung gewesen war – eine, von der Lottie meinte, er würde sie nicht annehmen.

Er erwiderte ihren spöttischen Blick. »Du verlangst aber nicht, dass ich einen Hut trage, oder?«

»Nur wenn du willst.«

Lottie zog den letzten verfügbaren Stuhl an den Tisch und schenkte ihm eine Tasse Tee ein. Hayden setzte sich pflichtschuldig hin, sprang aber sofort wieder auf, als das

Stuhlpolster unter ihm protestierend aufjaulte. Mit zusammengebissenen Zähnen hob er das gelbe Kätzchen vom Stuhl und setzte es auf den Teppich. Sofort begann es an seinem Bein emporzuklettern, verhakte sich dabei mit den Krallen in Haydens Reithosen aus Wildleder und rollte sich schließlich mit einem zufriedenen Schnurren auf seinem Schoß zusammen. Hayden breitete eine Serviette darüber und tat so, als sei es nicht da.

Der Stuhl war viel zu klein für ihn. Jeder Versuch, seine langen Beine darunter zu stecken, scheiterte kläglich. Schließlich begnügte er sich damit, seine Beine seitlich auszustrecken, was sie gefährlich nah an Lotties schlanke Fesseln brachte. Ihre wohlgeformten Glieder mochten von mehreren Lagen Unterröcken, Pantoletten und Strümpfen bedeckt sein, aber das hielt ihn nicht davon ab, sich auszumalen, wie warm und verführerisch sie sich anfühlen würden, wenn sie sie um seine Mitte schlang.

»Hättest du gerne etwas Sahne?«, erkundigte sich Lottie.

Seinen Blick von der Rundung ihres Schenkels losreißend, beäugte er die Sahnekanne zweifelnd. Das schwarze Kätzchen turnte auf dem Rand herum, dann verlor es das Gleichgewicht und plumpste in den milchigen Schaum. Ehe Allegra es retten konnte, krabbelte es schon wieder heraus, schüttelte sich verwundert und verteilte dabei Sahnetropfen über Haydens Weste.

»Nein, danke«, murmelte er höflich und beobachtete, wie sich das Tier sorgfältig die Barthaare putzte. »Ich denke, ich verzichte.«

»Wir haben uns die Hüte vom Dachboden geborgt«, gestand Lottie und reichte ihm seine Teetasse, ihr hochmütiger Ton eine offene Herausforderung, sie dafür zurechtzuweisen. »Ich hoffe, das stört dich nicht. Allegra sagte, sie gehörten ihrer Mutter.«

»Nicht alle.« Hayden deutete auf das Spitzenhäubchen, das Mirabella zierte. »Wenn mich die Erinnerung nicht trügt, dann war das da früher einmal meines.«

Allegra hielt sich eine Hand vor den Mund, um ihr unvermeidliches Kichern zu verbergen. »Du hast eine Haube getragen?«

»Aber sicher. Es wäre nicht halb so peinlich gewesen, hätte deine Großmutter nicht darauf bestanden, mich darin malen zu lassen, während sie mich auf dem Schoß hielt. Und ich muss gestehen, zu der Zeit hatte ich Locken wie du heute.«

Allegra sah nicht überzeugt aus. »Ich habe nie so ein Gemälde gesehen.«

»Und das wirst du auch nicht«, versicherte ihr Hayden und trank einen Schluck Tee. »Ich habe ›aus Versehen‹ einmal Lampenöl darauf gekleckert und das grässliche Ding dem Flammentod anheim fallen lassen, als ich etwa in deinem Alter war.«

»Wie geschickt von dir«, lobte Allegra unüberlegt, zog aber gleich den Kopf ein und beugte sich vor, sodass ihr Haar ihr Gesicht abschirmte, und konzentrierte sich darauf, Mirabellas Hinterläufe in ein Paar Puppenunterhosen zu stopfen.

»Gibt es noch weitere Indiskretionen aus deiner Jugendzeit, die du uns mitteilen willst?«, fragte Lottie mit einem unschuldigen Augenaufschlag, während sie eine Ecke von einem Scone abbrach und sich in den Mund steckte.

Hayden bekämpfte den schier überwältigenden Drang, sich vorzubeugen und den Klecks Schlagsahne aus ihrem Mundwinkel fortzulecken. »Man kann nicht nur in der Jugendzeit Indiskretionen begehen«, erwiderte er und zwang sich dazu ihrem Blick standzuhalten. »Manche Versuchungen – wie gefährlich auch immer – werden mit der Zeit nur süßer.«

Hinter den dicken Gläsern einer übergroßen Brille, die ihr aus der Dienerschaft geliehen worden war, blinzelte Harriet beide verwirrt an und nahm sich eine Hand voll Teekuchen mit Zuckerglasur, offenbar in der Hoffnung, dass, wenn ihr Mund immer voll war, Hayden sie nicht direkt ansprechen würde.

»Sagen Sie, Miss Dumwinkle«, wandte er sich liebenswürdig an sie, nachdem sie sich den Kuchen in den Mund gesteckt hatte, »gefällt Ihnen Ihr Aufenthalt in Cornwall?«

Harriet stellte ihre Teetasse ab, wobei ihre Hand so zitterte, dass die Tasse auf der Untertasse schepperte. »Oh ja, sehr sogar, Mylord«, antwortete sie undeutlich mit vollem Mund. »Ich kann gar nicht sagen, wie dankbar ich Ihnen bin, dass Sie meinen Eltern geschrieben und sie gebeten haben, mir zu erlauben, hier zu bleiben, damit ich Lottie Gesellschaft leiste. Himmel, wenn Sie mich nach Kent zurückgeschickt hätten, ich wäre einfach gesto …« Harriet brach jäh ab und vergaß, weiterzukauen, während sie ihn mit wachsendem Entsetzen anschaute.

»Gestorben?«, half ihr Hayden freundlich aus und hoffte, dass sie schlucken würde.

Unvermittelt erklärte Allegra plötzlich: »Lotties Mutter ist gestorben, als Lottie erst drei Jahre alt war. Sie ist in einem Feuer verbrannt. Lottie kann sich noch nicht einmal erinnern, wie sie aussah. Ist das nicht traurig?«

Verstohlen musterte Hayden seine Frau. Sie sah genauso erstaunt aus, wie er sich fühlte. »Ja, das ist es«, pflichtete er seiner Tochter ernst bei. »Schrecklich traurig.«

Allegra weigerte sich immer noch, einen von ihnen anzuschauen, und wiegte Mirabella im Arm wie ein übel gelauntes, herausgeputztes Wickelkind. »Lottie sagt, ich sollte dankbar sein, dass ich mich an meine Mama erinnere.«

Hayden spürte, wie ihm die Kehle eng wurde. »Und das

sollst du auch«, gelang es ihm schließlich hervorzupressen und so mit seiner Tochter zum ersten Mal seit ihrem Tod über Justine zu sprechen. »Sie hat dich sehr geliebt.«

Er schob den Stuhl zurück und erhob sich unbeholfen. Das gelbe Kätzchen rutschte zu Boden und warf ihm einen vorwurfsvollen Blick zu. »Wenn die Damen mich nun bitte entschuldigen wollen, ich habe noch zu tun. Ich bin mir sicher, Lottie und Allegra, ihr wollt nach dem Tee gleich mit dem Unterricht fortfahren.«

Hayden blieb nicht lang genug, um zu entscheiden, wer bei der Erwähnung von Unterricht schuldbewusster aussah, seine Tochter oder seine Ehefrau. Sein einziger Gedanke galt der Flucht. Aber als er den langen Korridor zu seinem Arbeitszimmer hinunterging, verfolgte ihn der fröhliche Klang ihres Lachens viel nachdrücklicher als irgendein Gespenst.

Hayden erkannte bald, dass es keinen Ort gab, an den er sich zurückziehen konnte, um ihrer Fröhlichkeit zu entkommen. In den folgenden Tagen hallte ihr Gelächter in ungezügelten Ausbrüchen aus dem Schulzimmer, so wenig gedämpft wie das geheimnisvolle Poltern, das ihm unvermeidlich vorausging. Es drang in der Abenddämmerung durch das offene Fenster seines Arbeitszimmers, als Lottie und Allegra im Garten mit den Kätzchen Fangen spielten. Es plätscherte nach dem Essen aus dem Empfangssalon, wenn Lottie laut aus einer ihrer heiß geliebten Schauergeschichten vorlas, wobei ihr theatralischer Vortragsstil mehr Kichern als Erschauern hervorrief. Als Hayden eines Tages Meggie und Jem dabei ertappte, wie sie hinter der Salontür standen und gebannt jedes Wort verfolgten, konnte er sich nicht überwinden, sie zu schelten, obwohl sie sein eigenes Versteck mit Beschlag belegt hatten.

Noch schlimmer als das Lachen jedoch war die Musik. Nun, da die Türen des Musikzimmers weit aufgestoßen worden waren, wusste Hayden nie, wann sie durch das Haus tönen und die Mauern der Stille einreißen würde, die er in den letzten vier Jahren um sich errichtet hatte. Das war die eine Neuerung, die er nicht ertragen konnte. Wann immer Allegra spielte, fand er etwas, das er im Dorf erledigen musste, oder sonst eine Ausrede, das Haus zu verlassen – wie sehr sie auch an den Haaren herbeigezogen war oder eher einem Verwalter oblag als dem Gutsherrn selbst. Oder er schwang sich auf sein Pferd und preschte in halsbrecherischem Tempo übers Moor.

Obwohl es eine Freude war, sein Kind unter der Zuwendung seiner jungen Frau aufblühen zu sehen, führte das wachsende Band zwischen den beiden auch dazu, dass Hayden sich immer mehr ausgeschlossen fühlte. Als er an einem kalten, regnerischen Abend in der Bibliothek Zuflucht suchte, bot sich ihm ein Anblick, den er nie zuvor gesehen hatte: Seine Tochter … las!

Allegra saß in einen hohen Lehnstuhl gekuschelt, die bestrumpften Füße auf einem Hocker vor dem Kamin, die Nase in ein Buch gesteckt, während Mirabella auf ihrem Schoß schlief.

Hayden blieb auf der Türschwelle stehen, unfähig, die seltene Gelegenheit nicht auszunutzen, sie eingehend zu betrachten. Wenn Allegra seine Anwesenheit ahnen würde, würde sie gewiss weglaufen.

Ihr Gesicht hatte seine bleiche Farbe verloren. Ihr tägliches Herumtollen mit Lottie und Harriet hatte eine zarte Röte auf ihre Wangen gezaubert, und durch die ausgedehnten Teegesellschaften am Nachmittag hatte sie ein wenig zugenommen. Ein blaues Samtband hielt ihr die schimmernden Haare aus der Stirn. Hayden hatte zugesehen, wie

Lottie sie abends vor dem Feuer bürstete, begleitet von lustigem Geplauder, während sie mit jedem Bürstenstrich die widerspenstigen Locken bearbeitete, bis sie knisterten und glänzten.

So erstaunlich all diese Veränderungen auch waren, die größte Verwandlung hatte in der Miene seiner Tochter stattgefunden. In ihren Augen lauerte nicht länger Argwohn, und ihre Lippen waren nicht mehr zu einem trotzigen Schmollen verzogen.

Während Hayden die Klarheit ihres Profils studierte, erkannte er mit einem bedauernden Kopfschütteln, dass er es bald schon mit einer jungen Schönheit zu tun haben würde. Er hatte immer geglaubt, sie würde nie heiraten, obwohl er in Wahrheit ihre Verehrer mit einem Stock würde vertreiben müssen.

Obwohl Hayden zuerst auf der Stelle wieder umkehren wollte, ehe sie ihn bemerkte, veranlasste ihn irgendetwas, sich zu räuspern.

Allegra schrak zusammen und schaute auf. Ihre Augen weiteten sich, und schuldbewusste Röte stieg ihr in die Wangen. »Vater! Ich habe dich gar nicht hereinkommen hören. Ich habe nur gerade … für den Unterricht morgen gelernt.«

Als Hayden näher kam, versuchte sie, das Buch hinter ihrem Rücken zu verstecken.

Bevor es ihr gelang, nahm er es ihr ab. »Was lernst du denn? Geschichte? Latein? Geographie?« Er hielt das Buch in den Feuerschein und erkannte, dass es sich um einen der billigen Heftromane handelte, die an den Straßenecken Londons verkauft wurden. Sie waren dazu gedacht, die anrüchigen Freuden des Schauerromans auch ärmeren Leserschichten zugänglich zu machen, die sich gebundene Bücher nicht leisten konnten.

»*Das Turmgespenst*?« Er blätterte das Buch flüchtig

durch. »Entführung, Mord, Geister und andere Schändlichkeiten. Das klingt mir sehr erhellend. Und was ist das?«, fragte er, als er einen weiteren Band zwischen Sitzpolster und Armlehne entdeckte. Er nahm es, schlug es auf und studierte die handkolorierte Abbildung eines als Tod verkleideten Fechters, der seinem Gegner einen abgeschlagenen Kopf entgegenstreckte. »Hm. *Die Höhle des Grauens*? Sieht mir nicht nach einem sonderlich einladenden Ort aus, was?«

Allegra setzte die verstimmte Mirabella auf den Teppich vor dem Kamin ab, stand auf und nahm ihm beide Bücher aus der Hand. »Ich wollte sie Lottie zurückbringen. Sie muss sie letzte Nacht hier gelassen haben.«

Innerlich applaudierte Hayden Lottie für ihr geschicktes Vorgehen. Wenn sie die Heftchen hier hatte liegen lassen, dann gewiss absichtlich, damit Allegra sie fand, in der Hoffnung, ihren Appetit auf das Lesen zu wecken.

»Geh nicht!«, bat er, als Allegra sich umdrehte. »Bitte!«, fügte er leise hinzu, damit sie wusste, es war kein Befehl sondern sein Wunsch. »Ich war auf der Suche nach einem Buch, mit dem ich mir ein wenig die Zeit vertreiben kann.« Er streckte die Hand aus und deutete auf *Die Höhle des Grauens*. »Darf ich?«

Ihn weiter misstrauisch musternd, reichte ihm Allegra das Buch und setzte sich wieder auf ihren Platz. Hayden ließ sich ihr gegenüber nieder, streifte sich seine Schuhe ab und legte seine Füße auf die Ottomane. Er schlug die erste Seite von *Die Höhle des Grauens* auf und tat so, als bemerkte er das verwunderte Stirnrunzeln nicht, mit dem seine Tochter immer wieder von ihrem eigenen Buch auf und zu ihm blickte.

Er musste nicht lange Interesse heucheln. Nach nur wenigen Seiten war er merkwürdig gefesselt von der komplizierten Geschichte über Mord und Totschlag.

Bald waren er und Allegra so in ihre Lektüre vertieft, dass sie Lottie nicht wahrnahmen, die auf der Türschwelle zur Bibliothek stehen blieb, um die Szene zu betrachten. Wie sie so dasaßen, während der Regen gegen die Fensterscheiben prasselte und die Katze auf dem Teppich vor dem Kamin schlief, hätten sie eine ganz normale Tochter mit ihrem Vater sein können, die einfach einen ruhigen Abend in der Gesellschaft des anderen genossen.

Keiner von beiden bemerkte, wie Lottie zufrieden lächelnd weiterging.

Obwohl er nicht wieder den Fehler machte, sich zu ihnen zu gesellen, konnte Hayden noch nicht einmal sein Stolz davon abhalten, jeden Tag, wenn Lottie, Allegra und Harriet gemeinsam Tee tranken, an dem Empfangssalon vorüberzuschlendern. Gleichgültig, wie viel er zu tun hatte, fand er stets eine Entschuldigung dafür, auf der Türschwelle stehen zu bleiben und ihrem fröhlichen Geplauder zu lauschen. Seine Tochter mochte seine Gesellschaft nicht schätzen, aber sie schien sie nun eher zu akzeptieren. Sie stand nicht mehr auf, um das Zimmer zu verlassen, sobald er es betrat.

Als er eines Nachmittags vorüberging, entdeckte er zu seinem Erstaunen die teure Puppe, die er für seine Tochter hatte anfertigen lassen, auf dem Stuhl gegenüber von Lotties.

Offenbar war Allegra ebenso überrascht wie er. Sie stand, die Hände in die Hüften gestemmt, da und betrachtete das neue Arrangement mit einem allzu vertrauten Stirnrunzeln. »Was hat *die* denn hier zu suchen?«

»Harriet fühlt sich heute Nachmittag nicht recht wohl«, berichtete Lottie unbekümmert und trank einen Schluck aus der Tasse aus chinesischem Porzellan. »Sie befürchtet, sie hat ein wenig Fieber. Wir brauchen eine vierte Person in unserer Runde, und ich habe nicht eingesehen, warum wir nicht unsere kleine Freundin hier einladen sollten. Sie liegt in dem Kasten, seit sie hier auf Oakwylde eingetroffen ist. Ich kann mir vorstellen, dass es darin ganz schön muffig ist.«

Allegra setzte sich auf den leeren Stuhl und betrachtete den Eindringling weiterhin finster. Mit ihren Händen in den strahlend weißen Handschuhen und den elegant frisierten, braunen Locken schien die Puppe hochnäsig auf sie alle herabzublicken. Lotties Puppe grinste unter ihrer verrutschten Augenklappe frech zurück.

Hayden ging weiter und verbarrikadierte sich in seinem Arbeitszimmer, bis die Neugier Oberhand gewann. Kurz darauf spähte er um den Türbogen herum in den Salon und sah, wie Allegra der neuen Puppe mit dem Finger drohte. »Ich werde nicht zulassen, dass du alle Teekuchen allein aufisst, du unartiges Mädchen«, schimpfte sie. »Und jede wohlerzogene junge Dame weiß, dass man nicht mit Handschuhen isst.«

Während Allegra damit beschäftigt war, ihr die weißen Handschuhe auszuziehen, und ihr einen krümeligen Marmeladenkuchen in die zierliche Hand drückte, wobei sie das kostbare lavendelfarbene Oberteil des Kleides mit Erdbeermarmelade bekleckerte, merkte er, dass er belustigt schmunzelte. Als Lottie zur Tür blickte und ihre Teetasse zu einem spöttischen Salut hob, erkannte Hayden, dass sie die vernachlässigte Puppe nicht für Allegra aus der Kiste geholt hatte.

Sie hatte es für ihn getan.

In der nächsten Woche gaben Lottie und Allegra jeden Versuch auf, so zu tun, als fände noch Unterricht statt. Und Hayden gab den Versuch auf, so zu tun, als glaubte er, dass irgendeine Form von Unterricht stattfände. Als sie eines Morgens beschlossen, das seltene Ereignis von Sonnenschein würdig zu begehen, indem sie Lotties Laufrad auf die Auffahrt schoben, setzte sich Hayden auf die Eingangsstufen, um zuzuschauen und mit hungrigen Augen jede Bewegung seiner Frau zu verfolgen.

Der neumodische Apparat war so gebaut, dass sich sein rittlings auf dem Holzrahmen thronender Fahrer mit den Füßen vom Boden abstieß, bis er eine Neigung des Bodens erreichte, die steil genug war, um das Gefährt ohne Antrieb hinabfahren zu lassen. Doch die hölzernen Räder waren eher für geklinkerte Gartenwege geeignet als für Auffahrten aus Kopfsteinpflaster, sodass die arme Miss Dumwinkle bei ihrer so holperigen wie rasanten Fahrt derart durchgeschüttelt wurde, dass es ein Wunder wäre, wenn ihre Zähne die Fahrt heil und ohne auszufallen überstanden. Lottie und Allegra liefen auf beiden Seiten neben ihr her, lachten und feuerten sie an.

Als sie über eine Anhöhe verschwunden waren, lehnte sich Hayden auf die Ellbogen gestützt zurück, streckte sein Gesicht in die Sonne und genoss die Wärme. Der herrliche, nur leicht windige Tag schien wild entschlossen zu sein, zu beweisen, dass es zwar lange dauern mochte, bis der Frühling in Cornwall Einzug hielt, er das Warten aber wert war. Die Luft roch nach warmer Erde und im Moor wachsenden Wildblumen. Grüner Flaum begann sich an den Knospen der Bäume zu zeigen, von denen man noch vor Tagen hätte schwören können, sie seien während des Winters erfroren. Wie weiße Flocken überzog ein Teppich aus Weißdornblüten die Hügel, und auf den Klippen erwachte das Pflanzenleben in Form von Blauglöckchen, Lichtnelken und Ginster. Die jungen Möwen in ihren geschützten Nistplätzen an den Felsen verkündeten mit ihrem Ruf die Ankunft des Frühlings.

Das Laufrad tauchte wieder auf, diesmal mit Lottie im Sattel, flankiert von Harriet und Allegra. Lotties kräftige, schlanke Beine versetzten das Gefährt rasch in ein hohes Tempo. Als sie die Spitze der Anhöhe erreicht hatte, verlagerte sie ihr Gewicht und stürzte sich den Hügel hinab, vor Vergnügen kreischend. Ihr Hut flog ihr vom Kopf und wurde nur noch von den Samtbändern unter ihrem Kinn gehalten. Stirnrunzelnd setzte sich Hayden auf, beunruhigt wegen ihrer waghalsigen Fahrt.

Ehe er ihr eine Warnung zurufen konnte, fuhr das Laufrad gegen einen hoch aufragenden Stein, geriet aus der Bahn und auf den Rasen neben der schmalen Straße. Lotties Augen weiteten sich erschreckt.

Während sie sich holpernd einer grasbewachsenen Böschung näherte, sprang Hayden auf und rannte zu ihr. Lottie prallte gegen eine Unebenheit im Boden und stürzte.

Hayden war fast blind und taub vor Angst, als er sich vorstellte, wie Lottie reglos im Gras lag, den Hals in einem unnatürlichen Winkel verdreht, während die Röte auf ihren Wangen verblasste.

Er kam im selben Moment wie Harriet und Allegra bei ihr an. Sie knieten ihm gegenüber inmitten ihrer bauschigen Röcke. Behutsam zog er Lotties warmen Körper in seine Arme, von eisiger Furcht beinahe gelähmt. »Lottie! Lottie! Kannst du mich hören?«

Flatternd hoben sich ihre Augenlider. Sie blinzelte ein paarmal. »Selbstverständlich kann ich dich hören. Du schreist mir ja direkt ins Ohr!«

Ein neckisches Lächeln zauberte ein Grübchen auf ihre daunenzarte Wange, sodass Hayden sich hin und her gerissen fühlte zwischen dem Wunsch, sie zu küssen, und dem, sie zu schütteln.

Er war sich Harriets und Allegras interessierter Blicke

nur allzu bewusst und musste sich damit begnügen, sie auszuschimpfen. »Du sorglose kleine Närrin, was, zum Teufel, hast du dir dabei gedacht? Du hättest dir deinen verfluchten Hals brechen können!«

Allegra, die ihm gegenüber saß, riss die Augen in entzücktem Schreck auf. Er begriff, dass dies das erste Mal war, dass er in ihrer Gegenwart geflucht hatte, und da es nun ohnehin zu spät war, fügte er hinzu: »Verdammt noch mal!«

Lottie richtete sich auf, bis sie in seinen Armen saß, unternahm aber keinen Versuch, sich von ihm zu lösen. »Sei nicht dumm. Das ist kaum das erste Mal, dass ich mit dem Rad gestürzt bin. Du hättest mal den armen George sehen müssen, kurz nachdem Sterling es aus Deutschland mitgebracht hat. Er ist geradewegs in einem Büschel Disteln gelandet und konnte eine Woche lang nicht sitzen.«

Hayden zog sie auf die Füße und betrachtete sie immer noch finster. »Wenn ich dich noch einmal dabei erwische, dass du so etwas machst, dann kannst du auch eine Woche lang nicht sitzen.«

Harriet und Allegra schauten sich entsetzt an.

Das Laufrad lag verdreht, aber sonst unversehrt ein paar Schritte entfernt im Gras. Lottie ging hin, um es aufzuheben.

Als sie es zurück zur Auffahrt schob, stemmte sich Hayden die Hände in die Hüften. »Du hast doch wohl nicht etwa vor, dich wieder darauf zu setzen, nachdem du dich eben damit fast umgebracht hast?«

»Aber sicher«, erwiderte sie. Ein herausforderndes Funkeln trat in ihre Augen. »Es sei denn, du möchtest es selbst einmal ausprobieren.«

So eine Herausforderung konnte Hayden nicht einfach ignorieren. »Ich habe sogar eine noch bessere Idee.«

Entschlossenen Schrittes kam er zu ihr. Sie quietschte

überrascht auf, als er seine Hände um ihre schlanke Taille schloss, sie hochhob und seitlich vor sich auf den Sattel setzte. Sie umklammerte die Griffe am Lenker, um das Gleichgewicht nicht zu verlieren. Ehe sie protestieren konnte, stieß er sich mit seinen langen Beinen kraftvoll ab, sodass das Laufrad vorwärts schoss. Als sie die Spitze des steilen Hügels erreichten, setzte er sich hinter Lottie, streckte seine Beine aus und ließ das Gefährt in halsbrecherischem Tempo die Steigung hinabrasen.

Lotties entsetztes Kreischen ging schon bald in ausgelassenes Gelächter über. Harriet und Allegra liefen ihnen ein Stück nach, ehe sie schließlich aufgaben und stehen blieben. Dann gab es nur noch den Fahrtwind in seinem Haar, die Sonne auf seinem Gesicht und Lotties verführerischen Körper, der sich eng an seinen schmiegte.

Seit Justines Tod war Hayden auf seinem Braunen hunderte Male übers Moor geprescht und hatte versucht, den Schatten der Vergangenheit zu entfliehen. Aber mit Lottie in seinen Armen fühlte er sich, als liefe er nicht vor etwas weg, sondern bewegte sich auf etwas zu.

Unglückseligerweise zeigte sich vor ihnen ein Graben.

Verzweifelt zerrte Hayden an den Handgriffen, aber das Laufrad änderte seine Richtung nicht und raste weiterhin darauf zu. »Wie bedient man den Lenker?«, rief er und musste sich Mühe geben, damit sie ihn über das Rauschen des Fahrtwindes hinweg hören konnte.

»Lenker?«, schrie Lottie über ihre Schulter zurück. »Was für ein Lenker?«

Da er glaubte, sie missverstanden zu haben, versuchte er es erneut. »Wie lenkt man das verflixte Ding?«

Berücksichtigte man ihre sich drastisch und in unglaublichem Tempo verschlechternde Lage, hörte sich Lottie bei weitem zu fröhlich an, als sie ihm antwortete: »Wenn sein

Erfinder sich die Mühe gemacht hätte, es mit einer Lenkung auszustatten, meinst du, dann wäre ich eben gestürzt?«

Es war keine Zeit mehr, die mangelnde Weitsicht des Erfinders zu beklagen. Der Graben befand sich nur noch einen Fuß vom Vorderrad entfernt. Beide Arme fest um Lottie schließend, warf sich Hayden zur Seite. Während sie durch die Luft segelten, versuchte er, sie so gut wie möglich mit seinem Körper gegen den unvermeidlichen Aufprall zu schützen.

Das Nächste, was Hayden wahrnahm, war, dass sein Kopf gegen etwas köstlich Weiches gedrückt wurde und eine Frauenstimme lockend seinen Namen rief. Er öffnete die Augen einen winzigen Spalt breit, nur um zu entdecken, dass das Weiche Lottie war. Er lag auf ihrem Schoß, und sein Kopf ruhte an ihrem Busen. Es war ein so angenehmes Gefühl, dass er sich wünschte, er könnte so den ganzen Tag liegen bleiben.

»Oh, Hayden, ich fühle mich so schrecklich! Wenn du nicht so selbstsicher ausgesehen hättest, hätte ich dich wegen der Lenkung gewarnt. Ich wollte nie, dass du so schlimm stürzt.« Sie strich ihm über die Stirn und ließ ihre Finger zärtlich durch die lästige Locke gleiten, die ihm immer ins Auge fiel. »Kannst du mich hören, du armer Lieber?«

»Selbstverständlich kann ich dich hören«, murmelte er und schaute ihr in die Augen. »Du säuselst mir ja direkt ins Ohr.«

Sie stand abrupt auf und ließ ihn einfach zu Boden fallen.

»Au!« Er rieb sich den Hinterkopf, setzte sich auf und schaute sie gekränkt an. »Ich bin nur froh, dass der Untergrund hier so weich ist.«

»Ich auch«, erklärte sie in scharfem Ton und vermied es, ihm in die Augen zu sehen, während sie sich Gras und Erde aus den Röcken klopfte. »Wenn du dir den Hals gebrochen hättest, wäre ich als die ›Mörderische Marquise‹ in die Geschichte eingegangen.« Sie rümpfte die Nase. »Wenigstens bis ich mir einen zuvorkommenderen Ehemann gesucht hätte.«

Als sie sich mit schwingenden Röcken umdrehte, um wegzugehen, sprang Hayden auf und fasste sie an der Hand, sodass sie sich umdrehen musste. »Dir ist aber auch gar nichts heilig, was?«

Zuerst dachte sie, er wäre böse auf sie, doch dann sah sie, dass er lachte. »Nur die Dinge, die es wert sind.«

Als Hayden seine Hand vorsichtig ausstreckte, um ihr einen Grashalm aus den Haaren zu ziehen, fragte er sich, was wohl geschehen würde, wenn sie irgendein Ehepaar wären, das zusammen auf einem sonnenbeschienenen Hügel stand, wenn sie sich zu einer anderen Zeit unter anderen Umständen kennen gelernt hätten und wenn es ihm erlaubt gewesen wäre, sie zärtlich zu umwerben, ehe er sie zu seiner Frau machte.

Sie hätten es vielleicht sogar herausgefunden, wenn die nach Maiblüten duftende Brise nicht das Rattern von hölzernen Rädern auf Kopfsteinpflaster zu ihnen getragen hätte. Hayden runzelte die Stirn und beschattete mit einer Hand die Augen, während er den Hügel hinaufschaute. Eine Kutsche bog gerade in die Auffahrt ein, und der schwarze Lack schimmerte im Sonnenschein wie Rabenflügel.

Die Ankunft von Besuchern auf Oakwylde Manor war kaum ein alltägliches Ereignis. Nach Justines Tod hatte er keinen seiner Nachbarn mehr eingeladen.

Das Laufrad lag vergessen da, und er und Lottie eilten den Hügel hinauf zu Harriet und Allegra. Die Kutsche kam ratternd vor dem Eingang zum Stehen. Ein Lakai eilte die Stufen herab, um den Kutschenschlag zu öffnen, und eine winzige Gestalt tauchte aus dem schattigen Inneren auf, von Kopf bis Fuß in unerbittliches Schwarz gekleidet.

Harriet keuchte auf und umklammerte bestürzt Lotties Arm, und Lottie erblasste, als stiege der Tod selbst aus der Kutsche.

»Wer ist das?«, fragte Allegra und zupfte an Lotties Ärmel. »Ist das der Totengräber?«

»Schlimmer«, hauchte Lottie. »Das ist die schreckliche Terwilliger persönlich.«

Hayden hätte vielleicht gelacht über ihre übertriebene Reaktion auf eine harmlose alte Dame, wenn nicht im nächsten Moment deren Reisebegleiter aus der Kutsche gestiegen wäre. Sein silberblondes Haar glänzte hell im Sonnenlicht.

Als ihr Besucher sich den eleganten Spazierstock unter seinen Arm steckte, spähte Allegra interessiert zur Kutsche. Plötzlich breitete sich ein strahlendes Lächeln auf ihrem Gesicht aus. »Onkel Ned! Onkel Ned!«, rief sie und lief auf ihn zu.

Hayden konnte nur dastehen und hilflos mit ansehen, wie seine Tochter an ihm vorbeilief, um sich in die Arme eines anderen Mannes zu werfen.

16

Meine einzige Hoffnung bestand darin, ihn in diesem teuflischen Spiel mit seinen eigenen Waffen zu schlagen …

Sir Edward Townsend fing Allegra auf, hob sie hoch und gab ihr einen lauten Kuss auf die Wange. »Himmel, Mädchen! Es ist so lange her, dass ich mir gar nicht sicher war, dass du dich noch an deinen alten Onkel Ned erinnern würdest. Sieh dich doch nur an!« Er stellte sie wieder auf die

Füße und kniff sie liebevoll ins Kinn. »Als ich dich das letzte Mal gesehen habe, warst du gerade den Windeln entwachsen, und jetzt stehst du hier und bist eine wunderschöne junge Dame! Komm, sag, wie viele Anträge hast du schon von liebeskranken jungen Verehrern bekommen?«

Während Allegra den Kopf einzog und errötete, musterte Lottie verstohlen Hayden. Er verfolgte die liebevolle Begrüßung mit völlig ausdrucksloser Miene.

Seinen Spazierstock dem Lakaien reichend, bot Ned, ganz der elegante Mann von Welt, Allegra seinen einen Arm, den anderen Miss Terwilliger. Als das Trio langsam zu ihnen kam, bemühte sich Lottie, ihre wirren Locken hastig mit den Perlmuttkämmen aufzustecken. An ihrer übrigen Erscheinung konnte sie nichts ändern. Für das Fahren mit dem Laufrad hatte sie ihr ältestes Kleid angezogen, ein Gewand aus verblasstem braunem Musselin, das eher einer Spülmagd angestanden hätte als einer Marquise.

Harriet versuchte vergebens, sich hinter Lottie zu verstecken. »Denkst du, meine Eltern haben sie geschickt, damit sie mich nach Hause bringt?«

»Wer, zum Teufel, ist sie?«, fragte Hayden.

»Sie war eine der Lehrerinnen bei Mrs. Lyttelton«, zischte sie aus dem Mundwinkel. »Aber in den vergangenen beiden Jahren hat sie als Gouvernante in Privathaushalten gearbeitet.«

»Oh«, erwiderte er trocken. »Die schreckliche Terwilliger.«

Einen Schritt vortretend, ergriff Lottie eine der schwarz behandschuhten Klauen der alten Dame mit ihren Händen und lächelte mit zusammengebissenen Zähnen. »Miss Terwilliger, was für eine freudige Überraschung! Was verschlägt Sie in unsere abgelegenen Gefilde?«

Die Frau betrachtete Lottie über den Rand ihrer Drahtbrille hinweg, und den Leberfleck an ihrem Kinn zierten sogar noch mehr Haare, als Lottie sich erinnerte. »Werd nur nicht frech, mein Fräulein. Du hast schließlich selbst nach mir geschickt!«

»Habe ich das?«, erkundigte sich Lottie mit ersterbender Stimme.

»Hast du das?«, wiederholte Hayden und warf Lottie einen finsteren Blick zu.

»Natürlich hast du. Ich musste vielleicht zwischen den Zeilen deines Briefes lesen, aber du hast es mehr als klar gemacht, dass hier ein Kind ist, das verzweifelt meiner Führung bedarf.« Miss Terwilliger warf Allegra einen vernichtenden Blick zu, ihr entging weder das windzerzauste Haar noch die verrutschte Haube, die ihr halb den Rücken herunterhing. »Und ich kann sehen, dass ich keinen Augenblick zu früh hier angekommen bin.«

Allegra machte einen Schritt zur Seite und suchte neben Harriet Schutz hinter Lottie.

Miss Terwilliger zog Ned nach vorne und klimperte auf eine Art und Weise mit ihren nur spärlich sprießenden Wimpern, die vielleicht bei einer etwa hundert Jahre jüngeren Frau kokett gewirkt hätte. »Ich wäre sogar noch länger aufgehalten worden, hätte dieser charmante junge Herr hier nicht eingewilligt, mich zu begleiten.«

Hayden bedachte Ned mit einem kühlen Blick. »Vermutlich hat meine Frau auch nach dir geschickt.«

Ehe Lottie widersprechen konnte, grinste Ned. »Himmel, warum sollte ich einen Vorwand benötigen, einen so guten alten Freund zu besuchen?«

»Du brauchst keinen Vorwand«, entgegnete Hayden, »sondern eine Einladung.«

Ned seufzte. »Du warst immer schon kleinlich, was so etwas angeht.«

Verwundert blickte Lottie zwischen Sir Ned und Miss

Terwilliger hin und her. »Wie kommt es überhaupt, dass Sie beide einander kennen gelernt haben?«

»Die Schuld dafür liegt allein bei Ihnen, Mylady«, erwiderte Ned und nahm dem Lakai seinen Spazierstock wieder ab. »An Ihrem Hochzeitsfrühstück habe ich die Bekanntschaft Ihres Bruders George gemacht. Es hat nicht lange gedauert zu entdecken, dass wir eine Menge gemeinsame Interessen haben.«

Lottie konnte sich gut denken, woraus diese Interessen bestanden: Pferde, Glücksspiel und hübsche Operettentänzerinnen.

»Ich stattete ihm gerade zufällig einen Besuch in Devonbrooke House ab, als Miss Terwilliger mit Ihrem Brief dort eintraf. Nachdem sie seinen Inhalt Ihrer Familie mitgeteilt hatte, wurde beschlossen, dass sie hierher reisen sollte, um Ihnen ihre Dienste anzutragen, sobald sie sich frei machen konnte.«

Miss Terwilliger zog sich ihre Handschuhe mit einer Entschlossenheit aus, die Lottie zusammenzucken ließ. »Ich bekomme neben freier Kost und Logis innerhalb der nächsten Woche eine Vorauszahlung meines Gehaltes. Und ich dulde keinerlei Annäherungsversuche von meinen Arbeitgebern. Ich bin zu alt, um von irgendeinem liebestollen Edelmann quer durchs Schulzimmer gejagt zu werden, nur weil der mir unter die Röcke will.« Sie hielt Hayden ihren dürren Zeigefinger drohend unter die Nase, und die Haare auf ihrem Leberfleck zitterten empört. »Ich erwarte ein Schloss an meiner Schlafzimmertür, junger Mann, und Sie können sich darauf verlassen, dass ich es auch benutzen werde.«

Nur mühsam ein Erschauern verbergend, machte Hayden eine elegante Verbeugung. »Sie müssen sich keine Sorgen um Ihre Tugend machen, Madam. Ich werde mich in Ihrer Gegenwart immer des Benehmens eines echten Gentlemans befleißigen.«

Als er sich wieder aufrichtete, warf er Lottie einen Blick zu, der ihr verriet, dass er ihr kein solches Versprechen gab. Wenn er sie zuvor nicht hatte umbringen wollen, wollte er das ganz gewiss jetzt.

Der stets ritterliche Sir Ned kam ihr zu Hilfe. »Kommen Sie, Mylady, und berichten Sie mir, wie Ihnen die Segnungen der Ehe zu Gesicht stehen.« Seinen Arm mit ihrem verschränkend, führte er sie zum Haus. »Ihr Gatte mag vielleicht gerne für jene, die nichts anderes von ihm erwarten, den Menschenfresser spielen, aber ich bin mir sicher, Sie haben inzwischen selbst entdeckt, dass unter seiner stählernen Brust ein weiches Herz schlägt.«

Da Lottie wohl kaum zugeben konnte, dass sie sich langsam zu fragen begann, ob unter der Brust ihres Gatten überhaupt ein Herz schlug, warf sie ihm nur einen hilflosen Blick über ihre Schulter zu, ehe sie es Sir Ned gestattete, sie mit seinem Charme einzuwickeln.

Als Hayden später am Tag zum Abendessen erschien, unterhielt Ned die Damen gerade mit Geschichten aus seiner und Haydens gemeinsam in Eton verbrachter Jugend. Hayden ließ sich auf seinem Stuhl nieder, nur um gleich darauf wieder aufzuspringen, als ein protestierendes Miauen erklang. Mit einem gemurmelten »lästige Viecher« setzte er ein schwarzes Kätzchen auf den Boden.

Da es der erste Abend der Gouvernante auf Oakwylde Manor war, hatte Lottie Miss Terwilliger eingeladen, mit ihnen zu speisen. Die alte Dame war, von der anstrengenden Reise müde, bereits über ihrer Suppe eingenickt. Als Hayden sich erneut auf seinen Stuhl setzte, ließ sie ein Schnarchen hören, das bedenklich an ein Todesröcheln erinnerte.

»Ich nehme es ihr nicht übel«, erklärte Hayden und ließ sich von Meggie eine Portion geräucherten Hering auflegen. »Neds Geschichten haben oft diese Wirkung auf seine Zuhörer.«

Es war für Hayden unmöglich zu übersehen, dass Ned neben Lottie Platz genommen hatte. Seine Ehefrau sah heute Abend ganz besonders reizend aus in einer Seidenkreation mit hoch angesetzter Taille, deren Stoff im Kerzenschein wie Rosenwasser schimmerte. Ihre Locken hatte sie sich hochgesteckt, was ihren anmutig geschwungenen Hals betonte. Hayden ertappte sich bei dem Wunsch, seine Lippen darauf zu pressen, den Puls zu spüren, der direkt unter dem warmen Satin ihrer Haut pochte.

Als Ned sich anders hinsetzte, sodass er ihre köstlich schwellenden Brüste besser begaffen konnte, kniff Hayden die Augen zusammen und begann, angelegentlich mit seinem Buttermesser zu spielen. Vielleicht hatte er in London vorschnell gehandelt, als er erklärt hatte, nie mit einem Marmeladelöffel auf seinen Freund loszugehen.

Harriet saß ihrem Gast gegenüber, errötete und starrte ihn mit großen Augen an. Hayden hoffte halb, das alberne Gänschen würde sich in ihn verlieben. Dem Schuft würde es nur recht geschehen, wenn sie ihm wie ein hingebungsvolles Hündchen auf Schritt und Tritt folgte. Allegra saß neben Harriet, und ihr Blick war ebenfalls bewundernd auf Ned gerichtet. Hayden strich Butter auf ein noch dampfendes Brötchen und versuchte, sich nicht an eine Zeit zu erinnern, als seine Tochter ihn so angesehen hatte.

»Sag mal, Ned«, erkundigte er sich beiläufig, »wann wolltest du morgen früh wieder aufbrechen? Es ist schließlich eine lange Reise, sodass du sie sicher möglichst früh antreten wollen wirst. Vielleicht solltest du deinen Kammerdiener anweisen, dich noch vor dem Morgengrauen zu wecken.«

»Hayden!«, entfuhr es Lottie, offenkundig von seiner Grobheit entsetzt. »Warum bis morgen warten? Drück ihm doch einfach Hut und Stock in die Hand und bring ihn zur Tür.«

Hayden riss unschuldsvoll die Augen auf. »Soll ich nach Giles läuten?«

Ned lachte auf. »Kein Grund, mit ihm zu schimpfen, Mylady. Ich habe schon vor langer Zeit gelernt, mir aus dem brüsken Benehmen Ihres Gatten nichts zu machen. Und, Hayden, ich muss frühestens in einer Woche wieder in London sein. Ich dachte, ich könnte ein paar Tage als dein Gast hier bleiben und die Gelegenheit beim Schopf ergreifen, deine bezaubernde Frau näher kennen zu lernen.« Damit fasste er nach Lotties Hand und hob sie an seine Lippen. »Ich hoffe, dass sie mit der Zeit in mir so etwas wie einen Bruder sieht.«

»Sie hat bereits einen Bruder«, beschied Hayden knapp. »Und einen Ehemann auch.« Damit erhob er sich und warf seine Serviette auf den Tisch. »Wenn uns die Damen entschuldigen wollen, unser Gast und ich ziehen uns nun zu Port und Zigarren in die Bibliothek zurück.«

»Aber es ist ja noch nicht einmal der zweite Gang aufgetragen worden«, widersprach Lottie.

Ned nahm Haydens Herausforderung an, stand ebenfalls auf, faltete seine Serviette zusammen und legte sie auf seinen Platz. »Keine Sorge, meine Damen. Wir sind rechtzeitig zum Dessert zurück. Wie Hayden bestätigen kann, konnte ich Süßigkeiten noch nie widerstehen.«

Er zwinkerte Harriet zu, was sie dazu veranlasste, in ihre Serviette zu kichern. Nach einer tadellos eleganten Verbeugung folgte er Hayden aus dem Speisesalon.

Hayden ging voraus, und seine ausholenden Schritte machten mit dem karmesinrot und blau gemusterten Läufer im Flur kurzen Prozess. Er sprach kein einziges Wort, bis sie beide in der Bibliothek saßen, ein Glas Portwein in der einen Hand und eine Zigarre in der anderen.

»Du spielst ein gefährliches Spiel, mein Freund«, begann Hayden warnend und lehnte sich mit den Rücken gegen das Kaminsims.

»Ganz im Gegenteil.« Ned ließ sich in den Ledersessel zurücksinken und legte seine Füße auf eine Ottomane. »Wie ich es sehe, bist du derjenige, der die Gefahr liebt, indem du deine junge Frau vernachlässigst.«

»Was verleitet dich zu der Annahme, Lottie sei vernachlässigt?«, erkundigte sich Hayden mit gerunzelter Stirn.

Ned zog an seiner Zigarre. »Zum einen eure ziemlich merkwürdigen Schlafarrangements.«

Hayden kniff die Augen zusammen. »Du bist erst seit ein paar Stunden hier. Welches Dienstmädchen hast du verführt, um diese interessante Information zu erhalten?«

Ned schaute ihn tadelnd an. »Du unterschätzt meinen Charme. Mehr als ein freundliches Lächeln und ein Zwinkern waren nicht nötig, um die kleine Rothaarige dazu zu bringen, mir alle Geheimnisse anzuvertrauen. Es scheint, dass die ehelichen Beziehungen zwischen dir und deiner Marquise – oder besser das Fehlen selbiger – in den Dienstbotenquartieren eine nie versiegende Quelle für Spekulationen sind.«

Hayden warf seine Zigarre in den kalten Kamin, da ihm der Geschmack daran vergangen war. »Du weißt besser als jeder andere, dass es keine Ehe ist, die einer von uns beiden wollte. Unter solchen Umständen ist es für ein Ehepaar nichts Ungewöhnliches, getrennte Schlafzimmer zu behalten.«

»Noch ist es ungewöhnlich, wenn einer der beiden sich eine Geliebte oder einen Liebhaber nimmt.« Hayden warf ihm einen ungläubigen Blick zu, doch Ned schien mit dem Schwenken seines Ports beschäftigt zu sein. »Ach komm, du kannst mir nicht weismachen, dass du nicht auch schon daran gedacht hast. Sie ist eine bezaubernde junge Frau. Wenn du sie nicht willst, dann kann ich dir versprechen, dass ein anderer Mann sie durchaus begehrenswert finden wird.« Er trank einen Schluck von seinem Port. »Sie scheint viel vernünftiger als Justine zu sein. Du musst dir keine Sorgen machen wegen eines Skandals. Ich bin sicher, sie wird sehr diskret bei der Auswahl ihrer Liebhaber vorgehen.«

Hayden stellte sein Glas auf dem Kaminsims ab, trat einen Schritt auf Ned zu, packte ihn an seinem tadellos geknoteten Halstuch, riss ihn hoch und drückte ihn gegen das nächste Bücherregal. Neds Zigarre fiel zu Boden, da er aber durch und durch Gentleman war, verkleckerte er keinen Tropfen seines Portweins.

Das Glas in seiner Hand balancierend, schaute er Hayden verächtlich an. »Was willst du tun, Hayden? Mich zum Duell fordern? Was soll es diesmal sein? Degen auf dem Hof? Pistolen im Morgengrauen? Hast du dir schon deinen Sekundanten ausgesucht? Wenn du willst, kann ich für dich die Pistole inspizieren und sie dir anschließend reichen, damit du mich erschießen kannst.«

Der blutrote Schleier der Wut hob sich von Haydens Augen, sodass er erkennen konnte, dass in dem Blick seines Freundes keine Angst, sondern Triumph lag.

Langsam ließ Hayden ihn los, rang darum, seinen Atem unter Kontrolle zu bringen. Er holte sein Glas von dem Kaminsims, hob es zu einem spöttischen Toast und hoffte, das Zittern seiner Hand verbergen zu können. »Herzlichen Glückwunsch, mein Freund. Du hast mich dazu verleitet, mich wegen einer Frau zum Narren zu machen. Wieder einmal.«

»Wozu ich dich verleitet habe, ist zuzugeben, dass du dabei bist, dich in deine Frau zu verlieben.«

»Nur für den Fall, dass du es vergessen hast, das letzte Mal, als ich meine Frau geliebt habe, sind zwei Menschen gestorben.«

Seltene Leidenschaft klang aus Neds Stimme. »Aber ist das denn nicht gerade das Schöne und das Gefährliche an der Liebe? Sie sollte es wert sein, dafür zu töten, und wenn nötig, sogar dafür zu sterben.«

»In der Tat, eine hehre Einstellung für einen Mann, dessen Vorstellung von ewiger Liebe sich in einer Woche im Bett einer Balletttänzerin erschöpft. Wenn Phillipe hier wäre, bin ich mir nicht so sicher, ob er deiner Meinung wäre.« Hayden schaute in die rubinroten Tiefen seines Portweins. »Ist das nicht der Grund, warum du hergekommen bist? Um mich für seinen Tod zu strafen?«

»Ich bin gekommen, weil ich dachte, es sei an der Zeit, dass du aufhörst, dich selbst zu bestrafen. Phillipe verdiente es zu sterben«, erklärte Ned grimmig. »Besonders nach dem, was er Justine angetan hat. Wenn du ihn nicht erschossen hättest, hätte es bald ein anderer betrogener Ehemann getan.«

Hayden hob den Kopf. »Und was ist mit Justine? Verdiente sie es auch zu sterben?«

Ned ließ die Schultern sinken und schaute ihn aus besorgten grauen Augen an. »Das weiß ich ehrlich nicht, alter Freund«, erwiderte er leise. »Du bist der Einzige, der das beurteilen kann.«

Hayden streckte die Hand aus und glättete Neds zerknittertes Halstuch. »Ich glaube, da sind ein paar Damen im Speisezimmer, die darauf warten, mit dir das Dessert einzunehmen. Richte meiner Frau bitte mein Bedauern aus, ja?« Er strich noch ein letztes Mal fürsorglich über Neds Halstuch, dann drehte er sich um und ging zur Tür.

»Wenn du weiterhin deine Gefühle verleugnest«, rief ihm Ned nach, »dann fürchte ich, ist Bedauern alles, was dir bleibt.«

Allegra überraschte alle, indem sie Zuneigung zu Miss Terwilliger fasste. Da beide die Gewohnheit hatten, einfach mit dem herauszuplatzen, was ihnen gerade durch den Kopf ging, mangelte es ihnen nie an Gesprächsstoff. Und weil die energische alte Lehrerin den Vormittagsunterricht abhielt, war Lottie mit einem Mal ohne Beschäftigung.

Eines Morgens schlenderte sie auf der Suche nach einem Buch, das sie in der letzten Nacht verlegt hatte, ins Musikzimmer und traf dort auf Sir Ned, der mit den Händen in den Rocktaschen in die Betrachtung von Justines Portrait versunken war.

Als sie sich neben ihn stellte, seufzte sie. »Sind Sie den ganzen weiten Weg von London hierher gekommen, um den Schrein zu verehren?«

Er schüttelte den Kopf. »Ganz bestimmt nicht. Die einzige Opfergabe, die eine Frau wie Justine zufrieden stellen würde, wäre das Herz eines Mannes – ihm aus der Brust gerissen, während es noch schlägt.«

Lottie warf ihm einen verwunderten Blick zu, erstaunt über die Tiefe seiner Verachtung. »Warum so abgeklärt? Haben Sie ihr nicht auch einmal den Hof gemacht?«

»Doch, schon.« Er schaute wieder das Portrait an, und ein reuiges Lächeln spielte um seine schmalen Lippen. »Mit all der Leidenschaft und der romantischen Inbrunst eines einundzwanzigjährigen Verliebten. Ich habe bei jedem Ball versucht, ihre Tanzkarte zu füllen, und im Schweiße meines

Angesichts Oden an den Glanz ihrer Haare und die Üppigkeit ihrer Lippen verfasst.«

»Es muss Ihnen das Herz gebrochen haben, als sie sich entschlossen hat, Hayden zu heiraten.«

Er zuckte die Schultern. »Als sie meinen Antrag abgewiesen hatte, habe ich geschmollt und es als ungerecht empfunden, wie es von mir erwartet wurde, aber wenn Sie die Wahrheit wissen wollen: Tief innerlich habe ich vor allem eines gefühlt – grenzenlose Erleichterung.«

Lottie runzelte die Stirn, verwundert über sein Geständnis. »Aber ich dachte, Sie liebten sie. Wie konnten Sie dann so leicht aufgeben?«

»Ich bin mir nicht sicher. Vielleicht wusste ich damals schon, dass etwas nicht in Ordnung war. Außerdem bin ich kein Mann wie Hayden«, erklärte er unverblümt. »Ich wäre nie stark genug gewesen, ihre kapriziösen Launen und Forderungen zu ertragen.«

Lottie bemühte sich, ihren Tonfall leicht zu halten, als sie fragte: »War Haydens Freund Phillipe genauso verliebt und genauso erleichtert?«

Eine steile Falte bildete sich auf Neds Stirn. »Phillipe war nie Haydens Freund. Ich hätte ihm das sagen können, aber er hätte es mir nie geglaubt. Mit seinem sonnigen Wesen war Hayden immer entschlossen, von allen nur das Beste zu glauben.«

Lottie verkniff sich ein Lächeln, amüsiert, dass jemand ihrem Ehemann ein sonniges Wesen bescheinigte. »Mir kam er immer entschlossen vor, nur das Schlimmste von mir anzunehmen. In der Nacht, in der wir uns kennen gelernt haben, dachte er, ich wäre eine Spionin für eines dieser Skandalblätter.«

Ned schnaubte abfällig. »Wenn er das wirklich geglaubt hat, hätte er Sie vermutlich von der nächsten Klippe gestoßen.«

»Wenn Hayden Phillipe für seinen Freund hielt, warum hat Phillipe ihn dann betrogen?«

»Phillipe war der zweite Sohn eines Viscounts, der fast das gesamte Familienvermögen verspielt hatte, während Hayden der geliebte und verwöhnte Sohn eines Marquis und Erbe eines stattlichen Vermögens ist. Phillipe begehrte alles, was Hayden berührte, ganz besonders aber Justine. Er hat Hayden nie verziehen, dass er ihr Herz und ihre Hand gewonnen hat.«

»Hayden hat mir gesagt, dass er und Justine sich heftig gestritten haben, während sie in London waren, kurz bevor … bevor Phillipe. Wissen Sie, weswegen?«

Ned seufzte. »Justine wollte verzweifelt von ihm ein weiteres Kind – einen Erben, aber sie hatte nach Allegras Geburt so gelitten, dass Hayden fürchtete, die Anstrengungen einer Geburt könnten den Rest zerstören, der von ihrem Verstand noch übrig war.«

»Aber wie hat er das verhindert …? Wie haben sie …?« Lottie verstummte, zögerte, ihre eigene Unwissenheit zu offenbaren.

»Es war ganz einfach, Mylady«, erwiderte Ned sanft. »Nach Allegras Geburt ist Hayden nie wieder in das Bett seiner Frau zurückgekehrt.«

Lottie konnte ihn nur sprachlos ansehen, erstaunt über die Enthüllung. Sie hatte geglaubt, sie hätte ihrem Ehemann nichts zu bieten, das sich mit der Leidenschaft vergleichen ließ, die er mit Justine erlebt hatte. Trotzdem hatte er sich mehr als sechs Jahre lang das Ehebett versagt.

Ned fuhr fort: »Außer ihren normalen Wutanfällen konnte Justine auch wahnsinnig eifersüchtig sein. Sie war wie besessen von der Idee, dass Hayden seine Lust in den Betten anderer Frauen stillen würde.«

»Hat er das?« Lottie erwiderte Neds Blick kühn und hoffte, dass sie sich nicht anmerken ließ, was sie diese Frage kostete.

Ned schüttelte den Kopf. »Die meisten anderen Männer, ich selbst eingeschlossen, hätten sich eine Mätresse genommen, um ihre niederen Triebe zu befriedigen. Aber nicht Hayden. Er konnte es nicht ertragen, ihr das anzutun. Es ihnen beiden anzutun.«

Lottie blickte in Justines spöttische violette Augen. »Weil er sie liebte.«

Bei seiner Antwort schien Ned seine Worte sorgsam abzuwägen. »Hayden wurde in jungen Jahren in die Rolle eines Aufpassers gedrängt. Oft hatte ich das Gefühl, dass seine Liebe zu Justine eher die Liebe eines Elternteils für sein Kind war als die eines Mannes für seine Frau. Er wusste im Grunde seines Herzens, dass sie niemals gleichberechtigt sein würden.« Dem Portrait den Rücken zukehrend, sah Ned sie mit einem herausfordernden Blick an. »Ich hatte immer das Gefühl, dass er eine Ehefrau braucht, die ihm in nichts nachsteht, sowohl im Schlafzimmer als auch außerhalb.«

Dann entschuldigte sich Ned mit einer höflichen Verbeugung und ließ Lottie mit Justine allein, um über seine Worte nachzudenken.

Am nächsten Tag war Hayden gerade damit beschäftigt, die Rechnungsbücher seiner Besitzungen zu prüfen und hatte den Kopf voller Zahlen, als plötzlich ein forsches Klopfen an der Tür seines Arbeitszimmers ertönte. Er war gezwungen, erst ein Kätzchen von seinem Schoß zu entfernen und ein weiteres von seinem Fuß, ehe er aufstehen konnte. Auf halbem Weg zur Tür stolperte er über das dritte Kätzchen. Mit einem übertrieben nachsichtigen Seufzen schob er es zur Seite.

Er öffnete die Tür. Niemand stand davor. Er steckte den Kopf zur Tür hinaus und schaute nach beiden Seiten, aber der Flur war leer. Er blickte nach unten und entdeckte zu seinen Füßen ein zusammengelegtes Stück Pergamentpapier. Jemand musste es unter der Tür hindurchgeschoben haben. Er faltete es auf und sah sofort, dass es sich um eine Einladung handelte, in einer kühnen Handschrift verfasst, die nur seiner Frau gehören konnte.

Allem Anschein nach hatte sie beschlossen, zu Ehren ihres Gastes einen Musikabend zu geben. Lady Oakleigh und Miss Harriet Dumwinkle würden Schuberts »Ständchen« als Duett singen, während sich Miss Agatha Terwilliger verpflichtet hatte, »Ich küsst mein Lieb auf grüner Flur« auf der Harfe zu zupfen. Hayden erschauerte unwillkürlich, als er sich die Szene bildhaft vorstellte. Der Höhepunkt des Abends aber war unzweifelhaft Lady Allegra St. Clairs Vortrag der »Sturm-Sonate« von Beethoven am Klavier.

Langsam ließ Hayden die Einladung sinken. Die »Sturm-Sonate« war eines von Justines Lieblingsstücken gewesen. Er hatte viele gemütliche Abende im Musikzimmer verbracht, ein lustig flackerndes Feuer im Kamin und Allegra auf seinem Schoß, während sie Justines meisterhaftem Spiel dieser wunderschönen, aufwühlenden Melodie lauschten. Doch wenn Justine zu schlafen aufhörte und sie ein Feuer von innen zu verzehren drohte, dann spielte sie das Stück immer wieder und wieder, die Töne so wild und dissonant, dass Hayden manchmal Angst bekommen hatte, er würde ebenfalls den Verstand verlieren.

Bei dem Gedanken, wieder dort zu sitzen und das Stück zu hören, aber diesmal von Allegras kleinen Fingern gespielt, trat ihm kalter Schweiß auf die Stirn.

Er konnte es aushalten, versicherte er sich und zerknüllte

die Einladung geistesabwesend in der Hand. Für seine Tochter würde er es schaffen.

Das sagte Hayden sich immer wieder, als er am Abend vor dem Ankleidespiegel in seinem Schlafzimmer stand. Er hätte sich mit seiner Aufmachung nicht mehr Mühe geben können, wäre er nach Windsor eingeladen worden, um mit dem König zu dinieren. Sein Kragen und seine Hemdsärmel waren frisch gestärkt, sein Halstuch so tadellos geknotet wie Neds, sein störrisches Haar zu einer einigermaßen ordentlichen Frisur gezähmt. Und doch war ihm der Mann, der ihm aus dem Spiegel entgegenstarrte, so fremd wie irgendein Wilder.

Er zog seine Taschenuhr hervor und ließ sie aufschnappen. Vermutlich waren schon alle im Musiksalon versammelt und warteten darauf, dass er kam. Es würde niemanden großartig wundern und besonders nicht Lottie, wenn er Giles schickte und sich entschuldigen ließ.

Wenn du weiterhin deine Gefühle verleugnest, dann fürchte ich, ist Bedauern alles, was dir bleibt.

Als Neds warnende Worte ihm durch den Sinn gingen, zog Hayden seinen Rock ein letztes Mal glatt und kehrte dem Mann im Spiegel entschlossen den Rücken zu.

Im Musiksalon ging Allegra in ihrem rosa Kleid unruhig auf und ab, sodass sie an einen verängstigten Schmetterling erinnerte. Mit Lotties Hilfe war ihr widerspenstiges Haar in glänzende Korkenzieherlocken gelegt worden, die ihr über den Rücken fielen. Obwohl ihren beiden Puppen Ehrenplätze vor dem Klavier zugewiesen worden waren, sah sie eher wie eine junge Dame als wie ein kleines Mädchen aus.

Ein Stoßgebet zum Himmel schickend, dass sie keinen schrecklichen Fehler begangen hatte, gab Lottie sich große

Mühe, nicht alle drei Sekunden zur Tür zu schauen. Jede Minute rechnete sie damit, dass Giles erscheinen und verkünden würde, Mylord bedaure sehr, aber er sei in einer dringenden Angelegenheit abberufen worden, die unverzüglich seine persönliche Anwesenheit erfordere. Wie zum Beispiel einen Stein aus dem Huf seines Pferdes zu entfernen oder das ausgewaschene Mauerwerk an der Auffahrt zu begutachten.

Auf ihrem Platz neben Sir Ned auf dem Diwan trank Harriet einen Schluck Punsch. »Ich hoffe nur, Sie werden von meinem stümperhaften Gesang nicht allzu enttäuscht sein, Sir.«

»Sie müssen sich keine Sorgen machen, Miss Dumwinkle«, erwiderte Ned und zwinkerte Lottie zu. »Man darf wohl kaum von einer Dame erwarten, sowohl das Gesicht als auch die Stimme eines Engels zu besitzen.«

Verlegen senkte Harriet den Kopf über ihre Tasse und kicherte entzückt.

»Es ist bereits eine Viertelstunde später als der Zeitpunkt, zu dem ich mich gewöhnlich zu Bett begebe«, verkündete Miss Terwilliger. »Ich hätte nie zugestimmt, dieses Gelage durch mein Talent zu bereichern, hätte ich geahnt, dass sich die Veranstaltung bis in die frühen Morgenstunden hinziehen würde.«

Lottie blickte auf ihre kleine Uhr. Es war halb acht.

»Wir müssen nicht länger warten.« Allegra setzte sich auf die Klavierbank und studierte die Spitzen ihrer Ziegenlederschuhe. »Er kommt nicht.«

»Oh, da wäre ich mir nicht so sicher.«

Alle fuhren zu der Flügeltür herum. Hayden stand auf der Türschwelle. Seine knappe Verbeugung unterstrich die lässige Eleganz seiner Erscheinung. Als ihre Blicke sich trafen, raubte der müde Ausdruck seiner Augen Lottie einen

Moment den Atem. Mit dem entschlossen vorgeschobenen Kinn und der störrischen Locke, die ihm immer wieder in die Stirn fiel, hatte er nie besser ausgesehen. Obwohl sie die Ankunft ihres Vaters mit keiner Geste oder Begrüßung zur Kenntnis genommen hatte, rötete sich Allegras Gesicht vor Freude.

Hayden wählte den Stuhl neben Lottie, sodass sie bei jedem Einatmen den männlich-frischen Duft seines Rasierwassers roch. Sie konnte es sich nicht verkneifen, sich zu ihm hinüberzubeugen und zu wispern: »Du siehst aus, als wärest du gezwungen, einer öffentlichen Hinrichtung beizuwohnen.«

»Das tue ich doch«, flüsterte er zurück, und das höfliche Lächeln schien auf seinen Zügen festgefroren zu sein. »Meiner eigenen.«

Da alle geladenen Gäste nunmehr vollzählig erschienen waren, begaben sich Lottie und Harriet zum Notenständer, um mit ihrem Duett anzufangen. Während Lotties Stimme glockenhell klang, hätte Harriets besser zu einem Lied gepasst, das nicht mit »Horch, horch, die Lerch« beginnt, sondern mit »Horch, horch, der Frosch«.

Zweifelsohne aus Angst vor einer Zugabe sprang Ned auf, sobald der letzte Ton verklungen war, klatschte begeistert und rief: »Bravo! Bravo!«

Lottie verbeugte sich kurz und zog die strahlende Harriet mit sich zurück zum Diwan.

Als Nächstes stand Miss Terwilligers Solo auf dem Programm, aber keiner von ihnen hatte das Herz, sie aufzuwecken. Auf Lotties ermutigendes Nicken hin, erhob sich Allegra langsam und mit bebenden Händen, um ihren Platz am Piano einzunehmen.

In dem Augenblick, da ihre kleinen Hände jedoch die Tasten berührten, hörten sie wie durch einen Zauber auf zu zittern, und mit ihrer Anmut schlug sie augenblicklich alle Anwesenden in Bann.

Sobald die ersten Töne aus dem Instrument emporstiegen, schaute Lottie verstohlen zu Hayden. Bildete sie sich das Entsetzen in seinen Augen und den feinen Schweißfilm auf seiner Stirn nur ein? Sie hatte die Stühle absichtlich so gestellt, dass sie mit dem Rücken zu Justines Portrait saßen, aber vielleicht konnte er ihren wissenden Blick im Nacken spüren.

Allegra hatte gerade den dramatischen Höhepunkt des Stückes erreicht, als Hayden aufsprang. Ihre Finger erstarrten mitten im Spiel, und der unbeendete Akkord verklang in der Stille.

»Es tut mir Leid«, erklärte er mit erstickter Stimme. »Es tut mir ganz schrecklich Leid, aber ich kann nicht ... ich kann es einfach nicht ...«

Mit einem flehentlichen Blick zu Lottie drehte er sich um und verließ den Raum.

Lottie saß an dem Schreibpult in ihrem Schlafzimmer, die Hand auf dem Papier, aber ohne etwas zu schreiben. Was sich zunächst so leicht in kühnen Federstrichen in Schwarz auf Weiß einfangen ließ, schien nun immer mehr zu Grautönen zu verschwimmen. Die Personen in ihrem Roman kamen ihr nicht wirklicher vor als die schrecklichen Karikaturen irgendeines ungenannten Künstlers für die Skandalblättchen. Jedes Mal, wenn sie sich ihren Bösewicht vorzustellen versuchte, sah sie Haydens letzten Blick, den er ihr zugeworfen hatte, ehe er aus dem Musikzimmer geflohen war.

Sie hatte sich an ihren Schreibtisch begeben, nachdem sie eine bedrückte Allegra zu Bett gebracht hatte. Obwohl sie alle das Mädchen gebeten hatten, nach Haydens Flucht weiterzuspielen, konnte noch nicht einmal Neds Charme sie dazu bewegen, auch nur einen einzigen Ton anzuschlagen. Sie hatte darauf bestanden, sich zurückzuziehen, ihr Gesicht blass und unglücklich. Lottie hätte es vorgezogen, wenn sie geschrien und geweint oder sogar einen ihrer Wutanfälle bekommen hätte. Der stoisch ertragene Kummer des Kindes erinnerte sie zu sehr an Hayden.

Als sie merkte, dass sie die ganze Seite mit Tintenklecksen übersät hatte, öffnete sie den Deckel ihres Schreibsets, zog ein frisches Blatt Papier heraus und füllte ihren Federhalter noch einmal am Tintenfass. Sie hatte erst seit ein paar Minuten geschrieben, als die ersten geisterhaften Töne Klaviermusik an ihr Ohr drangen.

Ihre Hand zuckte, sodass das Tintenfass umfiel. Die schwarze Flüssigkeit ergoss sich über die Seite und bedeckte alles, was sie geschrieben hatte.

Während sie der herzerweichenden Schönheit dieser ungestümen, leidenschaftlichen Musik lauschte, schloss Lottie die Augen und flüsterte: »Oh, Allegra!«

Hayden stand am Rand der Klippe und schaute hinab auf die Wellen, die sich wild schäumend an den Felsen unten brachen. Obwohl er sich mit seinen muskulösen Beinen dem Wind entgegenstemmte, umtoste dieser ihn mit wütender Macht und drängte ihn gefährlich nahe an den Abgrund. Über ihm flirteten die Wolken mit dem Mond, so flatterhaft und launisch, wie Justine es immer gewesen war. Hinter ihm lag das Haus dunkel und still; seine Bewohner waren schon lange zu Bett gegangen und träumten bereits.

Hayden wusste, es wäre völlig unsinnig, heute Nacht sein Bett aufzusuchen. Jedes Mal, wenn er die Augen schloss, würde er den betroffenen Ausdruck auf den Gesichtern seiner Frau und seiner Tochter sehen, als er ihnen den Abend verdarb.

Er stand immer noch an derselben Stelle, als der Wind die ersten leisen Töne Klaviermusik an sein Ohr trug. Es war dasselbe Stück, das Allegra heute Abend gespielt hatte, dasselbe Stück, das Justine früher wieder und wieder gespielt hatte, bei dem ihre Finger mit fieberhafter Leidenschaft die Tasten attackiert hatten. Als Hayden sich langsam umdrehte und zu den verdunkelten Fenstern des Hauses blickte, gewann die Musik an Kraft und Wut wie ein heraufziehender Sturm.

Lottie ging den schattigen Korridor entlang, der zu dem Musikzimmer führte, während die Melodie der Sonate wie eine Welle über ihr zusammenschlug. Früher einmal hätten ihr solche Töne Angst gemacht, wären ihr unheimlich gewesen, aber sie wusste nun, dass sie nichts anderes vorfand, als ein verletztes, trotziges Kind. Die Tür zum Musikzimmer stand einladend offen, so wie immer seit der Nacht, in der Lottie herausgefunden hatte, dass sich Allegra als Gespenst verkleidet hatte.

Lottie schlüpfte in den Raum, und der Saum ihres Nachthemdes fegte leise über den Boden. Mondlicht strömte durch das Oberlicht und umgab den Flügel mit einem matten Schimmer. So wie zuvor war der Deckel des Instruments offen gelassen worden und verbarg die Klavierbank und die Tasten vor ihrem Blick.

Bei ihrem nächsten Atemzug roch sie den schweren Jasminduft. Allegra hatte wieder das Parfüm ihrer Mutter benutzt.

Seufzend ging Lottie um den Flügel herum. »Du hast alles Recht der Welt, auf deinen Vater böse zu sein, Allegra, aber das heißt nicht, dass du einfach …«

Die Bank war leer. Lottie richtete ihre Augen langsam, zögernd auf die Tasten, die sich trotzdem weiter hoben und senkten, ehe sie schließlich stillstanden und die Töne verklangen.

Lottie öffnete den Mund, aber kein Laut kam heraus, sodass sie ihn einfach wieder schloss. Sie streckte die Hand aus, um mit zitterndem Finger über eine der Tasten zu streichen.

»Wenn das deine Vorstellung von einem gelungenen Scherz ist, Mylady, dann lass dir sagen, ich finde es *nicht* lustig.«

Abrupt hob Lottie den Kopf und entdeckte Hayden, wenige Schritte von ihr entfernt, das Gesicht in Schatten gehüllt.

17

Wie sollte ich nur die geheime Schande meiner Unterwerfung ertragen?

Hayden hatte sowohl seine elegante Kleidung als auch die dünne Schicht Zivilisiertheit, die diese mit sich brachte, abgelegt. Er trug weder Weste noch Rock, und sein Halstuch hing lose um seinen Hals. Sein Haar war zerzaust und der Blick in seinen Augen wild. Als er aus den Schatten trat, riss Lottie ihre Hand zurück.

»Es ist ein bisschen spät, das Unschuldslamm zu spielen, meinst du nicht?« Er blieb nah genug vor ihr stehen, dass sie die Mischung aus Seeluft und Gefahr riechen konnte, die ihm anhaftete. »Ich habe eben nach Allegra gesehen. Sie schläft wie ein Baby.«

Lottie warf verstohlen einen Blick zu den Klaviertasten, hin und her gerissen zwischen Entsetzen und Verwunderung. »T-t-tut sie das?«

»Ja. Und ich weiß bereits, dass du Klavier spielen kannst, also kannst du genauso gut gleich zugeben, dass du eben gespielt hast.« Er kniff die Augen zu frostigen Schlitzen zusammen. »Es sei denn, natürlich, du willst mich davon überzeugen, dass es hier irgendwo *wirklich* ein Gespenst gibt.«

Lottie schaute zu dem Portrait über dem Kaminsims. Zum ersten Mal schien Justine sie nicht auszulachen, sondern mit ihr zu lachen. Ihre violetten Augen funkelten im Mondlicht, als teilten die beiden ein Geheimnis, das nur Frauen verstanden – ein Geheimnis, das sie Lottie zu bewahren drängte. War es möglich, dass sie nicht länger Rivalinnen waren sondern Verbündete? Hatte Justine sie und Hayden aus einem bestimmten Grund hier zusammengebracht?

Durch diese Vorstellung seltsam mutig geworden, wandte Lottie sich wieder Hayden zu und schaute ihm ins Gesicht. »So wie du weggerannt bist, als Allegra gespielt hat, könnte ich schwören, du bist es, der von einem Gespenst gejagt wird.«

»Das Gespenst meiner eigenen Narretei vielleicht. Ich hätte es besser wissen müssen, und keinen Fuß in diesen verflixten Raum setzen dürfen.«

»Und doch bist du wieder hier«, erwiderte Lottie leise und trat einen Schritt auf ihn zu.

Er betrachtete sie argwöhnisch, ließ seinen Blick von ihren wirren Locken über ihr zerknittertes Nachthemd zu ihren bloßen Füßen schweifen. »Nur weil du mir einen grausamen und herzlosen Streich gespielt hast. Warum, Lottie? Denkst du, die Enttäuschung in den Augen meiner Tochter zu sehen war nicht Strafe genug für mich?«

Lottie schüttelte den Kopf. »Ich habe dich nicht zu bestrafen versucht.«

Er fuhr sich mit einer Hand durch das Haar. »Warum,

Hölle und Verdammnis, hast du mich dann hierher gelockt?«

Mondlicht badete die rauen Flächen von Haydens Gesicht in alabasterfarbenem Licht, während er auf sie hinabblickte, unfähig, seinen hilflosen Hunger zu verbergen. Lottie hatte sich gewundert, was sie wohl täte, wenn er sie noch einmal so ansähe, und jetzt wusste sie es.

»Hierfür«, flüsterte sie, nahm sein Gesicht zwischen ihre Hände und presste ihre Lippen auf seine. In ihrem Kuss schenkte sie ihm ihre ganze Zärtlichkeit, eine betörende Mischung aus unterschiedlichsten Gefühlen, die sie beide mit ihrer Süße berauschte.

»Oh, Hölle«, murmelte er an ihren Lippen. »Du hast wieder Mitleid mit mir, nicht wahr?«

»Ist das nicht der Grund, weswegen du mich geheiratet hast?« Lottie drückte ihre Lippen auf seinen Hals und genoss den warmen, salzigen Geschmack seiner Haut. »Weil ich mich in eine entsetzliche Klemme gebracht hatte und du mit mir Mitleid hattest?«

Er fuhr ihr mit der Hand durchs Haar und zog ihren Kopf sanft in den Nacken, sodass sie ihm in die Augen schauen musste. »Ich habe dich geheiratet, weil ich den Gedanken nicht ertragen konnte, dass ein anderer Mann dich zu seiner Mätresse machen könnte … seine Hände auf dich legen … und dich so berühren, wie ich es mir wünschte.«

Bei seinem Geständnis durchfuhr sie ein eigentümliches Gefühl. »Zeig es mir«, flüsterte sie heiser.

Mit seiner samtig rauen Zunge ihren Mund liebkosend, schlang Hayden einen Arm um ihre Hüften und hob sie hoch und drängte sie gegen den Flügel. Er schlug an den Stab, sodass der Deckel herabkrachte, dann setzte er sie darauf.

Lottie legte ihm ihre kleinen Hände auf die breiten Schultern, um das Gleichgewicht nicht zu verlieren, aber sie konnte nichts gegen ihr hektisches Atmen tun. Wenigstens gab es keine Diener, keine Harriet, keine Allegra, die sie stören könnten. Sogar Justine war in die Schatten zurückgewichen und hatte sie beide mit dem Mond allein gelassen.

Hayden nahm sie zärtlich in die Arme. Für den Augenblick schien er es zufrieden, ihre leisen Seufzer einzuatmen und die zarte Haut an ihrem Hals zu küssen. Als er mit der Zungenspitze über den empfindsamen Rand ihres Ohrläppchens fuhr, ehe er in die Muschel tauchte, keuchte Lottie auf, und ihre Beine spreizten sich. Er trat dazwischen, knurrte tief in der Kehle, während er ihre weichen Brüste mit seinen Händen umfing. Er rieb seine rauen Handflächen über ihre Brustwarzen unter dem dünnen Stoff ihres Nachthemdes und sandte eine Welle verwirrender Gefühle in ihren Unterleib.

In einem Meer der Verzückung treibend, spürte sie kaum, wie er ihr das Nachthemd über die Schulter streifte und ihre Brüste seinem gierigen Blick entblößte.

»Oh, Lottie, süße Lottie«, sagte er mit belegter Stimme und schaute im Mondlicht auf sie hinab. »Von diesem Augenblick habe ich seit der ersten Nacht in Mayfair geträumt.«

Ehe sie das Wunder dieses Geständnisses angemessen würdigen konnte, senkte er seinen dunklen Kopf auf ihre Brüste, leckte erst die eine Brustspitze, dann die andere. Jede Scheu, die sie empfunden haben mochte, wurde von seinen kühnen Zärtlichkeiten hinweggefegt, als er eine der harten Knospen mit seiner Zungenspitze neckte, sie dann in den Mund nahm und daran saugte. Dieses Mal brannte der Gefühlssturm einen Pfad von ihrem Magen zu der schmerzhaft leeren Stelle zwischen ihren Beinen.

Als sie ihre Beine zusammendrücken wollte, um das quälende Prickeln zu lindern, waren da plötzlich die Hüften ihres Ehemannes, hart und unnachgiebig, und ließen ihr keine Wahl, als ihre Beine um ihn zu schlingen.

Hayden erschauerte, fürchtete, Lotties unschuldige Leidenschaft würde sein Untergang werden. Er lehnte sich zurück und gönnte sich einen Moment, um ihren Anblick zu genießen. Sie sah wie ein gefallener Engel aus mit ihren vor Verlangen halb geschlossenen Augen, den sich um ihre geröteten Wangen bauschenden Goldlocken und den entblößten Brüsten, die ebenso wie ihre geschwollenen Lippen von seinen Küssen glänzten.

»Süße Lottie«, flüsterte er und berührte ihr Haar mit einer Hand. »Ich habe mir solche Mühe gegeben, mir einzureden, dass du noch ein Kind bist, aber in meinem Herzen wusste ich die ganze Zeit, dass du eine Frau bist. In jeder Beziehung.«

Er hielt ihren Blick fest, schlüpfte mit seiner Hand unter ihr Nachthemd und sandte ein kurzes Dankgebet gen Himmel, dass sie nicht in Unterhosen schlief. Seine Hand glitt über ihr Knie, zu der daunenweichen Haut auf der Innenseite ihrer Schenkel und dann höher, bis seine Fingerspitzen das seidene Lockendreieck zwischen ihren Beinen erreichten.

Sie schloss die Augen, ihre Brust hob sich, als sie scharf einatmete. Nicht länger in der Lage, sein Verlangen im Zaum zu halten, drückte Hayden sie zurück auf den Flügel und schlug ihr Nachthemd bis zur Taille hoch.

Sie war überall golden – goldbestäubte Wimpern, goldene Haut, goldene Locken, sowohl oben als auch … unten. Sein hungriger Blick blieb daran hängen, sein Atem beschleunigte sich. Er wollte nichts anderes, als mit den Händen durch ihre seidige Weichheit zu streichen, auf der Suche nach einer Perle, die noch kostbarer als Gold war.

Ohne seinen Blick von ihrem Gesicht zu lösen, berührte er die Locken mit einem Finger und stöhnte angesichts dessen, was er entdeckte. Sie war feucht für ihn. Es kostete ihn seine ganze Selbstbeherrschung, nicht sofort seine unbequem eng gewordenen Hosen aufzuknöpfen und tief in ihr schmelzendes Herz vorzudringen. Aber ihre geröteten Wangen, der sehnsüchtige Ausdruck in ihren Augen brachten ihn dazu, seine eigene Erfüllung aufzuschieben und ihre Lust zu verlängern.

Er streichelte die empfindsamen Falten, bis sie sich unter ihm zu winden begann. Zart die Stelle mit dem Daumen umkreisend, an dem alle ihre Gefühle zusammenliefen, beugte er sich über sie, bis sein Mund dicht an ihrem Ohr war. »Sag mir, Engel … schmeckst du auch so himmlisch, wie du aussiehst?«

Lottie riss die Augen auf, aber Hayden hatte ihre Pobacken schon mit seinen großen, warmen Händen gepackt und zog sie an den Rand des Flügels, wo sie seiner Gnade völlig ausgeliefert war. Nichts, was Laura und Diana ihr gesagt hatten, hatte sie auf den Anblick des dunklen Kopfes ihres Ehemannes zwischen ihren Schenkeln vorbereiten können, auf den Schock, als er seine Lippen auf die verbotene Stelle drückte, die sie sich selbst kaum zu berühren traute.

Das hier ist Wahnsinn, dachte Lottie aufgewühlt. Auf einem Klavierflügel im Mondlicht zu liegen, das Nachthemd bis zur Taille hochgeschoben, und sich unter den kühnen Liebkosungen eines Mannes zu winden, der sich zwar weigerte, ihr Liebe zu geben, aber bereit war, ihr diese verheerende Lust zu schenken. In diesem Augenblick bereitete es ihr fast weniger Sorgen, dass er seine erste Frau umgebracht haben mochte, als dass es sie nicht länger kümmerte, wenn er das tatsächlich getan haben sollte.

Mit jedem verbotenen Zucken seiner Zunge durchflutete sie Lust, dunkel und süß und unaufhaltsam. Sie glitt mit den Fingern in Haydens Haar, das sich wie raue Seide anfühlte, während er mit seinem Mund ihren Körper zum Klingen brachte wie die straff gespannte Saite eines Instrumentes. Als sich diese erlesene Melodie ihrem Crescendo näherte, bog sie sich ihm entgegen, aus Angst, sie könnte zerreißen.

In genau dem Moment, als sie unter seinen Lippen zu zucken begann, schob er einen Finger tief in sie hinein und sandte sie über die Klippe in einen wirbelnden freien Fall der Empfindungen. Aber er war da, um sie in seinen starken Armen aufzufangen, sie an seine Brust zu drücken und ihr unkontrollierbares Zittern mit sanften Liebkosungen und wortlosen Zärtlichkeiten zu stillen.

»Einen Augenblick lang«, murmelte er an ihrem Haar, »hatte ich Angst, du würdest schreien so wie neulich in Allegras Zimmer.«

Immer noch atemlos, barg sie ihr gerötetes Gesicht an seiner Halsbeuge. »Eine Minute lang war das auch meine Sorge.«

Ihr den Mund mit einem tiefen, berauschenden Kuss verschließend, hob er sie hoch und trug sie zu dem Diwan. Er setzte sie in den Satinkissen ab, dann zog er ihr das Nachthemd über den Kopf und warf es auf den Boden. Obwohl es etwas unbestreitbar Verdorbenes und gleichzeitig Erregendes hatte, nackt zu sein, während ihr Mann vollständig bekleidet war, sehnte sich Lottie nach der Wärme seiner Haut auf ihrer. Sie zerrte an seinen Hemdknöpfen, schlug das Leinen auseinander, bis sie nichts mehr trennte.

Hayden kniff die Augen zusammen und dachte, er würde nie wieder etwas so Erlesenes spüren wie Lotties üppigen, weichen Busen an seiner Brust. Wenigstens glaubte er das, bis ihre Hand kühn an ihm hinabglitt und sich über die Schwellung vorne in seiner Hose legte.

Als Haydens Hüften sich fest gegen ihre Hand pressten, wandelte sich Lotties unstillbare Neugier rasch in Verwunderung. Als er behauptet hatte, er habe ihr nur seinen Namen zu bieten, hatte er gelogen. Sie streichelte den festen Schaft unter der dünnen Schicht aus Rehleder, fuhr seine Länge mit zwei Fingern nach. Ein Geist mochte sein Herz besitzen, aber ihr gehörte der Rest.

Mit einem erstickten Stöhnen drückte er sie auf den Diwan und knöpfte seine Hose auf. Eine Wolke schob sich über den Mond und hüllte sie in Schatten. Als er sich auf sie legte, öffnete Lottie ihm Arme und Beine, um ihn und die Dunkelheit willkommen zu heißen. Er rieb sich an ihr in dem süßen Honig, den er ihr entlockt hatte.

Lottie stöhnte lustvoll auf. Soweit es sie anging, hätte er mit diesem wahnsinnigen Angriff auf ihre Sinne die ganze Nacht fortfahren können, aber dann änderte er den Winkel seiner Hüften und stieß tief in sie hinein.

Lottie wusste von Diana und Laura, dass Hayden alles in seiner Macht Stehende getan hatte, sie dafür bereit zu machen, ihn aufzunehmen. Aber auf das hier konnte man nicht vorbereitet sein. Sie grub ihre Fingernägel in die schweißfeuchten Muskeln seines Rückens und biss sich auf die Lippe, um nicht aufzuschreien, aber nicht rechtzeitig genug, um ein schmerzerfülltes Aufkeuchen zu unterdrücken.

Immer noch tief in ihr, erstarrte Hayden, sein kräftiger Körper mühsam beherrscht.

»Hör nicht auf!«, rief Lottie und versuchte, ihre Tränen fortzublinzeln, ehe er sie sehen konnte. »Du bist mehr als großzügig mir gegenüber gewesen. Jetzt ist es Zeit, dass du *deine* Lust stillst.«

»Danke, Carlotta«, erwiderte er ernst, auch wenn seine

Schultern unter ihren Händen bebten. Er überraschte sie mit einem zarten Kuss auf ihre Nasenspitze. »Das ist sehr edel und aufopferungsvoll von dir. Ich werde danach streben, dass das Unangenehme nicht länger als unvermeidlich andauert.«

Er stützte sich mit den Händen auf der Lehne des Diwans ab und begann, mit langen, rhythmischen Bewegungen seiner Hüften aus ihr heraus und wieder in sie hinein zu gleiten. Lottie lag mit zugekniffenen Augen da, und plötzlich begann sie unter seinen Stößen zu erschauern. Da war immer noch dieses Gefühl des Ausgefülltseins, die Enge, das Brennen, aber der heiße Schmerz fing an, sich zu verwandeln und wurde etwas Herrliches, völlig Außergewöhnliches.

Sie konnte gar nicht genau sagen, wann seine Lust ihre wurde. Sie wusste einfach, dass sie in dem einen Moment steif wie ein Brett dalag, in einem verzweifelten Versuch, nicht vor ihm zurückzuscheuen, und im nächsten Augenblick bog sie ihm ihre Hüften entgegen und drängte ihn, tiefer in sie stoßen.

»Hast du genug Unangenehmes gehabt?«, murmelte er, und seine eigene Stimme war alles andere als fest. »Soll ich aufhören?«

»Nein!«, stöhnte sie und umklammerte die harten Muskeln an seinen Oberarmen. »Nie!«

»Was für ein unersättliches kleines Ding du bist! Und ich war so voreilig, Ned zu versichern, ich hätte genug Durchhaltevermögen, dich zu befriedigen.«

Da traute sich Lottie, die Augen zu öffnen, traute sich, ihre Finger in seinem Haar zu vergraben und seine Lippen auf ihre zu ziehen. »Dann beweise es.«

Er bedeckte ihre Lippen mit seinen, nahm die Einladung willig an und stieß tiefer und fester in sie, sodass sie aufkeuchte. Sein harter, männlicher Körper drückte sie auf den Diwan, bis sie nicht mehr anders konnte, als sich in die Kissen pressen zu lassen, und er nicht anders konnte, als tiefer in sie einzudringen. Wenn die Melodie, die er vorhin mit seinem Mund auf ihrem Körper gespielt hatte, ein wunderschönes Nocturne war, dann war das jetzt eine donnernde Rhapsodie, unwiderstehlich in ihrer Macht und Leidenschaft. Sie schien kein Ende finden zu wollen und führte sie zu einem berauschenden Höhepunkt nach dem anderen. Als er dann auch noch seine Hand zwischen ihre Beine schob und sie zärtlich streichelte, erschauerte Lottie unter seinen geschickten Fingern, zerfloss unter ihm in einer Leidenschaft, die sie bis in ihr Herz hinein erschütterte.

Gefangen in ihrer Umklammerung und umgeben von ihrer sinnlichen Hitze, fühlte Hayden seine eigene Selbstbeherrschung wanken. Er stieß noch einmal in den willigen Körper seiner jungen Frau, und dann schlug die Ekstase wie in einer gewaltigen Welle über ihm zusammen, spülte die Vergangenheit und all ihre Geister mit sich fort.

»Laura und Diana hatten Recht«, murmelte Lottie schläfrig, ihre Wange auf Haydens Brust gebettet und ein Bein Besitz ergreifend über seinen Oberschenkel gelegt.

»Womit?«

Sie wickelte sich eine schweißfeuchte Locke Brusthaar um den Finger. »Sie haben gesagt, alles wäre leichter, wenn du mich erst darauf vorbereitest, dich zu empfangen.«

Ein tiefes Lachen erschütterte seine Brust. »Das klingt, als wollte ich dir einen förmlichen Besuch abstatten.«

Lottie kicherte. »Vielleicht hätte ich dich deinen Besuch erst ankündigen lassen sollen.« Sie senkte ihre Stimme, um wie der Butler zu klingen. »Lady Oakleigh ist nun bereit,

Sie zu empfangen, Mylord. Wenn Sie bitte in den Musiksalon treten wollen und Ihre Kleider ablegen, werden Sie sie auf dem Diwan vorfinden, wo sie Sie erwartet.«

»Das scheint mir eine höchst erfreuliche Aussicht. Einen Augenblick, ich läute nach ihm.« Die Muskeln in Haydens Brust bewegten sich, als er einen Arm über den Kopf ausstreckte und so tat, als griffe er nach dem Klingelzug, der über der Harfe hing.

Lottie rollte sich über ihn, fasste seinen Arm und quietschte protestierend. »Wag das nicht! Ich kann deutlich vor mir sehen, wie Mrs. Kadaver« – sie verzog gequält das Gesicht – »ich meine, Mrs. Cavendish, die Nase über uns rümpft. Wenn sie uns in einer so schockierend unpassenden Lage ertappt, schickt sie vermutlich Meggie mit dem Staubwedel her, um Ordnung zu schaffen.«

»Und was wäre daran so schlimm?« Hayden nahm ihre Pobacken in seine Hände, und ein unartiges Glitzern trat in seine Augen. »Ich kann mir mehrere gute Möglichkeiten vorstellen, einen Staubwedel einzusetzen.«

»Das glaube ich gerne, Mylord. Aber ich kann das auch.«

Als Hayden spürte, wie ihre weichen Locken, noch feucht von seinem Samen, über seinen schwellenden Schaft strichen, stöhnte er laut auf – halb vor Schmerz, halb vor neu erwachender Lust. Ned musste sich nicht um Haydens Durchhaltevermögen sorgen, wenn es um seine lüsterne junge Frau ging. Alles, was sie tun musste, war, ihn aus ihren strahlend blauen Augen anzusehen, und schon war er groß und steif und bereit, sie erneut zu lieben. Und dabei berücksichtigte er noch nicht einmal, was das Kreisen ihrer Hüften bei ihm anrichtete.

Er ließ seine Zunge über ihre von seinen Küssen geschwollenen Lippen gleiten, und sein Atem ging schwer. »Also los, sag schon – was haben deine Tante und deine

Schwester dir sonst noch gesagt, um dich auf deine Pflichten im Ehebett vorzubereiten?«

»Nun ...«, antwortete sie nachdenklich und warf ihm unter ihren goldbestäubten Wimpern einen lasziven Blick zu, »sie haben mich davor gewarnt, dass es Ehemänner gäbe, die leicht die Kontrolle über sich verlieren und einen solch zügellosen Hunger haben, dass sie einfach über ihre Frauen herfallen wie Tiere und nur an ihre eigene Befriedigung denken.«

»Wie schrecklich.« Haydens Lippen verzogen sich zu einem teuflischen Grinsen. »Nur für eine kurze Weile könnten wir doch einmal so tun«, begann er, legte seine Hände um ihre Taille und glitt unter ihr hervor, sodass sie nun bäuchlings auf dem Diwan ruhte, »als ob ich genau so ein Ehemann wäre?«

Als er sich hinter sie kniete und ein Kissen unter ihre Hüften schob, schaute Lottie ihn über ihre Schulter mit großen Augen an, während ihr Atem sich beschleunigte. »Ich denke, ich könnte das ertragen, wenn es sein muss. Ich möchte meine ehelichen Pflichten erfüllen.«

»Und ich die meinen.« Damit drang Hayden tief in sie, bis sie vor Lust aufwimmerte und sich an dem Diwan festkrallte. »Schließ einfach die Augen, mein Engel«, flüsterte er. »Es ist vorbei, ehe du dich versiehst.«

Durch das Oberlicht konnte Hayden zarte rosa Wölkchen über einen Himmel gleiten sehen, der sich langsam von schiefergrau zu blau färbte. Lotties schläfrigen Protest nicht weiter beachtend, zog er ihr das weite Nachthemd über den Kopf und nahm sie auf die Arme. Sie verschränkte die Hände in seinem Nacken, ohne die Augen aufzuschlagen, und ihre wirren Locken kitzelten ihn an der Nase. Anders als Justine bevorzugte sie keine schweren blumigen Parfüms, stattdessen mischte sich ihr sauberer Geruch nach Seife mit dem Moschusduft ihres Liebesspiels und betörte ihn mit jedem Atemzug aufs Neue.

Obwohl Haydens erster Gedanke war, Lottie in *sein* Schlafzimmer zu tragen, in *sein* Bett, zwang er sich dazu, seine Schritte zum Ostflügel zu lenken. Wenn er sie in sein breites Himmelbett brachte, würde das nur dazu führen, dass er sie erneut liebte. Und vermutlich noch ein weiteres Mal. Er hatte seiner Leidenschaft bereits viel zu hemmungslos ihren Lauf gelassen. Alles, was von der Unschuld seiner Frau noch geblieben war, waren ein paar rostrote Flecken auf ihrer beider Schenkel. Ihr erschöpfter Körper benötigte dringend etwas Ruhe, Zeit, sich zu erholen.

Er würde Meggie davon unterrichten, dass ihre Herrin nicht gestört werden sollte. Sobald sie sich zu regen begann, würde er in ihrem Zimmer ein heißes Bad herrichten lassen. Ein Bild von Lottie, wie sie in dem Badezuber aus Messing saß, die goldenen Locken auf dem Kopf zusammengesteckt und ihre goldenen Brüste mit schimmernder Feuchtigkeit überzogen, schoss ihm durch den Kopf, und seine Lenden wurden heiß. Hayden fluchte leise und verwünschte seine edlen Vorsätze.

Als er Lottie in ihr Schlafzimmer trug und sie unter die Decke legte, musterte ihn ihr großer gelber Kater vorwurfsvoll.

»Du musst mich gar nicht so empört anfunkeln«, flüsterte Hayden. »Ich wette, du hast in deiner Zeit selbst genug nächtliche Streifzüge unternommen. Und ganz gewiss ohne den Segen der Kirche.«

Mr. Zappel war nirgendwo zu sehen, aber als Hayden eine zweite Decke über Lottie breitete, kam Mirabella unter dem Bett hervor. Mit einem der unerklärlichen Energieschübe, die so typisch für kleine Kätzchen sind, raste sie über das Bett, sauste mehrmals im Kreis durch das Zimmer, ehe sie sich auf dem Schreibset aus Rosenholz auf dem Tischchen in der Zimmerecke niederließ.

»Jetzt sieh mal, was du da angestellt hast«, schalt Hayden sie, als er das umgekippte Tintenfass sah.

Völlig unbeeindruckt sprang das Kätzchen vom Tisch, schritt gelassen zum Kamin, wo es sich niederließ und sich den pelzigen kleinen Bauch zu lecken begann.

Nach einem prüfenden Blick auf Lottie, um sich zu überzeugen, dass sie nicht aufgewacht war, ging Hayden zu dem Schreibtisch, um das Tintenfass aufzustellen, ehe die Tinte auf den Teppich laufen konnte. Aber es schien, dass das Kätzchen zu Recht keinerlei Reue gezeigt hatte, denn die Tinte war bereits getrocknet, lange vor der Raserei des Tieres verschüttet.

Als Hayden die Flasche von dem ruinierten Blatt Papier löste, stieß er mit dem Ellbogen gegen das Schreibset am Tischrand. Es rutschte ein Stück, dann kippte es über den Rand, sodass Blatt um Blatt Pergamentpapier zu Boden fielen, jedes Einzelne sorgfältig mit Lotties unverwechselbarer Handschrift bedeckt. Sie neigte zu dramatischen Schnörkeln und energischen Federstrichen. Ihre i zierten keine ordentlichen Punkte, sondern theatralische Tintenkleckse. Als er eine der Seiten aufhob, spürte Hayden, wie sich seine Lippen zu einem Lächeln verzogen. Seine Frau schrieb so, wie sie liebte – mit ungezügelter Leidenschaft und überschwänglicher Begeisterung, die einen etwaigen Mangel an Sorgfalt und Genauigkeit mehr als wettmachte.

In der Annahme, dass es sich um eine Art Tagebuch über die Haushaltsführung handeln musste, wie es die meisten Damen führten, bückte er sich, um auch die restlichen Seiten aufzuheben und sie wieder in das Fach im Boden des

Schreibsets zu stecken, als ihm die erste Zeile auf der obersten Seite geradezu ins Auge sprang: *Ich werde niemals jenen Moment vergessen, da ich zum ersten Mal den Mann erblickte, der mich umzubringen plante …*

Haydens Lächeln verblasste langsam, während er sich auf dem Schreibtischstuhl niederließ und zu lesen begann.

18

Eine Katastrophe! Ich bin entdeckt!

»Lottie! Lottie, wach auf! Es ist fast schon Zeit für den Tee!« Bei dem Entsetzen, das bei dieser Nachricht in Harriets Stimme mitschwang, hätte man meinen können, den Nachmittagstee zu versäumen wäre etwa ebenso schrecklich, wie die letzte Kutsche zum Himmel am Tag des jüngsten Gerichts zu verpassen.

Mit einem Stöhnen zog sich Lottie ein Kissen über den Kopf. Aber Harriet ließ sich nicht so leicht entmutigen. Sie zog das Kissen zur Seite und öffnete mit Daumen und Zeigefinger eines von Lotties Augen.

»Du musst aufwachen«, rief sie, als litte Lottie nicht nur unter Müdigkeit, sondern auch noch Taubheit. »Es ist Sir Neds letzter Tag hier, und du hast ihn schon beinahe ganz verschlafen.« Lottie betrachtete ihre Freundin finster mit einem Auge, während Harriet ein Glas Wasser vom Nachttischchen nahm und vorsichtig daran schnupperte. »Ach du liebe Güte, der Marquis hat dich doch wohl nicht vergiftet, oder?«

Trotz Lotties gegenteiliger Beteuerungen beharrte Harriet auf ihrer Überzeugung, dass Hayden ein gefährlicher

Irrer war, der nur auf die perfekte Gelegenheit wartete, sie alle in ihren Betten zu ermorden.

Lottie schob Harriets Hände beiseite und setzte sich auf. »Hör auf damit, Harriet. Niemand hat mir Arsen in den Tee getan. Ich habe letzte Nacht nur wenig geschlafen.«

Als Lottie ihre müden Glieder reckte, wurde sie peinlich genau an alles erinnert, was sie letzte Nacht getan hatte. Sie hatte an Stellen Muskelkater, von denen sie nie gewusst hatte, dass sie dort überhaupt Muskeln besaß. Wäre nicht ein warmes, leicht prickelndes Gefühl von Wundheit gewesen, sie hätte sich gefragt, ob das alles nicht doch nur ein köstlicher Traum gewesen war. Vielleicht wäre es einfacher, daran zu glauben, wenn sie in Haydens und nicht in ihrem eigenen Bett aufgewacht wäre, am besten noch in seinen Armen.

»Harriet«, fragte sie und schlang die Arme um ihre angezogenen Knie, »hast du es nie sonderbar gefunden, dass der Marquis und ich uns kein gemeinsames Schlafzimmer teilen?«

Ihre Freundin zuckte die Schultern. »Nicht wirklich. Meine Eltern ertragen es kaum, im selben Haus zusammenzuleben. Also sag schon, was hat dich letzte Nacht wach gehalten? War es die Rückkehr des Geistes?« Harriet warf einen besorgten Blick über ihre Schulter. »Offenbar habe ich den Lärm verschlafen, aber die Dienstboten flüstern schon den ganzen Morgen darüber. Jemand oder *etwas* hat wieder im Musiksalon Klavier gespielt. Zuerst dachten alle, es sei Allegra, aber als Martha nach ihr schaute, lag sie friedlich schlafend in ihrem Bett. Meggie sagt, Martha kam in den Dienstbotenflügel geeilt, als stünde ihr Rock in Flammen.« Harriet schien davon überaus angetan. »Oh, und dieses Mal war kein Wehklagen zu vernehmen, aber nachdem die Musik verstummt war, so schwören es die Diener, war das allerschaurigste Stöhnen zu hören.«

»Was du nicht sagst!« In der Hoffnung, sowohl ihr Lächeln als auch ihr Erröten zu verbergen, hielt sich Lottie eine Hand vor den Mund und tat so, als müsste sie gähnen.

Harriets Augen wurden noch runder und größer. »Martha hat mir erzählt, es hätte sich angehört, als würde irgendeine arme Seele zu Tode gefoltert.«

Lottie sah sich selbst ausgestreckt auf dem Flügel liegen, erschlafft unter Haydens kräftigem Körper nach einer Welle unvorstellbarer Lust; auf dem Diwan in Vorfreude erbebend, als er sich hinter sie kniete. Der einzige Tod, den ihr Ehemann zu verantworten hatte, war der, den die Franzosen so elegant mit »le petit mort« umschrieben. Und das war ein Tod, den sie liebend gerne noch tausendmal unter seinen geschickten Händen erleiden wollte.

Unfähig, ihren Wonneschauer zu vertuschen, sagte sie: »Du kannst Meggie mitteilen, sie bräuchte sich keine Sorgen mehr zu machen. Ich denke nicht, dass wir in nächster Zeit noch mal von dem Geist hören werden.«

»Wie kommst du dazu, das zu behaupten?«

Lottie konnte sich nicht überwinden, Justine zu verraten, noch nicht einmal an Harriet. Sie war der Frau zu dankbar, dass sie sie selbst und Hayden mit dieser packenden Melodie in das Musikzimmer gelockt hatte. »Es ist nur so ein Gefühl, das ich habe. Und außerdem, wer will schon die ganze Zeit in der Vergangenheit weilen, wenn es doch die Zukunft ist, auf die es ankommt?« Von der Hoffnung angetrieben, dass sie, Hayden und Allegra tatsächlich eine echte Familie werden könnten, schlug Lottie die Decken zurück und sprang aus dem Bett. »Ich sterbe vor Hunger. Hast du nicht etwas von Tee gesagt? Ich fühle mich, als könnte ich ein ganzes Tablett voll Scones essen.« Ehe Harriet antworten konnte, ging sie zum Fenster und stieß es auf. »Wie habe ich nur einen solchen Tag verschlafen können? Es ist absolut herrlich draußen!«

Vor dem Fenster peitschte der Wind über das endlose Moor und trieb graue Wolkenfetzen über einen trüben Himmel.

Lottie drehte sich zu Harriet um, die sie so verwundert anblinzelte, als hätte sie ihren Verstand verloren. »Bist du dir ganz sicher, dass du nicht vergiftet worden bist?«

Lottie lachte. »Wenn ich das wäre, dann habe ich Verlangen nach mehr, denn es ist das süßeste Gift überhaupt.«

Ehe sie das Fenster schließen konnte, fuhr ein Windstoß ins Zimmer und wehte die verstreut auf dem Schreibtisch herumliegenden Blätter durch die Luft. Sie und Harriet beeilten sich, sie einzusammeln. Lottie hatte etwa die Hälfte davon schon in ihr Schreibset zurückgesteckt, ehe sie bemerkte, dass etwas nicht in Ordnung war. Alle Blätter, die sie in den Händen hielt, waren leer.

Sie betrachtete sie einen Augenblick verwirrt und mit gerunzelter Stirn, bevor sie Harriet die restlichen Blätter entriss. Sie waren ebenfalls so weiß und rein wie an dem Tag, da sie sie in dem Papiergeschäft in der Bond Street gekauft hatte.

»Was ist los?«, fragte Harriet und starrte auf Lotties zitternde Hände. »Du bist so blass wie ein Gespenst.«

Lottie begann verzweifelt, an dem falschen Boden zu zerren. Das Fach darunter war leer.

»Mein Manuskript«, flüsterte sie, und in ihrem Magen breitete sich eisige Kälte aus, als ihr jedes einzelne verurteilende Wort wieder einfiel, das sie niedergeschrieben hatte, seit sie nach Oakwylde Manor gekommen war. »Es ist fort.«

Nach einer ergebnislosen Suche im Haus, fand Lottie Hayden schließlich auf einem Felsen unweit des Klippenrandes sitzen, wie auf einem Gemälde umrahmt von der grauen See und dem schieferfarbenen Himmel. Obwohl die zerklüfteten Felsen unten von ihrem Standpunkt aus nicht zu sehen waren, konnte Lottie sie fast spüren, die zackigen, glitzernden Zähne wie in einem weit aufgerissenen Maul, das nur auf die Dummen oder Leichtsinnigen wartete.

Hayden war in die Betrachtung der Papiere in seiner Hand versunken und sah in seinen hellen Hosen, dem altweißen Hemd mit offenem Kragen und den abgestoßenen Stiefeln haargenau so aus wie der finstere Romanbösewicht. Der Wind fuhr wie mit rastlosen Fingern durch sein dunkles Haar. Als Lottie seine zu einer strengen Linie zusammengepressten Lippen musterte, wunderte sie sich, dass eben dieser Mund sich zu einem zärtlichen Lächeln verzogen hatte, ehe er ihre Lippen in einem federleichten Kuss gestreift hatte, und dass eben dieser Mund ihr erst vor wenigen Stunden solche Lust bereitet hatte.

Sie fühlte, wie die Hitze sich von ihren Wangen aus in andere, verräterische Regionen ihres Körpers ausbreitete, und erklärte: »Du hattest kein Recht, in meinen Sachen zu wühlen.«

Hayden hob den Kopf und erwiderte ihren herausfordernden Blick. Sie wussten beide, dass sie bluffte. Dem englischen Gesetz nach besaß sie nichts. Alles gehörte ihrem Ehemann. Ihr Körper eingeschlossen.

»Du hast Recht«, räumte er ein und überraschte sie damit. »Ich schäme mich. Aber du kannst meine schlechten Manieren allein deinem schriftstellerischen Können zugute halten. Über die erste Seite deines kleinen Meisterwerkes bin ich rein zufällig gestolpert, aber nachdem ich mit dem Lesen erst einmal begonnen hatte, konnte ich nicht mehr aufhören, so gefesselt war ich von den Abenteuern des ›Heimtückischen Herzogs‹ und seiner furchtlosen jungen Braut.«

Er holte einen Stoß Blätter aus einem Felsspalt neben

sich. Mit einem unguten Gefühl erkannte Lottie ihre Handschrift. Seltsamerweise kam sie sich jetzt vor ihm viel nackter vor als letzte Nacht. Da hatte sie sich geliebt und beschützt gefühlt, jetzt aber fühlte sie sich wund und bloßgestellt, als blickte Hayden mit einem Vergrößerungsglas in die dunkelsten Ecken ihrer Seele. Es kostete sie ihre ganze Selbstbeherrschung, ihm nicht einfach die Seiten zu entreißen und hinter ihrem Rücken zu verstecken.

Sie nickte zum Klippenrand. »Ich bin überrascht, dass du sie nicht dem Wind überlassen hast.«

»Und die Welt eines so viel versprechenden Talents berauben? Ich denke nicht.« Hayden klopfte mit einem Finger auf das Manuskript. »Oh, das eine oder andere Mal gleitest du vielleicht ins Melodramatische ab, zum Beispiel in dem Kapitel, als deine unerschrockene Heldin die schwachsinnige Tochter ihres feigen Gemahls entdeckt, die hinter Schloss und Riegel auf dem Dachboden haust, aber insgesamt ist es gar nicht schlecht. Du darfst stolz auf dich sein.«

Warum fühlte sie sich dann so schrecklich? »Es gibt da immer irgendeine unglückliche Seele, die in diesen Büchern auf den Dachboden gesperrt wird«, versuchte sie zu erklären. »Besonders wenn das Haus keinen Kerker hat.«

»Unter Umständen sollte ich erwägen, nachträglich einen errichten zu lassen«, murmelte er, und das Glitzern in seinen Augen ließ ihn so teuflisch aussehen, wie Lotties Herzog es war.

Von Argwohn erfasst, dass er mit ihr spielte, erwiderte sie scharf: »Du weißt schon, all das hier wäre nicht geschehen, wenn du mich einfach in *dein* Bett getragen hättest.«

Er schaute sie tadelnd an. »Aber wie hättest du ruhig schlafen können, wenn du doch jede Minute damit rechnen musstest, erwürgt zu werden?« Trotz seiner spöttischen Worte sah er so ergrimmt aus, als wollte er sie am liebsten jetzt erwürgen. »Sag, hast du inzwischen einen Verleger gefunden?«

»Natürlich nicht!«

»Aber du hattest vor, dir einen zu suchen.« Das war keine Frage.

»Nein. Doch. Ich weiß es nicht!« Lottie schüttelte den Kopf und versuchte verzweifelt, sich ihm verständlich zu machen. »Vielleicht hatte ich das, aber das war vorher.«

Hayden erhob sich und steckte das Manuskript wieder in den Spalt, ein bewunderndes Funkeln in seinen Augen. »Sich vorzustellen, dass ich dich beschuldigt habe, mir im Auftrag der Skandalblätter nachzuspionieren. Du hattest dir ein viel höheres Ziel gesteckt, nicht wahr? Auf diese Weise würdest du deinen Ruhm und deinen Gewinn nicht teilen müssen. ›Lady Oakleigh‹ wird ganz gewiss die literarische Sensation Londons sein.«

Lottie schaute ihn ungläubig an. »Denkst du das wirklich? Dass ich das alles von Beginn an geplant habe? Dass ich dich in eine Ehe gelockt habe mit dem einzigen Ziel, dein Leben als Inspiration für irgendeinen lächerlichen Roman zu nehmen?«

»Das weiß ich nicht, sag du es mir.« Er strich ihr mit dem Fingerrücken über die Wange und löste mit der Berührung eine Hitzewelle in ihrem Körper aus. Seine Stimme senkte sich zu einem seidenweichen Murmeln. »War letzte Nacht für dich ebenfalls eine Inspiration? Wolltest du herausfinden, wie genau sich ›die Hände eines Mörders‹ auf deiner Haut anfühlen?«

Lottie schloss kurz die Augen, nicht darauf vorbereitet, dass er ihre eigenen Worte und seine Liebkosung als Waffe gegen sie einsetzte. Als sie sie wieder öffnete, erwiderte sie seinen brennenden Blick ungerührt.

»Ich fürchte, leugnen ist zwecklos, nicht wahr?«, antwortete sie, sich geschlagen gebend, und schob seine Hand zur Seite. »Ich bin entdeckt. Wenn du unbedingt die Wahrheit wissen musst: Ich bin in jener Nacht in deinen Garten geschlichen, in der Hoffnung, mit einer gemeinen Straßendirne verwechselt und vor den Augen meiner Familie und der Londoner Gesellschaft bloßgestellt zu werden. Und wenn mein Ruf völlig zerstört wäre, habe ich darauf spekuliert, von dem Busen meiner Familie und allem, was mir vertraut, lieb und teuer war, weggerissen und in ein zugiges altes Schloss irgendwo am Ende der Welt verschleppt zu werden, damit ich dort von einem mürrischen Adeligen und seiner frechen Tochter kaum besser als eine Dienerin behandelt werde. Sobald ich herausfinde, dass der vor sich hinbrütende Adelige immer noch seine verstorbene erste Frau liebt, der man nachsagt, ab und zu aus dem Grab aufzutauchen, wenn ihr etwas nicht passt, hatte ich vor, ihn dazu zu verführen, mich auf dem Deckel eines Klavierflügels mit wahnsinniger Leidenschaft zu lieben.« Lotties Stimme gewann an Lautstärke. »Und genau wie du schon selbst herausgefunden hast, war das alles Teil meines teuflischen Planes, dazu gedacht, meinen schriftstellerischen Ehrgeiz zu befriedigen!«

Hayden schaute sie einen langen Augenblick an, und ein Muskel zuckte in seiner Wange. »Hätte das Klavichord auch genügt, oder musste es das Piano sein?«

Wortlos zog Lottie das Manuskript aus der Felsspalte und ging zum Rand der Klippe. Der Wind zerrte einzelne Locken aus dem Knoten, zu dem sie ihr Haar eilig aufgesteckt hatte, und wehte sie ihr ins Gesicht, sodass sie fast nichts sehen konnte.

»Nicht!«, rief Hayden, als sie die Blätter ins Meer werfen wollte. Seine Hände schlossen sich um ihre Schultern und zogen sie von dem Klippenrand fort. »Nicht!«, wiederholte er sanfter. »Die literarische Welt überlebt den Verlust vielleicht, aber ich bin nicht sicher, ob einer von uns das würde.«

Das Manuskript an ihre Brust gedrückt, drehte sich Lottie zu ihm um. »Ich habe zu schreiben angefangen in der ersten Nacht, in der ich das Gespenst gehört habe«, bekannte sie. »Nachdem du mich darüber unterrichtet hast, dass unsere Ehe nur dem Namen nach bestehen würde.«

Hayden ging ein paar Schritte rückwärts, fast so, als traue er sich selbst nicht, in ihrer Nähe zu bleiben. »Ich hätte gedacht, eine solche Enthüllung wäre eine Erleichterung gewesen, besonders wenn man bedenkt, dass die ›eisige Berührung‹ meiner Hand ausreicht, ›in jeder unschuldigen Seele Schauer des Grauens zu wecken‹.«

Lottie bedachte ihn mit einem ärgerlichen Blick. »Hast du jede Seite auswendig gelernt?«

»Nur ausgewählte Stellen«, versicherte er ihr und verschränkte die Arme vor der Brust. »Vorzugsweise die, die sich mit meiner ›vollkommenen moralischen Verderbtheit‹ beschäftigen und der ›anziehenden Grimmigkeit‹ meines ›sardonischen Antlitzes‹.«

Lottie stöhnte. »Nicht *dein* Antlitz, das des *Herzogs*. Es ist doch nur etwas, das ich mir ausgedacht habe, weißt du, keine Biografie.«

»Also ist jegliche Ähnlichkeit zwischen dem ›Mörderischen Marquis‹ und dem ›Heimtückischen Herzog‹ purer Zufall?«, fragte er, und die skeptisch hochgezogene Augenbraue verlieh ihm wirklich ein sardonisches Aussehen.

Sie schluckte und versuchte, nicht zu stottern. »Nun, ich habe vielleicht ein paar Motive aus deinem Leben geborgt, um die Geschichte anzureichern, bin mir aber ziemlich sicher, dass du niemals deine Seele dem Teufel verkauft hast.«

»Es gibt Leute, die dir da widersprechen würden«, erwiderte er leise, und aller Spott war aus seiner Miene gewichen.

Als Lottie ihn ansah, glomm unter ihrer Reue ein Hoffnungsfunke auf. Vielleicht war es nicht zu spät, ihr Vergehen wieder gutzumachen.

Ihr Herz weiterhin mit dem halbfertigen Manuskript schützend, trat sie einen Schritt auf ihn zu. »Warum lässt du mich ihnen nicht beweisen, dass sie sich irren?«

Hayden strich sich mit einer heftigen Bewegung eine Locke aus der Stirn. »Was genau willst du von mir?«

Lottie holte tief Luft und wünschte, sie wäre auch nur halb so furchtlos wie ihre Heldin. »Ich bitte dich, mir zu erlauben, deine wahre Geschichte zu erzählen – die, die die Skandalblätter niemals drucken würden.«

Der Blick, mit dem Hayden sie ansah, war beinahe mitleidig. »Die Geschichte ist zu weit fortgeschritten, um den ›Heimtückischen Herzog‹ noch zu reformieren, meinst du nicht?«

»Es ist nie zu spät«, erwiderte sie und machte noch einen Schritt auf ihn zu. »Nicht, wenn es jemanden gibt, der daran glaubt.«

Hayden versteifte sich. »Ich habe dich eines Hangs zum Melodramatischen beschuldigt, Mylady, nicht der Rührseligkeit.«

Lottie spürte den Verlust fast schmerzlich. Nun war sie also wieder Mylady, nicht »liebste Lottie« oder »Süße«, richtig? Aber die Gefahr, etwas noch viel Wichtigeres zu verlieren, gab ihr den Mut zu entgegnen: »Ich spreche nicht davon, das Frankenstein-Monster in einen guten Menschen zu verwandeln. Ich rede davon, einen Mann zu verteidigen, der fälschlicherweise des Mordes an der Frau beschuldigt wird, die er mehr als das Leben selbst geliebt hat.«

Obwohl es Lottie gelang, die Worte auszusprechen, ohne

eine Miene zu verziehen, schnitten sie ihr doch wie eine scharfe Klinge ins Herz.

Mit einem tonlosen Fluch ging Hayden ein paar Schritte zum Rand der Klippe, blieb stehen und schaute auf die Wellen mit den weißen Schaumkronen. Sein Profil war so starr wie der Himmel.

Lottie trat zu ihm. »Alles, was ich brauche, um deinen Namen reinzuwaschen, ist die Wahrheit über Justines Tod. Du hast den Behörden erzählt, es sei ein Unfall gewesen. War sie von Laudanum berauscht? Ist sie aus dem Haus gegangen und hat sich im Nebel verlaufen? Ist sie über den Saum ihres Kleides gestolpert? Du musst mir nur sagen, was in jener Nacht auf der Klippe geschehen ist. Lass dir doch von mir das glückliche Ende geben, das du verdienst.«

Sie griff nach seinem Arm und glaubte, dass, wenn sie ihn berührte, sie auch zu ihm vordringen könnte. Nach der letzten Nacht weigerte sie sich zu glauben, dass Hände, die zu solch köstlicher Zärtlichkeit in der Lage waren, eine wehrlose Frau in den Tod gestoßen haben konnten.

Als sie mit den Fingerspitzen seinen Ärmel streifte, fuhr er jäh herum und packte sie bei den Schultern, seine Hände hart und rücksichtslos, als er sie mit dem Rücken zum Kliff drehte. »Du sagst, du willst die Wahrheit hören, Mylady, aber was, wenn die Wahrheit für keinen von uns beiden ein glückliches Ende möglich macht? Was dann?«

Während sie mit den Absätzen ihrer Schuhe nach Halt in dem losen steinigen Boden suchte und dabei mehrere Steine in den Abgrund hinter sich stieß, wich Lottie vor ihrem Ehemann zurück, von der Düsterkeit in seinen Augen erschreckt. Sie bereute es augenblicklich, doch es war zu spät. Jene allzu vertraute Maske resignierter Erschöpfung hatte sich bereits wieder über seine Züge gelegt.

Nachdem er sie von der Klippe fortgezogen hatte, ließ

Hayden sie los und glättete die Falten, die sein Griff an ihren Ärmeln hinterlassen hatte. »Kehr mit Ned zurück nach London, Lottie, und schreib deine Geschichte zu Ende«, erklärte er brüsk. »Verschaff deinem Herzog das grausame Schicksal, das er verdient. Rette deine närrische Heldin aus seinen Klauen und gib ihr einen Helden, der ihrer Zuneigung und Achtung würdig ist. Aber bitte verlange nichts von mir, was ich, verflixt noch mal, nicht geben kann.«

Mit diesen Worten drehte Hayden sich um, ging zum Haus und ließ Lottie zurück, die immer noch die Seiten ihres Manuskriptes umklammerte.

Der Tag, an dem Lottie Oakwylde Manor verließ, glich dem ihrer Ankunft. Bleierne Wolken hingen über dem Moor, während ein kalter Wind die See mit weißen Schaumkronen versah. Wäre nicht der zarte grüne Schleier über den Hügeln, Büschen und Bäumen gewesen, hätte Lottie durchaus meinen können, dass der Frühling nicht mehr als ein Traum gewesen war, so schön und flüchtig wie die Nacht, die sie in Haydens Armen verbracht hatte.

Obwohl die Dienstboten sich an der Auffahrt aufgestellt hatten, um sie zu verabschieden, waren weder Allegra noch Hayden zu sehen. Während Meggie sich die Augen mit ihrer Schürze betupfte, stand Giles steif da, die Krawatte gestärkt, die Mundwinkel trübsinnig nach unten gebogen. Als Martha zu schnüffeln begann, holte Mrs. Cavendish ein Taschentuch aus ihrer Tasche und reichte es ihr, den Mund zu einer dünnen Linie zusammengepresst, in den Augen ein verdächtiges Glitzern.

Ned geleitete Harriet und Lottie zu seiner wartenden Kutsche, aber selbst ihm fiel keine lustige Bemerkung ein, um die Stimmung aufzuheitern. Er half Harriet gerade in die Kutsche, als Allegra um die Hausecke gerannt kam, eine leicht hinkende Miss Terwilliger auf den Fersen. Zu Lotties großer Erleichterung hatte die mürrische alte Gouvernante beschlossen zu bleiben, da ihr junger Schützling sie nun dringender brauchte als zuvor.

Allegra kam stolpernd vor Lottie zum Stehen, Lotties alte Puppe fest umklammert. »Hier«, verkündete sie und drückte sie Lottie in die Arme. »Nimm du sie.« Die Stimme des Mädchens klang erstickt, was Lottie verriet, wie sehr sich Allegra bemühte, nicht zu weinen. »Ich will nicht, dass du allein bist.«

Zärtlich strich Lottie über eine versengte Locke auf dem Puppenkopf, ehe sie sie Allegra zurückgab. »Sie hatte nie viel übrig für London. Sie hat immer gesagt, es sei zu stickig und zivilisiert für eine Piratenkönigin. Es wäre mir lieber, du würdest dich um sie kümmern, bis ich wieder zurückkomme.« Das Kind fest an sich drückend, flüsterte Lottie, nur für Allegras Ohren bestimmt: »Und ich komme wieder zurück, das verspreche ich.«

Dann richtete Lottie sich auf und überließ Allegra Miss Terwilligers knorrigen, aber fähigen Händen. Die alte Frau reichte ihren Gehstock einem Lakai und legte Allegra die Hände auf die Schultern, sodass das Mädchen gerade und aufrecht stand.

Ned hielt Lottie mit ernster Miene die Hand hin. Lottie ergriff sie und stieg in die Kutsche, ließ sich auf den Sitz neben dem Korb mit ihren Katzen sinken, während Ned neben Harriet Platz nahm. Als sie vor all diesen Wochen auf Oakwylde Manor angekommen war, hatte sich ihr Herz noch nach Zuhause gesehnt. Jetzt fuhr sie nach Hause und ließ ihr Herz hier zurück.

Als die Kutsche sich mit einem Ruck in Bewegung setzte, lehnte sie sich aus dem Fenster und warf einen letzten Blick auf das Herrenhaus. Obwohl sich in den Sprossenfenstern nur ein kleiner Ausschnitt des grauen Himmels spiegelte, spürte sie, dass Hayden hinter einem der Fenster stand – beobachtend, wartend. Er hatte ihr im Moment keine andere Wahl gelassen, als ihn seinen Gespenstern zu überlassen.

»Wenn du ihn je geliebt hast, Justine«, flüsterte sie eindringlich mit geschlossenen Augen, »dann lass ihn frei.«

Der Laut, den der Wind an ihr Ohr trug, mochte der Schrei einer Möwe sein, die über der Brandung kreiste, konnte aber ebenso gut das perlende Lachen einer Frau sein.

19

Vielleicht war es noch nicht zu spät, meine Seele im Austausch für seine zu geben …

»Tante Lottie ist nach Hause gekommen! Tante Lottie ist nach Hause gekommen!«

Als Lottie vor Devonbrooke House aus der Kutsche stieg, wurde sie von den Freudenschreien ihrer Nichte begrüßt, die aus einem Fenster im oberen Stock ertönten. Die Eingangstür des Hauses flog auf, und ihre Familie kam heraus, lachend und scherzend.

Ein paar Minuten lang herrschte Chaos, alle umarmten, küssten und drückten sie. Laura strahlte, während Sterling Lottie im Kreis herumwirbelte, dass sie den Boden unter den Füßen verlor. Onkel Thane und Tante Diana waren zum Supper eingeladen, sodass ihre Zwillinge und die Spaniels ebenfalls zu dem lautstarken Durcheinander beitrugen, indem sie allen vor den Füßen herumhüpften. Als Lottie ein scharfes Jaulen hörte, hob sie rasch ihren Fuß, unsicher, ob sie auf einen Hund oder ein Kleinkind getreten war.

George klopfte ihr auf die Schulter und grinste wie ein Betrunkener. »Ich hätte nie gedacht, dass du und dein Geplapper mir fehlen würden, Schwesterchen, aber ich muss gestehen, es war schrecklich öde hier ohne dich.«

»Das ist aber nicht das, was ich gehört habe«, erwiderte Lottie und nickte zu ihrem Reisebegleiter, der Harriet gerade aus der Kutsche half. »Es heißt, du habest in den vergangenen Wochen versucht, eine gewisse Operettentänzerin für dich zu gewinnen.«

George sah Ned mit gerunzelter Stirn an und errötete bis zu den Wurzeln seines sandfarbenen Haares. »Quatsch! Viel eher umgarnt sie mich.«

»Tante Lottie, Tante Lottie!« Der achtjährige Nicholas zog an dem Ärmel ihres Spencerjäckchens. »Ist es wahr, was es über Cornwall heißt? Gibt es dort entsetzliche Riesen, die Kinderknochen als Zahnstocher benutzen?«

»Ich denke nicht, Nicky.« Lottie strich ihrem Neffen eine dunkle Locke aus den braunen Augen. »Die Riesen in Cornwall essen die Knochen mit. Du kannst es mitten in der Nacht knacken hören, wenn du einzuschlafen versuchst.«

Während er erfreut aufkreischte, verdrehte seine neunjährige Schwester nur die Augen. »Jungs sind so dumm. Alle Welt weiß doch, dass es in Cornwall nicht so etwas wie Riesen gibt. Oder sonst irgendwo auf der Welt.«

»Du hast Recht, Ellie«, sagte Lottie, mit unverändert ernster Miene. »Aber nur, weil die Seeungeheuer sie alle aufgefressen haben.«

»Siehst du!«, rief Nicholas. »Ich habe dir doch gesagt, dass es in Cornwall Seeungeheuer gibt!« Unter lautem Triumphgeheul zog er fest an einer der goldenen Locken seiner Schwester. Während er aus ihrer Reichweite tänzelte, brachte Onkel Thane mit sicherem Griff Spaniels und Zwillinge aus der Gefahrenzone.

»Du widerwärtiger Wicht …« Ellie vergaß alle Bemühungen um damenhaftes Verhalten, rannte ihrem Bruder hinterher und jagte ihn den mit Bäumen gesäumten Weg hinab.

Während Lottie ihnen nachsah, schlang Laura ihr einen Arm um die Taille. »Warum so wehmütig? Du kannst mir nicht weismachen, du hättest ihr ständiges Gezanke vermisst.«

»Ich habe nur daran gedacht, wie gerne ich sie jemandem vorstellen würde, den ich kenne.«

»Deiner Tochter?«

Ihr fiel auf, dass sie Allegra nie als ihre Tochter betrachtet hatte, bis zu dem Augenblick gerade eben, und ihr wurde die Kehle eng. »Ja«, sagte sie leise, »meiner Tochter.«

Sterling betrachtete verwundert die Kutsche. »Wo ist denn der aufmerksamste aller Ehemänner? Wenn er sich in der Kutsche versteckt und nicht heraustraut, weil er Angst hat, ich könnte ihn erschießen, dann kannst du ihm sagen, dass Addison meine Duellpistolen sicher weggesperrt hat.«

Lottie holte so tief Luft, wie ihr Korsett es ihr gestattete. Dies war der Moment, vor dem ihr gegraut hatte. Sie setzte eine fröhliche Miene auf und wandte sich lächelnd an ihren Schwager. »Ich fürchte, Hayden war nicht in der Lage, mich zu begleiten. Zu dieser Zeit im Jahr gibt es so viel zu tun, dass er auf Oakwylde unabkömmlich ist. Trotzdem hat er darauf bestanden, dass ich komme. Er weiß, wie sehr ihr mir alle fehlt, und er wollte mich nicht länger eurer Gesellschaft berauben.«

Sterling lachte leise. »So wie ich es aus deinen Briefen verstanden habe, ist er von seiner reizenden jungen Frau völlig hingerissen. Mich wundert es, dass ihr beide es ertragt, mehr als einen Tag voneinander getrennt zu sein.«

George bemerkte spöttisch: »Oder eine Stunde.«

»George«, mahnte Laura leise und legte ihrem Bruder warnend eine Hand auf den Arm, während sie Lottie eindringlich musterte.

Lottie spürte, wie ihr Lächeln zu wanken begann. Sie hatte keine einzige Träne vergossen, seit sie Oakwylde verlassen hatten, aber nun begann es gefährlich in ihren Augen zu brennen. Sich schmerzlich Sir Neds mitleidigem Blick bewusst, sagte sie: »Natürlich ist es entsetzlich schwer für uns, getrennt zu sein, gleichgültig für wie lange. Ich bin mir sicher, er ist ohne mich genauso verloren wie ich ohne ihn.«

George, der das wachsende Unbehagen seiner Schwester nicht bemerkte, klopfte ihr aufmunternd auf die Schulter. »Wenn du den armen Kerl so völlig unter deinem Pantoffel hast, wie lange lässt er dich hier bei uns?«

»Für immer, fürchte ich«, platzte Lottie heraus, brach in Tränen aus und warf sich in Lauras Arme.

Schließlich saß Lottie allein in ihrem alten Bett, einen Berg weicher weißer Kissen im Rücken. Obwohl es ein milder Sommerabend war, knisterte im Kamin ein behagliches Feuer und heizte das geräumige Schlafzimmer. Cookie hatte sogar einen in Tuch geschlagenen, heißen Ziegelstein unter die Laken am Fußende gesteckt, um ihre Zehen zu wärmen. Kürbis und Mr. Zappel maßen sich mit finsteren Blicken, während sie darum rangen, wem das Privileg zuteil werden würde, sich darauf auszustrecken.

Früher einmal hätte Lottie es genossen, von ihrer Familie verhätschelt zu werden, aber heute Nacht hatte sie nur Erleichterung verspürt, als Laura sie schließlich alle aus dem Raum gescheucht hatte. Sie glaubte nicht, dass sie Dianas oder Cookies mitleidiges Zungenschnalzen noch eine Minute länger ertragen hätte, ebenso wenig wie Sterlings,

Georges und Thanes Drohungen, ihren Schuft von einem Ehemann zur Strecke zu bringen und ihm das Herz aus dem Leib zu reißen, weil er sie zum Weinen gebracht hatte.

Laura war als Letzte gegangen; nachdem sie Lottie tröstend die Hand gedrückt hatte, sagte sie noch: »Wenn du bereit bist, darüber zu sprechen – ich bin immer für dich da.«

Lottie schlug die Decken zurück und kletterte aus dem Bett. So angenehm es auch war, von ihrer Familie umsorgt zu werden, sie war kein kleines Mädchen mehr. Sie hatte das Alter längst hinter sich gelassen, in dem ein gebrochenes Herz mit einer Tasse heißer Schokolade und einem noch warmen Stück von Cookies Pfefferkuchen geheilt werden konnte.

Es dauerte nicht lange, das zu finden, wonach sie gesucht hatte. Ihr Schreibset hatte sie zuoberst in ihre hastig gepackte Reisetruhe gelegt. Sie setzte sich ans Fußende ihres Bettes, zog die Füße hoch, damit Mirabella nicht unter dem Bett hervorgeschossen kam, um sie anzugreifen, und öffnete den Kasten. Sie hatte die Seiten ihres Manuskriptes eilig hineingestopft, ohne sich die Mühe zu machen, sie ordentlich zusammenzuschieben. Es war ihr egal gewesen, ob sie zerknitterten oder Risse bekamen.

Wenn Hayden sie nicht gefunden hätte, säße sie vielleicht gerade jetzt auf Oakwylde in den Räumen der Hausherrin und wartete darauf, dass ihr Ehemann kam und seine Lust an ihr stillte. Lottie schloss einen Moment lang gequält die Augen, wusste, dass Haydens geschickte Hände und seine findigen Lippen dafür gesorgt hätten, dass seine Lust auch die ihre wäre.

Sie schlug die Augen auf und schaute auf das Manuskript. Ihr brillantes Werk schien ihr nun nicht mehr als die verworrenen Phantastereien eines verzogenen Kindes, dem man gesagt hatte, sein Gekritzel sei ein Meisterwerk. Als sie durch die Seiten blätterte, verfolgte sie Haydens samtig raue Stimme viel schlimmer als ein Gespenst.

Die Geschichte ist zu weit fortgeschritten, um den Heimtückischen Herzog noch zu reformieren, meinst du nicht?

Dazu ist es nie zu spät, hatte sie erwidert. *Nicht, wenn es jemanden gibt, der an ihn glaubt.*

Aber sie hatte nicht an ihn geglaubt. Niemand hatte das. Nicht die Klatschblätter, nicht die Gesellschaft und noch nicht einmal seine eigene Tochter. Und sie selbst hatte sich als nicht besser entpuppt, als sie von ihm verlangte, die Wahrheit zu hören, obwohl sie sie in ihrem Herzen schon lange kannte.

Plötzlich begriff Lottie, warum die Aufmerksamkeit ihrer Familie ihr so unangenehm gewesen war. Sie verdiente ihr Mitleid genauso wenig wie Hayden ihre Verachtung. Sie hatte genauso viel Schuld an ihrer Trennung wie er.

Und sie wusste auch, was sie nun tun musste. Sie raffte die Blätter zusammen. Nie hatte sie absichtlich auch nur eine Zeile von etwas zerstört, das sie geschrieben hatte, doch jetzt zögerte sie keine Sekunde, als sie sich vom Bett erhob und zum Kamin schritt. Sie drückte die Seiten den Bruchteil einer Sekunde lang an ihr Herz, dann bückte sie sich und warf sie in die tanzenden Flammen.

Sie blieb nicht stehen, um zuzusehen, wie sie verbrannten. Stattdessen kehrte sie zu dem Schreibset zurück und zog ein leeres Blatt Papier heraus, einen Federhalter und ein neues Tintenfläschchen. Den Kasten des Sets als behelfsmäßige Unterlage benutzend, machte sie es sich in den Kissen bequem und begann zu schreiben. Ihre Hand glitt wie beflügelt über die Seiten.

»Was, zum Teufel, treibt sie da oben?« Sterling stand da, die Hände in den Hüften, und schaute finster zur Decke des

Empfangssalons. »Bis in die frühen Morgenstunden das Licht brennen lassen, sich wie eine Putzfrau kleiden und alle Mahlzeiten in ihrem Zimmer einnehmen.«

»Wenigstens isst sie«, bemerkte Laura von ihrem Platz auf dem Sofa aus und strich ihre Stickarbeit glatt. »Cookie schwört, jedes Tablett kommt bis auf den letzten Krümel leer gegessen in die Küche zurück.«

»Um ihren Appetit mache ich mir keine Sorgen, sondern um ihre Gemütsverfassung. Sie ist seit fast zwei Monaten zurück in London und hat nicht eine einzige Teegesellschaft oder Soiree besucht. Dem armen George ist so langweilig davon, Miss Dumwinkle zu unterhalten, dass er sich die Haare ausreißen könnte. Oder ihr. Trotzdem weigert sich Lottie, das Haus zu verlassen, und der einzige Besucher, den sie empfangen will, ist dieser Schurke Townsend.« Ein gequältes Stirnrunzeln verdüsterte seine Miene. »Sie hat nie ein Wort darüber verloren, warum Oakleigh sie fortgeschickt hat. Meinst du, es wäre möglich …«

»Nein, auf keinen Fall.« Laura stach die Nadel mit sicherer Hand durch den Stoff. »Und du solltest sie auch nicht fragen. Lotties Launen sind vielleicht wechselhaft, aber ihr Herz ist nie wankelmütig gewesen.«

»Wenn ich gewusst hätte, dass der Schuft sie gebrochen nach Hause schicken würde, hätte ich ihn auf der Stelle erschossen.« Er fuhr sich mit einer Hand durchs lohfarbene Haar und seufzte. »Ich weiß nicht, wie viel länger ich diese Geheimnistuerei noch aushalte. Ich wünschte, sie würde sich uns anvertrauen.«

Laura erhob sich und hakte sich zärtlich bei ihm unter. »Hab Geduld, Liebster«, sagte sie und warf selbst einen ratlosen Blick zur Decke. »Vielleicht tut sie das gerade.«

»Tante Lottie! Tante Lottie!«

Lottie legte ihren Stift zur Seite und seufzte. Sie konnte den Rest der Welt aussperren, während sie arbeitete, aber es war schlicht unmöglich, das aufgeregte Rufen ihres Neffen zu ignorieren. Wann immer er etwas zu sagen hatte, geschah das in Form von aufgeregtem Rufen, und für besondere Gelegenheiten hatte er eine noch größere Lautstärke reserviert.

Sie rieb sich das Kreuz, stand von ihrem Schreibtisch auf, eilte zum Fenster, und dabei schob sie Cookies Schürze zur Seite. Obwohl sie alle Hoffnung aufgegeben hatte, dass es ihr je gelingen würde, die Tintenränder unter ihren Fingernägeln zu entfernen, war sie immer noch eitel genug, um ihre hübschen Kleider schützen zu wollen.

Sie stieß das Fenster auf und lehnte sich hinaus, blinzelte, da die grelle Nachmittagssonne sie blendete. Letzte Nacht hatte sie sich nur drei Stunden Schlaf gegönnt, und sie fühlte sich so benommen wie ein Schmetterling, der gerade aus seinem Kokon geschlüpft war. Schließlich entdeckte sie ihren Neffen auf dem niedrigsten Ast der Ulme am Rand der baumbestandenen Straße.

»Was ist los, Nicky? Hast du noch einen glänzenden Käfer gefunden?«

Grinsend deutete der Junge auf die Straße. »Diesmal habe ich eine glänzende Kutsche gefunden!«

Lottie spähte zu dem Gefährt, das vor dem Haus stand. Eine wappenbeschlagene Kutsche war sicher nichts Seltenes in dieser vornehmen Gegend Londons. Sterling hatte davon etwa ein halbes Dutzend in den eigenen Stallungen stehen. Aber keine von ihnen zierte ein Wappen mit einer ausladenden Eiche.

Lotties Herz schlug schneller.

Ehe sie sich versah, flog sie schon die breiten Stufen hinab, während sie sich noch aus Cookies Schürze befreite. Sie drückte sie am Fuß der Treppe einer verdutzten Dienstmagd in die Hand und lief weiter auf einen Lakaien mit weit aufgerissenen Augen zu, der neben der Eingangstür stand.

»Wollen Sie ausgehen, Mylady? Soll ich Ihnen …«

Als sie keinerlei Anstalten machte, langsamer zu werden, riss er eilig die Tür auf, da er offensichtlich befürchtete, sie würde sie einfach einrennen. Auf der obersten Stufe der Außentreppe blieb Lottie jäh stehen und schob sich eilig eine lose Locke in ihren unordentlichen Knoten.

Wäre nicht seine schwarz gekleidete Begleiterin gewesen, Lottie hätte das Mädchen nicht erkannt, das aus der Kutsche stieg. Miss Terwilliger stützte sich schwer auf ihren Gehstock, aber das Mädchen stand aufrecht und gerade, trug einen reizenden blauen Hut und ein sauberes Kleid in der gleichen Farbe. Das Haar war zu schimmernden schwarzen Zöpfen geflochten. Trotz des stolz vorgereckten Kinns umklammerte sie die Puppe so fest, dass die Knöchel ihrer Finger weiß hervortraten. Die Kleine war sich ihres Empfangs alles andere als sicher.

»Allegra!« Lottie lief die Eingangsstufen hinunter und riss Haydens Tochter in ihre Arme.

Während sie das Mädchen fest an sich drückte, hätte sie schwören können, dass sie das Moor riechen konnte – diesen schwer fassbaren, würzigen Duft nach Wind und Leben. Lottie atmete ihn tief ein und wünschte sich dabei sehnsüchtig, auch einen Hauch Lorbeer darin zu entdecken.

»Sieh dich nur an!« Sie legte Allegra die Hände auf die Schultern und schob sie auf Armeslänge von sich. »Ich könnte schwören, du bist in den beiden letzten Monaten zwei Zoll gewachsen!«

Miss Terwilliger rümpfte die Nase. »Das sollte Sie nicht weiter verwundern. Die meisten Kinder gedeihen gleichermaßen durch streng bemessene Gaben von Zuneigung, Disziplin und frischer Luft.«

Lottie schaute über Allegras Schulter zur Kutsche, unfähig, die Hoffnung, die in ihrem Herzen aufkeimte, zu verbergen. »Sicherlich haben die beiden Damen eine so lange Reise nicht allein ohne männlichen Schutz zurückgelegt, oder?«

Statt einer Antwort griff Allegra in das Retikül an ihrem Handgelenk und zog ein zusammengefaltetes Blatt Pergamentpapier heraus.

Sie hielt es Lottie hin. »Das hier ist für dich. Er hat es versiegelt, ehe ich es lesen konnte.«

Lottie nahm den Brief und brach das Wachssiegel auf, das sie als das ihres Ehemannes wiedererkannte. Langsam faltete sie das Blatt auseinander.

Mylady, stand da in Haydens ordentlicher Schrift. *Meine Tochter lässt seit deiner Abreise den Kopf hängen. Langsam schlägt mir ihre betrübte Miene auf den Magen. Bitte kümmere dich um sie.* Als Post scriptum hatte er hinzugefügt: *Du warst ihr eine bessere Mutter, als ich ein Vater war.*

Als sie den Brief sinken ließ, schaute Allegra sie aus ihren violetten Augen flehentlich an. »Er ist jetzt ganz allein. Ich mache mir Sorgen um ihn.«

»Ich weiß, Süße«, flüsterte sie und nahm sie in den Arm. »Ich auch.«

So wären sie vielleicht länger stehen geblieben, wenn Ellie nicht in dem Augenblick um die Ecke des Hauses gekommen wäre, als Nicky sich von dem Ast herabließ und genau vor ihnen landete.

»Warum, im Himmel, schreist du jetzt schon wieder so?«, wollte Ellie von ihrem Bruder wissen und versetzte ihm einen Stoß gegen die Schulter. »Irgendwann einmal wirst du in Flammen stehen, und niemand wird kommen, das Feuer zu löschen, weil du immer wegen nichts und wieder nichts so ein Theater machst.«

Ehe Nicky antworten konnte, entdeckte Ellie die Besucher. Allegra starrte sie mit offenem Mund an, die Augen weit aufgerissen vor Staunen, dass sie sich einem exakten, lebendigen Ebenbild der Puppe in ihren Armen gegenüberfand.

Mit einem finsteren Blick auf Lotties alte Puppe stemmte sich Ellie die Hände in die Hüften, warf ihre Lockenmähne in den Nacken und reckte ihre Stupsnase, so hoch sie konnte. »Wo hast du die her? Tante Lottie hat *mich* nie mit ihr spielen lassen.«

Zu Lotties Verwunderung lief Allegra, statt mit einer entsprechend unhöflichen Bemerkung zurückzuschlagen, zur Kutsche zurück und holte die Puppe, die ihr Vater ihr geschenkt hatte. »Hier«, sagte sie und drückte die Schönheit mit dem rabenschwarzen Haar Ellie in die Arme. »Du kannst mit der hier spielen, wenn du magst.«

Ellie musterte die Puppe, warf dann einen verstohlenen Blick auf Allegras Gesicht, von der Ähnlichkeit sichtlich überrascht. Obwohl sie etwa ein Jahr jünger als Allegra war, seufzte sie schließlich und erklärte: »Nun, ich bin eigentlich zu alt, um mit Puppen zu spielen, aber wenn du darauf bestehst, dann wird es schon nichts schaden. Würdest du gerne meine Kätzchen sehen? Ich habe ein Dutzend in meinem Schlafzimmer. Sie mögen nur mich, aber vielleicht lassen sie sich von dir streicheln, wenn ich ihnen sage, dass es in Ordnung ist.«

»Ich habe auch Kätzchen«, sagte Allegra und lief zur Kutsche zurück, um einen geflochtenen Korb zu holen. Sie öffnete den Deckel, und vier Katzen lugten über den Rand. Als Lottie erkannte, dass es sich um die Kätzchen handelte, die sie Hayden geschenkt hatte, begriff sie, dass Allegra nicht übertrieben hatte. Ihr Vater war wirklich und wahrhaft allein.

Während die Mädchen Hand in Hand fortgingen, stand Nicholas verloren auf dem gepflasterten Hof. Er rümpfte seine sommersprossige Nase und sagte verächtlich: »Mädchen!«

Lottie zauste ihm das Haar. »Sie sind nicht annähernd so nett wie Käfer, nicht wahr? Während die beiden mit ihren Puppen und den Katzen spielen, könntest du Miss Terwilliger ins Haus geleiten und deine Mutter bitten, zwei Gästezimmer zurechtmachen zu lassen?«

Widerwillig gehorchte Nicky. Als er und die alte Gouvernante im Haus verschwunden waren, faltete Lottie den Brief noch einmal auf und strich mit dem Finger zärtlich über Haydens Worte. »Ich werde auf sie aufpassen«, flüsterte sie. »Und auf dich auch, warte nur ab. Du wirst es schon noch sehen.«

Sie faltete das Blatt Papier wieder zusammen und steckte es in die Tasche ihres Rockes, dann eilte sie die Eingangsstufen hinauf und hatte es noch eiliger als sonst, zu ihrer Arbeit zurückzukehren.

Ein kühler Herbstwind wehte durch die Dachgaubenfenster des Arbeitszimmers im vierten Stock und mischte sich mit dem scharfen Rußgeruch aus den nahen Schornsteinen. Lottie hatte ihre Hände über ihrem Retikül verschränkt, damit sie nicht durch fahrige Gesten ihre Nervosität verrieten. Sie konnte kaum glauben, dass sie tatsächlich in den Räumen von Minerva-Press saß.

Sie hatte oft genug die angeschlossene Leihbücherei und Buchhandlung im ersten Stock besucht, aber es nie zuvor gewagt, in das Innerste des Heiligtums vorzudringen. Hier, an diesem magischen, doch gleichzeitig auch irgendwie schäbigen Ort, wo die Luft mit den berauschenden Gerüchen von Staub, Tinte, Leder und Papier geschwängert war, konnten Träume gedruckt, gebunden und verkauft werden, um endlose Stunden Vergnügen zu bereiten. Vielleicht hatte Mrs. Eliza Parsons höchstpersönlich hier in eben diesem Stuhl gesessen, während sie voller Sorge auf das Urteil des Verlegers über *Die geheimnisvolle Warnung* oder *Burg Wolfenbach* wartete.

Lottie gegenüber lehnte sich Ned lässig in seinem Stuhl mit der Lederlehne zurück und klopfte mit seinem Gehstock rhythmisch auf die Bodendielen. Als er ihren Blick auffing, hörte er mit dem Klopfen auf. »Es ist nicht zu spät zu gehen. Sind Sie sich ganz sicher, dass Sie das hier tun wollen?«

Sie nickte. »Ich *muss* es tun.«

»Sie wissen schon, dass er mich dafür vielleicht erwürgt, weil ich es zugelassen habe? Allerdings nur, wenn Ihr Schwager ihm nicht zuvorkommt.«

Lottie rümpfte ihre Nase. »Das ist ein Wagnis, das ich einzugehen bereit bin.«

Beide richteten sich in ihren Stühlen auf, als die Tür hinter dem Schreibtisch aufging. Ein kahlköpfiger Mann mit hängenden Schultern betrat den Raum, ein Manuskript unter dem Arm.

Er trug einen schlichten Überrock, eine Krawatte mit kleinen Mottenlöchern, eine karierte Weste und eine Hose mit einem anderen Karomuster. Lottie bezog einen gewissen Trost aus der Tatsache, dass seine sauber manikürten Fingernägel Tintenränder zierten.

Er setzte sich auf den Stuhl hinter dem Schreibtisch und legte das Manuskript vor sich, dann nahm er seine Brille ab, um sich die Augen zu reiben.

»Aber, Mr. Beale«, sagte Lottie mit einem halbherzigen Lachen, »so schlecht ist es nun sicher nicht.«

Der Verleger massierte sich die Nasenwurzel, ehe er die Brille wieder aufsetzte. »Meine liebe Dame«, begann er und betrachtete sie ernst, »Sie sind sich gewiss der Tatsache bewusst, dass dies nicht zu der Sorte Geschichten gehört, die wir gewöhnlich bei Minerva-Press veröffentlichen. Unsere Leser sind eher ... wie soll ich es sagen ...?« Er legte seine Hände gegeneinander, sodass sie sich nur an den Fingerspitzen berührten. »... sensationellere Kost gewöhnt.«

Ned erhob sich. »Bitte entschuldigen Sie, wenn wir Ihre Zeit vergeudet haben, Sir. Ich hoffe, Sie verzeihen uns ...«

Ihm einen finsteren Blick zuwerfend, räusperte sich Lottie angelegentlich. Seufzend ließ er sich wieder auf seinem Stuhl nieder.

Sie beugte sich vor und versuchte, den Verleger mit ihrem herzlichsten Lächeln umzustimmen. »Als eine der treuesten Leserinnen von Minerva-Press kann ich Ihnen versichern, dass ich mich sehr gut mit dem auskenne, was Sie *gewöhnlich* drucken. Aber unter den gegebenen Umständen hegte ich die Hoffnung, Sie würden mein Manuskript wenigstens in Erwägung ziehen. Sie können sicherlich nicht abstreiten, dass es für Ihr Unternehmen äußerst gewinnträchtig wäre.«

»Aber zu welchen Kosten? Sie müssen bedenken, dass die Veröffentlichung dieses Romans eine gewisse Bekanntheit für den Autor nach sich ziehen wird. Es sei denn, Sie möchten unter einem Pseudonym ...«

»Nein«, erwiderte Lottie fest und lehnte sich wieder in ihrem Stuhl zurück. »Ganz bestimmt nicht. Ich möchte, dass mein Name das Erste ist, was dem Leser oder der Leserin auffällt, wenn er oder sie das Buch in die Hand nimmt.«

Mr. Beale schüttelte betrübt den Kopf. »Ich habe es mir nicht leicht gemacht, aber ich kann einfach keinen Weg erkennen, wie es gehen würde.«

»Bitte lehnen Sie nicht vorschnell ab«, bat Lottie ihn und konnte ihre Verzweiflung nicht länger hinter einem gewinnenden Lächeln verbergen. »Ich sehe ein, dass meine schriftstellerischen Qualitäten nicht an Ihr gewohnt hohes Niveau heranreichen, aber ich denke doch, dass man mit ein paar drastischen Kürzungen hier und Einfügungen da …«

Sie verstummte. Der Verleger schaute sie so entgeistert an, als sei ihr ein zweiter Kopf gewachsen. Sie tauschte einen verwunderten Blick mit Ned.

»Sie haben mich missverstanden, Mylady.« Mr. Beale legte eine Hand auf das Manuskript, und seine rot geränderten Augen wurden wieder feucht. »Dies hier ist eines der bewegendsten Bücher, die ich je gelesen habe. Ich wage zu sagen, dass sogar die abgebrühtesten unserer Leser es nicht trockenen Auges und ungerührten Herzens beenden können. Es lag nicht in meiner Absicht anzudeuten, dass es unserem Standard nicht gerecht wird, sondern vielmehr, dass es ihn übersteigt und in ein renommierteres Verlagshaus als unseres gehört.«

Lottie schaute ihn ungläubig an und überlegte, ob sie irgendwie eingeschlafen war und träumte. Sie merkte gar nicht, dass ihr Tränen in die Augen gestiegen waren, bis Ned ihr ein Taschentuch reichte.

»Wenn ich aber Ihren Verlag den anderen vorziehe«, wandte sie ein und warf erneut einen Blick auf seine Finger mit den Tintenflecken, »würden Sie dann in Erwägung ziehen, es zu verlegen?«

Mr. Beale nickte, und ein Lächeln breitete sich auf seinem länglichen Gesicht aus. »Dann wäre es mir sowohl eine Ehre als auch ein Vergnügen.«

»Haben Sie das gehört, Ned?« Lottie drehte sich zu ihrem Freund um und lachte unter Tränen. »Ich werde berühmt!«

20

Ich konnte den eisigen Atem des Teufels in meinem Nacken spüren …

Um Oakwylde Manor pfiff ein kalter Wind.

Er fegte über das Moor, die Schornsteine hinab und vergiftete jeden Atemzug mit seiner Unerbittlichkeit. Er riss mit rücksichtslosen Fingern die Blätter von den Bäumen, sodass sie nackt dastanden. Er wischte den letzten Hauch von Sommer fort, bis jene kurze Jahreszeit nur noch als ein schöner Traum schien.

Manche behaupteten, wenn man vor die Tür träte und den Kopf in genau dem richtigen Winkel schief legte, dann könnte man sogar die Glocke läuten hören, mit der vor hundert Jahren die Strandräuber ahnungslose Kapitäne mit ihrem Schiff auf den zackigen Felsenriffen ins Verderben gelockt hatten. Andere flüsterten, es sei derselbe Wind wie in der Nacht, als die erste Frau des Masters so verhängnisvoll stürzte, derselbe Wind, der ihren Entsetzensschrei an ihre Ohren getragen hatte.

Die Dienstboten blieben für sich und schlossen sich in ihren Quartieren ein, sobald es dunkel wurde. Es war nicht länger ein Gespenst, dem sie in den wachsenden Schatten zu begegnen fürchteten, sondern ein Mann. Obwohl er sich tagsüber in seinem Arbeitszimmer verbarrikadierte, durchwanderte er nachts zu den unmöglichsten Stunden die verlassenen Korridore des Hauses, und seine finstere Miene und seine brennenden Augen ließen ihn irgendwie nicht mehr menschlich aussehen.

Obwohl keine Musik, gespenstisch oder anderen Ursprungs, aus dem Musiksalon drang, nachdem er seine Frau und am Ende auch seine Tochter fortgeschickt hatte, vermieden die Dienstmädchen es dennoch, das Zimmer zu betreten. Keines von ihnen konnte das unheimliche Gefühl abschütteln, beobachtet zu werden. Sie drehten sich jäh um, das Herz schlug ihnen bis zum Hals, nur um sich allein mit dem Portrait der ersten Lady Oakleigh wiederzufinden. Ein junges Mädchen schwor, während sie das Piano abstaubte, sei eine erstickende Wolke Jasminparfüm aus den Tasten aufgestiegen, sodass sie nach Atem ringend aus dem Raum gestolpert sei. Nachdem eine Porzellanfigur vom Kaminsims fiel und nur knapp Meggies Kopf verfehlte, konnten weder Marthas Kneifen noch Mrs. Cavendishs Drohungen mit sofortiger Entlassung auch nur eines der zu Tode erschreckten Stubenmädchen dazu bewegen, in den Musiksalon zurückzukehren.

Die Lakaien begannen sich bei Giles zu beschweren, dass es in bestimmten Fluren eiskalte Stellen gab, sodass sie unkontrollierbar mit den Zähnen klapperten und in die Küche laufen mussten, um sich am Herdfeuer zu wärmen.

Als Martha Hayden zögernd von der wachsenden Angst der Dienstboten berichtete, schlug er ihr vor, weniger abergläubische Diener einzustellen. Er glaubte nicht länger an Gespenster. Als er sich nach ihnen sehnte, hatten sie ihn verlassen.

Obwohl er Allegra vor beinahe vier Monaten fortgeschickt hatte, bestand er darauf, dass die Diener in ihrem Zimmer die ganze Nacht lang eine Lampe brennen ließen. Manchmal öffnete er nachts die Tür einen Spalt breit und erwartete, sie dort liegen zu sehen, ihre Wangen im Schlaf gerötet und Lotties Puppe im Arm. Aber ihr Bett war immer kalt und leer.

In den frühen Morgenstunden blieb er an der Tür zum Empfangssalon stehen und hoffte, das Klirren von Teetassen zu hören, ein Kichern oder die letzten Noten einer lächerlichen schottischen Weise. Aber er vernahm nur Stille.

Sein zielloses Umherwandern führte ihn schließlich stets in den dritten Stock des Hauses, zu Lotties Schlafzimmer. Als er das erste Mal die Tür geöffnet hatte, war er überrascht gewesen, dass sie das meiste ihrer Habe dagelassen hatte. Vielleicht hatte sie einfach in Eile gepackt, sagte er sich bitter, von dem verzweifelten Wunsch getrieben, endlich von ihm wegzukommen. Er hatte die Furcht in ihren Augen gesehen, als er ihr an jenem Tag auf den Klippen die Hände auf die Schultern gelegt hatte. Es war eine Furcht, die er nie wieder in den Augen einer Frau sehen wollte – so lange er lebte. Und besonders nicht in Lotties.

Er schlenderte durch ihr Zimmer, nicht von Gespenstern verfolgt, sondern von der Erinnerung daran, wie sie ihre Nase rümpfte, wenn sie lachte; wie ihr Haar wie geschmolzener Sonnenschein geschimmert hatte, als sie auf dem Laufrad die Auffahrt hinabgerast war; die leisen, erstickten Laute, die sie ausgestoßen hatte, als er sie mit seinem Mund in den süßen Abgrund der Lust gesandt hatte. Obwohl er wusste, er sollte Martha und Mrs. Cavendish auftragen, ihre Sachen zusammenzupacken und nach London zu schicken, zog er jede Nacht ihre Tür wieder hinter sich zu und ließ alles genau so, wie sie es verlassen hatte.

In den ersten Wochen nach Justines Tod hatte Hayden die Gefahr erkannt, die darin lag, auf dem Boden einer Flasche Vergessen zu suchen. Dennoch trat er eines Nachts durch ein Französisches Fenster in seinem Arbeitszimmer nach draußen, die Hand um den Hals einer offenen Flasche Portwein geschlossen.

Er suchte sich mit unsicheren Schritten einen Weg über den felsigen Boden, bis er schließlich schwankend am Rand der Klippen stand und auf das Tosen lauschte, mit dem sich die Wellen an den Riffen unten brachen – wie seine Träume. Der Wind hatte die Wolken vertrieben und die schimmernde Scheibe des Mondes freigelegt, um die Wogen mit Silber zu überziehen. Hayden nahm einen tiefen Schluck von dem Portwein, schloss die Augen und breitete die Arme aus, als forderte er die Elemente auf, ihn zu sich zu nehmen.

Da hörte er es plötzlich, leise wie aus weiter Ferne, eine Melodie, die vom Wind zu ihm geweht wurde. Das Lied war quälend süß, unwiderstehlich in seiner Schlichtheit. Das Blut erstarrte in seinen Adern, und langsam drehte er sich um und schaute zu dem Haus. Diesmal, das wusste er, waren es weder Lottie noch Allegra, die die Tasten zum Leben erweckten.

»Verflucht sollst du sein«, flüsterte Hayden heiser, während das Lied ihn langsam aber sicher von dem Abgrund fortlockte.

Ohne die Flasche loszulassen, schritt er durch die dunklen Korridore des Hauses, und mit jedem Schritt wurde die Musik lauter und seine Wut größer. Als er die Tür zu dem Musiksalon aufstieß, fand er ihn genauso vor, wie er es erwartet hatte – dunkel und still. Er ging zum Piano und legte eine Hand flach auf den Deckel. Er konnte die feinen Vibrationen der Saiten spüren und das Echo der bittersüßen Melodie in der Luft wahrnehmen.

Wütend fuhr er zu Justines Portrait herum. »Ich hoffe, bei Gott, du bist jetzt glücklich!« Er holte aus und warf die Flasche Portwein mit aller Kraft gegen das Gemälde. Sie zerbarst auf der Leinwand, und der rote Wein ergoss sich wie Blut über Justines weißes Gewand. »Vielleicht war es schon immer dein Ziel, mich in den Wahnsinn zu treiben, damit du niemals allein bist, noch nicht einmal im Tod!«

Justine schaute einfach weiter auf ihn herab, in den Augen ein unergründlicher, spöttischer Ausdruck.

»Hayden?«

Hayden fuhr herum und entdeckte einen Mann auf der Türschwelle, dessen Gesicht im Schatten lag.

Einen schreckensstarren Augenblick lang dachte er, es wäre Phillipe, der dort stand, jung und keck und hoffnungsvoll. Während er darauf wartete, dass sein alter Freund aus den Schatten trat, das Einschussloch der Pistolenkugel über seinem Herzen immer noch rauchend, da wusste Hayden, dass er wirklich verrückt geworden war.

»Hayden?«, wiederholte der Mann und klang ein wenig argwöhnisch. »Sag mal, hast du inzwischen alle deine Diener mit deiner mürrischen Miene, dem barschen Wesen und der schlechten Laune verjagt? Ich habe an die Tür geklopft und geklopft, aber niemand kam, sodass ich schließlich um das Haus herumgegangen bin, ein offenes Fenster gefunden habe und durch dieses hereingekommen bin.«

Als sein Besucher vortrat und sein Haar im Mondlicht silbern schimmerte, stolperte Hayden einen Schritt nach hinten und sank auf den Diwan, benommen vor Erleichterung. Er vergrub den Kopf in seinen Händen, und ein ersticktes Lachen entfuhr ihm. »Himmel, Ned, ich hätte nie gedacht, dass ich einmal so froh darüber sein würde, dass du hier unangemeldet und uneingeladen hereinplatzt.«

»Das ist mit Sicherheit das freundlichste Willkommen, das du mir in letzter Zeit bereitet hast. Das war übrigens ein wunderschönes Stück – ich wusste gar nicht, dass du auch spielst.«

Hayden hob langsam den Kopf und schaute mit einer Mischung aus Verwunderung und Unglauben zum Flügel. »Ich auch nicht.«

»Ich würde dich ja bitten, mir etwas zu trinken anzubieten«, bemerkte Ned mit einem amüsierten Blick auf das Portrait, »aber ich ziehe es vor, aus einem Glas zu trinken, statt die Flasche an den Kopf geworfen zu bekommen.«

Hayden fuhr sich verlegen mit einer Hand durchs Haar. »Justine hatte nie viel für Portwein übrig.« Er runzelte die Stirn, als ihm zu ersten Mal auffiel, wie seltsam es war, seinen Freund hier zu sehen. »Was führt dich mitten in der Nacht nach Cornwall?«

Ned wurde sogleich ernst. »Ich muss mich entschuldigen, dass ich so spät eintreffe, aber ich bringe dir ein Geschenk von deiner Frau – etwas, so meint sie, das du so schnell wie möglich sehen solltest.«

»Was denn?«, fragte Hayden mit einem bitteren Schnauben. »Ihre Bitte um Annullierung der Ehe?«

»Nicht ganz.« Damit griff Ned in seine Reisetasche und zog ein dünnes Buch mit Ledereinband hervor, das er Hayden reichte.

Hayden besah sich das Buch von allen Seiten und stellte fest, dass es sich um den ersten Teil einer Romantrilogie handelte. Noch bevor er das Buch ins Mondlicht hielt und die goldgeprägte Inschrift auf dem scharlachroten Einband las, wusste er, was in verschnörkelten Buchstaben darauf stand.

Die Braut des Todeslords *von Lady Oakleigh*.

Enttäuschung wallte in ihm auf und hinterließ einen hässlichen Geschmack auf seiner Zunge, bitterer als Galle. Obwohl er Lottie gesagt hatte, sie sollte den Roman zu Ende schreiben, hatte er nicht wirklich geglaubt, dass sie es tun würde. Und ganz gewiss hätte er sich nicht träumen lassen, dass sie so herzlos sein könnte, ihm das Buch unter die Nase zu halten, nachdem es veröffentlicht war.

Er hielt es Ned hin. »Danke, aber ich muss es nicht lesen. Ich kenne die Geschichte bereits … und das Ende auch.«

Haydens ausgestreckte Hand ignorierend, warf Ned ihm die beiden anderen Bände in den Schoß, und ein rätselhaftes Lächeln spielte um seine Mundwinkel. »Ich an deiner Stelle würde es trotzdem lesen. Manchmal kann einen sogar das vorhersehbarste Ende noch überraschen.« Er schloss seine Reisetasche und gähnte. »Obwohl ich es hasse, dich meiner Gesellschaft zu berauben, muss ich in wenigen Stunden nach Surrey aufbrechen. Ich habe meiner Mutter einen längst überfälligen Besuch versprochen. Wenn du mich also entschuldigen willst, werde ich mir ein Bett suchen und ein hübsches Mädchen, es mir zu wärmen.«

»Du kannst auch gerne Martha wecken. Sie hatte schon immer eine Schwäche für dich.«

Ned erschauerte. »Danke, aber ich denke, dann ziehe ich doch einen heißen Ziegelstein vor.«

Nachdem er gegangen war, saß Hayden eine Weile da und starrte auf die drei Bände in seinem Schoß. Er konnte Lottie nicht vorwerfen, dass sie ihn verraten hatte, aber es fiel ihm schwer, zu glauben, dass sie sich so wenig um Allegras Gefühle scherte. Indem sie das Schlimmste bestätigte, was alle Welt über ihn mutmaßte, hatte sie jede Chance vernichtet, die seine Tochter vielleicht gehabt hatte, den Sünden ihrer Eltern zu entkommen und einen anständigen Mann zu heiraten und sich ein Leben in der Gesellschaft aufzubauen.

In jäh aufflammender Wut beschloss Hayden, alle drei Bände in das nächste Feuer zu werfen. Als er sich erhob, immer noch ein wenig unsicher auf den Beinen von dem Portwein, fiel eines der Bücher herunter und landete aufgeschlagen in einem Fleck Mondlicht auf dem Boden. Er bückte sich, um es aufzuheben, und merkte erst, als er die Inschrift auf dem Deckblatt sah, dass es der erste Band war. Lotties Handschrift war immer noch genauso extravagant, wie er sich erinnerte.

Er fuhr mit der Fingerspitze über die anmutigen Schwünge und Schnörkel und murmelte dabei halblaut: »*Aus meinem Herzen für dich …*«

Unfähig, ihren Spott zu ertragen, wollte er das Buch gerade zuschlagen, als seine Augen fast gegen seinen Willen von dem ersten Satz auf der ersten Seite angezogen wurden: *Niemals werde ich jenen Moment vergessen, da ich zum ersten Mal den Mann erblickte, der mir das Leben retten würde.*

21

War es möglich, dass ich mich so in ihm getäuscht hatte?

»Hast du es? Hast du es bekommen? Oh, bitte sag mir, dass du es hast!«, rief Elizabeth Bly und wippte aufgeregt auf den Zehenspitzen, als ihre beste Freundin durch die verglaste Tür der Minerva-Press-Buchhandlung gelaufen kam.

»Bei Zeus, ich habe es!«, erwiderte Caro Brockway entzückt und holte den dünnen Lederband unter ihrem Mantel hervor. Der Atem des Mädchens wurde in der kalten Luft als weiße Wolke sichtbar.

Ehe sie Elizabeth erreichen konnte, verstellte ihr ein stämmiger Lakai in marineblauer Livree den Weg. »Ich gebe Ihnen für dieses Buch da drei Pfund, Miss.«

Caro blieb stolpernd stehen, sichtlich bestürzt. »Aber ich habe doch nur eine halbe Guinea dafür bezahlt.«

»Ich mache fünf daraus.« Der Mann warf einen verzweifelten Blick auf die lange Kutschenreihe hinter ihnen.

Elegante Privatkutschen und öffentliche Droschken stauten sich bis zur Gracechurch Street. In Pelzumhänge und Muff gehüllt, nahmen deren Insassen in Kauf, stundenlang in der Kälte zu zittern, wenn sie hoffen durften, den dritten

Band von Londons neuester literarischer Sensation *Die Braut des Todeslords* zu erstehen.

»Bitte, Miss, haben Sie Mitleid«, flehte der Mann. »Sie haben doch sicher gehört, was Lady Drydens Lakai zugestoßen ist, oder?«

Die Mädchen schauten sich mit großen Augen an. Ganz London hatte gehört, was Lady Drydens Lakai geschehen war. Er hatte es gewagt, mit leeren Händen zu der gräflichen Kutsche zurückzukehren und verlegen zu erklären, er habe sich das letzte Buch mit dem zweiten Teil von *Die Braut des Todeslords* durch die Finger schlüpfen lassen, sodass es in Lady Featherwicks gierige Hände gefallen war. Manche behaupteten, der empörte Schrei der Countess sei bis nach Aldgate zu hören gewesen. Sie hatte dem armen Kerl ihren Schirm auf den Kopf geschlagen, dann die Nase gereckt und ihrem Kutscher aufgetragen, ohne ihn loszufahren. Der Lakai war hinter der Kutsche hergelaufen und hatte die Countess angefleht, ihm zu verzeihen, ehe er schließlich erschöpft zusammenbrach und mit dem Gesicht voran in einen Haufen Pferdeäpfel fiel. Den Gerüchten nach suchte er nun nach Arbeit in den Docks.

»Es tut mir schrecklich Leid, Sir, aber ich kann Ihnen nicht helfen.« Das Buch an ihre Brust drückend, ging Caro um ihn herum zu Elizabeth. »Ich habe seit dem Morgengrauen angestanden und meiner Mutter versprochen, das Buch geradewegs nach Hause zu bringen. Sie will es heute nach dem Abendessen der ganzen Familie vorlesen. Wir sterben alle vor Neugier zu erfahren, was geschieht, nachdem der ehrenhafte Herzog erkannt hat, dass seine junge Braut sein Vertrauen missbraucht hat.«

Elizabeth verdrehte die Augen. »Ich kann nicht glauben, als was für ein Dummerchen sie sich herausgestellt hat.« Das Mädchen schlug die Hände zusammen, und ein verträumter Ausdruck legte sich über seine Züge. »Himmel, ich habe von Anfang an gewusst, dass ein so freundlicher, netter, großmütiger und *unglaublich* gut aussehender Mann eine Frau nie verletzen würde, besonders nicht seine Ehefrau.«

Der Lakai folgte Caro, und seine Miene wurde drohender. Er streckte seine Hand in dem weißen Handschuh auffordernd aus. »Komm schon, Mädchen. Es wird dich nicht umbringen, es mir zu geben. Fünf Pfund müssen für ein einfaches Ding wie dich doch ein Vermögen sein.«

»Lauf, Caro, lauf!«, schrie Elizabeth, fasste ihre Freundin an der Hand und zog sie mit sich.

Als die beiden Mädchen mit wehenden Umhängen wegrannten, riss sich der Lakai den Hut vom Kopf und rief: »Sieben Pfund! Ich gebe dir sieben Pfund!«

Vor Buchhandlungen und Leihbibliotheken in ganz London spielten sich solche und ähnliche Szenen ab. Die Autorin hatte darauf bestanden, dass eine gekürzte Version ihres Romans als Fortsetzungsgeschichte in den Wochenzeitschriften erschien, für den Teil der Leserschaft gedacht, der sich keine gebundenen Bücher leisten konnte. Sobald die neueste Ausgabe erschien, stürmten Menschenmassen zu den Straßenverkäufern und rissen ihnen praktisch die Ware aus den Händen, bis das dünne Papier völlig zerfleddert war. Unten in den Docks, wo die Groschenheftchen verkauft wurden, vergossen die, die nicht lesen konnten, Tränen der Rührung über grobe Zeichnungen einer jungen Frau adeliger Herkunft, die auf den Knien die Verzeihung ihres Gatten erflehte, während er mit traurig abgewandtem Gesicht auf die Tür deutete.

Die kaum verhüllten Charaktere des Romans bereiteten der Gesellschaft endlose Stunden entzückter Spekulation. Man konnte kaum fassen, dass eine der Ihren so tief gesunken war, eine so aufregende, rührende Geschichte aufzuschreiben. Es war der größte literarische Skandal Londons, seit vor über einem Jahrzehnt der verheiratete Percy Bysshe Shelley mit der sechzehnjährigen Mary Godwin nach Frankreich durchgebrannt war.

Als bekannt wurde, dass der Duke von Devonbrooke und Minerva-Press gemeinsam einen Ball in Devonbrooke House zu Ehren der Autorin abhalten würden, schwärmten alle aus, um durch Bitten, Betteln, Flehen oder Stehlen eine der begehrten Einladungen zu ergattern. Die Familien, die sich bereits für den Winter auf ihre Landsitze zurückgezogen hatten, trugen den Kutschern auf, wieder anzuspannen, und kehrten in die Stadt zurück. Keiner von ihnen war willens, das gesellschaftliche Ereignis des Jahres zu verpassen oder sich die Gelegenheit entgehen zu lassen, die berüchtigte Frau des Todeslords persönlich zu Gesicht zu bekommen.

Als Lottie sich den Marmorstufen näherte, die von der Empore in den geräumigen Ballsaal von Devonbrooke House führten, war sie eher beunruhigt als dass sie sich berüchtigt vorkam. Gäste drängten sich auf dem Parkett unter ihr und warteten gespannt auf ihr Eintreffen. Ein Geigenquartett war in der Ecke positioniert, und die Musiker hielten die Bögen über den Instrumenten, um auf ein Zeichen hin mit dem ersten Walzer zu beginnen. Sterling und Laura standen am Fuß der Treppe und schienen noch nervöser zu sein als George, der mit gesenktem Kopf den Saal durchquerte in dem Versuch, der hartnäckigen Harriet zu entkommen.

Lottie hatte ihr Leben lang von einem solchen Moment geträumt, doch nun, da er gekommen war, fühlte sie sich merkwürdig leer.

Sie berührte mit einer Hand die hochgesteckten Locken

und fragte sich, ob irgendeiner ihrer Gäste das Mädchen wiedererkennen würde, das früher als der Hertfordshire Wildfang bekannt gewesen war. Mit Lauras und Dianas Hilfe hatte sie sich ein Kleid aus smaragdgrünem Samt ausgesucht, das sich sanft um ihre sahnig weißen Schultern schloss. Ein passendes Samtband lag um ihren schlanken Hals, und Goldfäden schimmerten am Saum ihrer Puffärmel und des rechteckigen Ausschnitts. Die Taille war tief angesetzt und schmiegte sich an ihre natürlichen Rundungen. Die Perlenkette in ihrem Haar verlieh ihrer sittsamen Erscheinung einen Hauch Eleganz, ebenso wie die Spitze, die durch einen Schlitz im Rock aufblitzte.

Addison stand steif auf dem obersten Treppenabsatz. Der Butler zwinkerte ihr kaum merklich zu, ehe er sich räusperte und feierlich verkündete: »Die höchst Ehrenwerte Carlotta Oakleigh, Marquise von Oakleigh.«

Angeregtes Stimmengemurmel schwappte durch den Saal, während sich die Blicke aller Anwesenden auf sie richteten. Lottie legte ihre Fingerspitzen auf die eiserne Balustrade und stieg langsam die Stufen hinab, ein anmutiges Lächeln auf den Lippen.

Sterling erwartete sie am Fuß der Treppe. Lottie verspürte ein sehnsüchtiges Ziehen in ihrer Brust, als sie sich einen Moment lang vorstellte, dass Hayden stattdessen dort stünde, einen stolzen Ausdruck in den grünen Augen.

Ihr Schwager reichte ihr den Arm. Als sie ihn nahm, gab Laura den Musikern ein Zeichen, woraufhin die einen schwungvollen Wiener Walzer anstimmten, zu dem Lottie und Sterling über das Parkett glitten.

»Bislang kein Wort von Townsend?«, erkundigte sich Sterling, während sich andere Paare zu ihnen auf die Tanzfläche gesellten und sie mit einem Wirbel aus Farben und Geplauder umgaben.

»Noch nicht einmal ein Flüstern. Ich denke, Hayden hat ihn ins Meer geworfen, zusammen mit meinem Buch.«

Sterling runzelte die Stirn. »Besser ihn als dich.«

Als der erste Walzer endete, überließ er sie einem strahlenden Mr. Beale. Der freundliche Verleger war sehr erpicht darauf, in der Nähe der erfolgreichen neuen Autorin von Minerva-Press gesehen zu werden. Der atemberaubende Erfolg ihres Romans hatte sowohl den Umfang seiner Börse als auch das Ausmaß seines Ansehens nicht unerheblich gesteigert. Lottie nahm seine Hand, musste aber erleben, dass er ein wesentlich besserer Verleger als Tänzer war.

»Ich glaube, wir können den Abend als Triumph werten, Mylady«, sagte er und sah sich über den Rand seiner Brille hinweg um, »genauso wie den Druck der siebten Auflage des dritten Teils Ihres Buches.«

Die Blicke durch Monokel und hinter vorgehaltenem Fächer, mit denen Lottie von ihren Gästen verstohlen gemustert wurde, bemerkte er glücklicherweise nicht. Es war keine Bewunderung, die sie in ihren Augen erkannte, sondern blanke Neugier und kaum verhülltes Mitleid. Mr. Beale anlächelnd, reckte sie die Nase in die Höhe. Wenn Hayden die Verachtung der Gesellschaft mehr als vier Jahre lang ertragen konnte, dann war sie gewiss in der Lage, das alles einen Abend lang auszuhalten.

Ganz damit beschäftigt, ihre zierlichen Schuhe in sicherem Abstand von dem derberen Schuhwerk des Verlegers zu halten, entging ihr die erwartungsvolle Stille, die sich mit einem Mal über die Menge legte, bis die Musiker mitten im Stück verstummten.

Addisons Stimme war in der plötzlichen Stille klar und deutlich zu vernehmen, auch wenn sie nicht so unbeteiligt klang wie sonst. »Der höchst Ehrenwerte Hayden St. Clair, Marquis of Oakleigh.«

Ein erstauntes Aufkeuchen ging durch die Menge. Lottie wirbelte herum und entdeckte ihren Ehemann oben auf der Treppe.

22

Es schien, als sei der Teufel selbst erschienen, seine Braut zu holen ...

Obwohl alle im Saal zu dem Mann auf der obersten Stufe schauten, hatte er nur Augen für Lottie. Der brennende Blick, mit dem er sie ansah, ließ mehrere Frauen in ihrem Retikül nach dem Riechsalz suchen.

Als er die Treppe hinabstieg, ging aufgeregtes Raunen durch den Saal.

»Ist er das? Kann das sein?«

»Sieh dir diese Augen an! Er sieht noch besser aus, als sie ihn beschrieben hat.«

»Ach, du meine Güte! Was für einen wilden, unberechenbaren Eindruck er macht, nicht wahr? Das habe ich immer schon an einem Mann bewundert.«

Für ein paar der jüngeren Gäste war es das erste Mal, dass sie den berüchtigten Einzelgänger zu Gesicht bekamen, der als der Mörderische Marquis bekannt war. Andere erinnerten sich an ihn noch als eine begehrte Trophäe auf dem Heiratsmarkt, der die Herzen so mancher Tochter aus gutem Hause gebrochen hatte, als er ein mittelloses französisches Mädchen geheiratet hatte. Aber für alle war er nun der Held aus Lady Oakleighs berüchtigtem Roman – ein Mann, dem bitter Unrecht getan worden war, nicht nur von ihnen allen, sondern auch von der Frau, die dort stand und ihn anschaute, so blass und reglos wie eine Statue. Mehr als ein paar von ihnen hatten gehofft, er würde kommen und ihr die Abfuhr erteilen, die sie verdiente.

Als Hayden entschlossenen Schrittes den Ballsaal durchquerte, traten George und Sterling vor, um ihn aufzuhalten. Laura sah ihren Bruder an, schüttelte den Kopf und fasste ihren Gemahl am Arm.

Hayden blieb direkt vor Lottie stehen und machte eine knappe Verbeugung. »Geben Sie mir die Ehre, Mylady? Oder ist Ihre Tanzkarte schon voll?«

»Ich habe keine Tanzkarte, Mylord. Falls Sie es vergessen haben, ich bin eine verheiratete Frau.«

Sein Blick versengte sie. »Oh, das habe ich nicht vergessen.«

Mr. Beale trat zur Seite und hatte keine Einwände, sie ihrem Ehemann zu überlassen. Seinem glasigen Blick nach zu schließen, dachte Lottie, überschlug er gewiss gerade in Gedanken, wie sehr dieser neue Skandal den Absatz des Romans beflügeln würde. »Ich reiche Sie besser ohne Widerstand weiter, Mylady. Ich habe gehört, Ihr Gatte neigt zur Eifersucht. Und wir wollen ja nicht, dass er mich fordert, nicht wahr?«

Mit einem verschwörerischen Zwinkern zu Hayden verbeugte er sich, ging und ließ Lottie allein, damit sie sich Hayden stellte. Als die Musiker die beschwingte Melodie dort wieder aufnahmen, wo sie aufgehört hatten, schloss Hayden Lottie in die Arme und begann, mit ihr zu tanzen.

Verstohlen hob Lottie den Blick zu dem kühn vorgereckten Kinn über den schneeweißen Falten seines Halstuches und wagte kaum zu glauben, dass sie wieder von seinen Armen gehalten wurde. Seine Hand ruhte Besitz ergreifend und heiß auf ihrem Rücken, zog sie mit jedem Schwindel erregenden Walzerschwung näher an seine Brust.

Den Blick geradeaus gerichtet, sagte er: »Ich schulde dir eine Entschuldigung, Mylady. Es scheint, du bist schließlich doch eine romantische Träumerin. Du konntest einfach nicht ruhen, ehe du mich zu einem Helden gemacht hast, nicht wahr? Ich verstehe nur nicht, warum du das auf deine eigenen Kosten tun musstest.«

»Welche Kosten?«, fragte Lottie und bemühte sich um einen leichten Tonfall, um zu verbergen, wie atemlos er sie machte. »Sieh dich um. Schließlich bekomme ich den Ruhm und die Aufmerksamkeit, die ich mir immer ersehnt habe. Genauso, wie du vorausgesagt hast, bin ich die literarische Sensation Londons.«

Hayden schaute sich um, aber anders als Mr. Beale erkannte er, was er erblickte. »Sie sind nicht dir zu Ehren hier. Sie sind gekommen, dich zu begaffen. Dort drüben ist beispielsweise Lady Dryden. Wie kann diese gehässige alte Schachtel es wagen, dich mitleidig anzusehen? Sie hat mit ihrem unablässigen Genörgel schon drei Ehemänner in ein frühes Grab getrieben.« Er warf der alten Dame einen finsteren Blick zu, sodass die hinter ihrem handbemalten Fächer Schutz suchte.

»Du solltest wirklich nicht so hart mit ihnen ins Gericht gehen. Ich kann dir versichern, dass sie alle genussvoll Unmengen von Tränen vergossen haben, als die Reue meiner Heldin zu spät kam und mein Held sie aus seinem Herzen verbannt hat.«

Hayden schaute ihr in die Augen, und sein Blick ließ ihr Herz höher schlagen. »Warst du es nicht, die mir gesagt hat, es sei nie zu spät? Nicht, wenn es jemanden gibt, der an einen glaubt?«

Die Musik verstummte in diesem Augenblick, aber statt Lottie loszulassen, zog er sie noch näher an sich. Keiner von ihnen bemerkte, dass sich wiederum erwartungsvolle Stille über die Menge gelegt hatte, bis Addison einen erstickten Laut von sich gab. Dann hallte seine Stimme wie eine Trompete durch den Saal: »Seine Majestät, der König!«

Hayden und Lottie fuhren auseinander, als eine neue Welle von Raunen durch den Ballsaal ging. Sterling und Laura sahen ebenso überrascht aus wie alle anderen. Die sich rasch verschlechternde Gesundheit des Königs hatte ihn bereits vor Monaten dazu bewogen, sich in die Abgeschiedenheit Windsors zurückzuziehen. Es wurde sogar hinter vorgehaltener Hand geflüstert, dass er erste Anzeichen der Geisteskrankheit seines Vaters verriet, wenn er darauf beharrte, an Wellingtons Seite in Waterloo gekämpft zu haben, statt seine Jugend und seine Lebenskraft bei Exzessen mit Wein, Frauen und fetten Sahnesoßen zu verschwenden.

Als er, begleitet von zwei Männern der königlichen Leibgarde, zu ihnen trat, verbeugte Hayden sich, und Lottie versank in einen tiefen Hofknicks, den Kopf geneigt, ihre Röcke auf dem Boden anmutig um sich ausgebreitet. Sich der Verwundbarkeit ihres Nackens schmerzlich bewusst, warf sie aus dem Augenwinkel einen argwöhnischen Blick auf die Schwerter der Leibwachen und wartete fast darauf, dass der König rufen würde: »Köpft sie.«

Stattdessen sagte er: »Steh auf, Mädchen. Lass dich ansehen.«

Lottie erhob sich langsam und murmelte: »Majestät.«

Er war noch aufgedunsener und bleicher, als sie sich erinnerte, aber noch nicht einmal seine schlechte gesundheitliche Verfassung konnte das lüsterne Funkeln aus seinen Augen vertreiben. Als er sich vorbeugte, verirrte sich sein Blick zu dem tiefen Spalt zwischen ihren Brüsten. »Verzeihen Sie mir, dass ich in Ihre kleine Gesellschaft eindringe, aber ich musste Ihnen einfach Ehrerbietung zollen.« Zu ihrem nicht geringen Entsetzen fischte er ein spitzenbesetztes Taschentuch aus seiner Tasche und betupfte sich die Augen. »Seit der letzten Folge von Harriette Wilsons Memoiren hat mich kein geschriebenes Wort derart gerührt.«

»Danke, Eure Majestät. Das von Euren Lippen zu hören ist das höchste Lob, das mir zuteil werden kann.«

Mit einem besorgten Blick zu ihrem Ehemann lehnte sich der König so weit vor, dass sein Atem über ihre Wange strich. »Ihre Charaktere waren nur wenig verhüllt, meine Liebe«, flüsterte er. »Vielleicht ist es nur gut, dass Sie kein Wort über unsere kleine Affäre verloren haben.«

Nach einem ungläubigen Blick zu Hayden legte sich Lottie den Zeigefinger über die zuckenden Lippen. »Keine Sorge. Eure Majestät können sich immer auf meine Diskretion verlassen.«

»Sehr gut, Mädchen, sehr gut.« In dem Moment knickste eine junge Frau im Vorbeigehen, wobei ihr Busen über den Rand des tiefen Ausschnitts quoll. »Wenn Sie mich entschuldigen wollen«, murmelte der König und hatte sich bereits abgewandt, um ihr zu folgen, »ich glaube, da sind ein paar Staatsangelegenheiten, denen ich augenblicklich nachgehen muss.«

»Zwei, genau genommen«, bemerkte Hayden leise und sah dem König nach, der sich, begleitet von seinen leidgeprüften Wachen, einen Weg durch den Saal bahnte.

»Nun, wenigstens musste ich ihn dieses Mal nicht beißen.«

Hayden schaute sie an. »Wenn er dich weiterhin so schamlos angestarrt hätte, hätte ich ihn gebissen.«

»Dann wären wir beide im Tower gelandet.«

»Ich bin mir nicht sicher, ob das so schlimm wäre. Wenigstens wären wir da ungestört.«

Er nahm sie bei der Hand, sichtlich verärgert, dass sie inmitten eines solchen Gedränges standen. Noch nicht einmal die unerwartete Ankunft des Königs hatte die Menge dauerhaft von ihnen beiden ablenken können. Hayden entdeckte eine Tür am anderen Ende des Saales und ging darauf zu, Lottie mit sich ziehend.

Doch er hatte kaum zwei Schritte getan, als ein korpulenter Gentleman sich ihnen in den Weg stellte. »Oakleigh!«, rief der Mann und legte Hayden plump vertraulich eine fleischige Hand auf die Schulter. »Ich bin ja so froh, Sie wieder in London zu sehen. Ich nehme an, Sie haben vor, länger zu bleiben. Meine Gemahlin und ich hatten gehofft, Sie würden uns später am Abend Gesellschaft leisten.«

Mit einer unverbindlichen Erwiderung entwand sich Hayden seinem Griff und schlug eine andere Richtung ein. Diesmal hielt eine strahlend lächelnde Dame sie auf. Mit ihrer behandschuhten Hand berührte sie Haydens Unterarm und schaute mit flatternden Wimpern zu ihm auf. »Wenn Sie keine anderen Einladungen haben, Mylord, ziehen Sie doch bitte in Erwägung, morgen Nachmittag den Tee mit meinem Reginald und mir einzunehmen.«

Ehe er annehmen oder ablehnen konnte, waren sie auf allen Seiten von Gentlemen und Damen der Gesellschaft umzingelt, die sich mit Einladungen zu diversen Zerstreuungen zu überschreien versuchten.

»... veranstalte eine Jagdgesellschaft nächsten Monat auf meinem Landsitz in Leicestershire. Bitte versprechen Sie, dass Sie kommen!«

»... ein Ausflug zum Lake District im Frühling. Jeder, der etwas ist, hat zugesagt, aber ohne Sie wird es einfach nicht dasselbe sein.«

»... dachte, Sie hätten vielleicht Lust, mir und Lord Estes am Sonntag in Newmarket Gesellschaft zu leisten. Ich überlege mir, dreihundert Guineas auf ein hübsches Füllen zu setzen, auf das ich schon eine Weile ein Auge geworfen habe.«

Schließlich bahnte sich Hayden unter Einsatz seiner Ellbogen einen Weg zwischen den Umstehenden hindurch, ohne Lotties Hand loszulassen. Als sie endlich vor dem Saal standen, öffnete er eine Tür nach der anderen, bis er fand, was er suchte – ein leeres Zimmer mit einem Feuer im Kamin und einem Schloss an der Tür. Eine Argand-Lampe warf ihr warmes Licht über die chintzbespannten Wände des Flurs.

Hayden schloss die Tür ab, dann drehte er sich zu Lottie um und stemmte sich die Hände in die schmalen Hüften. »Gütiger Himmel, Frau, siehst du jetzt, was du angerichtet hast? Bist du endlich glücklich?«

»Ja.« Lottie setzte sich auf einen Brokatsessel und lächelte zu ihm auf. »Ich habe dir jede Tür in England aufgestoßen. Und jede Tür, die dir offen steht, steht auch deiner Tochter offen. Allegra wird eines Tages zwischen mehreren Verehrern wählen können.«

Er kniff die Augen zusammen. »Ich denke nicht, dass du zufälligerweise bemerkt hast, dass keine ihrer Einladungen dich eingeschlossen hat.«

»Warum auch?« Sie zuckte die Schultern und tat so, als hätten ihr die Kränkungen nichts ausgemacht. »Schließlich bin ich das oberflächliche, unreife Mädchen, dessen Mangel an Vertrauen in einen anständigen und guten Mann sie aller Hoffnung auf ein späteres Glück beraubt hat.«

»Nein, das bist du nicht! Du bist das alleraufreizendste Geschöpf, dem ich je begegnet bin!« Mit einem finsteren Blick fuhr er sich mit einer Hand durchs Haar. »Himmel, ich könnte … könnte …«

»Mich einfach umbringen?«, half ihm Lottie unbekümmert aus. »Mich erwürgen? Von einer Klippe stoßen?«

Hayden fluchte unterdrückt, war mit drei Schritten bei

ihr. Als sich seine Hände um ihre Schultern schlossen und sie auf die Füße zogen, ließ sie sich willig in seine Arme sinken und erkannte auch mit ihrem Verstand, was ihr Herz immer schon gewusst hatte.

Vor ihm hatte sie nie Angst gehabt. Nur vor ihren Gefühlen für ihn. Als er seinen Mund auf ihren senkte, durchfuhren eben diese Gefühle sie machtvoll und sehnsüchtig.

»Dich lieben«, beendete er seinen Satz, und seine Stimme brach mit einem hilflosen Ton ab, als er mit seinen Lippen federleicht über ihre strich. »Ich könnte dich einfach lieben, aus ganzem Herzen.«

»Dann tu das doch«, flüsterte sie und schlang ihm die Arme um den Hals. »Bitte!«

Sie musste ihn nicht zweimal bitten. Er erwiderte ihre Umarmung und tauchte mit seiner Zunge tief in ihren Mund ein. Als sie sich gegen ihn sinken ließ und die rauchige Süße seines Kusses kostete, merkte Lottie entzückt, dass sie wieder einmal am Rand des gefährlichen Abgrundes aus ihrem Traum stand. Nur dieses Mal wusste sie, dass, wenn sie es wagte, sich in Haydens Arme fallen zu lassen, sie nicht stürzen, sondern fliegen würde.

Hayden legte ihr seine Hände auf die Schultern und schob sie vorsichtig ein Stück von sich. »Jetzt, da du die Skandalblätter und die ganze Gesellschaft davon überzeugt hast, dass Justines Tod nichts anderes als ein tragischer Unfall war«, sagte er atemlos, »denkst du nicht, dass das Mindeste, was ich dir schulde, die Wahrheit ist?«

Kopfschüttelnd legte ihm Lottie zwei Finger auf die Lippen. »Ich weiß bereits die einzige Wahrheit, die ich wissen muss – dass ich dich liebe.«

Ein Stöhnen entrang sich seiner Kehle, als sie seinen Kopf zu sich herabzog, bis ihre Lippen sich berührten. Zwischen Küssen öffneten sie mit bebenden Händen Knöpfe und

Bänder, Verschlüsse und Schleifen, verzweifelt darum bemüht, die Kleidung abzulegen, die sie trennte. Hayden griff um sie herum, um sich an der Reihe kleiner samtbezogener Knöpfe in ihrem Rücken zu schaffen zu machen; Lottie zerrte an seinem Halstuch, sehnte sich fast schmerzlich danach, ihn zu spüren. Sie fuhr mit der Zungenspitze über sein Kinn, genoss den würzigen Duft von Rasierseife und das raue Prickeln seiner Bartstoppeln, die auch die gründlichste Rasur nie ganz entfernen konnten.

Er streifte ihr das Kleid von den Schultern und die Unterröcke über die Hüften nach unten. Sie zerrte an den Hemdknöpfen, bis sie abrissen und sich überall im Zimmer verteilten.

Hayden drückte Lottie auf die Chaiselongue und widmete sich den Häkchen und Ösen in ihrem Rücken. »Wenn ich dich je in ein richtiges Bett bekomme«, erklärte er und zog ungeduldig an den verknoteten Bändern ihres Korsetts, »dann werde ich dich nie wieder herauslassen.«

»Ist das ein Versprechen?«, erkundigte sie sich, als er mit ungeduldigen Fingern ihr Haar von den Nadeln befreite, sodass es ihr in einer goldenen Wolke auf die Schultern fiel.

Den schimmernden Vorhang anhebend, glitt er mit seinen heißen Lippen über ihren Hals, genau unterhalb des Samtbandes, sodass sie ein Schauer unverhüllter Lust überlief. »Darauf gebe ich dir mein Ehrenwort als Gentleman.«

Aber es war kein Gentleman, der um sie herumgriff und die Brüste umfing, die er eben erst von dem Korsett befreit hatte. Es war ein Mann, ein Mann mit den Bedürfnissen eines Mannes und dem Hunger eines Mannes. Er drückte und knetete sanft ihren Busen, nahm ihre schmerzenden Brustspitzen zwischen Daumen und Zeigefinger, zupfte und streichelte sie, bis Lottie sich ihm entgegenbog, sich vor Verlangen wand.

Engelzarte Küsse auf ihren Nacken hauchend, ließ er eine Hand über die weiche Haut ihres Bauches hinabwandern. Er vergeudete keinen einzigen kostbaren Moment mit den Bändern an ihren Unterhosen, sondern tastete sich weiter vor, bis seine geschickten Finger den schmalen Schlitz in der feuchten Seide fanden und den nektarbenetzten Spalt darunter.

Mit zwei Fingern schlüpfte er in sie hinein und stöhnte kehlig. »Ich dachte nicht, dass es möglich wäre, aber du bist genauso bereit für mich wie ich für dich.«

»Und warum sollte das anders sein?«, wollte Lottie atemlos wissen. Sie wand sich über seiner Hand, verzweifelt auf der Suche nach der Lust, die nur er ihr schenken konnte. »Ich warte genauso lange darauf.«

Hayden öffnete den Verschluss seiner sich wölbenden Hose und setzte sich mit gespreizten Beinen auf die Chaiselongue, schlang einen Arm um ihre Taille und zog sie zu sich, bis sie rittlings auf ihm saß. Dann hob er sich ihr entgegen, weiter ... weiter, bis jeder pochende Zoll von ihm tief in ihr steckte.

Er vergrub sein Gesicht in der süß duftenden Masse ihres Haares, atmete in tiefen, bebenden Zügen ein, während er um Selbstbeherrschung rang. Trotz seines schier überwältigenden Verlangens wäre Hayden vollauf zufrieden gewesen, sie einfach nur zu halten – für immer. Ihre Haut strahlte die Wärme aus, die er so verzweifelt brauchte, ihr Haar das goldene Licht, das die Dunkelheit vertrieb, ihr Herzschlag die Musik, die er so vermisst hatte, seit sie Oakwylde verlassen hatte.

Lottie ließ ihren Kopf gegen Haydens breite Brust sinken und murmelte immer wieder seinen Namen. Sie konnte spüren, wie das Blut durch ihren Körper strömte, an die Stelle, wo ihre Körper vereint waren. Es nahm den Rhythmus ihres Herzens auf, bis sie die exquisite Spannung nicht länger ertrug.

Sie drückte sich mit ihren Schenkeln fester auf seine Beine und hob ihren Unterleib an, bis er fast aus ihr herausglitt.

Die köstliche Kühnheit seiner Frau überraschte Hayden. Er folgte ihrer Bewegung, kam ihr entgegen, drang mit jedem kraftvollen Stoß seiner Hüften tiefer in sie ein. Mit einem Arm hielt er sie fest, während er mit seiner freien Hand an ihrer Unterhose zerrte und den Schlitz erweiterte, damit er sie besser berühren konnte. Ihre Schenkel mit seinen noch weiter spreizend, begann er, die feste kleine Knospe zwischen ihren Falten zu streicheln.

Ein ersticktes Schluchzen entrang sich Lotties Lippen. So gründlich ausgefüllt, so rückhaltlos zu der Seinen gemacht, und doch dabei zärtlich liebkost zu werden war eine süße Folter. Gerade als sie meinte, sie könnte es keinen Augenblick länger aushalten, drückte Hayden ihre Hüften nach unten und hob sich ihr gleichzeitig entgegen. Mit seinem anderen Arm hielt er sie weiterhin fest, während er immer schneller in sie stieß.

Als eine gleißende Welle der Verzückung sie beide zur selben Zeit erfasste, geschah etwas, womit keiner von ihnen beiden gerechnet hatte.

Lottie schrie.

»Allegra! Allegra, wach auf!«

Langsam öffnete Allegra die Augen und entdeckte Ellie, die mit leuchtendem Blick neben ihr auf dem Bett kniete. »Was ist?«, flüsterte sie verschlafen und stützte sich auf ihre Ellbogen.

»Du wirst nicht glauben, wer hier ist. Dein Vater!«

»Sei nicht dumm.« Lotties Puppe an sich drückend, rollte sich Allegra auf die andere Seite. Sie hatte den ganzen

Abend schmollend in ihrem Zimmer verbracht, weil Miss Terwilliger sie zusammen mit den anderen Kindern als zu jung erklärt hatte, um an dem Ball teilzunehmen. »Mein Vater ist in Cornwall.«

Unbeeindruckt krabbelte Ellie auf die andere Bettseite. »Nein, ist er nicht. Er ist genau hier in Devonbrooke House!«

Allegra setzte sich auf und rieb sich die Augen. »Bist du sicher, dass du nicht wieder träumst? Weißt du noch, was letztes Mal geschehen ist, als du zwei Portionen Plumpudding gegessen hast? Du hast Stein und Bein geschworen, dass du gesehen hast, wie ein Riese durch dein Schlafzimmerfenster gespäht hat.«

Ellie schüttelte den Kopf. »Vorhin habe ich geträumt, aber jetzt bin ich ganz wach. Tante Lotties Schrei hat mich geweckt.«

Allegras Augen weiteten sich besorgt. »Lottie hat geschrien?«

Ellie nickte, sodass ihre Locken wippten. »Es war ein entsetzlicher Laut. Ich dachte schon, jemand würde umgebracht, also habe ich meine Hausschuhe angezogen und bin nach unten geschlichen. Als ich ankam, drängten sich überall Gäste, und meine Mutter und Tante Diana haben geweint, und Onkel George und Onkel Thane drohten, die Zimmertür einzutreten, und mein Papa hat nach Addison gerufen, er solle ihm seine Pistolen holen.«

»Wollte er Lottie erschießen?«

»Natürlich nicht, du Dummerchen! Er wollte deinen Papa erschießen.«

Allegra schlug die Decke zurück und schwang ihre Beine über den Bettrand.

»Kein Grund zur Sorge«, sagte Ellie und tätschelte ihr das Knie. »Ehe Addison die Pistolen bringen konnte, kam Tante Lottie aus dem Zimmer geschlendert, so gelassen, wie man es sich nur wünschen mag, und dein Papa direkt hinter ihr.«

»Warum hat sie dann geschrien? Hat er sie böse gemacht? Hat sie einen Wutanfall bekommen?«

»Sie behauptet, sie habe eine Maus gesehen.« Ellie krümmte ihre Hände zu Klauen. »Eine riesengroße Maus mit blutunterlaufenen Augen und gewaltigen Reißzähnen. Es muss ihr sehr peinlich gewesen sein, für einen solchen Aufruhr gesorgt zu haben, bloß wegen einer Maus. Sie war recht verlegen. Ihr Gesicht habe ich noch nie so gerötet gesehen.«

»Das ist merkwürdig.« Allegra zog ihre Füße wieder ins Bett und schaute beunruhigt in die Schatten. »Bei all den Katzen, die hier sind, sollte man doch meinen, es gäbe keine Mäuse. Wo ist mein Vater jetzt?«

»In Tante Lotties Schlafzimmer. Nachdem sie nach oben gegangen sind und die Gäste sich verabschiedet hatten, hat Cookie mir Milch warm gemacht und mich ganz lange bei sich und Addison in der Küche bleiben lassen.«

Allegra saß da und kaute auf ihrer Unterlippe, und die Falte zwischen ihren Augenbrauen vertiefte sich langsam. Schließlich kletterte sie doch aus dem Bett, ohne ein Wort zu verlieren.

»Wohin gehst du?«, wollte Ellie wissen, als Allegra sich hastig ihren Morgenmantel überstreifte.

»Meinen Pa … meinen Vater suchen. Er braucht nicht zu glauben, er könnte den ganzen weiten Weg hierher kommen und sich noch nicht einmal die Mühe machen, hallo zu sagen.«

»Du hast doch geschlafen«, erinnerte Ellie sie.

»Dann kann er Gute Nacht sagen!«, erwiderte Allegra scharf. Sie raffte den Morgenmantel vorne mit einer Hand zusammen und stürmte aus dem Raum, die kleine Nase empört in die Höhe gereckt.

Lotties Wange ruhte auf der nackten Brust ihres Ehemannes, während sie darauf lauschte, wie sein Herzschlag sich wieder zu einem gleichmäßigen Pochen verlangsamte.

Mit einem Seufzen schloss er seine Arme um sie und drückte einen Kuss auf ihr Haar. »Ich bin so froh, dass dein Schwager mich nicht erschossen hat. Das hier hätte ich nur ungern versäumt.«

»Es gibt einem einen guten Grund zu leben, nicht wahr?« Immer noch die Nachwirkungen höchsten Entzückens genießend, streckte Lottie die Hand aus und zog die Decke über sie beide, dann schmiegte sie sich fester in die Wärme von Haydens Armen. Plötzlich hörte sie ein leises Knarren der Tür.

»Hast du das gehört?«, flüsterte sie und hob den Kopf.

»Vielleicht war es eine Maus.« Haydens ernste Miene hätte überzeugender gewirkt, wenn seine Brust nicht vor unterdrücktem Lachen gebebt hätte. »Eine wirklich große Maus mit glühenden roten Augen und rasiermesserscharfen Zähnen, von denen immer noch das Blut ihres letzten Opfers tropfte.«

Lottie nahm eines der Nackenkissen und versetzte ihm damit einen Schlag. »Ich habe versucht, dir das Leben zu retten. Ich für meinen Teil halte es für einen ausgesprochen beeindruckenden Versuch meinerseits.«

»Das war es in der Tat«, räumte er laut lachend ein. »Aber du wärest noch beeindruckender gewesen, wenn du mit deinen Korsettschnüren nicht an deinem Absatz hängen geblieben wärest.«

»Wenigstens haben wir die Klatschbasen mit neuer Nahrung versorgt. Ich bin mir sicher, es wird morgen lang und breit in den Skandalblättchen erörtert werden – M.M. und H.W. nach Angriff von tollwütiger Maus in flagranti ertappt!«

Sie ließ sich in seine Arme zurücksinken und seufzte zufrieden. Mondlicht fiel auf ihr Bett und badete sie in seinem milden Schein. Hayden schwieg so lange, dass sie schon glaubte, er sei eingeschlafen. Aber als sie sich auf die Ellbogen stützte, um sich das Vergnügen zu gönnen, ihn im Schlaf zu betrachten, lag er mit offenen Augen da und schaute nachdenklich zur Decke.

Als spürte er ihren neugierigen Blick, drehte er sich langsam zu ihr um. »Ich muss dir von Justine erzählen.«

Lottie schüttelte den Kopf und streichelte seine Wange. »Ich weiß bereits alles, was ich wissen muss. Du brauchst es nicht zu tun.«

Er nahm ihre Hand in seine und drückte einen Kuss auf die Innenfläche. »Ich glaube schon. Wenn nicht für dich, dann für mich.«

Sie nickte leicht und schmiegte sich wieder in seine Arme.

Als er sprach, war seine Stimme merkwürdig fremd, als berichtete er etwas, das jemand anderem geschehen war, in einem anderen Leben. »Fast drei Monate, nachdem wir aus London zurückgekehrt waren, entdeckte Justine, dass sie schwanger war. Was sie nicht ahnte, war, dass das Kind von Phillipe war.«

Lottie schloss einen Moment die Augen. Dank Ned musste sie ihn nicht fragen, woher er wusste, dass es nicht sein Kind war.

»Justine glaubte immer noch, dass ich es war, der in jener Nacht in London in ihr Bett gekommen war. Ich hatte nicht das Herz, ihr die Wahrheit zu sagen. Als sie herausfand, dass sie ein weiteres Kind bekommen würde, war sie überglücklich. Sie saß stundenlang da und nähte und stickte kleine

Hauben und komponierte Wiegenlieder und erzählte Allegra die ganze Zeit von dem kleinen Brüderchen, das sie bekommen würde. Sie war überzeugt, dass das Kind ein Junge sein würde, der Erbe, den sie mir immer hatte schenken wollen. Ich hatte keine andere Wahl, als die Charade mitzuspielen und so zu tun, als sei ich ebenso außer mir vor Freude wie sie.«

»Was für eine Qual das für dich gewesen sein muss«, flüsterte Lottie und streichelte seinen Arm.

»Ich wusste nicht, was ich anderes tun sollte. Schließlich konnte ich ja kaum einem ungeborenen Kind die Schuld an den Umständen seiner Zeugung geben. Ich war entschlossen, Justine in der Abgeschiedenheit Cornwalls zu halten, bis das schlimmste Gerede in London verstummt war.« Er biss die Zähne zusammen. »Aber ein Diener hatte ein Skandalblatt aus London mitgebracht, und es fiel Justine aus Versehen in die Hände. Da stand alles zu lesen: Jedes hässliche Wort über ihre Untreue, das Duell, Phillipes Tod.«

Zum ersten Mal verstand Lottie wirklich die Tiefe seiner Verachtung für jene, die Skandale zu ihrem eigenen Profit unters Volk brachten. »Was hat sie getan?«

»Sie verfiel in eine schreckliche Depression. Es war schlimmer als Melancholie, schlimmer als Niedergeschlagenheit, schlimmer als alles, was ich zuvor erlebt hatte. Sie weigerte sich, ihr Bett zu verlassen, außer spät in der Nacht; dann wanderte sie über die Flure, als wäre sie bereits ein Geist. Die Tage verbrachte sie in ihrem Zimmer. Obwohl es Allegra schier das kleine Herz brach, weigerte sie sich, einen von uns beiden zu sehen. Ich denke, sie hat sich zu sehr geschämt, uns unter die Augen zu treten.« Er schüttelte den Kopf. »Ich habe versucht, ihr zu erklären, dass sie keine Schuld an dem hatte, was geschehen war. Schließlich war ich es doch gewesen, der sie in der Nacht allein gelassen hatte, als sie mich am dringendsten brauchte.«

Lottie biss sich auf die Unterlippe, bis sie Blut schmeckte, und wusste, dass der Versuch zwecklos war, ihn vom Gegenteil zu überzeugen. Nicht jetzt. Noch nicht.

»Dann, in einer stürmischen Nacht verschwand sie. Wir haben das ganze Haus nach ihr abgesucht und auch die Gärten draußen. Ich dachte, mir würde das Herz stehen bleiben, als ich sie endlich am Rand der Klippe entdeckte. Ich rief ihren Namen, kämpfte darum, dass sie mich über das Prasseln des Regens und das Brausen des Windes hörte. Als sie sich zu mir umdrehte und ich ihr Gesicht sah, erstarrte ich. Ich wusste, ich durfte es nicht wagen, auch nur einen Schritt weiter zu gehen.

Sie stand da, ohne auch nur einen Anflug von Wahnsinn in den Augen – so wunderschön, so ruhig wie inmitten eines Sturmes. Ich war es, der wie ein Irrer wütete. Ich flehte sie an, an Allegra zu denken und an das Kind, das in ihr wuchs. An mich zu denken. Weißt du, was sie da gesagt hat?«

Lottie schüttelte den Kopf, unfähig, auch nur ein einzelnes Wort zu sprechen.

»In dem einen Moment vollkommener Klarheit schaute sie mich an, und alle Liebe der Welt leuchtete aus ihren Augen, und sie sagte: ›Das tue ich.‹ Ich sprang zu ihr, aber es war zu spät. Sie schrie noch nicht einmal. Sie verschwand einfach in dem Nebel, völlig lautlos.«

Ein zitternder Seufzer entwich Lottie. »Den Behörden gegenüber hast du behauptet, es sei ein Unfall gewesen – dass sie ausgerutscht und gefallen ist.«

Er nickte. »Ich wollte Allegra den Skandal ersparen, dass ihre Mutter Selbstmord begangen hatte. Ich kam gar nicht auf die Idee, dass es so einen viel grässlicheren Skandal geben würde, bis es zu spät war. Und ich hätte mir nie träumen lassen, dass Allegra mir die Schuld an dem Tod ihrer Mutter geben würde. Doch ich habe es nicht allein für sie getan, sondern auch für Justine. Ich wollte, dass meine Frau in geweihtem Boden begraben wird.« Er biss die Zähne zusammen, als er seine Fassung zu verlieren drohte. »Mir war die Vorstellung unerträglich, dass Gott sie auf ewig in die Verdammung schicken würde, da ihr kurzes Leben schon genug Leid und Qual enthalten hatte. Also stand ich am Rand der Klippe, blind von Regen und Tränen, und schwor, dass niemand je die Wahrheit über ihren Tod erfahren würde. Und niemand hat das. Bis jetzt.« Er drehte sich um und schaute Lottie an. »Bis auf dich.«

Lottie beugte sich über ihn, und ihre Tränen benetzten sein Gesicht. Ihre salzige Wärme war der einzige Balsam, den sie ihm für seine Wunden bieten konnte, die noch so frisch und tief waren. Sie küsste ihn auf Stirn und Augenlider, Wangen und die Nasenwurzel und schließlich auf den Mund und versuchte, all seinen Schmerz, seine Bitterkeit aus seiner Seele auf sich zu nehmen.

Ihren Namen stöhnend, als wäre er die Antwort auf ein längst vergessenes Flehen, schlang Hayden seine Arme um sie und rollte sie unter sich. Als Lottie ihm ihre Arme und ihre Beine öffnete und ihm einen Trost bot, der Tränen oder Worte überstieg, hörte keiner von ihnen das leise Knarren der Schlafzimmertür, mit dem sie zugezogen wurde.

23

War es möglich, lieber Leser, dass eine skandalöse Nacht zu einer Liebe führen würde, die ein Leben lang hält?

Jemand pochte an die Tür von Lotties Schlafzimmer. Das wäre nicht weiter schlimm gewesen, hätte der Schuldige nicht auch noch lauthals ihren Namen gerufen.

Aus tiefem Schlaf gerissen, fuhr Hayden auf und stieß einen Fluch aus. Lottie rollte sich einfach auf den Bauch, stöhnte protestierend und weigerte sich, ihr kuscheliges Lager zu verlassen.

Aber das Pochen und Rufen schien nicht nachlassen zu wollen.

Ein Kissen vor ihre nackten Brüste haltend, setzte sich Lottie auf und strich sich ihre wirren Locken aus dem Gesicht. »Ich glaube, das ist Sterling. Was ist nur los mit ihm? Habe ich wieder geschrien?«

Hayden legte ihr die Arme um die Taille, beugte sich vor und begann, die zarte Haut in ihrem Nacken zu küssen, wobei er murmelte: »Nein, aber wenn er warten will, kann das arrangiert werden.«

Das Klopfen wurde nachdrücklicher.

Als Lottie sich aus Haydens Griff befreien wollte, drückte er sie einfach zurück in die Kissen. »Ich habe dich gewarnt, dass ich dich, wenn ich dich je in ein vernünftiges Bett bekäme, nie wieder herauslassen würde. Du bleibst genau da, wo du bist. Diesmal kümmere ich mich um ihn.« Mit drohender Miene und wirrem Haar stieg Hayden aus dem Bett und schlang sich ein Laken um die schmalen Hüften.

»Sei vorsichtig«, warnte sie ihn. »Er ist vielleicht bewaffnet.«

»Wenn er das ist, dann sollte er sich besser schon einmal einen Sekundanten suchen, denn ich bin wild entschlossen, seine Forderung anzunehmen.«

Lottie hätte sich wegen dieser Drohung ihres Ehemannes mehr Sorgen gemacht, wäre sie nicht davon abgelenkt gewesen, wie gut er aussah, wenn er nur mit einem Laken bekleidet war. Verträumt seufzend bewunderte sie seine spärlich bedeckte Kehrseite, während er zur Tür ging und sie aufriss.

Sterling öffnete den Mund, um etwas zu sagen, aber Hayden hob drohend einen Finger, ehe er auch nur ein Wort sprechen konnte. »Ich habe ein für alle Mal genug von Ihrer Einmischerei, Devonbrooke. Carlotta ist kein Kind mehr. Sie ist erwachsen und hat es nicht nötig, dass Sie immerzu Ihre arrogante Nase in ihre Angelegenheiten stecken. Sie sind zwar vielleicht ihr Schwager, aber nicht mehr ihr Vormund. Sie ist jetzt *meine* Frau, und sie ist genau dort, wo sie hingehört und bleiben will – in meinem Bett.«

Verwundert die Stirn runzelnd, spähte Sterling über Haydens Schulter zu Lottie. Mit einem Gefühl von Stolz in der Brust lächelte Lottie und winkte ihm zu.

Sterling richtete seinen Blick wieder auf Hayden, und etwas in seiner Miene ließ Lotties Lächeln ersterben. »Ich bin nicht wegen Lottie hier. Es ist Ihre Tochter. Sie wird vermisst.«

Nachdem sie sich hastig ihre verstreut herumliegenden Kleidungsstücke angezogen hatten, eilten Lottie und Hayden nach unten, wo sich die Familie im Empfangssalon versammelt hatte. Sterling lief vor dem Sekretär auf und ab. Laura saß auf der Kante des cremefarbenen Sofas, ihr hübsches Gesicht von Sorge gezeichnet. Harriet hatte auf dem Diwan Platz genommen, während George sich hinter ihr an den Kamin lehnte, doch die Lässigkeit seiner Haltung wurde durch das beständige Trommeln seiner Finger auf das Marmorsims Lügen gestraft.

Hayden ging geradewegs auf die schwarz gekleidete Gestalt zu, die in der Ecke saß. »Wo ist sie?«, wollte er wissen. »Wo ist meine Tochter?«

Miss Terwilliger schien noch mehr in sich zusammengesunken als sonst, als wäre sie in Gefahr, von dem weich gepolsterten Lehnstuhl verschlungen zu werden. Ihre knochigen Finger krallten sich um den Knauf ihres Gehstockes, ehe sie über den Rand ihrer Brille zu Hayden emporblickte, die Augen gerötet. »Da Allegra heute Morgen nicht zum Unterricht erschienen ist, bin ich gegangen, sie aufzuwecken. Als ich ihre Decke wegzog, fand ich nur das hier.« Sie griff neben sich auf den Stuhl und zog die Puppe hervor, die Hayden seiner Tochter geschenkt hatte.

Hayden nahm sie entgegen und streichelte der Puppe leicht über die schimmernden rabenschwarzen Locken. »Sie sollten auf sie aufpassen«, erklärte er mit gepresster Stimme und sah die alte Frau vorwurfsvoll an. »Wie konnten Sie zulassen, dass so etwas geschieht?«

»Nein, Hayden«, erinnerte Lottie ihn ernst, »ich sollte auf sie aufpassen.«

Ehe er darauf etwas erwidern konnte, kam Cookie in den Salon, Ellie im Schlepptau. Den verquollenen Augen und ihrer geröteten Nase nach zu urteilen, hatte das kleine Mädchen geweint.

»Fang an, Mädchen«, befahl die Köchin streng und schob die Kleine vor sich hin. »Erzähl ihnen, was du weißt.«

»Aber ich musste ihr versprechen, dass ich nichts sagen würde!«, weinte Ellie.

Laura erhob sich eilig und legte ihrer Tochter einen Arm um die Schultern. »Ich würde nie von dir verlangen, ein Versprechen zu brechen, Eleanor, aber der Marquis hier ist außer sich vor Sorge um sein kleines Mädchen. Er liebt Allegra so sehr, wie wir alle dich lieben, und wenn er sie nicht bald findet, wird er sehr traurig sein. Kannst du uns sagen, wohin sie gegangen ist?«

Ellie riskierte einen schüchternen Blick auf Hayden. »Ich habe ihr gesagt, dass Sie letzte Nacht hier waren. Zuerst wollte sie mir nicht glauben, aber als ich ihr von der Maus erzählt habe und dass Tante Lottie ganz rot geworden ist, wusste sie, dass ich die Wahrheit gesagt habe.«

Lottie spürte, wie sie erneut errötete. »Was hat sie dann getan?«

»Sie sagte, sie würde zu ihrem Vater gehen. Aber kurze Zeit später kam sie in mein Schlafzimmer, um mich um die Puppe zu bitten.« Ellie schaute stirnrunzelnd zu der Puppe in Haydens Händen. »Als sie mir gesagt hat, wohin sie wollte, dachte ich, sie nimmt sie mit.«

»Wohin?«, fragte Hayden verzweifelt. »Was hat sie gesagt, wohin sie will?«

»Nach Cornwall. Sie hat gesagt, sie wollte nach Hause nach Cornwall.«

Erleichtert entspannten sich Haydens Züge. »Sie ist erst zehn Jahre alt. Wenn sie nach Cornwall aufgebrochen ist, kann sie noch nicht sehr weit sein.« Sein flehentlicher Blick glitt über alle Anwesenden und blieb schließlich an Lottie hängen. »Oder?«

»Die Postkutsche«, wisperte Harriet.

Es verstrich eine Minute, ehe alle begriffen, was sie gesagt hatte.

»Was, bitte, haben Sie gesagt, Miss Dumwinkle?«, fragte George und beugte sich über ihre Schulter.

»Die Postkutsche!«, wiederholte Harriet, und in ihre Augen hinter den dicken Brillengläsern trat ein lebhafterer Ausdruck. »Allegra weiß, dass das der Weg ist, wie ich nach Cornwall gekommen bin. Sie hat mir ständig Fragen darüber gestellt. Sie sagte, es hörte sich wie ein Abenteuer an.«

Sterling sank gegen den Sekretär und drückte sich die Fingerspitzen gegen die Stirn. »Lieber Gott! Wenn es dem Kind gelungen ist, sich einen Platz in einer Postkutsche zu erschwindeln, die letzte Nacht in London abgefahren sind, ist sie schon auf halbem Weg nach Cornwall.«

Hayden fuhr sich mit der Hand durch das Haar, seine Miene leicht benommen. »Das ergibt keinen Sinn. Wenn sie wusste, dass ich hier bin, warum würde sie dorthin wollen?« Er ging vor Ellie in die Knie und fasste das Kind sachte bei den Schultern. »Denk nach, Kleines. Denk *gut* nach. Hat Allegra gesagt, warum sie nach Cornwall wollte?«

Ellie nickte langsam, und ihre Unterlippe begann zu zittern. »Sie sagte, sie wollte ihre Mutter sehen.«

Die Kutsche raste über die Straße durch das Moor, holperte durch jede Furche und jedes Schlagloch, bis Lottie fürchtete, ihre Zähne würden ausfallen. Hayden fuhr wie ein Besessener. Sie waren Tag und Nacht unterwegs gewesen und hatten nur angehalten, um die Pferde zu wechseln, wenn der Kutscher sie warnte, dass die Tiere nahe daran waren, tot zusammenzubrechen. Als eine gebrochene Radspeiche sie fast eine Stunde aufgehalten hatte, hatte Lottie Angst gehabt, Hayden würde zu Fuß weitergehen.

Auf dem Weg hatten sie drei Postkutschen überholt, aber trotz Haydens verzweifelter Nachfragen und Drohungen wusste keiner der Insassen oder der Kutscher etwas über ein kleines Mädchen, das versucht hatte, eine Fahrkarte nach Cornwall zu kaufen. Aber der letzte Kutscher erinnerte sich, dass vor ihm noch eine Kutsche war – eine, die angeblich letzte Nacht kurz nach Mitternacht mit dem Ziel Cornwall abgefahren sein soll.

Allegras Puppe saß auf dem Sitz gegenüber von Hayden und Lottie, und ihre kühlen violetten Augen und ihre Gelassenheit schienen ihre Sorge zu verhöhnen. Lottie schob ihre Hände tiefer in ihren Muff und wünschte sich, das verschmitzte Grinsen und das lustig funkelnde Auge ihrer eigenen Puppe zu sehen. Aber die war zusammen mit Allegra verschwunden.

Während die Kutsche durch das Moor holperte, schaute Hayden aus dem Fenster, so wie er das den größten Teil ihrer Reise getan hatte, sein Gesichtsausdruck so trostlos wie der Winterhimmel. Seit ihrem Aufbruch in London hatte er kaum ein Wort mit Lottie gewechselt, wie zu dem Zeitpunkt, als sie ihn kennen gelernt hatte. Doch als sie nach seiner Hand griff, nahm er ihre und hielt sie fest.

Endlich bogen sie in die Auffahrt zum Schloss ein. Der Himmel sah aus, als braute sich ein Wintersturm über dem Meer zusammen. Regen lag in der kalten Luft, und der zunehmende Wind peitschte die nackten Zweige der Bäume im Obstgarten.

Die Kutsche rollte aus. Ehe Lottie ihre Röcke raffen konnte, hatte Hayden schon den Schlag aufgestoßen, war hinausgesprungen und lief zum Haus, den Namen seiner Tochter rufend.

Lottie erreichte die Tür in dem Moment, als Martha die Eingangshalle betrat und jäh stehen blieb, als sie ihren Herrn erblickte, ohne Hut und völlig außer sich.

»Was, um Himmels willen, tun Sie hier, Mylord?«, fragte sie erschrocken. »Wenn Sie eine Nachricht gesandt hätten, dass Sie so bald schon zurückkehren würden, hätten wir Vorbereitungen treffen …«

Hayden fasste sie an den Schultern, ehe sie zu Ende sprechen konnte. »Ist Allegra hier, Martha? Hast du sie gesehen?«

Martha blinzelte verdutzt. »Allegra? Nein, natürlich ist sie nicht hier. Sie ist in London, bei Ihnen.«

Lottie schaute sich verzweifelt im Foyer um, bis ihr Blick schließlich an dem Spiegelschrank hängen blieb, auf dem ein Stapel ungeöffneter Umschläge auf Haydens Rückkehr wartete. »Die Post, Martha«, sagte sie drängend, »ist die Post heute schon gekommen?«

»Ja, ich denke wohl. Ich habe Jem vor über einer Stunde ins Dorf geschickt, damit er sie holt.« Sie machte eine wegwerfende Handbewegung. »Es war nichts Wichtiges dabei – nur ein paar Nachrichten und ein Brief von Ihrem Cousin Basil.«

Lottie und Hayden tauschten einen entsetzten Blick.

»Allegra!«, rief Hayden und begann, die Treppe hinaufzulaufen.

»Allegra!«, rief Lottie ebenfalls und rannte den Korridor hinab, der zur Küche führte.

Kurz darauf trafen sie sich im Musiksalon, beide heiser und außer Atem.

»Ich kann keine Spur von ihr finden«, gestand Hayden, und seine Züge spiegelten seine wachsende Verzweiflung wider.

»Nicht einer von den Dienern hat sie gesehen.« Lottie schüttelte den Kopf. »Oh, Hayden, was, wenn wir uns geirrt haben? Was, wenn wir hier sind und sie ist irgendwo in London – ratlos, verängstigt und allein.«

Hayden schaute zu Justines Portrait empor, die Hände zu Fäusten geballt. »Aber deine Nichte hat doch geschworen, sie sei gegangen, um ihre Mutter zu sehen.«

Kaum hatte er die Worte ausgesprochen, drehte er sich zu

Lottie um und schaute sie an, und das Entsetzen in seinen Augen ließ ihr das Blut in den Adern zu Eis gefrieren.

Allegra stand am Rand der Klippe, und ihr Reisemantel wehte ihm Wind. Vor dem Hintergrund des düsteren Himmels und des aufgewühlten Meeres sah sie sehr kein und zerbrechlich aus. Mit einem erstickten Laut wollte Hayden zu ihr laufen, doch Lottie fasste ihn am Arm und deutete auf den lockeren Boden unter den Füßen seiner Tochter.

Gemeinsam näherten sie sich ihr vorsichtig, voller Angst, das Mädchen zu erschrecken.

Als sie nahe genug waren, um über die Wellen, die sich tosend an den zackigen Felsen unten brachen, gehört zu werden, rief Hayden: »Allegra!«

Allegra drehte sich um, und durch die plötzliche Bewegung strauchelte sie. Hayden spannte sich an, und Lottie wusste, dass es ihn übermenschliche Selbstbeherrschung kostete, nicht nach vorne zu springen und sein kleines Mädchen an sich zu reißen. Tränen traten Lottie in die Augen, als sie die zerlumpte Puppe erkannte, die Allegra an sich drückte.

»Allegra, Liebes«, sagte Lottie und lächelte ihre Stieftochter zärtlich an, »dein Vater und ich haben uns solche Sorgen gemacht. Kannst du herkommen, dass wir dich ansehen können?«

Allegra schüttelte den Kopf, und der Wind wehte ihr die Haare in ihr tränenüberströmtes Gesicht. »Ich will nicht, dass ihr mich anseht. Ich will, dass mich niemand ansieht.«

Lottie und Hayden tauschten verwundert einen Blick. Hayden streckte eine Hand aus und begann, sich vorsichtig auf sie zuzubewegen. Sie zuckte zurück und kam dem Abgrund noch näher. Als er erstarrte, die Hände immer noch ausgestreckt, hätte Lottie zehn Jahre ihres Lebens gegeben, wäre ihr der Ausdruck in seinen Augen erspart geblieben.

»Hast du vor mir Angst, Allegra? Ist es das? Hast du vor mir Angst, weil du denkst, ich hätte deiner Mutter wehgetan?«

Wieder schüttelte sie den Kopf. »Ich weiß, dass du sie nicht verletzt hast. Ich habe dich und Lottie reden hören und kenne die Wahrheit. Ich weiß genau, wer meine Mama umgebracht hat.«

Hayden konnte das Wort nur mühsam hervorwürgen: »Wer?«

Allegra hob ihr Kinn und schaute ihrem Vater in die Augen. »Ich.«

Hayden trat weitere Schritte auf sie zu. »Natürlich hast du das nicht getan! Wie kannst du nur so etwas Lächerliches behaupten?«

»Weil es stimmt! Ich konnte nie verstehen, warum sie mich manchmal so liebte und manchmal meinen Anblick einfach nicht ertragen konnte. Einmal habe ich stundenlang vor ihrer Tür gestanden und geweint und gebettelt, dass sie herauskommt und mit mir spielt. Aber sie kam einfach nicht. Also bin ich wütend geworden und habe gerufen: ›Ich hasse dich, ich hasse dich! Ich wünschte, du wärest tot!‹« Allegra schluchzte. »Und dann war sie tot.«

»Ach, Süße.« Hayden fiel vor ihr auf die Knie und blinzelte seine eigenen Tränen fort. »Du hast deine Mama nicht umgebracht. Dich trifft keine Schuld an ihrem Tod. Deine Mama war sehr krank, und sie wusste keinen anderen Ausweg, ihren Schmerz zu beenden.« Er schüttelte hilflos den Kopf. »Sie liebte dich so sehr. Du warst das Licht ihres Lebens. Wäre sie nicht krank gewesen, hätte sie dich nie verlassen. Sie hätte uns beide nicht verlassen.«

Lottie drückte Haydens Schulter. Sie wusste, dass er zum

ersten Mal die Worte, die er sagte, auch glaubte. Er befreite nicht nur Allegra von der Last der Schuldgefühle, er vergab auch sich selbst.

Er hielt seiner Tochter bebend eine Hand hin. »Komm her, meine Süße. Komm zu Papa.«

Allegras Gesicht legte sich bekümmert in Falten. Sie streckte die Arme nach ihm aus, aber genau in dem Augenblick erfasste ein heftiger Windstoß ihren weiten Umhang und riss sie zurück. Ihre Füße verloren den Halt, und während sie verzweifelt festen Boden zu finden suchte, sprang Hayden zu ihr, und Lottie warf sich auf Hayden.

Allegra schrie auf, ein schriller Laut, aus dem Albträume gemacht sind. Hayden bekam sie an den Aufschlägen ihres Mantels zu fassen, während Lotties Puppe ihren Armen entglitt und in die brodelnde See stürzte. Lottie krallte sich mit den Fingern an Haydens Rock fest, biss die Zähne zusammen und zog mit all ihrer Kraft an ihm, denn sie wusste, dass er seine Tochter niemals loslassen würde, selbst wenn es bedeutete, dass er mit ihr in den Abgrund stürzte.

Außer sich vor Angst, dass sie sie beide verlieren könnte, kniff sie die Augen zu und betete verzweifelt: »Lieber Gott, bitte, bitte ...«

In genau dem Augenblick erfasste eine nach wildem Jasmin duftende Windböe Allegra und schob sie nach oben in die Arme ihres Vaters. Alle drei stolperten zurück und landeten auf dem felsigen Boden.

»Oh, Papa!«, rief Allegra und warf sich zum ersten Mal seit vier Jahren an Haydens Brust.

Er schlang seine Arme um sie und barg sein Gesicht in ihren wirren Locken. »Es ist gut, mein Baby. Papa ist da. Er wird dich nie mehr loslassen.«

Vor Erleichterung und Verwunderung zitternd, schaute Lottie zu der Klippe. Einen Augenblick lang war eine Frauengestalt zu erkennen. Die Erscheinung lächelte und nickte ohne eine Spur von Spott. Und Lottie begriff, was sie sagen wollte: Im Tod hatte sie den Frieden gefunden, der ihr im Leben verwehrt geblieben war.

Lottie nickte ihr langsam zu und nahm Justines unausgesprochenen Segen an, diesen Mann und dieses Kind zu ihrer Familie zu machen. Als Hayden schließlich den Kopf hob, war die Erscheinung längst verschwunden, als wäre sie nie mehr als ein Wolkenfetzen gewesen, der über den stürmischen Himmel wehte.

Hayden griff nach ihr und zog sie zu sich und seiner Tochter. Lottie lächelte durch einen Tränenschleier zu ihm auf. »Es ist in Ordnung, Hayden. Ich verstehe, dass Justine immer deine erste Liebe sein wird.«

Er legte ihr eine Hand auf die Wange und blickte sie aus seinen grünen Augen zärtlich und eindringlich an. »Justine mag meine erste Liebe gewesen sein, du aber, meine süße Lottie, bist meine letzte.«

Als er mit seinen Lippen ihre streifte und sein Kuss sie mit Staunen und Hoffnung füllte, brach die Sonne durch die Wolken, und fröhliche Klaviermusik drang an ihr Ohr.

Hayden erstarrte. »Hast du das gehört?«, fragte er und blickte sich um. »Denkst du, das war ein Geist?«

»Sei nicht albern, Papa«, erwiderte Allegra und reckte ihre Nase in die Luft.

Einen übermütigen Blick mit Lottie tauschend, erklärten die beiden Frauen in Haydens Leben einstimmig: »Geister gibt es nicht!«

Epilog

Aus der Gesellschaftsspalte der Times, *London, 26. März 1831:*

Lady Allegra St. Clair, die reizende junge Tochter eines der geachtetsten Bürger unserer schönen Stadt, wurde gestern Abend im Hause des berüchtigten Teufels von Devonbrooke in die Gesellschaft eingeführt. Sie eröffnete den Abend mit einem Klaviervortrag von Beethovens »Der Sturm«. Während die Gäste, zu denen auch der König zählte, vor Bewunderung für ihr brillantes Spiel noch sprachlos schwiegen, sprang ihr stolzer Vater auf und rief »Bravo! Bravo!« und setzte damit einen donnernden Applaus in Gang.

Die entzückte Stiefmutter der Debütantin, die bekannte Verfasserin von *Die Braut des Todeslords* und *Mein lieber Blaubart*, verließ während der schwungvollen Walzerrunden und Quadrillen nur selten den Arm ihres Gatten. Auf die Frage, an was sie gerade arbeite, strahlte sie ihren Ehegemahl an und antwortete: »An einem Happy End.«

Danksagungen

Ich möchte Claire DeAngelis dafür danken, dass sie mir meine Musik zurückgegeben hat; Jean Willett dafür, dass sie alle Versionen des ersten Kapitels gelesen hat; Tommy Rae Cowan für ihre hilfreichen Gebete, und Gott dafür, dass er sie erhört hat; und meiner eigenen »Mirabella« Buffy, die genau dann in mein Leben trat, als ich ihre Streiche am meisten brauchte.

TERESA MEDEIROS

Geheimnis der Liebe

Roman

Aus dem Amerikanischen
von Ute-Christine Geiler

Weltbild

Für meinen Michael – zu meinem größten Glück zählt,
jeden Morgen neben dir aufzuwachen.

Für meine ganz persönliche Achse der Engel – ihr wisst,
wer gemeint ist …

Für all die barmherzigen Engel an der
Western State Nursing Facility –
Gott segne euch für all das,
was ihr für meine Mutter tut.

Und meinem Gott, der die Lahmen gehen
und die Blinden sehen macht.

Wer, der jemals liebte, liebte nicht auf den ersten Blick?

Christopher Marlowe

1

England, 1806

Meine liebe Miss March,
ich hoffe, Sie verzeihen mir, wenn ich so anmaßend bin, auf diese eher ungewöhnliche Art und Weise an Sie heranzutreten ...

»Sagen Sie bitte, Miss Wickersham, haben Sie denn Erfahrung?«

Von irgendwoher in dem weitläufigen Herrenhaus im jakobinischen Stil ertönte ein gewaltiges Gepolter. Obwohl der würdevolle Butler, der das Vorstellungsgespräch führte, sichtlich zusammenzuckte und die steif am Teetisch stehende Haushälterin hörbar quiekte, weigerte sich Samantha, auch nur mit der Wimper zu zucken.

Stattdessen zog sie ein ordentliches Bündel Papiere aus der Seitentasche ihres abgestoßenen Lederkoffers, der ihr zu Füßen stand, und reichte sie dem Butler. »Sie werden sicherlich feststellen, dass an meinen Empfehlungsschreiben nichts auszusetzen ist, Mr. Beckwith.«

Obwohl es Mittag war, gab es in dem bescheidenen Empfangssalon nur wenig Licht. Einige Sonnenstrahlen fielen durch den Spalt zwischen den schweren Samtvorhängen und malten einen schmalen Streifen auf das satte Rubinrot des Perserteppichs. Die verstreut auf den diversen Tischchen brennenden Wachskerzen füllten die Zimmerecken mit flackernden Schatten. Der Raum roch modrig und abgestanden, als wäre er seit Jahren nicht ordentlich gelüftet worden. Hätten nicht schwarze Tücher über den Spiegeln und vor den Fenstern gefehlt, hätte Samantha geschworen, ein von allen geliebtes Mitglied des Haushalts sei kürzlich verstorben.

Der Butler nahm die Papiere aus ihrer weiß behandschuhten Hand entgegen und faltete sie auf. Als die Haushälterin ihren langen Hals reckte, um ihm über die Schulter zu spähen, konnte Samantha nur beten, dass das schwache Licht sich zu ihrem Vorteil auswirken und die beiden davon abhalten würde, die schwungvollen Unterschriften allzu genau zu studieren. Mrs. Philpot war eine hübsche Frau unbestimmbaren Alters, so schmal und dünn, wie der Butler rundlich war. Trotz ihres faltenlosen Gesichts wies der schwarze Haarknoten in ihrem Nacken einen Hauch von Silber auf.

»Wie Sie sehen, war ich zwei Jahre als Gouvernante für Lord und Lady Carstairs tätig«, unterrichtete Samantha Mr. Beckwith, während er die Papiere flüchtig durchblätterte. »Als der Krieg wieder begann, habe ich mich mehreren Gouvernanten angeschlossen, um als Freiwillige Seeleute oder Soldaten zu pflegen, die von der See oder der Front verwundet und entkräftet heimkehrten.«

Die Haushälterin konnte das schwache Zusammenpressen ihrer Lippen nicht unterdrücken. Samantha wusste, dass es immer noch Leute gab, die Frauen, die verwundete Soldaten pflegten, für kaum mehr als bessere Dirnen hielten. Schamlose junge Frauen, die, ohne rot zu werden, einen fremden nackten Mann ansehen konnten. Sie spürte, wie ihr die Hitze in die Wangen stieg, und reckte das Kinn.

Mr. Beckwith musterte sie über den Rand seiner Drahtbrille hinweg. »Ich muss gestehen, Miss Wickersham, dass Sie ein wenig ... *jünger* sind, als es uns für diese Stellung vorschwebte. Die anstrengende Arbeit erfordert vermutlich eine Frau mit mehr ... Reife. Vielleicht wäre eine der anderen Bewerberinnen eher ...« Wegen Samanthas gönnerhaftem Blick verlor sich seine Stimme.

»Ich sehe keine anderen Bewerberinnen, Mr. Beckwith«, erklärte sie und schob dabei ihre eigene, schlecht sitzende Brille ein Stück die Nase hinauf. »Berücksichtigt man die großzügige, ja extravagante Bezahlung, die Sie in Ihrer Anzeige offerieren, hatte ich damit gerechnet, Ihre Tür umlagert zu finden.«

Ein weiteres Poltern war zu hören, diesmal sogar noch näher als zuvor. Es klang, als bahnte sich irgendein gigantisches Ungeheuer den Weg zu seiner Höhle.

Mrs. Philpot hastete um den Stuhl herum, sodass ihre gestärkten Unterröcke raschelten. »Hätten Sie gern noch etwas Tee, meine Liebe?« Als sie Samantha aus der Porzellankanne eingoss, zitterte ihre Hand so sehr, dass der Tee über den Rand der Tasse in Samanthas Schoß schwappte.

»Danke«, sagte Samantha leise und betupfte verstohlen den Fleck mit ihrem Handschuh.

Der Boden unter ihren Füßen erbebte und Mrs. Philpot auch. Das gedämpfte Brüllen, das folgte, war mit unverständlichen Flüchen gewürzt. Man konnte es nicht länger leugnen. Jemand – oder etwas – war auf dem Weg zu ihnen.

Mit einem entsetzten Blick auf die vergoldete Flügeltür, die in das angrenzende Zimmer führte, sprang Mr. Beckwith auf; seine hohe Stirn glänzte schweißfeucht. »Vielleicht ist jetzt nicht der günstigste Zeitpunkt ...«

Während er Samantha die Empfehlungsschreiben wieder in die Hand drückte, nahm ihr Mrs. Philpot hastig die Teetasse ab und stellte sie mit einem lauten Scheppern auf den Teewagen. »Beckwith hat Recht, meine Liebe. Sie müssen uns verzeihen. Vielleicht waren wir voreilig ...« Die Frau riss Samantha auf die Füße und begann, sie mit sich von der Zimmertür fort zu den französischen Türen hinter den Vorhängen zu ziehen, die auf die Terrasse hinausgingen.

»Aber mein Gepäck!«, protestierte Samantha und schaute über ihre Schulter hilflos zu ihrem Lederköfferchen.

»Machen Sie sich keine Sorgen, Kindchen«, beruhigte sie Mrs. Philpot und biss die Zähne zu einem bemüht freundlichen Lächeln zusammen. »Wir werden einen der Lakaien schicken, der den Koffer zu Ihrer Droschke bringt.« Als das dröhnende Gepolter und Gefluche anschwoll, bohrte die Frau ihre Fingernägel in die grobe braune Wolle von Samanthas Ärmel und schleifte sie vorwärts. Mr. Beckwith stürzte an ihnen vorbei und riss eines der bis zum Boden reichenden Fenster auf, sodass der dämmerige Raum plötzlich hell von der Aprilsonne erleuchtet wurde. Aber ehe Mrs. Philpot Samantha noch nach draußen bugsieren konnte, erstarb der geheimnisvolle Lärm so jäh, wie er begonnen hatte.

Die drei drehten sich gleichzeitig zu den vergoldeten Türen an der gegenüberliegenden Wand um.

Einen Augenblick lang war es ganz still – nur das leise Ticken der vergoldeten Uhr war zu vernehmen. Dann war ein merkwürdiges Geräusch zu hören, als tastete jemand die Tür ab oder kratzte daran. Etwas Großes. Und Wütendes. Die Haushälterin und der Butler wechselten einen furchtsamen Blick.

Gleich darauf flogen die Türen auf und schlugen krachend gegen die Wand. Von den Türflügeln umrahmt stand kein Ungeheuer da, sondern ein Mann – oder was von ihm übrig geblieben war, nachdem alle Schichten Lack und Politur der vornehmen Gesellschaft abgekratzt waren. Sein goldbraunes Haar hing in nachlässigen Zotteln bis auf die Schultern herab. Schultern, so breit, dass sie fast den Türrahmen ausfüllten. Eine Wildlederhose umschloss eng seine schmalen Hüften und schmiegte sich an jeden Muskel seiner kräftigen Schenkel. Mehrere Tage alte Bartstoppeln überschatteten sein Kinn und verliehen ihm ein piratenhaftes Aussehen. Wenn er einen Säbel gehabt hätte, wäre Samantha ernsthaft versucht gewesen, Hals über Kopf zu fliehen, voller Angst um ihre Tugend.

Er trug Strümpfe, aber keine Stiefel. Eine zerknitterte Krawatte hing ihm lose um den Hals, als hätte jemand ein paarmal versucht, sie zu knoten, dann aber frustriert aufgegeben. Sein Leinenhemd war nicht in die Hose gesteckt, und es fehlte etwa die Hälfte der Knöpfe, sodass ein schockierendes Stück Brust zu sehen war, muskulös und leicht mit goldenem Haar überzogen.

Dort in den Schatten der Tür hielt er seinen Kopf merkwürdig schief, als lauschte er auf etwas, das nur er vernehmen konnte. Seine aristokratischen Nasenflügel bebten.

Das daunenweiche Haar in Samanthas Nacken prickelte. Sie konnte das Gefühl nicht abschütteln, dass er *ihren* Geruch suchte, dass er auf der Suche nach *ihr* war. Sie hatte sich gerade halbwegs überzeugt, dass das alles lächerlich war, als er sich mit der Anmut des geborenen Jägers in Bewegung setzte und direkt auf sie zuging.

Doch es stand ihm eine gepolsterte Ottomane im Weg. Während ihr der Warnruf in der Kehle stecken blieb, stolperte er über das Möbelstück und landete polternd auf dem Boden.

Viel schlimmer als der Sturz selbst war die Art und Weise, wie er dalag, als hätte es ohnehin keinen Sinn, sich zu erheben. Jemals wieder.

Samantha konnte nur wie gelähmt dastehen, während Beckwith zu ihm eilte. »Mylord! Wir dachten, Sie machen ein Nickerchen!«

»Tut mir Leid, Sie zu enttäuschen«, antwortete der Earl von Sheffield gedehnt, wobei seine Stimme durch den Teppich gedämpft wurde. »Jemand muss vergessen haben, mich ins Bett zu stecken.«

Er schüttelte den Griff des Dieners ab und kam schwerfällig auf die Füße – direkt dort, wo ihm das Sonnenlicht durch die offen stehende Terrassentür ins Gesicht schien.

Unwillkürlich schnappte Samantha nach Luft.

Eine frische gezackte Narbe, immer noch zornesrot, verlief von seinem linken Augenwinkel quer über die Wange und spannte die Haut. Es war einmal das Gesicht eines Engels gewesen – von der Art männlicher Schönheit, wie sie Märchenprinzen und Seraphim vorbehalten ist. Aber jetzt war es für immer mit einem hässlichen Teufelsmal gezeichnet. Vielleicht gar nicht vom Teufel, dachte Samantha, sondern von Gott selbst, der es nicht zulassen wollte, dass ein bloßer Mensch eine derartige Vollkommenheit erlangte. Eigentlich hätte sie sich abgestoßen fühlen sollen, aber sie konnte nicht wegsehen. Seine zerstörte Schönheit war irgendwie faszinierender, als Perfektion es je hätte sein können.

Er trug seine Verunstaltung wie eine Maske, verbarg alle Verletzlichkeit dahinter. Aber es war ihm unmöglich, den leicht verwunderten Ausdruck in seinen meergrünen Augen zu kaschieren. Augen, die Samantha nicht ansahen; sie blickten durch sie hindurch.

Seine Nasenflügel bebten wieder. »Es ist eine Frau hier«, verkündete er voller Überzeugung.

»Natürlich ist hier eine«, erklärte Mrs. Philpot munter. »Beckwith und ich haben uns nur ein Tässchen Nachmittagstee gegönnt.«

Die Haushälterin zupfte Samantha erneut am Ärmel, bat sie wortlos zu gehen. Doch Gabriel Fairchilds blicklose Augen bannten sie wie angewurzelt an Ort und Stelle. Er kam auf sie zu, langsamer nun, aber nicht weniger zielstrebig als zuvor. Samantha begriff in dem Augenblick, dass sie eine Närrin wäre, seine Vorsicht als Schwäche auszulegen. Seine Verzweiflung machte ihn nur noch gefährlicher. Besonders für sie.

Er näherte sich ihr so entschlossen, dass sogar Mrs. Philpot zurückwich und mit den Schatten verschmolz. Samantha musste sich ihm alleine stellen. Obwohl ihr erster Impuls war, einen Schritt nach hinten zu machen, zwang sie sich, still und aufrecht dazustehen. Ihre ursprüngliche Furcht, dass er sie umrennen würde – oder gar niedertrampeln –, erwies sich jedoch als unbegründet.

Mit seiner unheimlich scharfen Wahrnehmung blieb er kurz vor ihr stehen und schnupperte argwöhnisch. Samantha hätte es nicht für möglich gehalten, dass der leichte Zitronenduft, den sie sich hinter die Ohren getupft hatte, auf einen Mann anziehend wirken könnte. Doch sein Gesichtsausdruck, als er ihn einatmete, vermittelte ihr das Gefühl, ein leicht geschürztes Haremsmädchen zu sein, das nur darauf wartete, zum Sultan gerufen zu werden. Ihre Haut kribbelte. Es war, als berührte er sie, ohne einen Finger zu heben.

Als er um sie herumging, drehte sie sich mit ihm, von dem seltsamen Drang überwältigt, ihm nicht den Rücken zuzukehren. Schließlich blieb er stehen, und zwar so nahe vor ihr, dass sie die Hitze spüren konnte, die seine Haut in Wellen verströmte, und sie jede Einzelne der goldgeküssten Wimpern zu zählen vermochte, die seine außergewöhnlichen Augen säumten.

»Wer ist sie?«, verlangte er zu wissen, wobei er eine Stelle oberhalb ihrer linken Schulter fixierte. »Und was will sie hier?«

Ehe einer der Dienstboten eine Antwort stammeln konnte, erwiderte Samantha fest: »*Sie*, Mylord, ist Miss Samantha Wickersham, und *sie* ist gekommen, um sich für die Stelle als Ihre Pflegerin zu bewerben.«

Der Earl senkte seinen leeren Blick und verzog spöttisch den Mund, als amüsierte es ihn, dass sein Gegner so klein war. Ein Schnauben entfuhr ihm. »Kindermädchen, meinen Sie? Jemand, der mir ein Schlafliedchen vorsingt, wenn es Zeit fürs Bett ist, mich löffelweise mit Porridge füttert und mir den …« – er machte eine Pause, bis sich beide Dienstboden in unguter Vorahnung wanden – »das Kinn abwischt, wenn ich gekleckert habe?«

»Ich habe kaum die geeignete Stimme für Wiegenlieder, und außerdem bin ich davon überzeugt, dass Sie sehr gut in der Lage sind, sich Ihr … Kinn selbst abzuwischen«, entgegnete Samantha sanft. »Meine Aufgabe besteht vielmehr darin, Ihnen dabei zu helfen, sich auf Ihre neuen Lebensumstände einzustellen.«

Er beugte sich weiter vor. »Und was, wenn ich mich nicht darauf einstellen will? Was, wenn ich einfach nur in Ruhe gelassen werden will, zum Teufel noch mal, damit ich hier in Frieden verrotten kann?«

Mrs. Philpot keuchte auf, aber Samantha wollte sich von seiner beiläufigen Lästerung einfach nicht schockieren lassen. »Meinetwegen brauchen Sie nicht rot zu werden, Mrs. Philpot. Ich darf Ihnen versichern, dass ich es gewohnt bin, mit kindischen Ausbrüchen fertig zu werden. Während meiner Zeit als Gouvernante haben meine jungen Schützlinge nur zu gerne die Grenzen meiner Duldsamkeit getestet und sich Wutanfällen hingegeben, wenn etwas nicht nach ihrem Willen ging.«

Da er mit einem trotzigen Dreijährigen verglichen wurde, senkte der Earl seine Stimme zu einem drohenden Flüstern. »Und gehe ich recht in der Annahme, dass Sie ihnen dergleichen rasch ausgetrieben haben?«

»In angemessener Zeit. Und mit Geduld. Im Augenblick scheint es mir, als seien Sie mit dem einen gesegnet und ich mit dem anderen.«

Er erschreckte sie, als er urplötzlich in die Richtung von Mr. Beckwith und Mrs. Philpot herumfuhr. »Was verleitet Sie zu der Annahme, diese hier sei anders als die anderen?«

»Die anderen?«, wiederholte Samantha und zog eine Augenbraue hoch.

Der Butler und die Haushälterin wechselten einen schuldbewussten Blick.

Der Earl drehte sich wieder zu ihr um. »Ich vermute, Sie haben es versäumt, Ihre Vorgängerinnen zu erwähnen. Warten Sie mal, zuerst war da die alte Cora Gringott. Sie war beinahe so taub, wie ich blind bin. Wir gaben ein feines Pärchen ab, wir beide. Die meiste Zeit habe ich damit verbracht, nach ihrem Hörrohr zu tasten, um ihr etwas ins Ohr brüllen zu können. Wenn ich mich recht erinnere, hat sie es nicht länger als zwei Wochen ausgehalten.«

Er begann, vor Samantha auf und ab zu gehen – mit seinen langen Beinen konnte er genau vier Schritte in die eine Richtung machen und vier wieder zurück. Es war überaus einfach, sich ihn an Bord eines Schiffes vorzustellen, das er mühelos befehligte, während sein goldbraunes Haar im Wind wehte und sein durchdringender Blick den fernen Horizont fixierte. »Dann kam dieses Mädchen aus Lancashire – von Anfang an ein ziemlich furchtsames Geschöpf. Sie sprach selten lauter als ein Wispern. Als sie ging, nahm sie sich nicht einmal die Zeit, ihren Lohn abzuholen oder ihre Sachen zu packen. Sie ist einfach schreiend in die Nacht gelaufen, als wäre ihr ein Wahnsinniger auf den Fersen.«

»Was Sie nicht sagen«, murmelte Samantha.

Er hielt kurz inne, dann nahm er seine Wanderung wieder auf. »Und erst letzte Woche haben wir die gute Witwe Hawkins verloren. Sie schien von robusterer Wesensart zu sein und mehr Verstand zu besitzen als die anderen. Ehe sie beleidigt von dannen gesegelt ist, schlug sie noch vor, dass Beckwith keine Pflegerin, sondern einen Zoowärter anheuern solle, da sein Herr ganz offensichtlich in einen Käfig gehöre.«

Samantha war beinahe froh, dass er das Zucken ihrer Lippen nicht sehen konnte.

»Sie sehen also, Miss Wickersham, mir ist nicht zu helfen, besonders nicht von Ihnen. Darum verziehen Sie sich besser wieder ins Schulzimmer oder in das Kinderzimmer oder wo Sie sonst hergekommen sind. Es besteht keine Notwendigkeit, mehr von Ihrer kostbaren Zeit zu verschwenden. Oder der meinen.«

»Also wirklich, Mylord!«, widersprach Beckwith. »Es ist nicht nötig, so unhöflich zu der jungen Dame zu sein.«

»Junge Dame? Ha!« Der Earl streckte die Hand aus und

verfehlte nur um Haaresbreite die zimmerhohe Topfpflanze, die so kümmerlich aussah, als wäre sie seit einem Jahrzehnt nicht mehr gegossen worden. »Ich höre schon an ihrer Stimme, dass sie eine verknöcherte, sauertöpfische Kreatur ist ohne einen Hauch weiblicher Nachgiebigkeit an sich. Wenn Sie mir eine andere Frau besorgen wollen, dann hätten Sie vermutlich eine in der Fleet Street finden können, die mir außerdem wesentlich besser zu Diensten sein würde. Ich brauche keine Pflegerin! Was ich brauche, ist vielmehr ein guter …«

»Mylord!«, rief Mrs. Philpot.

Ihr Herr war vielleicht blind, aber nicht taub. Das entsetzte Flehen seiner Haushälterin ließ ihn viel wirkungsvoller verstummen als ein Schlag. Mit dem Abglanz des Charmes, der einst seine zweite Natur gewesen war, drehte er sich auf dem Absatz um und machte eine Verbeugung vor dem Ohrensessel ein Stückchen links neben Samantha. »Ich hoffe, Sie vergeben mir meinen kindischen Ausbruch, Miss. Ich wünsche Ihnen einen guten Tag. Und ein schönes Leben.«

Sich ungefähr in die Richtung wendend, wo die Flügeltüren waren, stürmte er vorwärts, weigerte sich aber, vorsichtig zu sein oder sich langsam voranzutasten. Er hätte sein Ziel vielleicht ohne Zwischenfall erreicht, wenn er sich nicht sein Knie an der Ecke eines niedrigen Mahagonitischchens gestoßen hätte, und zwar so heftig, dass Samantha unwillkürlich voller Mitleid zusammenzuckte. Mit einem unterdrückten Fluch versetzte er dem Tischchen einen kräftigen Tritt, sodass es an die gegenüberliegende Wand knallte. Es bedurfte dreier Versuche, bis er die Klinken fand, doch schließlich warf er die Türen mit einem beeindruckenden Knall hinter sich ins Schloss.

Während er sich weiter in das Haus zurückzog, verklang das sporadische Krachen und Fluchen allmählich, und Stille machte sich breit.

Mrs. Philpot schloss sanft die Terrassentür, dann ging sie zu dem Teewagen und schenkte sich eine Tasse ein. Sie setzte sich auf die Sofakante, als sei sie Gast, doch ihre Tasse schepperte auf der Untertasse, so sehr zitterten ihr die Hände.

Mr. Beckwith ließ sich schwer neben sie sinken. Er holte ein gestärktes Taschentuch aus seiner Westentasche und fuhr sich damit über die schweißfeuchte Stirn, ehe er Samantha einen reuevollen Blick zuwarf. »Ich fürchte, wir müssen uns bei Ihnen entschuldigen, Miss Wickersham. Wir waren nicht aufrichtig zu Ihnen.«

Samantha ließ sich in dem Ohrensessel nieder und faltete ihre behandschuhten Hände im Schoß. Überrascht stellte sie fest, dass auch ihr die Hände zitterten. Dankbar für den Schutz der Schatten sagte sie: »Nun, der Earl ist wohl nicht der sanftmütige Invalide, als den Sie ihn in Ihrer Anzeige beschrieben haben.«

»Er ist nicht mehr er selbst, seit er aus dieser schrecklichen Schlacht zurückgekommen ist. Wenn Sie den lieben Jungen nur vorher gekannt hätten ...« Mrs. Philpot schluckte, und in ihren grauen Augen schimmerten Tränen.

Beckwith reichte ihr sein Taschentuch. »Lavinia hat Recht. Er war ein Gentleman, wie er im Buche steht, ein echter Märchenprinz. Manchmal habe ich Angst, dass der Schlag, der ihm das Augenlicht geraubt hat, ihm auch den Verstand verwirrt hat.«

»Oder zumindest seine Manieren«, bemerkte Samantha trocken. »Sein Verstand scheint nicht sonderlich gelitten zu haben.«

Die Haushälterin betupfte sich die schmale Nase. »Er war immer so ein kluger Junge; wusste stets gleich die richtige Antwort und konnte so schnell rechnen. Ich habe ihn selten ohne Buch unter dem Arm gesehen. Als er klein war, musste ich ihm oft nachts die Kerze wegnehmen, aus Angst, dass er ein Buch in sein Bett schmuggeln und seine Decken in Brand stecken könnte.«

Samantha wurde mit Erschütterung klar, dass ihm auch dieses Vergnügen genommen worden war. Es fiel ihr schwer, sich ein Leben ohne den Trost vorzustellen, den Bücher mit sich brachten.

Beckwith nickte erfreut, und seine Augen strahlten bei der Erinnerung an bessere Tage. »Er war immer der ganze Stolz und die Freude seiner Eltern. Als er auf die verrückte Idee kam, der Marine Seiner Majestät beizutreten, haben seine Mutter und seine Schwestern hysterische Anfälle erlitten; sie haben ihn angefleht, nicht zu gehen. Und sein Vater, der Marquis, drohte sogar, ihn zu enterben. Doch als die Zeit für ihn gekommen war, in See zu stechen, standen sie alle auf den Docks, um zum Abschied mit den Taschentüchern zu winken.«

Samantha zupfte an ihren Handschuhen. »Es ist reichlich ungewöhnlich für einen Edelmann, besonders für einen erstgeborenen Sohn, eine Karriere bei der Marine einzuschlagen, nicht wahr? Ich dachte immer, die Armee zöge die Reichen und Aristokraten an, während die Königliche Marine den Armen und Ehrgeizigen vorbehalten sei.«

»Er hat sich geweigert, die Gründe für seine Entscheidung zu nennen«, erklärte Mrs. Philpot. »Er hat nur gesagt, er müsse seinem Herzen folgen, wo auch immer es ihn hinführen würde. Er wollte sich auf keinen Fall in die höheren Offiziersränge einkaufen, wie es die meisten seiner Standesgenossen tun, sondern bestand darauf, durch eigene Leistung nach oben zu gelangen. Als seine Familie erfuhr, dass er zum Leutnant auf der HMS *Victory* befördert worden war, hat seine Mutter vor Freude geweint, und die Brust seines Vaters war so stolzgeschwellt, dass ihm fast die Westenknöpfe abgesprungen wären.«

»Die *Victory*«, murmelte Samantha. Der Schiffsname hatte sich als eine Art Prophezeiung erwiesen. Mithilfe ihrer Schwesterschiffe hatte Nelsons Flaggschiff Napoleons Marine bei Trafalgar besiegt und so den Traum des selbst ernannten Kaisers zerstört, die Meere zu beherrschen. Doch der Preis des Sieges war hoch. Admiral Nelson hatte das Gefecht gewonnen, jedoch sein Leben verloren – wie so viele andere junge Männer auch, die tapfer an seiner Seite gekämpft hatten.

Ihre Schuld war bereits voll bezahlt, während jedoch Gabriel Fairchild den Rest seines Lebens würde zahlen müssen.

Sie spürte Wut in sich aufwallen. »Wenn seine Familie ihn so liebt, wo ist sie dann jetzt?«

»Auf Reisen auf dem Kontinent.«

»In ihrer Londoner Residenz.«

Die Dienstboten platzten gleichzeitig mit ihren Antworten heraus, dann schauten sie sich verlegen an. Mrs. Philpot seufzte. »Der Earl hat den Großteil seiner Jugend in Fairchild Park verbracht. Von allen Besitzungen seines Vaters war dieser immer sein liebster. Er hat natürlich sein eigenes Stadthaus in London, aber wegen seiner schrecklichen Verletzung dachte seine Familie, es sei leichter für ihn, in dem Heim seiner Kindheit zu genesen, abseits der neugierigen Augen der Gesellschaft.«

»Leichter für wen? Für ihn? Oder für sie?«

Beckwith wandte den Blick ab. »Zu ihrer Verteidigung muss man sagen, dass der Earl sie bei ihrem letzten Besuch mehr oder weniger davongejagt hat. Einen Augenblick lang dachte ich wirklich, er würde die Hunde auf sie hetzen.«

»Ich bezweifle, dass sie so schwer zu entmutigen waren.« Samantha schloss kurz die Augen und rang um Fassung. Schließlich hatte sie keineswegs das Recht, seine Familie für ihre mangelnde Loyalität zu verurteilen. »Seit seiner Verwundung sind mehr als fünf Monate vergangen. Hat sein Arzt noch Hoffnung, dass er eines Tages wieder sehen kann?«

Der Butler schüttelte betrübt den Kopf. »Nur wenig. Es gibt nur ein oder zwei belegte Fälle, in denen sich der Verlust der Sehkraft von alleine behoben hat.«

Samantha senkte den Kopf.

Mr. Beckwith stand auf; seine fleischigen Wangen und seine hängenden Gesichtszüge verliehen ihm verblüffende Ähnlichkeit mit einer melancholischen Bulldogge. »Ich hoffe sehr, Sie verzeihen uns, Miss Wickersham, dass wir Ihre Zeit verschwendet haben. Mir ist klar, dass Sie eine Droschke mieten mussten, um hierher zu gelangen. Es würde mich mehr als froh machen, wenn ich Ihre Rückfahrt in die Stadt aus meiner eigenen Tasche bezahlen dürfte.«

Samantha erhob sich ebenfalls. »Das wird nicht nötig sein, Mr. Beckwith. Im Augenblick habe ich nicht vor, nach London zurückzufahren.«

Der Butler wechselte einen verwunderten Blick mit der Haushälterin. »Wie bitte?«

Samantha ging zu dem Stuhl, auf dem sie zuerst gesessen hatte, und nahm ihr ledernes Handköfferchen. »Ich werde hier bleiben. Die Stelle als Pflegerin des Earls nehme ich an. Wenn Sie nun so gut wären, einen der Lakaien zu schicken, der mir meine Truhe aus der Droschke holt, und mir mein Zimmer zu zeigen, dann kann ich heute noch mit den Vorbereitungen für meine neue Aufgabe beginnen.«

Er konnte sie immer noch riechen.

Wie um ihn durch die Erinnerung an das zu verhöhnen, was er verloren hatte, war Gabriels Geruchssinn in den vergangenen Monaten schärfer geworden. Wann immer er an der Küche vorbeiging, konnte er nach nur einmaligem Schnuppern sagen, ob Étienne, der französische Koch, Kalbsfrikassee oder eine sahnige Béchamel-Soße zubereitete, um den Appetit seines Herrn anzuregen. Der leiseste Hauch von Holzrauch verriet ihm schon, ob das Feuer in der verlassenen Bibliothek eben erst angefacht worden war oder nur noch aus Glut bestand. Als er sich auf das Bett in dem Raum warf – er glich mehr einer Höhle als einem Schlafzimmer –, drang ihm unangenehm der muffige Gestank seines eigenen Schweißes in die Nase, der den zerwühlten Bettlaken anhaftete.

Hierher zog er sich mit seinen blauen Flecken und Schrammen zurück, um seine Wunden zu lecken, hier wälzte er sich nächtelang von der einen auf die andere Seite – Nächte, die sich nur durch das drückende Schweigen seiner Umgebung von den Tagen unterschieden. In den stillen Stunden zwischen Abenddämmerung und Morgengrauen hatte er manchmal das Gefühl, er sei der einzige lebendige Mensch auf Erden.

Gabriel fuhr sich mit dem Handrücken über die Stirn, schloss aus schierer Gewohnheit die Augen. Als er in den Salon gestürmt war, hatte er sogleich das Lavendelduftwasser erkannt, das Mrs. Philpot so gerne benutzte, und die moschushaltige Haarpomade, mit der Beckwith die wenigen ihm verbliebenen Haare bändigte. Aber den frischen, warmen Duft von Zitronen im Sonnenlicht hatte er nicht erkannt. Es war ein herb-süßes Aroma, zart und kühn zugleich.

Miss Wickersham roch ganz gewiss nicht nach einer Pflegerin. Die alte Cora Gringott hatte nach Mottenkugeln gerochen und Witwe Hawkins nach dem mit Bittermandelöl aromatisierten Schnupftabak, für den sie eine Schwäche hatte. Und genauso wenig roch Miss Wickersham wie die verschrumpelte alte Jungfer, die er sich vorstellte, wenn sie sprach. Ihrem vernichtenden Tonfall nach zu urteilen, müsste ihren Poren eigentlich ein giftiger Dunst von altem Kohl und Grabesstaub entströmen.

Als er sich ihr näherte, hatte er eine noch bestürzendere Entdeckung gemacht. Unter dem reinen Zitrusduft lag noch ein anderer Geruch, der das, was von seinen Sinnen und seinem gesunden Menschenverstand noch übrig war, in hoffnungslose Verwirrung stürzte.

Sie roch nach Frau.

Gabriel stöhnte mit zusammengebissenen Zähnen. Er hatte nicht die geringste Regung von Verlangen verspürt seit jenem Tag, als er in dem Londoner Krankenhaus aufgewacht war und entdeckt hatte, dass seine Welt dunkel geworden war. Doch der warme, süße Geruch von Miss Wickershams Haut hatte einen Wirbel von scharlachrot umwölkten, Schwindel erregenden Erinnerungen geweckt – gestohlene Küsse in einem vom Mond beschienenen Garten, heiseres Flüstern, die seidenweiche, heiße Haut einer Frau unter seinen Lippen. All das, was er nie wieder erleben würde.

Er öffnete seine Augen, nur um die Welt noch immer in Schatten gehüllt vorzufinden. Vielleicht waren die Worte, die er Beckwith entgegengeschleudert hatte, ja sogar wahr. Vielleicht hatte er die Dienste einer völlig anderen Sorte Frau nötig. Wenn er sie gut genug bezahlte, konnte sie sein zerstörtes Gesicht vielleicht sogar ansehen, ohne angewidert zurückzuzucken. *Aber was ändert das schon?*, dachte Gabriel, und ein unfrohes Lachen entfuhr ihm. Er würde es nie erfahren. Vielleicht, wenn sie die Augen zukniff und sich vorstellte, er sei der Mann ihrer Träume, konnte er sich einreden, dass sie die Frau war, die seinen Namen hauchte und ihm Versprechen ewiger Ergebenheit zuflüsterte.

Versprechen, die zu halten sie nicht vorhatte.

Gabriel erhob sich vom Bett. Zur Hölle mit diesem Wickersham-Weib! Sie hatte nicht das Recht, ihn so scharf zurechtzuweisen und dabei so süß zu riechen. Es war nur gut, dass er Beckwith aufgetragen hatte, sie fortzuschicken. Soweit es ihn betraf, würde sie ihn nie wieder ärgern.

2

Meine liebe Miss March,
meinem Ruf zum Trotz darf ich Ihnen versichern, dass ich es mir nicht zur Angewohnheit habe werden lassen, eine heimliche Korrespondenz mit jeder reizenden jungen Dame zu beginnen, die mir gefällt …

Als Samantha sich am folgenden Morgen die geschwungene Treppe nach unten tastete, die in das Herz von Fairchild Park führte, hatte sie das Gefühl, selbst erblindet zu sein. Bei keinem einzigen Fenster im ganzen Herrenhaus waren die Vorhänge aufgezogen. Es war, als wäre das Haus wie sein Besitzer in ein dunkles Reich ewiger Nacht gestellt.

Am Fuß der Treppe brannte ein Kerzenständer, der gerade genug Licht spendete, um ihr zu zeigen, dass ihre Fingerspitzen auf dem Geländer eine Spur in der dicken Staubschicht hinterlassen hatten. Mit einer Grimasse wischte sie sich den Schmutz an ihren Röcken ab. Sie bezweifelte, dass es jemandem auf dem trostlosen grauen Wollstoff auffallen würde.

Trotz des bedrückenden Dämmerlichts blieb ihr der sagenhafte Reichtum der Fairchilds nicht völlig verborgen. Bemüht, sich nicht von der Zurschaustellung jahrhundertelanger Privilegiertheit einschüchtern zu lassen, trat Samantha von der letzten Stufe ins Foyer. Das Haus war seit seiner Erbauung renoviert und von der dunklen Holztäfelung und den Tudor-Bögen befreit worden, die seine strengen jakobinischen Wurzeln verrieten. Schatten tanzten über den schimmernden, rosa geäderten Marmor aus Italien unter ihren Schuhen. Jeder anmutige Bogen und jedes Sims, jede Papiermaché-Reliefschnecke auf der Tapete war mit Bronze oder Gold überzogen. Selbst das bescheidene Schlafzimmer, das Mrs. Philpot ihr zugewiesen hatte, besaß ein fächerartiges Glasoberlicht über der Tür und eine Wandverkleidung aus Seidendamast.

Beckwith hatte erklärt, sein Herr sei einst ein Märchenprinz gewesen. Mit einem Blick auf die übertriebene Pracht rümpfte Samantha die Nase. Vielleicht war es ja gar nicht schwierig, einen so erlauchten Titel zu erlangen, wenn man in einem derartigen Palast aufwuchs.

Entschlossen, ihren neuen Schützling aufzuspüren, entschied sie sich, einen der Kunstkniffe aus seinem Arsenal anzuwenden. Sie stand ganz still da, legte den Kopf schief und lauschte.

Sie hörte kein Gepolter oder Schreien, dafür aber das melodische Klappern und Klirren von Geschirr und Gläsern. Es folgte ein weniger melodisches Geräusch, als plötzlich auf den Knall zerbrechenden Porzellans ein derber Fluch folgte. Obwohl Samantha zusammenzuckte, spielte ein triumphierendes Lächeln um ihre Lippen.

Ihre Röcke raffend, eilte sie durch den Salon, in dem das Vorstellungsgespräch stattgefunden hatte, und zur Tür auf der anderen Seite, immer dem Lärm nach. Während sie durch einen verlassenen Raum nach dem anderen schritt, war sie mehrmals gezwungen, über verschiedene Beweise zu steigen, die eindeutig Zeugnis davon ablegten, dass der Earl hier entlanggegangen war. Unter ihren derben Halbstiefeln knirschten Glas- und Porzellanscherben und zerborstenes Holz. Als sie stehen blieb, um einen Chippendale-Stuhl wieder aufzustellen, lachte ihr das gesprungene Gesicht einer Figurine aus Meißener Porzellan entgegen, die darunter lag.

Die Zerstörung war nicht überraschend, berücksichtigte man Gabriels Angewohnheit, rücksichtslos durchs Haus zu stürmen, ohne sich darum zu kümmern, dass er ja nichts sehen konnte.

Sie trat unter einen anmutigen Bogendurchgang. Das Fehlen von Fenstern verwehrte dem Speisesalon jegliches Tageslicht. Hätten an beiden Enden des Tisches nicht Kerzen gebrannt, hätte Samantha vermutlich befürchtet, in der Familiengruft gelandet zu sein.

Zwei Lakaien in marineblauer Livree standen unter Beckwiths wachsamem Blick steif an dem Mahagoni-Sideboard. Niemand schien Samantha auf der Türschwelle zu bemerken. Alle waren zu sehr damit beschäftigt, jede Bewegung ihres Herrn zu verfolgen. Als der Earl mit seinem Ellbogen einen Kristallkelch gefährlich nahe an die Tischkante schob, gab Beckwith einem der Lakaien ein Zeichen. Der junge Mann trat eilig an den Tisch und fing den Kelch auf, ehe er zu Boden fiel. Glas- und Porzellanscherben bedeckten den Fußboden um den Tisch, ein beredter Beweis für frühere Misserfolge.

Samantha studierte Gabriels breite Schultern und seine muskulösen Unterarme, und es ging ihr wieder durch den Kopf, was für ein großer, eindrucksvoller Mann er doch war. Vermutlich wäre er in der Lage, ihr das Genick mit nicht mehr als Daumen und Zeigefinger zu brechen. Wenn er sie finden konnte, natürlich nur.

Sein Haar schimmerte im Kerzenlicht, die wilde Mähne höchstens ungeduldig mit den Fingern gekämmt, seit er heute Morgen sein Bett verlassen hatte. Er trug dasselbe zerknitterte Hemd, das er gestern Abend angehabt hatte, aber es war jetzt mit Fettflecken übersät, und ein Schokoladenstreifen zierte es über dem Bauch. Die Ärmel hatte er sich lässig bis zu den Ellbogen hinaufgeschoben, damit die spitzengesäumten Manschetten nicht durch das Essen auf seinem Teller gezogen wurden.

Er hob ein Stück Schinken an seine Lippen, biss ein Stück von dem zarten Fleisch mit den Zähnen ab, dann tastete er nach dem Teller vor sich. Samantha betrachtete den Tisch stirnrunzelnd. Es war kein einziges Besteck zu sehen. Was erklären könnte, weshalb Gabriel sich die Rühreier mit der Hand aus der Schüssel nahm und sie sich in den Mund steckte. Er verschlang die Eier, dann schob er ein dampfendes Brötchen hinterher. Mit der Zunge fuhr er sich über die Lippen, verfehlte aber leider den Tropfen Honig in seinem Mundwinkel.

Obwohl sie sich wie eine absolut niederträchtige Spionin vorkam, konnte Samantha ihren Blick einfach nicht von diesem einzelnen Honigtropfen losreißen. Trotz seiner abstoßenden Tischmanieren hatte die Art und Weise, wie er aß, etwas unbestreitbar Sinnliches – die Hingabe, mit der er seinen Hunger stillte, ohne sich um die Konventionen zu kümmern. Als er wieder den Schinken nahm und vom Knochen zu nagen begann, tropfte ihm Fleischsaft aufs Kinn. Er sah aus wie ein Krieger aus früheren Zeiten, der gerade von der Schlacht und dem Schänden der Frauen des Gegners heimgekehrt war. Samantha rechnete halb damit, dass er ihr mit dem Knochen winken und zurufen würde: »Mehr Ale, Weib!«

Plötzlich jedoch erstarrte er und schnupperte mit verzerrten Zügen. Samanthas Nasenflügel blähten sich auch, doch alles, was sie riechen konnte, war das köstliche Aroma gebratenen Schinkens.

Das Fleischstück auf seinen Teller legend, sagte er mit Unheil verkündender Beherrschung: »Beckwith, es wäre besser, wenn Sie mich wissen ließen, dass Sie soeben frische Zitronen für meinen Tee gebracht haben.«

Als er Samantha entdeckte, weiteten sich die Augen des Butlers. »Ich fürchte, nein, Mylord. Aber wenn Sie wollen, hole ich Ihnen unverzüglich welche.«

Gabriel warf sich über den Tisch, um den Butler zu packen, aber Beckwith eilte bereits mit wehenden Rockschößen durch die nächste Tür.

»Guten Morgen, Mylord«, sagte Samantha sanft und ließ sich auf einem Stuhl ihm gegenüber nieder, allerdings außerhalb seiner Reichweite. »Sie werden Mr. Beckwith verzeihen müssen. Er hatte offensichtlich andere dringlichere Verpflichtungen.«

Stirnrunzelnd lehnte sich Gabriel in seinem Stuhl zurück. »Hoffentlich gehören dazu auch das Fälschen von Empfehlungsschreiben und Kofferpacken. Dann können Sie nämlich zusammen nach London zurückkehren.«

Diesen Seitenhieb ignorierend, lächelte Samantha die wie erstarrt dastehenden Lakaien höflich an. Mit ihren von Natur aus roten Wangen, den Sommersprossen auf der Nase und den zerzausten braunen Locken sah keiner von beiden älter als sechzehn aus. Nach näherer Musterung erkannte sie, dass sie nicht nur Brüder, sondern sogar Zwillinge waren. »Heute Morgen bin ich halb verhungert«, erklärte sie. »Könnte ich etwas zum Frühstück haben?«

Gabriel musste gespürt haben, dass die Lakaien zögerten. Schließlich war es wohl kaum üblich, dass eine Bedienstete mit ihrem Arbeitgeber zusammen an einem Tisch speiste.

»Bedient die Dame, ihr Dummköpfe!«, befahl er barsch. »Es wäre nicht sehr gastfreundlich, Miss Wickersham mit leerem Magen auf die Heimreise zu schicken.«

Die Lakaien beeilten sich, seinem Befehl nachzukommen, und wären vor Eifer beinahe mit den Köpfen zusammengestoßen, als sie vor Samantha Teller und Besteck auf den Tisch legten und am Büfett ein Tablett füllten. Dem einen lächelte sie beruhigend über die Schulter zu und nahm von dem anderen dankend eine Schüssel Rühreier entgegen, ein Brötchen und mehrere Scheiben gebratenen Schinken. Sie hatte das unbestimmte Gefühl, sie würde noch all ihre Kraft brauchen.

Während der andere Lakai ihr eine Tasse dampfenden Tee eingoss, sagte sie zu Gabriel: »Ich habe den gestrigen Abend damit verbracht, mich in meinem Zimmer einzurichten. Ich dachte, Sie hätten sicher nichts dagegen, wenn ich bis zum Morgen damit warte, meine neuen Pflichten wahrzunehmen.«

»Sie haben keine Pflichten«, antwortete er und hob das Stück Schinken wieder an seinen Mund. »Sie sind entlassen.«

Geziert strich sie die Serviette in ihrem Schoß glatt und nahm vorsichtig einen Schluck von dem heißen Tee. »Ich befürchte, es steht nicht in Ihrer Macht, mich zu entlassen. Ich arbeite nicht für Sie.«

Gabriel ließ das Fleisch sinken und krauste seine goldbraunen Augenbrauen dräuend über seiner Nasenwurzel. »Wie bitte? Mein Gehör ist offensichtlich ebenfalls in Mitleidenschaft gezogen.«

»Es scheint, dass Ihr ergebener Mr. Beckwith mich auf

Anweisung Ihres Vaters eingestellt hat. Das bedeutet, ich arbeite für den Marquis von Thornwood, einen gewissen Theodore Fairchild. Bis er mich davon unterrichtet, dass meine Dienste als Pflegerin nicht länger benötigt werden, werde ich also danach trachten, meine Arbeit zu *seiner* Zufriedenheit zu erledigen, nicht zu Ihrer.«

»Nun, das ist aber ein glücklicher Umstand für Sie, nicht wahr? Denn das Einzige, was mich zufrieden stellen würde, wäre Ihre unverzügliche Abreise.«

Messer und Gabel benutzend, schnitt Samantha ein Stück zarten Schinken auf ihrem Teller ab. »Dann, fürchte ich, sind Sie zur Unzufriedenheit verurteilt.«

»Das war mir von dem Augenblick an klar, als ich zum ersten Mal Ihre Stimme hörte«, bemerkte er.

Sich weigernd, diese bewusst provokante Bemerkung mit einer Antwort zu würdigen, steckte sie sich das Stück Schinken in den Mund.

Beide Ellbogen auf den Tisch gestützt stieß er einen tiefen Seufzer aus. »Sagen Sie mir bitte, Miss Wickersham, als meine neue Pflegerin, mit welcher Ihrer Pflichten möchten Sie beginnen? Würden Sie mich vielleicht gerne füttern?«

Mit einem Blick auf seine strahlend weißen Zähne, mit denen er gerade ein weiteres Stück von dem Schinken abbiss, antwortete Samantha: »Betrachtet man die … äh … ungezügelte Begeisterung, mit der Sie sich der Nahrungsaufnahme hingeben, würde ich mir Sorgen machen, mit meinen Fingern Ihrem Mund so nahe zu kommen.«

Einer der Lakaien erlitt einen plötzlichen Hustenanfall, was ihm einen Stoß in die Rippen von seinem stirnrunzelnden Bruder eintrug.

Gabriel lutschte das letzte bisschen Fleisch von dem Knochen, ehe er ihn auf den Tisch warf, wobei er seinen

Teller um ein gutes Stück verfehlte. »Soll das heißen, dass Sie meine Tischmanieren beklagenswert finden?«

»Mir war bislang nicht klar, dass Blindheit die Benutzung von Servietten und Besteck ausschließt. Sie könnten genauso gut mit den Füßen essen.«

Gabriel wurde sehr still. Die straff gespannte Haut über seiner Narbe erbleichte, wodurch das Teufelsmal umso abschreckender wirkte. In dem Moment war Samantha richtig dankbar, dass er kein Messer hatte.

Er legte einen Arm auf die Lehne des Stuhles neben sich und setzte sich so hin, dass er in die Richtung ihrer Stimme blickte. Obwohl sie wusste, dass er sie nicht sehen konnte, musste Samantha den Drang niederringen, unruhig hin- und herzurutschen. »Ich muss gestehen, dass Sie mich zu interessieren beginnen, Miss Wickersham. Sie sprechen kultiviert, aber Ihren Akzent kann ich nicht ganz zuordnen. Sind Sie in Chelsea aufgewachsen?«

»Chelsea«, bestätigte sie. Sie hatte allerdings ihre Zweifel, dass er oft Gelegenheit gehabt hatte, die bescheidene Wohngegend im nördlichen London zu besuchen. Sie gönnte sich einen zu großzügig bemessenen Schluck Tee und verbrannte sich prompt die Zunge.

»Ich bin neugierig, warum eine Frau mit Ihren ... *Talenten* eine solche Stellung annimmt. Was hat Sie dazu bewogen, einer derart aufopferungsvollen Arbeit nachzugehen? War es christliche Nächstenliebe? Das überwältigende Verlangen, Ihren Mitmenschen zu helfen? Oder Mitgefühl für die Gebrechlichen?«

Mit dem Löffel Rührei aus der Porzellanschale kratzend, erklärte Samantha knapp: »Ich habe Mr. Beckwith mehrere Empfehlungsschreiben vorgelegt. Sie werden an ihnen bestimmt nichts auszusetzen finden.«

»Für den Fall, dass Sie es nicht bemerkt haben sollten«, antwortete Gabriel mit leicht spöttischer Stimme, »es ist mir versagt, sie zu lesen. Vielleicht sollten Sie mich besser in ihren Inhalt einweihen.«

Sie legte ihren Löffel weg. »Wie ich Mr. Beckwith bereits informiert habe, war ich beinahe zwei Jahre als Gouvernante für Lord und Lady Carstairs tätig.«

»Die Familie kenne ich.«

Samantha verkrampfte sich. Wie gut kannte er sie? »Nachdem die Feindseligkeiten mit Frankreich wieder aufgeflammt waren, habe ich in der *Times* gelesen, wie viele unserer Soldaten und Seeleute darunter zu leiden hatten, dass es nicht genügend Krankenpfleger gab. Daher habe ich meine Dienste dem hiesigen Krankenhaus angeboten.«

»Ich verstehe immer noch nicht, weshalb Sie es vorziehen, Männern, die halb verrückt sind vor Schmerz, die blutenden Wunden zu verbinden und die Hand zu halten, anstatt weiterhin Brei in den Mund von Babys zu löffeln.«

Samantha bemühte sich, die Leidenschaft aus ihrer Stimme herauszuhalten. »Diese Männer waren willens, alles für den König und für das Vaterland zu opfern. Wie könnte ich da zurückstehen und nicht auch ein kleines Opfer bringen?«

Er schnaubte abfällig. »Das Einzige, was diese Männer geopfert haben, war ihr Urteilsvermögen samt ihrem gesunden Menschenverstand. Beides haben sie an die Königliche Marine verkauft für ein Stück blauen Stoffes und ein bisschen Goldlitze auf den Schultern.«

Sie zog die Brauen zusammen, entsetzt über seinen Zynismus. »Wie können Sie nur etwas so Grausames sagen? Himmel, der König selbst hat ihre Tapferkeit ausdrücklich gelobt!«

»Das sollte Sie nicht überraschen. Die Krone hat schon immer am liebsten Träumer und Narren belohnt.«

Samantha vergaß, dass er sie nicht sehen konnte, und erhob sich halb von ihrem Sitz. »Nicht Narren! Helden! Helden wie Ihr eigener Vorgesetzter – Admiral Lord Nelson höchstpersönlich!«

»Nelson ist tot«, erklärte er. »Ich kann nicht sagen, ob ihn das eher zum Helden oder mehr zum Narren macht.«

Für den Augenblick geschlagen ließ sie sich wieder auf ihren Stuhl sinken.

Gabriel stand auf und tastete sich an den Stuhllehnen entlang um den Tisch herum. Als seine kräftigen Hände sich um die geschnitzten Enden ihrer Stuhllehne schlossen, musste Samantha ihre ganze Selbstbeherrschung aufbieten, um nicht zu fliehen. Stattdessen starrte sie geradeaus vor sich hin, jeder hastige Atemzug deutlich hörbar – für sie selbst wie auch für ihn.

Er neigte sich so weit vor, dass seine Lippen gefährlich dicht davor waren, ihre Haare zu streifen. »Ich bin mir sicher, Ihre Hingabe an Ihren Beruf ist aufrichtig, Miss Wickersham. Aber was mich betrifft, haben Sie nur eine Pflicht, bis Sie zu Sinnen kommen und Ihre Kündigung einreichen.« Er sprach leise, doch jedes seiner Worte war eindringlicher als ein Schrei. »Mir, verdammt noch einmal, aus dem Weg zu gehen.«

Mit dieser Warnung verließ er sie, drängte sich an dem Lakai vorbei, der vorstürzte, um ihm den Arm zu reichen. Eigentlich hätte es sie nicht überraschen dürfen, dass er es vorzog, sich alleine seinen Weg durch das dunkle Haus zu suchen, anstatt eine helfende Hand anzunehmen, aber sie zuckte dennoch zusammen, als kurz darauf ein lautes Gepolter aus einem der angrenzenden Räume drang.

Samantha blieb an diesem Vormittag nichts anderes zu tun, als durch die verdunkelten Zimmer von Fairchild Park zu streifen. Die Stille war beinahe so erdrückend wie das Dämmerlicht. Es war nichts von der Geschäftigkeit zu spüren, die man von einem bewohnten Landsitz in Buckinghamshire eigentlich erwartet hätte. Es gab keine Stubenmädchen, die mit ihren Staubwedeln über Wände, Geländer und Simse fuhren, keine rotgesichtigen Waschmägde, die Körbe frisch gewaschener Leintücher die Treppe hinaufschleppten, keine Lakaien, die mit den Armen voller Brennholz durch die Flure eilten, um Feuer in den Zimmern zu entzünden. Jeder Kamin, an dem sie vorüberkam, war kalt und dunkel, seine Glut zu Asche zerfallen. Geschnitzte Cherubinen blickten sie betrübt von den reich verzierten Kaminverkleidungen an, ihre runden Wangen rußverschmiert.

Die paar Dienstboten, denen sie begegnete, schienen ohne besondere Aufgabe durch das Haus zu schlendern. Sobald sie sie erblickten, verschmolzen sie mit den Schatten, ihre Stimmen nie lauter als ein Flüstern. Keiner von ihnen schien es eilig zu haben, einen Besen zu holen, um die Scherben und das zerbrochene Mobiliar zusammenzufegen, das überall auf dem Boden herumlag.

Samantha stieß ein paar vergoldete Flügeltüren am Ende eines dunklen Korridors auf. Marmorstufen führten hinunter in einen riesigen Ballsaal. Sie hatte sich in den düsteren Wintermonaten wenig Zeit für wehmütige Gedanken gegönnt, aber einen winzigen Moment lang konnte sie nicht widerstehen, die Augen zu schließen. Sie stellte sich den Raum als ein Meer aus bunten Farben und Licht, Musik und fröhlichem Geplauder vor, sie stellte sich vor, wie sie in den starken Armen eines Mannes über den schimmernden Tanzboden wirbelte. Sie sah, wie er sie anlächelte, wie sie die Hand hob und die Goldtressen auf seinen breiten Schultern berührte.

Samantha riss die Augen auf. Über ihre Narrheit den Kopf schüttelnd, warf sie die Ballsaaltüren zu. Daran war nur der Earl Schuld. Wenn er ihr erlauben würde, die Pflichten zu erfüllen, für die sie angestellt war, dann gelänge es ihr vermutlich, ihre Phantasie im Zaum zu halten.

Sie schritt durch einen weitläufigen Salon und achtete nicht mehr auf ihre Umgebung, als Gabriel es getan hätte, bis sie mit dem Fuß gegen ein umgeworfenes Beistelltischchen stieß. Einen wütenden Schmerzenslaut ausstoßend, hüpfte sie auf einem Bein umher, wobei sie sich die schmerzenden Zehen durch das abgestoßene Leder ihres Stiefels rieb. Hätte sie Ziegenlederstiefeletten getragen, hätte sie sich bestimmt die Zehen gebrochen.

Die schmalen Sonnenstrahlen betrachtend, die sich durch die schweren Samtvorhänge kämpften, stemmte Samantha die Hände in die Hüften. Gabriel mochte ja beschlossen haben, sich in diesem Mausoleum zu vergraben, sie allerdings ganz gewiss nicht.

Als sie plötzlich aus dem Augenwinkel etwas Weißes wahrnahm, fuhr sie herum und entdeckte ein Stubenmädchen, das gerade auf Zehenspitzen an der Tür vorüberschlich.

Samantha rief ihr zu: »He! Du da!«

Das Mädchen blieb stehen und drehte sich mit unverhohlenem Widerstreben um. »Ja, Miss?«

»Komm bitte her. Ich brauche deine Hilfe, um diese Vorhänge aufzuziehen.« Vor Anstrengung um Atem ringend, schob Samantha eine üppig gepolsterte Ottomane zum Fenster.

Statt an ihre Seite zu eilen, um ihr behilflich zu sein, begann das Mädchen zurückzuweichen; sie rang ihre blassen, sommersprossigen Hände und schüttelte besorgt den Kopf. »Das wage ich nicht, Miss. Was würde der Herr sagen?«

»Vielleicht, dass du deine Arbeit machst«, entgegnete Samantha spitz und stieg auf die Ottomane.

Da sie mit dem trödelnden Mädchen ungeduldig wurde, streckte sie den Arm aus, fasste zwei Hände voll Vorhangstoff und zerrte mit aller Kraft daran. Doch anstatt zur Seite zu rutschen, rissen die Vorhänge aus ihrer Verankerung. In einer erstickenden Wolke aus Samt und Staub fielen sie auf Samantha herab, sodass sie mehrmals niesen musste.

Sonnenlicht strömte durch die bis zum Boden reichenden Fenster, ließen die aufgewirbelten Staubflusen feenhaft glitzern.

»Ach, Miss, das hätten Sie nicht tun sollen!«, jammerte das Dienstmädchen und blinzelte wie ein scheues Waldtier, das jäh aus dem dämmerigen Unterholz ans Licht gekrochen ist. »Ich werde sofort Mrs. Philpot holen.«

Sich die Hände an ihren Röcken abwischend, hüpfte Samantha von der Ottomane und betrachtete zufrieden das Ergebnis ihrer Mühen. »Ja genau, warum nicht? Mir wäre nichts lieber, als einmal mit der guten Frau zu reden.«

Mit einem letzten unverständlichen Ausruf lief das Mädchen mit wild aufgerissenen Augen aus dem Zimmer.

Als Mrs. Philpot kurze Zeit später in den Salon gerauscht kam, wurde sie von dem Anblick der neuen Pflegerin des Earls begrüßt, die gerade gefährlich auf einem zierlichen Stuhl aus der Zeit von Ludwig XIV. balancierte. Die

Haushälterin konnte nur starr vor Entsetzen verfolgen, wie Samantha kräftig mit beiden Händen an den Vorhängen zog. In einer Stofflawine fielen sie ihr auf den Kopf und begruben sie unter einer Wolke smaragdgrünen Samtes.

»Miss Wickersham!«, entfuhr es Mrs. Philpot. Sie hielt sich eine Hand vor die Augen, um sie vor dem hellen Sonnenschein zu schützen, der nun durch die französischen Fenster ins Zimmer flutete. »Was soll das bedeuten?«

Samantha stieg von dem Stuhl und befreite sich aus den schweren Stofffalten. Dem bestürzten Blick der Haushälterin folgend, machte sie zu dem Berg Vorhänge, den sie in der Mitte des Zimmers aufgetürmt hatte, eine entschuldigende Kopfbewegung. »Eigentlich wollte ich sie ja nur aufziehen, aber nachdem ich all den Staub gesehen habe, wurde mir klar, dass sie gründlich gelüftet und ausgeklopft werden müssen.«

Mit der Hand auf dem Schlüsselbund an ihrer Taille, als sei es der Griff eines Schwertes, richtete sich Mrs. Philpot auf. »*Ich* bin die Haushälterin von Fairchild Park. *Sie* sind die Pflegerin des Herrn. Das Lüften von Vorhängen oder dergleichen zählt somit kaum zu Ihren Pflichten.«

Mit einem skeptischen Blick auf die Frau entriegelte Samantha das Fenster und stieß es auf. Eine sanfte, nach Flieder duftende Brise wehte ins Zimmer. »Vielleicht nicht. Aber das Wohlbefinden meines Patienten schon. Licht mag Ihrem Herrn versagt sein, aber es gibt keinen Grund, warum das auch für frische Luft gelten sollte. Seine Lungen gründlich durchzupusten könnte seinen Zustand verbessern … und seine Laune auch.«

Einen Moment erweckte Mrs. Philpot den Eindruck, als sei sie ernsthaft in Versuchung geführt.

Ermutigt von ihrem Zögern begann Samantha, im Zimmer auf und ab zu gehen, ihre Pläne begeistert mit Gesten untermalend. »Zuerst, dachte ich, sollten wir die Zimmermädchen alle Scherben auffegen lassen, während die Lakaien die zerbrochenen Möbel forttragen. Dann, nachdem wir alles Zerbrechliche weggeräumt haben, könnten wir die Möbel an die Wände rücken, sodass sich in jedem Zimmer ein freier Weg für den Earl ergibt.«

»Der Earl verbringt die meiste Zeit in seinem Schlafzimmer.«

»Können Sie ihm das denn verdenken?«, erkundigte sich Samantha und blinzelte ungläubig. »Wie würden Sie sich fühlen, wenn Sie jedes Mal, wenn Sie Ihr Schlafzimmer verlassen, das Risiko eingehen, sich das Schienbein zu stoßen oder den Kopf anzuschlagen?«

»Der Herr persönlich hat angeordnet hat, dass die Vorhänge geschlossen bleiben. Er war es, der darauf bestanden hat, dass alles so bleibt wie vor … vor …« Die Haushälterin schluckte, unfähig, ihren Satz zu beenden. »Es tut mir Leid, aber ich kann mich nicht daran beteiligen, seinen Wünschen zuwider zu handeln. Und der Dienerschaft erteile ich auch keine Anweisung.«

»Also werden Sie mir nicht helfen?«

Mrs. Philpot schüttelte verneinend den Kopf, und in ihren grauen Augen stand ein Ausdruck echten Bedauerns. »Ich kann nicht.«

»Nun gut.« Samantha nickte. »Ich respektiere Ihre Loyalität Ihrem Arbeitgeber gegenüber und Ihre Hingabe an Ihre Arbeit.«

Mit diesen Worten drehte sie sich auf dem Absatz um, marschierte zum nächsten Fenster und begann, an den schweren Vorhängen zu zerren.

»Was tun Sie denn da?«, rief Mrs. Philpot, als die Vorhänge herabrauschten.

Samantha warf die Samtmassen oben auf den Haufen in der Zimmermitte, dann riss sie das Fenster auf und ließ einen breiten Strahl Sonnenlicht und frische Luft hineinströmen. Sie wandte sich zu Mrs. Philpot um und klopfte sich den Staub von den Händen. »*Meine* Arbeit.«

»Ist sie immer noch zugange?«, fragte eine der Spülmägde flüsternd den rotwangigen Lakaien, der gerade die geräumige Küche von Fairchild Park betrat.

»Ich fürchte ja«, wisperte er zurück, stibitzte ein dampfendes Würstchen von ihrem Tablett und steckte es sich in den Mund. »Hörst du es denn nicht?«

Obwohl es schon vor etwa einer Stunde dunkel geworden war, drangen immer noch geheimnisvolle Geräusche durch den ersten Stock des Hauses. Dumpfes Poltern, Klirren und Scheppern, Keuchen und ab und zu das Scharren eines schweren Möbelstückes, das über den Parkettboden geschoben wurde, waren seit dem Vormittag ohne Unterlass zu vernehmen gewesen.

Die Diener hatten ihren Tag so verbracht wie die meisten ihrer Tage seit Gabriels Heimkehr aus dem Krieg – um den alten Eichentisch vor dem Küchenfeuer versammelt, Erinnerungen an bessere Zeiten hingegeben. An diesem kühlen Frühlingsabend saßen Beckwith und Mrs. Philpot einander gegenüber, tranken eine Tasse Tee nach der anderen, ohne ein Wort zu sagen oder es zu wagen, dem anderen in die Augen zu sehen.

Nach einem besonders heftigen Poltern, bei dem alle zusammenzuckten, erkundigte sich leise eines der Stubenmädchen: »Meinen Sie nicht, wir sollten …«

Mrs. Philpot antwortete mit einem strafenden Blick, der das arme Kind wie versteinert erstarren ließ, wo es gerade stand. »Ich denke, wir sollten uns um unsere eigenen Angelegenheiten kümmern.«

Einer der jungen Lakaien trat vor und traute sich genau die eine Frage zu stellen, die sie alle vermieden hatten auszusprechen: »Was, wenn der Herr etwas hört?«

Seine Brille abnehmend, um sie mit seinem Ärmel zu putzen, schüttelte Beckwith betrübt den Kopf. »Es ist lange her, seit der Herr sich um das gekümmert hat, was um ihn herum geschieht. Es gibt keinen Grund, warum es heute anders sein sollte.«

Seine Worte warfen einen Schatten der Niedergeschlagenheit über alle Anwesenden. Einst waren sie stolz gewesen, das prächtige Gebäude, das ihnen anvertraut war, in Schuss zu halten. Aber ohne jemanden, der sah, wie das Holz unter ihrer liebevollen Pflege glänzte, oder sie lobte, weil die Böden so sauber gefegt waren und genug Feuerholz in jedem Kamin lag, machte es für sie keinen Sinn, mit dem Trübsalblasen aufzuhören und sich zur Arbeit aufzuraffen.

So nahmen sie es kaum wahr, als eines der jüngeren Stubenmädchen leise eintrat. Es ging geradewegs zu Mrs. Philpot, machte einen Knicks und schließlich noch einen, unverkennbar zu schüchtern, sie anzusprechen.

»Steh nicht herum und spring nicht auf und nieder wie ein Korken auf dem Wasser, Elsie«, entfuhr es Mrs. Philpot scharf. »Was ist los?«

Ihre Schürze in den Händen wringend, knickste das Mädchen noch einmal. »Ich denke, Madam, Sie sollten am besten mitkommen und es sich selbst ansehen.«

Nach einem erschöpften Blick auf Beckwith erhob sich

die Haushälterin. Der Butler stieß sich vom Tisch ab, um ihr zu folgen. Als sie die Küche verließen, waren sie beide zu sehr in Gedanken versunken, um zu bemerken, dass sich ihnen der Rest der Dienerschaft angeschlossen hatte – einer nach dem anderen.

Auf der obersten Treppenstufe blieb Mrs. Philpot plötzlich stehen und hätte dadurch fast eine katastrophale Kettenreaktion ausgelöst. »Pst! Hören Sie mal!«, verlangte sie.

Alle hielten den Atem an, vernahmen aber nur eines.

Stille.

Als die schweigsame Parade Zimmer um Zimmer durchschritt, knirschte unter ihren Sohlen kein zerbrochenes Glas oder zerborstenes Holz. Mondlicht strömte durch die vorhanglosen Fenster und zeigte, dass die Böden sauber gefegt worden waren und jemand das kaputte Mobiliar in zwei ordentlichen Stapeln zusammengestellt hatte – einer mit Stücken, die noch zu retten waren, und der andere mit denen, die nur noch zum Feuermachen taugten. Obwohl ein paar der schwereren Möbel an Ort und Stelle standen, war in den meisten Räumen ein Gang frei geräumt worden; zerbrechliche Gegenstände waren nach so weit oben wie möglich auf Bücherregale oder Kaminsimse verbannt worden. Alle Teppiche, deren geflochtener Rand oder lange Fransen sich zu Fallstricken auswachsen konnten, standen aufgerollt und an die Wand gelehnt da.

Schließlich fanden sie die neue Pflegerin ihres Herrn in einem Lichtkreis aus Mondschein in der Bibliothek, wo sie auf einer Ottomane zusammenkauert erschöpft eingeschlafen war. Die Diener stellten sich um sie herum auf und starrten sie mit unverhohlener Neugier an.

Die früheren Pflegerinnen des Earls hatten sich ohne

Murren mit dem etwas vagen sozialen Status begnügt, der Gouvernanten und Hauslehrern gewöhnlich vorbehalten war. Ganz gewiss wurden sie nicht als ihrem Arbeitgeber ebenbürtig betrachtet, aber sie hatten sich auch nie herabgelassen, sich mit den anderen Dienern abzugeben. Sie nahmen ihre Mahlzeiten in ihren Räumen ein und hätten schon bei der Vorstellung entsetzt aufgestöhnt, ihre zarten weißen Hände mit solch niederen Arbeiten zu ruinieren, wie Böden zu fegen oder schwere Vorhänge zum Lüften auf den Hof zu schleppen.

Die Hände von Miss Wickersham waren nicht mehr zart oder weiß. Die blassen Ovale ihrer Fingernägel waren abgebrochen und wiesen Schmutzränder auf. Eine blutige Blase hatte sich an ihrer rechten Hand gebildet, zwischen Daumen und Zeigefinger. Ihre Brille war verrutscht und hing ihr schief auf der Nase, und während alle Bediensteten sie nun so betrachteten, ließ ein leises Schnarchen die Haarsträhne, die ihr über die Nase gefallen war, sich leicht auf und ab bewegen.

»Soll ich sie wecken?«, fragte Elsie flüsternd.

»Ich bezweifle, dass das möglich ist«, erklärte Beckwith leise. »Das arme Kind ist offensichtlich völlig erschöpft.« Er winkte einen der größeren Lakaien zu sich. »Warum trägst du Miss Wickersham nicht nach oben in ihr Zimmer, George? Und nimm eines der Dienstmädchen mit.«

»Ich gehe«, meldete sich Elsie eifrig und vergaß ihre Schüchternheit.

Als der Lakai Miss Wickersham mit seinen kräftigen Armen hochhob, streckte eine der Spülmägde die Hand aus, um die Brille gerade zu schieben.

Nachdem sie gegangen waren, starrte Mrs. Philpot weiter mit unergründlicher Miene auf die Ottomane hinunter.

Beckwith trat mit einem verlegenen Räuspern dichter zu ihr heran. »Soll ich den Rest der Dienerschaft für die Nacht fortschicken?«

Langsam hob die Haushälterin den Kopf. In ihren grauen Augen stand eiserne Entschlossenheit. »Ich denke nicht. Es gibt immer noch jede Menge zu tun, und ich werde nicht länger zulassen, dass sie herumlungern und es anderen überlassen, ihre Pflichten wahrzunehmen.« Sie schnippte mit den Fingern zu den beiden verbliebenen Lakaien. »Peter und Phillip, ihr nehmt diese Chaiselongue dort und rückt sie an die Wand.« Breit grinsend beeilten sich die Zwillinge und fassten jeder ein Ende des schweren Sofas. »Vorsicht«, mahnte sie. »Wenn ihr das Rosenholz zerkratzt, ziehe ich euch die Reparaturkosten vom Lohn ab.«

Um die erstaunten Dienstmädchen herumgehend, klatschte sie so fest in die Hände, dass das Geräusch in der Bibliothek wie ein Pistolenschuss hallte. »Betsy, Jane, ihr holt ein paar Besen und einen Mopp, Lumpen und einen Eimer heißes Wasser. Meine Mutter hat immer gesagt, dass man sich das Fegen sparen kann, wenn man hinterher nicht aufwischen will. Und jetzt, da die Vorhänge weg sind, lassen sich die Fenster viel leichter putzen.« Als die Dienstmädchen nur stumm dastanden und sie mit offenem Mund anstarrten, scheuchte sie die beiden mit ihrer Schürze zur Tür. »Hier wird nicht herumgestanden und geglotzt wie an Land gespülte Forellen. Geht schon, geht!«

Mrs. Philpot marschierte zu einem der Flügelfenster und riss es auf. »Ah!«, rief sie, und ihre Brust weitete sich, als sie in tiefen Zügen die nach Flieder duftende Nachtluft einatmete. »Vielleicht riecht morgen früh das Haus schon nicht mehr wie ein offenes Grab.«

Beckwith stellte sich neben sie. »Hast du den Verstand verloren, Lavinia? Was sollen wir denn dem Herrn sagen?«

»Ach, gar nichts.« Mrs. Philpot nickte zu der Tür, durch die Miss Wickersham verschwunden war, und ein listiges Lächeln spielte um ihre Lippen. »Das macht sie schon.«

3

Meine liebe Miss March,
ich muss gestehen, seit ich Sie zum ersten Mal erblickt habe, habe ich an nichts anderes – und niemand anderen – gedacht als …

Am nächsten Morgen stieg Gabriel vorsichtig die Treppe hinab, bei jedem Schritt schnuppernd. Seine Nasenflügel blähten sich, aber er konnte nicht den leisesten Hauch von Zitronenmelisse wahrnehmen. Vielleicht hatte Miss Wickersham seinen Rat ja beherzigt und war abgereist. Mit ein wenig Glück würde er ihre Impertinenz nie wieder ertragen müssen. Bei dem Gedanken wollte sich seltsamerweise keine Befriedigung einstellen. Er musste hungriger sein, als er geglaubt hatte.

Er gab jeden Versuch auf, unentdeckt zu bleiben, und stürmte durch die Türen in den Empfangssalon, wobei er sich im Geiste darauf gefasst machte, sich jeden Moment die Schienbeine an einem Möbelstück zu stoßen. Eigentlich begrüßte er den Schmerz, den das mit sich brachte. Jeder frische blaue Fleck oder Kratzer diente ihm als Erinnerung, dass er noch am Leben war.

Doch auf das, was ihn heute erwartete, hatte ihn nichts vorbereiten können. Während er den Salon durchquerte, ohne auch nur über einen einzigen bockigen Hocker zu stolpern, fiel ihm plötzlich ein breiter Strahl Sonnenlicht mitten ins Gesicht. Gabriel blieb stehen, wankte wie vom Schlag gerührt und riss eine Hand hoch, um sein Gesicht vor der verwirrenden Wärme zu schützen. Instinktiv kniff er die Augen zu, doch das fröhliche Vogelgezwitscher und die nach Flieder duftende Brise, die zärtlich über seine Haut strich, konnte er nicht aussperren.

Einen Minute lang meinte er, er läge noch in seinem Bett und träumte. Glaubte, wenn er die Augen öffnete, würde er auf einer leuchtend grünen Wiese ruhen und über sich in die seidig weißen Blüten eines Birnbaumes blicken. Doch als er seine Augen dann tatsächlich öffnete, war es noch immer Nacht – trotz der trügerischen Wärme der Sonne auf seinem Gesicht.

»Beckwith!«, brüllte er.

Jemand tippte ihm auf die Schulter. Ohne nachzudenken, fuhr Gabriel herum, um seinen Angreifer zu packen. Obwohl er in die Luft griff, verriet ihm der Zitronenmelissenduft, der ihn plötzlich in der Nase kitzelte, wer es sein musste.

»Hat Ihnen nie jemand beigebracht, dass es von außergewöhnlich schlechten Manieren zeugt, sich an einen Blinden heranzuschleichen?«, fragte er gedehnt.

»Gefährlich ist es auch, wie mir scheint.« Selbst wenn die zu vertraute Stimme nichts von ihrer gewohnten Schroffheit vermissen ließ, klang sie auch ein wenig atemlos, was seltsamerweise seinen Puls beschleunigte.

Darum bemüht, mehr als nur sein Temperament zu zügeln, wich Gabriel mehrere Schritte zurück. Da es ihm unmöglich war, der verführerischen Wärme des Sonnenlichts zu entkommen, wandte er die linke Seite seines Gesichts absichtlich von ihrer Stimme ab. »Wo, zum Teufel, treibt sich Beckwith denn herum?«

»Ich weiß nicht recht, Mylord«, bekannte seine Pflegerin, »aber irgendetwas stimmt heute Morgen nicht – vielleicht geht eine Krankheit um. Das Frühstück ist nicht fertig, und die meisten Dienstboten sind offensichtlich noch zu Bett.«

Er breitete die Arme aus und drehte sich einmal um die eigene Achse, ohne an einen einzigen Gegenstand zu stoßen. »Dann sollte die Frage vermutlich passender lauten: *Wo sind meine Möbel?*«

»Ach, machen Sie sich deswegen keine Sorgen. Sie sind noch alle da. Wir haben nur die meisten Stücke an die Wand gerückt, sodass sie Ihnen nicht länger im Weg stehen.«

»*Wir?*«

»Nun, zum größten Teil war ich es allein.« Eine dankenswerte Sekunde klang sie genauso verwirrt, wie er sich fühlte. »Allerdings sieht es so aus, als hätten die Dienstboten sich zum Helfen entschlossen, nachdem ich zu Bett gegangen war.«

Gabriel ließ ein übertrieben geduldiges Seufzen hören. »Wenn alle Zimmer genau gleich sind, wie soll ich denn dann wissen, ob ich im Empfangssalon bin oder in der Bibliothek? Oder gar auf dem Komposthaufen hinter dem Haus?«

Einen segensreichen Augenblick war es ihm tatsächlich gelungen, sie sprachlos zu machen. »Himmel, dieser Gedanke ist mir nie gekommen!«, erklärte sie schließlich. »Vielleicht sollten wir von den Lakaien in jedem Zimmer ein Möbelstück als Erkennungsmerkmal in die Mitte schieben lassen.« Ihre Röcke raschelten, als sie um ihn herumging und schon wieder neue Pläne schmiedete. Gabriel drehte sich mit ihr, wobei er seine rechte Seite immer auf Höhe ihrer Stimme hielt. »Wenn wir die scharfen Kanten und Ecken abpolstern, könnten Sie durchs Haus gehen, ohne irgendwelche Verletzungen zu riskieren. Besonders wenn Sie zählen lernen.«

»Ich darf Ihnen versichern, Miss Wickersham, dass ich bereits im Kinderzimmer das Zählen gelernt habe.«

Jetzt seufzte sie. »Ich meinte, Ihre Schritte zu zählen. Wenn Sie sich die Zahl der Schritte merken, die Sie benötigen, um von einem Raum zu andern zu gehen, müssten Sie sich leichter zurechtfinden und hätten somit mehr Einfluss auf Ihr Leben.«

»Das wäre eine angenehme Abwechslung. Seit Sie Ihren Fuß in dieses Haus gesetzt haben, habe ich den besagten Einfluss nämlich offenbar zur Gänze verloren.«

»Warum tun Sie das?«, erkundigte sie sich abrupt, und aufrichtige Neugier schwang in ihrer Stimme mit, verlieh ihr einen weicheren Klang.

Er runzelte die Stirn und versuchte, den leisen Schritten zu folgen, während sie weiter um ihn herumging. »Was tun?«

»Sich von mir abwenden, wenn ich mich bewege. Wenn ich nach links gehe, wenden Sie sich nach rechts – und umgekehrt.«

Er verkrampfte sich. »Ich bin blind. Wie können Sie von mir erwarten zu wissen, wohin ich mich wende?« Um weitere Fragen zu umgehen, fuhr er fort: »Vielleicht sollten Sie mir einmal erklären, warum meine ausdrücklichen Anordnungen missachtet wurden und hier drinnen die Fenster offen stehen?«

»Ich war das. Als Ihre Pflegerin bin ich der Meinung, dass ein bisschen Sonnenschein und frische Luft Ihren …« – sie räusperte sich, als wäre ihr etwas im Hals stecken geblieben – »… Ihren Blutfluss verbessern würden.«

»Mit meinem Blutfluss ist alles in bester Ordnung, danke sehr. Und ein Blinder hat schließlich wenig Verwendung für Sonnenschein. Es ist höchstens eine grausame Erinnerung an all die Schönheit, die er nie wieder sehen wird.«

»Das mag schon stimmen, aber es ist wohl kaum fair, Ihren ganzen Haushalt mit sich in die Dunkelheit zu zwingen.«

Eine Minute lang fehlten Gabriel vor Verblüffung die Worte. Seit er von Trafalgar heimgekehrt war, waren alle auf Zehenspitzen um ihn herumgeschlichen und hatten geflüstert. Niemand – nicht einmal seine eigene Familie – hatte es gewagt, so unverblümt mit ihm zu reden.

Er wandte sich voll und ganz zu ihrer Stimme um und gestattete es den gnadenlosen Sonnenstrahlen, sengend in sein Gesicht zu fallen. »Ist es Ihnen nie in den Sinn gekommen, dass ich auch zum Wohl meiner Diener auf zugezogenen Vorhängen bestanden haben könnte? Warum sollten sie mich bei Tageslicht anschauen müssen? Ich bin wenigstens mit Blindheit gesegnet, die es mir unmöglich macht, meine grässliche Entstellung zu sehen.«

Miss Wickershams Reaktion auf seine Worte und den Anblick seines Gesichts war das Letzte, womit er gerechnet hätte. Sie brach in Gelächter aus. Ihr Lachen unterschied sich ebenfalls von dem, was er erwartet hätte. Statt eines trockenen, gackernden Lachens ertönte ein kehliges, volles und melodisches Gelächter, das ihn zu verspotten schien und gleichzeitig erregte, womit bewiesen war, dass es um seinen Blutfluss sogar noch besser stand, als er gedacht hatte.

»Hat man Ihnen das gesagt?«, fragte sie schließlich. Während sie um Atem rang, entfuhr ihr immer wieder belustigtes Gekicher. »Dass Sie grässlich entstellt seien?«

Er zog finster die Augenbrauen zusammen. »Das musste mir niemand sagen. Ich mag blind sein, aber ich bin weder taub noch blöde. Ich konnte die Ärzte an meinem Bett flüstern hören. Als der letzte Verband entfernt wurde, habe ich meine Mutter und meine Schwestern entsetzt aufstöhnen gehört. Ich konnte schier spüren, wie alle mit Grauen auf meine Haut starrten, als die Lakaien mich aus dem Krankenhaus in die Kutsche brachten. Sogar meine eigene Familie erträgt es kaum, mich anzuschauen. Warum, meinen Sie, haben sie mich hier weggesperrt wie ein Tier in einen Käfig?«

»Soweit ich es beurteilen kann, sind Sie es gewesen, der die Käfigtüren zugesperrt und die Fenster verbarrikadiert hat. Vielleicht ist es ja nicht Ihr Gesicht, das Ihre Familie fürchtet, sondern Ihre schlechte Laune.«

Gabriel fasste blindlings nach ihrer Hand und erwischte sie beim dritten Anlauf. Er war erstaunt, wie klein, aber fest sie sich in seinem Griff anfühlte.

Sie ließ einen erschreckten Ausruf hören, als er sie mit sich zerrte. Statt dass sie ihn durch das Haus führte, ging er voran, zog sie mit sich die Treppe hinauf und den langen Flur hinunter zu der Galerie mit den Familienportraits. Als Kind hatte er jede Ecke und jeden Schlupfwinkel von Fairchild Park erkundet, und dieses Wissen kam ihm jetzt zugute. Er marschierte mit ihr im Schlepptau die Galerie hinunter, maß seine langen Schritte genau, bis sie am Ende des Raumes angekommen waren. Er wusste, was sie dort sehen würde: ein großes Portrait, verhüllt von einem Leinenlaken.

Er selbst hatte die Verhüllung angeordnet. Er konnte die Vorstellung nicht ertragen, dass jemand es ansah und sich voller Wehmut daran erinnerte, was für ein Mann er einmal gewesen war. Wenn er nicht so ein sentimentaler Narr wäre, hätte er es zerstören lassen, so wie schließlich auch er zerstört worden war.

Er tastete nach dem Rand des Lakens und riss es herunter. »Da! Was halten Sie nun von meinem Gesicht?«

Gabriel trat beiseite und lehnte sich an das Galeriegeländer, erlaubte ihr, das Gemälde zu betrachten, ohne dass er ihr im Nacken saß. Er brauchte sein Augenlicht nicht, um zu wissen, was sie sah. Das Gesicht hatte er fast dreißig Jahre lang jeden Tag im Spiegel erblickt.

Er wusste um das Spiel von Schatten und Licht auf den wohl geformten Zügen. Er wusste um das angedeutete Grübchen auf seinem männlichen Kinn. Seine Mutter hatte immer behauptet, er sei von einem Engel geküsst worden, als er noch in ihrem Bauch war. Erst als dann endlich goldblonde Bartstoppeln seine Wangen überzogen, hatten seine Schwestern sich nicht länger beklagen können, dass er hübscher sei als sie.

Er kannte das Gesicht und wusste um seine Wirkung auf Frauen. Von den altjüngferlichen Tanten, die es sich nicht verkneifen konnten, ihm die rosigen Wangen zu tätscheln, als er noch ein Kind war, über die Debütantinnen, die kicherten und erröteten, wenn er sie im Hyde Park grüßte, bis hin zu den schönen Frauen, die nur zu erpicht waren, in sein Bett zu steigen – für den Preis von nur einem verführerischen Lächeln und einer schwungvollen Runde über die Tanzfläche.

Er bezweifelte sogar, dass die kratzbürstige Miss Wickersham seinem Charme widerstehen konnte.

Sie studierte das Portrait eine Weile still. »Er sieht sehr gut aus, nehme ich an«, sagte sie schließlich mit nachdenklicher Stimme, »wenn einem die Sorte Mann gefällt.«

Gabriel runzelte die Stirn. »Und was für eine ›Sorte‹ soll das sein?«

Er konnte fast hören, wie sie sich ihre Antwort zurechtlegte. »Seinem Gesicht fehlt Charakter. Es ist das Gesicht von jemandem, der es immer leicht hatte, dem stets alles in den Schoß gefallen ist. Er ist kein Junge mehr, aber noch kein Mann. Er war sicher ein netter Gesellschafter für einen Spaziergang durch den Park oder einen Abend im Theater, aber ich denke nicht, dass er jemand wäre, den ich gerne kennen lernen würde.«

Gabriel streckte die Hand nach ihr aus und fasste sie am Oberarm, spürte ihr weiches Fleisch durch die Wolle ihres Ärmels hindurch. Er drehte sie um, sodass sie ihn ansehen musste, und war ehrlich neugierig. »Was sehen Sie jetzt?«

Dieses Mal war kein Zögern aus ihrer Stimme herauszuhören. »Ich sehe einen Mann«, sagte sie leise. »Einen Mann, in dessen Ohren immer noch Kanonendonner tönt. Einen Mann, dem das Leben eine blutige Nase verpasst hat, der sich aber nicht geschlagen gibt. Einen Mann mit einer Narbe, die seinen Mundwinkel nach unten zerrt, wenn er eigentlich lieber lächeln würde.« Sie fuhr mit der Fingerspitze leicht über seine Narbe. Gabriel bekam am ganzen Körper eine Gänsehaut. Erschreckt von der Intimität ihrer Berührung, nahm er ihre Hand in die seine, zog sie fort.

Rasch befreite sie sich aus seinem Griff, und in ihrer Stimme schwang nun wieder die alte Forschheit mit. »Ich sehe einen Mann, der dringend eine Rasur benötigt und saubere Kleider. Wissen Sie, es ist wirklich nicht nötig, dass Sie herumlaufen, als wären Sie angezogen worden wie …«

»Von einem Blinden?«, schlug er trocken vor, so erleichtert wie sie, wieder auf vertrauten Boden zurückzukehren.

»Haben Sie keinen Kammerdiener?«, wollte sie wissen.

Er spürte ein leichtes Ziehen an seiner Krawatte, die er am Morgen vom Boden seines Schlafzimmers aufgehoben und sich achtlos um den Hals geschlungen hatte, und gab ihr einen Klaps auf die Hand. »Ich habe ihn entlassen. Ich kann es nicht ertragen, wenn mich jemand von vorne und hinten bedient, als sei ich ein hilfloser Invalide.«

Sie entschloss sich, diese auf sie gemünzte Warnung nicht weiter zu beachten. »Ich kann mir nicht vorstellen warum. Die meisten Gentlemen Ihres Standes mit zwei guten Augen sind völlig zufrieden, mit ausgestreckten Armen dazustehen und sich anziehen zu lassen, als seien sie kleine Kinder. Falls Sie partout keinen Kammerdiener wollen, kann ich Ihnen wenigstens von den Lakaien ein heißes Bad bereiten lassen. Es sei denn, Sie haben irgendwelche Einwände dagegen.«

Gabriel wollte sie gerade darauf aufmerksam machen, dass das Einzige, wogegen er Einwände hatte, sie sei, als ihm ein neuer Gedanke kam. Vielleicht gab es ja mehr als einen Weg, um sie zur Kündigung zu bewegen.

»Ein schönes heißes Bad wäre vielleicht genau das Richtige«, erwiderte er mit seidenglatter Stimme. »Natürlich ist ein Bad für einen Blinden äußerst gefährlich. Was, wenn ich beim Einsteigen in den Badezuber stürze und mich am Kopf verletze? Was, wenn ich unters Wasser rutsche und ertrinke? Was, wenn ich … die Seife fallen lasse? Es kann wirklich keiner von mir erwarten, dass ich sie alleine wiederfinde.« Er tastete erneut nach ihrer Hand, hob sie aber nun an die Lippen und drückte einen zarten Kuss auf die empfindsame Innenfläche. »Als meine Pflegerin, Miss Wickersham, halte ich es nur für recht und billig, wenn *Sie* mich baden.«

Statt ihm für seine Unverschämtheit eine Ohrfeige zu geben, wie er es verdient hätte, entwand sie ihm einfach ihre Hand und erklärte süßlich: »Ich bin sicher, dass meine Dienste nicht benötigt werden. Einer Ihrer kräftigen jungen Lakaien wird sich nur zu glücklich schätzen, Ihre Seife für Sie zu suchen.«

In einer Sache hatte sie Recht gehabt. Plötzlich wollte Gabriel lächeln. Als ihre entschlossenen Schritte auf der Treppe verklangen, musste er sich sehr beherrschen, nicht laut aufzulachen.

Samantha hielt ihre Kerze hoch und tauchte so das Gemälde von Gabriel Fairchild in den Lichtschein. Das Haus lag dunkel und still da, alle seine Bewohner schliefen und – wie sie hoffte – auch sein Besitzer. Nach ihrem Zusammenstoß früh am Tag hatte sich der Earl den Rest des Tages in der bedrückenden Trübsal seines Schlafzimmers verschanzt und sich sogar geweigert, es für die Mahlzeiten zu verlassen.

Mit schräg geneigtem Kopf studierte Samantha das Bild und wünschte sich, sie wäre dem Charme des darauf Dargestellten gegenüber so unempfänglich, wie sie vorgegeben hatte. Obwohl das Gemälde auf das Jahr 1803 datiert war, hätte es genauso gut ein ganzes Lebensalter zurückliegen können. Der leichte Anflug von Arroganz in Gabriels jungenhaftem Grinsen wurde gemildert durch das selbstironische Funkeln in seinen hellgrünen Augen. Augen, die erwartungsvoll in die Zukunft blickten, voller Spannung und Hoffnung auf all das, was sie bringen mochte. Augen, die nie etwas gesehen hatten, was sie eigentlich nicht sehen wollten, und dafür mit ihrer Sehkraft bezahlt hatten.

Samantha streckte die Hand aus und berührte mit der Fingerspitze die nicht verunstaltete Wange. Doch diesmal war da keine Wärme, kein erschütterndes Gefühl überdeutlicher Bewusstheit. Da war nur kühle Leinwand, die ihre sehnsüchtige Geste zu verspotten schien.

»Gute Nacht, süßer Prinz«, flüsterte sie und breitete sanft das Laken über das Porträt.

Zartes Frühlingsgrün durchzog die schier endlos dahinwogenden Wiesen. Flauschige Wolken hüpften wie junge Lämmer über einen pastellblauen Himmel. Blassgelber Sonnenschein badete sein Gesicht in Wärme. Gabriel rollte sich auf einen Ellbogen und blickte auf die Frau hinab, die neben ihm im Gras lag und schlief. Eine Birnenblüte war aus dem Baum herabgesegelt und auf ihren hochgesteckten Locken gelandet. Sein durstiger Blick sog das warme Honiggold ihres Haares, den Pfirsichton ihrer weichen Wangen, das feuchte Korallenrot ihrer leicht geöffneten Lippen auf.

Nie zuvor hatte er eine so köstliche Farbe gesehen … oder eine so verführerische.

Als er seinen Mund auf den ihren senkte, hoben sich ihre Augenlider flatternd, und ihre Lippen verzogen sich zu einem schläfrigen Lächeln, wodurch sich ihre anbetungswürdigen Grübchen vertieften. Aber gerade, als sie ihm die Arme entgegenstreckte, schob sich eine dunkle Wolke vor die Sonne, und ihr gnadenloser Schatten beraubte seine Welt jeglicher Farbe.

Gabriel saß in völliger Dunkelheit aufrecht im Bett, sein keuchender Atem klang in der Stille hart. Er hatte keine Möglichkeit herauszufinden, ob es Morgen oder Nacht war. Er wusste nur eines: Er war aus seiner einzigen Zuflucht vor der Dunkelheit gerissen worden – seinen Träumen.

Die Decke zur Seite schlagend, schwang er die Beine über die Bettkante und setzte sich auf. Er barg seinen Kopf in den Händen und rang um Atem und um Fassung. Er konnte nicht anders, als sich zu fragen, was Miss Wickersham wohl von seiner derzeitigen Aufmachung halten würde. Im Augenblick hatte er nichts an. Vielleicht sollte er sich ein sauberes Halstuch umknoten, um ihren Sinn für Anstand nicht zu verletzten.

Nach einigem erfolglosen Tasten fand er schließlich den zerknitterten Morgenrock am Fußende seines Bettes und schlüpfte hinein. Ohne sich die Mühe zu machen, ihn zuzubinden, erhob er sich und durchquerte das Zimmer. Immer noch leicht desorientiert durch sein plötzliches Erwachen schätzte er die Entfernung zwischen Bett und Schreibtisch falsch ein und stieß sich schmerzhaft die Zehen an einem der klauenartigen Tischbeine. Einen Fluch unterdrückend, ließ er sich auf den Schreibtischstuhl sinken und tastete nach den Elfenbeinknöpfen der Schublade.

In der mit Samt ausgeschlagenen Schublade fanden seine Finger sogleich, wonach sie gesucht hatten – ein dickes Bündel Briefe, die von einem einzigen Seidenband zusammengehalten wurden. Als er es herausnahm, stieg ihm ein betörender Duft in die Nase.

Das war kein billiges Zitronenparfum, bei irgendeinem Straßenhändler erstanden, sondern der Duft einer Frau – blumig, voll und verführerisch.

Tief einatmend zog Gabriel das Seidenband auf und fuhr mit den Händen über das teure Leinenbriefpapier. Das Papier war zerknittert und abgegriffen von den vielen Monaten, die er die Briefe über seinem Herzen getragen hatte. Einen davon faltete er auf und strich ihn glatt, fuhr mit der Fingerspitze über die anmutigen Tintenschwünge. Wenn er sich nur stark genug konzentrierte, mochte es ihm gelingen, ein Wort oder vielleicht auch einen vertrauten Satz zu erkennen.

Bedeutungslose Worte, leere Phrasen.

Seine Hand ballte sich zu einer lockeren Faust. Langsam legte er den Brief wieder zusammen und dachte dabei, wie absurd es eigentlich für einen Blinden war, Briefe aufzubewahren, die er nicht mehr würde lesen können, von einer Frau, die ihn nicht mehr liebte.

Falls sie das je getan hatte.

Trotzdem band er das Seidenband sorgfältig wieder um die Briefe, ehe er sie behutsam an ihren Platz zurücklegte.

4

Meine liebe Miss March,
darf ich hoffen, dass Sie mir gestatten, Ihnen mit süßen Worten den Hof zu machen?

Als Gabriel am nächsten Morgen sein Schlafzimmer verließ, verzweifelt auf der Suche nach Gesellschaft, stiegen ihm nach einem argwöhnischen Schnuppern nur die Gerüche von Schinkenspeck und Schokolade in die Nase. Vorsichtig ging er ihnen in den Speisesalon nach und fragte sich, wo ihm wohl Miss Wickersham heute auflauern würde. Zu seiner Überraschung war es ihm gestattet, in Ruhe zu frühstücken, ohne dass jemand seine Tischmanieren oder seine Aufmachung kritisierte. Er aß hastig und mit noch weniger Finesse als sonst in der Hoffnung, den sicheren Hafen seines Schlafzimmers erreichen zu können, ehe sich seine anmaßende Pflegerin wieder auf ihn stürzte.

Nachdem er sich mit einer Ecke des Tischtuches den Mund abgewischt hatte, eilte er die Treppe hinauf. Doch als er die Hand nach der verschnörkelten Klinke ausstreckte, die zur Schlafzimmertür des Hausherren gehörte, fasste er in die Luft.

Gabriel wich zurück, fürchtete, in der Eile irgendwo falsch abgebogen zu sein.

Doch da erklang auch schon eine fröhliche Stimme: »Guten Morgen, Mylord!«

»Guten Morgen, Miss Wickersham«, antwortete er zähneknirschend.

Er machte einen zögernden Schritt nach vorn, dann noch einen, seiner Selbstsicherheit durch das trügerische Sonnenlicht auf seinem Gesicht beraubt, irritiert durch die sanfte Brise, die ihm über die Stirn strich, und das melodische Zwitschern eines Vogels, der direkt vor dem offenen Fenster seines Zimmers sitzen musste.

»Ich hoffe, es stört Sie nicht, dass ich hier eingedrungen bin«, sagte sie. »Ich dachte, wir lüften Ihr Schlafzimmer, während Sie unten frühstücken.«

»Wir?«, wiederholte er in Unheil verkündendem Ton und fragte sich, wie viele Zeugen es für ihre Ermordung wohl geben würde.

»Sicherlich erwarten Sie nicht, dass ich alle Arbeit alleine erledige! Peter und Phillip bereiten gerade Ihr Morgenbad, während Elsie und Hannah Ihre Bettlaken wechseln. Mrs. Philpot und Meg sind draußen im Garten und lüften Ihr Federbett und die Kissen. Und die liebe Millie wischt in Ihrem Salon Staub.«

Das Plätschern von Wasser und das Flattern von Leintüchern, die ausgeschüttelt wurden, bewiesen, dass ihre Behauptungen der Wahrheit entsprachen. Gabriel nahm einen tiefen Atemzug – die Luft war schier vergiftet von dem süßen Duft nach Zitronenmelisse und Wäschestärke. Wie erwartet, hörte er aus der Richtung des Ankleidezimmers ein Rascheln, ein Geräusch wie von einer Ratte. Einer sehr plumpen, kahlköpfigen Ratte, die eine Weste trug.

»Beckwith?«, rief Gabriel scharf.

Das Rascheln hörte auf, es folgte erstarrte Stille.

Gabriel seufzte. »Sie können genauso gut herauskommen, Beckwith. Ich kann Ihre Haarpomade riechen.«

Schlurfende Schritte verrieten, dass der Butler gehorsam das Ankleidezimmer verließ. Bevor die Pflegerin noch zu einer Rechtfertigung für seine Anwesenheit hier ansetzen konnte, sagte Beckwith: »Da Sie keinen Kammerdiener um sich dulden wollen, Mylord, hat Miss Wickersham vorgeschlagen, dass wir Ihre Kleidung nach Schnitt und Farbe sortieren. Dann sollten Sie in der Lage sein, sich ohne fremde Hilfe anzuziehen.«

»Und Sie waren so freundlich, sich dafür anzubieten. *Et tu, Brute?*«, murmelte Gabriel.

Seine neue Pflegerin war nicht nur in seinen einzigen Zufluchtsort eingedrungen, sie hatte auch seine Dienstboten zur Mittäterschaft angestiftet. Er wunderte sich, wie es ihr gelungen war, so schnell deren Loyalität zu gewinnen. Vielleicht hatte er ihren Charme unterschätzt. Sie mochte ein viel gefährlicherer Gegner sein, als er zunächst angenommen hatte.

»Lassen Sie uns allein«, befahl er knapp.

Geschäftige Aktivität machte sich breit; das Rascheln von Laken und das Scheppern von Eimern zeigten ihm, dass die Diener noch nicht einmal so taten, als hätten sie ihn missverstanden.

»Mylord, ich denke wirklich nicht …«, begann Beckwith einen heldenhaften Versuch, Miss Wickersham in Schutz zu nehmen. »Ich meine, es ist wohl kaum ziemlich, Sie allein in Ihrem Schlafzimmer zu lassen, zusammen mit …«

»Haben Sie Angst, mit mir allein zu sein?«

Miss Wickersham sparte sich die Mühe vorzugeben, ihn nicht verstanden zu haben. Er war vermutlich der Einzige, der ihr leichtes Zögern bemerkte, ehe sie antwortete: »Natürlich nicht.«

»Sie haben sie gehört«, sagte er. »Gehen Sie. Alle!« Die

Luft geriet in Bewegung, als die Dienstboten an ihm vorübereilten und den Raum verließen. Sobald er die letzten Schritte auf dem Flur verklingen hörte, fragte er: »Sind sie fort?«

»Ja.«

Gabriel tastete hinter sich, bis er die Türklinke fand. Er zog die Tür mit einem Knall ins Schloss, dann lehnte er sich dagegen und schnitt ihr so ihren einzigen Fluchtweg ab. »Ist es Ihnen nie in den Sinn gekommen, Miss Wickersham«, begann er mit mühsamer Beherrschung, »dass ich meine Tür aus gutem Grund geschlossen gehalten habe? Dass ich mir gewünscht habe, dass mein Schlafzimmer unangetastet bleibt? Dass mir meine Privatsphäre wichtig ist?« Seine Stimme wurde lauter. »Dass es mir lieber wäre, wenn wenigstens eine kleine Ecke meines Lebens unberührt bliebe von Ihrer ewigen Einmischerei?«

»Ich dachte, Sie wären dankbar.« Sie zog hörbar die Luft ein. »Wenigstens riecht es nicht mehr, als hielten Sie hier Ziegen.«

Er runzelte die Stirn und schaute böse in die Richtung, in der sie stehen musste. »Im Augenblick würde ich die Gesellschaft von Ziegen bei weitem vorziehen.«

Er hörte, wie sie den Mund öffnete und dann mit einem Schnappen wieder schloss. Sie machte genau so lange eine Pause, wie sie brauchte, um bis zehn zu zählen, ehe sie wieder zu sprechen ansetzte. »Vielleicht haben wir beide einfach auf dem falschen Fuß angefangen, Mylord. Sie scheinen zu der irrigen Annahme gelangt zu sein, dass ich nach Fairchild Park gekommen bin, um Ihnen das Leben schwer zu machen.«

»Der Ausdruck ›das Leben zur Hölle machen‹ hat sich mir mehr als einmal seit Ihrer Ankunft aufgedrängt.«

Sie stieß den angehaltenen Atem aus. »Im Gegensatz zu dem, was Sie glauben mögen, habe ich den Posten angenommen, um Ihnen das Leben zu erleichtern.«

»Wann wollten Sie damit beginnen?«

»Sobald Sie mich lassen«, entgegnete sie mit Nachdruck. »Das Haus zu Ihrer Bequemlichkeit zu verändern kann nur ein Anfang sein. Himmel, ich könnte Ihnen helfen, Ihnen die Langeweile zu vertreiben, indem ich mit Ihnen Spaziergänge im Park unternehme, Ihnen bei Ihrer Korrespondenz behilflich bin oder Ihnen vorlese.«

Bücher waren nur eine weitere grausame Erinnerung an ein Vergnügen, das ihm nun verwehrt war. »Nein, danke. Ich werde mir nicht vorlesen lassen wie ein dummes Kind.« Während er die Arme vor der Brust verschränkte, war sich Gabriel sehr wohl darüber im Klaren, dass er sich wie eines benahm.

»Nun gut. Aber auch sonst gibt es hundert Sachen, mit denen ich Ihnen helfen kann, sich auf Ihre Erblindung besser einzustellen.«

»Das wird nicht nötig sein.«

»Warum nicht?«

»Weil ich nicht vorhabe, den Rest meines Lebens so zu verbringen«, brüllte Gabriel, als ihm endgültig der Geduldsfaden riss.

Als das Echo seines Ausrufes verklungen war, schwoll das Schweigen zwischen ihnen.

Er ließ sich gegen die Tür sinken und fuhr sich mit einer Hand durchs Haar. »Genau in diesem Augenblick, da wir uns hier unterhalten, bereist eine Gruppe von Ärzten im Auftrag meines Vaters Europa und sammelt alle Informationen, die sich zu meiner Erkrankung finden lassen. Sie müssten in etwa vierzehn Tagen zurückkehren. Dann werden sie mir bestätigen, was ich schon immer vermutet habe – dass mein Leiden nicht dauerhaft ist, sondern nur eine vorübergehende Beeinträchtigung.«

In dem Augenblick war Gabriel fast dankbar, dass er ihre Augen nicht sehen konnte. Er hatte Angst, in ihren Tiefen das zu entdecken, was sie ihm bislang erspart hatte: ihr Mitleid. Ihr Lachen würde er jederzeit vorziehen.

»Wissen Sie eigentlich, was das Beste daran sein wird, wenn ich mein Augenlicht wiedergewinne?«, fragte er sie leise.

»Nein«, antwortete sie, und alle Beherztheit war aus ihrer Stimme verschwunden.

Sich aufrichtend machte er einen Schritt auf sie zu, dann noch einen. Sie weigerte sich, vor ihm zurückzuweichen, bis er ihr fast auf die Füße trat. Die Luft bewegte sich, als sie schließlich nachgab. Er parierte ihre Bewegungen unbeholfen, bis sie schließlich genau umgekehrt dastanden, sie mit dem Rücken zur Tür, er vor ihr. »Manche meinen vielleicht, dass es die Freude sei zu sehen, wie die Sonne am Ende eines perfekten Sommertages an einem lavendelfarbenen Horizont untergeht.«

Als er hörte, wie sie mit dem Rücken an die Tür stieß, stützte er sich mit einer Hand auf dem Holz oberhalb von ihrer Schulter ab. »Andere glauben, es sei die Betrachtung der seidigen Blütenblätter einer rubinroten Rose …« – sich vorbeugend, bis er ihren warmen Atem auf seinem Gesicht spürte, senkte er seine Stimme zu einer rauchigen Liebkosung – »oder einer schönen Frau zärtlich in die Augen zu blicken. Aber ich kann Ihnen versprechen, Miss Wickersham, dass all diese Vergnügen im Vergleich mit der reinen, unendlich großen Freude verblassen, Sie endlich los zu sein.«

Er ließ seine Hand nach unten gleiten, bis er die Klinke fand, drückte sie nach unten und stieß die Tür auf, sodass sie rückwärts auf den Flur stolperte.

»Stehen Sie noch auf der Türschwelle, Miss Wickersham?«

»Wie bitte?«, fragte sie unverkennbar verwirrt.

»*Stehen Sie noch auf der Türschwelle?*«

»Nein.«

»Gut.«

Ohne viele Umstände zu machen, schlug ihr Gabriel die Tür einfach vor der Nase zu.

Samantha durchquerte später am Tag gerade das Foyer, um Gabriels Bettwäsche von der Wäscherin zu holen, als sein rauchiger Bariton vom Treppenabsatz oben an ihr Ohr drang. »Sagen Sie, Beckwith, wie steht es eigentlich um Miss Wickershams Äußeres? Ich stoße an die Grenzen meiner Vorstellungskraft, wenn ich mir auszumalen versuche, wie eine derart lästige Person wohl aussieht. Alles, was ich im Geiste heraufbeschwöre, ist eine faltige alte Hexe, die sich schadenfroh feixend über einen dampfenden Kessel beugt.«

Samantha blieb jäh stehen, und das Herz schlug ihr bis zum Hals. Zitternd hob sie eine Hand an ihre schwere Brille, dann zu dem stumpfen rotbraunen Haar, das sie im Nacken zu einem strengen Knoten aufgesteckt hatte.

Von einer plötzlichen Eingebung überkommen, ging sie zurück, bis Beckwith sie sehen konnte, legte einen Finger auf die Lippen und bat ihn stumm, ihre Anwesenheit nicht zu verraten. Gabriel lehnte an der Wand, die Arme vor der mächtigen Brust verschränkt.

Der Butler zog sein Taschentuch hervor und betupfte

sich die schweißnasse Stirn, sichtlich hin- und hergerissen zwischen Loyalität seinem Herrn gegenüber und dem Flehen in Samanthas Blick. »Wie Pflegerinnen eben so ausschauen, denke ich. Man könnte durchaus sagen, dass sie eher ... unauffällig aussieht.«

»Kommen Sie, Beckwith. Sicherlich können Sie das doch besser. Ist ihr Haar eisblond? Oder ein verblasstes Grau? Oder schwarz wie Ruß? Trägt sie es kurz geschnitten? Oder zu einer festen Zopfkrone auf dem Kopf zusammengesteckt? Ist sie so winzig und knochig, wie sie sich anhört?«

Beckwith warf Samantha einen entsetzten Blick über das Treppengeländer hinweg zu. In Erwiderung darauf blies Samantha die Backen auf und malte um sich herum mit den Händen einen großen Kreis.

»Oh nein, Mylord. Sie ist eine eher ... schwere Frau.«

Gabriel runzelte die Stirn. »Wie schwer?«

»Oh, etwa ...« Samantha hielt zweimal zehn Finger hoch. »Ungefähr tausend Pfund«, endete Beckwith.

»Tausend Pfund! Gütiger Himmel, Mann, ich habe Ponys gesehen, die leichter waren.«

Samantha verdrehte die Augen und versuchte es noch einmal.

»Nicht tausend, Mylord«, verbesserte sich Beckwith, gebannt auf ihre sich rasch bewegenden Finger blickend, »sondern zweihundert.«

Gabriel strich sich nachdenklich übers Kinn. »Das ist seltsam. Für eine so schwere Frau ist sie ziemlich leichtfüßig, finden Sie nicht auch? Als ich ihre Hand genommen habe, hätte ich schwören können ...« Er schüttelte den Kopf, wie um sein Denken zu klären. »Was ist mit ihrem Gesicht?«

»Nuuun«, sagte Beckwith gedehnt, um Zeit zu gewinnen, während Samantha die Fingerspitzen an ihre Stupsnase legte und eine ziehende Geste machte. »Sie hat eine eher lange, spitze Nase.«

»Ich wusste es!«, rief Gabriel triumphierend.

»Und ihre Zähne sind …« Beckwith kniff verständnislos die Augen zusammen, als Samantha zwei Finger auf ihrem Kopf überkreuzte. »Wie bei einem Esel?«, riet er.

Den Kopf schüttelnd, imitierte Samantha ein Hoppeln und hielt ihre Hände wie Pfoten vor sich.

»Ein Kaninchen!« Langsam fand Beckwith Gefallen an dem Spiel und musste sich beherrschen, um nicht erfreut in die Hände zu klatschen. »Sie hat Zähne wie ein Kaninchen!«

Gabriel schnaubte befriedigt. »Zweifellos die perfekte Ergänzung für ihr langes Pferdegesicht.«

Samantha tippte sich ans Kinn.

»Und auf ihrem Kinn«, fuhr der Butler mit wachsender Begeisterung fort, »ist eine riesige Warze mit …« Samantha hielt sich die Hand unters Kinn und wackelte mit drei Fingern. »Mit drei Haaren darauf.«

Gabriel erschauerte. »Das ist ja sogar noch schlimmer, als ich dachte. Ich kann mir nicht vorstellen, was mich zu dem Glauben verleitet hat …«

Beckwith blinzelte unschuldsvoll hinter seinen Brillengläsern. »Welchem Glauben, Mylord?«

Gabriel winkte ab. »Nichts. Gar nichts. Nur eine Folge davon, dass ich zu viel Zeit in meiner eigenen Gesellschaft verbringe, fürchte ich.« Er hielt eine Hand hoch. »Bitte, ersparen Sie mir weitere Details über Miss Wickershams Aussehen. Vielleicht sollte man bestimmte Dinge wirklich der Phantasie überlassen.«

Damit wandte er sich schweren Schritts zur Treppe um. Samantha hielt sich mit der Hand den Mund zu, um ihr Gekicher zu unterdrücken, aber trotz größter Bemühungen entfuhr ihr doch ein leises Quieken.

Langsam machte Gabriel auf dem Absatz kehrt. Bildete sie sich nur ein, dass seine Nasenflügel bebten? Dass seine Lippen verdächtig zuckten? Sie hielt den Atem an, fürchtete, selbst die kleinste Bewegung oder der leiseste Luftzug könnte sie verraten.

Er neigte seinen Kopf. »Haben Sie das gehört, Beckwith?«

»Nein, Mylord. Ich habe nichts gehört. Noch nicht einmal das Knarren einer Bodendiele.«

Gabriels blinder Blick glitt über den Boden und blieb mit unheimlicher Genauigkeit an einer Stelle unweit von Samantha hängen. »Sind Sie sicher, Miss Wickersham hat nicht auch noch die Eigenschaften einer Maus? Zitternde Schnurrhaare? Eine Vorliebe für Käse? Die Neigung, sich an Leute anzuschleichen und ihre Gespräche zu belauschen, vielleicht?«

Beckwiths Stirn begann wieder zu glänzen. »Oh, nein, Mylord. Einem Nagetier ähnelt sie überhaupt nicht.«

»Welch ein glücklicher Umstand. Wenn sie das nämlich täte, müsste ich ihr eine Falle stellen.« Er zog eine hellbraune Augenbraue hoch, drehte sich um und ging die Treppe wieder hinauf. Somit überließ er es also Samanthas Phantasie, sich nervös auszumalen, was er wohl als Köder benutzen würde.

Süßer Glockenklang ergoss sich über die Landschaft. Samantha rollte sich auf die Seite und kuschelte sich tiefer in ihr Federkissen, träumte von einem sonnigen Sonntagmorgen und einer Kirche voll von lächelnden Menschen. Ein Mann stand vor dem Altar, das hellbraune Leinen seines Rockes spannte sich über seinen breiten Schultern. Samantha begann, den Mittelgang hinabzuschreiten, einen Strauß Flieder in den zitternden Händen. Sie konnte spüren, wie er sie anlächelte, konnte seine köstliche Wärme fühlen, die sie unwiderstehlich anzog. Doch egal, wie hell die Sonne durch das Buntglasfenster schien oder wie nahe sie ihm kam, sein Gesicht blieb stets im Schatten.

Das Läuten der Kirchenglocken schwoll an, aber nicht mehr melodisch, sondern schrill und missklingend. Das beharrliche Läuten wurde allmählich übertönt von einem sogar noch nachdrücklicheren Klopfen an der Tür ihres Schlafzimmers. Samantha riss die Augen auf.

»Miss Wickersham!«, erklang eine gedämpfte Stimme, in der Entsetzen mitschwang.

Samantha verließ ihr Bett und lief zur Tür, während sie sich noch rasch einen Morgenmantel über ihr schlichtes weißes Baumwollnachthemd warf. Als sie die Tür aufriss, stand ihr der völlig aufgelöste Butler des Earls gegenüber, einen Kerzenleuchter in der zittrigen Hand.

»Gütiger Himmel, was ist, Beckwith? Brennt es?«

»Nein, Miss. Es ist der Master. Er will nicht eher zu läuten aufhören, bis Sie kommen.«

Sie rieb sich die müden Augen. »Ich hätte gedacht, ich sei der letzte Mensch, den er zu sich rufen würde. Besonders, nachdem er mich gestern praktisch aus seinem Schlafzimmer geworfen hat.«

Beckwith schüttelte den Kopf. Seine rot geränderten Augen und sein bebendes Kinn erweckten den Anschein, als fehlte nicht mehr viel, und er würde in Tränen ausbrechen. »Ich habe versucht, ihn zur Vernunft zu bringen, aber er besteht darauf, dass er nur Sie will.«

Obwohl seine Worte Samantha erstaunten, sagte sie bloß: »Nun gut. Ich bin gleich da.«

Sie kleidete sich rasch an. Sie war für die Schlichtheit ihres dunkelblauen Morgenrockes mit der hoch angesetzten Taille und die neue französische Mode dankbar. Wenigstens musste sie keine kostbare Zeit verschwenden, auf eine Zofe zu warten, die ihr das Korsett schnürte oder sich mit Hunderten von winzigen Seidenknöpfen abmühte.

Als sie aus ihrem Zimmer trat und sich mit einer Hand widerspenstige Strähnen in den hastig gesteckten Haarknoten im Nacken schob, stand Beckwith schon im Flur, um sie zu Gabriels Schlafzimmer zu geleiten. Während sie über den langen Korridor und eine breite Treppe hinaufeilten, musste Samantha mit der Hand ein Gähnen unterdrücken. Von dem trüben Licht her zu urteilen, das durch die frisch geputzten Fenster auf dem Treppenabsatz fiel, begann der Morgen gerade erst heraufzudämmern.

Gabriels Schlafzimmertür stand einen Spaltbreit offen. Wäre nicht das heftige Läuten gewesen, hätte Samantha befürchtet, ihn dem Tode nahe auf dem Boden vorzufinden.

Stattdessen saß er an das geschnitzte Kopfteil seines Himmelbettes aus Teakholz gelehnt und wirkte völlig wohlauf. Er trug kein Hemd und offensichtlich auch keine Hosen, wie das auf seine Hüften hinuntergerutschte Seidenlaken verriet. Das Kerzenlicht warf einen goldenen Schimmer auf seine Haut, die ohnehin schon wie mit Goldstaub gesprenkelt aussah. Ihr Blick wurde wie magisch von dem beeindruckenden Schauspiel aus Muskeln und Sehnen angezogen, und Samantha spürte, wie ihr der

Mund ganz trocken wurde. Schimmernde Haare verjüngten sich zur Mitte seines Bauches hin zu einem schmalen Band, bevor es schließlich unter dem Laken verschwand.

Einen Augenblick lang hatte Samantha Angst, Beckwith würde den Kerzenleuchter fallen lassen und sich die Hände vor die Augen schlagen. Bei dem erschreckten Aufstöhnen des Butlers läutete Gabriel sein Glöckchen ein letztes Mal.

»Also wirklich, Mylord!«, rief Beckwith und stellte den Leuchter auf ein Beistelltischchen, ehe er sich steif aufrichtete. »Meinen Sie nicht, Sie hätten sich wenigstens etwas bedecken sollen, ehe die junge Dame eintrifft?«

Gabriel legte bloß einen Arm auf den Berg Kissen neben sich und räkelte sich wie eine große, träge Katze. »Verzeihen Sie, Miss Wickersham. Mir war nicht klar, dass Sie noch nie eine nackte Männerbrust zu Gesicht bekommen haben.«

Dankbar, dass er die Röte nicht sehen konnte, die ihr in die Wangen stieg, erwiderte sie: »Seien Sie nicht albern. Ich habe schon viele Männer ohne Hemd gesehen.« Ihre Wangen wurden noch heißer. »Ich meine, während ich meinen Pflichten nachgegangen bin. Als Krankenschwester und Pflegerin.«

»Das ist gut. Aber ich möchte dennoch auf keinen Fall Ihr Zartgefühl verletzen.« Gabriel tastete in seinem Bett herum, bis er schließlich ein zerknittertes Halstuch fand. Er legte sich das Stück Stoff um den Hals und zog es zu einem unordentlichen Knoten zurecht, bevor er sich wieder in ihre Richtung umwandte und hinterhältig lächelte. »So, ist das besser?«

Irgendwie gelang es ihm, mit entblößter Brust und Halstuch noch verwegener auszusehen. Wenn das die Falle war, die er sich für sie erdacht hatte, dann hatte er seinen Köder klug gewählt. Sich weigernd, ohne Gegenwehr in seine Falle zu tappen, marschierte Samantha ungerührt zum Bett. Gabriel schnupperte, als sie sich über ihn beugte, einen Finger in den lockeren Knoten steckte und ihn aufzog.

Trotz seiner argwöhnischen Reglosigkeit und ihrer Bemühungen, genau das zu vermeiden, streiften ihre Finger doch immer wieder seine heiße, samtene Haut, während sie das spitzengesäumte Leinentuch einer Kaskade gleich band, wie es kein Kammerdiener gekonnter vollbracht hätte.

»So!«, erklärte sie und klopfte noch einmal befriedigt auf das Werk ihrer Hände. »Jetzt ist es besser.«

Gabriels lange Wimpern verbargen den Ausdruck seiner Augen. »Ich bin überrascht, dass Sie mich nicht damit erwürgt haben.«

»So verführerisch die Vorstellung auch sein mag, aber ich habe keine Lust, mir ausgerechnet jetzt eine neue Stelle zu suchen.«

»Man trifft selten eine Frau, die so geschickt ein Halstuch zu knoten vermag. Haben Sie einen Vater oder Großvater, der zwei linke Hände besitzt?«

»Brüder«, war alles, was sie ihm als Antwort bot. Sie richtete sich auf und trat aus seiner Reichweite. Trotz seiner Blindheit fürchtete sie, dass er immer noch mehr sah, als ihr lieb war. »Würden Sie mir bitte jetzt verraten, weshalb Sie noch vor Morgengrauen Ihre halbe Dienerschaft aus den Betten geholt haben?«

»Wenn Sie es genau wissen wollen, mich hat mein Gewissen geplagt.«

»Ich kann verstehen, dass ein so seltenes Ereignis Sie den Schlaf kostet.«

Gabriel trommelte mit seinen langen, eleganten Fingern auf die seidengepolsterte Nackenrolle, die einzige Reaktion auf ihre Erwiderung, die er sich anmerken ließ. »Ich bin hier ganz alleine in meinem Bett gelegen, als mir plötzlich klar wurde, wie ungerecht es von mir war, Sie daran zu hindern, Ihren *Pflichten* nachzukommen.« Sein sinnlicher Mund liebkoste das Wort »Pflichten« und sandte Samantha einen merkwürdigen Schauer über den Rücken. »Sie sind offensichtlich eine Frau von höchster Moral. Es wäre kaum gerecht, von Ihnen zu erwarten, dass Sie sich zurücklehnen und Ihre großzügige Bezahlung ohne Gegenleistung empfangen. Daher habe ich beschlossen, die Sache in Ordnung zu bringen, indem ich nach Ihnen läute.«

»Wie überaus umsichtig von Ihnen. Und welche *Pflicht* darf ich als Erstes für Sie erfüllen?«

Er überlegte einen Augenblick, ehe sich seine Miene aufhellte. »Frühstück. Im Bett. Auf einem Tablett. Bitte stören Sie Étienne nicht zu so früher Stunde. Sie schaffen das bestimmt auch allein. Ich mag meine Eier am liebsten gebacken und den Schinken schön knusprig, aber nicht verbrannt, ja? Meine Schokolade soll dampfen, aber nicht so heiß sein, dass ich mir die Zunge verbrenne.«

Verwundert blickte Samantha zu Beckwith, bevor sie sich wieder zu Gabriel umwandte. »Noch etwas?« Sie musste sich auf die Lippen beißen, um nicht noch »Majestät« anzufügen.

»Ein paar Bücklinge und zwei frisch gebackene Brötchen mit Butter und Honig. Und wenn Sie das Frühstück abgeräumt haben, könnten Sie mir vielleicht ein Bad bereiten lassen und in meinem Salon zu Ende Staub wischen.« Er blinzelte sie an und sah dabei so engelhaft aus, wie seine grausame Narbe es zuließ. »Wenn es Ihnen nicht zu viele Umstände bereitet, natürlich nur.«

»Nein, gar nicht. Das mache ich doch gern«, versicherte sie ihm. »Schließlich ist das meine Aufgabe.«

»Das ist es allerdings«, pflichtete er ihr bei.

Während sich sein rechter Mundwinkel zu einem teuflischen Lächeln verzog, hörte Samantha ganz deutlich eine Falle zuschnappen.

5

Meine liebe Miss March,
wenn Sie meine süßen Worte verspotten, sollte ich vielleicht besser versuchen, Sie mit süßen Küssen zu gewinnen …

»Miss Wickersham? Ach, Miss Wickersham?« Der wehleidige Refrain wurde begleitet von dem fröhlichen Klingeln von Gabriels Glöckchen.

Langsam drehte sich Samantha auf der Türschwelle seines Schlafzimmers um, immer noch außer Atem von den vier Treppen, die sie heute Morgen bereits zum dritten Mal von der Küche im Souterrain zum Zimmer des Hausherren hinaufgelaufen war.

Ihr Patient saß von weichen Kissen gestützt in seinem Bett, das ein breiter Sonnenstrahl in strahlendes Licht tauchte. Mit den zerwühlten Laken und der Sonne auf seinem zerzausten Haar wirkte er weniger wie ein Invalide und mehr wie ein Mann, der gerade ein leidenschaftliches Stelldichein genossen hat.

Seinen nicht mit einer Narbe versehenen Mundwinkel enttäuscht nach unten gezogen, hielt er Samantha die Tasse aus Wedgewood-Porzellan hin, die sie ihm eben erst gebracht hatte. »Ich fürchte, meine Schokolade ist lauwarm. Würde es Ihnen etwas ausmachen, Étienne zu bitten, mir eine frische Kanne zuzubereiten?«

»Natürlich nicht«, antwortete Samantha, kehrte zum Bett zurück und entriss ihm die Tasse mit mehr Kraftaufwand als nötig.

Sie hatte noch nicht einmal die erste Stufe erreicht, als das Glöckchen wieder zu läuten begann. Sie blieb stehen, zählte im Geiste bis zehn, ehe sie zurückging und den Kopf durch die Tür steckte. »Sie haben geläutet?«

Gabriel ließ das Glöckchen sinken. »Wenn Sie wieder da sind, dachte ich, könnten Sie vielleicht meine Garderobe neu sortieren. Ich bin zu dem Schluss gekommen, dass ich mich leichter selbst ankleiden könnte, wenn Sie alle meine Halstücher, Westen und Strümpfe an verschiedene Stellen räumten.«

»Mir war gar nicht bewusst, dass Sie sich in der letzten Woche der Mühe unterzogen haben, überhaupt lange genug Ihr Bett zu verlassen, um sich anzuziehen. Und ich habe gestern sechs Stunden damit verbracht, Ihre Kleidung zu Kombinationen zusammenzustellen, weil Sie beschlossen hatten, dass Sie sie *nicht* nach Typ sortiert haben wollen.«

Gabriel seufzte und zupfte mit seinen Fingern ziellos an der Seidendecke. »Nun, wenn es Ihnen zu viel Mühe bereitet …« Er ließ den Kopf hängen; die Herausforderung stand greifbar zwischen ihnen.

Sie lächelte mit so fest zusammengebissenen Zähnen, dass sich ihr Gesicht wie eine Totenmaske anfühlte. »Das will ich nicht sagen. Ganz im Gegenteil, es ist mir ein Privileg und ein Vergnügen zugleich.«

Bevor er noch sein Glöckchen zwischen den unordentlichen Laken finden konnte, machte Samantha auf dem Absatz kehrt, marschierte die Treppe hinab und überlegte dabei sehnsüchtig, ob sie den französischen Koch wohl überreden könnte, die nächste Kanne Schokolade für seinen Herrn mit Schierling zu versetzen.

Den Rest des Tages verbrachte sie so wie jeden wachen Moment der vergangenen Woche – sie ließ sich von Gabriel herumkommandieren. Seit dem ersten Morgen, da er sie zu sich gerufen hatte, hatte er ihr keinen Augenblick Ruhe gegönnt. Jedes Mal, wenn sie auch nur daran dachte, sich ein paar Minuten hinzusetzen oder sich für ein kurzes Nickerchen in ihr Schlafzimmer zu schleichen, begann sein Glöckchen wieder zu klingeln. Das beharrliche Läuten ertönte ohne Unterlass von morgens über mittags bis spät in der Nacht, sodass die anderen Dienstboten sich genötigt sahen, sich die Kissen über die Ohren zu ziehen, wenn sie überhaupt Schlaf finden wollten.

Obwohl sie genau wusste, was er vorhatte, weigerte sich Samantha, ihm die Befriedigung zu gewähren, sie zu ihrer Kündigung zu treiben. Sie war entschlossen zu beweisen, dass sie aus härterem Holz geschnitzt war als die alte Cora Gringott oder die Witwe Hawkins. Nie hatte sich eine Pflegerin aufopfernder um das Wohlergehen ihres Patienten gekümmert. Sie verbiss sich jede sarkastische Bemerkung und übernahm unermüdlich und ohne zu murren die Rollen von Kammerdiener, Koch, Butler und Kindermädchen.

Besonders abends war Gabriel verdrießlich und schwer zufrieden zu stellen. Wenn sie die Bettdecke um ihn feststeckte und die Vorhänge zuzog, bemerkte er immer betrübt, dass es im Zimmer ein wenig stickig war. Dann zog sie die Vorhänge ein Stück zur Seite, schlug die Bettdecke weiter auf und öffnete ein Fenster einen Spaltbreit; doch ehe sie das Zimmer auf Zehenspitzen verlassen konnte, erklärte er mit einem Seufzer, er fürchte, die Nachtluft sei so kühl, dass er sich erkälten könnte. Nachdem sie ihn dann wieder zugedeckt hatte, stand sie an der Türschwelle und wartete, dass sich seine Wimpern wieder auf seine Wangen senkten. Sobald das geschah, eilte sie die Treppe hinab in ihr Zimmer, in Gedanken schon bei ihrer weichen Matratze und von einer Nacht ungestörten Schlafes träumend. Doch bevor ihr Kopf noch das pralle Gänsedaunenkopfkissen berührte, begann das Glöckchen erneut zu läuten.

Sie warf sich also ihre Kleider wieder hastig über und lief die Treppe hinauf, nur um Gabriel ans Kopfende gelehnt vorzufinden, wie ein Engel lächelnd. Er hasse es, sie zu stören, erklärte er dann verlegen, aber würde es ihr vielleicht etwas ausmachen, seine Kissen aufzuschütteln, ehe sie sich für die Nacht zurückziehe?

In dieser Nacht jedoch ließ sich Samantha, anstatt in ihr Zimmer zu gehen, einfach in dem weich gepolsterten Lehnstuhl in Gabriels Salon nieder, um kurz ihre schmerzenden Füße hochzulegen.

Gabriel lag im Bett und tat so, als schliefe er, wartete jedoch auf das verräterische Knarren der Tür. An das behagliche Rascheln von Miss Wickershams Röcken, wenn sie geschäftig in seinem Zimmer auf und ab ging, die Kerzen ausblies und alle Sachen aufhob, die er auf den Boden hatte fallen lassen, ohne das Bett zu verlassen, hatte er sich richtiggehend gewöhnt. Sobald sie glaubte, dass er eingeschlafen war, würde sie ihren Fluchtversuch unternehmen. Er wusste jedes Mal, wann genau sie ging. Ihre Abwesenheit hinterließ eine fast greifbare Leere.

Aber heute Nacht hörte er nichts.

»Miss Wickersham«, sagte er laut und steckte einen Fuß unter der Decke hervor. »Ich glaube, meine Zehen werden kalt.«

Er wackelte mit den betreffenden Gliedmaßen, erhielt jedoch keine Antwort.

»Miss Wickersham?«

Ein leises Schnarchen war die einzige Antwort, die zu hören war.

Gabriel schlug die Decken zurück. Tag und Nacht den Invaliden zu spielen wurde mit der Zeit ausgesprochen langweilig. Er konnte es nicht fassen, wie standhaft seine Pflegerin war. Diese sture Person hätte schon vor Tagen ihre Kündigung einreichen müssen. Obwohl sie gutmütig auf all seine Wünsche einging, zeigte ihre eiserne Selbstbeherrschung nun doch allmählich Risse.

Erst heute Nacht, nachdem er verlangt hatte, dass sie ihm zum dritten Mal die Kissen aufschüttelte, hatte er gespürt, wie sie so über ihn gebeugt dastand, das Kissen in der Hand, dass er nur eine einzige quengelnd hervorgebrachte Forderung davon entfernt war, erstickt zu werden.

Er tastete sich an der Wand entlang, bis er den Salon erreicht hatte, der sich an sein Schlafzimmer anschloss. Das leise Schnarchen wies ihm den Weg zum Lehnstuhl, der vor dem Kamin stand. Von der kalten Luft her zu schließen, hatte sich Miss Wickersham nicht die Mühe gemacht, ein Feuer zu entzünden.

Von Gewissensbissen geplagt, kniete sich Gabriel neben den Stuhl. Sicherlich hatte nur pure Erschöpfung seine unermüdliche Pflegerin so weit treiben können! Er wusste, er sollte sie wachrütteln, sollte verlangen, dass sie aufstand und das Fenster schloss oder ihm einen in Tücher gewickelten heißen Ziegelstein holte, um ihm die Zehen zu wärmen. Aber stattdessen ertappte er sich dabei, wie er eine Hand ausstreckte und mit den Fingerspitzen die flaumigen Haare über ihrer Stirn berührte. Sie waren weicher, als er angenommen hatte, glitten wie Seidenfäden durch seine Finger.

Das Schnarchen hörte auf. Sie bewegte sich, und Gabriel wartete gespannt, dann aber wurde ihr Atem wieder tief und gleichmäßig.

Seine Hand streifte das eiskalte Metall ihres Brillengestells. Beckwiths Behauptungen zum Trotz schienen sie auf einer für ein solches Gewicht zu kleinen Nase zu sitzen. Gabriel nahm sie vorsichtig ab und legte sie weg, wobei er sich versicherte, dass er das nur tat, um es ihr bequemer zu machen. Mit ihrem ungeschützten Gesicht stellte sie nun jedoch eine zu große Versuchung für ihn dar, um widerstehen zu können.

Sie war schließlich selbst schuld, sagte er sich. Wenn sie Beckwith nicht dazu verleitet hätte, ihm diesen bösen Streich zu spielen, wäre seine Neugier, was ihr Aussehen anging, schließlich befriedigt.

Gabriel ließ seine Fingerspitze über ihre Wange gleiten und stellte überrascht fest, wie weich und zart ihre Haut war. Sie musste viel jünger sein, als ihre schroffe Stimme ihn glauben gemacht hatte.

Statt seine Neugier zu befriedigen, verstärkte diese Entdeckung sie nur noch. Warum ging wohl eine so junge Frau aus gutem Hause einer so undankbaren Beschäftigung nach? War sie das Opfer eines spielsüchtigen Vaters oder eines treulosen Liebhabers, der sie ruiniert und dann im Stich gelassen hatte? Wenn sie keine Anstellung als Gouvernante oder Näherin finden konnten, blieb solchen Frauen am Ende keine andere Wahl, als sich selbst auf der Straße zu verkaufen.

Seine vorsichtige Erkundung erwies, dass ihr Gesicht weder lang noch irgendwie pferdeähnlich war. Zarte Knochen formten ein perfektes Herz, weit geschwungene Wangen, die sich zu einem zierlichen Kinn hin verjüngten, das im Übrigen nicht die geringsten Anzeichen einer Warze aufwies – ob nun behaart oder unbehaart. Gabriels Daumen glitt weiter, entdeckte etwas noch Weicheres, Zarteres.

Als er über ihre vollen Lippen strich, schmiegte Miss Wickersham ihr Gesicht zufriedenen murmelnd und mit einem heiseren Seufzen in seine Hand.

Gabriel erstarrte wie gelähmt von dem Blut, das jäh in seine Lenden schoss. Er hatte sich gerühmt, dass sein Blutfluss völlig in Ordnung sei, aber bis zu diesem Moment war ihm nicht klar gewesen, wie gut es darum in Wahrheit bestellt war. Es war so lange her, seit er die warme Haut einer Frau unter seinen Fingern gefühlt hatte, ihren Atem wie eine hauchzarte Liebkosung, wenn ihre Lippen sich einladend teilten. Vor Trafalgar hatte er fast ein Jahr auf hoher See verbracht, nur mit einem Packen abgegriffener Briefe und seinen Träumen von einer rosigen Zukunft, um ihn zu wärmen. Er hatte vergessen, wie mächtig das erste Aufflammen von Verlangen sein konnte. Und wie gefährlich.

Er riss seine Hand zurück, angewidert von sich selbst. Es war eine Sache, seine Pflegerin zu plagen, wenn sie wach war, aber etwas völlig anderes, sie zu streicheln, wenn sie schlief. Er griff erneut nach ihr, diesmal jedoch entschlossen, sie wachzurütteln und in ihr eigenes Schlafzimmer zu schicken, ehe ihn der letzte Rest von Vernunft verließ.

Sie regte sich, und das leise Schnarchen setzte wieder ein.

Mit mehreren lautlosen, aber deftigen Flüchen suchte er

sich seinen Weg zurück in sein angrenzendes Schlafzimmer und holte eine Decke. Er kehrte in den Salon zurück und deckte sie so gut zu, wie es nur ging, bevor er in sein eigenes kaltes Bett taumelte.

Samantha kuschelte sich tiefer in ihr gemütliches Nest und versuchte, nicht darauf zu achten, dass sich ihr rechter Fuß anfühlte, als piksten ein Dutzend lästige Elfen Nadeln hinein. Sie wollte nicht aufwachen, wollte nicht den köstlichen Traum ziehen lassen, der immer noch am Rande ihres Bewusstseins weilte. An die genauen Einzelheiten konnte sie sich nicht erinnern, sie wusste nur, dass sie sich in ihm warm, sicher und geliebt gefühlt hatte – und wenn er ihr entglitt, blieb ihr nichts als hilflose Sehnsucht.

Langsam hoben sich ihre Augenlider. Durch das Flügelfenster konnte sie am östlichen Horizont den rosagoldenen Schimmer des Morgengrauens sehen. Sie gähnte, reckte ihre steifen Glieder, versuchte, sich zu entsinnen, wann ihr zum letzten Mal eine Nacht ungestörten Schlafes vergönnt gewesen war. Als sie ihren unangenehm kribbelnden Fuß unter sich hervorzog, glitt die Decke, die über ihren Schoß gebreitet war, zu Boden.

Samantha blickte blinzelnd auf die Zudecke. Sie erkannte darin eine der vielen luxuriösen Daunendecken vom Bett des Earls wieder. Verblüfft hob sie unwillkürlich eine Hand, um ihre Brille abzunehmen. Sie war fort.

Da sie sich merkwürdig nackt fühlte, suchte sie verzweifelt um sich herum nach der Sehhilfe. Sie nahm an, dass sie ihr von der Nase gerutscht war, während sie schlief. Als sie sich dann aber vorbeugte, entdeckte sie die Brille ordentlich zusammengelegt auf dem Teppich neben ihrem Stuhl.

Plötzlich hellwach setzte Samantha sie auf und schaute

sich misstrauisch um. Sie konnte sich nur schwach daran erinnern, gestern Nacht todmüde auf den Stuhl gesunken zu sein, aber dann kehrten beunruhigende Bruchstücke ihres Traumes zurück – auf ihrem Haar die warmen Finger eines Mannes, die sie streichelten, ihre Lippen liebkosten. Sie schloss die Augen und legte sich zwei Finger auf die Lippen, schwelgte in dem exquisiten Gefühl und der Sehnsucht, die seine Berührung in ihr geweckt hatte.

Was, wenn es gar kein Traum gewesen war?

Samantha riss die Augen auf und wies diese verrückte Idee weit von sich. Sie bezweifelte, dass der Mann, der im Nebenzimmer schlief, überhaupt zu solchen Zärtlichkeiten fähig war. Aber das beraubte sie der Erklärung, wer sie zugedeckt und ihr die Brille so umsichtig abgenommen hatte.

Sie hob die Decke auf, erhob sich und schlüpfte lautlos in das Schlafzimmer nebenan, nicht sicher, was sie dort vorfinden würde. Gabriel lag inmitten der zerwühlten Laken auf dem Bauch, den Kopf auf die angewinkelten Arme gebettet. Das Seidenlaken war von einem Bein gerutscht und gab den Blick auf einen muskulösen Schenkel frei, der mit demselben Flaum goldblonder Haare überzogen war wie seine Brust. Samantha wusste genau, wie er zu diesen Muskeln gekommen war – beim Reiten, Jagen und an Bord des Schiffes, wenn er auf dem Deck auf und ab schritt und den Männern unter seinem Kommando Anweisungen zurief.

Vorsichtig trat sie näher an das Bett heran. Trotz der vielen Monate, die er nun schon im Haus verbracht hatte, hatte die glatte Haut seines Rückens die leichte Sonnenbräune nicht völlig eingebüßt. Von dem Goldbraun verlockt, streckte Samantha die Hand aus. Obwohl ihre Fingerspitzen seine Schulterblätter kaum streiften, durchfuhr sie ein Kribbeln, das ihre eigene Haut erhitzte.

Ob ihrer Kühnheit erschrocken, riss sie ihre Hand zurück. Achtlos warf sie die Decke über ihn und eilte zur Tür. Sie konnte sich lebhaft vorstellen, was Mrs. Philpot und die anderen Dienstboten denken würden, wenn sie sie dabei ertappten, wie sie in den frühen Morgenstunden aus dem Schlafzimmer des Earls schlich, das Gesicht gerötet und mit verschlafenen Augen.

Auf das Geländer gestützt, ging sie auf Zehenspitzen die Treppe hinunter. Gerade als sie fast an ihrem Treppenabsatz angekommen war, ertönte von oben ein fröhliches Klingeln. Samantha erstarrte und überlegte entsetzt, ob Gabriel eben nur so getan hatte, als ob er schliefe.

Das Glöckchen ertönte erneut, diesmal schon schriller und nachdrücklicher.

Mit hängenden Schultern drehte sich Samantha langsam um und schleppte sich die Treppe wieder hinauf.

Am frühen Nachmittag hatte Samantha das Gefühl, das teuflische Läuten sei dauerhaft in ihren Schädel eingedrungen. Sie befand sich auf allen vieren auf dem Fußboden von Gabriels Ankleidezimmer und streckte sich gerade, um an eine Seidenkrawatte heranzukommen, die etwas außerhalb ihrer Reichweite lag, als es erneut erklang. Sie fuhr hoch und stieß sich den Kopf heftig an dem Regalbrett über sich an. Das Brett verrutschte, und ein Dutzend Biberfellhüte regnete auf sie herab.

Sie verpasste ihnen einen Stoß und murmelte vor sich hin: »Ich kann mir nicht vorstellen, wozu ein Mann mit einem einzigen Kopf so viele Hüte braucht.«

Sie tauchte aus der stickigen Enge des Ankleidezimmers auf, das schweißfeuchte Haar klebte ihr am Kopf. In jeder Hand hielt sie ein Halstuch umklammert – wie zwei giftige Schlangen. »Sie haben geläutet, Mylord?«, knurrte sie.

Obwohl das Sonnenlicht, das durch das Fenster in den Raum strömte, Gabriels ungekämmten Schopf wie mit einem Heiligenschein umgab, ließ sein vernarbtes Gesicht die finstere Miene eines despotischen Prinzen sehen, der es gewohnt war, jede seiner Launen erfüllt zu bekommen. »Ich habe mich nur gewundert, wo Sie stecken«, erklärte er, und sein Tonfall hörte sich sogar noch mürrischer an als sonst.

»Ich habe nur rasch ein Sonnenbad am Strand von Brighton genommen«, antwortete sie. »Ich hätte nicht gedacht, dass Sie mich vermissen würden.«

»Gibt es Nachrichten von meinem Vater oder den Ärzten?«

»Nein, nicht seit ich vor zehn Minuten zum letzten Mal nachgesehen habe.«

Sein Mund verzog sich in stummem Tadel. Den ganzen Tag lang hatten sie beide schlechte Laune gehabt. Obwohl sie fast eine ganze Nacht lang ungestört geschlafen hatte, musste Samantha immer wieder an die Bruchstücke ihres Traumes denken und die nicht auszuschließende Möglichkeit, dass er ihre dumme Liebkosung gespürt hatte. Was, wenn er sie für eine pathetische, vertrocknete alte Jungfer hielt, die sich nach der Berührung eines Mannes verzehrte?

Verzweifelt darum bemüht, wenigstens einen Anschein von Anstand zwischen ihnen zu wahren, erwiderte sie steif: »Ich habe den halben Tag in Ihrem Ankleidezimmer verbracht, wo ich auf Ihre Anweisung hin Ihre Halstücher nach Stoffart und Länge sortiert habe. Sicherlich gibt es keine Aufgabe, die so dringend ist, dass sie Vorrang haben könnte.«

»Es ist so heiß hier drinnen.« Gabriel legte sich den Handrücken auf die Stirn. »Ich glaube, ich kriege Fieber.« Er schlug seine Decken zurück und entblößte seine kräftigen Schenkel. Samantha konnte nur dankbar sein, dass er sich heute Morgen ein Paar Hosen angezogen hatte, selbst wenn sie ihn nur bis zum Knie bedeckten.

Ohne es zu merken, betupfte sie sich ihren feuchten Hals mit einer seiner Krawatten. »Heute ist es *außergewöhnlich* heiß. Wenn ich vielleicht die Fenster öffnen ...«

Sie war schon auf halbem Weg durch das Zimmer, als er scharf sagte: »Machen Sie sich nicht die Mühe. Sie wissen doch, dass mich der Fliederduft in der Nase kitzelt und ich niesen muss.« Er ließ sich in die Kissen fallen, hob seine Hand und fuchtelte damit herum. »Vielleicht können Sie mir ja einfach ein bisschen kühle Luft zufächeln.«

Samantha klappte die Kinnlade herunter. »Soll ich Ihnen auch ein paar frische Trauben in den Mund stecken?«

»Wenn Sie wollen.« Er griff nach dem Glöckchen. »Soll ich nach welchen läuten?«

Samantha biss die Zähne zusammen. »Warum versuchen Sie es nicht einfach mit ein bisschen kaltem Wasser? Sie haben noch etwas übrig von Ihrem Mittagessen.«

Nachdem sie die Halstücher über den Ankleidespiegel in der Zimmerecke gelegt hatte, goss Samantha ein Glas Wasser aus dem Krug ein, der auf dem Beistelltischchen stand. Das dickwandige Tongefäß war eigens dafür gemacht, das frische Quellwasser den Tag über kühl zu halten. Als sie sich dem Bett näherte, konnte sie ein Gefühl nicht abschütteln: Wenn Gabriel nicht blind wäre, würde er sie genauso argwöhnisch beobachten wie sie ihn.

»Hier, bitte sehr«, sagte sie und drückte ihm das Glas in die Hand.

Er weigerte sich, seine Finger darum zu schließen. »Warum übernehmen Sie das nicht? Ich glaube, ich bin zu müde.« Er seufzte. »Ich habe nicht sonderlich gut geschlafen letzte Nacht. Immerzu habe ich geträumt, ein kleiner Bär würde im Nebenzimmer knurren. Es war höchst beunruhigend.«

Er lehnte sich in die Kissen zurück, öffnete seinen Mund, wie ein kleiner Vogel, der erwartet, von seinen Eltern gefüttert zu werden. Samantha blickte ihn eine Weile an, dann kippte sie das Glas bedächtig um. Der kalte Guss traf Gabriel mitten ins Gesicht. Er schoss hoch, spuckte und fluchte.

»Verdammt, Frau! Was soll das? Wollen Sie mich ertränken?«

Samantha wich ein paar Schritte zurück und stellte das Glas mit Nachdruck auf den Tisch. »Ertränken ist viel zu gut für Sie und Ihresgleichen. Sie wissen sehr wohl, dass letzte Nacht nebenan kein kleiner Bär war. Das war ich! Und wie können Sie es wagen, sich mir gegenüber solche Freiheiten herauszunehmen!«

Gabriel blinzelte das Wasser aus seinen Augen, wirkte gleichermaßen empört wie verblüfft. »Ich habe nicht die geringste Ahnung, wovon Sie sprechen.«

»Sie haben mir die Brille abgenommen!«

Er schnaubte ungläubig. »So wie Sie sich aufführen, könnte man meinen, es seien Ihre Kleider gewesen!«

Samantha raffte ihr schlichtes flaschengrünes Kleid am Ausschnitt zusammen. »Woher soll ich wissen, dass Sie das nicht getan haben?«

Die Stille zwischen ihnen wurde drückender als die Hitze im Raum. Als er schließlich sprach, war seine Stimme gefährlich leise. »Wenn ich Sie ausgezogen hätte, Miss Wickersham, dann – das kann ich Ihnen versichern – hätte es sich für Sie gelohnt aufzuwachen.« Noch ehe Samantha entscheiden konnte, ob diese Prahlerei als Drohung oder als Versprechen gemeint war, fuhr er fort. »Alles, was ich getan habe, war, Ihnen die Brille abzunehmen und Sie zuzudecken. Ich habe einfach nur versucht, es Ihnen bequem zu machen.«

Zu ihrer Verwunderung legte sich über seine Wangenknochen eine schuldbewusste Röte. Sie hätte ihn nicht für einen Mann gehalten, der rot wurde. Sowohl Lügen als auch Halbwahrheiten müssten ihm eigentlich aalglatt über die Lippen gehen.

Er legte sich zurück unter die Decken, seine Miene arroganter als zuvor. »Nun, wenn Sie mit meinem ungeplanten Bad fertig sind, könnten Sie so reizend sein und mir ein Handtuch holen?«

Samantha verschränkte die Arme vor der Brust. »Holen Sie es sich doch selbst.«

Gabriel zog eine dunkelgoldene Augenbraue in die Höhe, sodass sich seine Narbe spannte. »Wie bitte?«

»Wenn Sie ein Handtuch wollen, holen Sie es sich selbst. Ich bin es leid, Sie von vorne bis hinten zu bedienen. Sie mögen blind sein, aber Sie haben immer noch einwandfrei funktionierende Arme und Beine.«

Ihre Behauptung erwies sich als wahr. Er warf die Decken zur Seite und sprang auf, ragte bedrohlich über ihr auf. Das Glöckchen fiel mit einem misstönenden Laut zu Boden und rollte halb durch den Raum.

Samantha hatte vergessen, wie beeindruckend er war, wenn er sich nicht im Bett räkelte. Besonders, wenn er kein Hemd anhatte und nur fadenscheinige Kniehosen aus Wildleder trug. Obwohl sich in seiner Nähe ihr Atem beschleunigte und ihre Haut warnend prickelte, weigerte sie sich, auch nur einen Schritt zurückzuweichen.

»Darf ich Sie daran erinnern, Miss Wickersham, dass, wenn Ihnen die Arbeitsbedingungen hier nicht zusagen, Sie nur Ihre Kündigung einreichen müssen?«

»Nun gut, Mylord«, antwortete sie, und eisige Ruhe erfasste sie. »Ich glaube, genau das werde ich tun. Ich kündige hiermit.«

Ein fast komischer Ausdruck vollkommener Überraschung legte sich auf seine Züge. »Was soll das heißen, Sie kündigen?«

»Es soll heißen, dass ich mir meinen ausstehenden Lohn abholen, meine Sachen packen und noch vor dem Abend Ihr Haus verlassen werde. Wenn Sie wollen, werde ich Mr. Beckwith bitten, eine neue Anzeige in den Zeitungen zu schalten, bevor ich gehe. Ich würde vorschlagen, diesmal eine noch bessere Entlohnung anzubieten, obwohl kein Geld der Welt es wert wäre, mehr als eine Stunde lang Ihren lächerlichen Forderungen nachzukommen.« Auf dem Absatz kehrt machend, schritt sie zur Tür.

»Miss Wickersham, kommen Sie sofort zurück! Das ist ein Befehl!«

»Ich habe gekündigt«, warf sie über ihre Schulter, und wilde Befriedigung strömte durch ihre Adern. »Ich bin nicht länger verpflichtet, Befehle von Ihnen entgegenzunehmen!« Ohne auf sein wütendes Stottern zu achten, marschierte Samantha zur Tür hinaus und warf sie mit einem Gefühl grimmigen Triumphes hinter sich ins Schloss.

Gabriel stand neben seinem Bett. Ihm dröhnten noch von dem Knallen der Tür die Ohren. Alles war so rasch geschehen, dass er immer noch darum rang, es zu begreifen.

Die Männer, die früher unter ihm gedient hatten, hätten es nie gewagt, seine Anordnungen zu missachten, doch diese sture kleine Pflegerin hatte ihm einfach kühn getrotzt.

Er hatte gewonnen, erinnerte er sich entschlossen. Wieder. Sie hatte ihm genau das gegeben, was er gewollt hatte – ihre Kündigung. Er sollte eigentlich triumphierend durchs Zimmer tanzen.

»*Miss Wickersham!*«, schrie er und wollte ihr nachlaufen.

Die zahllosen Stunden, die er untätig im Bett verbracht hatte, hatten seinem mühsam über Monate hinweg erworbenen Gleichgewichtssinn und seinem Orientierungsvermögen schwer geschadet. Er hatte kaum mehr als drei Schritte gemacht, als er auch schon mit dem Knöchel an dem geschwungenen Bein des Beistelltischchens hängen blieb. Beide, er und der Tisch, gerieten ins Wanken. Etwas rutschte von der polierten Tischplatte und zerbarst auf dem Boden in einer Explosion aus splitterndem Glas und Porzellan.

Es war zu spät, den Schwung aus seiner Vorwärtsbewegung zu nehmen. Gabriel stürzte und spürte einen Stich irgendwo an seinem Hals, als er auf dem Boden aufkam. Er lag einen Augenblick lang da, rang um Atem. Doch als er sich schließlich aufrappeln wollte, sandte ihn ein heftiger Schwindel wieder zu Boden.

Seine Hand landete in einer warmen Lache. Einen Moment lang dachte er, es sei das Wasser von dem zerbrochenen Glas und dem Krug. Doch als er seine Fingerspitzen aneinander rieb, waren sie klebrig.

»Verdammt«, stieß er aus, als er begriff, dass es sein eigenes Blut war.

Und verdammt, so schien es, würde er wirklich sein,

denn das Blut sammelte sich in einer rasch ausbreitenden Pfütze.

Kurz befand er sich wieder an Deck der *Victory*, den kupferartigen Gestank von Blut in der Nase, das nicht von ihm allein stammte. Es rauschte in seinen Ohren – wie das Rauschen eines hungrigen Meeres, das ihn verschlingen wollte.

Gabriel streckte einen Arm aus, suchte etwas, an dem er sich festhalten konnte, um nicht in den gähnenden Abgrund zu stürzen. Seine tastenden Finger schlossen sich um einen vertrauten Gegenstand – den Holzgriff seines Glöckchens. Er zog es zu sich, doch die Anstrengung schwächte ihn zu sehr; er vermochte den Arm nicht zu heben und zu läuten.

Er ließ den Kopf sinken, dachte verwundert über die Ironie und die Unwürdigkeit von alldem nach. Er hatte Trafalgar überlebt, um nun in seinem eigenen Schlafzimmer zu verbluten, zu Fall gebracht von einem Möbelstück und einer scharfzüngigen, anmaßenden Pflegerin. Es ging ihm durch den Kopf, ob die kaltherzige Miss Wickersham wohl an seinem Grab ein paar Tränen vergießen würde. Wenngleich er sein Lebensblut verrinnen spürte, musste er bei dem Gedanken fast lächeln.

»Miss Wickersham?«, rief er schwach. Seine letzte Kraft verwandte er darauf, dem Glöckchen ein mattes Klingeln zu entlocken. Seine Stimme war nur noch ein heiseres Wispern. »Samantha?«

Dann wurden das Läuten des Glöckchens und das Rauschen in seinen Ohren leiser, sie verklangen zu einer Stille, die so schwarz und umfassend wie die ewig währende Dunkelheit war.

6

Meine liebe Miss March,
Sie bezeichnen mich als verdorben und unverschämt, dennoch möchte ich wetten, dass dies genau die Eigenschaften sind, die Sie bei einem Mann schier unwiderstehlich finden …

»Unerträglicher Kerl«, schimpfte Samantha vor sich hin, während sie einen seidengefütterten Rock in ihre Reisetruhe zwängte, ohne sich die Mühe zu machen, ihn ordentlich zusammenzulegen. Sie knüllte einen fadenscheinigen Unterrock zusammen und stopfte ihn oben auf den Rock. »Ich kann nicht begreifen, warum ich so dumm war zu meinen, ich könnte ihm helfen.«

Während sie in ihrem bescheidenen Schlafzimmer hin und her stürmte und Haarnadeln und Schuhe, Strümpfe und Bücher zusammensammelte, hörte sie von oben ein nur zu vertrautes Poltern. Die Decke bebte, sodass ihr Putz auf den Kopf rieselte.

Samantha schaute noch nicht einmal auf. »Ich mag ja eine Närrin sein, aber darauf falle ich nicht noch einmal herein«, verkündete sie kopfschüttelnd. »Wenn er sich wie ein Elefant im Porzellanladen aufführen will, dann wird er lernen müssen, hinter sich aufzufegen, oder?«

Sie war gerade dabei, die Stiefel in ihre Reisetasche zu packen, als sie es hörte – das gedämpfte Klingeln eines

Glöckchens, so leise und kurz, dass sie sich nicht sicher war, ob sie es sich nicht nur eingebildet hatte. Sie legte einen Walter-Scott-Roman auf einen schmalen Band mit Shakespeare-Sonetten und schnaubte. Gabriel war der Narr, wenn er meinte, sie ließe sich durch ein derart Mitleid erregendes Klingeln erweichen.

Sie war so damit beschäftigt, die Sachen auf ihrem Ankleidetischchen zusammenzupacken, dass ein paar Minuten vergingen, bis es ihr auffiel. Es herrschte Stille.

Grabesstille.

Spiegel und Haarbürste in der Hand blickte Samantha unsicher zur Decke. Eine unangenehme Vorahnung sandte ihr einen Schauer über den Rücken, aber sie tat das Gefühl mit einem Achselzucken ab. Gabriel war vermutlich nur wieder zum Schmollen in sein Bett zurückgekehrt.

Sie griff nach ihrer Flasche mit Zitronenmelisse und sah, dass ihr die Hand zitterte. Sie ließ sich auf den Stuhl vor ihrem Spiegel sinken und schaute ihr Spiegelbild an. Es war ein alter Spiegel, das Glas schon fleckig und wellig, und die Frau, die ihr daraus entgegensah, erschien ihr fast wie eine Fremde. Samantha nahm ihre hässliche Brille ab, erkannte aber dennoch den nachdenklichen Ausdruck in ihren Augen nicht wieder.

War sie nun mutig oder feige? Lehnte sie sich gegen Gabriel auf, weil er ein anmaßender Tyrann war, oder lief sie davon, weil er es gewagt hatte, sie anzufassen? Mit einer Hand berührte sie ihr Haar, fuhr über ihre Wange zu ihren Lippen, folgte der Berührung aus ihrem Traum. Irgendwie schien Gabriels Arroganz leichter zu ertragen als seine Zärtlichkeit. Und außerdem war sie viel weniger gefährlich für ihr angeknackstes Herz.

Sie setzte sich die Brille wieder auf und erhob sich, um

die Flasche Zitronenmelisse in ihrer Reisetasche zu verstauen.

Sie benötigte nicht einmal eine halbe Stunde, um den Raum von jedem Anzeichen ihrer kurzen Anwesenheit zu befreien. Sie knöpfte sich gerade die kleinen Messingknöpfe ihres Reise-Spencers zu, als jemand heftig an ihre Schlafzimmertür klopfte.

»Miss Wickersham! Miss Wickersham! Sind Sie da?«

Sich ihren Hut aufsetzend, zog Samantha die Tür auf. »Ausgezeichnet, Beckwith. Ich wollte gerade nach einem Lakaien läuten, der mir mein Gepäck nach unten trägt.«

Der wild um sich blickende Butler schenkte ihren gepackten Taschen nicht die geringste Aufmerksamkeit. »Sie müssen sofort mit mir kommen, Miss Wickersham! Der Herr braucht Sie!«

»Was ist denn jetzt schon wieder? Juckt es ihn vielleicht an einer schwer zu erreichenden Stelle? Oder sind seine Halstücher nicht ausreichend gestärkt?« Sie verknotete die Bänder ihres Hutes unter dem Kinn. »Was für eine schwachsinnige Ausrede auch immer er sich ausgedacht hat, ich kann Ihnen versichern, dass Ihr Herr mich nicht braucht. Das hat er übrigens nie.« Samantha war selbst überrascht, wie sehr es sie schmerzte, diese Worte von ihren eigenen Lippen zu hören.

Zu ihrem Entsetzen packte Beckwith, der unerschütterliche Verfechter von Anstand und Würde, sie einfach am Arm und versuchte, sie mit sich zu zerren. »Bitte, Miss«, flehte er. »Ich weiß nicht, was ich sonst tun soll! Ich fürchte, ohne Sie stirbt er.«

Sie stemmte sich dagegen, von ihm einfach so gezogen zu werden, sodass Beckwith schließlich stehen bleiben musste. »Oh, bitte! Es besteht keinerlei Notwendigkeit für diese übertriebene Theatralik. Ich bin mir völlig sicher, dass der Earl auch ohne mich bestens zurechtkommen wird. Er wird kaum merken, dass ich nicht mehr …« Samantha schaute den Butler zum ersten Mal wirklich an, seit sie die Tür geöffnet hatte, und blinzelte.

Beckwiths Weste war zerknittert. Das spärliche Haar, das er gewöhnlich mit höchster Sorgfalt um seinen Kopf frisierte, stand in einem wilden Kranz ab, sodass die rosige Kopfhaut zu sehen war. Ihr Blick fiel auf seine dicklichen Finger auf ihrem Ärmel. Finger mit rostroten Striemen, die bereits einen Fleck auf der blassen Wolle ihres Ärmels hinterlassen hatten.

Ihr Herz klopfte plötzlich dumpf in ihrem Hals.

Samantha befreite ihren Arm aus seinem Griff und drängte sich an ihm vorbei. Sie raffte ihre Röcke, rannte den Flur hinab und die Treppen hinauf, immer zwei Stufen auf einmal nehmend.

Die Tür zu Gabriels Schlafzimmer stand einen Spalt offen.

Das Einzige, was Samantha sehen konnte, war Gabriel, der wie ein gefällter Riese mit dem Gesicht nach unten ausgestreckt auf dem Boden lag. Sie schlug die Hand vor den Mund, um ihren Entsetzensschrei zu unterdrücken.

Mrs. Philpot kniete neben ihm auf dem Boden und presste ein Taschentuch auf seinen Hals – ein Taschentuch, das sich bereits mit hellrotem Blut voll gesogen hatte. Es war nicht schwer zu erkennen, was geschehen war. Spitze Ton- und Glasscherben lagen um ihn verstreut auf dem Boden.

Samantha eilte durch den Raum und fiel neben ihm auf die Knie, ohne dem scharfen Schmerz Beachtung zu schenken, als sich ein Stück Glas durch ihre Röcke hindurch in ihr Knie bohrte. Als sie nach dem Taschentuch griff und es anhob, um den hässlichen Schnitt in Gabriels Hals zu betrachten, lehnte sich Mrs. Philpot zurück, nur zu bereit, ihre grimmige Pflicht an sie abzutreten.

Die Haushälterin wischte sich eine schlaffe Haarsträhne aus dem Gesicht, was einen Streifen von Gabriels Blut auf ihrer Wange hinterließ. »Wir haben ihn gefunden, als wir ihm seinen Nachmittagstee bringen wollten. Ich habe keine Ahnung, wie lange er hier schon so liegt.« Der scharfe Blick der Frau glitt über Samanthas Reisejacke und ihren Hut; es entging ihr nichts. Sie hielt Gabriels Glöckchen hoch. Blutige Fingerabdrücke verunzierten den Holzgriff. »Das hier habe ich direkt neben seiner Hand gefunden. Er muss versucht haben, um Hilfe zu läuten, aber niemand hat ihn gehört.«

Samantha schloss kurz die Augen, erinnerte sich an das leise Klingeln, das sie so kaltherzig ignoriert hatte. Sie öffnete sie wieder und entdeckte den händeringenden Beckwith in der Tür.

»Gibt es einen Arzt im Dorf?«, fragte sie.

Beckwith nickte.

»Holen Sie ihn sofort. Sagen Sie ihm, es geht um Leben und Tod.« Als der Butler einfach nur dastand, unfähig, den Blick von seinem gestürzten Herrn loszureißen, rief Samantha schließlich: »Los!«

Während Beckwith seine Erstarrung abschüttelte und sich in Bewegung setzte, erhob sich Mrs. Philpot, um eines der sauberen Halstücher zu holen, die über dem Ankleidespiegel hingen. Samantha riss es ihr aus der Hand, faltete es rasch und presste es Gabriel an den Hals. Obwohl aus der Wunde immer noch Blut sickerte, schien es weniger zu werden. Samantha konnte nur beten, dass es nicht deswegen war, weil er starb.

Sie winkte Mrs. Philpot zu sich; sie sollte das Halstuch halten. Dann fasste sie Gabriel an den Schultern, entschlossen herauszufinden, ob er nicht auch noch irgendwo anders blutete. Sie brauchte ihre ganze Kraft, aber mit der Hilfe der Haushälterin gelang es ihr dann doch, ihn umzudrehen und in ihre Arme zu ziehen. Von den paar blutigen Schrammen und der gezackten Narbe abgesehen, war sein Gesicht totenbleich.

»Du dummer, sturer Narr«, murmelte sie stockend. »Sieh dir nur an, was du jetzt wieder angestellt hast.«

Seine Augenlider flatterten, hoben sich einen Spalt und ließen seine faszinierend grünen Augen sehen. Als er den Kopf umdrehte, um sie mit gläserner Klarheit anzuschauen, stockte Samantha der Atem. Dann schlossen sie sich wieder, als hätte er entschieden, dass es die Mühe nicht wert war.

»Sind Sie es, Miss Wickersham?«, flüsterte er heiser. »Ich habe nach Ihnen geläutet.«

»Ich weiß.« Sie strich ihm eine Locke aus der Stirn. »Aber jetzt bin ich ja da und bleibe auch.«

Er runzelte die Stirn. »Ich wollte Ihnen nur sagen, dass Sie zum Teufel gehen sollen.«

Samantha lächelte durch einen Tränenschleier hindurch. »Ist das ein Befehl, Mylord?«

»In dem Fall würden Sie ja sowieso nicht gehorchen«, murmelte er. »Unverschämtes Frauenzimmer.«

Gabriel verlor wieder das Bewusstsein, und sein Kopf rollte an ihre Brust. Samantha kam zu dem Schluss, dass seine schwindende Kraft dafür verantwortlich war, wenn diese Beleidigung fast wie ein Kosename klang.

Als Dr. Thaddeus Greenjoy fast zwei Stunden später aus Gabriels Schlafzimmer kam, hatte sich vor der Tür fast der gesamte Haushalt versammelt und hielt Wache. Mrs. Philpot saß in einem Stuhl mit hoher Lehne, ein spitzengesäumtes Taschentuch an die zitternden Lippen gepresst. Ein elend aussehender Beckwith stand neben ihr, während die anderen Dienstboten am Treppenabsatz miteinander flüsterten.

Nur Samantha war alleine. Obwohl der Doktor den Stubenmädchen erlaubt hatte, das Blut und die Scherben vom Boden aufzuwischen, und den Lakaien, Gabriel aufs Bett zu legen und von seiner blutdurchtränkten Hose zu befreien, hatte er sich die Anwesenheit aller während seiner Untersuchung des Patienten verboten – die Pflegerin des Earls eingeschlossen.

Als er die Tür leise hinter sich zuzog, trat Samantha vor; sie trug noch immer ihre blutbefleckte, zerknitterte Reisekleidung. Mit angehaltenem Atem wartete sie, ob er ihre schlimmsten Befürchtungen bestätigte.

Der Blick des Arztes wanderte über die ernsten Mienen. »Ich glaube, ich habe die Blutung gestoppt. Die Scherbe hat seine Schlagader angeritzt. Wäre der Schnitt einen Zentimeter tiefer gegangen, wäre er jetzt nur ein weiterer Name auf der Tafel an der Familiengruft der Fairchilds.« Der Arzt schüttelte den Kopf; seine langen weißen Schnurrbarthaare verliehen ihm das Aussehen einer alten Ziege. »Er ist ein Glückspilz, wirklich. Jemand im Himmel muss sehr gut auf ihn aufgepasst haben.«

Obwohl sich unter ihnen allen Erleichterung breit machte, konnte keiner der Dienstboten Samantha in die Augen schauen. Sie wusste genau, was sie dachten. Sie war die Pflegerin ihres Herrn. Sie war es, die auf ihn hätte aufpassen müssen. Stattdessen hatte sie ihn allein gelassen, ihn in dem Augenblick im Stich gelassen, als er sie am nötigsten gebraucht hatte.

Als ob er ihre Gedanken lesen könnte, erkundigte sich der Arzt barsch: »Sind Sie seine Pflegerin?«

Darum bemüht, nicht zusammenzucken, nickte Samantha. »Ja.«

Er rümpfte die Nase. »Ein junges Ding wie Sie sollte auf der Suche nach einem Ehemann sein und sich nicht in irgendeinem Krankenzimmer vergraben.« Er ließ seine Tasche aufschnappen, holte eine kleine braune Flasche heraus und reichte sie ihr. »Geben Sie ihm etwas hiervon, damit er die Nacht durchschläft. Halten Sie die Wunde sauber. Und sorgen Sie dafür, dass er mindestens drei Tage das Bett hütet.« Der Arzt zog seine buschigen weißen Augenbrauen zusammen. »Das wird ja wohl nicht zu schwer für Sie sein, oder, mein Kind?«

Urplötzlich stand Samantha ein Bild vor Augen, wie sie und Gabriel sich nackt auf scharlachroter Seide wälzten, und sie spürte zu ihrem Entsetzen, dass sie rot wurde. »Natürlich nicht, Sir. Ich werde mich darum kümmern, dass er sich all Ihren Wünschen fügt.«

»Tun Sie das, Miss, dann ist der junge Bursche in kürzester Zeit wieder auf den Beinen.«

Mit einem vernehmlichen Schnappen schloss er seine Tasche und schritt die Treppe hinunter. Die Dienstboten folgten erleichtert und mit fröhlicheren Mienen.

Wie stets die Diskretion in Person, wartete Beckwith, bis alle außer Hörweite waren, ehe er zu Samantha trat. »Möchten Sie immer noch, dass ein Lakai Ihre Taschen nach unten bringt, Miss?«

Sie blickte dem Butler suchend in die sanften braunen

Augen, konnte aber nicht den geringsten Hinweis entdecken, dass er sich über sie lustig machte. »Ich denke, das wird nicht nötig sein, Beckwith. Wenn Sie mich bitte entschuldigen wollen«, fuhr sie fort und drückte ihm dankbar den Arm, »ich glaube, Ihr Herr braucht mich.«

Samantha verbrachte die Nacht damit, Gabriel wirklich zu pflegen – sie überprüfte seine Verbände auf frisches Blut, verabreichte ihm einen Löffel Laudanum, wenn er zu stöhnen und sich unruhig hin und her zu werfen begann, und legte ihm zärtlich immer wieder die Hand auf die Stirn, um zu sehen, ob er fieberte. Gegen Morgen stahl sich langsam wieder etwas Farbe in seine Wangen zurück. Erst da wagte sie es, den Kopf an die Lehne des Polsterstuhles zu legen, den sie sich ans Bett gestellt hatte, und ihre müden Augen zu schließen.

Als ein schüchternes Klopfen an der Tür zu vernehmen war, schrak sie auf. Sonnenlicht strömte durch das Fenster auf der gegenüberliegenden Seite des Zimmers. Erschreckt blickte sie sich zu Gabriel um, doch der schlief tief und fest, seine Brust hob und senkte sich in gleichmäßigem Rhythmus. Wären die dunklen Stellen unter seinen Augen nicht gewesen, hätte niemand vermutet, dass er vor wenigen Stunden noch auf der Schwelle des Todes gestanden hatte.

Samantha öffnete die Tür und entdeckte Peter, eine Waschschüssel mit Lappen und einen Krug mit dampfendem Wasser in den Händen. Der junge Lakai schaute unsicher zum Bett, dann wieder sie an. »Entschuldigen Sie, wenn ich störe, Miss. Mrs. Philpot schickt mich; ich soll den Herrn waschen.«

Samantha warf einen Blick über die Schulter. Gabriel

wirkte im Schlaf nicht weniger einschüchternd als wach. Aber sie würde nicht noch einmal ihre Pflichten vernachlässigen. Denn das hatte ihn schließlich beinahe das Leben gekostet.

Ihr Zögern einfach hinunterschluckend, sagte sie: »Das wird nicht nötig sein, Peter.«

»Phillip«, verbesserte er sie.

»Phillip.« Sie nahm ihm Schüssel und Krug ab und erklärte mit fester Stimme: »Ich bin seine Pflegerin. Ich werde ihn waschen.«

»Sind Sie sicher, Miss?« Unter seinen Sommersprossen wurde der Lakai ganz rot, während er mit zu einem Flüstern gesenkter Stimme fragte: »Gehört sich das?«

»Ach, gewiss«, beruhigte sie ihn und schob mit dem Fuß die Tür zu.

Samantha stellte die Schüssel auf den Tisch neben dem Bett und schüttete den Krug aus. Ihr zitterten so die Hände, dass das Wasser auf ihre Röcke spritzte. Es gab keinen Grund für sie, so nervös zu sein, schalt sie sich. Gabriel zu waschen war einfach eine weitere ihrer Pflichten – nicht anders als den Verband zu wechseln oder ihm seine Arznei zu verabreichen.

Als sie sich ganz darauf konzentrierte, behutsam die rostroten Flecken in seinem Gesicht und auf seinem Hals abzuwischen, wurde sie ruhiger. Doch als der Zeitpunkt kam, das Laken wegzuziehen, zögerte sie. Angeblich war sie eine Frau von Welt, eine Frau, die nicht zimperlich war oder ohnmächtig zu werden drohte, wenn es darum ging, einen nackten Mann anzusehen. In seinem gegenwärtigen Zustand – so sagte sie sich entschlossen – bestand kaum ein Unterschied zwischen Gabriels Versorgung und der Pflege eines Kleinkindes.

Doch als sie die Decken zurückschlug und seine muskulöse Brust und seinen festen Bauch entblößte, wurde es ihr schmerzlich deutlich, dass er kein Kind war, sondern ein Mann. Und zudem ein außergewöhnlich männlicher Mann.

Samantha tunkte den Lappen in das warme Wasser und begann, seine wohlgeformte Brust zu waschen, wobei sie die letzten Spuren getrockneten Blutes wegwischte. Glitzernde Wassertröpfchen blieben an dem goldenen Lockenflaum seiner Brusthaare hängen. Als ein besonders kühnes Rinnsal über seinen Bauch lief und unter dem Laken über seinen Hüften verschwand, folgte ihm ihr hilfloser Blick; sie war wie hypnotisiert von der Verlockung des Verbotenen.

Sie hatte Phillip versichert, dass nichts Ungehöriges dabei sei, wenn sie ihren Patienten wusch. Doch die plötzliche Trockenheit in ihrem Mund, ihr beschleunigter Atem und der verhängnisvolle Wunsch, das Laken anzuheben und darunter zu spähen, all das war doch gänzlich ungehörig.

Verstohlen blickte sie zur Tür, wünschte sich, sie hätte daran gedacht, sie abzuschließen.

An ihrer Unterlippe knabbernd, fasste Samantha die Ecke des Lakens zwischen Daumen und Zeigefinger und hob es an, Stück für Stück.

»Bilde ich es mir nur ein, oder zieht es hier wirklich?«

Beim Klang dieses rauchigen Baritons, etwas undeutlich, aber nicht weniger spöttisch als sonst, ließ Samantha das Laken fallen, als wäre es in Flammen aufgegangen. »Verzeihen Sie, Mylord. Ich habe nur nachsehen wollen, w…wie es um Ihren …«

»Blutfluss steht?«, half er ihr aus. Er winkte in ihre

Richtung. »Bitte, fahren Sie doch fort. Nichts liegt mir ferner, als Sie abzuhalten, Ihre ... Neugier zu befriedigen. Wegen meines Zustandes, natürlich.«

»Wie lange sind Sie schon bei Bewusstsein?«, verlangte Samantha zu wissen; sie hatte einen schlimmen Verdacht.

Er reckte sich, die Muskeln auf seiner Brust traten hervor. »Ach, ich würde sagen, kurz bevor Phillip angeklopft hat.«

Mit Entsetzen erinnerte sie sich, wie liebevoll sie seinen wohlgeformten Oberkörper gewaschen hatte. Samantha wäre am liebsten in den Boden versunken. »Sie waren die ganze Zeit wach? Ich kann einfach nicht glauben, dass Sie beinahe zugelassen hätten ...«

»Was?« Er blinzelte mit seinen blicklosen Augen, ein Bild Fleisch gewordener Unschuld. »Dass Sie Ihren Pflichten nachkommen?«

Samantha schloss den Mund. Sie wusste, dass sie sich nicht weiter beschweren konnte, ohne sich selbst zu belasten.

Sie zerrte das Laken nach oben, sodass sie seine nackte Brust nicht mehr sehen konnte. »Wenn Sie Probleme mit dem Schlafen haben, kann ich Ihnen noch etwas Laudanum geben.«

Er erschauerte. »Nein, danke. Ich fühle lieber Schmerzen als gar nichts. Dann kann ich wenigstens sicher sein, dass ich noch am Leben bin.« Als sie seinen Verband überprüfte, setzte er ein reuevolles Lächeln auf, das ihr das Herz abdrückte. »Ich hoffe nur, es bleibt keine Narbe zurück. Es wäre grässlich, wenn mein gutes Aussehen litte.«

Seine Locken zurückstreichend, legte sie ihm eine Hand auf die Stirn. Seltsamerweise war es ihre Haut, die sich fiebrig anfühlte. »Eitelkeit sollte ausgerechnet jetzt Ihre letzte Sorge sein. Sie können von Glück reden, dass Sie noch am Leben sind.«

»So heißt es.« Ehe sie ihre Hand wegziehen konnte, fasste er sie am Handgelenk und hielt sie fest. »Aber was ist mit Ihrem Glück, Miss Wickersham? Wollten Sie nicht längst zurück in London sein und Ihr zärtliches Mitgefühl einem dankbareren Seemann angedeihen lassen, der Ihnen schon nach kürzester Zeit Kuhaugen macht und Ihnen, sobald er wieder auf den Beinen ist, die Ehe anbietet?«

»Und worin bestünde da die Herausforderung?«, erkundigte sich Samantha leise, unfähig, ihren Blick von den langen, männlichen Fingern loszureißen, die sich um ihr blasses, schmales Handgelenk schlossen. Sein Daumen lag direkt über ihrem rasenden Puls. »Ich ziehe es vor, mein zärtliches Mitgefühl auf undankbare, übellaunige Grobiane zu verschwenden. Wissen Sie, wenn Sie wollten, dass ich bleibe, hätten Sie sich nicht die Kehle aufzuschlitzen brauchen. Sie hätten einfach nur nett Bitte sagen müssen.«

»Und meinen Ruf der Übellaunigkeit gänzlich ruinieren? Ich denke nicht. Außerdem habe ich nur wegen des Vergnügens nach Ihnen geläutet, Ihnen höchstpersönlich zu kündigen.« Sein Daumen strich über ihre prickelnde Handfläche, fast schon eine Liebkosung.

»Nun, ich kann jetzt wohl kaum gehen«, erklärte sie kühl. »Mein Gewissen würde es mir niemals gestatten, Sie zu verlassen, bis Sie sich völlig von dem Sturz erholt haben.«

Er seufzte. »Dann, nehme ich an, werden Sie wohl bleiben müssen. Nichts liegt mir ferner, als ein so reines Gewissen wie das Ihre zu belasten.«

Von seinen Worten unangenehm berührt, entzog sie

ihm ihre Hand. Dort, wo seine Finger gelegen hatten, kribbelte ihr die Haut.

»Natürlich sind Sie nicht vollkommen«, fügte er hinzu und nickte in Richtung Stuhl. »Wenn Sie schlafen, schnarchen Sie.«

»Und Sie sabbern«, entgegnete sie und erkühnte sich, ihm einen Finger auf den Mundwinkel zu legen.

»*Touché*, Miss Wickersham! Die Zunge der Dame ist so scharf wie ihr Verstand. Vielleicht sollten Sie den Arzt rufen, bevor ich wieder zu bluten anfange.« Er schlug die dünne Decke zur Seite, schwang die Beine aus dem Bett. »Oder noch besser, ich hole ihn selbst. Trotz meines kleinen Missgeschickes gestern, fühle ich mich heute Morgen erstaunlich munter.«

»Oh nein. Das lassen Sie schön bleiben!« Samantha packte ihn an den Schultern und drückte ihn in die Kissen zurück. »Dr. Greenjoy hat gesagt, Sie müssen mindestens drei Tage das Bett hüten.« Sie runzelte die Stirn. »Allerdings hat er zu erwähnen vergessen, wie ich Sie dort halten soll.«

Sich in die Kissen lehnend, verschränkte Gabriel die Hände hinter dem Kopf, und seine blicklosen Augen funkelten teuflisch. »Machen Sie sich keine Sorgen, Miss Wickersham. Es wird Ihnen bestimmt etwas einfallen.«

Regen prasselte gegen die Fensterscheiben von Gabriels Schlafzimmer. Doch anstatt einschläfernd zu wirken, ging ihm der gemütliche Rhythmus auf die ohnehin schon strapazierten Nerven. Jeder hoffnungsvolle Plan der vergangenen beiden Tage, dem Gefängnis Bett zu entrinnen, war von der ständigen Gegenwart seiner unermüdlichen Pflegerin vereitelt worden.

Aufgrund seiner wachsenden Unruhe schien jedes Geräusch im Zimmer überlaut – das Knarren der Bank am Fenster, wenn Miss Wickersham sich tiefer in die Kissen lehnte, das saftige Knacken, wenn sie ihre Zähne herzhaft in die feste Schale eines Apfels grub, das leise Rascheln von Papier, wenn sie eine Seite ihres Buches umblätterte.

Wenn er Erinnerung mit Phantasie kombinierte, konnte Gabriel sie beinahe vor seinem geistigen Auge sehen, wie sie an genau der Stelle saß, die er selbst als Kind so oft eingenommen hatte, als dieses Zimmer noch das Schlafzimmer seiner Eltern gewesen war. Der Milchglasschirm der Argand-Lampe auf dem schmalen Tischchen warf einen behaglich gedämpften Lichtschein um sie, hielt die Schatten in Schach. Vermutlich hatte sie ihre Füße unter sich gezogen, um sie vor der feuchten Kälte zu schützen, die an regnerischen Tagen durch die Ritzen drang. Als sie wieder von ihrem Apfel abbiss, sah er ihre kräftigen weißen Zähne genau vor sich, wie sie sich in die knackige rote Schale bohrten; er sah ihre kleine rosa Zunge hervorschnellen, um den Tropfen Saft an ihrem Mundwinkel aufzufangen.

Vermutlich trug sie einen dieser lächerlich kleinen, spitzenbesetzten Leinenfetzen, den Frauen als Häubchen bezeichnen, auf ihrem Haar. Aber so sehr Gabriel sich auch bemühte, das Gesicht darunter vermochte er sich nicht vorzustellen.

Mit seinen langen Fingern trommelte er auf die Bettdecke, und seine Frustration nahm zu. Er räusperte sich, aber es war nur das erneute Rascheln von Papier zu hören, als sie weiterblätterte. Er räusperte sich noch einmal, diesmal mit dem Nachdruck eines Pistolenschusses.

Seine Bemühungen wurden mit einem leidgeprüften

Seufzer belohnt. »Sind Sie sich wirklich ganz sicher, dass ich Ihnen nicht doch etwas vorlesen soll, Mylord?«

»Nein, danke«, erwiderte er die Nase rümpfend. »Dann würde ich mir wie ein kleines Kind vorkommen.«

Samanthas Schulterzucken war beinahe hörbar. »Wie Sie wollen. Ich möchte Sie um Himmels willen nicht bei Ihrem Geschmolle stören.«

Er ließ ihr gerade genug Zeit, sich wieder in die Geschichte zu vertiefen, ehe er wissen wollte: »Was lesen Sie denn da?«

»Ein Schauspiel. Thomas Mortons *Eile geboten*. Es ist eine recht spritzige Gesellschaftskomödie.«

»Im Theatre Royal in der Drury Lane habe ich einmal eine Aufführung davon gesehen. Sie werden gewiss feststellen, dass es sehr viele Gemeinsamkeiten zwischen Mrs. Grundy und Ihnen gibt«, sagte er; er verwies damit auf die Galionsfigur des prüden Anstands in dem Stück, die nie tatsächlich auf der Bühne erschien. »Ich hätte gedacht, eine Tragödie von Goethe etwa wäre mehr nach Ihrem Geschmack. So ein grimmiges Moralstück, in dem irgendein armer Tropf ewig im Fegefeuer schmoren muss, nur weil er flüchtig ein Stück Strumpf gesehen hat oder irgendeine andere ähnlich unverzeihliche Sünde begangen hat.«

»Ich ziehe es vor zu glauben, dass keine Sünde unverzeihlich ist.«

»Dann beneide ich Sie um Ihre Unschuld«, antwortete er und stellte überrascht fest, dass er das wirklich tat.

Das Geräusch einer weiteren Seite, die umgeblättert wurde, verriet ihm, dass sie lieber weiterlas, anstatt mit ihm zu streiten. Er schickte sich gerade darein, ein ausgedehntes Nachmittagsschläfchen zu machen, als sie laut auflachte.

Gabriel runzelte die Stirn. Der volle Klang berührte ihn stärker, als er es erwartet hätte. Er zog ein Bein an, wobei die angehobene Decke seinen Unterleib verbarg. »War das ein Lachen, oder ist Ihnen der Apfel im Halse stecken geblieben?«

»Ach, nichts«, erklärte sie obenhin. »Nur eine besonders witzige Stelle.«

Nach einem weiteren fröhlichen Glucksen erkundigte er sich barsch: »Und? Halten Sie es nicht für ein Zeichen von schlechten Manieren, eine derartige literarische Brillanz für sich zu behalten?«

»Ich dachte, Sie wollten nichts vorgelesen bekommen.«

»Schreiben Sie es meiner morbiden Neugierde zu. Mich bringt der Wunsch schier um zu erfahren, was eine so humorlose Person wie Sie amüsiert.«

»Nun gut.«

Während sie einen witzigen Wortwechsel zwischen zwei Brüdern vortrug, die beide derselben Dame ihr Herz geschenkt hatten, bemerkte Gabriel zu seiner Überraschung, dass seine Pflegerin ihre wahre Berufung verfehlt hatte. Sie hätte zur Bühne gehen sollen. Ihre komische Betonung ließ jede Figur lebendig werden. Ehe es ihm bewusst wurde, hatte Gabriel sich im Bett aufgesetzt und lehnte sich vor.

Mitten in einem spritzigen Wortgefecht brach sie ab. »Ach, verzeihen Sie bitte. Ich wollte gar nicht so weit lesen und so lange Ihre Ruhe stören.«

Mit einem Winken tat er ihre Entschuldigung ab, da er gespannt darauf wartete, wie die Szene zu Ende ging. »Sie können genauso gut bis zum Schluss weiterlesen. Ich denke, Ihr Gestammel ist meinen eigenen Gedanken vorzuziehen.«

»Ich kann mir gut vorstellen, dass sie Ihnen schnell langweilig werden.«

Gabriel musste seine Phantasie nicht über Gebühr bemühen, um sich ihre selbstzufriedene Miene vorzustellen, als sie sich wieder über ihr Buch beugte. Aber wenigstens tat sie, was er verlangt hatte; sie las an der Stelle weiter, wo sie soeben aufgehört hatte, bis zum Ende des Stückes. Am Schluss des letzten Aktes seufzten sie beide befriedigt.

Als Samantha schließlich das Wort ergriff, hatte ihre Stimme die Härte verloren. »Langeweile muss Ihr schlimmster Feind sein, Mylord. Vor dem Krieg waren Sie gewiss mit vielerlei ... *Vergnügungen* beschäftigt.«

Bildete er es sich nur ein, oder sprach sie das Wort beinahe zärtlich aus? »Langeweile *war* mein schlimmster Feind. Bis Sie nach Fairchild Park kamen.«

»Wenn Sie es mir nur gestatten würden, könnte ich Ihnen helfen, die Eintönigkeit ein wenig zu lindern. Ich könnte mit Ihnen Spaziergänge durch den Park unternehmen. Ich könnte Ihnen jeden Nachmittag vorlesen. Mein Gott, ich könnte Ihnen sogar bei Ihrer Korrespondenz helfen, wenn Sie wollen! Es gibt bestimmt jemanden, der gerne von Ihnen hören würde. Ihre Offizierskameraden? Ihre Familie? Ihre Freunde in London?«

»Warum ihnen die lieben Erinnerungen an mich verderben?«, fragte er spöttisch. »Wenn sie an mich denken, stellen sie sich mich mit Sicherheit lieber tot vor.«

»Seien Sie nicht albern«, schalt sie ihn. »Ich bin mir ganz sicher, dass sie sich alle sehr über eine kurze Nachricht von Ihnen freuen würden, dass es Ihnen gut geht.«

Gabriel lauschte verwundert ihren energischen Schritten, mit denen sie das Zimmer durchquerte. Bis er hörte, wie die Schublade des Schreibtisches aufgezogen wurde.

Ohne lange nachzudenken, einzig seinem Instinkt gehorchend, warf er die Decke zur Seite und machte einen Satz in Richtung des Geräusches. Dieses Mal schärfte die Verzweiflung seine Sinne, anstatt sie zu beeinträchtigen. Seine Hand fand mit Leichtigkeit den Griff und stieß die Schublade zu. Er wollte gerade erleichtert aufatmen, als er merkte, dass das weiche Etwas, das da zwischen seinen ausgestreckten Armen gefangen war, niemand anderes als seine Pflegerin war.

7

Meine liebste Cecily,
jetzt, da ich mich erkühnt habe, Sie mit Ihrem Vornamen anzusprechen, darf ich mich nun der Hoffnung hingeben, dass Ihre vollen Lippen meinen Namen formen werden?

Einen Augenblick war Samantha so verblüfft, dass sie beinahe zu atmen vergaß. Das hypnotisierende Prasseln des Regens, das gemütliche Dämmerlicht im Raum, die Wärme von Gabriels Atem in ihrem Haar, das alles verwob sich miteinander, hüllte sie ein wie in einen schützenden Kokon aus Nebel, in dem die Zeit jegliche Macht und Bedeutung verlor. Gabriel schien genauso darin gefangen wie sie. Sie hatte darauf bestanden, dass er heute Morgen ein Hemd anzog, aber nicht, dass er es auch zuknöpfte. Die breite Brust, die sich an ihren Rücken drückte, bewegte sich nicht. Seine Hände ruhten immer noch auf der Schreibtischschublade, die Muskeln und Sehnen an seinen Unterarmen traten hervor.

Obwohl ihre seltsame Haltung keine Umarmung war, drängte sich Samantha der Gedanke auf, wie leicht es für ihn wäre, seine Arme von hinten um sie zu schlingen und sie an seinen heißen Körper zu ziehen, bis ihr nichts mehr anderes übrig blieb, als sich an ihn zu schmiegen und mit ihm zu verschmelzen.

Sie machte sich steif. Sie war keine Debütantin mit weichen Knien und umflortem Blick, die nur darauf wartete, von dem ersten Gentleman verführt zu werden, der mit dem Finger schnippte.

»Entschuldigen Sie, Mylord«, sagte sie fest und brach den gefährlichen Bann, der sie beide gefangen hielt. »Ich wollte nicht neugierig sein. Ich habe nur nach Tinte und Briefpapier gesucht.«

Gabriel ließ seine Arme sinken, doch es war Samantha, die rasch einen Schritt zur Seite trat und somit Abstand zwischen sie beide zu legen versuchte. Ohne seine Wärme schien ihr die feuchte Kälte, die sie zuvor kaum wahrgenommen hatte, bis in die Knochen zu dringen, sodass sie sich alt und spröde anfühlten. Sie ließ sich wieder auf der Bank am Fenster nieder, zog die Beine an und schlang ihre Arme darum, einen Schauer unterdrückend.

Gabriel stand still da, als sei er tief in Gedanken versunken. Dann jedoch, anstatt sie für ihre Einmischung zurechtzuweisen, wie sie es eigentlich erwartet hätte, zog er die Schublade auf. Seine Hände fanden, ohne überhaupt zu suchen, unverzüglich den Inhalt. Als er sich umdrehte und das dicke Bündel in ihre Richtung warf, war Samantha so erstaunt, dass sie es fast nicht aufgefangen hätte.

»Wenn Sie etwas Lustiges lesen wollen, können Sie es gerne mit denen hier versuchen.« Obwohl Verachtung Gabriels Miene verdüsterte, spürte Samantha, dass nicht sie der Grund war. »Ich denke, Sie werden entdecken, dass diese Briefe all die Elemente enthalten, die man gewöhnlich in einer Farce findet – scharfsinnige Wortgefechte, eine heimliche Werbung, einen Mitleid erregenden Narr, der bereit ist, alles aufs Spiel zu setzen, um das Herz seiner Liebsten zu gewinnen – selbst sein Leben.«

Sie blickte auf das mit einem Seidenband zusammengehaltene Bündel Briefe. Das Leinenbriefpapier war abgenutzt, aber dennoch gut erhalten, als ob die Briefe oft gelesen, aber mit großer Sorgfalt behandelt worden wären. Als Samantha sie von allen Seiten betrachtete, stieg ihr das Parfum einer Frau in die Nase, so betörend und süß wie die ersten Gardenien der Saison.

Gabriel zog den Stuhl unter dem Schreibtisch hervor, drehte ihn um und setzte sich rittlings darauf. »Los«, verlangte er und nickte ihr aufmunternd zu. »Wenn Sie sie laut lesen, haben wir beide etwas zu lachen.«

Samantha spielte mit den Enden des Seidenbandes – eines Bandes, das einmal durch die vollen Locken einer Frau gewunden gewesen war. »Ich glaube kaum, dass es recht ist, wenn ich Ihre private Korrespondenz lese.«

Er zuckte die Schultern. »Wie Sie wollen. Manche Stücke wirken ohnehin besser, wenn sie aufgeführt werden, statt nur gelesen. Warum fange ich nicht einfach mit dem ersten Akt an?« Er verschränkte die Arme und legte sie auf die Stuhllehne, seine Miene hart und kühl.

»Der Vorhang hob sich vor drei Jahren, als wir uns während der Saison bei einer Hausgesellschaft auf Lord Langleys Landsitz kennen lernten. Sie war so ganz anders als die anderen Mädchen, die ich kannte. Die meisten von ihnen hatten keinen vernünftigeren Gedanken in ihrem hübschen Kopf, als sich unter allen Umständen einen wohlhabenden Ehemann zu angeln, bevor die Saison zu Ende ging. Sie aber war warmherzig und klug, witzig und belesen. Mit ihr konnte man sich über Poesie und Politik gleichermaßen angeregt unterhalten. Wir haben nur einmal getanzt, und ohne mir auch nur einen Kuss zu gewähren, hat sie mir mein Herz gestohlen.«

»Und haben Sie auch das ihre gestohlen?«

Seine Lippen verzogen sich zu einem reumütigen Halblächeln. »Ich habe mir ernsthaft Mühe gegeben. Aber leider ist mir mein Ruf eines Lebemanns und Frauenhelden vorausgeeilt. Da ich ein Earl bin und sie die Tochter eines einfachen Barons, konnte sie nicht glauben, dass ich nicht bloß mit ihren Gefühlen spielen wollte.«

Samantha wusste nicht, ob sie dem Mädchen daraus einen Vorwurf machen konnte. Der Mann auf dem Porträt in der Galerie hatte vermutlich mehr als die ihm zustehende Anzahl von Herzen erobert ... und gebrochen. »Eigentlich hätte ich gedacht, sie und ihre Familie wären überglücklich, die Aufmerksamkeit eines so angesehenen – und reichen – Edelmannes errungen zu haben.«

»Ich auch«, gestand Gabriel. »Aber es scheint, dass ihre ältere Schwester in einen unglückseligen Skandal verwickelt war, in dem ein Viscount, ein Rendezvous bei Mondschein und die erboste Gattin des Viscounts eine Rolle spielten. Der sehnlichste Wunsch ihres Vaters war daher, dass seine jüngere Tochter einen soliden Gutsherrn oder vielleicht gar einen Kirchenmann heiratete.«

Flüchtig erschien vor Samanthas Auge das Bild von Gabriel in dem Talar eines Pfarrers – eine Vorstellung, die sie zum Lachen reizte. »Ich kann verstehen, warum Sie in diesem Fall so etwas wie eine Enttäuschung für ihn dargestellt haben.«

»Genau. Da ich sie weder mit meinem Titel noch mit meinem Charme umstimmen konnte, begann ich, sie mit Worten zu umwerben. Mehrere Monate lang schickten wir einander Briefe.«

»Im Geheimen, natürlich.«

Er nickte. »Wäre es bekannt geworden, dass sie im

Briefwechsel mit einem Gentleman stand, besonders mit einem von meinem Ruf, wäre es um ihren guten Namen geschehen gewesen.«

»Dennoch war es ein Risiko, das sie bereitwillig eingegangen ist«, betonte Samantha.

»In Wahrheit, denke ich, haben wir beide den Reiz des Spiels genossen. Wir trafen uns manchmal zufällig auf einem Ball oder einer Abendgesellschaft, murmelten ein paar höfliche Bemerkungen und heuchelten ansonsten Gleichgültigkeit. Niemand wusste, dass ich mich danach sehnte, sie in den nächsten mondbeschienenen Garten oder versteckten Alkoven zu ziehen und sie bis zur Besinnungslosigkeit zu küssen.«

Der heisere Ton in seiner Stimme sandte einen dunklen Schauer durch Samanthas Körper. Obwohl sie sich bemühte, gegen die Versuchung anzukämpfen, sah sie, wie sich Gabriel mit der Hand durch sein goldbraunes Haar fuhr, während er in einem dämmerigen Alkoven auf und ab schritt. Sie sah seine Augen in Vorfreude aufleuchten, wenn er den Gardenienduft des Parfums seiner Liebsten einatmete. Sie spürte die Kraft seiner Arme um sich, wenn er sie packte und zu sich hinter den Vorhang zog. Hörte ihn tief in der Kehle aufstöhnen, wenn ihre Lippen oder ihre Körper sich streiften, verzehrt von der unwiderstehlichen Lust am Verbotenen.

»Man hätte meinen können, dass mir eine so unschuldige Verbindung bald langweilig geworden wäre. Aber ihre Briefe verhexten mich.« Er schüttelte den Kopf, sah aufrichtig erstaunt aus. »Ich hätte es mir nie träumen lassen, dass der Verstand einer Frau so vielschichtig oder faszinierend sein könnte. Meine Mutter und meine Schwestern haben sich selten mit etwas Anspruchsvollerem beschäftigt als mit dem neusten Klatsch bei Almack's oder den jüngsten Modezeichnungen, die aus Paris zu uns geschmuggelt worden waren.«

Samantha verkniff sich ein Lächeln. »Die Entdeckung muss ja ein ziemlicher Schock für Sie gewesen sein – dass eine Frau einen ebenso scharfen Verstand wie Sie selbst besitzen kann.«

»Das war es in der Tat«, gestand er, und sein Tonfall verriet, dass ihm ihr Sarkasmus nicht ganz entgangen war. »Nach mehreren Monaten dieser köstlichen Qual habe ich ihr geschrieben und versucht, sie zu überreden, mit mir nach Gretna Green zu fliehen. Sie weigerte sich, war aber nicht so grausam, mich ganz ohne Hoffnung zu lassen. Sie schwor einzuwilligen, selbst gegen den Willen ihres Vaters meine Braut zu werden, wenn ich beweisen könnte, dass ich noch an etwas anderem in meinem Leben Interesse hätte als an meinem nächsten Gewinn beim Glücksspiel, wenn ich für etwas eine Leidenschaft an den Tag legte, das nichts mit Pferden zu tun hatte, Jagdhunden oder hübschen Operettentänzerinnen.«

»Wie überaus großzügig«, murmelte Samantha.

Gabriel runzelte die Stirn. »Sie traute meinen Gefühlen immer noch nicht ganz. Egal wie leidenschaftlich ich ihr meine Liebe schwor, ein Teil von ihr glaubte nur allzu gern, dass ich ein verantwortungsloser Wüstling sei, der alles geerbt hatte, was von Bedeutung war – Titel, Reichtum, gesellschaftliches Ansehen.« Er zog selbstironisch eine Augenbraue hoch, sodass sich die Haut um seine Narbe spannte. »Selbst mein gutes Aussehen.«

In Samanthas Magen machte sich ein unangenehmes Brennen bemerkbar. »Also haben Sie beschlossen, ihr das Gegenteil zu beweisen.«

Er nickte. »Ich bin in die Marine Seiner Majestät eingetreten.«

»Warum die Marine? Ihr Vater hätte Ihnen ein Offizierspatent in einem prestigeträchtigen Regiment in der Armee kaufen können.«

»Und was hätte das bewiesen? Dass sie in ihrer Einschätzung von mir Recht hatte? Dass ich unfähig war, etwas aus eigener Kraft zu erreichen, mit meinen Fertigkeiten? Wenn das mein Ziel gewesen wäre, hätte ich in die Armee gehen und die Rolle des Helden spielen können. Nichts ist mit einer gestärkten Uniform und einem Stück Goldtresse auf der Schulter eines Mannes zu vergleichen, wenn es darum geht, einer Frau den Kopf zu verdrehen.«

Samantha sah ihn im Geiste einen überfüllten Ballsaal betreten, seinen Hut unter dem Arm, das goldbraune Haar im Licht der Kerzen schimmernd. Seine wohl geformte Gestalt hatte gewiss alle unverheirateten Damen im Raum erröten und hinter ihren Fächern seufzen lassen.

»Aber Sie wussten, dass Ihrer Herzensdame der Kopf nicht so leicht zu verdrehen war«, riet sie.

»Wie sie ja auch nicht leicht zu gewinnen war. Also bin ich unter Nelson zur See gefahren, zuversichtlich, dass sie bei meiner Rückkehr bereit wäre, meine Frau zu werden. Da ich wusste, dass wir mehrere Monate lang getrennt sein würden, habe ich ihr einen Brief zum Abschied geschrieben, sie gebeten, auf mich zu warten. Ich versprach ihr, dass ich entschlossen sei, der Mann zu werden – und der Held –, den sie verdiente.« Er setzte zu einem schiefen Lächeln an. »Und so endet der erste Akt. Es gibt eigentlich keinen Grund fortzufahren, nicht wahr? Sie wissen, wie die Geschichte ausgeht.«

»Haben Sie sie je wiedergesehen?«

»Nein«, antwortete er ohne jede Ironie. »Aber sie mich. Nachdem man mich zurück nach London gebracht hatte, kam sie ins Krankenhaus. Ich weiß nicht, wie lange ich schon dort war. Die Tage und Nächte ließen sich nicht unterscheiden, dehnten sich gleich endlos dahin.« Er berührte seine Narbe mit einem Finger. »Mit meinem zerstörten Gesicht und den blicklosen Augen muss ich scheußlich ausgesehen haben. Ich bezweifle, dass sie überhaupt ahnte, dass ich bei Bewusstsein war. Ich hatte noch nicht einmal genug Kraft, um zu sprechen. Trotzdem konnte ich ihr Parfum riechen – wie ein Frühlingshauch in dem höllischen Gestank nach Kampfer und fauligen Wunden.«

»Was hat sie getan?«, erkundigte sich Samantha flüsternd.

Gabriel legte sich eine Hand aufs Herz. »Hätte ein gefühlsduseliger Schriftsteller die Szene erdacht, hätte sie sich mir zweifellos an den Hals geworfen und mir ewige Liebe geschworen. Doch in Wahrheit ist sie einfach davongelaufen. Dabei war das gar nicht nötig, wissen Sie. Unter diesen Umständen hätte ich niemals von ihr verlangt, ihre Verpflichtung mir gegenüber in Ehren zu halten.«

»Verpflichtung?«, wiederholte Samantha und bemühte sich, ihren Zorn zu zügeln. »Ich dachte, eine Verlobung sei ein Versprechen zwischen zwei Menschen, die einander lieben.«

Er lachte humorlos. »Dann sind Sie naiver, als ich es war. Da unsere Verlobung geheim war, blieben ihr immerhin die Bloßstellung und der Skandal erspart, die eine öffentliche Auflösung mit sich gebracht hätte.«

»Welch ein glücklicher Umstand für sie.«

Gabriels Augen trübten sich; es war fast, als könnten sie irgendwie die Vergangenheit klarer sehen als die Gegenwart. »Manchmal überlege ich, ob ich sie überhaupt wirklich gekannt habe. Vielleicht habe ich sie mir ja nur eingebildet. Irgendwie habe ich sie mir aus einem schön gedrechselten Satz und der Phantasie eines gestohlenen Kusses erschaffen – meinen Traum von einer vollkommenen Frau.«

»Ich nehme an, sie war schön?«, fragte Samantha, obwohl sie die Antwort schon kannte.

Gabriels Kinn schob sich vor, doch seine Stimme wurde sanft. »Wunderschön. Ihr Haar war von einem warmen Honigblond, ihre Augen wie das Meer unter dem Sommerhimmel und ihre Haut so weich ...«

Mit einem Blick auf ihre eigenen rauen Hände räusperte sich Samantha. Sie war kaum in der Stimmung, dazusitzen und zuzuhören, wie er von Eigenschaften schwärmte, die ihr gänzlich abgingen. »Und was ist aus diesem Ausbund an weiblichen Tugenden geworden?«

»Ich nehme an, sie ist in den Schoß ihrer Familie nach Middlesex heimgekehrt, wo sie nun vermutlich den hiesigen Friedensrichter heiratet und auf einen bescheidenen Landsitz zieht, um einer Bande praktisch denkender Bälger mit Puddinggesicht das Leben zu schenken.«

Doch keines davon würde das Raphaelsgesicht eines Engels oder meergrüne Augen umgeben von einem Kranz vergoldeter Wimpern besitzen. Deswegen sah sich Samantha versucht, die Frau beinahe zu bemitleiden. Beinahe.

»Sie war eine Närrin.«

»Wie bitte?« Gabriel zog eine Augenbraue hoch, offensichtlich wegen ihrer sachlich klingenden Erklärung erstaunt.

»Das Mädchen war eine Närrin«, wiederholte Samantha mit noch mehr Nachdruck. »Und Sie sind ein noch größerer Narr, wenn Sie Ihre Zeit damit verschwenden, einem frivolen Geschöpf wie ihr nachzutrauern, dem vermutlich mehr an hübschen Ballkleidern und den Ausfahrten in den Park lag als an Ihnen.« Samantha erhob sich und ging den Raum zu ihm hinüber. Dann klatschte sie ihm mit dem Stapel Briefe auf den Handrücken. »Wenn Sie nicht wollen, dass jemand aus Versehen über Ihren sentimentalen Schatz stolpert, dann rate ich Ihnen, das hier unter Ihrem Kopfkissen aufzuheben.«

Gabriel rührte keinen Finger, um die Briefe zu nehmen. Er starrte einfach geradeaus, das Kinn vorgeschoben. Seine Nasenflügel bebten, aber sie konnte nicht sagen, ob es vor Ärger war oder um den üppigen Duft einzuatmen, der von dem parfümierten Briefpapier aufstieg. Sie fragte sich schon, ob sie wohl zu weit gegangen war, als er plötzlich die Briefe fortschob.

»Vielleicht haben Sie ja Recht, Miss Wickersham. Schließlich haben diese Briefe so gut wie keinen Nutzen für einen Blinden. Warum nehmen Sie sie nicht?« Samantha zuckte zurück. »*Ich?* Was um alles auf der Welt soll ich denn mit ihnen anfangen?«

Gabriel stand auf, sodass er sie überragte. »Warum sollte mich das kümmern? Werfen Sie sie in den Mülleimer oder verbrennen Sie sie im Kamin, wenn Sie wollen. Schaffen Sie sie mir einfach« – ein reuiges Lächeln spielte um seine Lippen, bevor er leiser fortfuhr – »aus den Augen.«

Samantha saß in ihrem verblassten Baumwollnachthemd auf der Kante ihres Bettes und starrte auf den Packen Briefe in ihrer Hand. Vor ihrem Fenster war der Nachthimmel schwarz wie Pech. Regen trommelte gegen die Fensterscheiben, als triebe ihn der Wind, all die zu strafen, die außerhalb seiner Reichweite waren. Trotz des gemütlichen Feuers, das im Kamin prasselte, fror Samantha bis auf die Knochen.

Ihre Finger spielten mit dem ausgefransten Ende des Seidenbandes, mit dem die Briefe zusammengehalten wurden. Gabriel hatte sie ihr anvertraut, um sie zu vernichten. Es wäre unrecht, wenn sie dieses Vertrauen brach.

Sie zog an den Bändern. Die Seide ging auf, und die Briefe fielen ihr in den Schoß. Ihre Brille absetzend, faltete sie den obersten vorsichtig auf, wobei ihr die Hände zitterten. Die schwungvolle Handschrift einer Frau bedeckte das Leinenpapier. Der Brief trug als Datum den 20. September 1804, fast ein Jahr vor Trafalgar. Bei aller Eleganz waren die Worte übertrieben schräg geschrieben.

Mein liebster Lord Sheffield,
in Ihrer letzten ziemlich anmaßenden Nachricht behaupteten Sie, mich wegen meiner »vollen Lippen« zu lieben und meiner »rauchig blauen Augen«. Dennoch fühle ich mich genötigt zu fragen: »Werden Sie mich immer noch lieben, wenn eben diese Lippen nicht leidenschaftlich gespitzt, sondern vom Alter faltig sind? Werden Sie mich noch lieben, wenn das Blau meiner Augen verblasst ist, nicht aber meine Zuneigung zu Ihnen, die ungemindert bleibt?«
Ich kann Sie beinahe lachen hören, während Sie durch Ihr Stadthaus schreiten, Ihren Dienstboten Anweisungen mit der Arroganz erteilen, die ich ebenso unerträglich wie auch unwiderstehlich finde. Zweifellos werden Sie Ihren Abend darauf verschwenden,

irgendeine geistreiche Antwort zu verfassen, die dazu angetan ist, mich zu becircen und zu entwaffnen. Tragen Sie diesen Brief in Ihrem Herzen, Mylord, denn Sie weilen auf ewig in meinem.

Ihre
Cecily March

Cecily hatte der Versuchung nicht widerstehen können, ihren Namen schwungvoll unter den Brief zu setzen, sodass sich in dem verschnörkelten Schriftzug nun ihre Jugend verriet. Samantha zerknüllte den Brief in der Hand. Sie verspürte kein Mitleid mit dem Mädchen, nur Verachtung für das dumme junge Ding. Ihre neckischen Versprechen hatten einen zu hohen Preis gefordert. Sie war nicht besser als ein edles Fräulein aus dem Mittelalter, das ihrem Ritter ihr seidenes Tuch als Liebespfand um den Arm bindet, um ihn dann in die Schlacht und in den sicheren Tod zu senden.

Die Briefe zusammenschiebend, erhob sich Samantha und ging zum Kamin. Sie wünschte sich nichts mehr, als sie zu Asche zu verbrennen, wie sie es verdienten, so zu tun, als ob das oberflächliche, eingebildete Mädchen nie gelebt hätte. Aber als sie sich anschickte, sie in die flackernden Flammen zu werfen, hielt etwas sie zurück.

Sie dachte an die langen Monate, die Gabriel sie gehütet hatte, die Eifersucht, mit der er sie vor neugierigen Blicken bewahrt hatte, den hilflosen Hunger in seiner Miene, als er ihren Duft eingeatmet hatte. Es war fast so, als würde ihre Vernichtung das Opfer mindern, das er gebracht hatte, um das Herz der Verfasserin zu gewinnen.

Sie drehte sich um und ließ ihre Augen durch die schmale Kammer schweifen. Sie hatte nach Gabriels Unfall ihre

Reisetruhe nie mehr ganz ausgepackt, da sie es einfacher fand, aus der Truhe zu leben, als alles wieder in dem hohen Schrank in der Zimmerecke zu verstauen. Sie kniete sich neben die mit Leder bespannte Kiste und schob die Briefe wieder in das Band, das sie dann achtlos verknotete. Sie legte sie in die Truhe, und zwar so tief unten, dass niemand sie zufällig finden konnte.

8

Meine liebste Cecily,
es fällt mir schwer zu glauben, dass Ihre Mutter Ihren Vater nicht mit seinem Vornamen anzusprechen wagte, bis sie ihm fünf Kinder geboren hatte …

Als Samantha am nächsten Morgen Gabriels Schlafzimmer betrat, fand sie ihn vor dem Ankleidetischchen, ein Rasiermesser an der Kehle.

Das Herz schlug ihr bis zum Hals. »Nein, Mylord! Tun Sie es nicht! Heute lasse ich Sie ganz bestimmt aus dem Bett. Versprochen!«

Gabriel drehte sich zu dem Klang ihrer Stimme um, ohne das Rasiermesser zu senken. »Wissen Sie, was einer der größten Vorteile ist, blind zu sein?«, fragte er augenzwinkernd. »Man braucht keinen Spiegel mehr zum Rasieren.«

Es mochte ja stimmen, dass er keinen Spiegel brauchte, doch das hielt die glänzende Oberfläche über dem Ankleidetisch nicht davon ab, seine Züge liebevoll abzubilden. Wie gewöhnlich hatte er sich nicht die Mühe gemacht, die Knöpfe an seinem Hemd zu schließen. Das elfenbeinfarbene Leinen klaffte auf, gab großzügig den Blick frei auf ein Stück breite, goldbestäubte Männerbrust und den Ansatz eines muskulösen Bauches.

Samantha marschierte durch den Raum und legte ihre

kleine Hand auf seine große, um ihn zu hindern, sich die Rasierklinge erneut ans Kinn zu halten. »Geben Sie das mir, bevor Sie sich die Kehle aufschlitzen. Zum wiederholten Mal.«

Er weigerte sich loszulassen. »Und wieso sollte ich glauben, dass Sie das nicht einfach für mich erledigen wollen?«

»Wenn ich Sie einen Kopf kürzer mache, dann kürzt mir Ihr Vater sicher das Gehalt.«

»Oder er verdoppelt es.«

Sie zog stärker, bis Gabriel ihr zögernd die Klinge mit dem Perlmuttgriff überließ.

Samantha benutzte einen passenden Pinsel, um nach Wacholder duftende Rasierseife schaumig zu schlagen und auf seinen drei Tage alten Bartwuchs aufzutragen, wobei sie den Verband sorgsam aussparte. Unter ihrer erfahrenen Hand glitt die Klinge mühelos durch die goldblonden Stoppeln und legte das energische Kinn frei. Seine Haut war glatt, aber fest, völlig anders als ihre eigene. Um die Vertiefung unter seinem Ohr zu erreichen, war sie gezwungen, sich über ihn zu beugen. Ihre Brust streifte seine Schulter.

»Warum dieses plötzliche Interesse an einer gepflegten Erscheinung?«, fragte sie, um einen lockeren Tonfall bemüht, denn sie wollte ihre unvermittelte Atemlosigkeit überspielen. »Hegen Sie insgeheim den Wunsch, ein neuer Beau Brummell zu werden, ein Dandy?«

»Beckwith hat Nachricht von meinem Vater. Die Gruppe Ärzte, deren Dienste er sich versichert hat, ist vom Kontinent zurückgekehrt. Sie möchten mich heute Nachmittag sprechen.«

Sein ausdrucksvolles Gesicht war reglos geworden. Da

sie ihm helfen wollte, seine hoffnungsvolle Zuversicht zu verbergen, nahm Samantha ein Handtuch und wischte ihm die Seifenreste vom Gesicht. »Wenn Sie sie nicht mit Ihrem guten Aussehen bestechen können, gewinnen Sie sie vielleicht mit Ihrer Gastfreundschaft und Ihren geschliffenen Manieren für sich, so wie Sie es ja auch bei mir getan haben.«

»Geben Sie her!«, schimpfte Gabriel, als sie ihm damit unnötig grob über Mund und Nase rieb. »Was tun Sie denn da? Wollen Sie mich ersticken?«

Gerade in dem Moment, als sie sich vorbeugte, griff er über seine Schulter. Aber statt das Handtuch zu fassen zu bekommen, schlossen sich seine Finger makellos um ihre weiche Brust.

Als er hörte, dass Samanthas Atem in ein überraschtes Quieken überging, erstarrte Gabriel. Doch die sengende Hitze, die von seinem Herzen in seine Lenden schoss, riss ihn schnell aus dieser Starre. Obwohl er es nicht für möglich gehalten hätte, spürte er seine Wangen rot anlaufen wie bei einem Schuljungen.

Er hatte schon üppigere Brüste liebkost, aber keine, die so perfekt in seine Hand passte. Seine Finger schmiegten sich um die weiche Fülle, als wären sie dazu geschaffen. Obwohl er es nicht wagte, auch nur einen dieser Finger zu rühren, fühlte er durch den Stoff ihres Oberteils hindurch, wie sich ihre Brustspitze verhärtete.

»O je!«, entfuhr es ihm leise. »Das ist nicht das Handtuch, oder?«

Sie schluckte hörbar, und ihre heisere Stimme tönte dicht an seinem Ohr. »Nein, Mylord. Ich fürchte nicht.«

Er hatte keine Ahnung, wie lange sie so stehen geblieben wären, wäre Beckwith nicht eingetreten. »Ich war mir nicht sicher, welches Sie möchten, Mylord«, sagte er mit – wie Gabriel vermutete – gedämpfter Stimme wegen des hohen Stapels Hemden, den er vor sich her trug. »Daher habe ich Meg alle waschen lassen.«

Während die festen Schritte des Butlers Zeugnis von seinem Weg durch den Raum zum Ankleidezimmer ablegten, fuhren Samantha und Gabriel auseinander, als seien sie *in flagranti* ertappt worden.

»Sehr gut, Beckwith«, sagte Gabriel und sprang auf, wodurch etwas klirrend zu Boden fiel.

Er hätte zehn Jahre seines Lebens gegeben, wenn er in diesem Augenblick den Gesichtsausdruck seiner Pflegerin hätte sehen können. War es ihm schließlich doch gelungen, sie aus der Fassung zu bringen? Waren ihre daunenweichen Wangen gerötet? Und wenn ja, war das die Folge von Verlegenheit oder von Verlangen?

Er konnte hören, wie sie sich entfernte, zur Tür ging. »Wenn Sie mich entschuldigen wollen, Mylord, es gibt da ein paar Sachen, um die ich mich kümmern muss ... unten, wissen Sie ... darum gehe ich besser und lasse Sie zum Auskleiden ... Ankleiden, meine ich ... allein.« Ein dumpfer Schlag war zu hören, als sei jemand gegen den Türrahmen gerannt, gefolgt von einem erstickten »Au!«, dann das Geräusch des Öffnens und Schließens der Tür.

In dem Moment kam Beckwith aus dem Ankleidezimmer. »Wie merkwürdig«, murmelte der Butler.

»Was ist?«

»Es ist ganz seltsam, Mylord. Ich habe Miss Wickersham noch nie so aufgelöst und mit so hochrotem Kopf gesehen. Meinen Sie, sie bekommt Fieber?«

»Das will ich nicht hoffen«, entgegnete Gabriel grimmig. »Bedenkt man, wie viel Zeit ich in ihrer Gegenwart verbracht habe, müsste ich nämlich befürchten, mich mit derselben Krankheit angesteckt zu haben.«

Ein harmloser Irrtum.

Das war alles gewesen. Wenigstens redete sich Samantha das immer wieder ein, während sie im Foyer auf und ab schritt und darauf wartete, dass Gabriel erschien. Die Ärzte waren vor fast einer Stunde aus London eingetroffen und warteten nun in der Bibliothek auf ihn. Samantha war nicht in der Lage gewesen, aus ihrem Benehmen, ihrem höflichen Nicken und den unergründlichen Mienen zu schließen, welche Nachrichten sie brachten.

Ein harmloser Irrtum, wiederholte sie im Geiste, blieb jäh stehen, wobei sie um Haaresbreite die völlig schuldlose Topfpflanze umgerannt hätte. Aber daran, wie sich ihr Puls und ihr Atem unter Gabriels Berührung beschleunigt hatten, war nichts harmlos gewesen. Ebenso wenig wie die Spannung harmlos gewesen war, die mit einem Mal zwischen ihr und Gabriel entstanden war, sodass sich die Luft so geladen angefühlt hatte wie vor einem Sommergewitter.

Da sie hinter sich Schritte hörte, drehte sie sich um. Gabriel kam die Treppe herunter, eine Hand auf dem schimmernden Mahagonigeländer. Wenn sie nicht gewusst hätte, dass er blind war, hätte sie es nicht vermutet. Sein Schritt war zuversichtlich, hoch erhobenen Hauptes kam er daher. Beckwith folgte ihm mit einem stolzen Lächeln.

Samantha schien sich das Herz umzudrehen. Der wütende Wilde, als der Gabriel sich bei ihrer Ankunft auf Fairchild Park präsentiert hatte, war durch einen älteren, ein wenig weltmüden Zwilling des Mannes in dem Porträt ersetzt worden. Das ernste Schwarz seiner Hosen und seines Rockes hob das Schneeweiß seines Hemdes, seines

Halstuches und seiner Manschetten hervor. Er hatte sogar die ungebärdigen Locken mit einem Samtband im Nacken zusammengebunden. Wäre nicht die zornige Narbe auf seiner linken Wange gewesen, hätte er ein beliebiger Landedelmann sein können, der die Treppe hinabstieg, um seine Dame zu begrüßen.

Es war seltsam, aber irgendwie unterstrich die Narbe seine männliche Schönheit nur, verlieh ihr Tiefgang, während sie zuvor eher wie eine Lackschicht gewesen war.

Als Samantha ein überraschtes Atemholen hinter sich hörte, wusste sie, dass sie nicht die Einzige war, die diese Verwandlung bemerkt hatte. Mehrere Dienstboten spähten aus den Alkoven oder hinter den Vorhängen hervor, hofften, einen flüchtigen Blick auf ihren Herrn erhaschen zu können. Phillip war sogar so weit gegangen, sich über das Geländer in der Galerie oben zu lehnen. Peter hielt seinen Zwillingsbruder am Rockzipfel fest, bevor der das Gleichgewicht verlor und Gabriel womöglich auf den Kopf fiel.

Ohne genau zu wissen, wie sie dort hingelangt war, wartete Samantha auf ihn, als er die unterste Stufe erreichte.

Mit der ihm eigenen unheimlichen Wahrnehmung ihrer Nähe blieb er exakt einen Schritt vor ihr stehen und machte eine elegante Verbeugung. »Guten Tag, Miss Wickersham. Ich hoffe, meine Aufmachung findet Ihre Billigung.«

»Sie sehen wie der geborene Gentleman aus. Dandy Brummell höchstpersönlich würde vor Neid erblassen.« Sie streckte eine Hand aus und kniff eine Falte seines Halstuches gerade, ehe ihr bewusst wurde, dass diese Geste eigentlich typisch für eine Ehefrau war. Hastig ließ sie die Hand sinken. Es war nicht ihre Aufgabe. Oder ihr Recht. Einen Schritt zurücktretend, erklärte sie gestelzt: »Ihre

Gäste sind eingetroffen, Mylord. Sie warten in der Bibliothek auf Sie.«

Gabriel drehte sich halb um, wobei er zum ersten Mal ein Anzeichen von Unsicherheit verriet. Beckwith nahm ihn beim Ellbogen, damit er in Richtung Bibliothekstüren stand.

In Samanthas Augen wirkte er schrecklich einsam, wie er so dem Ungewissen entgegenschritt, mit nichts als seiner Hoffnung als Leitstern. Sie wollte ihm nachgehen, doch Beckwith legte ihr die Hand auf die Schulter, sanft, aber fest. »Wie dunkel sie auch sein mögen, Miss Wickersham«, sagte er leise zu ihr, als Gabriel die Bibliothek betrat, »es gibt Wege, die ein Mann alleine gehen muss.«

Die Zeit schleppte sich dahin, quälend langsam – wie die Messingzeiger der Standuhr auf dem Treppenabsatz verkündeten. Ihr gemächlicher Weg über das Zifferblatt schien sich verlangsamt zu haben, Minuten dehnten sich zu Jahrzehnten.

Jedes Mal, wenn Samantha eine neue Entschuldigung einfiel, weshalb sie durch das Foyer gehen musste, stand dort schon ein halbes Dutzend Dienstboten. Als sie unterwegs in die Küche war, um sich ein Glas Milch zu holen, traf sie dort Elsie und Hannah, die gerade das Treppengeländer polierten, als hinge ihr Leben davon ab, während Millie auf einer Trittleiter stand und jeden einzelnen Kristalltropfen des Kronleuchters putzte. Nachdem sie das leere Glas in die Küche zurückgebracht hatte, stieß sie auf Phillip und Peter, die auf Händen und Knien den Marmorfußboden wischten. Es schien, als würden die Diener ihre Hoffnung für Gabriel genauso sorgsam verbergen, wie er seine Hoffnung vor ihnen verborgen hatte. Obwohl sie alle immer wieder den Kopf zur Bibliothekstür umdrehten und die Ohren spitzten, drang durch die dicken Mahagonitüren nicht das geringste Geräusch.

Am späten Nachmittag gab es keine einzige Staubflocke mehr im ganzen Foyer zu finden. Der Marmorfußboden glänzte, war so spiegelglatt von dem vielen Polieren, dass Meg, die stämmige, rotwangige Waschfrau, beinahe ausgerutscht und sich das Genick gebrochen hätte. Sie war so oft mit vollen Wäschekörben durch die Eingangshalle gelaufen, dass Samantha sich des Verdachtes nicht erwehren konnte, sie habe heimlich saubere Wäsche zum Waschen aus den Schränken geholt, damit ihr die Arbeit nicht ausging.

Als Samantha das nächste Mal des Weges kam unter dem Vorwand, ein Buch in das Arbeitszimmer zurückzubringen, erschien Mrs. Philpot höchstpersönlich. Betsy hatte fast eine Stunde lang die Täfelung an der Wand zur Bibliothek geputzt, so fest, dass schon die Maserung des Eichenholzes unter der Vergoldung durchzuschimmern begann.

»Was um alles in der Welt tust du denn da?«, erkundigte sich die Haushälterin scharf.

Samantha zuckte zusammen. Doch statt das junge Mädchen für seine Saumseligkeit zu schelten, nahm Mrs. Philpot ihm einfach das Tuch aus der Hand und begann, in der entgegengesetzten Richtung zu reiben. »Du sollst immer mit der Maserung polieren, nicht dagegen!«

Samantha konnte nicht umhin zu bemerken, dass durch diese Methode Mrs. Philpots Ohr ziemlich dicht an das Schlüsselloch in der Bibliothekstür geriet.

Als die Sonne allmählich unterging, hatten Samantha und die anderen Dienstboten es längst aufgegeben, so zu tun, als arbeiteten sie. Samantha saß auf der untersten

Treppenstufe, die Brille tief auf der Nase und das Kinn in eine Hand gestützt, während der Rest der Dienerschaft auf verschiedenen Bänken und Stufen Platz genommen hatte. Manche dösten, während andere in gespannter Erwartung dasaßen, ihre Fingerknöchel knackten und gelegentlich miteinander tuschelten.

Als die Türen endlich ohne Vorwarnung aufschwangen, sprangen alle auf. Sechs dunkel gekleidete Männer kamen heraus, zogen die Tür hinter sich zu.

Samantha erhob sich und musterte ihre ernsten Mienen.

Obwohl die meisten sich große Mühe gaben, ihrem suchenden Blick auszuweichen, schaute ihr ein kleiner Mann mit freundlichen blauen Augen und sauber gestutztem Backenbart offen ins Gesicht und schüttelte betrübt den Kopf. »Es tut mir so Leid«, murmelte er.

Samantha sank auf die Stufe zurück, mit dem Gefühl, als habe ihr eine Faust grausam alles Blut aus dem Herzen gepresst. Sie hatte bis zu dem Augenblick gar nicht bemerkt, wie groß ihre Hoffnung gewesen war.

Als ein niedergeschlagener Beckwith aus dem Nichts auftauchte, um die Ärzte aus dem Haus zu geleiten, starrte sie auf das undurchdringliche Mahagoni der Bibliothekstüren.

Mrs. Philpot umklammerte mit blassen Fingern die geschnitzte Kugel auf dem untersten Treppenpfosten. Jegliche Hoffnung und Energie schienen sie verlassen zu haben, ersetzt durch eine fast schon rührende Verunsicherung. »Er muss sehr hungrig sein. Sollten wir nicht …«

»Nein«, antwortete Samantha fest, die an Beckwiths Ermahnung denken musste, dass es Wege gab, die ein Mann allein zu gehen hatte. »Das können wir nicht. Nicht, bis er nicht bereit ist.«

Als der Sonnenuntergang in die Abenddämmerung überging und die Abenddämmerung in das Samtschwarz einer warmen Frühlingsnacht, begann Samantha ihre Großzügigkeit zu bereuen. Die Minuten, die im Schneckentempo verstrichen waren, während die Ärzte Gabriel untersucht hatten, schienen nun auf Schwingen aus ledernem Schwarz zu verfliegen. Einer nach dem anderen gaben die Diener ihre Wachposten auf und zogen sich in die Küche oder ihre Quartiere im Untergeschoss zurück, nicht länger in der Lage, die betäubende Stille aus der Bibliothek zu ertragen. Obwohl es keiner von ihnen zugegeben hätte, hätten sie es alle vorgezogen, das Krachen zerbrechenden Glases, begleitet von lauten Flüchen ihres Herrn, zu hören.

Samantha war die Letzte, die ging; doch nachdem ihr ein hohläugiger Beckwith gute Nacht gewünscht hatte, musste selbst sie sich geschlagen geben. Kurze Zeit später war sie in ihrem Schlafzimmer, hatte ihr Nachthemd angezogen und ihre Haare geflochten, konnte jedoch den Gedanken nicht ertragen, in ihr gemütliches Bett mit dem weiß lackierten Eisengestell zu klettern, während Gabriel immer noch in seiner eigenen Hölle gefangen war.

So ging sie auf und ab und wurde allmählich wütend. Gabriels Vater musste doch gewusst haben, wie das Urteil lauten würde. Warum hatte der Mann seine kostbare Ärzteabordnung nicht begleitet? Seine Anwesenheit hätte den tödlichen Schlag mildern können, den zu erteilen sie gekommen waren.

Und was war eigentlich mit Gabriels Mutter? Sicherlich war ihre Gleichgültigkeit noch unverzeihlicher. Welche Sorte Frau würde ihren einzigen Sohn allein der Pflege von Dienstboten und Fremden überlassen?

Samanthas Blick fiel auf die Truhe in der Ecke, in die sie

die Briefe seiner früheren Verlobten gesteckt hatte. Hatte Gabriel in einer geheimen Ecke seines Herzens die Hoffnung gehegt, dass er seine verlorene Liebe zurückerlangen könnte, zusammen mit seinem Augenlicht? Betrauerte er auch den Tod dieses Traumes?

Die Uhr auf dem Absatz unten begann die Stunde zu schlagen. Samantha lehnte sich an die Tür, zählte die klagenden Schläge, bis sie zwölf erreicht hatten.

Was, wenn Beckwith sich geirrt hatte? Was, wenn manche Wege so dunkel und gefährlich waren, dass sie nicht ohne eine helfende Hand gegangen werden konnten? Selbst wenn es nur die Hand einer Fremden war.

Mit zittrigen Fingern nahm Samantha den Kerzenhalter aus Zinn und schlüpfte aus dem Zimmer. Sie war schon halb die Treppe nach unten gegangen, als ihr plötzlich auffiel, dass sie ihre Brille vergessen hatte. Ihre Kerze warf unheimlich flackernde Schatten an die Wände, während sie langsam die Halle durchquerte. Die Stille war bedrückender als die Dunkelheit. Dies war nicht die friedliche Stille eines Hauses, dessen Bewohner schliefen. Es war die drückende Stille eines Hauses, das gespannt den Atem anhielt. Es war weniger das Fehlen von Geräuschen, als vielmehr die Gegenwart von Furcht, die so beklemmend wirkte.

Die Tür zur Bibliothek war immer noch geschlossen. Samantha legte ihre Hand auf die Klinke, rechnete halb damit, die Türen versperrt zu finden. Doch die Tür öffnete sich mühelos unter ihrer Berührung.

Ihr Verstand wurde von einem verwirrenden Durcheinander von nur halb geformten Eindrücken überflutet: das verglühende Feuer im Kamin, das dennoch munter knisterte; das leere Glas neben der fast leeren Flasche schottischen Whiskys auf der Ecke des Schreibtischs; die Papiere, die über den Boden verstreut lagen, als ob jemand sie in einem Wutanfall vom Tisch gefegt hätte.

Aber alle diese Eindrücke wurden überlagert von dem Anblick von Gabriel, wie er auf dem Stuhl hinter dem Schreibtisch mehr lag als saß, eine Pistole in der Hand.

9

Meine liebste Cecily,
ich bezweifle, dass es mich ein Jahrzehnt kosten wird, meinen Namen deinen Lippen zu entlocken. Zehn Minuten mit dir allein im Mondlicht sollten genügen …

»Ich habe mich immer vor meinen Freunden damit gebrüstet, dass ich eine Pistole mit geschlossenen Augen laden kann. Ich vermute, ich hatte Recht«, verkündete Gabriel gedehnt, während er einen Lederbeutel über den Lauf der Waffe stülpte. Obwohl in der Flasche neben seinem Ellbogen nicht einmal mehr drei Finger hoch Alkohol war, waren seine Hände so ruhig, dass kein Krümel Schwarzpulver danebenfiel.

Während er mit einem dünnen Eisenstab die Ladung nach unten schob, betrachtete Samantha gebannt seine Finger: ihre Anmut, ihr Geschick, ihre sparsamen Bewegungen. Ein Schauer durchlief sie, als sie sich unwillkürlich vorstellte, wie sie sich auf der Haut einer Frau anfühlen würden. *Ihrer* Haut.

Den verführerischen Bann abschüttelnd, stellte sie sich vor den Schreibtisch. »Ich zögere, das hier anzusprechen, Mylord, aber meinen Sie nicht auch, dass eine Pistole in der Hand eines Blinden gefährlich sein könnte?«

»Das ist genau der Punkt, nicht wahr?« Er lehnte sich

im Stuhl zurück, und sein Daumen glitt spielerisch über den Lauf der geladenen Waffe.

Trotz seiner lässigen Haltung konnte Samantha seine Anspannung spüren. Er sah nicht mehr wie der perfekte Gentleman aus. Seinen Überrock hatte er achtlos über eine Büste in der Nähe geworfen, sein Halstuch hing lose um seinen starken Hals. Strähnen dunkelgoldenen Haars waren aus dem Zopf im Nacken gerutscht. Ein fiebriger Glanz stand in seinen blicklosen Augen.

»Ich nehme an, die Nachrichten, die Sie erhalten haben, haben Ihnen nicht gefallen«, riet sie und setzte sich vorsichtig auf den nächsten Stuhl.

Er wandte den Kopf, als verfolgte er ihre Bewegungen, den Lauf der Pistole sorgsam abgewandt. »Lassen Sie uns einfach sagen, es ist nicht das, was ich mir erhofft hatte.«

Sie bemühte sich um einen beiläufigen Ton. »Wenn man schlechte Nachrichten erhält, ist es da nicht üblich, den Überbringer zu erschießen, anstatt sich selbst?«

»Ich habe nur eine Pistolenkugel zur Verfügung. Und es fiel mir schwer zu entscheiden, auf welchen der guten Herren Mediziner ich sie abfeuern sollte.«

»Sie haben Ihnen keine Hoffnung gelassen?«

Er schüttelte den Kopf. »Noch nicht einmal einen Krumen. Ach, einer von ihnen – ein Dr. Gilby, glaube ich – hat irgendwelchen Unsinn von sich gegeben, dass sich manchmal Blut hinter den Augen ansammelt nach einem Schlag, wie ich ihn erhalten habe. Wie es aussieht, gab es einen Fall in Deutschland, bei dem die Sehfähigkeit zurückkehrte, nachdem das Blut sich abgebaut hatte. Aber als seine eigenen Kollegen ihn einen Narren schimpften, musste er selbst einräumen, dass es keinen bekannten Fall von Selbstheilung nach einer Zeitspanne von sechs Monaten gibt.«

Samantha hatte den starken Verdacht, dass dieser Dr. Gilby der Arzt mit den freundlichen Augen gewesen war, der ihnen sein Beileid ausgesprochen hatte. »Es tut mir ja so Leid«, sagte sie leise.

»Ich brauche Ihr Mitleid nicht, Miss Wickersham.«

Ob seiner harten Worte verkrampfte sie sich. »Sie haben natürlich Recht. Ich denke, davon haben Sie selbst mehr als genug.«

Einen flüchtigen Moment zuckte es um Gabriels Mundwinkel, als würde er am liebsten lächeln. Vorsichtig legte er die Pistole auf die lederne Schreibunterlage. Obwohl Samantha sie verlangend betrachtete, versuchte sie nicht, sie an sich zu nehmen. Auch halb betrunken und ohne sein Sehvermögen waren seine Reflexe vermutlich immer noch doppelt so schnell wie die ihren.

Er tastete nach der Scotch-Flasche und goss den Rest des Inhaltes in sein Glas, hob es zu einem spöttischen Toast: »Auf das Schicksal, die wankelmütige Herrin, deren Gerechtigkeitssinn nur von ihrem Sinn für Humor übertroffen wird.«

»Gerechtigkeit?«, wiederholte Samantha, völlig verwundert. »Sie können doch unmöglich glauben, dass Sie den Verlust Ihres Augenlichtes verdient haben. Weswegen? Weil Sie ein Held sind?«

Gabriel stellte das Glas so heftig ab, dass der Whisky über den Rand schwappte. »Ich bin kein verdammter Held.«

»Aber natürlich sind Sie das!« Es fiel Samantha nicht sonderlich schwer aufzuzählen, was sie über die Vorgänge wusste, die zu seiner Verwundung geführt hatten – auch wenn ihr Wissen aus Zeitungen wie *The Times* und der *Gazette* stammte, die alles hingebungsvoll beschrieben hatten. »Sie haben als Erster den Scharfschützen im Ausguck am Kreuzmast der *Redoutable* erspäht. Als Sie bemerkten, dass er auf Nelson zielte, haben Sie eine Warnung gerufen und sind dann zum Admiral gerannt, ohne auf Ihre eigene Sicherheit zu achten.«

»Aber ich habe es nicht geschafft, oder?« Gabriel hob das Glas an seine Lippen und leerte es in einem einzigen Zug. »Und er ebenfalls nicht.«

»Nur, weil Sie von einem Schrapnell getroffen und zu Fall gebracht wurden, bevor Sie ihn erreichen konnten.«

Gabriel schwieg eine Weile. Dann fragte er leise: »Wissen Sie, was das Letzte war, das ich gesehen habe, als ich auf dem Deck lag und mich der Gestank meines eigenen Blutes zu ersticken drohte? Ich habe die Kugel den General in die Schulter treffen gesehen. Ich habe seine verwunderte Miene gesehen, als er vor Schmerz zusammenbrach. Danach wurde alles erst rot, dann schwarz.«

»Es ist nicht so, als hätten Sie den Abzug betätigt und ihn getötet.« Samantha beugte sich auf ihrem Sitz vor und fuhr leise, aber mit eindringlichem Ton fort: »Und Sie haben die Schlacht gewonnen. Wegen Nelsons Mut und der Opfer von Männern wie Ihnen wurden die Franzosen besiegt. Sie würden vielleicht immer noch versuchen, unser Land zu erobern, aber Sie haben sie gelehrt, wer der wahre Herr der Meere ist und auf ewig sein wird.«

»Dann sollte ich vermutlich Gott danken, dass ich ein solches Opfer bringen durfte. Und denken Sie nur, wie viel Glück Nelson hatte. Er hat schon einen Arm und ein Auge für König und Vaterland geben dürfen, und dennoch war es ihm vergönnt, auch noch sein Leben zu lassen.« Gabriel lachte unfroh, warf seinen Kopf in den Nacken und sah in dem Augenblick dem Mann auf dem Porträt oben so ähnlich, dass Samantha das Herz stockte. »Sie erstaunen mich, Miss Wickersham! Wer hätte gedacht, dass unter Ihrer knochigen Brust das Herz einer Romantikerin schlägt?«

Sie biss sich auf die Lippen, versucht, ihn daran zu erinnern, dass er ihre Brust nicht sonderlich knochig gefunden zu haben schien, als seine Finger sich am Morgen besitzergreifend darum geschlossen hatten. »Sie wagen es, *mich* der Gefühlsduselei zu beschuldigen? Ich habe schließlich keine alten Liebesbriefe in meiner Schreibtischschublade aufgehoben, oder?«

»*Touché*«, murmelte er, und seine Belustigung schwand. Seine Hand umschloss erneut die Pistole, erkundete ihre Umrisse mit den zärtlichen Fingern eines Liebhabers. Als er wieder sprach, war seine Stimme bar aller Belustigung und jeglichen Spottes. »Was soll ich Ihrer Ansicht nach tun? Sie wissen so gut wie ich, dass ein Blinder keinen Platz in unserer Gesellschaft hat, es sei denn an den Straßenecken bettelnd oder in eine Irrenanstalt gesperrt. Ich werde für meine Familie nie mehr sein als eine Last und Ziel ihres Mitleids, wie für alle anderen auch, die das Pech haben, mich zu lieben.«

Samantha lehnte sich zurück, und eine seltsame Ruhe erfasste sie. »Warum erschießen Sie sich dann nicht einfach und machen der Sache ein für alle Mal ein Ende? Wenn Sie fertig sind, läute ich nach Mrs. Philpot, dass sie aufwischt.«

Gabriels Miene und sein Griff um die Pistole verhärteten sich.

»Los, machen Sie schon«, verlangte sie mit immer lauterer und leidenschaftlicherer Stimme. »Aber ich kann Ihnen versprechen, dass der Einzige, der mit Ihnen Mitleid hat, Sie selber sind. Manche Männer sind noch nicht aus dem Krieg heimgekehrt, und manche werden es nie. Andere haben beide Arme und Beine verloren. Sie hocken bettelnd in der Gosse, ihre Uniform und ihr Stolz in Fetzen. Sie werden verspottet, mit Füßen getreten, und die einzige Hoffnung, die ihnen bleibt, ist, dass ein Fremder mit einem Funken christlicher Nächstenliebe ihnen einen Penny in die Blechbüchse wirft. In der Zwischenzeit sitzen Sie hier schmollend herum, umgeben von jedem nur denkbaren Luxus, mit Dienern, die Ihnen jeden Wunsch von den Augen ablesen und die Sie immer noch ansehen, als ginge mit Ihnen die Sonne auf.« Samantha stand auf, dankbar, dass er die Tränen nicht sehen konnte, die in ihren Augen schimmerten. »Sie haben Recht, Mylord. Diese Männer sind die Helden, nicht Sie. Sie sind nicht mehr als ein Hasenfuß – ein erbärmlicher Feigling, der Angst davor hat zu sterben, aber noch mehr weiterzuleben!«

Halb rechnete sie damit, dass er die Pistole nahm und sie erschoss. Nie hätte sie gedacht, dass er sich erheben und um den Schreibtisch herumgehen würde. Obwohl seine Schritte so sicher waren wie seine Hände, verlieh der genossene Alkohol seinen Bewegungen eine gewisse Lässigkeit. Sie hatte geglaubt, das Raubtier, das sie an ihrem ersten Tag auf Fairchild Park getroffen hatte, existiere nicht mehr, aber jetzt erkannte sie, dass es nur hinter den schweren Lidern von Gabriels Augen gelauert hatte – seine Zeit abgewartet hatte, bis es wieder Witterung von seiner Beute aufnahm.

Seine Nasenflügel bebten, als er nach ihr griff. Obwohl sie ihm leicht hätte entkommen können, bannte sie etwas in seiner Miene an Ort und Stelle. Er packte sie grob an den Schultern und drehte sie zu sich um.

»Sie waren nicht ganz aufrichtig mit mir, nicht wahr, meine liebe Miss Wickersham?« Ihr blieb das Herz fast stehen, aber dann fuhr er fort: »Sie haben diesen Beruf nicht gewählt, weil sie ein so überwältigendes Mitgefühl für Ihre Mitmenschen aufbringen. Sie haben jemanden im Krieg verloren, nicht wahr? Wer war es? Ihr Vater? Ihr Bruder?« Als er den Kopf senkte, strich sein schwach nach Scotch riechender Atem über ihr Gesicht, sodass sie sich so trunken und unbekümmert fühlte wie er. »Ihr *Geliebter*?« Von seinen wie gemeißelten Lippen klang das Wort spöttisch und zärtlich zugleich.

»Lassen Sie uns sagen, dass Sie nicht der Einzige sind, der für seine Sünden büßen muss.«

»Was weiß eine Fleisch gewordene Tugendwächterin wie Sie von Sünde?«

»Mehr als Sie ahnen«, flüsterte sie und wandte ihr Gesicht ab.

Seine Nase streifte ihre weiche Wange, doch sie konnte nicht sagen, ob das aus Versehen geschah oder absichtlich. Ohne den Schutz ihrer Brille fühlte sie sich schrecklich verletzlich.

»Sie möchten mich dazu überreden, mein Leben fortzuführen, aber Sie nennen mir keinen einzigen Grund, weshalb ich das tun sollte.« Er schüttelte sie leicht, und sein Griff war so grob wie seine Stimme. »Können Sie das, Miss Wickersham? Können Sie mir einen Grund nennen, weswegen ich weiterleben sollte?«

Samantha wusste nicht, ob sie dazu in der Lage war. Aber als sie ihren Kopf drehte, um zu antworten, stieß ihr Mund an den seinen. Dann küsste er sie, drückte seine Lippen auf ihre, liebkoste sie mit seiner Zunge, bis sie den Mund mit einem Laut – halb Stöhnen, halb Keuchen – öffnete. Nur zu willig, ihre Kapitulation anzunehmen, zog er sie fester an sich. Er schmeckte nach Scotch, nach Verlangen und Gefahr.

Ihre Augenlider schlossen sich flatternd, sodass sie ebenso blind war wie er. In der verführerischen Dunkelheit hatte sie nur seine Arme, um sie zu halten, nur die Hitze seines Mundes, um sie zu wärmen, nur die heisere Melodie seines Stöhnens, um ihre Sinne taumeln zu machen. Als seine Zunge die Weichheit ihres Mundes plünderte, beschleunigte sich Samanthas Herzschlag, der Puls pochte ihr laut in den Ohren, zählte dröhnend jeden Moment, jede Regung von Reue. Seine Arme glitten von ihren Schultern auf ihren Rücken, drückten sie fester an sich, bis ihre Brüste flach an seine unnachgiebige Brust gepresst wurden. Sie schlang ihm einen Arm um den Nacken, rang darum, den verzweifelten Angriff seines Mundes auf ihren zu erwidern.

Wie sollte sie ihn retten, wenn sie sich noch nicht einmal selbst retten konnte?

Sie spürte, wie sie mit ihm in die Dunkelheit hinabglitt, nur zu bereit, ihren Willen aufzugeben und ihre Seele zu verkaufen. Er mochte ja behaupten, sich den Tod zu wünschen, doch zwischen ihnen brodelte das Leben. Leben in dem uralten Tanz ihrer Zungen. Leben in dem unwiderstehlichen Ziehen in ihrem Unterleib und dem köstlichen Schmerz zwischen ihren Schenkeln. Leben, das sich pochend durch den fadenscheinigen Baumwollstoff ihres Nachthemdes gegen ihren weichen Bauch drückte.

»Süßer Himmel!«, fluchte er leise und riss sich von ihr los.

Ihres Haltes beraubt blieb Samantha nichts anderes übrig, als sich mit den Händen auf dem Schreibtisch hinter ihr abzustützen, um nicht hinzufallen. Als sie die Augen aufschlug, musste sie den Drang bekämpfen, sie schützend mit der Hand abzuschirmen. Nachdem sie sich in den köstlichen Schatten von Gabriels Kuss verloren hatte, schien selbst der verblassende Schein des Feuers grell.

Nach Atem ringend, drehte sie sich um und verfolgte benommen, wie sich Gabriel um den Schreibtisch herumtastete. Seine Hände waren nicht mehr ruhig. Sie stießen ein Tintenfass um und warfen den Brieföffner mit dem Messinggriff zu Boden, ehe sie sich schließlich um die Pistole schlossen. Als er die Waffe mit einer so entschlossenen Miene hob, wie sie sie noch nie bei ihm gesehen hatte, blieb Samantha ein Entsetzensschrei in der Kehle stecken.

Aber er fasste über den Schreibtisch hinweg nach ihr, tastete, bis er ihre Hand fand, und drückte ihr die Pistole in die Hand. »Gehen Sie«, befahl er mit zusammengebissenen Zähnen, schloss ihre Finger fest um die Waffe. Als sie zögerte, gab er ihr einen Schubs in Richtung Tür und befahl mit lauter werdender Stimme: »Gehen Sie jetzt! Lassen Sie mich allein!«

Mit einem letzten betroffenen Blick über die Schulter steckte sich Samantha die Waffe in den Rock ihres Nachtgewands und floh.

10

Meine liebste Cecily,
haben Sie inzwischen entschieden, welche meiner Tugenden Sie am anziehendsten finden – meine Schüchternheit oder meine Bescheidenheit …

Ob des gedämpften Polterns setzte sich Samantha jäh im Bett auf, fürchtete entsetzt, es könnte ein Schuss gewesen sein.

»Miss Wickersham? Sind Sie wach?«

Als Beckwith erneut klopfte, legte sie sich eine Hand auf ihr heftig klopfendes Herz. Mit einem Blick zu der Truhe in der Ecke fiel ihr wieder ein, dass Gabriels Pistole inzwischen ganz unten darin verstaut war, direkt neben seinem Bündel Briefe.

Sie schlug die Decke zurück und stieg aus dem Bett, schob sich die Brille vor die müden Augen. Nachdem sie von Gabriel fortgeschickt worden war, hatte sie sich in ihrem Bett zusammengerollt, überzeugt, einen Fehler begangen zu haben, indem sie ihn in seinem Zustand allein gelassen hatte. Schließlich war sie aber doch im Morgengrauen in einen unruhigen Schlaf gefallen, ein Opfer schierer Erschöpfung.

In ihren Morgenrock schlüpfend, öffnete sie die Tür einen Spaltbreit.

Obwohl Beckwith aussah, als hätte auch er eine ruhelose Nacht verbracht, blitzten seine rot geränderten Augen fröhlich. »Verzeihen Sie, wenn ich Sie stören muss, Miss, aber der Herr wünscht, Sie in der Bibliothek zu sehen. Wenn es Ihnen recht ist, natürlich nur.«

Samantha zog skeptisch eine Augenbraue hoch. Ob es ihr recht war oder nicht – um dergleichen hatte sich Gabriel bislang nicht auch nur einen Deut geschert. »Gut, Beckwith. Sagen Sie ihm, ich werde in Kürze unten sein.«

Sie wusch und kleidete sich mit mehr Sorgfalt als gewöhnlich an, suchte in ihrer beschränkten Garderobe nach etwas, das weder grau noch braun oder schwarz war. Schließlich war sie gezwungen, sich mit einem Tageskleid mit hoch angesetzter Taille aus tiefblauem Samt zu begnügen. Dann wand sie sich ein passendes blaues Samtband durch den festen Haarknoten in ihrem Nacken. Erst als sie sich dabei ertappte, wie sie sich vorbeugte und in den Spiegel über dem Frisiertisch spähte, um eine lose Strähne zu einer Locke zu drehen, fiel ihr auf, wie albern sie sich benahm. Schließlich konnte Gabriel ihre Mühen kaum angemessen würdigen.

Kopfschüttelnd eilte sie zur Tür, nur um fünf Sekunden später noch einmal zurückzulaufen und sich ein bisschen Zitronenduft hinter jedes Ohr und in die Kuhle an ihrem Halsansatz zu tupfen.

Samantha blieb zögernd vor der Bibliothekstür stehen; in ihrem Magen war ein höchst seltsames Flattern zu spüren. Sie brauchte eine Minute, um das fremde Gefühl als Schüchternheit zu erkennen. Es war lächerlich, sagte sie sich. Sie und Gabriel hatten einen trunkenen Kuss geteilt, mehr nicht. Es war nicht so, dass sie jedes Mal, wenn sie seinen Mund betrachtete, daran denken musste, wie er sich auf dem ihren angefühlt hatte – die herrische Art und Weise, wie seine Lippen die ihren geformt hatten, die rauchige Hitze seiner plündernden Zunge …

Die Uhr auf dem Treppenabsatz begann zehn zu schlagen und riss sie aus ihren Gedanken. Sich ihren Rock glatt streichend, klopfte Samantha kräftig an die Tür.

»Herein!«

Sie kam dem knappen Befehl nach, öffnete die Tür und fand Gabriel hinter dem Schreibtisch sitzend, genau wie gestern Nacht. Aber dieses Mal stand da kein leeres Glas, keine Flasche Scotch – und zum Glück lag auch keine tödlichere Waffe als ein Brieföffner vor ihm.

»Guten Morgen, Mylord«, sagte sie und schlüpfte ins Zimmer. »Ich bin sehr dankbar zu entdecken, dass Sie noch unter den Lebenden weilen.«

Gabriel rieb sich mit der Handwurzel die Stirn. »Ich wünschte bei Gott, dass es anders wäre. Dann würde wenigstens dieses grässliche Pochen in meinem Kopf aufhören.«

Eine genauere Musterung ergab, dass die Ereignisse der letzten Nacht nicht spurlos an ihm vorübergegangen waren. Obwohl er sich umgezogen hatte, bedeckten goldblonde Bartstoppeln seine Wangen. Die Haut um seine Narbe sah gespannt und blass aus, und die Schatten unter seinen Augen waren tiefer als gewöhnlich.

Seine lakonische Lässigkeit von gestern Nacht war verschwunden, geblieben war eine Steifheit, die weniger auf Formalität beruhte als auf den offensichtlich unangenehmen Nachwirkungen der Nacht, die ihn anscheinend besonders plagten, wann immer er seinen Kopf bewegte.

»Bitte, nehmen Sie Platz.« Nachdem sie das getan hatte, fuhr er fort. »Es tut mir Leid, Sie so unvermittelt gerufen zu haben. Mir ist klar, dass ich Sie beim Packen gestört haben muss.«

Verwundert öffnete sie den Mund, doch ehe sie noch irgendetwas sagen konnte, fuhr er fort; seine langen Finger spielten mit dem Messinggriff des Brieföffners. »Ich kann Ihnen keinen Vorwurf daraus machen, wenn Sie gehen wollen. Mein Verhalten letzte Nacht ist unverzeihlich. Ich würde gerne alles dem Alkohol zuschieben, aber ich fürchte, meine schlechte Laune und mangelnde Urteilsfähigkeit tragen ebenfalls Schuld daran. Wie auch immer es Ihnen vorgekommen sein mag, ich kann Ihnen jedenfalls versichern, dass ich es mir nicht zur Gewohnheit gemacht habe, dem weiblichen Personal meines Haushaltes meine Aufmerksamkeiten aufzudrängen.«

Samantha verspürte ein seltsames Ziehen in der Nähe ihres Herzens. Sie hatte beinahe vergessen, dass das alles war, was sie ihm bedeutete – ein Mitglied seines Personals. »Sind Sie sich ganz sicher, Mylord? Ich glaube, ich habe Mrs. Philpot einen Zwischenfall mit einem gewissen jungen Stubenmädchen auf der Hintertreppe erwähnen hören …«

Gabriel riss den Kopf zu ihr herum und zuckte sogleich zusammen. »Ich war damals gerade erst vierzehn! Und wenn ich mich recht entsinne, war es Musette, die mich …« Er brach ab, als er begriff, dass sie ihn absichtlich provoziert hatte.

»Sie brauchen keine Gewissensbisse zu haben, Mylord«, versicherte sie ihm und rückte ihre Brille gerade. »Ich bin keine liebeshungrige alte Jungfer, die meint, jeder Mann will sie verführen. Und ich bin auch keine liebeskranke Debütantin, die wegen eines gestohlenen Kusses ohnmächtig wird.«

Obwohl Gabriels Miene sich verhärtete, sagte er nichts.

»Soweit es mich betrifft«, erklärte sie mit einer Leichtigkeit, die sie bei weitem nicht empfand, »können wir beide so tun, als ob die kleine Indiskretion gestern Nacht nie geschehen wäre. Und wenn Sie mich nun bitte entschuldigen wollen«, fuhr sie fort, sich aus dem Stuhl erhebend. »Falls Sie keinen anderen Grund gefunden haben, mich meiner Wege zu schicken, auf mich warten mehrere …«

»Ich möchte, dass Sie bleiben«, fiel er ihr ins Wort.

»Wie bitte?«

»Ich möchte, dass Sie bleiben«, wiederholte er. »Sie behaupten, eine Gouvernante gewesen zu sein. Gut, ich möchte, dass Sie mich unterrichten.«

»Und was soll ich Sie denn lehren, Mylord? Obwohl Ihre Manieren, soweit ich das beurteilen kann, einen gewissen Schliff vermissen lassen, haben Sie wohl schwerlich Probleme beim Rechnen oder mit der Rechtschreibung.«

»Ich möchte, dass Sie mir beibringen, wie ich unter den gegebenen Umständen mein Leben führen kann.« Er hob beide Hände, die Handflächen nach oben gewandt. Sie zitterten leicht. »Ich möchte, dass Sie mir beibringen, wie man blind ist.«

Samantha sank zurück auf ihren Stuhl. Gabriel Fairchild war kein Mann, der um etwas bat. Dennoch hatte er soeben seinen Stolz beiseite geschoben und seine Seele vor ihr bloßgelegt. Einen langen Augenblick konnte sie nicht sprechen.

Ihr Zögern als Skepsis missdeutend, fuhr er fort: »Ich kann nicht versprechen, ein geduldiger, gutmütiger Schüler zu sein, aber ich werde mich nach Kräften bemühen.« Seine Hände ballten sich zu Fäusten. »Berücksichtigt man mein bisheriges Verhalten, ist mir klar, dass ich nicht das Recht habe, Sie darum zu bitten, aber …«

»Ich tue es«, unterbrach sie ihn leise.

»Wirklich?«

»Ja. Aber ich muss Sie warnen, dass ich eine sehr strenge Schulmeisterin sein kann. Wenn Sie nicht mitarbeiten, müssen Sie mit einer scharfen Zurechtweisung rechnen.«

Der Anflug eines Lächelns umspielte seine Lippen. »Was, keine Stockschläge?«

»Nur, wenn Sie unverschämt sind.« Sie stand erneut auf. »Wenn Sie mich nun entschuldigen wollen, ich muss unsere Unterrichtsstunden vorbereiten.«

Sie hatte fast schon die Tür erreicht, als Gabriel noch etwas sagte: »Wegen letzter Nacht.«

Sie drehte sich um, fast dankbar, dass er den Hoffnungsschimmer in ihren Augen nicht sehen konnte. »Ja?«

Seine zerstörten Züge ließen keinen Anflug von Spott sehen. »Ich verspreche Ihnen, dass ein solch bedauerliches Verhalten nicht wieder vorkommen wird.«

Obwohl Samantha das Gefühl hatte, als sei ihr Magen auf die Höhe ihrer Knie gerutscht, vermochte sie mit einiger Mühe einen belustigten Tonfall in ihre Stimme zu zwingen. »Sehr gut, Mylord. Dann werden Mrs. Philpot und sämtliche anderen weiblichen Dienstboten von jetzt an bestimmt viel ruhiger schlafen.«

An jenem Nachmittag war es dann Samantha, die Gabriel zu sich rufen ließ. Sie wählte absichtlich den sonnigen Empfangssalon für ihre erste Unterrichtsstunde, da sie der Ansicht war, das geräumige Zimmer sei am ehesten für ihre Pläne geeignet. Ein strahlender Beckwith brachte Gabriel in den Salon, ehe er sich mit einer Verbeugung zur Tür zurückzog. Bevor er die Türen schloss, schaute er Samantha an, und sie hätte schwören können, der Butler habe ihr zugezwinkert. Natürlich würde er alles abstreiten, wenn sie ihn darauf anspräche, und behaupten, nur ein Staubkörnchen im Auge gehabt zu haben.

»Guten Tag, Mylord. Ich dachte, wir fangen hiermit an.« Sie stellte sich vor ihn und drückte ihm den Gegenstand, den sie hielt, in die Hand.

»Was ist das?« Er nahm das Ding vorsichtig mit zwei Fingern, als habe sie ihm eine Schlange gereicht.

»Es ist einer Ihrer alten Spazierstöcke. Und ein sehr eleganter noch dazu.«

Während Gabriel seine anmutigen Finger über den Löwenkopf gleiten ließ, der in den Elfenbeingriff des Gehstockes geschnitzt war, nahm sein argwöhnisches Stirnrunzeln zu. »Wozu ist ein Spazierstock gut, wenn ich nicht sehen kann, wohin ich spaziere?«

»Das ist genau der springende Punkt. Ich habe mir gedacht, wenn Sie jemals aufhören wollen, wie ein Tanzbär durch das Haus zu poltern, dann müssen Sie wissen, was sich vor Ihnen befindet, damit Sie nicht dagegenrennen.«

Mit nachdenklicher Miene hob Gabriel den Stock an und schwang ihn in einem weiten Bogen durch die Luft. Samantha duckte sich, als er dicht an ihrem Ohr vorbeizischte. »Nicht so! Das ist doch kein Fechtkampf.«

»Wenn es das wäre, dann hätte ich vielleicht eine Chance.«

»Nur, wenn Ihr Gegner ebenfalls blind ist.« Seufzend stellte sich Samantha hinter ihn. Sie fasste um ihn herum und schloss ihre Finger über seinen, sodass sie beide den geschnitzten Knauf des Stockes hielten. Sie senkte die Spitze zum Boden und führte seinen Arm dann in einem flachen Bogen. »So. Ganz langsam schwingen. Vor und zurück, hin und her.«

Von dem Singsang ihrer Stimme hypnotisiert, wiegten sich ihre Körper wie zu dem Rhythmus eines primitiven Tanzes. Samantha musste gegen das absurde Verlangen ankämpfen, ihre Wange an seinen Rücken zu schmiegen. Er roch so warm und köstlich männlich, wie ein Tal voll sonnenwarmer Tannen an einem trägen Nachmittag im Sommer.

»Äh … Miss Wickersham?«

»Hmmm?«, antwortete sie, immer noch in ihrem Traum gefangen.

Gabriels Stimme bebte vor kaum unterdrückter Erheiterung. »Wenn dies ein Spazierstock ist, sollte ich dann nicht auch spazieren gehen?«

»Oh! Natürlich!« Sich jäh von ihm lösend, strich sie sich eine lockige Strähne aus der brennend heißen Wange. »Ich meine, natürlich sollten Sie das. Wenn Sie direkt hier in dieser Ecke gehen, da habe ich ein paar Wege für Sie mit dem einen oder anderen Hindernis vorbereitet, damit Sie üben können.«

Ohne nachzudenken, nahm sie seinen Unterarm. Gabriel verspannte sich widerstrebend. Sie zog, aber er rührte sich nicht vom Fleck. Samantha fiel auf, dass sie ihn nie zuvor irgendwohin zu führen versucht hatte. Selbst wenn Beckwith ihn durchs Haus geleitete, wagte es der Butler nie, ihn tatsächlich zu berühren, es sei denn, um ihn kurz anzutippen und ihm so die Richtung zu weisen.

Sie rechnete damit, dass er ihre Hand abschütteln würde, barsch erklärte, dass er sich nicht wie ein hilfloses Kind an der Hand führen lassen wolle. Aber nach einem Augenblick spürte sie die Anspannung unter ihrem festen, wenngleich sanftem Griff aus ihm weichen. Obwohl sein Zögern immer noch spürbar war, folgte er ihr, als sie losging.

Mit Peters und Phillips Hilfe hatte sie ein paar griechische Liegen und zwei Ottomanen zu einer Gruppe zusammengerückt, sodass der Weg einem voll gestellten Flur glich. An verschiedenen Stellen standen kleine Tischchen und zwei halbhohe dorische Säulen mit Büsten von Athene, der Göttin der Weisheit, und Artemis, der Göttin der Jagd. Samantha hatte sogar ein paar Porzellanfiguren und andere zerbrechliche Gegenstände auf den Tischen platziert, da sie der Ansicht war, Gabriel müsse lernen, sich seinen Weg sowohl zwischen kleinen als auch größeren Hindernissen zu suchen.

Sie brachte ihn an den Anfang ihres Parcours. »Es ist im Grunde genommen ganz einfach. Alles, was Sie tun müssen, ist, den Spazierstock zu benutzen, um ohne Zwischenfall auf die andere Seite des Empfangssalons zu gelangen.«

Er runzelte die Stirn. »Falls ich scheitere, muss ich dann Schläge mit dem Stock fürchten?«

»Nur, wenn Sie Ihre Zunge nicht im Zaum halten.«

Obwohl Samantha sich zwang, einen Schritt zurückzutreten, konnte sie nicht verhindern, dass sie mit den Händen hilflose kleine Gesten um seine Schultern herum machte.

Statt mit dem Spazierstock einen Bogen zu beschreiben, stocherte Gabriel damit vor sich in der Luft herum. Als er gegen das erste Piedestal stieß, geriet die grinsende Büste darauf ins Wanken. Samantha stürzte vor und fing Artemis auf, bevor sie umfallen konnte.

Unter dem Gewicht schwankend, sagte sie: »Das war ein guter erster Versuch! Aber vielleicht gehen Sie das nächste Mal etwas subtiler vor. Stellen Sie es sich wie eines der Heckenlabyrinthe in den Vauxhall Gardens vor«, ermutigte sie ihn, wobei sie auf die berühmten Vergnügungsgärten in

London anspielte. »Da würden Sie doch auch nicht mit dem Stock stochernd hindurchgehen, oder?«

»Gewöhnlich wartet auf einen Mann, der erfolgreich den Irrgarten durchquert hat, in der Mitte eine Belohnung.«

Samantha lachte. »Theseus hat nur einen Minotaurus gefunden.«

»So, aber der junge Krieger hat wegen seiner Kühnheit und seinem Mut beim Kampf mit der Bestie das Herz von Prinzessin Ariadne gewonnen.«

»Er hätte sich nie getraut, so kühn zu sein, wenn das kluge Mädchen ihm nicht ein verzaubertes Schwert und ein Garnknäuel gegeben hätte, damit er den Ausgang wiederfindet«, erinnerte sie ihn. »Wenn Sie Theseus wären, welche Belohnung wäre Ihnen am liebsten?«

Ein Kuss.

Die Antwort drängte sich ungebeten auf Gabriels Lippen und strapazierte seine Nerven noch mehr. Er begann bereits das hehre Versprechen zu bereuen, das er ihr heute Morgen gegeben hatte. Wenn nur das sinnlich-heisere Lachen seiner Pflegerin nicht so im Widerspruch zu ihrem prüden Gehabe stünde …

Vielleicht war es ja nur gut, dass er nicht sehen konnte. Wenn er ihre Lippen sehen könnte, würde er ständig denken, wie süß sie sich unter den seinen angefühlt hatten.

Er hatte heute schon einen nicht unbeträchtlichen Teil seines Morgens darauf verwandt, darüber nachzusinnen, welche Farbe sie wohl hatten. Waren sie von einem zarten Rosa wie die Innenseite einer zierlichen Muschel, die zur Hälfte im grobkörnigen Sand steckte? Waren sie von dem Altrosa einer wilden Blume, die allen Widrigkeiten zum Trotz auf dem windgepeitschten Moor wuchs? Oder waren sie von dem üppigen Korallenrot einer exotischen Inselfrucht, die Zunge und Sinne mit Süße überflutete? Und welchen Unterschied machte ihre Farbe überhaupt noch, wenn er doch bereits wusste, dass sie köstlich voll waren, perfekt geformt für die Vergnügen des Küssens?

»Ich weiß, worin Ihre Belohnung bestehen wird!«, rief sie erfreut aus, als er nicht antwortete. »Wenn Sie sorgfältig genug üben, werden Sie schon bald so geschickt sein, dass Sie mich nicht mehr brauchen.«

Obwohl Gabriel ihren Scherz mit einem mürrischen Lächeln quittierte, fragte er sich allmählich, ob dieser Tag wohl je kommen würde.

Samantha kam zu ihm in der Nacht. Er brauchte weder Licht noch Farben, nur Gefühle: die Zitronensüße ihres Duftes, die seidige Glätte ihres losen Haares, das samtweich über seine nackte Brust glitt, ihr heiseres Wimmern, als sie ihren weichen Körper an den seinen schmiegte.

Er stöhnte, als sie sein Ohr küsste, mit der Zunge seine Lippen berührte, sein Kinn ... seine Nasenspitze. Ihr warmer Atem strich kitzelnd über sein Gesicht; er roch nach modriger Erde, überlang gelagertem Fleisch und muffig feuchten Socken, die über einem Feuer zum Trocknen aufgehängt waren.

»Was, zur Hölle ...« Aus dem Schlaf auffahrend schob Gabriel eine pelzige Schnauze aus seinem Gesicht.

Er setzte sich auf, rieb sich heftig mit dem Handrücken über die Lippen. Sein von Verlangen und Schlaf umnebeltes Gehirn benötigte mehrere Sekunden, um die Tatsache zu verarbeiten, dass es nicht Nacht, sondern Morgen war – und das überschwängliche Wesen in seinem Bett auf keinen Fall seine Pflegerin.

»Ach, wie schön!«, rief Samantha von irgendwo in der Nähe des Fußendes seines Bettes, und in ihrer Stimme schwang Stolz mit. »Sie beide haben sich gerade erst kennen gelernt, und schon hat der Kleine Sie ins Herz geschlossen!«

»Was zum Teufel ist das?«, verlangte Gabriel zu erfahren, der versuchte zu begreifen, was sich da abspielte. »Ein Känguru?« Er gab ein gedämpftes »Umpf!« von sich, als der Eindringling über seine schmerzenden Lenden sprang.

Samantha lachte. »Seien Sie nicht albern! Er ist ein ganz reizender junger Collie. Ich bin gestern Abend an der Hütte Ihres Wildhüters vorübergegangen, als der kleine Hund herausgesprungen kam und mich begrüßt hat. Mir war auf der Stelle klar, dass er perfekt sein würde.«

»Wofür?«, erkundigte sich Gabriel düster, während er das sich windende Geschöpf auf Armeslänge von sich zu halten versuchte. »Für den Sonntagsbraten?«

»Ganz bestimmt nicht!«, lautete Samanthas empörte Antwort, und sie entriss ihm das Tier. Aus dem zärtlichen Geraune, das darauf zu vernehmen war, schloss er, dass sie das kleine Ungeheuer tatsächlich auf den Arm genommen hatte und vermutlich auch noch mit ihm schmuste. »Nein, mein süßer Kleiner ist doch kein Braten, was? Nein, nein, nein, nicht unser süßer kleiner Knuddelhund.«

Gabriel ließ sich in die Kissen zurückfallen und schüttelte ungläubig den Kopf. Wer hätte gedacht, dass Miss Wickershams spitze Zunge einen solchen Unsinn von sich geben könnte? Wenigstens musste er nicht mit ansehen, wie sie dem sich windenden Welpen den rosa Bauch streichelte oder, schlimmer noch, ihre Nase an dem weichen Hundegesicht rieb. Das Gefühl, das ihn erfasste, war ihm so fremd, dass er eine Minute benötigte, um es zu erkennen. Er war eifersüchtig! Eifersüchtig auf einen räudigen kleinen Köter mit struppigem Fell und dem Mundgeruch eines drei Tage alten Leichnams.

»Vorsicht«, warnte Gabriel, als das Gesäusel und Geschmuse kein Ende nehmen wollte. »Sie könnten Flöhe von ihm kriegen. Oder die Franzosenkrankheit«, fügte er tonlos hinzu.

»Sie brauchen sich wegen der Flöhe keine Sorgen zu machen. Ich habe ihn von Peter und Phillip in einem von Megs alten Waschtrögen draußen auf dem Hof baden lassen.«

»Wo er auch hätte bleiben können, soweit es mich betrifft.«

»Aber dann wären Sie doch seiner Gesellschaft beraubt. Als ich ein kleines Mädchen war, haben wir neben einem alten Mann gewohnt, der nicht mehr sehen konnte. Er hatte einen kleinen Terrier, der sein ständiger Begleiter war. Wenn sein Lakai ihn bei einem Spaziergang geleitete, dann lief der Hund immer an seiner mit Juwelen besetzten Leine voraus und führte ihn um lockere Pflastersteine oder Pfützen herum. Als einmal eine glühende Kohle aus dem Kamin auf den Vorleger fiel, hat der Hund gebellt und so die Dienerschaft alarmiert.« Als habe er nur auf sein Stichwort gewartet, stieß der Hund auf ihrem Arm ein schrilles Bellen aus.

Gabriel zuckte zusammen. »Was für ein kluges Tier. Obwohl ich mir vorstellen kann, dass es am Ende sogar besser gewesen wäre, im eigenen Bett zu verbrennen. War der arme alte Mann am Ende nicht nur blind, sondern auch taub?«

»Lassen Sie sich versichern, dass der Hund ihm ein treuer Freund bis zu dem Tag war, an dem der Mann starb. Sein

Lakai hat unserem Stubenmädchen erzählt, der Hund habe tagelang vor der Familiengruft gesessen und auf seinen geliebten Herrn gewartet.« Ihre Stimme klang gedämpft, als ob sie ihr Gesicht im Fell des Hundes bergen würde. »Ist das nicht die rührendste Geschichte, die Sie je gehört haben?«

Gabriel fand die Tatsache überaus faszinierend, dass Samanthas Familie einmal so wohlhabend gewesen war, um ein Stubenmädchen zu beschäftigen. Doch als er sie schnüffeln und in ihren Rocktaschen nach einem Taschentuch suchen hörte, wusste er, dass er verloren hatte. Wenn seine Pflegerin sentimental wurde, war er ihr völlig hilflos ausgeliefert.

Er seufzte. »Wenn Sie schon darauf bestehen, dass ich einen Hund habe, kann es dann nicht wenigstens ein richtiger sein? Ein irischer Wolfshund zum Beispiel, oder vielleicht eine Dogge?«

»Zu schwerfällig. Dieser kleine Kerl hier kann Ihnen überallhin folgen.« Ihre Behauptung unterstreichend, setzte sie das Tier wieder auf Gabriels Schoß.

Ihr Zitronenduft hing in dem Fell, was seinen Verdacht bestätigte, dass die Lakaien den Hund mit Samanthas Lieblingsseife gewaschen hatten. Der Welpe entwand sich seinem Griff und sprang zum Fußende des Bettes. Mit einem tiefen Knurren stürzte er sich auf Gabriels Zehen und begann durch die Daunendecke daran zu knabbern. Gabriel fletschte die Zähne und knurrte zurück.

»Wie wollen Sie ihn nennen?«, fragte Samantha.

»Das ist nicht geeignet, in Anwesenheit von Damen wiederholt zu werden«, sagte er und befreite seine Zehe aus dem Hundemaul.

»Er ist ein hartnäckiger kleiner Kerl«, verkündete sie,

als der Hund auf den Boden plumpste. Da er spürte, wie seine Bettdecke ins Rutschten geriet, fasste Gabriel hastig danach. Ein paar Zentimeter weiter und Miss Wickersham würde sich selbst von der schockierenden Wirkung überzeugen können, die sein Traum und das heisere Säuseln ihrer Stimme auf ihn hatten.

»Er ist ziemlich störrisch und widerspenstig«, pflichtete ihr Gabriel bei. »Sturköpfig. Ihm ist weder mit Vernunft beizukommen, noch kann man es ihm je recht machen. Entschlossen, den eigenen Willen durchzusetzen, selbst wenn das heißt, sich über die Wünsche aller anderen hinwegzusetzen. Hm. Ich denke, ich sollte ihn …« Gabriels Lippen verzogen sich zu einem Lächeln, während er Samanthas erwartungsvolles Schweigen genoss. »*Sam* nennen.«

In den folgenden Tagen erhielt Gabriel ausreichend Gelegenheit, den Hund alles Mögliche zu nennen, nur nicht bei seinem Namen. Statt artig vorauszulaufen, um Hindernisse und potentielle Gefahren auszukundschaften, schien das höllische Geschöpf ausnehmend Gefallen daran zu finden, im Kreis um ihn herumzuspringen, ihm zwischen den Beinen hindurchzurennen und den Stock aus der Hand zu reißen. Hätte seine Pflegerin Grund für ernstlichen Groll gegen ihn gehabt, Gabriel hätte glauben können, sie versuche, einen tödlichen Sturz für ihn zu arrangieren.

Wenigstens konnte ihr niemand den Vorwurf des Übertreibens machen. Der Hund war zweifellos ein *ständiger* Begleiter. Egal, wohin Gabriel seine Schritte auch lenkte, das eifrige Hecheln und das Klicken der kleinen Krallen auf Parkett oder Marmorboden folgten ihm stets. Die Lakaien mussten den Speisesalon nach Gabriels Mahlzeiten nicht mehr fegen. Sam saß direkt unter dem Stuhl seines Herrn und fing jeden herunterfallenden Bissen noch in der Luft auf. Wenn Gabriel sich des Nachts in sein Bett legte, fand er es gewöhnlich schon von einem warmen Fellknäuel belegt.

Saß ihm der Hund nicht im Nacken, schnarchte er ihm ins Ohr. Weil Gabriel das Hecheln und Schnaufen nicht mehr ertrug, packte er seine Decke und verzog sich zum Schlafen in den Salon.

Er wachte am Morgen auf, um zu entdecken, dass der Hund verschwunden war. Zu seinem Leidwesen galt das auch für die Hälfte seines besten Paares Stulpenstiefel.

Gabriel stieg die Treppe hinab und benutzte seinen Gehstock, um die Stufen zu finden. In Wahrheit war er ziemlich stolz auf die Fortschritte, die er machte, und wollte Samantha mit seinem zunehmenden Geschick beeindrucken. Doch der elegante Stock vermochte nicht zu verhindern, dass er in die warme Pfütze am Fuß der Treppe trat.

Er hob seinen bestrumpften Fuß an und bemühte sich zu begreifen, was geschehen war. Den Kopf in den Nacken werfend, brüllte er aus Leibeskräften: »Sam!«

Beide, der Hund und seine Pflegerin, erschienen auf seinen Ruf hin. Der Hund sprang dreimal um ihn herum, ehe er sich auf seinem trockenen Fuß niederließ, wobei Samantha rief: »Ach du meine Güte! Das tut mir aber Leid! Phillip sollte heute Morgen mit ihm in den Gärten spazieren gehen. Oder war es Peter?«

Den Hund von seinem Fuß schubsend, wandte sich Gabriel in die Richtung ihrer Stimme; sein nasser Strumpf gab bei jedem Schritt ein schmatzendes Geräusch von sich.

»Es kümmert mich nicht, ob der Erzbischof höchstpersönlich aus London hätte kommen sollen, um das kleine Biest Gassi zu führen. Ich will ihn keine Minute länger um die Füße haben. Und besonders nicht um *meine* Füße!« Er deutete mit einem Finger, wie er hoffte, auf die Tür, obwohl er befürchtete, dass es nur die Topfpflanze war. »Ich will ihn nicht mehr im Haus haben!«

»Ach, kommen Sie. Es ist nicht wirklich die Schuld des kleinen Kerls. Außerdem sollten Sie es eigentlich besser wissen, als in Strümpfen durchs Haus zu wandern.«

»Darf ich Sie informieren, dass ich gerne meine Stiefel angezogen hätte, die mir Beckwith herausgestellt hat«, erklärte er mit übertriebener Geduld, »wenn ich beide hätte auffinden können. Aber als ich aufwachte, war der rechte geheimnisvollerweise verschwunden.«

Eine Männerstimme, die sich vor Aufregung beinahe überschlug, ertönte aus der Richtung der Tür. »Das werden Sie nicht glauben, Miss. Sehen Sie nur, was der Gärtner gerade ausgegraben hat!«

11

Meine liebste Cecily,
vielleicht hat meine Schüchternheit mich daran gehindert, so kühn zu sprechen, wie ich es hätte tun sollen – ich möchte dich für mich haben …

»Was ist es?«, verlangte Gabriel zu erfahren, den eine ungute Ahnung beschlich.

»Ach, nichts«, erwiderte Samantha hastig. »Peter macht nur gerade Unsinn.«

»Es ist nicht Peter, sondern Phillip«, verbesserte Gabriel sie.

»Wie können Sie das denn wissen?« Sie klang aufrichtig verwundert, dass er den einen Zwilling von dem anderen unterscheiden konnte.

»Peter bevorzugt nur einen Tropfen Rosenwasser bei seiner Toilette, während Phillip sich damit in der Hoffnung überschüttet, von Elsie bemerkt zu werden. Und ich benötige nicht mein Augenlicht, um zu wissen, dass er im Moment im Gesicht vermutlich rot wie eine Pfingstrose ist. Was hast du da, mein Junge?«, fragte er, sich direkt an den jungen Lakai wendend.

»Nichts von Bedeutung, Mylord«, versicherte ihm Samantha an dessen Stelle. »Nur eine besonders große … Mohrrübe. Warum bringst du sie nicht zu Étienne in die Küche, damit er sie für das Mittagessen verwendet?«

Die Verwirrung des Dieners war deutlich seiner Stimme zu entnehmen. »Sieht mir mehr wie ein alter Stiefel aus. Ich frage mich nur, wer ihn so angeknabbert hat und wie er dann in den Garten gelangt ist?«

Als er sich erinnerte, wie elegant und anschmiegsam das korinthische Leder seine Unterschenkel umschlossen hatte, konnte Gabriel ein Aufstöhnen kaum unterdrücken.

Als er schließlich wieder Gewalt über seine Stimme hatte, war sie leise und mühsam beherrscht. »Ich werde es Ihnen ganz leicht machen, Miss Wickersham. Entweder geht der Hund« – er lehnte sich weit genug vor, um ihren nach Minze duftenden Atem zu riechen – »oder Sie.«

Sie rümpfte die Nase. »Nun gut, wenn Sie unbedingt wollen. Phillip, würdest du Sam bitte nach draußen bringen?«

»Gewiss, Miss. Aber was soll ich hiermit tun?«

»Es seinem rechtmäßigen Besitzer zurückgeben.«

Ehe Gabriel begriff, was sie vorhatte, traf ihn der lehmverkrustete Stiefel an der Brust.

»Danke«, sagte er steif und hielt ihn auf Armeslänge von sich weg.

Den Gehstock vor sich schwingend, drehte er sich um und schritt zur Treppe zurück. Doch sein würdevoller Abgang wurde verdorben, als er die erste Stufe einen Schritt eher erreichte als gedacht. Er erstarrte, als ihm klar wurde, dass sein rechter Strumpf nun genauso nass war wie sein linker.

Miss Wickershams belustigten Blick in seinem Rücken fühlend, stieg er die Treppe hinauf, jeder Schritt von einem leisen Schmatzen begleitet.

Gabriel zog sich sein Kissen über die Ohren, aber noch nicht einmal die üppige Daunenfüllung vermochte das jämmerliche Jaulen zu dämpfen, das da durch das Schlafzimmerfenster zu ihm drang. Es hatte just in dem Augenblick begonnen, da sein Kopf das Kopfkissen berührt hatte, und bis zum Morgengrauen war kein Anzeichen zu erkennen, dass es nachlassen wollte. Der Hund hörte sich an, als hätte man ihm das Herz gebrochen.

Gabriel drehte sich auf den Rücken und warf sein Kissen in Richtung Fenster. Missbilligende Stille hing über dem Rest des Hauses. Miss Wickersham lag bestimmt gemütlich unter ihren Decken und schlief den gesegneten Schlaf der Tugendhaften. Er konnte sie fast vor sich sehen, die seidenweichen Strähnen ihres losen Haares fächerförmig über das Kissen gebreitet, die blütenzarten Lippen mit jedem Atemzug öffnend. Aber selbst in seiner Phantasie verhüllten Schatten ihre zarten Züge.

Sie hatte sich vermutlich das Zitronenparfum von der Haut gewaschen, als sie sich fürs Bett zurechtmachte, sodass ihr nur der ihr eigene süße Duft anhaftete. Er war satter und betörender, als irgendein käufliches Parfum je sein könnte, versprach einen Garten irdischer Gelüste, denen kein Mann widerstehen konnte.

Gabriel seufzte. Sein Körper spannte sich ob Frustration und Sehnsucht. Wenn der Hund nicht bald Ruhe gab, würde er selbst mitjaulen.

Er schlug die Decke zurück, stand auf und trat ans Fenster. Als er nach dem Riegel suchte, jagte er sich einen Splitter in den Daumen.

»Psst! Sei ruhig!«, zischte er in die Leere unter seinem Fenster, nachdem es ihm gelungen war, es zu öffnen. *»Um Himmels willen, sei jetzt bitte endlich still!«*

Das Jaulen des Hundes brach jäh ab. Ein hoffnungsvolles Winseln war zu hören, dann war es ruhig.

Erleichtert aufatmend kehrte Gabriel zum Bett zurück.

Das Jaulen setzte von neuem ein, diesmal allerdings doppelt so herzerweichend wie vorher.

Gabriel schloss das Fenster, schritt erneut zum Bett zurück und tastete nach seinem Morgenrock, den er über den Bettpfosten gehängt hatte. Er verließ sein Schlafzimmer, ohne sich die Mühe zu machen, seinen Stock mitzunehmen.

»Geschieht ihnen allen recht, wenn ich die Treppe hinunterfalle und mir den Hals breche«, murmelte er erbost vor sich hin, während er sich vorsichtig Stufe um Stufe seinen Weg nach unten tastete. »Anstatt an meinem Grab zu jaulen, würde der Hund vermutlich nur draufpinkeln. Ich sollte dem Wildhüter auftragen, das verfluchte Vieh einfach zu erschießen.«

Nachdem er über eine Ottomane gestolpert war und sich das Schienbein an den klauenförmigen Füßen einer Kommode gestoßen hatte, gelang es ihm schließlich, den Riegel einer der Terrassentüren in der Bibliothek zu finden.

Als er die Tür öffnete, strich ihm die kühle Nachtluft zärtlich über die Haut. Er zögerte, schreckte davor zurück, sein zerstörtes Gesicht dem gnadenlosen Mondlicht auszusetzen.

Aber das jämmerliche Jaulen wollte nicht aufhören, ließ ihm keine Ruhe. Und woher wollte er wissen, dass heute überhaupt der Mond schien?

Langsam überquerte er die Terrasse; die Kiesel zwischen den losen Steinplatten bohrten sich in seine Fußsohlen. Dann ging er über das taufeuchte Gras, dem Jaulen folgend. Er war fast da, als es plötzlich verstummte. Die Nacht war so still, dass er das entfernte Quaken eines Frosches hören konnte und seinen eigenen Atem.

Sich auf die Knie niederlassend, tastete er den Boden vor sich mit den Händen ab. »Du kleiner Köter, wo, verdammt, steckst du nur? Wenn ich dich nicht finden wollte, würdest du bestimmt sabbernd um mich herumhüpfen.«

Ein Busch in der Nähe raschelte, und ein Fellknäuel kam herausgeschossen, sprang ihm geradewegs in die Arme, als sei es von einer Kanone abgefeuert worden. Freudig winselnd stand der kleine Collie auf seinen Hinterbeinen und leckte überglücklich Gabriels Gesicht.

»Ist ja gut, ist ja gut«, murmelte er und nahm das zitternde Tier auf den Arm. »Es gibt keinen Grund, jetzt sentimental zu werden. Alles, was ich möchte, ist eine Nacht anständigen Schlafes.«

Ohne den Hund abzusetzen, richtete Gabriel sich auf und machte sich auf den langen Weg zurück ins Haus in sein Zimmer. Eines musste er zugeben: Mit einem kleinen warmen Körper im Arm schien die Nacht wesentlich weniger dunkel und der Weg erheblich kürzer.

Noch nicht einmal Samantha wagte am nächsten Tag, etwas zu sagen, als Gabriel nach unten kam, den munteren Sam auf den Fersen. Obwohl er sich immer noch mürrisch beschwerte, der Hund sei ihm ständig im Weg, sah sie, wie er, wenn er sich unbeobachtet glaubte, dem Collie die seidenweichen Ohren kraulte oder einen besonderen Leckerbissen für ihn unter den Tisch fallen ließ.

Am Ende der Woche war Gabriel in der Lage, das Labyrinth aus Möbeln zu meistern, ohne gegen ein Tischbein zu stoßen oder eine Marmorgöttin oder Porzellanschäferin ins Verderben zu stürzen. Mit seinen Fortschritten mehr als zufrieden, beschloss Samantha, dass es Zeit für die nächste Lektion sei.

An diesem Abend schritt Gabriel vor den verschlossenen Türen zum Speisesalon auf und ab; wegen seines immer lauter knurrenden Magens kam er sich wie ein Tier im Käfig vor. Er war zur gewohnten Stunde nach unten gekommen, nur um von einem stammelnden Beckwith in Kenntnis gesetzt zu werden, dass sich das Dinner verzögere und er doch bitte vor der Tür warten solle, bis man ihn riefe.

Seinen Gehstock fester fassend, legte Gabriel ein Ohr an die Tür. Er war durch das gelegentliche Rascheln und Klappern neugierig geworden, die durch das Holz drangen. Seine ungute Vorahnung und seine Neugierde nahmen noch zu, als er die leise, aber energische Stimme seiner Pflegerin erkannte.

Gabriel war so darauf konzentriert, ihre Worte zu verstehen, dass es ihm völlig entging, als Beckwith zur Tür kam. Als der Butler sie aufzog, fiel er fast kopfüber ins Zimmer.

»Guten Abend, Mylord«, sagte Samantha irgendwo links von ihm, und die Belustigung war ihrer Stimme deutlich anzuhören. »Ich hoffe, Sie verzeihen die Verzögerung. Ihre Geduld ist in höchstem Maße löblich.«

Stirnrunzelnd setzte Gabriel die Stockspitze auf den Boden, rang darum, sowohl Halt als auch Würde zu bewahren. »Ich habe mich allmählich schon gefragt, ob das hier wohl ein Mitternachtsimbiss werden soll. Oder gar ein zeitiges Frühstück.« Er hielt den Kopf schief, konnte aber nicht das vertraute Hecheln vernehmen, das gewöhnlich jede seiner Mahlzeiten begleitete. »Und was haben Sie mit Sam angestellt? Ist es zu viel erwartet, wenn ich hoffe, dass er auf dem Tisch auf einem Silbertablett liegt, einen Apfel im Maul?«

»Sam speist heute Abend mit der Dienerschaft. Aber machen Sie sich seinetwegen keine Sorgen. Peter und Phillip haben versprochen, eine angemessene Menge Futter für ihn unter ihren Stuhl fallen zu lassen. Ich hoffe, Sie sehen es mir nach, dass ich ihn von hier verbannt habe, aber ich dachte, es sei an der Zeit, Sie wieder den Zwängen der Gesellschaft auszusetzen.« Ein Lächeln wärmte ihre Stimme. »Zu diesem Zweck ist der Tisch mit einem Tuch schneeweißen Leinens bedeckt. Es gibt drei silberne Kerzenleuchter, in jedem brennen vier schlanke Wachskerzen, die ihren gastfreundlichen Schein über Mrs. Philpots feinstes Porzellan, Gläser und Silberbesteck verströmen.«

Gabriel musste seine Phantasie nicht sonderlich anstrengen, um sich das Bild auszumalen, das Samantha beschrieb. Es gab nur ein Problem: Selbst mit seinem Stock in der Hand hatte er Angst, auch nur einen Schritt in Richtung Tisch zu machen – aus Sorge, über etwas Zerbrechliches zu stolpern oder sich selbst in Brand zu stecken.

Sein Zögern spürend, fasste ihn Samantha sanft am Ellbogen. »Wenn Sie gestatten, geleite ich Sie zu Ihrem Stuhl. Ich habe mir erlaubt, Sie an den Kopf des Tisches zu setzen, wo Sie auch hingehören.«

»Soll das heißen, dass Sie bei den Dienstboten speisen, wo *Sie* hingehören?«, fragte er, während sie ihn um den Tisch herumführte.

Sie tätschelte ihm den Arm. »Seien Sie nicht albern. Mir würde es nicht im Traum einfallen, Sie meiner Gesellschaft zu berauben.«

Ihrem Drängen folgend, glitt er auf seinen Stuhl. Als er hörte, dass sie zu seiner Rechten Platz nahm, faltete er unbehaglich die Hände im Schoß. Er hatte vergessen, was er mit ihnen anstellen sollte, wenn er nicht sein Essen mit ihnen suchte. Plötzlich kamen sie ihm zu groß und ungeschickt für seine Handgelenke vor.

Zu seiner Erleichterung traf unverzüglich ein Diener mit dem ersten Gang ein.

»Gebratene Truthahnbrust mit wilden Pilzen«, erklärte Samantha, während ihm der Lakai eine Portion auftat.

Das köstliche Aroma stieg Gabriel in die Nase, ließ ihm das Wasser im Mund zusammenlaufen. Er wartete, bis er den Lakaien gehen gehört hatte, ehe er die Hand zum Teller ausstreckte. Samantha räusperte sich mahnend.

Erschrocken riss er seine Hand zurück.

»Ihre Gabel befindet sich zu Ihrer Linken, Mylord. Ihr Messer ist rechts.«

Seufzend tastete Gabriel die Tischdecke um seinen Teller herum ab, bis er die Gabel fand. Sie fühlte sich schwer und fremd in seiner Hand an. Beim ersten Stich verfehlte er das Essen vollkommen. Das Silber stieß laut klirrend auf das feine Porzellan, sodass er zusammenzuckte. Er benötigte drei weitere Versuche, bevor er einen Pilz erwischte. Nachdem er das verflixte Ding fast eine Minute über den Teller gejagt hatte, gelang es ihm schließlich, das Gemüse aufzuspießen und sich in den Mund zu stecken.

Den würzigen Geschmack genießend, erkundigte er sich: »Was tragen Sie, Miss Wickersham?«

»Wie bitte?«, stieß sie aus, offensichtlich von der Frage vor den Kopf gestoßen.

»Sie haben alles im Speisezimmer ausführlich beschrieben. Warum nicht auch sich selbst? Himmel, Sie könnten hier in Unterhemd und Strümpfen sitzen, ohne dass ich es ahne.« Einen weiteren Pilz erlegend, senkte Gabriel den Kopf, um seine Belustigung angesichts dieses köstlichen Bildes zu verbergen.

»Ich glaube kaum, dass meine Aufmachung für Ihren Genuss der Mahlzeit von Bedeutung ist«, entgegnete Samantha eiskalt. »Vielleicht hätten wir ja den Abend mit einer Wiederholung der Grundregeln höflicher Konversation beginnen sollen.«

Gabriel hätte es vorgezogen, das Tischtuch herunterzureißen, sie darauf zu betten und ihr zu zeigen …

Er schluckte den Pilz hinunter und zwang seine Gedanken aus dieser gefährlichen Richtung. »Tun Sie es mir zuliebe, ja? Wie soll ich mich mit einer Dame unterhalten, wenn ich sie mir noch nicht einmal vorstellen kann?«

»Nun gut«, antwortete sie steif. »Heute Abend trage ich zufällig ein Abendkleid aus schwarzem Bombasin. Es hat einen ziemlich hohen Kragen im elisabethanischen Stil und wird durch einen wollenen Schal ergänzt, der vor Zugluft schützen soll.«

Er erschauerte. »Klingt mir mehr nach etwas, das man zu einer Beerdigung anziehen würde. Besonders der eigenen. Hatten Sie schon immer eine Vorliebe für düstere Farben?«

»Nicht immer«, erwiderte Samantha leise.

»Was ist mit Ihrem Haar?«

»Wenn Sie es unbedingt wissen müssen«, versetzte sie leicht ungeduldig, »ich habe es zu einem Knoten aufgesteckt und ein schwarzes Haarnetz darüber befestigt. Das ist eine Frisur, die ich sehr praktisch finde.«

Gabriel dachte einen Augenblick nach, ehe er den Kopf schüttelte. »Es tut mir Leid. So geht es einfach nicht.«

»*Wie bitte?*«

»Es ist mir unerträglich, Sie mir in Witwenkleidern vorzustellen. Das verdirbt mir den Appetit. Wenigstens ist mir die Beschreibung Ihrer Schuhe erspart geblieben, die –

da bin ich mir sicher – ein Paradebeispiel für vernünftiges Schuhwerk darstellen.«

Er hörte ein leises Rascheln, als würde Samantha die Tischdecke anheben, um unter den Tisch zu spähen, aber sie widersprach nicht.

Sich über das Kinn streichend, lehnte er sich im Stuhl zurück. »Ich denke, Sie tragen etwas in der skandalösen neuen französischen Mode – aus cremefarbenem Musselin vielleicht, mit hoch angesetzter Taille und tiefem, geradem Ausschnitt, dazu geschaffen, die weiblichen Formen in all ihrer Pracht zu betonen.« Er kniff die Augen zusammen. »Und ich sehe Sie auch keinen Schal tragen, sondern eine Stola aus feinstem Kaschmir, so weich wie Engelsflügel; sie endet direkt über dem verführerischen Grübchen an Ihrem Ellbogen. Der Rocksaum streift Ihre Knöchel, gerade hoch genug, um bei jedem Schritt einen verlockenden Blick auf rosarote Strümpfe zu gewähren.«

Er hätte eigentlich damit gerechnet, dass sie seine schockierende Aufzählung mit einem empörten Protest unterbrechen würde, aber es war fast, als sei sie von seiner leisen, rauchigen Stimme hypnotisiert.

»An den Füßen tragen Sie ein Paar rosa Seidenschuhe, vollkommen frivol und für alles ungeeignet, außer um in einen Ballsaal zu trippeln und die Nacht durchzutanzen. Ein farblich abgestimmtes Band ist durch die kunstvoll zu einem Krönchen aufgesteckten Locken gewunden, wobei einigen gestattet wurde, ihre Wangen zu umschmeicheln – fast so, als seien Sie eben erst Ihrem Bade entstiegen.«

Einen langen Augenblick war kein Geräusch zu vernehmen. Als Samantha schließlich sprach, klang ihre Stimme leicht atemlos, was Gabriel innerlich lächelnd zur Kenntnis nahm. »Gewiss kann Ihnen niemand einen Mangel an Phantasie vorwerfen, Mylord. Oder dass Sie sich nicht mit Damenbekleidung auskennen.«

Er zuckte leicht verlegen mit den Achseln. »Eine Folge, weil ich in meiner Jugend zu viel Zeit darauf verwandt habe, sie zu entfernen.«

Ihr Schlucken war deutlich hörbar. »Vielleicht sollten wir jetzt lieber essen, ehe Sie sich genötigt fühlen, meine imaginäre Unterwäsche zu beschreiben.«

»Das wird nicht nötig sein«, erwiderte er mit seidenglatter Stimme. »Sie tragen keine.«

Samanthas scharfes Luftholen und das laute Klappern von Silber auf Porzellan verriet ihm, dass sie sich rasch einen Bissen Essen in den Mund geschoben hatte, um der Antwort auf weitere Unverschämtheiten zu entgehen.

Mit dem Wunsch, dasselbe tun zu können, stach Gabriel mit der Gabel auf seinen Teller. Es gelang ihm, ein Stück Fleisch aufzuspießen, doch dessen Gewicht verriet ihm, dass es zu groß war, um es sich in den Mund zu stecken, ohne dafür getadelt zu werden. Die Zähne zusammenbeißend seufzte er. Dieser Truthahn war für ihn genauso leicht zu verzehren, wie wenn das Tier kreischend und mit flatternden Flügeln auf dem Tisch herumgesaust wäre. Wenn er nicht bis morgen früh verhungern wollte, blieb ihm anscheinend keine andere Wahl, als die Dienste seines Messers in Anspruch zu nehmen.

Er tastete die Gegend rechts von seinem Teller ab, doch bevor er den Griff des Messers finden konnte, grub sich die scharfe Schneide in seinen Daumen.

»Verdammt!«, fluchte er und hob den verwundeten Finger an seine Lippen.

»Ach je!«, rief Samantha ehrlich bekümmert. »Tut es

weh?« Er hörte ihren Stuhl über den Boden scharren, als sie aufstand.

»Nicht!«, fuhr er sie an und schwenkte die Gabel in ihre Richtung, als wäre sie ein Säbel. »Ich brauche Ihr Mitleid nicht. Was ich dagegen dringend brauche, ist etwas zu essen in meinem Magen, denn wenn ich noch hungriger werde, verspeise ich am Ende Sie.«

An dem Rascheln ihrer Röcke erkannte er, dass sie sich wieder setzte. »Ich habe nicht nachgedacht«, erklärte sie entschuldigend. »Würden Sie mir wenigstens erlauben, Ihr Fleisch zu schneiden?«

»Nein, danke. Wenn Sie nicht vorhaben, mir den Rest meines Lebens hinterherzulaufen, Fleisch klein zu schneiden und den Mund abzuwischen, dann sollte ich es selber lernen.«

Die Gabel hinwerfend, griff Gabriel nach seinem Weinglas, in der Hoffnung, dass ein großzügiger Schluck Wein seine Verlegenheit ob seiner Ungeschicklichkeit mildern würde. Doch seine ungelenke Suche führte nur dazu, dass er das Glas umwarf. Er musste nicht sehen können, sondern nur Samanthas bestürztes Aufkeuchen hören, um zu wissen, dass der Wein sich über das schneeweiße Tischtuch und in ihren Schoß ergossen hatte.

Er sprang auf, von Scham, Hunger und Frustration schließlich doch überwältigt. »Das hier ist Wahnsinn! Ich wäre besser dran, wenn ich an der Straßenecke betteln müsste, anstatt so zu tun, als bestünde noch die Hoffnung, weiterhin als Gentleman durchzugehen!« Er schlug mit der Faust auf den Tisch, sodass das Geschirr schepperte. »Wussten Sie, dass Damen früher um das Vorrecht gestritten haben, bei Tisch neben mir zu sitzen? Dass sie um meine Aufmerksamkeit gebuhlt haben, als wäre sie die erlesenste Köstlichkeit? Welche Frau sollte sich jetzt noch meine Gesellschaft wünschen? Sie hat nichts, worauf sie sich freuen kann – außer dann und wann ein mürrisches Knurren und den Schoß voller Claret. Aber nur, wenn ich nicht schon vor dem Mahl versehentlich ihre Frisur in Brand gesteckt habe!«

Das Tischtuch mit beiden Händen fassend, zog er mit einem Ruck daran, sodass all das gute Geschirr, die eleganten Kristallkelche und das Ergebnis von Samanthas sämtlichen Bemühungen mit einen Knall auf dem Boden landeten.

Gabriel spürte einen Luftzug in seinem Nacken, als jemand ins Zimmer gestürzt kam.

»Es ist gut, Beckwith«, erklärte Samantha ruhig. Der Butler musste gezögert haben, denn sie fügte in einem Ton hinzu, der keinen Widerspruch duldete: »Darum kümmere ich mich.«

Dann waren Beckwith und die Zugluft wieder fort, ließen sie allein. Gabriel stand da, am Kopf des Tisches, mit geröteten Wangen und schwer atmend. Er wollte, dass Samantha ihn anschrie, ihm sagte, in was für ein Ungeheuer er sich verwandelt hatte. Er wollte, dass sie ihm sagte, ihm sei nicht mehr zu helfen, es gebe keine Hoffnung für ihn. Vielleicht konnte er dann aufhören zu versuchen, zu kämpfen …

Stattdessen fühlte er ihre Schulter seinen Oberschenkel streifen, als sie sich vor ihn kniete. »Sobald ich das alles weggeräumt habe«, teilte sie ihm über das leise Klirren von zerbrochenem Glas, Geschirr und Besteck hinweg mit, »lasse ich einen neuen Teller kommen.«

Ihre ruhige Gelassenheit, ihre Weigerung, sich von ihm aus der Fassung bringen zu lassen, machte ihn nur noch wütender. Ihr Handgelenk packend, zog Gabriel sie hoch und an seine Brust. »Sie scheinen sich ja richtig ereifern zu können, wenn es darum geht, diese einfältigen Narren zu verteidigen, die König und Vaterland dienen, aber sich selbst verteidigen Sie überhaupt nicht. Haben Sie kein Herz?«, fragte er barsch. »Überhaupt keine Gefühle?«

»Oh ja, ich habe Gefühle!«, entgegnete sie scharf. »Ich fühle jede Spitze, die Sie gegen mich richten, jede schneidende Bemerkung. Wenn ich keine Gefühle hätte, hätte ich gewiss nicht meinen ganzen Tag darauf verwandt, dieses Abendessen zu einer angenehmen Erfahrung für Sie zu machen. Ich wäre nicht schon im Morgengrauen aufgestanden, um mich bei Ihrem Koch nach Ihren Lieblingsgerichten zu erkundigen. Ich hätte nicht den ganzen Vormittag damit verbracht, den Wald nach besonders schmackhaften Pilzen zu durchkämmen. Und ganz gewiss hätte ich nicht den halben Nachmittag lang über der Entscheidung gebrütet, welches Geschirr Ihren Tisch zieren sollte – das Worcester oder das Wegdewood.« Gabriel konnte spüren, dass sie zitterte, so aufgebracht war sie. »Ja, ich habe Gefühle. Und ein Herz auch, Mylord. Ich habe nur nicht vor, es mir von Ihnen brechen zu lassen!«

Als sie sich von ihm losriss, tropfte etwas Heißes, Nasses auf seine Hand. Er hörte, wie ihre sich rasch entfernenden Schritte über die Scherben knirschten, dann das Schlagen der Tür.

In dem Bewusstsein, dass er nun wirklich und wahrhaftig allein war, hob Gabriel seine Hand und berührte die Stelle mit der Zunge. Es schmeckte salzig.

Er ließ sich schwer auf seinen Stuhl fallen und stützte den Kopf in die Hände. »Mit einer Sache hat sie Recht, du Rindvieh«, murmelte er vor sich hin. »Du könntest wirklich eine Lektion in Sachen Benehmen bei Tisch gebrauchen.«

Es verging eine Weile, ehe Gabriel eine warme Hand auf seiner Schulter spürte. »Mylord? Kann ich Ihnen helfen?«, erkundigte sich Beckwith mit leicht unsicherer Stimme, als wappnete er sich für eine barsche Zurückweisung.

Gabriel hob langsam den Kopf. »Wissen Sie, Beckwith«, erklärte er und tätschelte dem ergebenen Diener die Hand, »ich glaube fast, das können Sie wirklich.«

12

Meine liebste Cecily,
ich kann dir gar nicht sagen, wie erleichtert ich bin, zu erfahren, dass du Kühnheit bei einem Mann bewunderst …

Samantha schmollte.

Sie war nicht wirklich gut darin. Selbst als kleines Mädchen hatte sie selten die Bockige gespielt, um ihren Willen durchzusetzen. Gewöhnlich waren nur ein süßes Lächeln und eine logische Begründung notwendig gewesen, um von Mama und Papa zu bekommen, was sie wollte. Aber jetzt hatte sie keine Hoffnung, jemals zu bekommen, was sie wollte.

Drei Tage lang hatte sie ihr Schlafzimmer nur verlassen, um ihre Mahlzeiten mit der übrigen Dienerschaft im Gesindespeisezimmer im Keller einzunehmen. Sie hatte immer ein Buch bei sich. Wenn jemand auch nur so aussah, als wolle er sie ansprechen, steckte sie ihre Nase in das Buch, bis derjenige schließlich ging, seine besorgten Seitenblicke und bekümmerten Seufzer mit sich nehmend.

Sie wusste, dass sie sich kindisch benahm; indem sie ihre Pflichten Gabriel gegenüber nicht erfüllte, gab sie Beckwith mehr als guten Grund, eine Nachricht an den Marquis zu schicken und sie zu entlassen. Aber mittlerweile war es ihr schlichtweg gleichgültig. Es verbesserte ihre

Laune nicht gerade, feststellen zu müssen, dass er ihr ebenso sorgsam aus dem Weg ging wie sie ihm. Offenbar schreckte ihn der Gedanke, ihr zufällig zu begegnen, so sehr, dass er angeordnet hatte, die Türen zum Salon abzuschließen, wann immer er dort Zuflucht suchte. Samantha ging dann immer hoch erhobenen Hauptes an den Türen vorüber, entschlossen, das seltsame Poltern oder aufgeregte Rufen nicht zu beachten, die gelegentlich dahinter erklangen.

Beckwith und Mrs. Philpot schien ihr Elend völlig egal zu sein. Zweimal entdeckte sie die beiden, wie sie in einer Ecke dicht beieinander standen und sich leise miteinander unterhielten. In dem Moment, da sie sie sahen, schlossen sie schuldbewusst den Mund und eilten auseinander, erklärten verlegen, sie müssten sich dringend um so wichtige Sachen kümmern wie die Suppenkelle zu polieren oder zu überprüfen, ob Meg genug Stärke für die Tischtücher in die Wäsche getan hatte. Samantha nahm an, sie beratschlagten sich, wie sie ihr am schonendsten beibringen könnten, dass sie sich besser schon einmal nach einer anderen Stellung umsehen solle.

Schlaf blieb ihr genauso versagt wie innerer Frieden. In der dritten Nacht nach ihrem Streit mit Gabriel lag sie im Bett und blickte stirnrunzelnd zur Decke empor, als ihr Magen plötzlich zu knurren begann. Da sie bereits die halbe Nacht darauf verschwendet hatte, sich unter der Bettdecke von einer auf die andere Seite zu rollen, beschloss sie, nach unten zu schleichen und sich etwas zu essen aus der verlassenen Küche zu stibitzen.

Sie ging gerade am Empfangssalon vorüber, als gedämpft Musikfetzen an ihr Ohr drangen. Da es ihr seltsam vorkam, dass die Türen weit nach Mitternacht geschlossen waren, drückte sie ihr Ohr an das mit Blattgold verzierte Holz.

Sie verlor nicht langsam den Verstand. Das Geräusch, das sie gehört hatte, war wirklich Musik gewesen. In gewisser Weise. Ein Mann summte, wobei eine trillernde Frauenstimme ihn begleitete.

Ehe sie die Worte verstehen konnte, begann der Mann rhythmisch zu zählen: »Eins, zwei, drei, vier … eins, zwei, drei, vier …«

Ein lautes Poltern folgte. Nach einer geheimnisvollen, langen Stille näherten sich ungeduldige Schritte der Tür.

Samantha hastete durch die Eingangshalle; nur mit Müh und Not erreichte sie eine lebensgroße Marmorstatue von Apoll, hinter die sie sich rasch duckte, ehe eine der Türen aufschwang.

Beckwith tauchte aus dem dunklen Raum auf; er rang um Atem, die spärlichen Haare unordentlich, als wäre eine Frau mit den Fingern hindurchgefahren. Samantha blieb vor Schock der Mund offen stehen, als ihm Mrs. Philpot folgte, ihre Schürze glatt strich und sich eine lose Haarsträhne hinters Ohr steckte.

Die Haushälterin reckte ihr Kinn. »Gute Nacht, Mr. Beckwith.«

»Schlafen Sie gut, Mrs. Philpot«, erwiderte er und machte eine förmliche Verbeugung.

Während sie in verschiedene Richtungen davonschritten, trat Samantha mit immer noch offenem Mund hinter Apoll hervor. Sie wäre nicht überrascht gewesen, wären Elsie und Phillip aus dem Salon gekommen, mit geröteten Gesichtern und kichernd, aber sie hätte nie den steifen Butler und die strenge Haushälterin verdächtigt, ein mitternächtliches Stelldichein im Salon abzuhalten. Es sah so aus, als hätten die älteren Angestellten des Haushaltes mehr Glück in der Liebe als sie. Kopfschüttelnd stieg sie die Treppe wieder hinauf; der Appetit war ihr vergangen.

Am nächsten Nachmittag ging Samantha ihre Verdrießlichkeit allmählich selbst auf die Nerven. Sie legte sich ihren Schal um und beschloss, einen ausgedehnten Spaziergang im Park zu unternehmen in der Hoffnung, der kräftige Aprilwind und die über den Himmel jagenden Wolken würden ihr alle Gedanken an Gabriel aus dem Kopf fortwehen.

Als sie zurückkam, lag eine große flache Holzkiste auf ihrem Bett.

Sie warf ihren Schal auf den nächsten Stuhl und näherte sich dem Bett misstrauisch. Vielleicht hatte Beckwith ja angeordnet, die Kiste nach oben zu bringen, damit sie darin ihre Habseligkeiten verstaute, ehe sie in hohem Bogen als Pflegerin des Hauses verwiesen wurde.

Vorsichtig hob sie den Deckel an. Sie rang um Atem. Die nach Sandelholz duftende Kiste enthielt ein elegantes Kleid aus zartem Musselin in der Farbe von Buttercreme. Unfähig, der Versuchung zu widerstehen, nahm Samantha das Kleid, hielt es sich an und strich es glatt.

Sie hatte lange nichts mehr gesehen, was so schön war. Die kurzen Puffärmel des Gewandes waren mit hellgelbem Spitzenbesatz gepaspelt, ein breites Satinband raffte den Stoff unterhalb des Busens. Der rechteckige Ausschnitt war gerade tief genug, um die Reize der Trägerin zur Schau zu stellen, ohne aber zu viel zu zeigen. Weil der Stoff so zart war, dass er beinahe durchsichtig wirkte, konnte man unter dem klassisch drapierten Rock nur die feinste und weiblichste Unterwäsche tragen.

Von den hauchdünnen Schultern bis hin zur anmutigen Schleppe, in die der wellenförmige Saum auslief, hätte das Kleid Samantha nicht besser passen können, wenn es eigens für sie von einer der führenden Modistinnen angefertigt worden wäre.

Ich denke, Sie tragen etwas in der skandalösen neuen französischen Mode.

Während die Erinnerung an Gabriels rauchigen Bariton ihre Sinne umschmeichelte, entdeckte sie die Pergamentkarte, die aus den Falten des Kleides gerutscht war.

Ohne das Gewand wegzulegen, beugte sie sich vor und nahm die Karte aus der Schachtel. Sie erkannte Beckwiths ordentliche Handschrift. »Lord Sheffield erbittet das Vergnügen Ihrer Gesellschaft zum Supper heute Abend um acht Uhr«, las sie halblaut.

Die Karte entglitt ihren Fingern. Langsam drapierte sie das Kleid über das Bett; es ging ihr durch den Kopf, wie albern es über ihrem praktischen braunen Kleid aus Kammgarn ausgesehen haben musste.

Ihr blieb keine andere Wahl, als Gabriels Geschenk zurückzuweisen und seine Einladung abzulehnen. Sie war keine seiner früheren Mätressen, die sich mit kostspieligen Geschenken und süßen Worten aus dem Schmollwinkel hervorlocken ließen. Ihr Blick wanderte sehnsüchtig zu der Kiste. Sie war so begeistert von dem Kleid gewesen, dass sie gar nicht weiter ausgepackt hatte.

Sie griff hinein, spürte unter ihren Fingern …

… eine Stola aus feinstem Kaschmir, so weich wie Engelsflügel, die direkt über dem verführerischen Grübchen an ihrem Ellbogen endet.

Samantha riss die Hand zurück. Wie konnte ein blinder Mann von dem Grübchen wissen? Weil jede Frau eines besaß, ermahnte sie sich streng. Wahrscheinlich hatte Gabriel unzählige Damen geküsst, bevor er sein Augenlicht verlor.

Sie nahm den Deckel, entschlossen, diese Büchse der Pandora zu verschließen, ehe eine noch verlockendere Versuchung zum Vorschein kam.

An den Füßen tragen Sie ein Paar rosa Seidenschuhe, vollkommen frivol und für alles ungeeignet, außer um in einen Ballsaal zu trippeln und die Nacht durchzutanzen.

»Nicht die Schuhe«, flüsterte Samantha, die Finger um den Deckelrand legend. »Er kann unmöglich so teuflisch sein.«

Den Deckel aufs Bett legend, schob sie vorsichtig die Stola zur Seite. Ein hilfloses Stöhnen entrang sich ihren Lippen. Die Seidenschuhe in der Schachtel waren von einem so zarten Rosa wie die geröteten Wangen einer Frau, so zierlich und reizend, dass sie eher für Feenfüße gemacht schienen als für die von Menschen.

Samanthas Blick senkte sich auf ihre Halbstiefel aus derbem Leder. Sie waren im Augenblick noch abgestoßener und staubiger als sonst, nachdem sie missmutig durch den Park gelaufen war. Nachdenklich biss sie sich auf die Lippe. Was konnte es schon schaden, sie zu probieren? Vermutlich passten sie ohnehin nicht. Sie griff nach einem Knöpfhaken und setzte sich auf den Teppich, um ihre Stiefel aufzuknöpfen.

Samantha hatte sich daran gewöhnt, in ihrem praktischen schweren Schuhwerk durchs Haus zu gehen. Mit den zierlichen, flachen Seidenschuhen, deren Bänder um ihre Knöchel gebunden waren, hatte sie das Gefühl, als schwebte sie die lange geschwungene Treppe hinunter. Verstohlen musterte sie ihr Spiegelbild, als sie das Foyer durchquerte. Es hätte sie nicht wirklich überrascht, ein Paar spinnwebfeine Flügel an ihren sahnigen Schultern zu entdecken, die von dem eleganten Kleid halb entblößt wurden.

Mit den sich anmutig um ihre Knöchel bauschenden Röcken fühlte sie sich nicht wie Gabriels vernünftige Pflegerin, sondern wie ein närrisches junges Ding, das Herz randvoll mit Hoffnung. Doch sie wusste sehr wohl, wie gefährlich diese Hoffnung sein konnte. Als sie in Richtung Speisesaal schritt, zog Samantha ihre hässliche Brille aus der Rocktasche und setzte sie sich fast trotzig auf.

Obwohl kein einziger Diener zu sehen war, konnte sie das Gefühl nicht abschütteln, beobachtet zu werden – als öffneten und schlössen sich Türen lautlos hinter ihr. Als sie am Empfangssalon vorbeiging, hätte sie schwören können, ein wehmütiges Seufzen zu hören, gefolgt von Elsies Kichern, rasch erstickt. Sie wirbelte herum und entdeckte, dass die Salontüren einen Spaltbreit offen standen. Der dunkle Raum dahinter schien verlassen.

Sie traf im Speisezimmer ein, als die Standuhr gerade acht zu schlagen begann. Die schweren Mahagonitüren waren geschlossen. Samantha zögerte, unsicher, wie sie empfangen werden würde, was auf sie zukam. Gabriel musste sich neulich wie ein Bettler vorgekommen sein, als er darauf wartete, dass sie ihn hereinrief.

Um Contenance bemüht, zog sie ihre Stola zurecht und klopfte dann entschlossen an die Tür.

»Herein!«

Samantha folgte der heiseren Aufforderung – um am Kopfende des Tisches inmitten von flackerndem Kerzenlicht den jungen Märchenprinzen aus dem Porträt zu entdecken.

13

Meine liebste Cecily,
ich sollte dich warnen; wenn du mich zur Kühnheit ermutigst, dann geschieht das auf eigene Gefahr …

Der Mann am Kopfende des langen Tisches hätte einem jeden Speise- oder Empfangssalon in London zur Ehre gereicht. Von der funkelnden Diamantnadel, welche die tadellosen Falten seines schneeweißen Halstuches zusammenhielt, bis hin zu den baumelnden Lederquasten an seinem zweitbesten Paar Stiefel bot er einen Anblick, der jeden Kammerdiener mit Stolz erfüllen würde. Der Spitzenbesatz seines Hemdes und seiner Manschetten wurde perfekt umrahmt von einem dunkelblauen Überrock und einem Paar biskuitfarbener Hosen, die seine Hüften wie eine zweite Haut umschlossen.

Sein unmodisch langes Haar war mit einem Samtband im Nacken gebunden, was sein kräftiges Kinn und seine Wangenknochen betonte. Der Kerzenschein glättete die scharfen Zacken seiner Narbe, verbarg die Leere in seinem Blick.

Samantha schnürte es die Kehle ab, als eine Sehnsucht sie erfasste, die sie sich nicht leisten konnte.

»Ich hoffe, ich habe Sie nicht warten lassen, Mylord«, erklärte sie und machte einen Knicks, den er nicht sehen konnte. »Ich hatte geplant, bei der Dienerschaft zu speisen. Wohin ich schließlich gehöre.«

Sein rechter Mundwinkel zuckte. »Das wird nicht nötig sein. Heute Abend sind Sie nicht meine Pflegerin, sondern mein Gast.«

Vorsichtig bewegte sich Gabriel zu dem Stuhl zu seiner Rechten und zog ihn unter dem Tisch vor, eine Augenbraue einladend hebend. Samantha zögerte; sie wusste, sie wäre viel sicherer, wenn sie am anderen Ende des Tisches säße, außerhalb seiner Reichweite. Doch Gabriels Miene war von so jungenhafter Hoffnung, dass sie nicht anders konnte – sie ging zu ihm. Als er sich vorlehnte, um den Stuhl für sie zurechtzurücken, war sie sich überdeutlich der Kraft in seinen muskulösen Armen bewusst, der Hitze, die seine breite Brust verströmte.

Er nahm auf seinem eigenen Stuhl Platz. »Ich hoffe, Sie haben keine Einwände gegen das Worcester-Porzellan. Ich fürchte, das von Wedgewood ist einem unglückseligen Unfall zum Opfer gefallen.«

Um Samanthas Lippen zuckte es. »Wie überaus bedauerlich.« Sich umsehend bemerkte sie, dass das Sideboard leer war und der Tisch mit dem Tischtuch aus feinstem Leinen mit verschiedensten Gerichten gedeckt war, die sich alle leicht erreichen ließen. Sie betrachtete argwöhnisch einen Teller mit köstlich frischen Erdbeeren. »Ich sehe niemanden, der uns bedient. Haben Sie den restlichen Dienstboten ebenfalls frei gegeben?«

»Ich dachte, sie haben sich eine Pause von ihren anstrengenden Pflichten verdient. Diese Woche waren sie sehr fleißig.«

»Das kann ich mir denken. Es muss schon Stunden gedauert haben, allein dieses Kleid zu nähen.«

»Glücklicherweise ist der Stoffbedarf für die neue Mode sehr begrenzt, sodass Meg in der Lage war, das Kleid fertig zu stellen, ohne mehr als ein oder zwei schlaflose Nächte zu erleiden.«

»Und wie viele schlaflose Nächte haben Sie erlitten, Mylord?«

Statt einer Antwort griff Gabriel nach der Flasche Claret, die zwischen ihnen stand. Samantha nahm sich rasch ihre Serviette und befürchtete schon das Schlimmste, doch seine Finger schlossen sich ohne Zwischenfall um den anmutigen Flaschenhals. Mit vor Erstaunen offenem Mund verfolgte sie, wie er ihnen beiden von dem Rotwein einschenkte, ohne auch nur einen Tropfen auf das Tischtuch zu kleckern.

»Wie ich sehe, sind die Diener nicht die Einzigen, die in der letzten Woche fleißig waren«, bemerkte sie leise und nahm einen Schluck von dem dunkelroten Wein.

»Darf ich Ihnen vorlegen?«, erkundigte er sich und fasste nach dem Löffel in einer Silberschüssel mit dampfendem Hühnerfrikassee.

»Sicher«, antwortete sie und beobachtete fasziniert, wie er auf beide Teller eine Portion tat.

Messer und Gabel verschmähend, nahm er seinen Löffel und begann zu essen. »Habe ich Grund zur Annahme, dass Ihnen das Kleid zusagt?«

Samantha strich das betreffende Gewand glatt. »Es ist fast so hübsch, wie es unpraktisch ist. Wie hat Meg es fertig gebracht, dass es mir so gut passt?«

»Sie hat ein Auge für dergleichen. Sie sagte, Sie seien nicht viel größer als meine jüngste Schwester Honoria.« Ein Lächeln spielte um seine Lippen. »Wenn ich mich ausschließlich auf Beckwiths Angaben verlassen hätte, hätten Sie das Kleidungsstück als Zelt tragen können.«

»Und was ist mit den Seidenschuhen? Soll ich annehmen, dass Sie einen ebenso talentierten Hufschmied haben?«

»Es hat Vorteile, so nah bei London zu wohnen. Beckwith tut es gut, von Zeit zu Zeit die Geschäfte in der Oxford Street aufzusuchen. Und es war für Mrs. Philpot nicht schwer, in Ihr Zimmer zu gehen und Ihre Stiefel auszumessen, während Sie beim Essen unten waren.«

»Die Dienerschaft in Fairchild Park ist so geschickt wie ihr Herr. Aber Sie müssen wissen, dass ich natürlich all diese schönen Dinge nicht behalten kann. Das würde sich nicht gehören.«

»Ach, kommen Sie. So sehr habe ich Sitte und Anstand nun auch nicht missachtet. Sie haben ja vielleicht bemerkt, dass keinerlei Unterwäsche dabei war.«

»Das ist schön und gut«, erwiderte Samantha süßlich und steckte sich einen wohlschmeckenden Bissen Hühnchen in den Mund. »Denn ich trage keine.«

Gabriels Löffel fiel scheppernd auf den Tisch. Er nahm einen tiefen Zug aus seinem Weinglas, schien aber Probleme mit dem Schlucken zu haben. »Ich muss gestehen, dass ich mein Gebrechen nie mehr bereut habe als jetzt«, gelang es ihm schließlich hervorzustoßen. Er räusperte sich, und seine Miene wurde ernster. »Ich hoffe, Sie nehmen nicht nur meine Geschenke an. Ich hoffe, Sie akzeptieren auch meine Entschuldigung für mein abscheuliches Benehmen neulich am Abend.«

Während Samantha verfolgte, wie er mit der Hand geduldig die Tischdecke nach seinem Löffel abtastete, verblasste ihr Lächeln. Der Löffel lag nur wenige Zentimeter von seinen suchenden Fingern entfernt, hätte aber genauso gut im Nebenraum sein können. »Ich fürchte, ich bin es, die um Vergebung bitten muss. Ich hatte nicht begriffen, welche Schwierigkeit Ihnen das Essen bereiten muss.«

Er zuckte mit den Achseln. »Ein Messer und eine Gabel sind knifflig zu handhaben. Wenn ich das Essen nicht *fühlen* kann, kann ich es nicht *finden*.« Ein nachdenkliches Stirnrunzeln krauste ihm die Stirn. »Warum demonstriere ich es Ihnen nicht einfach?«

Seinen Stuhl zurückschiebend, erhob er sich, die Serviette in der Hand, und trat hinter sie. Samanthas Puls beschleunigte sich, als er sich über sie beugte. Sein Atem strich warm über den zarten Haarflaum in ihrem Nacken, sodass sie es bereute, ihre Locken hochgesteckt zu haben.

Ehe sie widersprechen konnte, hatte er ihr die Brille abgenommen. Strikt nach Gefühl vorgehend, rollte er die Serviette zusammen, legte sie ihr über die Augen und verknotete sie locker hinter ihrem Kopf.

Ohne das Kerzenlicht, um sie zu leiten, musste Samantha sich ganz auf Gabriel verlassen – seine Wärme, seinen Geruch, seine Berührung. Mit der Rückseite seiner Finger streifte er ihren Hals, weckte einen hilflosen Schauer, als sie erkannte, in welchem Ausmaß sie ihm ausgeliefert war.

»Wollen Sie sich an mir rächen, indem ich mein Frikassee mit den Fingern essen muss?«, fragte sie.

»Ich wäre nie so grausam. Nicht, wenn ein Blinder den anderen füttern soll.« Sie hörte das Rutschen von Porzellan, als er um sie herumgriff und eine Schüssel zur Seite schob, eine andere heranzog. »Versuchen Sie dies hier«, sagte er und drückte ihr die Gabel in die Hand.

Sich mehr als ein wenig lächerlich vorkommend, stach Samantha in das Gericht vor sich. Sie war sich nicht sicher, was ihr Ziel sein sollte, denn es rollte immer wieder weg. Nachdem sie es ein paarmal durch die Schüssel gejagt hatte, gelang es ihr schließlich, es aufzuspießen. Als sie die Gabel hob, stieg ihr das köstliche Aroma frischer Erdbeeren in die Nase. Das Wasser begann ihr im Mund zusammenzulaufen. Die mühsam erlegte Frucht war nur noch einen Zentimeter von ihren Lippen entfernt, als sie ihr von der Gabel fiel und mit einem leisen Plumps auf dem Tisch landete.

»Verflixt!«, schimpfte sie, wartete auf Gabriels spöttisches Gelächter.

Aber er fasste einfach um sie herum und nahm ihr sanft die Gabel ab. »Sehen Sie, Miss Wickersham, wenn man nicht sehen kann, muss man sich auf andere Sinne verlegen. Wie riechen …« Der frische Duft der Erdbeere überflutete ihre Nase, und Samantha hätte geschworen, dass sie Gabriels Nase an ihrem Hals spürte in einer flüsterzarten Liebkosung. »Tasten …« Seine warmen Finger legten sich besitzergreifend um ihren Nacken, als er die Erdbeere über ihre prickelnden Lippen rieb, sie lockte, sie zu öffnen. Seine Stimme senkte sich. »Schmecken …«

Von einer seltsamen Trägheit übermannt, konnte sie nicht anders, als sich ihm zu öffnen. Nicht seit sich die Schlange im Garten Eden Eva genähert hatte, war eine Frau von einer verbotenen Frucht derart in Versuchung geführt worden. Ihre unausgesprochene Einladung annehmend, schob Gabriel die reife Erdbeere über ihre Lippen, und die Süße des Fruchtfleisches explodierte auf ihrer Zunge. Ein leises Stöhnen der Befriedigung entschlüpfte ihr.

»Mehr?«, fragte er, und seine heisere Stimme war so verlockend wie die des Teufels.

Samantha wollte mehr. Viel mehr. Aber sie schüttelte den Kopf und stieß seine Hand zur Seite – aus Angst, er könnte einen Hunger in ihr wecken, der niemals gestillt zu werden vermochte. »Ich bin kein Kind«, erklärte sie, ihn absichtlich nachahmend. »Und ich werde mich nicht wie eines füttern lassen.«

»Gut. Wie Sie wünschen.« Sie hörte ihn erneut Schüsseln verrücken, hörte, wie er sich die Lippen leckte, nachdem er daraus gekostet hatte. »Hier«, sagte er schließlich und drückte ihr die Gabel wieder in die Hand. »Versuchen Sie das hier.«

Obwohl sie durch die seidenweiche Note in seiner Stimme hätte gewarnt sein sollen, stach sie mit der Gabel in die Schale, entschlossen zu zeigen, dass sie beim ersten Versuch treffen konnte, was auch immer darin war. Sie keuchte auf, als ihre Hand bis zum Handgelenk in einer kalten gallertartigen Masse versank.

»Étiennes Desserts sind legendär«, murmelte Gabriel ihr ins Ohr. »Es heißt, er brächte Stunden damit zu, die Creme zu schlagen, bis sie genau die richtige Beschaffenheit hat.«

»Sie hinterhältiger Schuft!« Samantha zog ihre Hand aus der klebrigen Nachspeise. »Das haben Sie absichtlich getan!«

Sie tastete nach ihrer Serviette, als sich Gabriels Finger um ihr Handgelenk schlossen. »Gestatten Sie«, sagte er und hob ihre Hand an seinen Mund.

Samantha war nicht im Mindesten auf den Schock gefasst, als sie spürte, wie ihr Zeigefinger zwischen Gabriels Lippen glitt. Die feuchte Hitze seines Mundes war ein starker Gegensatz zu der Kälte des Desserts. Er leckte und saugte die sahnige Creme von ihren Fingern mit einer sinnlichen Hingabe, die ihren Widerstand dahinschmelzen ließ. Es war nur zu leicht, sich vorzustellen, wie sich dieselbe geschickte Zunge an anderen, noch empfindsameren Stellen ihres Körpers zu schaffen machte.

Samantha entriss ihm ihre Hand; ihre Wangen unter der Augenbinde brannten. »Als Sie mich einluden, mit Ihnen zu speisen, Mylord, war mir nicht bewusst, dass ich das Hauptgericht sein sollte.«

»Ganz im Gegenteil, Miss Wickersham. Sie geben ein viel köstlicheres Dessert ab.«

»Wegen meines süßen Wesens?«, konnte sie sich nicht verkneifen, in ihrem strafendsten Ton zu fragen.

Er lachte laut auf. Dieses seltene Ereignis musste sie sehen. Samantha zog die behelfsmäßige Augenbinde herunter. Gabriel saß lässig in seinem Stuhl, die kleinen Fältchen um seine Augen in einem schiefen Grinsen vertieft.

Den Rest des Abends war er der ideale Gesellschafter beim Dinner und gewährte ihr einen Blick auf den Charme, der so viele Frauen dazu verleitet hatte, um seine Gunst zu buhlen. Nachdem sie den Rest des Desserts verspeist hatten – diesmal allerdings mit Löffeln anstatt mit den Fingern –, erhob er sich und bot ihr seine Hand.

Samantha betupfte sich die Lippen mit ihrer Serviette und überlegte besorgt, dass sie ihm überallhin folgen würde. »Es ist reichlich spät, Mylord. Ich sollte mich wirklich zurückziehen.«

»Gehen Sie noch nicht. Ich möchte Ihnen zuerst noch etwas zeigen.«

Unfähig, ihm seine Bitte abzuschlagen, erhob sich Samantha und legte ihre Hand auf die seine, konnte jedoch ihren Argwohn nicht abschütteln. Seinen Gehstock benutzend, geleitete er sie aus dem Speisesalon einen langen schattigen Flur hinunter zu einer vergoldeten Flügeltür, die ihr nie zuvor aufgefallen war.

Er tastete nach den Messingklinken und stieß die Türflügel auf.

»Himmel!«, hauchte Samantha, die ein Bild direkt aus ihren Träumen vor sich sah.

Es war der Ballsaal, den sie bei ihrer ersten Erkundung des Herrenhauses entdeckt hatte. Aber statt von der Empore in ihn hinabzublicken, befand sie sich im Mittelpunkt seiner Pracht. Jede Kerze in den schimmernden Kerzenständern war entzündet worden, warf ihren Schein auf die blau glasierten venezianischen Fliesen. Eine Reihe Bogenfenster im französischen Stil gingen auf den mondhellen Garten hinaus.

Gabriel lehnte seinen Gehstock gegen die Wand. Hier brauchte er ihn nicht. Es gab keine Möbel, über die er stolpern, oder zierliche Porzellanfiguren, die er zerbrechen konnte.

»Darf ich Sie um das Vergnügen dieses Tanzes bitten, Gnädigste?«, fragte er und bot ihr seinen Arm.

»Sie haben geübt, nicht wahr?«, sagte Samantha vorwurfsvoll. Es fielen ihr plötzlich wieder die geheimnisvolle Musik und der rätselhafte Krach ein, die sie aus dem Salon gehört hatte. »Ich dachte schon, Mrs. Philpot und Mr. Beckwith hätten sich zu einem mitternächtlichen Stelldichein getroffen.«

Gabriel lachte, während er sie in die Mitte der glänzenden Tanzfläche führte. »Ich bezweifle, dass ich ihnen dazu die nötige Kraft gelassen habe. Beckwith und ich sind öfter mit den Köpfen zusammengestoßen, als ich zählen mag; und Mrs. Philpots arme Zehen hätten sich nie erholt, wenn ich nicht in Socken statt Stiefeln getanzt hätte. Wir haben nicht lange gebraucht, um herauszufinden, dass ich eine erbärmliche Enttäuschung bei Menuetten und Ländlern bin.«

»Wenn Sie Ihre Partnerin nicht *spüren* können«, begann sie, als ihr wieder seine Worte von vorhin einfielen.

»… kann ich meine Partnerin nicht finden. Was der Grund dafür ist, weswegen ich den größten Teil der Nacht gestern mit Beckwith Walzer getanzt habe.« Er seufzte. »Es ist eine Schande, dass Mrs. Philpot nicht Walzer tanzt.«

»Walzer?«, wiederholte Samantha, unfähig, ihr Entsetzen zu verbergen. »Himmel, der Erzbischof persönlich hat ihn als Gipfel der Sittenlosigkeit bezeichnet.«

Gabriels Augen funkelten belustigt. »Stellen Sie sich nur vor, was er gedacht hätte, wenn er mich mit meinem Butler tanzen gesehen hätte.«

»Selbst der Prinz von Wales erklärt, es sei völlig unanständig für einen Mann, eine Frau so dicht an sich gedrückt zu halten. Solche Nähe zwischen Tanzpartnern kann nur zu unschicklichem Benehmen führen.«

»Ach ja?«, murmelte Gabriel und klang erheblich mehr fasziniert als abgestoßen. Er verschränkte seine Finger mit ihren und zog sie noch näher zu sich.

Samanthas Atem ging abgehackt, als wäre sie schon mehrmals durch den Saal gewirbelt. »So ein moderner Tanz mag in Wien oder Paris akzeptiert sein, Mylord, aber er ist in jedem Londoner Ballsaal verboten.«

»Wir sind aber nicht in London«, erinnerte Gabriel sie und nahm sie in die Arme.

Er nickte in Richtung Galerie für die Musiker. Als ein nicht zu sehender Diener das Cembalo zu spielen begann, legte ihr Gabriel die Hand auf den Rücken und bewegte sich mit ihr zu den zarten Tönen von »Barbara Allen« im Takt. Die sehnsüchtige Ballade über verpasste Gelegenheiten und verlorene Liebe war schon immer eines von Samanthas Lieblingsliedern gewesen. Sie hatte es nie zuvor als Walzer gehört, aber es passte perfekt zu dem gleitenden Dreivierteltakt des Tanzes.

Als sein Körper sich in den unwiderstehlichen Rhythmus fand, gewann Gabriel seine angeborene Anmut zurück. Er schloss die Augen, und andere, noch köstlichere Empfindungen kehrten ebenfalls zurück – die Erregung, einen warmen Frauenkörper an den seinen zu drücken, das seidige Rascheln ihrer Röcke, das Vertrauen, mit dem sie sich seiner Führung überließ. Zum ersten Mal seit Trafalgar beklagte Gabriel den Verlust seiner Sehkraft nicht. Mit Samantha im Arm durch den Ballsaal tanzend, fühlte er sich wieder ganz und komplett.

Den Kopf mit einem übermütigen Lachen in den Nacken werfend, wirbelte Gabriel mit ihr mehrmals durch den Saal.

Zu dem Zeitpunkt, da die letzten Noten von »Barbara Allen« verklangen, waren sie beide atemlos vor Gelächter. Als das Cembalo »Komm, leb mit mir«, anstimmte, eine gefällige Weise, die mehr zu einer Allemande passte als zu einem Walzer, blieben sie stehen. Gabriel hielt Samantha fest, wollte weder sie noch den Augenblick aufgeben.

»Falls Sie versuchen wollen, mich damit zu beeindrucken, wie kultiviert Sie sind, dann werden Sie kläglich scheitern«, erklärte sie.

»Vielleicht sind wir unter unseren geschliffenen Manieren und unserer feinen Seide im Herzen doch nur Barbaren.« Ihre Hand an seinen Mund hebend, drückte er einen Kuss auf die Handfläche, erlaubte seinen Lippen, länger auf ihrer zarten Haut zu verweilen, als es schicklich war. »Selbst Sie, meine prüde Miss Wickersham.«

Das leise Zittern in ihrer Stimme war nicht zu überhören. »Wenn ich ein zynischeres Wesen hätte, Mylord, könnte mir der Verdacht kommen, dass Sie dieses Szenarium nicht für eine Entschuldigung aufgebaut haben, sondern für eine Verführung.«

»Was wäre Ihnen lieber?« Nicht länger in der Lage, der Versuchung zu widerstehen, senkte Gabriel den Kopf und suchte die Antwort direkt auf ihren Lippen.

Samantha schloss die Augen, als könnte sie so jede Mitschuld an dem, was gleich geschehen würde, leugnen. Aber sie vermochte den sehnsüchtigen Schauer nicht zu leugnen, der sie durchlief, als Gabriels Lippen die ihren in einer federleichten Liebkosung streiften. Das hier glich in nichts dem Kuss, den sie in der Bibliothek geteilt hatten. Es war ein leidenschaftlicher Angriff auf ihre Sinne gewesen. Dies hier dagegen war der Kuss eines Liebhabers – eine bedächtige Kostprobe all der Vergnügen, der Lust, die er ihr bereiten konnte. Was noch verführerischer und gefährlicher war für ihr einsames Herz.

Er liebkoste ihre vollen Lippen, überredete sie, sie zu öffnen, das Eindringen seiner Zunge zu begrüßen. Als sie deren samtige Hitze in ihrem Mund spürte, fühlte Samantha, wie sie dahinschmolz, sich an ihn schmiegte und der letzte Rest ihres Widerstandes zu Asche verglühte. Plötzlich war sie Bettlerin bei einem Festmahl – einem Festmahl für ihre Sinne, die ihr Körper zu lange missachtet hatte. Sie wollte ihn verschlingen, jedes Verlangen in sich mit der herrlichen Leidenschaft seines Kusses stillen.

Als ihre Zunge sich an dem uralten Tanz beteiligte, seinen Geschmack genoss, stöhnte er tief in der Kehle. Er musste nicht sehen können, um seine Hand in ihren Ausschnitt zu schieben und ihre weiche Brust unter dem Seidenhemd zu finden, um seinen Daumen leicht über die harte Brustwarze zu reiben, bis sie in seinen Mund stöhnte, von einer Sehnsucht überwältigt, die so durchdringend war wie verboten.

Von dem hilflosen Stöhnen beschämt und voller Sorge, wo seine Finger als Nächstes hinwandern würden, riss Gabriel Hände und Lippen von Samantha.

Um Atem ringend, lehnte er seine Stirn an die ihre. »Sie sind nicht ganz aufrichtig zu mir gewesen, nicht wahr, Miss Wickersham?«

»Warum sagen Sie das?«

Davon ausgehend, dass das Entsetzen in ihrer Stimme auf seine Vertraulichkeit von eben zurückzuführen war, brachte er seinen Mund dicht an ihr Ohr und wisperte: »Weil Sie, sehr zu meinem Missfallen, sehr wohl Unterwäsche tragen.«

Das Lied hörte in diesem Moment auf, und die plötzliche Stille erinnerte sie beide daran, dass sie oben auf der Galerie Zuschauer hatten.

»Soll ich noch ein Lied spielen, Mylord?« Beckwiths heitere, unbekümmerte Stimme klang über das vergoldete Geländer zu ihnen herab, gab ihnen Gewissheit, dass der Butler das Schauspiel auf der Tanzfläche nicht mitbekommen hatte.

Es war Samantha, die schließlich die Kraft aufbrachte, sich aus seinen Armen zu lösen, Samantha, die nach oben rief: »Nein, danke, Beckwith. Lord Sheffield benötigt Ruhe. Morgen wird er pünktlich um zwei Uhr seine Stunden aufnehmen.« Ihre Stimme klang nicht weniger kühl, als sie sich wieder zu Gabriel umdrehte und artig sagte: »Danke für das Dinner, Mylord.«

Von ihrer Verwandlung zurück in seine gestrenge Pflegerin amüsiert, machte er eine förmliche Verneigung.

»Und danke Ihnen ebenfalls, Miss Wickersham … für den Tanz.«

Mit schräg geneigtem Kopf lauschte er auf ihre fliehenden Schritte und fragte sich nicht zum ersten Mal, welche Geheimnisse seine Pflegerin wohl noch hüten mochte.

Beckwith kehrte in die Gesindestube zurück, wo er Mrs. Philpot vorfand, die allein vor dem Feuer saß und eine Tasse heißen Tee genoss.

»Wie verlief der Abend?«, erkundigte sie sich.

»Ich würde sagen, es war ein durchschlagender Erfolg. Genau, was die zwei gebraucht haben. Allerdings waren wir beide offenbar nicht ganz so diskret, wie wir dachten. Wie es scheint, hat uns Miss Wickersham letzte Nacht im Salon gehört.« Er schmunzelte. »Sie dachte, wir hätten ein Rendezvous um Mitternacht gehabt.«

»Stell sich das einer vor.« Mrs. Philpot hob ihre Teetasse an die Lippen, um ihr Lächeln zu verbergen.

Beckwith schüttelte den Kopf. »Wer würde schon glauben, dass ein pingeliger alter Butler und eine gesetzte Witwe sich im Dunkeln begrapschen wie zwei liebeskranke Kinder?«

»Ja, wer wohl?« Mrs. Philpot stellte die Teetasse auf den Ofen und begann, sich eine Haarnadel nach der anderen aus der Frisur zu ziehen.

Als die seidigen schwarzen Strähnen auf ihre Schultern herabfielen, fuhr Beckwith mit den Fingern hindurch. »Ich habe schon immer dein Haar geliebt, weißt du.«

Sie fasste seine Hand und drückte sie an ihre Wange. »Und ich habe dich immer schon geliebt. Zumindest seit du den Mut aufgebracht hast, eine einsame junge Witwe ›Lavinia‹ zu nennen statt ›Mrs. Philpot‹.«

»Ist dir eigentlich klar, dass das fast zwanzig Jahre her ist?«

»Mir ist, als sei es erst gestern gewesen. Also, welche Lieder hast du für sie gespielt?«

»›Barbara Allen‹ und dein Lieblingslied ›Komm, leb mit mir‹.«

»›Komm, leb mit mir und lass dich lieben‹«, zitierte sie Marlowes zeitloses Liebesgedicht.

»›Und uns wird alle Lust beschieden‹«, beendete er den Vers und zog sie auf die Füße.

Sie lächelte zu ihm empor, ihre Augen funkelten wie die eines jungen Mädchens. »Meinst du, der Herr würde uns entlassen, wenn er es wüsste?«

Beckwith schüttelte den Kopf, ehe er sie sanft küsste. »Von dem zu schließen, was ich heute Nacht mit angesehen habe, glaube ich, er würde uns beneiden.«

14

Meine liebste Cecily,
wie kannst du nur andeuten, dass meine Familie dich als unter mir stehend ansehen könnte? Du bist mir Mond und Sterne. Ich bin nichts als Staub unter deinen zierlichen Füßen …

Pünktlich um zwei Uhr am nächsten Nachmittag schritt Samantha wieder in ihren vernünftigen Halbstiefeln durch die Eingangshalle, und ihre Miene war so entschlossen, dass die anderen Diener sich beeilten, ihr aus dem Weg zu gehen. Ihr Haar hatte sie erneut zu dem gewohnten strengen Knoten im Nacken aufgesteckt und ihre Lippen zusammengepresst, als hätte sie auf eine Zitrone gebissen, anstatt sich mit ihrem Duft zu parfümieren. Der wenig schmeichelhafte Schnitt ihres dunkelgrauen Tageskleides verdeckte wirkungsvoll jeglichen Hinweis auf schlanke Knöchel oder weibliche Formen.

Sie ging im Empfangssalon auf und ab, während sie auf Gabriel wartete, und ihre altmodischen Unterröcke raschelten, als habe man sie in Stärke eingeweicht. Das Wissen, dass alle ihre Bemühungen, respektabel auszusehen, an Gabriel verschwendet sein würden, hob ihre Laune nicht unbedingt. Denn sie konnte auch mit nichts als Strümpfen und ihrem neuen Unterhemd aus Seide bekleidet auf ihn warten, ohne dass er es merken würde. Sie fächelte sich mit der Hand Luft zu, da ihre zügellose Phantasie einen Schwindel erregenden Reigen von Bildern heraufbeschwor, was er in so einem Fall tun könnte.

Um halb drei endlich kam er in den Empfangssalon geschlendert, seinen Gehstock fröhlich vor sich schwingend. Sam folgte ihm auf dem Fuße, einen arg mitgenommenen Stiefel im Maul.

Ungeduldig mit dem Fuß auf den Boden klopfend, starrte Samantha auf die Uhr auf dem Kaminsims. »Ich vermute, Sie haben keine Ahnung, wie spät Sie dran sind.«

»Nicht die geringste. Ich kann die Uhr ja nicht sehen«, erinnerte er sie glatt.

»Ach«, sagte sie, momentan aus dem Konzept gebracht. »Ich vermute, dann fangen wir besser an.« Weil sie zögerte, ihn zu berühren, fasste sie ihn am Ärmel seines Hemdes und zog ihn an den Eingang ihres behelfsmäßigen Labyrinths.

Er stöhnte. »Nicht schon wieder die Möbel. Hier bin ich schon hundertmal entlanggegangen.«

»Und Sie werden es noch hundertmal tun, bis Ihnen das Gehen mit dem Stock zur zweiten Natur geworden ist.«

»Ich würde viel lieber tanzen üben«, erklärte er, und die seidenweiche Note in seiner Stimme war unverwechselbar verführerisch.

»Warum etwas üben, das Sie bereits bis zur Vollkommenheit beherrschen?«, erwiderte Samantha und gab ihm einen leichten Schubs in Richtung Sofa.

Als Gabriel tonlos etwas von einem Minotaurus murmelnd das Ende des Labyrinths erreichte, stieß er auf Luft.

Stirnrunzelnd beschrieb er mit dem Stock einen Bogen. »Wo, zum Teufel, ist der Davenport hin? Ich hätte schwören können, dass er vor ein paar Tagen noch hier stand.«

Statt einer Antwort trat Samantha vor ihn und stieß die bis zum Boden reichenden französischen Fenster auf, sodass er auf die Terrasse treten konnte. Mit einem vor Begeisterung schrillen Bellen ließ Sam den Stiefel fallen und rannte an ihnen vorbei, um sich draußen an die Fährte eines imaginären Hasen zu heften. Eine milde, nach Flieder duftende Brise wehte ins Zimmer.

»Da Sie nun sowohl den Empfangssalon als auch den Ballsaal gemeistert haben«, erläuterte sie, »dachte ich, es sei an der Zeit, heute Nachmittag einen kleinen Spaziergang durch die Gartenanlagen zu wagen.«

»Nein, danke«, antwortete er ausdruckslos.

Überrascht fragte sie: »Und warum nicht? Sie haben doch gerade selbst gesagt, der Salon langweile Sie. Ich dachte, Sie würden sich freuen, etwas Neues auszuprobieren und dabei ein bisschen frische Luft zu schnappen.«

»Ich habe hier im Haus all die frische Luft, die ich benötige.«

Verwirrt blickte Samantha nach unten. Er umklammerte den Gehstock mit weiß hervortretenden Knöcheln, als wäre er sein Rettungsanker. Sein ausdrucksvolles Gesicht war wie erstarrt, sein linker Mundwinkel nach unten gebogen. Der mühelose Charme von letzter Nacht war verschwunden, ersetzt durch eine düstere Maske.

Der Atem stockte ihr, als sie begriff, dass Gabriel nicht verärgert war. Er hatte Angst. Rückblickend fiel ihr auf, dass sie seit ihrer Ankunft auf Fairchild Park nicht gesehen hatte, wie er sich dem Sonnenlicht stellte.

Sanft befreite sie den Gehstock aus seinem Griff und lehnte ihn gegen die Wand. Kühn legte sie ihm die Hand auf den verkrampften Unterarm. »Ihre Lungen brauchen vielleicht keine frische Luft, Mylord, meine jedoch schon.

Und Sie können kaum von einer Dame erwarten, dass sie an einem so herrlichen Frühlingstag einen Nachmittagsspaziergang ohne die Begleitung eines Gentlemans unternimmt.«

Samantha wusste, dass es ein Wagnis war, an eine Ritterlichkeit zu appellieren, die er nicht mehr besaß. Aber zu ihrer Überraschung bedeckte er zögernd ihre Hand mit der seinen und senkte den Kopf, um eine spöttische Verbeugung anzudeuten. »Niemand soll sagen, Gabriel Fairchild könne einer Dame einen Wunsch abschlagen.«

Er machte erst einen Schritt nach vorn, dann noch einen. Sonnenlicht ergoss sich wie geschmolzenes Gold über sein Gesicht. Als sie über die Schwelle schritten, blieb er jäh stehen. Sie fürchtete, er wolle doch noch ablehnen, aber es schien, als sei er bloß stehen geblieben, um tief einzuatmen. Samantha tat es ihm nach, genoss in vollen Zügen den Geruch der frisch umgegrabenen Erde und das betörende Parfum der prallen Glyzinienblüten an dem Spalier in der Nähe.

Als Gabriel die Augen schloss, war sie in Versuchung geführt, auch die ihren zu schließen, ihre Sinne ganz auf die Liebkosung durch die sonnenwarme Brise und das empörte Zwitschern eines Rotkehlchens zu konzentrieren, das mit seinem Partner schimpfte, während die beiden ein Nest in den Zweigen eines nahen Weißdornes bauten. Doch wenn sie das getan hätte, hätte sie den Ausdruck puren sinnlichen Vergnügens auf Gabriels Gesicht verpasst.

Ihre Lebensgeister hoben sich, und sie drängte ihn loszugehen, führte ihn zu dem Stück smaragdgrünen Rasens, das sich zu einem halb verfallenen, steinernen Gemäuer am Rand eines weitläufigen Waldes absenkte. Jede Einzelheit in dem sorgfältig geplanten Park, von den frisch gehauenen Felsen bis zu den sich dahinschlängelnden Bächen, war mit dem Ziel angelegt, den Eindruck unberührter Wildnis zu erwecken.

Ohne seine Finger von den ihren zu nehmen, hielt Gabriel mühelos mit ihr Schritt, gewann mit jedem zurückgelegten Meter an Zuversicht und Anmut. »Wir sollten uns nicht zu weit vom Haus entfernen. Was, wenn mich jemand aus dem Dorf sieht? Ich will schließlich keine kleinen Kinder erschrecken.«

Trotz seines trockenen Tonfalles wusste Samantha, dass seine Worte nur halb scherzhaft gemeint waren. »Kinder fürchten nur das Unbekannte, Mylord. Je länger Sie sich auf Fairchild Park einsperren, desto Furcht einflößender wird Ihr Ruf.«

»Und wir wollen ja nun wirklich nicht, dass alle glauben, ich sei ein missgestaltetes Scheusal, das im Dunkeln herumlungert, nicht wahr?«

Samantha schaute zu ihm auf, aber es war unmöglich zu sagen, ob er sich über sie oder über sich selbst lustig machte. Seine Augen hatten vielleicht ihr Sehvermögen verloren, nicht aber ihr amüsiertes Funkeln. Im Sonnenlicht waren sie sogar noch aufsehenerregender, ihre goldgeränderten Tiefen so klar und hell wie ein Kristallsee. Und sein Haar glänzte im Sonnenschein wie frisch geprägte Goldmünzen.

»Es besteht wirklich keine Notwendigkeit für Sie, in Ihrem eigenen Hause wie ein Gefangener zu leben, wenn Sie doch diese wunderschönen Gärten haben. Ich kann mir vorstellen, dass Sie früher sehr unternehmungslustig waren. Es muss doch irgendetwas an der frischen Luft zu tun geben, das Ihnen Spaß macht.«

»Wie wäre es mit Bogenschießen?«, spottete er. Sam

kam aus dem Wald gelaufen und zwang sie, langsamer zu gehen, da er ihnen freudig um die Füße sprang. »Oder Jagen. Wenigstens könnte es mir keiner verdenken, wenn ich einen jungen Hund für einen Fuchs halte.«

»Sie sollten sich schämen«, schalt sie ihn. »Es ist gut möglich, dass Sam eines Tages Ihre Rettung sein wird. Das Tier ist sehr klug, wissen Sie?«

Da er seinen Namen hörte, warf sich der Hund ins Gras, rollte sich auf den Rücken, verdrehte wohlig die Augen und ließ die Zunge aus dem Maul hängen. Samantha raffte ihre Röcke und machte einen Schritt über ihn hinweg in der Hoffnung, ihr Begleiter würde es nicht bemerken.

Gabriel schien in Gedanken mit anderen Dingen beschäftigt. »Vielleicht haben Sie Recht, Miss Wickersham.« Samantha blickte zu ihm auf, erstaunt über sein rasches Einlenken. »Vielleicht gibt es ja etwas, das mir immer noch Spaß machen würde. Etwas, bei dem ich nicht im Nachteil bin.«

Gabriel gewann jede einzelne Runde bei »Blinde Kuh«.

Er war einfach nicht zu schlagen. Er fing nicht nur selbst die flinksten Dienstboten, ehe sie außer Reichweite laufen konnten, es war ihm auch noch ein Leichtes, sie mit nur einem leichten Schnuppern an Haar oder Kleidung beim Namen zu nennen. Seine Reflexe waren immer noch so gut, dass er zudem jedem ausweichen konnte, der die Augenbinde trug, er entwischte ihren ausgestreckten Händen, einen Augenblick, bevor sie ihn zu packen vermochten.

Als Samantha die Dienerschaft nach draußen hatte rufen lassen, damit sie sich an dem Spiel beteiligten, waren sie alle entsetzt gewesen, ihren Herrn auf einen Ellbogen gelehnt auf der sonnenbeschienenen Wiese zu entdecken, das Haar aus dem Zopf im Nacken gerutscht und einen Grashalm zwischen den Lippen. Und noch entsetzter waren sie, als seine Pflegerin ihnen erklärte, was von ihnen verlangt wurde. Während die anderen Diener sich steif in einer Reihe aufstellten, als gälte es, zu Besuch kommende Würdenträger zu begrüßen, schnalzte Beckwith missbilligend mit der Zunge, und Mrs. Philpot erklärte, sie habe nie zuvor etwas so Anstößiges erlebt.

Peter und Phillip waren die Ersten, die aus der Reihe traten. Erfreut, ihren Pflichten an einem so prächtigen Frühlingstag zu entkommen, straften die Zwillinge die Feinheiten des Spiels mit Missachtung und zogen es vor, bei jeder sich bietenden Gelegenheit ihre sommersprossigen Fäuste zu schwingen und miteinander zu raufen. Wann immer es ihm gelang, seinen Zwillingsbruder zu überwältigen und sich rittlings auf ihn zu setzen, warf Phillip Elsie einen verstohlenen Blick zu, um sich zu vergewissern, dass das hübsche junge Stubenmädchen auch zusah.

Verführt von der milden Brise und der guten Laune ihres Herrn, legten auch die anderen Diener allmählich ihre Zurückhaltung ab. Als er an der Reihe war, die Augenbinde zu tragen, endete es damit, dass der drahtige Wildhüter Willie der Wäscherin Meg nachsetzte, die knorrigen Hände wie Klauen ausgestreckt. Wie ein Schulmädchen kreischend, raffte Meg ihre Röcke und rannte den flachen Abhang hinunter, ihre stämmigen Beine deutlich zeigend und Sam kläffend auf den Fersen. Als sie statt nach rechts einen Haken nach links schlug, stürzte Willie an ihr vorbei, stolperte über seine Stiefel und rollte den Rest des Hanges hinunter in den Bach.

»Da Willie Meg nicht fangen konnte, ist jetzt der Herr

wieder dran!«, rief Hannah und klatschte freudig in die Hände.

Während Meg den tropfnassen, fluchenden Wildhüter aus dem Bach zog, wandte Beckwith Gabriel sachte in Richtung Haus um. Selbst Mrs. Philpot hatte Gefallen an dem Spiel gefunden. Unaufgefordert machte sie einen Schritt nach vorne und drehte ihren Dienstherrn dreimal um die eigene Achse, bevor sie außer Reichweite sprang, und zwar mit einer so übermütigen Anmut, dass die Schlüssel an ihrer Taille fröhlich klimperten.

Als Gabriel sein Gleichgewicht wieder gefunden hatte, blieben die Dienstboten wie erstarrt auf dem sonnigen Abhang stehen. Keiner von ihnen durfte sich auch nur einen Zentimeter bewegen, ehe Gabriel nicht so nah war, dass er sie berühren konnte. Erst dann war ihnen gestattet wegzulaufen. Samantha stellte sich absichtlich an den äußeren Rand des Kreises, so wie sie es immer getan hatte, wenn Gabriel an der Reihe war. Sie war entschlossen, ihm keine Ausrede zu bieten, sie anzufassen.

Gabriel drehte sich langsam um sich selbst, die Hände in die schmalen Hüften gestemmt. Erst als der Wind Samanthas Haare durcheinander wehte und eine widerspenstige Strähne aus ihrem Haarknoten löste, erkannte sie, dass es ein Fehler gewesen war, sich in die Brise zu stellen. Gabriels Nasenflügel blähten sich. Seine Augen verengten sich auf eine Art und Weise, die sie nur zu gut kannte.

Er wandte sich um und kam geradewegs auf sie zu, seine langen Schritte machten kurzen Prozess mit der Entfernung zwischen ihnen. Als er an Elsie und Hannah vorbeiging, ohne langsamer zu werden, schlugen sich die Mädchen die Hände vor den Mund, um ihr Kichern zu unterdrücken.

Samanthas Füße schienen wie in der Erde verwurzelt. Sie hätte nicht fortrennen können, selbst wenn Gabriel ein angreifendes Raubtier gewesen wäre, das sie verschlingen wollte. Der eindringlichen Blicke der anderen Dienstboten war sie sich deutlich bewusst, und ein Rinnsal aus Schweiß bildete sich zwischen ihren Brüsten. Das Blut schien ihr dick und schwer wie Honig durch die Adern zu fließen.

Wie immer blieb Gabriel einen Herzschlag, bevor er sie umrannte, stehen. Als seine Hand ihren Ärmel streifte, stöhnten Peter und Phillip verächtlich wegen des völligen Fehlens von Gegenwehr auf ihrer Seite. Es war zu spät zu fliehen. Alles, was er jetzt noch tun musste, war ihren Namen zu sagen, dann war die Spielrunde zu Ende.

»Den Namen! Den Namen!«, begannen die Mädchen zu rufen.

Gabriel hielt seine freie Hand hoch, bat um Schweigen. Er hatte die anderen Dienstboten an nicht mehr als einem Hauch von Holzrauch oder Wäscheseife erkannt. Aber er durfte seine Gefangenen auch durch Berührung identifizieren.

Sein Mundwinkel verzog sich zu einem trägen Halblächeln. Währenddessen stand Samantha wie festgefroren, zu hilflos, um seine sich nähernde Hand aufzuhalten. Es war, als ob die anderen verschwunden und sie auf dem Hang in der milden Frühlingsbrise alleine wären.

Ihre Augenlider senkten sich flatternd, als Gabriels Finger ihr Haar streiften, dann leicht über ihr Gesicht glitten. Sanft fuhr er um ihr Brillengestell herum, tastete jede Höhlung und Kurve ab, als wolle er sie sich fest ins Gedächtnis einprägen. Wie konnten seine Hände so rau und männlich und gleichzeitig so zärtlich sein? Als seine Fingerspitzen über ihre weichen Lippen strichen, schmolz ihr Unbehagen dahin, wurde von einem anderen Gefühl ersetzt, das sogar noch gefährlicher war. Sie ertappte sich bei dem Wunsch, sich an ihn zu lehnen, ihren Kopf in den Nacken zu legen und sich ihm als Opfer darzubieten. Sie schwankte, überwältigt von dem süßen Sehnen, dass sie einen Moment benötigte, bis sie bemerkte, dass er aufgehört hatte, sie zu berühren.

Ihre Augen flogen auf. Obwohl Gabriel den Kopf gesenkt hatte, verriet ihr das rasche Heben und Senken seiner Brust, dass ihn ihr kurzer Kontakt nicht unbeeindruckt gelassen hatte.

»Ich bin mir nicht ganz sicher«, rief er, sodass es alle auf der Wiese hören konnten, »aber von der Weichheit der Haut und dem zarten Parfum her zu urteilen, würde ich sagen, ich habe vermutlich …« Er machte eine Pause, um die Spannung zu steigern. »Warton, den Stalljungen, gefangen.«

Die Diener brachen in lautes Gelächter aus. Einer der Pferdeknechte versetzte dem zornigen Warton einen Schlag auf die Schulter.

»Sie dürfen nur noch zweimal raten, Mylord«, erinnerte ihn Millie.

Gabriel tippte sich mit dem Finger nachdenklich auf die Lippen. »Nun, wenn es nicht Warton ist«, erklärte er gedehnt und mit leiser Stimme, »dann muss es meine liebe … meine pflichtbewusste … meine ergebene …«

Als er sich eine Hand aufs Herz legte, erntete er neues Gekicher von den Mägden, und Samantha hielt den Atem an, überlegte, was genau er über sie verraten wollte.

»… Miss Wickersham sein!«

Die Dienstboten klatschten begeistert Beifall; Gabriel

fuhr mit der Hand anmutig durch die Luft und verbeugte sich vor Samantha.

Sie lächelte und knickste spöttisch, sprach durch zusammengebissene Zähne. »Wenigstens haben Sie in mir nicht eines Ihrer Kutschpferde erkannt.«

»Seien Sie nicht albern«, flüsterte er. »Ihre Mähne ist viel seidiger.«

Ein strahlender Beckwith klopfte ihm auf die Schulter, ehe er ihm ein gefaltetes Taschentuch in die Hand legte. »Die Augenbinde, Mylord.«

Gabriel drehte sich wieder zu Samantha um, eine seiner Augenbrauen diabolisch in die Höhe gezogen.

»Oh, nein, das tun Sie nicht!« Sie ging rückwärts, während er unbeirrt auf sie zuschritt, die Binde bedrohlich schwingend. »Ich habe genug von Ihren lächerlichen Spielchen. Von allen«, fügte sie hinzu, denn sie wusste, die Betonung würde ihm nicht entgehen.

»Ach, kommen Sie, Miss Wickersham«, erwiderte er tadelnd. »Sie werden doch wohl nicht einen Blinden zwingen, Ihnen nachzulaufen, oder?«

»Nein?« Ihre Röcke raffend, rannte Samantha über das Gras, hilflos lachend, als sie Gabriels Schritte hinter sich näher kommen hörte.

Die Stimmung in der gemächlich vor sich dahinschaukelnden Stadtkutsche des Marquis von Thornwood reichte von düster bis verdrießlich. Nur die siebzehnjährige Honoria wagte es, sich ihre Hoffnung und Vorfreude anmerken zu lassen. Sie setzte sich auf und spähte aus dem Fenster auf die vorüberziehenden Hecken, während das Gefährt auf der breiten Straße schwankend nach Fairchild Park fuhr.

Ihre beiden älteren Schwestern folgten der herrschenden Mode und legten eine gepflegte Langweile an den Tag, die jungen Damen eines gewissen Alters so wichtig wie Schönheit und Herkunft war. Die achtzehnjährige Eugenia war versunken in die verliebte Betrachtung ihres Spiegelbildes in dem kleinen eleganten Handspiegel, den sie aus ihrem seidenen Retikül geholt hatte, während die neunzehnjährige Valerie jedes Holpern und Wanken mit einem leidgeprüften Seufzen quittierte. Valerie war besonders unerträglich geworden, seit sie sich im letzten Jahr mit dem jüngsten Sohn eines Duke am Ende der Saison verlobt hatte. Gleichgültig, welche Wendung die Unterhaltung nahm, es gelang ihr stets, jeden zweiten Satz mit »Wenn Anthony und ich erst einmal verheiratet sind ...« zu beginnen.

Den Mädchen gegenüber saß ihr Vater und tupfte sich die gerötete Stirn mit einem spitzengesäumten Taschentuch ab.

Mit einem besorgten Blick ob seiner kräftig roten Gesichtsfarbe erkundigte sich seine Gattin: »Meinst du wirklich, dass dies eine kluge Entscheidung war, Teddy? Wenn wir ihn vorgewarnt hätten, dass wir kommen ...«

»Wenn wir ihn vorgewarnt hätten, hätte er nur wieder den Dienstboten aufgetragen, uns abzuwimmeln.« Da es nicht seine Art war, in scharfem Ton mit seiner Gattin zu sprechen, milderte Theodore Fairchild seine Worte, indem er sich vorbeugte und ihr besänftigend die behandschuhte Hand tätschelte.

»Soweit es mich betrifft, wäre das ein Segen.« Eugenia riss sich widerwillig von ihrem Spiegelbild los. »Dann hätte er nicht die Gelegenheit, uns anzuschnauzen und anzuknurren wie ein tollwütiger Wolf.«

Valerie nickte bekräftigend. »Bedenkt man, wie scheußlich er sich letztes Mal aufgeführt hat, hätte man meinen können, er sei nicht bloß blind, sondern auch verrückt. Es ist nur gut, dass Anthony und ich noch nicht verheiratet sind. Himmel, wenn er gehört hätte, wie rüde Gabriel mit mir gesprochen hat …«

»Ihr solltet euch schämen, so über euren Bruder zu reden!« Honoria fuhr abrupt herum und starrte sie finster an. Ihre sherrybraunen Augen funkelten wütend unter der modisch aufgeschlagenen Krempe ihres Hutes.

Nicht an eine so strenge Zurechtweisung von ihrer sonst stets gutmütigen kleinen Schwester gewöhnt, wechselten Valerie und Eugenia erstaunte Blicke.

Als die Kutsche durch ein schmiedeeisernes Tor auf die Auffahrt zum Herrensitz einbog, fuhr Honoria fort: »Wer hat dich aus dem eiskalten Wasser gezogen, als du auf Tillmans Pond eingebrochen bist, obwohl man dich gewarnt hatte, dass das Eis zu dünn zum Schlittschuhlaufen sei? Und wer hat deine Ehre verteidigt, Valerie, als dieser grässliche Junge auf Lady Marbeths Gesellschaft behauptet hat, du hättest ihm erlaubt, einen Kuss zu stehlen? Gabriel war immer der beste große Bruder, den sich ein Mädchen nur wünschen kann, und doch sitzt ihr beide da, verspottet und beleidigt ihn wie so treulose Tomaten!«

Valerie lehnte sich vor, drückte Eugenia die Hand, und in ihren hellgrünen Augen glitzerten Tränen. »Das ist ungerecht, Honoria! Wir vermissen Gabriel genauso wie du. Aber dieser schlecht gelaunte Grobian, der gewütet und uns beschimpft hat, als wir letztes Mal herkamen, war nicht unser Bruder. Wir wollen unseren Gabriel wieder haben.«

»Ruhig, ruhig, Mädels«, murmelte ihr Vater. »Es gibt keinen Grund, eine ohnehin schon schwierige Situation noch schlimmer zu machen, indem ihr auch noch streitet.« Während Honoria sich gekränkt abwandte und wieder aus dem Fenster blickte, bemühte er sich um einen Abklatsch seines gewohnt fröhlichen Lächelns. »Wenn euer Bruder sieht, was wir ihm diesmal mitgebracht haben, ist er uns vielleicht gewogener gesonnen.«

»Aber das ist doch genau das Problem«, platzte Lady Thornwood heraus. »Nach dem, was deine teuren Ärzte gesagt haben, wird er ja wohl nichts sehen, oder? Nicht heute und nie mehr wieder.« Ihr rundliches Gesicht legte sich in betrübte Falten, ihre Tränen hinterließen in der Schicht Gesichtspuder eine glänzende Spur. Sie nahm das Taschentuch, das ihr Gemahl ihr hinhielt, und betupfte sich die überfließenden Augen. »Vielleicht haben Valerie und Eugenia ja Recht. Vielleicht hätten wir gar nicht kommen sollen. Ich weiß nicht, ob ich es ertragen kann, meinen lieben Jungen in dieses dunkle Haus gesperrt zu sehen, als ob er ein Tier wäre.«

»Mama?« Honoria rieb an dem fleckigen Glas des Kutschenfensters, und in ihrer Stimme schwang Verwunderung mit.

»Lass Mama in Ruhe«, fuhr Eugenia sie an. »Siehst du denn nicht, wie verzweifelt sie ist?«

Valerie holte etwas Hirschhornsalz aus ihrem Retikül und hielt es ihrer Mutter hin. »Hier, Mama. Bitte nimm das, sobald du einen Anflug von Unwohlsein verspürst.«

Lady Thornwood winkte ab, ihre Aufmerksamkeit galt der verblüfften Miene ihrer jüngsten Tochter. »Was ist, Honoria? Du siehst aus, als hättest du einen Geist erblickt.«

»Vielleicht habe ich das ja. Ich denke, du solltest besser selbst sehen.«

Als Honoria das Fenster öffnete, kletterte Lady Thornwood über die Beine ihres Mannes, wobei sie ihm unabsichtlich auf die Zehen trat, um an die Seite ihrer Tochter zu gelangen. Neugierig drängten sich Eugenia und Valerie hinter ihre Mutter.

Es schien irgendeine Art von Lustbarkeit im Gange zu sein. Die Teilnehmer standen verstreut auf der grasbewachsenen Anhöhe herum, die sich vor dem Herrenhaus erstreckte, und ihr Gelächter und ihr Rufen klangen wie Musik in der Luft. Sie waren zu sehr mit dem fröhlichen Treiben beschäftigt, um die herannahende Kutsche überhaupt zu bemerken.

Den Hals reckend, um über die Mauer aus modischen Damenhüten hinweg etwas erkennen zu können, blieb dem Marquis der Mund offen stehen. »Was, in drei Teufels Namen, verschwenden die Dienstboten da ihre Zeit mit einem solchen Unsinn, wo sie doch arbeiten sollten? Was denken die, was wir haben – Weihnachten? Himmel, ich werde Beckwith beauftragen, die ganze Bande zu entlassen!«

»Dazu wirst du ihn erst fangen müssen«, erklärte Valerie, als der Butler gerade den Abhang hinunterlief und einer kreischenden Mrs. Philpot nachsetzte.

Eugenia schlug sich eine Hand vor den Mund, um ihr entsetztes Kichern zu unterbinden. »Sieh dir das nur an, Valerie! Wer hätte gedacht, dass der steife alte Klotz dazu in der Lage ist?«

Die Marquise wollte sich gerade umdrehen und ihre Tochter für eine derart undamenhafte Ausdrucksweise tadeln, da fiel ihr Blick auf den Mann, der sich am Rande des ausgelassenen Treibens bewegte. Sie wurde so blass, dass es aussah, als benötigte sie das Hirschhornsalz auf der Stelle.

Als er auf der Anhöhe oben stehen blieb, seine herrische Gestalt umrahmt von dem strahlend blauen Himmel, legte sie sich unwillkürlich eine Hand aufs Herz, glaubte einen wundersamen Augenblick lang, ihr Sohn sei ihr zurückgegeben. Er stand hoch aufgerichtet dort, die Schultern gerade, das goldene Haar im Sonnenlicht glänzend.

Doch dann drehte er sich um, und sie sah die gezackte Narbe, die seine makellosen Züge verunstaltete – die grimmige Erinnerung daran, dass der Gabriel, den sie gekannt und geliebt hatte, für immer gegangen war.

Samantha wusste, dass sie Gabriel nicht für immer ausweichen konnte. Aber sie musste es ihm auch nicht unnötig leicht machen, sie zu erwischen. Diesem Vorsatz folgend hielt sie sich hinter den anderen Dienstboten, als sie ihr Spiel begannen. Er mochte ja nicht mehr sehen können, aber er war immer noch so flink wie ein Berglöwe, weshalb sie erschrak, als er über ein Grasbüschel stolperte und wie ein Stein zu Boden fiel.

»Gabriel!«, rief sie, ohne es zu merken, dass sie seinen Vornamen benutzte.

Sie raffte ihre Röcke und eilte an seine Seite. Neben ihm ließ sie sich auf die Knie nieder, wobei sie sich unwillkürlich das Schlimmste ausmalte. Was, wenn er sich den Knöchel gebrochen hatte? Oder sich den Kopf an einem Stein unter der Grasnabe gestoßen hatte?

Heimgesucht von der Erinnerung an seinen blutüberströmten Körper auf dem Fußboden seines Schlafzimmers, bettete sie seinen Kopf in ihrem Schoß und strich ihm zärtlich das Haar aus der Stirn. »Kannst du mich hören, Gabriel? Geht es dir gut?«

»Jetzt schon.« Ehe Samantha auf das heisere Flüstern reagieren konnte, hatte er seine Arme um sie geschlungen und sie zu sich heruntergezogen, wobei ihre Brille verrutschte.

Nie hätte sie gedacht, dass er so vermessen sein könnte, sich mit ihr vor der versammelten Dienerschaft im Gras zu rollen – als sei er ein Schäferjunge und sie ein Milchmädchen, das nur darauf wartete, vernascht zu werden. Aber genau das tat er, und seine Beine verfingen sich in ihren Röcken, worauf sie beide in hilfloses Gelächter ausbrachen.

Das Nächste, was sie wusste, war, dass sie auf dem Rücken lag, Gabriels großer, warmer Körper sie bedeckte. Sein Griff wurde sanfter, ihr Lachen erstarb.

Zu spät bemerkte Samantha, dass auch alle anderen verstummt waren.

Sie blickte über Gabriels Schulter und blinzelte durch ihre verrutschten Brillengläser nach oben. Ein Fremder stand über ihnen – ein stämmiger Mann mit breitem Brustkorb, bekleidet mit gold und grün gestreiften Strümpfen und einer eher altmodischen Kniehose. Das verblasste Goldblond seiner Haare war leicht gepudert, sodass sich sein Alter nur schwer schätzen ließ. Manschetten aus edler venezianischer Spitze umrahmten seine kräftigen Handgelenke. Als er ihr eine Hand hinhielt, funkelte der enorme Rubinring, der seinen Mittelfinger zierte, wie ein frischer Blutstropfen im Sonnenlicht.

»M-m-mylord«, stammelte Beckwith. Seine Augenbinde war verrutscht und hing nun schief, sodass er wie ein dicklicher, bleicher Pirat aussah. »Wir haben keine Nachricht von Ihrem Besuch erhalten. Wir haben Sie nicht erwartet.«

»Das sehe ich«, fuhr ihn der Mann in einem herrischen Ton an, den Samantha nur zu gut kannte.

Erst da begriff sie, dass sie in das gestrenge Antlitz von Theodore Fairchild blickte, dem Marquis von Thornwood – Gabriels Vater und ihr Dienstherr.

15

Meine liebste Cecily,
ich kann dir versichern, dass meine Familie dich anbeten wird – so sehr, wie ich es tue …

Die ausgestreckte Hand des Marquis verschmähend, schob Samantha Gabriel von sich und kam umständlich auf die Beine. Gabriel verschwendete keine Zeit, sich selbst auch zu erheben. Er stand steif und mit versteinerter Miene neben ihr. Der Rest der Dienerschaft hatte sich in Grüppchen um sie versammelt, und sie sahen allesamt aus, als würden sie es vorziehen, Nachttöpfe auszuleeren oder die Ställe auszumisten, statt hier zu sein.

Ihre Brille gerade rückend, versank Samantha in einem tiefen Knicks. »Es ist mir eine große Ehre, Ihre Bekanntschaft zu machen, Mylord. Ich bin Samantha Wickersham, die Pflegerin Ihres Sohnes.«

»Ich kann verstehen, warum er so bemerkenswerte Fortschritte gemacht hat seit unserem letzten Besuch hier.« Obwohl seine Stimme schroff klang, hätte sie schwören können, dass sie einen Funken Humor in seinen Augen aufglimmen sah.

Sie war sich nur zu bewusst, was für ein skandalöses Bild sie bieten musste. Mit ihrem zerknitterten und mit Grasflecken übersäten Kleid, den geröteten Wangen und den Haaren, die sich aus dem Knoten im Nacken gelöst hatten und ihr nun lose halb über den Rücken fielen, sah sie vermutlich mehr wie die Dorfschlampe aus als wie eine anständige Frau, die er anstellen konnte, damit sie sich um seinen Sohn kümmerte.

Vier elegant gekleidete Damen standen dicht zusammengedrängt hinter dem Marquis auf dem Rasen. Jede ihrer Locken befand sich genau an der Stelle unter den reich verzierten Hüten, an die sie auch gehörte, jede Schleife, jedes Band und jeder Spitzenbesatz waren perfekt gestärkt. Samantha fühlte, wie sich ihre Lippen zusammenpressten. Diese Sorte Frau kannte sie nur zu gut.

Obwohl sie sich angesichts ihrer Anwesenheit noch mehr wie ein Wildfang vorkam, hob sie ihr Kinn und weigerte sich, vor ihnen Demut zu heucheln. Wenn Gabriels Familie ihre Verantwortung nicht grob vernachlässigt hätte, wäre es nicht nötig gewesen, sie für ihn einzustellen. Und wenn sein Vater sie nun entließ, wäre niemand da, um auf Gabriel aufzupassen.

»Sie mögen meine Behandlungsmethoden vielleicht ungewöhnlich finden, Lord Thornwood«, begann sie, »aber ich glaube, dass frische Luft und Sonnenschein, in ausreichender Menge genossen, die Kraft haben, die Verfassung von Körper und Geist zu verbessern.«

»Und der Himmel weiß, dass ich in diesen Bereichen mehr als genug Verbesserungspotential biete«, steuerte Gabriel leise bei.

Als der Marquis sich zu seinem Sohn umdrehte, schien seine Arroganz dahinzuschmelzen. Er konnte sich nicht dazu bringen, Gabriel direkt ins Gesicht zu sehen. »Tag, mein Junge. Es ist schön, dich so wohl zu sehen.«

»Vater«, erwiderte Gabriel steif. »Ich wünschte, ich könnte dasselbe sagen.«

Eine der Damen kam mit raschelnden Seidenröcken über den Rasen zu ihnen. Obwohl ihre Haut blass war und so weich wie alte Spitze, hatte das Alter ihr kaum etwas von ihrer molligen Schönheit genommen.

Gabriel stand steif da, sein Gesicht eine Maske des Argwohns, als sie sich auf die Zehenspitzen stellte und einen Kuss auf seine unversehrte Wange hauchte. »Ich hoffe, du verzeihst uns, wenn wir so hereinplatzen. Es war so ein schöner Tag – einfach perfekt für eine Kutschfahrt aufs Land.«

»Sei nicht albern, Mutter. Wie könnte man erwarten, dass du deine christliche Pflicht der Nächstenliebe vernachlässigst? Vielleicht kannst du auf dem Rückweg auch noch am Waisenhaus oder dem Arbeitshaus anhalten und die Armen und vom Schicksal Benachteiligten aufheitern.«

Obwohl Samantha zusammenzuckte, seufzte Gabriels Mutter nur leidgeprüft, als sei diese garstige Begrüßung nicht mehr, als sie erwartet hatte.

Die beiden gertenschlanken, goldblonden Mädchen hielten sich abseits, als hätten sie Angst, Gabriel könnte beißen, aber die eher pummelige Brünette kam angelaufen und warf ihm die Arme um den Hals, wobei sie ihn beinahe umstieß. »Ach, Gabriel, ich konnte es keinen Moment länger aushalten, von dir getrennt zu sein! Ich habe dich ja so vermisst!«

Zum ersten Mal ließ er ein Anzeichen sehen, dass er auftaute – er tätschelte ihr ungelenk die Schulter. »Hallo, Kleines. Oder soll ich lieber Lady Honoria zu dir sagen? Wenn du nicht Valeries Schuhe mit Absätzen trägst, dann musst du mindestens fünf Zentimeter gewachsen sein seit deinem letzten Besuch hier.«

»Kannst du glauben, dass ich in nicht einmal zwei Wochen bei Hof vorgestellt werde? Und ich habe dein Versprechen nicht vergessen, weißt du.« Sich bei ihm unterhakend, als fürchtete sie, er würde weglaufen, wandte sie sich lächelnd an Samantha. Einer ihrer Vorderzähne stand leicht schief, was ihren Liebreiz jedoch nur steigerte. »Seit ich ein kleines Mädchen und noch im Kinderzimmer war, hat mir mein Bruder immer versprochen, dass er den ersten Tanz auf meinem Einführungsball mit mir tanzen würde.«

»Wie ritterlich von ihm«, antwortete Samantha leise, der das kurze Aufflackern von Schmerz auf Gabriels Zügen nicht entging.

Der Marquis räusperte sich. »Belege deinen Bruder nicht völlig mit Beschlag, Honoria. Hast du vergessen, dass wir eine Überraschung für ihn haben?«

Als Honoria Gabriel zögernd losließ und zu ihren Schwestern ging, drehte sich ihr Vater um und winkte den livrierten Lakaien, welche die eindrucksvolle Stadtkutsche begleiteten. Sie sprangen von ihren Plätzen und begannen, die Seile zu lösen, die einen großen und in Leinentücher gehüllten Gegenstand hinten auf der Kutsche hielten.

Während die beiden ihre schwere Last die Anhöhe hinaufschleppten und unter dem Gewicht wankten, rieb sich Gabriels Vater in Vorfreude die Hände. Als die Lakaien den Gegenstand vor Gabriel im Gras abstellten, war Samantha genauso neugierig wie die übrigen Dienstboten.

»In dem Augenblick, da deine Mutter und ich dies erblickten, wussten wir, dass es genau das Richtige sein würde.« Mit einem strahlenden Lächeln zu seiner Gattin hinüber trat der Marquis vor und zog schwungvoll das Leinentuch weg.

Samantha kniff die Augen zusammen und versuchte, das unbekannte Gebilde zuzuordnen. Als es ihr schließlich gelang, wünschte sie sich fast, sie hätte keinen Erfolg gehabt.

»Was ist das?«, hörte sie Elsie Phillip zuflüstern. »Ein Folterinstrument?«

Mrs. Philpot richtete ihren Blick auf den fernen Horizont, und Beckwith trat näher zu ihr heran, wobei er ein plötzliches Interesse an seinen Schuhspitzen entwickelte.

Von der unbehaglichen Stille der Dienstboten vorgewarnt, fragte Gabriel scharf: »Und, was zum Teufel, soll das nun sein?«

Als niemand antwortete, ließ er sich auf ein Knie fallen und begann, mit den Händen das Ding abzutasten. Als seine suchenden Finger die Umrisse eines Eisenrades nachfuhren, dämmerte ihm langsam, worum es sich handelte.

Er richtete sich auf, seine Bewegungen unnatürlich steif. »Ein Krankenstuhl auf Rädern. Ihr habt mir einen Stuhl für einen Krüppel gekauft.« Seine Stimme war leise und so gefährlich, dass sich Samantha die Nackenhaare aufstellten.

Sein Vater strahlte immer noch. »Verflixt klug, nicht wahr? So musst du dir nicht länger Sorgen machen, über alles Mögliche zu stolpern oder gegen irgendwelche Sachen zu rennen. Du setzt dich einfach hinein, wirfst dir eine Decke über den Schoß, und irgendjemand kann dich dann dahin schieben, wo du gern möchtest. Jemand wie Beckwith oder auch deine Miss Wickersham hier.«

Samantha spannte sich an, wartete auf den unvermeidlichen Ausbruch. Doch als Gabriel schließlich sprach, war seine sorgfältig beherrschte Stimme wesentlich vernichtender als jedes Brüllen. »Vielleicht ist es dir ja entgangen, Vater, aber ich besitze noch zwei vollkommen unversehrte

Beine. Wenn du mich jetzt bitte entschuldigen willst, denke ich, werde ich sie gleich benutzen.«

Mit einer knappen Verbeugung machte er auf dem Absatz kehrt und schritt in die entgegengesetzte Richtung vom Haus davon. Obwohl er noch nicht einmal seinen Gehstock als Hilfe hatte, brachte Samantha es nicht über sich, ihn noch weiter in Verlegenheit zu bringen, indem sie ihm nachging oder einen der Diener damit beauftragte. Selbst Sam wagte es nicht, seinem Herrn hinterherzujagen. Der kleine Collie ließ sich neben Samantha auf den Boden fallen, und sein betrübter Blick folgte Gabriel, bis er im Wald verschwunden war.

Wie Beckwith ihr einmal warnend gesagt hatte, gab es Wege, die ein Mann alleine gehen musste.

Samantha saß in dem kleinen Frühstückssalon, wo Beckwith sie bei ihrer Ankunft empfangen hatte, und lauschte dem Ticken der französischen Kaminuhr. Gabriels Verschwinden hatte ihr keine andere Wahl gelassen, als für seine Familie die Gastgeberin zu spielen. Sie hatte sich gerade lang genug entschuldigt, um sich das Haar zu richten und ein frisches Kleid anzuziehen – ein düsteres Etwas aus tief kastanienbraunem Bombasin ohne irgendwelchen modischen Schnickschnack, um die Strenge zu mildern.

Die Marquise thronte ganz auf der Kante des Lehnstuhles, die Lippen missbilligend geschürzt und die behandschuhten Hände im Schoß gefaltet, während der Marquis zusammengesunken dasaß, derweil sein beträchtlicher Bauchumfang die Knöpfe seiner Paisley-Weste abzusprengen drohte. Valerie und Eugenia hockten dicht nebeneinander auf einem griechischen Sofa und schauten so unglücklich drein, dass Samantha fast Mitleid mit ihnen empfand. Honoria hatte auf einer Ottomane zu ihren Füßen Platz genommen und die Beine angezogen, sodass sie mehr wie eine Sieben- als wie eine Siebzehnjährige wirkte. Der unförmige Rollstuhl stand in der Ecke, sein finsterer Schatten schien sie alle zu verfluchen.

Während das goldene Tageslicht verblasste und schließlich ganz schwand, brach nichts als ein gelegentliches Seufzen oder das gedämpfte Klirren einer Teetasse das quälende Schweigen.

Samantha hob ihre Tasse an die Lippen und entdeckte, dass Gabriels Mutter sie offen anstarrte. »Was für eine Art Pflegerin sind Sie eigentlich, Miss Wickersham? Ich kann es einfach nicht fassen, dass Sie ihn so davon spazieren lassen, ohne wenigstens einen Diener hinter ihm herzuschicken. Was, wenn er in eine Schlucht gefallen ist und sich das Genick gebrochen hat?«

Samantha stellte die Tasse auf die Untertasse zurück und versuchte, sich nichts anmerken zu lassen – die Frau hatte ihre eigenen Befürchtungen in Worte gefasst. »Ich darf Ihnen versichern, Mylady, es besteht kein Grund zur Sorge. Ihr Sohn ist wesentlich selbstständiger, als man meinen würde.«

»Aber es sind inzwischen fast drei Stunden. Warum ist er noch nicht zurück?«

»Weil wir noch hier sind.« Bei der unwirschen Äußerung ihres Gatten drehte sich die Marquise um und bedachte ihn mit einem vorwurfsvollen Blick. Er sank tiefer in seinen Stuhl.

»Warum fahren wir dann nicht heim?«, fragten Valerie und Eugenia beinahe einstimmig.

»Ach, bitte, Papa«, flehte Valerie. »Uns ist so langweilig.«

Eugenia knetete das Spitzentaschentuch in ihrer Hand zu einem Ball, ihre Miene hoffnungsvoll. »Valerie hat Recht, Mama. Wenn Gabriel uns nicht hier haben will, warum fügen wir uns dann nicht einfach seinen Wünschen und gehen wieder? Miss Wickersham ist ja immer noch da und kann sich um ihn kümmern.«

»Ich verstehe gar nicht, warum er überhaupt eine Pflegerin braucht«, platzte Honoria heraus, blickte Samantha aber sofort entschuldigend an. »Ihr könntet mich hier lassen, dann sorge ich für ihn!«

»Und was ist mit deiner Vorstellung bei Hofe?«, erinnerte ihr Vater sie sanft. »Und mit deinem Einführungsball?«

Honoria zog den Kopf ein, sodass ihr weiches brünettes Haar ihre nachdenklichen Züge verdeckte. Sie mochte ihrem Bruder ergebener sein als ihre Schwestern, aber sie war schließlich erst siebzehn Jahre alt. »Gabriel braucht mich mehr als ich einen dämlichen Ball.«

»Ich habe keine Zweifel, dass Ihr Bruder in Ihren Händen bestens aufgehoben wäre«, erklärte Samantha und wählte ihre Worte mit Bedacht, »aber ich bin mir sicher, es wäre ihm viel lieber, wenn er wüsste, dass Sie Ihr Debüt hatten und somit eine Chance, einen Ehemann zu finden, der Sie so liebt wie er selbst.«

Während Honoria ihr einen dankbaren Blick zuwarf, erhob sich Gabriels Mutter und trat an die Terrassentür, die einen Spaltbreit offen stand, um die milde Frühlingsbrise in den stickigen Salon zu lassen.

Sie stand da, schaute in die fortschreitende Dämmerung, ihre Augen von Schatten heimgesucht. »Ich weiß nicht, wie er es ertragen kann, so zu leben. Manchmal denke ich, es wäre eine Gnade gewesen, wenn er einfach ...«

»Clarissa!«, rief der Marquis empört, setzte sich aufrecht hin und klopfte mit seinem Gehstock auf den Boden.

Lady Thornwood wirbelte herum, und in ihrer Stimme schwang ein hysterischer Ton mit. »Ach, warum sprechen wir es nicht einfach aus, Theodore? Wir alle denken es doch, nicht wahr, jedes Mal, wenn wir ihn ansehen.«

Samantha erhob sich. »Was denken Sie?«

Gabriels Mutter wandte sich um und schaute sie mit verzerrter Miene an. »Dass es eine Gnade gewesen wäre, wenn mein Sohn dort an Deck des Schiffes gestorben wäre. Eine Gnade für ihn, wenn sein Leben sauber und schnell beendet worden wäre. Dann würde er nicht weiter und weiter leiden müssen. Er würde nicht so weiterleben müssen – dieses elende Leben als ein nur halber Mann!«

»Und wie praktisch das für Sie gewesen wäre!« Ein bitteres Lächeln spielte um Samanthas Lippen. »Schließlich wäre Ihr Sohn als Held gestorben. Statt gezwungen zu sein, an einem wunderschönen Frühlingstag einem verbitterten Fremden gegenüberzutreten, hätten Sie herfahren können und hübsche Blumen auf seinen steinernen Sarg in der Gruft legen können. Sie könnten ganz reizend Tränen vergießen, seinen tragischen Tod beklagen und wären mit Ihrer Trauer dennoch fertig, ehe der erste Ball der Saison stattfindet. Sagen Sie, Lady Thornwood – ist es Gabriels Leiden, für das Sie sich ein Ende wünschen? Oder Ihr eigenes?«

Die Marquise erbleichte, als hätte Samantha sie geohrfeigt. »Wie können Sie es wagen, so zu mir zu sprechen, Sie anmaßendes Geschöpf!«

Samantha ließ sich jedoch nicht einschüchtern. »Sie können es kaum ertragen, sein Gesicht zu sehen, nicht wahr? Weil er nicht länger der goldene Junge ist, den Sie angebetet haben. Er kann nicht mehr die Rolle des perfekten Sohnes für eine vernarrte Mutter spielen. Und darum sind Sie bereit für den letzten Vorhang. Warum, glauben Sie, ist er jetzt nicht hier?« Sie blickte vorwurfsvoll in die Runde, ehe sie wieder Gabriels Mutter ansah. »Weil er ganz genau weiß, was Sie alle denken, wenn Sie ihn anschauen. Ihr Sohn mag zwar blind sein, Mylady, aber dumm ist er nicht!«

Als Samantha so dastand, die zitternden Hände zu Fäusten geballt, wurde sie sich langsam bewusst, dass Valerie und Eugenia sie mit vor Entsetzen offenem Mund anstarrten. Honorias Unterlippe bebte, als würde sie beim nächsten scharfen Wort in Tränen ausbrechen.

Schamgefühl breitete sich in Samantha aus. Dennoch vermochte sie ihre Worte nicht zu bereuen, nur den Verlust dessen, was sie sie gekostet hatten.

Sie wandte sich zum Marquis um, hob ihr Kinn und blickte ihm ins Gesicht. »Verzeihen Sie mir meine Unverschämtheit, Mylord. Ich werde meine Sachen morgen früh gepackt haben und fertig zur Abreise sein.«

Als sie zur Tür ging, erhob sich der Marquis und verstellte ihr den Weg, seine buschigen Augenbrauen zu einer strengen Linie zusammengezogen. »Einen Moment, mein Mädchen. Noch habe ich Sie nicht entlassen!«

Samantha senkte den Kopf, wartete darauf, dass er ihr den Tadel erteilte, den sie verdiente, weil sie so respektlos zu seiner Gattin gesprochen hatte.

»Und ich werde das auch nicht«, erklärte er. »Nach dem beeindruckenden Temperamentsausbruch eben zu urteilen, sind Sie vielleicht genau das, was mein sturköpfiger Sohn braucht.« Er nahm seinen Gehstock und ging an Samantha vorbei zur Tür, ließ sie stumm vor Schreck mitten im Zimmer stehen. »Kommt, Clarissa, Mädchen. Wir fahren nach Hause.«

Lady Thornwood holte scharf Luft. »Sicherlich erwartest du nicht von mir, dass ich fortgehe und Gabriel hier allein lasse.« Sie warf Samantha einen giftigen Blick zu. »Mit *ihr*.«

»Die Mädchen haben Recht. Er wird nicht zurückkehren, solange wir hier sind.« Die Lippen des Marquis verzogen sich zu einem trockenen Lächeln, wodurch er einen Moment lang Gabriel so ähnlich sah, dass Samanthas Herz einen Schlag aussetzte. »Ich kann ehrlich nicht sagen, dass ich es dem Jungen verübeln kann. Wer will schon eine Bande Geier um sich haben, wenn man um sein Leben kämpft? Kommt, Mädchen. Wenn wir uns sputen, liegen wir vielleicht noch vor Mitternacht in unseren Betten.«

Valerie und Eugenia beeilten sich, dem Wunsch ihres Vaters nachzukommen, rafften hastig Retiküls und Fächer, Schals und Hüte zusammen. Mit einem letzten erbosten Blick auf Samantha, der die junge Frau warnte, dass sie ihre Frechheit weder vergessen noch je verzeihen würde, fegte die Marquise mit wogendem Busen an ihr vorbei. Honoria verharrte auf der Türschwelle, gerade lange genug, um Samantha wehmütig zuzuwinken.

Als die Räder der Stadtkutsche über die Auffahrt ratterten, war Samantha – von der Gesellschaft des Rollstuhles einmal abgesehen – allein. Sie musterte das verhasste Gerät finster und wünschte sich nichts mehr, als das Polster mit bloßen Händen auf- und die Füllung aus Rosshaar herauszureißen.

Stattdessen zündete sie eine Argand-Lampe an und stellte sie auf den Tisch neben dem Fenster. Sie hatte dort mehrere Minuten gestanden, besorgt mit den Augen die

Schatten draußen absuchend, ehe sie die Sinnlosigkeit ihres Handelns begriff. Schließlich würde die Lampe Gabriel kaum den Weg nach Hause weisen können.

Vielleicht hatte seine Mutter Recht. Vielleicht sollte sie jemanden losschicken, um nach ihm Ausschau zu halten. Aber es schien ihr nicht richtig, die Diener nach ihm suchen zu lassen, als sei er ein störrisches Kind, das sich schlecht behandelt fühlte und deswegen beleidigt von zu Hause fortgelaufen war.

Was, wenn er nicht gefunden werden wollte? Was, wenn er es schlichtweg herzlich leid war, von allen mit irgendwelchen Erwartungen bedrängt zu werden? Seine Familie hatte klar gemacht, dass sie nur *ihren* Gabriel zurückhaben wollte – den Mann, der mit unerschütterlicher Zuversicht durchs Leben geschritten war und die Herzen aller gewonnen hatte, denen er begegnete.

Trotz ihrer leidenschaftlichen Verteidigung – war sie tatsächlich besser als sie? Sie war hierher gekommen in dem Glauben, ihm helfen zu wollen. Aber nun begann sie, ihre Beweggründe zu hinterfragen, sich zu überlegen, ob sich hinter ihrem selbstlosen Wunsch am Ende womöglich ein sehr selbstsüchtiges Herz verbarg.

Samantha schaute auf die Flamme der Lampe. Ihr flackerndes Licht konnte Gabriel nicht nach Hause führen.

Aber sie konnte das.

Sie nahm die Lampe und schlüpfte durch die Terrassentür ins Freie.

Samantha ging in Richtung Wald, da Gabriel dorthin verschwunden war. Die Lampe, die ihr im Haus so hell vorgekommen war, hüllte sie in einen blassen Lichtschimmer, gerade genug, um die Schatten auf Abstand zu halten. Ihre

Flamme wurde von der samtenen Schwärze des mondlosen Nachthimmels und den verzweigten Ästen über ihrem Kopf beinahe verschluckt, als sie sich zwischen den Bäumen fortbewegte. Sie konnte sich nicht vorstellen, Tag und Nacht in solcher Dunkelheit zu leben.

Als das Gewirr von Zweigen dichter wurde, bis der Himmel überhaupt nicht mehr zu sehen war, verlangsamten sich ihre Schritte. Der Anbruch der Nacht hatte Fairchild Park von einem kunstvoll angelegten Lustgarten in eine unbekannte Wildnis voller Gefahren und Schrecken verwandelt. Sie stieg über den Stamm eines umgestürzten Baumes, beunruhigt durch rätselhaftes Rascheln und unheimliche Rufe unsichtbarer Nachtgeschöpfe. Sie begann sich aus mehr als einem Grund nach Gabriels großem kräftigem Körper zu sehnen.

»Gabriel?«, rief sie verhalten, da sie es nicht riskieren wollte, dass die Dienstboten im Haus sie hörten.

Die einzige Antwort war ein erneutes Rascheln im Unterholz irgendwo hinter ihr. Samantha blieb stehen. Das Rascheln hörte auf. Sie machte einen zögernden Schritt nach vorn, dann noch einen. Das Rascheln fing wieder an. Hoffend und betend, dass es nur ihre eigenen gestärkten Unterröcke seien, hob Samantha sie an und machte noch einen Schritt. Das Rascheln wurde nur lauter. Sie blieb wiederum stehen, die eiskalten Finger um den Griff der Lampe zu Klauen erstarrt. Das Rascheln erstarb, nur um von einem wilden Schnaufen ersetzt zu werden, so dicht bei ihr, dass Samantha hätte schwören können, den heißen Atem eines unsichtbaren Raubtieres im Nacken zu spüren.

Es konnte keinen Zweifel mehr geben.

Jemand … oder etwas … folgte ihr.

All ihren Mut zusammenraffend, wirbelte sie herum und

schwang die Lampe vor sich. »Geben Sie sich zu erkennen!«

Ein Paar feuchter brauner Augen tauchte aus den Schatten auf, gefolgt von einem sich windenden Körper und einem wedelnden Schwanz.

»Sam!«, stieß Samantha erleichtert aus und ließ sich neben dem kleinen Hund auf die Knie fallen. »Schäm dich, du Schlingel!« Trotz ihres Tadels nahm sie den Collie auf den Arm und drückte ihn an ihr heftig klopfendes Herz. »Ich sollte nicht schimpfen, nicht wahr?« Sie richtete sich wieder auf und streichelte ihm die seidigen Ohren. »Vermutlich willst du ihn ja auch finden.«

Während sie tiefer in den Wald lief und immer wieder Gabriels Namen rief, umklammerte sie fest den warmen Hundekörper, unwillig, ihn loszulassen und damit den einzigen Trost aufzugeben, den sie hatte. Sie war schon sehr weit gegangen, als ihr klar wurde, dass sie niemals den Weg zurück finden würde. Es war nicht auszuschließen, dass Gabriel die Diener losschicken würde, um sie zu suchen. Plötzlich tauchte vor ihr im Dunkeln der Umriss eines Gebäudes auf. Halb aus Holz, halb aus Ziegeln, schien es sich um eine Art Stall oder Scheune zu handeln, seit langem verlassen und in Vergessenheit geraten.

Vielleicht hatte Gabriel diesen Ort ja als Kind bei seinen Streifzügen durch die Wälder entdeckt; vielleicht würde er hier Schutz suchen, wenn er zufällig auf das Gebäude stieß.

Immer noch Lampe und Hund festhaltend, schob Samantha die schief in den Angeln hängende Tür mit dem Fuß auf, zuckte bei dem schrillen Quietschen zusammen.

Sie hielt die Lampe in die Höhe, sodass der matte Lichtschein auf die alten Eichenbalken, Haufen mit verrottendem Heu, vermodernde Zügel und rostiges Zaumzeug an zersplitterten Holzhaken fiel.

Nicht länger in der Lage, den sich windenden Hund zu ignorieren, setzte Samantha Sam auf den Boden, sodass er herumlaufen und alles beschnüffeln konnte. Bis auf die im Heu raschelnden Mäuse schienen sie die einzigen Lebewesen hier zu sein.

»Gabriel?«, rief sie, zögerte, die unnatürliche Stille zu brechen. »Bist du hier?«

Sie trat tiefer in den dämmerigen Raum hinein. Etwa in der Mitte des Stalles befand sich eine wackelige Holzleiter, die nach oben in die Dunkelheit führte.

Samantha seufzte. Sie verspürte nicht den geringsten Wunsch, Hals und Kragen zu riskieren, indem sie einen halb verfallenen Heuboden erkundete, aber es machte wenig Sinn, so weit gekommen zu sein und dann nicht jede Möglichkeit zu überprüfen. Gabriel mochte jetzt nicht hier sein, aber vielleicht entdeckte sie ja ein Zeichen, dass er da gewesen war.

Ihre langen Röcke raffend und sich über einen Arm legend, begann sie, die Lampe vorsichtig in der Hand, die Leiter emporzusteigen. Bedrohliche Schatten tanzten vor ihr, flohen vor dem flackernden Lichtschein. Als sie schließlich oben angekommen war und sich auf die staubigen Bodendielen schwang, atmete sie erleichtert auf.

Der Dachboden erschien ebenso verlassen wie der Rest des Stalles. Es gab kein Anzeichen, dass irgendjemand in den vergangenen zwanzig Jahren hier Schutz gesucht hatte. Durch die rechteckige Öffnung der Bodentür war der Nachthimmel zu sehen, mondlos, aber nicht völlig ohne Licht. Vereinzelt blitzten milchige Sterne auf dem dunklen Tintenblau.

Samantha drehte sich um und kniff die Augen zusammen, um die Schatten unter den Balken besser erkennen zu können. Bildete sie es sich nur ein, oder bewegte sich da wirklich etwas? Was, wenn Gabriel hier doch Unterschlupf gefunden hatte? Was, wenn er sich irgendwie verletzt hatte und auf ihren Ruf nicht antworten konnte? Sie trat näher und erschauerte, als sie mit dem Kopf in ein riesiges Spinnennetz geriet.

»Ist irgendjemand hier?«, fragte sie flüsternd und schwang die Lampe vor sich.

Die Schatten explodierten in Bewegung. Samantha taumelte rückwärts, umschwirrt von wild schlagenden, ledernen Flügeln und hohen Schreien. Als die aufgescheuchten Fledermäuse ihren Ruheplatz verließen und zu der offenen Bodentür schwärmten, hob sie unwillkürlich die Arme, um ihr Haar und ihre Augen vor den Flügelschlägen zu schützen.

Die Lampe fiel ihr aus der Hand und segelte über den Rand des Heubodens, landete auf dem gestampften Lehmboden unten und zerbarst. Die letzten Fledermäuse verschwanden in die Nacht. Von Sams erschrecktem Jaulen und dem beißenden Gestank von brennendem Lampenöl aus ihrer Erstarrung gerissen, stürzte Samantha zur Leiter, von dem Gedanken beseelt, die Flammen zu löschen, bevor sie das Heu erreichten und den ganzen Stall erfassten.

Sie war etwa zu einem Drittel die Leiter hinabgeklettert, als ihr Fuß durch eine morsche Sprosse brach und sie das Gleichgewicht verlor. Sie hing, wie es ihr vorkam, eine Ewigkeit in der Luft, zwischen Hoffen und Bangen, bis sie schließlich nach hinten fiel.

Sie hörte den dumpfen Aufprall, als sie auf dem Boden aufschlug, hörte Sam winseln, als er ihr die Wange leckte, mit seiner kalten, feuchten Schnauze ihr Ohr anstupste, hörte das hungrige Prasseln der Flammen, die das Heu erreicht hatten.

»Gabriel?«, flüsterte sie. Sie sah ihn im Sonnenschein auf sie herablächeln, genau in dem Augenblick, als ihre Welt in Dunkelheit versank.

16

Meine liebste Cecily,
du nennst mich hartnäckig und überzeugend, und doch widersetzt du dich mir in einem fort …

Gabriel saß an der Tür zu der künstlichen Ruine, lauschte dem Glucksen des Baches, der die Felsen umspülte. Das dachlose Bauwerk war so angelegt, dass es wie der verfallene Turm einer alten Burg aussah. Als Junge hatte er viele aufregende Stunden damit verbracht, es mit einem hölzernen Schwert bewaffnet vor den angreifenden Horden irgendwelcher Barbaren zu verteidigen, die eine bemerkenswerte Ähnlichkeit mit seinen kleinen Schwestern aufwiesen.

Er hockte auf der Steinbank, den Rücken zur Wand, die langen Beine ausgestreckt. Der milde Nachtwind fuhr ihm in die Haare, die sich zu großen Teilen aus dem Lederband gelöst hatten und so als schimmernder Vorhang seine gezackte Narbe verdeckten. Auch von den anderen Missgeschicken des Tages war er gezeichnet. Seine Stiefel waren abgestoßen, der Ärmel seines Hemdes von Dornenranken zerfetzt. Seinen Handrücken zierte eine frische Schramme und eine schmerzhafte Beule sein Knie.

Doch die tiefste Wunde, die er heute davongetragen hatte, hatte sein Herz getroffen, und zwar als er den Wortwechsel zwischen seiner Mutter und Samantha mit angehört hatte.

Nachdem er stundenlang ziellos durch den Wald gestreift war, einen Ast als behelfsmäßigen Gehstock benutzend, hatte er schließlich den Fehler begangen, zum Herrenhaus zurückzukehren. Eigentlich hatte er ungesehen ins Gebäude schlüpfen wollen und sich deswegen an der Mauer entlanggetastet, auf der Suche nach einem offenen Fenster. Aber sein Vorhaben war vergessen, als die Stimme seiner Mutter durch den Türspalt zu ihm gedrungen war.

… dass es eine Gnade gewesen wäre, wenn mein Sohn dort an Deck des Schiffes gestorben wäre. Eine Gnade für ihn, wenn sein Leben sauber und schnell beendet worden wäre. Dann würde er nicht weiter und weiter leiden müssen. Er würde nicht so weiterleben müssen – dieses elende Leben als ein nur halber Mann.

Gabriel hatte sich gegen die Wand sinken lassen und den Kopf geschüttelt. Die Worte seiner Mutter besaßen nicht die Kraft, ihn zu verletzen. Sie bestätigten nur, was er lange schon vermutet hatte.

Und wie praktisch das für Sie gewesen wäre!

Er wollte sich gerade von der Mauer abstoßen und fortgehen, als Samanthas Stimme erklang, laut und deutlich, und ihn an Ort und Stelle bannte. Er neigte den Kopf zur Seite, betört von der Wut und der Leidenschaft ihrer Worte. Er hätte fast alles gegeben, das Gesicht seiner Mutter in diesem Augenblick sehen zu können. Er bezweifelte, dass jemand es je zuvor gewagt hatte, so unverblümt zu Clarissa Fairchild, Marquise von Thornwood, zu sprechen.

Weil er ganz genau *weiß, was Sie alle denken, wenn Sie ihn anschauen. Ihr Sohn mag zwar blind sein, Mylady, aber dumm ist er nicht.*

Als Samantha fertig war, musste er sich zurückhalten,

um nicht Beifall klatschend ins Zimmer zu treten und laut *Bravo!* zu rufen.

»So ist's recht, mein Mädchen«, hatte er geflüstert und mit seinem nächsten Atemzug erkannt, dass das wahrlich stimmte.

Das war der Treffer, unter dem sein Herz getaumelt hatte. Der Treffer, der ihn stolpernd von dem Haus fortgetrieben hatte, um Zuflucht in der kühlen Abgeschiedenheit der Ruine zu suchen.

Gabriel wandte sein Gesicht zu einem Himmel empor, den er nicht sehen konnte, während ihn das fröhliche Plätschern des Baches zu verspotten schien. Fast kam es ihm vor, als hätte er sein Leben lang die Schönheit angebetet, nur um sich in eine Frau zu verlieben, die er nie gesehen hatte.

Es kümmerte ihn noch nicht einmal, wie Samantha aussah, begriff er plötzlich verblüfft. Ihre Schönheit hatte nichts mit sahniger Haut, Wangengrübchen oder langem, schimmerndem Haar in der Farbe warmen Honigs zu tun. Sie konnte so unscheinbar wie ein Troll sein, aber sie wäre für ihn immer noch unwiderstehlich. Ihre Schönheit strahlte von innen – genährt von ihrer Intelligenz, ihrer Leidenschaft, ihrem trotzigen Beharren, ihn zu einem besseren Menschen zu machen, als er es je für möglich gehalten hätte.

Er war nicht länger willens, sich mit weniger zufrieden zu geben. Selbst seine geliebte Cecily hatte sich nur als ein wunderschöner Traum entpuppt, der im grellen Tageslicht zur Bedeutungslosigkeit verblasst war. Er mochte sie nicht sehen können, aber er wusste in seinem Herzen, dass Samantha immer da sein würde, wenn er die Hand nach ihr ausstreckte.

Gabriel tastete nach seinem notdürftigen Gehstock. Er konnte einfach zum Haus zurückgehen und sich seine Schelte abholen. Zweifellos würde Samantha sein Lauschen als den Gipfel schlechter Manieren betrachten. Aber vielleicht würde es ihre Laune verbessern, wenn er ihr gestand, dass er sie mehr als das Leben selbst liebte. Als er sich erhob, musste er grinsen. Er wünschte, er könnte das Gesicht seiner Mutter sehen, wenn er sie von seiner Absicht in Kenntnis setzte, seine Pflegerin zu ehelichen.

Auf halbem Weg zum Haus hörte Gabriel dann ein vertrautes Bellen aus der Richtung des Waldes.

»Was, zum Teufel …«, gelang es ihm auszustoßen, kurz bevor ein kleines, stämmiges Etwas gegen seine Beine prallte und ihn beinahe umwarf.

Noch nicht einmal Sams ungeschickter Übermut konnte Gabriel die Stimmung verderben. »Du wirst noch mal mein Untergang sein«, schalt er und stützte sich Halt suchend auf den Ast.

Während er weiter zum Haus ging, sprang der Hund im Kreis um ihn herum, kläffte wild und machte jeden Schritt zu einem Wagnis. »Was soll das werden, Sam? Willst du die Toten aufwecken?«

Anstelle einer Antwort packte der Collie das Ende des Astes und zerrte daran, riss ihn Gabriel fast aus der Hand. Obwohl Gabriel dagegenhielt, ließ sich Sam nicht erweichen loszulassen. Er grub seine Zähne tiefer ins Holz und knurrte leise.

Mit einem gereizten Fluch kniete sich Gabriel in das taufeuchte Gras. Doch statt in seine Arme zu springen, wie er es erwartet hatte, fasste der Hund Gabriels ohnehin schon mitgenommenen Ärmel mit den Zähnen und begann daran zu ziehen, abwechselnd winselnd und knurrend.

»Um Himmels willen, was ist denn los?« Gabriel versuchte, den Hund in seine Arme zu nehmen, aber Sam wehrte sich, bockte und wand sich wie ein wildes Tier.

Gabriel runzelte die Stirn. Der kleine Collie hasste es, im Dunkeln draußen zu sein. Zu dieser Zeit lag er gewöhnlich zusammengerollt auf Gabriels Kopfkissen und schnarchte zufrieden. Warum sollte er plötzlich freiwillig alleine draußen im Wald sein wollen?

Das konnte nicht sein.

Die leise Stimme in Gabriels Kopf sprach die Wahrheit. Sam würde sich nur dann nachts in die Wälder wagen, wenn er mit jemandem mitging. Jemand, der hier draußen nach Gabriel suchte. Jemand wie Samantha.

Sein wildes Winden ignorierend, roch Gabriel an dem Fell des Hundes. Wie erwartet haftete dem seidigen Haar der Duft von Zitronenmelisse an. Aber die frische Süße wurde überlagert von einem anderen Geruch, bitter und dunkel.

Rauch.

Abrupt stand Gabriel auf, schnupperte. Jeder andere hätte den leichten Anflug von Asche in der Luft einer Rauchschwade aus einem Kamin zugeschrieben. Doch Gabriels Lungen füllte er wie ein dunkler Nebel düsterer Vorahnung.

Der Hund schlüpfte aus seinen Armen. Immer noch aufgeregt kläffend, rannte Sam ein Stück zum Wald, drehte um, kam zu Gabriel zurück und lief wieder voraus, als drängte er ihn, ihm zu folgen.

Gabriel stand da, hin- und hergerissen zwischen dem Haus und dem Wald. Er musste Hilfe holen, aber Samantha brauchte ihn, und er konnte nicht wissen, wie viel Zeit er dabei verloren hatte, die Zeichen des Hundes zu deuten.

Schließlich drehte er sich – wie er hoffte, zum Haus um – und schrie so laut er konnte: »*Feuer! Feuer!*« Er hätte schwören können, er hörte, wie ein Fenster geöffnet wurde und eine Frauenstimme etwas rief, aber er hatte keine Zeit, stehen zu bleiben und sich zu vergewissern.

»Bring mich zu ihr, Sam! Los!«, befahl er und folgte dem hysterischen Jaulen des Hundes.

Keiner weiteren Ermutigung bedürfend, verschwand Sam im Wald. Gabriel lief ihm nach, seinen Ast wie ein Schwert schwingend.

Ohne auf die Kratzer der Dornenranken und den beißenden Schmerz zu achten, wenn ihm ein Zweig ins Gesicht schlug, hastete Gabriel wie ein wild gewordenes Tier durch den Wald. Er fiel mehrmals hin, stolperte über verfaulende Baumstämme und hervorstehende Wurzeln. Aber er kämpfte sich immer wieder auf die Füße, ging immer weiter und hielt nur kurz inne, um auf Sams Bellen zu lauschen.

Wenn er zu weit zurückfiel, kam der Hund wieder angelaufen, als wolle er sicherstellen, dass er noch folgte. Mit jedem Schritt, den Gabriel machte, wurde der Rauchgeruch stärker.

Nachdem er sich mühsam durch besonders dickes Unterholz gekämpft hatte, gelangte er auf eine Art Lichtung und blieb stehen. Er legte den Kopf schief und lauschte, hörte nichts als die friedlichen Geräusche des nächtlichen Waldes. Die Panik in sich niederringend, strengte er sich stärker an und konnte schließlich Sams Bellen ausmachen – entfernt, aber immer noch hörbar. Gabriel brach in die Richtung auf, wild entschlossen, Samantha zu erreichen, ehe der Hund wieder umkehren und ihn holen würde.

Der Rauch war nicht mehr nur ein Geruch, sondern hing beinahe greifbar in der Luft, dick und erstickend. Als Gabriel blindlings weiterlief, stieß sein Ast gegen ein Hindernis und brach entzwei. Er schleuderte die Stücke fort. Die Efeuranken vor sich wegreißend, legte er eine Hand flach auf die raue Oberfläche darunter. Die Steinmauer war so heiß, dass er seine Hand erschreckt zurückzog.

Er musste an dem alten Stall sein, ganz am Rand der Fairchild-Ländereien. Das Gebäude war schon vor seiner Geburt aufgegeben und lange nicht mehr genutzt worden.

»Samantha!«, rief er und tastete verzweifelt nach einer Öffnung.

Sam kläffte inzwischen wild, fast schon hysterisch.

Gabriel folgte dem Laut zu einer offenen Tür. Der Hund rannte in den Stall, und Gabriel wusste, es blieb ihm nichts anderes übrig, als auch hineinzugehen. Er konnte es sich nicht leisten abzuwarten, dass jemand aus dem Haus sie fand. Er war Samanthas einzige Hoffnung.

Tief Luft holend, lief er dem Hund hinterher. Er konnte das Knistern und Zischen der Flammen hören, die an den alten Holzbalken über ihm leckten. Beißender Rauch füllte seine Lungen und wollte ihm jegliche Luft rauben.

»*Samantha!*«, rief er heiser, betete, dass sie ihn noch hören konnte.

Er hatte nur ein paar Schritte gemacht, als er ein lautes Krachen hörte. Ehe er eine Hand abwehrend heben konnte, traf ihn etwas schwer an der Schläfe.

Gabriel begann zu fallen; als er aufkam, befand er sich wieder an Deck der *Victory*. Schrapnell-Geschosse pfiffen über ihn hinweg, und der bittere Gestank von Kanonensalven versengte ihm die Nase. Blut lief ihm über das Gesicht in Augen und Mund, und als er seinen schmerzenden

Kopf hob, sah er Nelson mit verwunderter Miene ganz langsam zusammenbrechen, als verginge die Zeit nur noch im Schneckentempo.

Gabriels Hände ballten sich zu Fäusten. Nelson war während seiner Wache gestorben, Samantha würde das nicht.

Jede Unze Willenskraft zusammenraffend, kämpfte er sich auf die Füße, hielt sich eine Hand vors Gesicht, um sich gegen die vom Heuboden herabregnende Glut zu schützen. Sams Bellen war in ein jämmerliches Winseln übergegangen, das unheimlich menschlich klang.

Sich halb nach vorne werfend, halb kriechend bewegte er sich in Richtung des Lautes. Etwas knirschte unter seinen Schuhsohlen. Als er die Hand danach ausstreckte, ertastete er Samanthas verbogenes, zerbrochenes Brillengestell. Sie lag direkt daneben. Er zog ihren schlaffen Körper in seine Arme und erschauerte vor Erleichterung, als er ihren Atem auf seinem Gesicht spürte.

»So ist es gut, Engel, mach weiter so«, flüsterte er und hauchte einen innigen Kuss auf ihre Stirn. »Halt dich an mir fest, es wird ja alles gut.«

Er nahm sie wie ein Kind auf den Arm und trug sie in die Richtung, aus der er gekommen war, vertraute darauf, dass Sam ihnen folgen würde. Als er aus der Tür stolperte, brach der Stall hinter ihnen in einem brüllenden Flammeninferno zusammen. Die Druckwelle sandte Gabriel beinahe in die Knie.

Er verlangsamte seine ausholenden Schritte erst, als sie ein ganzes Stück weit von der erstickenden Wolke aus Rauch und Asche entfernt waren. Als Samantha ihre Lungen zum ersten Mal wieder mit der frischen Nachtluft füllte, begann sie zu husten – ein heiserer, quälender Laut, tief aus ihrer Brust. Sich neben sie auf ein Bett aus feuchten Blättern kniend, zog Gabriel sie auf seinen Schoß. Ihre Wange war warm unter seiner Hand, aber er konnte unmöglich in Erfahrung bringen, welche Farbe ihre Haut hatte. Mit jedem ihrer gequälten Atemzüge selbst ein wenig sterbend, wartete er, bis die heftigen Krämpfe aufhörten.

Etwas Kaltes, Feuchtes stieß an seinen Arm. Gabriels suchende Hand ertastete Sams Fell. Sanft kraulte er den Collie, versuchte, das wilde Zittern zu besänftigen. »Du bist der beste Hund auf der Welt, Sam«, sagte er mit vor Kälte und den Nachwirkungen des Schreckens klappernden Zähnen. »Sobald wir wieder zu Hause sind, schenke ich dir jeden einzelnen meiner Stiefel. Verdammt, ich kaufe dir sogar ein eigenes Paar, wenn du willst.«

Als Samanthas Augen sich flatternd öffneten, erblickte sie Gabriel, der sich mit besorgter Miene über sie beugte. Selbst vernarbt und rußverschmiert war es der allerschönste Anblick, den sie je gesehen hatte.

»Ich habe dich gesehen«, krächzte sie und streckte eine Hand aus, um ihm zärtlich einen Rußfleck von der Wange zu wischen. »Du hast im Sonnenschein auf mich herabgelächelt, kurz bevor alles dunkel wurde.«

Er versuchte zu lächeln, aber seine Lippen verzogen sich in einem anderen Gefühl. Er barg sein Gesicht in ihrem Haar, hielt sie, als wollte er sie nie mehr loslassen. Samantha seufzte leise, so richtig fühlte es sich an, wieder von seinen Armen gehalten zu werden.

»Bist du verletzt?« Er drückte sie auf seinen Schoß hinunter und tastete ihre Arme und Beine ab. »Hast du dir etwas gebrochen? Hast du irgendwo Verbrennungen?«

»Ich glaube nicht.« Sie schüttelte den Kopf, zuckte aber zusammen, als bei der Bewegung ein bohrender Schmerz durch ihren Hals fuhr. »Aber mein Kopf tut mir weh.«

»Mir meiner auch«, gestand er mit einem reuigen Lachen.

Da erst entdeckte Samantha die blutige Schramme an seiner linken Schläfe. »Oh!«, stieß sie hervor, und heiße Tränen stiegen ihr in die Augen, als sie begriff, wie dicht sie davor gestanden hatte, ihn zu verlieren. »Ich habe dich gesucht. Die Fledermäuse haben mich erschreckt, und dann ist mir die Lampe heruntergefallen. Alles meine Schuld.«

Seine Augen funkelten in den Schatten. »Vermutlich wird mir nichts anderes übrig bleiben, als die Kosten für den Wiederaufbau des Stalles von deinem Gehalt abzuziehen. Es wird wahrscheinlich mehrere Jahre dauern, bis du deine Schulden bei mir abgearbeitet hast.«

»Wie hast du mich gefunden?«, fragte sie, und allmählich fiel ihr das Atmen und Sprechen leichter.

»Ich hatte Hilfe.«

Seinem Nicken folgend, hob Samantha den Kopf und sah Sam, der sich in einem Nest aus Blättern zusammengerollt hatte und immer wieder den Kopf hob, um besorgt an ihr zu schnuppern. Sein Fell war mit Ruß überzogen und an manchen Stellen schwarz versengt.

»Du hast einmal zu mir gesagt, er könnte meine Rettung sein«, sagte Gabriel. »Du hattest Recht.«

»Er hätte dein Tod sein können!« Die Hand zur Faust geballt, boxte ihn Samantha kraftlos in die Schulter. »Hat dir noch niemand gesagt, dass Blinde nicht einfach so in brennende Gebäude rennen?«

»Das hört sich ja fast an, als wolltest du mich für meine Dummheit schelten.«

Sie schüttelte heftig den Kopf, wobei sie den folgenden Schmerz tapfer ignorierte. »Keine Dummheit. Heldenmut.« Die Tränen rannen ihr aus den Augen, als sie die Hand hob, um ihm die Wange zu streicheln, seine lange Narbe. »*Mein* Held.«

Er musste schlucken und umfing ihre Hand mit seiner, brachte ihre Fingerspitzen an seine Lippen. »Ah, aber du bist doch die wahre Heldin, mein Liebes. Mit einem Kapitän auch nur halb so kämpferisch wie du unter seinem Kommando, hätte Nelson Napoleon den ganzen Weg bis nach Paris getrieben.«

»Warum sagst du etwas so Albernes? Ich wurde von einer morschen Leiter und einem Schwarm Fledermäuse besiegt.«

»Ich sprach eigentlich von einem viel furchteinflößenderen Gegner. Meiner Mutter.«

Samantha blinzelte zu ihm empor, als sie langsam begriff. »Du hast es gehört?«

»Jedes großartige Wort. Es hat mich meine ganze Selbstbeherrschung gekostet, nicht nach einer Zugabe zu rufen.«

Etwas in Gabriels Miene raubte Samantha langsam den Atem. Sie hatte ihn ihretwegen spöttisch und sarkastisch, wütend und belustigt gesehen, aber nie so … so entschlossen.

»Es zeugt von sehr schlechtem Benehmen, vor Fenstern herumzulungern und andere Leute zu belauschen, weißt du«, tadelte sie ihn. »Selbst wenn man blind ist.«

Er schüttelte den Kopf. »Ich wusste, diesem Rüffel würde ich nicht entkommen. Habe ich je gesagt, wie sehr ich Sie bewundere, Miss Wickersham?«

Ein nervöses Lachen entschlüpfte ihr. »Bestimmt nicht. Und es ist auch nicht nötig. Ich bin ganz zufrieden mit Ihrer Achtung, Mylord. Ich verspüre weder den Wunsch noch das Verlangen nach Bewunderung.«

Seine Hand streifte ihr Haar. »Was ist mit Anbetung? Würden Sie gerne angebetet werden?«

Ihr Herz begann in ihrer Brust zu hämmern. Vielleicht hatte sie voreilig gesprochen. Vielleicht war sie doch tödlich getroffen? »Ganz gewiss nicht! Nur dumme junge Mädchen, deren ansonsten leere Köpfe mit allerlei romantischem Unsinn voll gestopft sind, sehnen sich nach dieser Art von Aufmerksamkeit.«

»Und wonach genau sehnst *du* dich, Samantha?« Ehe sie ihn dafür zurechtweisen konnte, dass er ihren Vornamen benutzt hatte, fand seine warme Hand ihre sanft gerundete Wange. »Gibt es denn nichts, was du dir so sehr wünschst, dass es wehtut?« Sein Daumen strich über ihre vollen Lippen, Lippen, die sich nach seinem Kuss sehnten.

»Dich«, flüsterte sie hilflos und schlang ihre Hand um seinen Nacken, zog seinen Mund auf den ihren.

Obwohl er nach Ruß und Tränen schmeckte, war es der süßeste Kuss, den Samantha je empfangen hatte. Gabriel hielt nichts zurück. Als er seine Arme um sie schlang, glitt seine Zunge in ihren Mund und entfachte ein Feuer, das viel verzehrender war als der Brand, dem sie soeben mit knapper Not entkommen waren. Um seine Flammen zu kosten, würde Samantha liebend gerne das Wagnis eingehen, zu Asche zu verbrennen.

Er drückte sie sanft nach hinten, auf ein Bett aus Blättern, schob sich über sie wie der Schatten eines Traumes. Sie schloss die Augen, nur zu willig, ihm in die Dunkelheit zu folgen.

Seinen Mund von ihrem lösend, küsste er sie auf den Hals, atmete ihren Duft tief ein, als röche sie nach dem betörendsten Parfum der Welt anstatt nach Zitronenmelisse und Rauch. »Ich kann nicht glauben, dass ich dich fast verloren hätte«, erklärte er heiser und drückte seine Lippen auf den Puls, der an ihrem Hals pochte.

Sie klammerte sich an seine breiten Schultern, schwamm in einem Meer aus Gefühlen. »Ich bin sicher, Beckwith hätte eine andere Pflegerin anstellen können. Vielleicht wäre es ihm sogar gelungen, die Witwe Hawkins dazu zu bewegen, zurückzukehren und sich um dich zu kümmern.«

Sie spürte Gabriel erschaudern, konnte aber nicht sagen, ob vor Lachen oder Entsetzen. »Hüte deine Zunge, Weib.« Er hob den Kopf, ein teuflisches Glitzern in den Augen. »Oder besser noch, lass mich das machen.«

Als sich sein Mund wieder über ihrem schloss, unterstützte ihn Samantha nach Kräften, alle Vorbehalte ignorierend. Er erntete einen honigsüßen Kuss nach dem anderen von ihren Lippen, bis sie atemlos vor Sehnsucht war und er vor Verlangen schwer atmete. Sie war sich dessen kaum bewusst, als seine Hüften gegen die ihren zu stoßen begannen, in einem aufreizenden Rhythmus, viel erregender als der des Tanzes im Ballsaal.

Die Wellen der Lust, die sich von ihrem Unterleib ausbreiteten, ließen sich nicht ignorieren. Sie stöhnte in seinen Mund, als er sich an dem schmerzenden Hügel zwischen ihren Beinen rieb. Es war sowohl schockierend als auch aufregend, endlich diesen Teil von ihm zu spüren, der sich so deutlich unter seinen Hosen abzeichnete, zu wissen, was genau er mit ihr tun wollte.

Unter ihren Röcken spreizte sie die Beine. Seine Hand umschloss sie dort, suchte sie durch die dicken Lagen Wolle und Leinen zu berühren.

Samantha stöhnte und wand sich unter seinen kühnen

Liebkosungen, erstaunt, wie schamlos sie geworden war, wie sehr sie sich nach den Zärtlichkeiten seiner Finger auf ihrer nackten Haut verzehrte. Als er seine Hand fortzog, hätte sie am liebsten vor Enttäuschung aufgeschrieen. Aber dann spürte sie, wie sie unter ihren Rock glitt. Mit den Fingern fuhr er über ihre Wollstrümpfe nach oben, zu ihrem Strumpfhalter und weiter bis zu der seidigen Haut ihrer Schenkel. Seinem zärtlichen Drängen konnte sie nicht widerstehen.

Als sie seine Fingerspitzen die Löckchen zwischen ihren Beinen streifen fühlte, barg Samantha ihr Gesicht an seinem Hals, plötzlich von unerträglicher Schüchternheit überkommen.

Seine Berührung war nicht länger kühn, sondern ungewöhnlich zart. Seine Finger streiften immer wieder ihr geschwollenes Fleisch wie züngelnde Flammen, schmolzen ihre Bedenken dahin.

Gabriel stöhnte. »Ich wusste, wenn ich erst einmal unter diese züchtigen Röcke von dir gelangte, dann könnte ich beweisen, dass du nicht aus Eis bist. Schmilz für mich, mein Engel«, flüsterte er und liebkoste mit Zunge und Lippen ihr Ohr, während er gleichzeitig seinen Finger in ihre honiggetränkte Weichheit schob.

Sie stöhnte auf, und ihr Körper erschauerte hilflos um seinen forschenden Finger, ein schamloses Wesen, das sich gänzlich ihrer Kontrolle entzogen hatte. Sie hatte schon immer gewusst, dass er in dem Ruf stand, ein geschickter Liebhaber zu sein, aber sie hatte nicht begriffen, dass er ihren Körper besser kennen würde, als sie selbst es tat, dass er in der Lage wäre, sich allein darauf zu konzentrieren, ihr Lust zu schenken, ohne an sich zu denken.

Der Preis seiner Selbstbeherrschung verriet sich in seinem schweren Atem, dem Druck seines steifen Gliedes an ihrem Oberschenkel.

Er ließ einen zweiten Finger folgen, dehnte sie sanft, spreizte ihre Beine weiter, während sein Daumen immer wieder über die Stelle rieb, an der sich alle ihre Empfindungen zu sammeln schienen.

Seine geschickten Finger bereiteten ihr immer mehr Lust, bis sie sich wimmernd wand, beinahe besinnungslos von einem Verlangen, von dessen Existenz sie nichts geahnt hatte. Eine Welle dunkler Seligkeit schwoll über ihr an. Als sie brach, sandte sie Ekstase gleich einer unerbittlichen Flut durch ihren Körper. Er küsste sie fest, erstickte ihren gebrochenen Schrei mit seinem Mund.

Langsam wurde sein Kuss sanfter, als wolle er die köstlichen Nachbeben beschwichtigen, die sie durchliefen.

»Es tut mir so Leid«, keuchte sie, als sie endlich sprechen konnte.

Gabriel strich ihr eine schweißfeuchte Locke aus der Stirn. »Was?«

»Ich wollte nicht so selbstsüchtig sein.«

Er lachte leise. »Sei nicht albern. Ich habe es genauso genossen wie du.«

»Wirklich?«

Er nickte.

Von seinem Geständnis erkühnt, streckte Samantha die Hand aus und streichelte sein immer noch hartes Glied durch das weiche Rehleder seiner Hosen. »Dann wirst du das hier vielleicht noch mehr genießen.«

Gabriel sog scharf die Luft ein. »Das würde ich mit Sicherheit«, erklärte er und zwang sich, jedes Wort zwischen zusammengebissenen Zähnen hervorzupressen, »aber ich fürchte, damit werden wir bis später warten müssen.«

»Warum?«

Er küsste sie zärtlich auf die schmollenden Lippen. »Weil wir gleich Gesellschaft bekommen.«

Immer noch halb benommen von der erlebten Lust setzte sich Samantha im Schutz seiner Arme auf, nur um zu hören, wie sich etwas Großes durch das Unterholz auf sie zubewegte.

Gabriel gelang es gerade noch rechtzeitig, ihre Röcke nach unten zu ziehen – einen Augenblick, bevor Beckwith aus dem Wald brach, Peter und Phillip auf den Fersen.

»Dem Himmel sei Dank, dass Ihnen nichts fehlt, Mylord!«, rief der Butler und schwenkte seine Laterne über ihnen beiden. »Als ich sah, dass der Stall eingestürzt ist, befürchtete ich schon das Schlimmste.«

»Gütiger Himmel, Beckwith!« Gabriel hielt sich schützend eine Hand vors Gesicht und wandte den Kopf ab. »Würden Sie das verflixte Licht von meinen Augen wegnehmen? Sie blenden mich!«

Verblüfftes Schweigen legte sich über die Lichtung, als alle, Gabriel einschlossen, begriffen, was er da gesagt hatte.

17

Meine liebste Cecily,
wenn du mir nicht gestatten willst, dich zu verführen, dann lässt du mir keine andere Wahl …

»Muss *sie* auch dabei sein?«, fragte die Marquise von Thornwood mit einem vernichtenden Blick auf Samantha.

Samantha wäre nichts lieber gewesen, als das überfüllte Arbeitszimmer zu verlassen. Es war die reinste Folter, auf der Kante des hochlehnigen Stuhles zu sitzen und keine Miene zu verziehen, obwohl ihr Herz zwischen Hoffen und Bangen hin- und hergerissen wurde.

Bevor sie aufstehen und eine Entschuldigung murmeln konnte, erklärte Gabriel fest: »Das muss sie sehr wohl. Sie ist schließlich meine Pflegerin, weißt du.« Obwohl er seinen Kopf nicht zu ihr umdrehen konnte, versicherte ihr die Wärme in seiner Stimme, dass sie ihm viel mehr bedeutete.

Er saß an einem mit Filz bespannten Kartentisch, den Kopf in einem Eisenapparat festgeschnallt, den Dr. Richard Gilby mitgebracht hatte – der einzige Arzt, der ihm überhaupt einen Funken Hoffnung gelassen hatte, dass er sein Sehvermögen wiedererlangen könnte. Der kleine Mann mit den freundlichen Augen und dem ordentlich gestutzten Backenbart hatte kein Wort der Klage verlauten lassen, dass er mitten in der Nacht von dem Marquis von

Thornwood aus seinem Bett geholt worden war, nachdem der seinerseits von einem stotternden Beckwith aus dem seinen gerissen worden war. Der Arzt hatte einfach mehrere Gerätschaften, die eher an mittelalterliche Folterwerkzeuge als an medizinische Instrumente erinnerten, zusammengepackt und war mit Gabriels restlicher Familie nach Fairchild Park aufgebrochen.

Obwohl die Sonne schon vor mehreren Stunden aufgegangen war, dösten Valerie und Eugenie immer noch auf dem Brokatsofa. Honoria stand mit glänzenden Augen hinter dem Arzt und betrachtete wissbegierig jedes seiner Instrumente, das er aus seiner Ledertasche holte. Der Marquis schritt vor dem Kamin auf und ab, den Gehstock in der Hand, während seine Gattin in einem der gewaltigen Ohrensessel zu beiden Seiten des Kamins saß, als wäre es ein Thron, und mit nervösen Fingern an ihrem Taschentuch zupfte.

Samantha konnte sich nicht überwinden, sich dem missbilligenden Blick der Frau zu stellen. Obwohl sie sich den Ruß von Haut und Haar gewaschen und sich ein frisches Kleid angezogen hatte, gab es nichts, was sie tun konnte, um die Erinnerung an Gabriels Berührung, die sich unauslöschlich in ihr Gehirn gebrannt hatte, und die erschütternden Gefühle, die sie ihr geschenkt hatte, fortzuwaschen.

»Aha!«, rief der Arzt unvermittelt, sodass alle zusammenzuckten.

Sein wissendes Nicken und geheimnisvolles Räuspern begann an ihren Nerven zu zerren. Wenngleich für ihn am meisten auf dem Spiel stand, schien Gabriel zufrieden zu warten, bis der Mann seine Untersuchung beendet hatte, ehe er eine Antwort verlangte. Sam war der Einzige im Zimmer, den die Vorgänge noch weniger zu interessieren schienen. Der Collie lag zusammengerollt auf dem Kaminvorleger und knabberte genüsslich an einem polierten Reitstiefel.

Der Marquis klopfte mit seinem Stock auf den Boden, auf seinem geröteten Gesicht schimmerte der Schweiß. »Was ist, guter Mann? Haben Sie etwas entdeckt?«

Ihn ignorierend fuhr Dr. Gilby herum und schnipste mit den Fingern in Richtung Fenster. »Ziehen Sie die Vorhänge wieder zu. Sofort.«

Beide, sowohl Beckwith als auch Mrs. Philpot, beeilten sich, dem Befehl nachzukommen, wobei sie sich beinahe gegenseitig umrannten. Zwar war die übrige Dienerschaft aus dem Zimmer verbannt worden, doch hatte Samantha in der vergangenen Stunde mehr als einmal Peters oder Phillips Kopf über einem der Fensterbretter auftauchen sehen.

Das Dämmerlicht, das sich mit den geschlossenen Vorhängen über den Raum legte, bot ihr eine willkommene Pause. Wenigstens konnte sie Gabriel nun anschauen, ohne die Sehnsucht in ihrem Blick verbergen zu müssen. Jetzt, da sie keine Brille mehr besaß, die ihre Augen abschirmte, hatte sie das Gefühl, als ob ihre Empfindungen für alle offenkundig waren.

Dr. Gilby befestigte ein gewaltiges Vergrößerungsglas vorne an dem eisernen Kopfstück. Als er eine flackernde Kerze davor hielt, stellte sich Honoria hinter ihm auf die Zehenspitzen und spähte ihm über die Schulter.

»Was sehen Sie jetzt?«, fragte er Gabriel.

»Schatten, die sich bewegen? Umrisse?« Gabriel schüttelte den Kopf, wobei er die Augen zusammenkniff und sich zu konzentrieren versuchte. »Um ehrlich zu sein, nicht viel.«

»Ausgezeichnet«, erwiderte der Arzt und reichte Honoria die Kerze.

Er zog den Schirm von der Öllampe neben sich und brachte die Lampe mit einer schnellen Bewegung vor Gabriels Gesicht. Gabriel zuckte sichtlich zusammen.

»Was jetzt?«

Gabriel wandte den Kopf ab, sodass er nicht direkt in die Lampe schauen musste. »Ein Flammenball, so hell, dass ich es kaum ertrage hinzusehen.«

Es war unmöglich zu sagen, ob Dr. Gilbys tiefer Seufzer ein gutes oder ein schlechtes Omen war. Er öffnete die Schnallen an dem Apparat um Gabriels Kopf, dann drehte er sich um und schwenkte seine Arme wie ein Dirigent, der gerade sein Meisterwerk abgeliefert hatte. »Sie können die Vorhänge wieder aufziehen.«

Als Beckwith und Mrs. Philpot die schweren Stoffbahnen zurückschoben, strömte Sonnenlicht in den Salon. Samantha studierte angelegentlich ihre gefalteten Hände, hatte Angst, Gabriel anzuschauen.

Der Marquis nahm die bebende Hand seiner Gattin und drückte sie fest. Selbst Eugenia und Valerie regten sich und sahen den Arzt hoffnungsvoll mit ihren grünen Augen an; sie waren denen ihres Bruders zum Verwechseln ähnlich.

Schließlich brach Gabriel die gespannte Stille. »Warum die plötzliche Wende, Herr Doktor? Vor letzter Nacht konnte ich zwischen Licht und Schatten nicht unterscheiden.«

Mit einem Kopfschütteln packte Dr. Gilby den eisernen Apparat in seine Tasche. »Das werden wir vielleicht nie erfahren. Ich vermute, dass sich durch den Schlag an die Schläfe ein Blutgerinnsel freigesetzt hat, das ansonsten noch Monate dazu benötigt hätte, um sich aufzulösen, falls das überhaupt je passiert wäre.«

Gabriel betastete vorsichtig die Schramme an seiner Schläfe. »Ich hätte wohl am besten schon vor langer Zeit meinem Butler auftragen sollen, mir mit meinem Gehstock eins überzuziehen.«

Samantha wollte zu ihm gehen, ihre Arme um ihn legen und einen zärtlichen Kuss auf die Wunde hauchen, die er ihretwegen davongetragen hatte.

Sie hatte kein Recht, ihn zu berühren, aber sie konnte die eine Frage stellen, die unausgesprochen in der Luft hing. Die Frage, die zu stellen alle anderen Angst hatten.

»Wird er wieder sehen können?«

Der Arzt klopfte Gabriel ermutigend auf die Schulter, und seine blauen Augen blitzten. »Es mag ein paar Tage oder auch Wochen dauern, ehe Ihr Gehirn in der Lage sein wird, mehr als Schatten und Umrisse zu erkennen, mein Junge, aber ich habe allen Grund zu der Annahme, dass Sie vollkommen genesen werden.«

Samantha schlug sich eine Hand vor den Mund, um das unwillkürliche Aufschluchzen zu unterdrücken.

Einen Freudenschrei ausstoßend, warf Honoria Gabriel die Arme um den Hals. Der Rest seiner Familie drängte sich um ihn – Eugenia, Valerie und seine Mutter drohten ihn in ihren wohlduftenden Umarmungen schier zu erdrücken, während sein Vater ihm herzlich auf die Schulter schlug. Als Sam aufsprang, um sich an dem fröhlichen Treiben zu beteiligen, steuerte sein schrilles Gebell die passende Untermalung für den ausgelassenen Lärm bei.

Samantha blickte sich um und entdeckte Mrs. Philpot in Beckwiths Armen; ihr schmaler Rücken bebte unter dem Ansturm der Gefühle. Als der Butler Samanthas Blick über die Schulter der Haushälterin hinweg auffing, hätte sie fast schwören können, ein Aufflackern von Mitleid in ihnen zu entdecken.

Sie erhob sich und schlüpfte aus dem Raum, wusste, sie hatte nicht länger das Recht, hier zu bleiben. Mit gestrafften Schultern und hoch erhobenen Hauptes, für den Fall, dass einer der Dienstboten sie beobachtete, stieg sie die Treppe nach oben in den zweiten Stock. Als sie schließlich die Zuflucht ihres Schlafzimmers erreicht hatte, schloss sie die Tür hinter sich und verriegelte sie.

Eine Hand über dem Mund, um ihre Schluchzer zu dämpfen, ließ sie sich mit dem Rücken an die Tür gelehnt zu Boden sinken, von einer Mischung aus Freude und Trauer schier überwältigt. Selbst als die Tränen über ihre Hände zu rinnen begannen, hätte sie nicht sagen können, ob sie wegen Gabriel oder ihretwegen weinte.

Samantha saß in ihrem Nachthemd auf der Bettkante und flocht sich das Haar. Das war alles gewesen, was sie, seit sie sich heute Morgen in ihrem Schlafzimmer verschanzt hatte, getan hatte – das Lebensnotwendige, mehr nicht. Als Mrs. Philpot ihr Elsie samt einem Tablett mit ihrem Supper nach oben geschickt hatte, hatte sie artig die herzhafte Kohlsuppe bis zum letzten Löffel verzehrt, obwohl sie nichts lieber getan hätte, als sie einfach aus dem Fenster zu kippen. Wenn sie von einem Augenblick zum nächsten lebte, dann musste sie sich nicht der trostlosen Zukunft stellen.

Einer Zukunft ohne Gabriel.

Ihre Finger stockten. Die halb geflochtenen Strähnen entglitten ihren Händen. Sie konnte die Wahrheit nicht länger leugnen. Ihre Arbeit hier war getan. Gabriel brauchte sie nicht mehr. Er war wieder dort, wo er hingehörte – im Schoß seiner Familie.

Sie rutschte vom Bett, ging zum Schrank und zog ihr abgestoßenes Lederköfferchen heraus. Sie stellte es neben das Bett und klappte es auf, dann hob sie den Deckel ihrer Truhe an.

Sie hätte nie gedacht, dass sie je ihren Kleidern aus hässlichem Serge oder den praktischen Wollstrümpfen nachtrauern würde, die sie seit ihrer Ankunft auf Fairchild Park immer getragen hatte. Doch mit einem Mal wollte sie nichts lieber tun, als ihr Gesicht darein zu drücken und zu weinen. Die Sachen sanft beiseite schiebend, fischte sie ein sauberes Hemd und einen Unterrock heraus und verstaute beides in der Reisetasche, zusammen mit einem dünnen Band von Marlowes Gedichten. Sie wollte die Truhe gerade schließen, als eine Ecke cremefarbenes Briefpapier ihre Aufmerksamkeit erregte.

Gabriels Briefe.

Sie hatte versucht, sie so tief wie möglich in der Truhe zu vergraben, damit sie auf Nimmerwiedersehen verschwanden. Und doch waren sie wieder da, so verlockend und unwiderstehlich wie an dem Tag, da sie sie erhalten hatte.

Samantha zog das Bündel an dem Band heraus und ließ den Deckel der Truhe zufallen. Sie setzte sich auf die Bettkante, fuhr mit den Fingerspitzen über das Papier, das von dem wiederholten Anfassen so dünn und brüchig war, dass es unter ihrer Berührung zu zerbröseln drohte. Sie konnte sich vorstellen, wie Gabriel das feine Leinenpapier mit seinen kräftigen Händen zärtlich streichelte, jedes Wort wog, als ob es aus Gold sei.

Sie wusste, sie würde sich später dafür hassen, aber sie konnte einfach nicht widerstehen und öffnete das Band, das die Briefe zusammenhielt. Gerade, als sie das erste Schreiben auffaltete und ins Licht der Talgkerze auf dem Tisch neben ihrem Bett hielt, um besser lesen zu können, klopfte es an ihrer Tür.

Samantha sprang schuldbewusst auf. Wild schaute sie sich im Zimmer um, gab dem Köfferchen einen Tritt, sodass es unters Bett segelte. Sie war schon auf halbem Weg zur Tür, als ihr die Briefe in ihrer Hand wieder einfielen.

Es klopfte erneut, diesmal bereits ungeduldiger.

»Einen Augenblick, bitte!«, rief sie, ehe sie wieder zum Bett stürzte und die Briefe unter die Matratze steckte.

Sie öffnete die Tür. Gabriel stand auf der Schwelle, nur mit einem Morgenrock aus tannengrüner Seide bekleidet. Bevor sie auch nur ein Wort ausstoßen konnte, griff er nach ihr. Ihr Gesicht zwischen seine Hände nehmend, senkte er den Kopf und küsste sie mit solcher Leidenschaft und Zärtlichkeit, dass ihr der Atem stockte. Als er seine Lippen schließlich von ihren löste, war ihr schwindelig vor Verlangen.

»Auch Ihnen einen guten Abend, Mylord«, flüsterte sie, leicht hin und her schwankend.

Sie zur Seite schiebend, trat Gabriel ins Zimmer. Er warf die Tür hinter sich ins Schloss und lehnte sich dagegen.

»Was ist?« Samantha warf einen besorgten Blick zur Tür. »Wirst du von Barbarenhorden verfolgt?«

»Schlimmer. Es ist meine Familie.« Er fuhr sich mit einer Hand durch das ohnehin schon wirre Haar. »Sie haben sich in dem Haus wie ein Schwarm Tauben eingenistet. Ich dachte schon, es würde mir nie gelingen, ihnen zu entkommen. Weißt du eigentlich, wie schwer es ist, sich an jemandem vorbeizuschleichen, den man nicht sehen kann?«

Dankbar, dass er ihre verquollenen Augen und die Tränenspuren auf ihren Wangen ebenfalls nicht sehen konnte, sagte sie leichthin: »Glaubt man Dr. Gilby, musst du dir deswegen keine Gedanken mehr machen, nicht wahr?«

Er schüttelte den Kopf, als könne er sein Glück immer noch nicht fassen. »Erstaunlich, nicht? Aber willst du das Verwunderlichste überhaupt wissen?« Er fasste erneut nach ihr, und seine suchende Hand schloss sich um ihr schlankes Handgelenk. »Als Dr. Gilby mir erzählt hat, dass ich wieder völlig genesen würde, wurde mir klar, was ich am sehnlichsten in der Welt sehen wollte: dein süßes Gesicht.«

Samantha wandte eben dieses Gesicht ab. »Ich fürchte, du wirst ernstlich enttäuscht sein.«

»Das ist ganz unmöglich.« Alle Spuren von Humor verschwanden aus seinem Ton, ließen ihn merkwürdig ernst klingen. »Du könntest mich nie enttäuschen.«

Sich auf die Lippen beißend, entwand sie ihm ihr Handgelenk und entfernte sich ein paar Schritte. Sie hatte weniger Angst davor, dass er sie erneut küssen könnte, als vor dem, was sie dann täte. »Welchem Umstand verdanke ich die Ehre dieses eher unkonventionellen Besuches?«

Gabriel lehnte sich gegen die Tür und verschränkte die Arme vor seiner Brust; sein lüsternes Grinsen sandte ihr einen köstlichen Schauer über den Rücken. »Spielen Sie mir nicht die Unschuldige, Miss Wickersham. Ich bin wohl kaum der erste Herr des Hauses, der sich in das Schlafzimmer seiner begehrenswertesten Dienerin schleicht.«

»Waren nicht Sie es, Mylord, der mir versichert hat, es sei nicht Ihre Gewohnheit, den weiblichen Mitgliedern Ihrer Dienerschaft Ihre Aufmerksamkeiten aufzudrängen?«

Sich von der Tür abstoßend, bewegte sich Gabriel mit

der Anmut eines Panthers bei der Jagd auf den Klang ihrer Stimme zu. »Warum sollte ich Zwang ausüben, wenn Verführung viel wirkungsvoller ist? Und so viel« – seine Lippen liebkosten das Wort – »lustvoller?«

Samantha begann rückwärts zu gehen, da sie fürchtete, dieser verspieltere Gabriel sei eine noch viel größere Bedrohung für ihr Herz. Doch gleichzeitig konnte sie nicht widerstehen, sich auf sein Spiel einzulassen. »Sie sollten inzwischen erkannt haben, dass ich nicht zu den Frauen gehöre, die sich mit teurem Tand, ein paar blumigen Worten oder extravaganten Versprechen, in der Hitze des Augenblickes gemacht, verführen lassen. Weder mein Körper noch mein Herz sind so billig zu gewinnen.«

Als Gabriels Schatten über sie fiel, stieß sie mit den Kniekehlen gegen die Bettkante. Er legte ihr seine Hand auf die Brust und gab ihr einen leichten Stoß, sodass sie rückwärts aufs Bett fiel. Bevor sie widersprechen konnte, folgte er ihr, umfing ihre Wange zärtlich mit einer seiner großen Hände. »Ich habe im Augenblick keinen Tand bei mir; aber was, wenn ich dir verspreche, dich zu meiner Frau zu machen und dich bis ans Ende meiner Tage zu ehren und zu lieben?«

18

Meine liebste Cecily,
jede Minute, die ich auf deine Antwort warte, dehnt sich zur Ewigkeit …

»Bist du völlig übergeschnappt?« Samantha stemmte die Hände mit genug Kraft gegen Gabriels Brust, um ihn vom Bett zu schubsen.

Er setzte sich verblüfft auf. »Mir war gar nicht bewusst, wie viel sicherer es ist, einen Heiratsantrag schriftlich zu machen.«

Samantha sprang vom Bett und begann im Zimmer auf und ab zu laufen; ihre ausholenden Schritte legten Zeugnis von ihrem inneren Aufruhr ab. »Vielleicht hatte der Schlag an den Kopf ja doch auch eine schädliche Wirkung und nicht nur die Zurückerlangung Ihrer Sehkraft zur Folge, Mylord. Vielleicht wurde dadurch Ihr Erinnerungsvermögen beeinträchtigt. Weil Sie nämlich vergessen zu haben scheinen, dass *Sie* ein Earl sind, ein Mitglied des Hochadels, während *ich* nur ein Dienstbote bin.«

»Was du bist, Samantha …«

Sie wirbelte zu ihm herum. »*Miss* Wickersham!«

Ein Lächeln spielte um seine schön geformten Lippen, was sie bloß noch wütender werden ließ. »*Sie*, *Miss* Wickersham, sind die Frau, die ich anbete und zu meiner Gattin zu machen gedenke.«

Sie warf die Hände in die Höhe. »Dann ist Ihnen nicht zu helfen, nicht wahr? Sie gewinnen Ihr Sehvermögen zurück, nur um den Verstand zu verlieren.«

»Ist Ihnen noch nicht in den Sinn gekommen, dass Sie vielleicht keine andere Wahl haben, als mich zu heiraten?«

»Warum sagen Sie das?«

»Weil ich Sie kompromittiert habe. Oder haben Sie das schon vergessen?«

Sie konnte an seinem herausfordernd vorgeschobenen Kinn erkennen, dass er es wusste: Sie würde niemals vergessen können, wie schamlos ihr Körper unter seiner Berührung geweint hatte – die Schauer der Lust, die sie bis ins Innerste erschüttert hatten. Die Erinnerung daran würde sie mit ins Grab nehmen.

»Ich spreche Sie von jeder Verpflichtung frei. Es gibt keinen Grund, weswegen Sie den Rest Ihres Lebens dafür bezahlen sollten ... für eine dumme Indiskretion.«

Er zog eine hellbraune Augenbraue hoch. »Ist das alles, was die letzte Nacht Ihnen bedeutet? Eine dumme Indiskretion?«

Unfähig, seinen Einwand überzeugend abzustreiten, begann Samantha wieder auf und ab zu gehen. »Ich bin sicher, Ihre Mutter wäre entsetzt, wenn sie erführe, dass Sie der Tochter eines Baronets einen Heiratsantrag gemacht haben. Was würde sie sagen, wenn Sie ihr erklärten, Sie wollten Ihre Pflegerin ehelichen?«

Gabriel bekam sie am Saum ihres Nachthemdes zu fassen, als sie an ihm vorüberschritt, und zog sie auf seinen Schoß. Er schlang seine warmen Arme um sie und vereitelte so wirksam jeden Gedanken an Flucht. »Warum kommst du nicht mit, und wir finden das jetzt heraus?«

Durch ihr Winden rieb sie sich mit ihrem Po nur noch

fester an ihm. »Die Arme wird einen Herzanfall bekommen! Himmel, die Nachricht wird sie vermutlich umbringen! Oder sie mich«, fügte sie grimmig hinzu.

Er lachte. »Sie ist nicht wirklich der Drachen, der zu sein sie vorgibt. Genau genommen ist mir sogar bei unserem ersten Zusammentreffen eine gewisse Ähnlichkeit ...«

Samantha hielt ihm mit der Hand den Mund zu. »Sag es nicht. Wage nicht, es zu auszusprechen!«

Immer noch lachend zog Gabriel ihre Hand von seinen Lippen. »Du wirst sie bestimmt eines Tages lieben lernen.« Seine Stimme und sein Griff wurden sanfter, und der Übermut in seinen Augen verblasste und machte einem zärtlichen Glitzern Platz. »Schließlich wird sie die Großmutter deiner Kinder sein.«

Gabriels Worte gruben sich wie ein Messer in Samanthas Herz, gewährten ihr einen flüchtigen Blick auf eine Zukunft, die sie nie mit ihm teilen konnte. Sie blinzelte die Tränen zurück. Vielleicht besaß sie kein Morgen mit ihm, aber sie konnte heute Nacht haben.

»Ich habe mich geirrt«, flüsterte sie.

Er runzelte die Stirn. »Worin?«

»Ich gehöre doch zu den Frauen, die sich durch blumige Worte und extravagante Versprechen verführen lassen.« Ihre Hand auf seine Wange legend, hob sie ihr Gesicht und küsste ihn auf den Mund.

Als Gabriel Samanthas weiche Lippen unter den seinen spürte, war es, als ginge in seiner Seele die Sonne auf. Einen Arm um ihre Hüften schlingend, hob er sie auf das schmale Eisenbett und bettete sie auf die zerwühlten Laken.

Er wusste, er sollte warten, bis sie verheiratet waren. Aber er hatte so lange von diesem Augenblick geträumt – länger als ein Leben, wie ihm schien.

»Einen Moment«, sagte sie, und ihm blieb fast das Herz stehen. »Ich möchte nur die Kerze ausblasen.«

Als sie wieder in seine Arme zurückgekehrt war, murmelte er: »Ich brauche die Kerze ohnehin nicht. Alles, was ich brauche, bist du.«

Er tastete nach dem Saum ihres Nachthemdes und zog es ihr vorsichtig über den Kopf. In dem Augenblick fühlte er sich wie ein Bräutigam. Bei dem Wissen, dass Samantha nackt unter ihm lag, dass er die ganze Nacht lang die köstlichen Geheimnisse ihres Körpers erkunden konnte, wurde ihm der Mund ganz trocken, und seine Hände fingen vor Verlangen an zu zittern.

Es war so lange her, seit er eine nackte Frau im Arm gehalten hatte. Sogar vor Trafalgar hatte er monatelang im selbst auferlegten Zölibat gelebt und sich nach Cecily gesehnt. Während die anderen Seeleute an Bord der *Victory* ihre körperlichen Bedürfnisse bei den kurzen Landgängen mit Hafendirnen gestillt hatten, war er an Bord des Schiffes geblieben und hatte wieder und wieder Cecilys Briefe gelesen. Obwohl sein Körper nach Erleichterung schrie, hatte er sich damit begnügt, sein Verlangen glimmen zu lassen, während er von dem Tag träumte, da sie wieder vereint waren. Wenn er geahnt hätte, dass der Tag niemals kommen würde, hätte er trotzdem gern auf diesen Augenblick hier gewartet. Auf Samantha.

Gabriel knotete die Schleife seines Morgenmantels auf und schlüpfte hinaus, voller Sehnsucht, ihre Haut an seiner zu spüren, ihr Fleisch an seinem. Sie küssend, als ob jeder Kuss ihr letzter wäre, glitt er wie Wildseide an ihrem Körper hinab, stöhnte, als seine Brust auf ihren weichen Busen traf, als sein geschwollener Schaft die zarten Löckchen zwischen ihren Beinen streifte. Er wollte sich in sie versenken, all die Lust auf einmal leben, die ihm in all den langen, einsamen Monaten versagt gewesen war.

Aber Samantha war keine Hafendirne. Sie verdiente mehr als eine hastige Vereinigung ihrer Körper ohne jede Finesse. Sie klammerte sich an seinen Schultern fest und stöhnte protestierend, als er seinen Mund von ihrem löste und sich von ihr rollte. Auf dem schmalen Bett war kaum Platz für sie beide, aber es gefiel Gabriel dennoch. Die behagliche Enge erleichterte es ihm, sein Bein über das ihre zu legen, an ihrem Hals zu knabbern, während er mit seiner Hand ihre köstlich volle Brust umfing. Ihre Brustwarze war schon so verlockend fest wie eine saftige Beere, die darum flehte, von ihm in den Mund genommen zu werden.

Voller Eifer, ihr zu Gefallen zu sein, tat er genau das – er zupfte und neckte, saugte und streichelte mit Lippen und Zunge, bis sie sich unter ihm wand und sich verzweifelt an ihn klammerte. Ein vertrautes Hochgefühl ließ das Blut schneller durch seine Adern strömen. Hierfür brauchte er sein Augenlicht nicht. Eine Frau im Dunkeln zu lieben war ihm schon immer so leicht gefallen wie das Atmen.

»Ich kann das spüren«, flüsterte sie zwischen zwei keuchenden Atemzügen, irgendwie verwundert und schockiert.

»Das will ich doch hoffen«, erwiderte er und hob widerstrebend den Kopf von ihrer Brust. »Ich würde um nichts in der Welt deine Zeit verschwenden wollen.«

»Nein, ich meine …«

Gabriel war überzeugt, wenn er ihr Gesicht jetzt sehen könnte, dann wäre es mit zarter Schamröte überzogen.

»*… da unten*«, beendete sie den Satz.

Er schüttelte den Kopf, und ein hilfloses Lachen entwich ihm. »Ich kann dir versprechen, dass du, bevor ich mit dir fertig bin, wesentlich mehr als ›da unten‹ fühlen wirst.«

Wie um sein Versprechen wahr zu machen, ließ er seine Hand über die seidenweiche Haut auf ihrem Bauch streichen. Sie erschauerte unter seiner Berührung in Vorfreude, aber er zog die Wonne und die Folter in die Länge, indem er sich die Zeit nahm, die sanfte Schwellung ihres Bauches zu erkunden, die empfindsamen Vertiefungen neben ihren Hüftknochen.

Als seine Finger schließlich die zarten Locken in ihrem Schritt streiften, war nur ein sanftes Drängen seines Knies nötig, dass sie für ihn die Schenkel spreizte, sich ihm darbot.

»Du gibst mir das Gefühl, völlig schamlos zu sein«, gestand sie, und jeder ihrer Atemzüge war ein atemloser Seufzer. »Als ob ich alles für dich täte … mit dir.«

Gabriel hätte es nicht für möglich gehalten, noch härter zu werden, als er schon war, aber ein Schwindel erregender Reigen erotischer Bilder schoss ihm ungebeten durch den Kopf und bewies ihm, dass er sich geirrt hatte. »Ich schätze mich mehr als glücklich, mein restliches Leben der Erfüllung dieses Wunsches zu widmen.«

»Was aber, wenn wir kein Leben lang haben?« Sie schlang die Arme überraschend fest um ihn. »Was, wenn uns nur dieser Augenblick bleibt?«

»Dann würde ich keine Gelegenheit auslassen, dies zu tun«, erklärte er und nahm ihren Mund mit einem schmerzlich zärtlichen Kuss. »Oder dies.« Er senkte seine Lippen auf ihre Brust, umkreiste ihre aufgerichtete Brustspitze mit der Zunge. »Oder das hier.« Seine Stimme ging in ein Stöhnen über, als er seine Finger durch ihre Locken gleiten ließ und die empfindsame Stelle darunter streichelte.

Sie keuchte unter seiner Berührung auf, ein heiserer Willkommenslaut. Ihr Körper wurde schon feucht, um ihn aufzunehmen, blühte wie eine Blume unter dem Kuss der Sonne auf. Mit seinem Daumen setzte er die betörende Erkundung fort. Er wollte, dass sie für ihn brannte, sich nach dem Augenblick verzehrte, da sie ihn in sich aufnahm und ihn zu dem ihren machte.

»Bitte, Gabriel ...« Sie bog sich seiner Hand entgegen, ihre Stimme ein heiseres Flüstern an seinem Ohr. »Ich kann nicht länger warten.«

Als ihre Schenkel sich weiter spreizten, streckte sie die Hand aus und streichelte seine pochende Männlichkeit, bat ihn mit dieser Geste um etwas, dem kein Mann widerstehen konnte.

Als ihre Finger sich wie Samtbänder um ihn schlossen, biss er die Zähne zusammen, um nicht die Beherrschung zu verlieren. »Nun gut, da du so nett bittest.«

Er rollte sich auf sie. Sein steifes Glied strich über die feuchten Locken in ihrem Schritt.

»Gabriel, da gibt es etwas, das ich dir sagen muss.« Sie umklammerte seinen Rücken, und die Panik in ihrer Stimme war nicht zu überhören.

Seine Fingerspitzen fanden ihre Lippen, brachten sie mit einer zärtlichen Liebkosung zum Schweigen. »Alles ist gut, Samantha. Ich brauche nicht mehr zu wissen. Ich bin mir darüber im Klaren, dass du nicht ganz offen zu mir warst. Eine Frau wie du hätte keine Stellung wie diese gesucht, wenn sie nicht vor ihrer Vergangenheit davonliefe. Aber das ist mir gleichgültig. Mir ist egal, ob vor mir ein anderer Mann war. Mir ist egal, ob es ein Dutzend waren.

Das Einzige, was mir wichtig ist, ist, dass du jetzt, in diesem Augenblick, in meinen Armen liegst.«

Um zu zeigen, dass er ein Mann war, der zu seinem Wort stand, zog Gabriel seine Hüften zurück und stieß sich tief in sie. Durch einen Nebel ungezügelter Lust vernahm er ihren gebrochenen Schrei, spürte etwas Zartes und Unersetzliches unter dem unaufhaltsamen Vordringen seines Körpers nachgeben.

Er war so tief in ihr, wie nur möglich, wagte es nicht, sich zu bewegen, wagte nicht zu atmen. »Samantha?«

»Hmm?«, antwortete sie.

Gabriel focht mit sich, ganz still zu liegen, selbst wenn ihr Körper ihn in einem Griff roher Lust umfing. »Was genau wolltest du mir sagen?«

Er hörte sie schlucken. »Dass ich dies hier nie zuvor getan habe.«

Einen Fluch unterdrückend, barg er sein Gesicht an ihrem Hals. »Willst du, dass ich aufhöre?« Selbst wenn er ihr das anbot, war sich Gabriel dennoch nicht sicher, ob er dazu überhaupt in der Lage war.

Sie schüttelte heftig den Kopf. »Nein.« Mit den Fingern durch sein Haar fahrend, zog sie seinen Mund wieder auf ihre Lippen. »Niemals.«

Während ihre Zungen sich aneinander rieben, bäumte sie sich unter ihm auf und sandte Gabriel in einen Strudel der Lust. Er hatte immer große Stücke auf seine Raffinesse bei der körperlichen Liebe gehalten. Doch die Erkenntnis entsetzte ihn, dass er noch barbarisch genug war, um den Drang zu verspüren, sich auf die Brust zu schlagen und triumphierend zu brüllen – weil er der erste Mann war, der sie nahm, der einzige Mann. Er begann sich zu bewegen, glitt erst in sie, dann wieder heraus mit langen, tiefen Stößen und beseelt von dem Wunsch, ihr schmerzliches Wimmern in Laute der Lust zu verwandeln.

Jetzt, da Samantha sie mit ihm teilte, war die Dunkelheit nicht länger sein Feind, sondern seine Geliebte. Alles maß sich in Empfinden, Wahrnehmen – Gegensätzen. Sie war weich. Er war hart. Sie war glatt. Er war rau. Sie gab. Er nahm.

In der Überzeugung, dass sie eine Wiedergutmachung für den Schmerz verdiente, den er ihr ungewollt bereitet hatte, schob Gabriel eine Hand zwischen ihre Beine. Ohne mit Zunge oder Hüfte aus dem Rhythmus zu kommen, streichelte er sie dort, bis sie sich mit einem heiseren Schrei um ihn verkrampfte, was beinahe sein Untergang war.

Seine Arme über ihrem Kopf und seine Finger mit den ihren verschränkend, bis ihre Handflächen sich berührten, flüsterte er drängend: »Halt dich fest, mein Engel. Lass niemals los.«

Samantha gehorchte, wand ihre schlanken Beine um ihn. Dann gab es kein Halten mehr, kein Hinauszögern des Unvermeidlichen, kein Widerstand gegen den bezwingenden Rhythmus, der wie Buschtrommeln durch sein Blut rauschte. Gabriel ritt sie, hart und schnell und tief, bis sie beide trunken vor Lust waren, bis er erneut die Schauer durch ihren Körper laufen spürte.

Als er selbst einen überwältigenden Höhepunkt erreichte, er sich in ihr verströmte, verschloss ihr Gabriel den Mund mit dem seinem, aus Sorge, ihrer beider Schreie würden den restlichen Haushalt alarmieren.

Samantha erwachte in Gabriels Armen. Das Bett war so schmal, dass nur Platz für sie beide war, wenn sie wie zwei Löffel in einer Schublade aneinander geschmiegt dalagen.

Sie blickte zum Fenster, dankbar, dass der Nachthimmel noch völlig dunkel war, ohne jegliches Anzeichen von einem rosa Lichtstreifen am Horizont, der das Morgengrauen ankündigte. Sie wäre damit zufrieden gewesen, den Rest ihres Lebens so zu verbringen, mit Gabriels starken Armen um ihre Taille und seinem Atem in ihrem Haar, den nackten Po an seinem Schoß. Sie konnte den Schlag seines Herzens an ihrem Rücken spüren, ein unvorstellbar süßes Wiegenlied.

Vor letzter Nacht hatte sie nur eine ungefähre Vorstellung von dem gehabt, was sich zwischen Mann und Frau im Schlafzimmer abspielte. Doch nichts hätte sie auf die Wirklichkeit vorzubereiten vermocht. Zum ersten Mal begriff sie, warum ein so trügerisch einfacher Akt Frauen dazu trieb, mit dem Ruin zu spielen, und Männer veranlasste, alles aufs Spiel zu setzen. Sie verstand, weshalb Sonette geschrieben und Duelle ausgefochten, Leben verwirkt wurden – alles für den Zauber, der entstand, wenn Mann und Frau zusammenkamen, sich in den Schatten der Nacht zu einem Wesen vereinigten.

Da war eine gewisse Empfindlichkeit zwischen ihren Schenkeln, ein frischer Schmerz, ähnlich dem in ihrem Herzen. Dennoch war es eine süße Qual und ein geringer Preis, der für das Wunder zu zahlen war, Gabriel tief in sich zu halten.

Fast als ahnte er die Richtung ihrer Gedanken, regte sich Gabriel. Der Druck seines Arms verstärkte sich, als er sie noch dichter an sich zog.

Etwas stieß gegen ihren Po. Etwas Festes, Beharrliches. Samantha konnte nicht widerstehen, ein bisschen mit dem Hintern zu wackeln.

Gabriel knurrte schläfrig und murmelte: »Engel, weck

keine schlummernden Drachen, es sei denn, du willst bei lebendigem Leibe verschlungen werden.« Er schob die Haare in ihrem Nacken zur Seite und streifte mit seinen Lippen so zärtlich die empfindsame Haut dort, dass sie vor Verlangen erschauerte. »Ich hätte vorhin nicht so grob und gierig sein sollen. Du brauchst Zeit, dich zu erholen.«

Da sie wusste, dass Zeit der einzige Luxus war, den sie nicht hatten, drückte sie sich an ihn, presste ihren weichen Po gegen sein erregtes Glied. »Alles, was ich brauche, bist du.«

Gabriel stöhnte an ihrem Ohr. »Du spielst nicht fair, Frau. Du weißt, ich werde dir das nie verweigern können.«

Aber er konnte seine eigene Erfüllung hintanstellen, während er ihr Lust bereitete. Mit einer Hand liebkoste er ihre Brustspitzen, mit der anderen streichelte er sie zärtlich zwischen den Beinen, verwöhnte das überdehnte Fleisch. Nach kürzester Zeit ging Samanthas Atem schon keuchend, und sie schmolz unter einer Welle der Wonne dahin. Sie musste ins Kissen beißen, um nicht laut aufzuschreien.

Erst dann füllte er seine Hände mit ihrem weichen Busen und drang von hinten in sie ein. Sie wünschte sich nichts mehr, als sich mit ihm zu bewegen, aber er hielt sie fest, wartete, bis ihr Körper in einem nachdrücklichen Rhythmus um ihn zu pulsieren begann, ein Echo ihres wilden Herzschlages.

»Bitte …«, stöhnte sie, der Ohnmacht nahe. »Oh, Gabriel, *bitte* …«

Ihre zusammenhanglose Bitte war nicht an ihn verschwendet. Sie hätte es sich nie träumen lassen, dass es möglich wäre, so zärtlich und zugleich so unerbittlich geliebt zu werden. Als er mit ihr fertig war, hätte sie nicht sagen können, wo ihr Körper aufhörte und der seine begann. Sie wusste nur, dass ihr Herz sich anfühlte, als bräche es, und ihre Wangen tränennass waren.

»Du weinst«, stellte er vorwurfsvoll fest und drehte sie sanft auf den Rücken.

Sie unterdrückte ein Schluchzen. »Nein, das tue ich nicht.«

Mit einem Finger berührte er ihre Wange, hob ihn an die Lippen und kostete, entlarvte sie als Lügnerin. »Es ist genau so, wie ich immer vermutet habe«, erklärte er streng. »Du musst die Wahrheit nicht länger verbergen.«

Entsetzt blinzelte Samantha ihn an.

Sanft legte er eine Hand auf ihr heftig pochendes Herz. »Unter Ihrer praktischen Fassade schlägt das Herz einer wahren Romantikerin. Machen Sie sich keine Sorgen, Miss Wickersham. Ihr Geheimnis ist bei mir sicher.« Er verzog seinen Mund zu einem lüsternen Lächeln; seine Narbe ließ ihn dabei nur noch mehr wie ein Wüstling aussehen. »Solange Sie dafür sorgen, dass es die Mühe lohnt, natürlich nur.«

»Darauf können Sie sich getrost verlassen, Mylord.« Seinen Mund auf ihre Lippen herabziehend, besiegelte Samantha diesen Schwur mit einem leidenschaftlichen Kuss.

Samantha schob sich die letzte Haarnadel in die Frisur, die schwere Mähne im Nacken feststeckend. Sie trug denselben braunen Rock und dieselbe Spencerjacke, die sie bei ihrer Ankunft in Fairchild Park angehabt hatte. Für den flüchtigen Betrachter mochte es den Anschein haben, als sei sie noch dieselbe Frau. Ein solcher Betrachter hätte nicht die zarte Röte in ihren Wangen bemerkt und nicht die wunde Stelle am Hals, wo Bartstoppeln ihr die Haut zerkratzt hatten, nicht die von den Küssen ihres Liebhabers empfindlich geschwollenen Lippen.

Sie setzte sich ihren Strohhut auf und drehte sich zum Bett um.

Gabriel lag im Perlmuttlicht des anbrechenden Tages auf dem Bauch, wobei sein beeindruckender Körper einen Großteil des Platzes einnahm. Sein Kopf ruhte auf seinen verschränkten Armen, ein Knie hatte er angezogen, sodass das Laken beinahe von seinen schmalen Hüften rutschte. Das goldbraune Haar fiel ihm ins Gesicht und verbarg seine Züge.

Mein goldener Hüne.

Ihre Hände schmerzten vor Sehnsucht, ihn ein letztes Mal zu berühren, aber sie wusste, sie durfte es nicht riskieren, ihn zu wecken. In dem vergeblichen Wunsch, die Versuchung zu verringern, zog sie sich ein Paar schwarze Handschuhe an.

Ihr blieb keine andere Wahl, als die Truhe zurückzulassen. Die halb gepackte Reisetasche hatte sie schon unter dem Bett hervorgezogen. Jetzt blieb nur noch eine Aufgabe, die sie zu erledigen hatte, dann war sie fertig.

Sie näherte sich mit vorsichtigen Schritten dem Bett. Als sie sich hinkniete, nur ein paar Zentimeter von Gabriels Gesicht entfernt, regte er sich im Schlaf und murmelte etwas. Samantha hielt den Atem an, glaubte einen erschütternden Moment lang, dass er seine Augen öffnen und – statt durch sie hindurchzusehen – sie anschauen und bis auf den Grund ihrer Seele blicken würde.

Doch er seufzte nur tief und rollte sich auf die andere Seite, wobei er mit der Hand das Bett abtastete, als suche er etwas.

Ihre Hand behutsam unter die Matratze schiebend, zog sie den Packen Briefe aus dem Versteck, in dem sie sie letzte Nacht so achtlos verstaut hatte. Ohne sich die Zeit zu nehmen, sie mit dem Band zusammenzubinden, legte sie das Bündel in ihre Reisetasche, ehe sie die Schnallen schloss.

Sie holte ein zusammengefaltetes Blatt Papier aus ihrer Rocktasche. Ihre Hand zitterte leicht, als sie es auf das Kissen neben Gabriels Kopf legte.

Und dann stand Samantha auch schon mit ihrem Lederköfferchen in der Hand an der Zimmertür.

Sie gestattete sich einen letzten Blick auf Gabriel. Sie hatte geglaubt, Wiedergutmachung leisten zu können, indem sie herkam, aber nun schien es ihr, als habe sie eine Sünde nur durch eine andere verschlimmert, eine, die noch unverzeihlicher war als ihre anfängliche Verfehlung. Aber vielleicht bestand ihre größte Sünde ja einfach darin, ihn so sehr zu lieben.

Den Blick vom Bett losreißend, schlüpfte sie aus dem Zimmer und zog die Tür hinter sich leise ins Schloss.

19

Meine liebste Cecily,
ich trage deine Briefe und alle meine Hoffnungen für unsere Zukunft direkt über meinem Herzen …

»Beckwith!«

Als das vertraute Brüllen durch die Flure von Fairchild Park schallte, zuckten alle Mitglieder der Dienerschaft furchtsam zusammen. Ihre entsetzten Blicke flogen zur Decke, als von oben ein donnerndes Poltern zu vernehmen war, gefolgt von einer ganzen Reihe Flüche, die so heftig waren, dass das Gold auf der Täfelung abzublättern drohte.

Kurz darauf erklangen Schritte, welche die Treppe hinunterstürmten, dann ein schrilles Jaulen, gefolgt von einem neuerlichen Fluch. »Himmel, wenn du mir nicht ständig vor den Füßen herumliefest, würde ich dir auch nicht auf deinen verdammten Schwanz treten.«

Krallen klackten über den Marmorboden, als Sam so klug wie hastig sein Heil in der Flucht suchte.

Beckwith tauschte einen besorgten Blick mit Mrs. Philpot, ehe er rief: »Im Speisesalon, Mylord.«

Gabriel stürzte mit gerunzelter Stirn durch die Tür ins Speisezimmer, nur mit einem Morgenrock angetan. Er fuchtelte mit seinem Gehstock herum, als sei es eine Waffe. »Hat jemand Samantha gesehen? Als ich aufgewacht bin, war sie fort.«

Jemand keuchte schockiert auf. Gabriel drehte sich langsam zu dem Laut um, bemerkte offensichtlich zu spät, dass sie nicht alleine waren.

Mit geblähten Nasenflügeln sog er die Luft ein. »Alles, was ich riechen kann, ist gebratener Speck und frisch gebrühter Kaffee. Wer ist sonst noch hier?«

»Ach, n-n-nicht viele, wirklich«, stammelte Beckwith. »Nur Mrs. Philpot. Elsie. Ihre Mutter. Ihr Vater. Und, äh …« – er räusperte sich umständlich – »Ihre Schwestern.«

»Was? Wo steckt Wildhüter Willie? Was ist los? Konnte er sich nicht lang genug von der Jagd losreißen, um dem übrigen Haushalt hier beim Frühstück Gesellschaft zu leisten?« Gabriel schüttelte den Kopf. »Ach, egal. Der einzige Mensch, an dem mir liegt, ist Samantha. Hat jemand sie gesehen?«

Beckwith runzelte die Stirn. »Jetzt, da Sie es erwähnen, denke ich, nein. Was mich erstaunt, denn es ist beinahe zehn Uhr, und Miss Wickersham steht gewöhnlich früh auf. Sie geht ihrer Arbeit überaus gewissenhaft nach.«

Sein Vater schmunzelte, als er Gabriel von den ungekämmten Haaren bis zu den bloßen Füßen musterte. »Das sieht mir auch so aus.«

Eugenia, Valerie und Honoria fingen an zu kichern.

»Mädchen!«, wies ihre Mutter sie scharf zurecht und bedachte sie mit einem strafenden Blick. »Ihr seid entschuldigt und könnt aufstehen. Lasst uns allein.«

Als die Mädchen mit hängendem Kopf aufstanden, erklärte Gabriel: »Lass sie bleiben. Sie sind keine Kinder mehr. Es ist an der Zeit, endlich damit aufzuhören, sie jedes Mal ins Schulzimmer zu verbannen, wenn es ein Familiendrama gibt.«

»Seht ihr?«, flüsterte Honoria und stieß Valerie mit dem Ellbogen in die Rippen, als sie sich wieder auf ihre Stühle setzten. »Ich habe doch gesagt, dass er der beste große Bruder auf der ganzen Welt ist.«

»Ich werde prüfen, ob ich Miss Wickersham finden kann, Mylord«, sagte Mrs. Philpot. »Vielleicht hat einer der anderen Dienstboten sie ja gesehen.«

»Danke«, antwortete Gabriel.

Nachdem sie gegangen war, lehnte sich der Marquis in seinem Stuhl zurück und verschränkte mit einem wehmütigen Seufzen die Hände über seinem runden Bauch. »Ich erinnere mich noch gut, als ich noch ein paar Jahre jünger war als Gabriel hier. Da gab es so ein bezauberndes Zimmermädchen ...«

»Theodore!« Seine Gattin blickte ihn vorwurfsvoll an.

Er streckte die Hand aus und tätschelte ihr den Arm. »Das war doch lange, bevor ich dich kennen gelernt habe, Liebste. Nachdem ich dich getroffen hatte, habe ich keine andere mehr eines Blickes gewürdigt. Ich wollte nur sagen, dass dergleichen den besten Männern passiert. Es ist sicherlich keine Schande, mit dem Personal zu schäkern.«

Gabriel fuhr zu seinem Vater herum. »Ich schäkere nicht mit Samantha! Ich liebe sie und hege die Absicht, sie zu meiner Frau zu machen.«

Sein Vater und seine Mutter quittierten diese Ankündigung mit einem entsetzten Aufstöhnen.

»Soll ich das Hirschhornsalz holen?«, erkundigte sich Eugenia mit gesenkter Stimme. »Mama sieht so aus, als ob sie gleich in Ohnmacht fiele.«

»Eine Bürgerliche?« Valeries Stimme bebte vor Entsetzen. »Du willst eine gemeine Bürgerliche heiraten?«

»Ich kann dir versichern, dass an Miss Wickersham

nichts Bürgerliches oder gar Gemeines ist«, stellte Gabriel klar.

»Ach, das ist die allerromantischste Geschichte, die ich je gehört habe!«, rief Honoria begeistert, und ihre braunen Augen blitzten. »Ich sehe geradezu vor mir, wie du auf deinem Schimmel angaloppiert kommst, um sie vor einem Leben in vornehmer Armut zu retten.«

Gabriel schnaubte abfällig. »Wenn hier jemand gerettet wurde, dann bin ich das – und zwar von ihr.«

»Nun, mein Sohn«, begann sein Vater, »es besteht keine Notwendigkeit, überstürzte oder unüberlegte Entscheidungen zu treffen. Du hast erst letzte Nacht erfahren, dass du wieder sehen können wirst. Ich begreife durchaus, dass deine Gefühle dadurch aus dem Gleichgewicht geraten sind. Dass du dich in die Arme dieses ... dieses ...«

»Ja?«, fragte Gabriel in drohendem Ton.

»Reizenden Mädchens hast ziehen lassen«, fuhr sein Vater hastig fort. »Aber das bedeutet nicht, dass du übereilt eine aussichtslose Ehe eingehen musst. Himmel, wenn du wieder sehen kannst und nach London zurückkehrst, dann kannst du sie in einer netten kleinen Wohnung irgendwo in der Nähe deines Stadthauses unterbringen und zu deiner Mätresse machen, wenn du unbedingt willst.«

Gabriels Miene verfinsterte sich, doch bevor er zu einer Erwiderung imstande war, kam Mrs. Philpot in den Salon zurückgeeilt. »Es tut mir Leid, Mylord, aber ich kann keine Spur von ihr entdecken. Niemand hat sie gesehen. Allerdings habe ich diese Nachricht in ihrem Zimmer gefunden.« Ihre Stimme senkte sich zu einem Flüstern, sodass sich alle fragten, was um Himmels willen sie wohl gefunden hatte. »Auf ihrem Kopfkissen.«

»Lesen Sie es vor«, verlangte Gabriel und tastete nach dem nächsten freien Stuhl.

Während er darauf Platz nahm, reichte sie den Brief Beckwith.

Der Butler faltete zögernd und mit leicht zitternden Händen das schlichte weiße Blatt Papier auf. »Lieber Lord Sheffield«, las er laut. »Ich habe Ihnen immer gesagt, dass Sie mich eines Tages nicht mehr brauchen würden. Obwohl Sie ein Ehrenmann sind, wie ich weiß, erwarte ich nicht, dass Sie Versprechen halten, die gegeben wurden in der Hitze der …« Beckwith brach ab und warf Gabriel einen gequälten Blick zu.

»Weiter«, forderte Gabriel, seine Augen dunkel und leer.

»… erwarte ich nicht, dass Sie Versprechen halten, die gegeben wurden in der Hitze der Leidenschaft. Diese Flammen lodern zu hell, blenden selbst die, die in der Lage sein sollten zu sehen. Bald schon werden Sie Ihr Augenlicht – und Ihr vertrautes Leben – zurückerhalten. Ein Leben, an dem ich nicht teilhaben kann. Ich bitte Sie, nicht zu hart über mich zu urteilen. Vielleicht werden Sie eines Tages in einem Winkel Ihres Herzens freundliche Erinnerungen an mich hegen. Mit diesem Wunsch verbleibe ich stets die Ihre, Samantha.«

Als Beckwith das Papier zusammenfaltete, trat Mrs. Philpot zu ihm und tastete mit bebenden Fingern nach seinem Ärmel. Tränen strömten Honoria über die Wangen, und selbst Eugenia war gezwungen, sich mit der Ecke ihrer Serviette die Nasenspitze zu betupfen.

»Du hast Recht«, bemerkte seine Mutter leise und stellte ihre Teetasse auf den Tisch. »Sie ist ein ungewöhnliches junges Mädchen.«

Sein Vater seufzte. »Es tut mir Leid, Junge, aber sicherlich siehst du ein, dass es so am besten für alle ist.«

Wortlos erhob sich Gabriel und ging zur Tür, den Gehstock vor sich schwingend.

»Wohin willst du?«, fragte sein Vater verblüfft.

Er drehte sich zu ihnen allen um. Seine Miene verriet eiserne Entschlossenheit. »Ich will sie finden, darum gehe ich sie suchen.«

Sein Vater wechselte einen besorgten Blick mit Gabriels Mutter, ehe er die eine Frage stellte, die sie alle beschäftigte: »Aber was, wenn sie nicht gefunden werden will?«

Sie stellte das Lederköfferchen auf ihr Bett, ließ müde die Schultern sinken. Nachdem sie das Gepäckstück auf mehreren schlaflosen Fahrten in der Postkutsche mit sich geschleppt hatte, fühlte es sich an, als sei es mit Wackersteinen beladen, nicht mit ein wenig Unterwäsche zum Wechseln, einem Bündel alter Briefe und einem schmalen Gedichtband. Wären nicht die Briefe gewesen, hätte sie sich vielleicht in Versuchung geführt gefühlt, das Ding heute Morgen während ihres langen Fußmarsches vom Dorf hierher einfach im nächsten Tümpel zu versenken. Das fröhliche Gezwitscher der Vögel, die in den Hecken entlang der Auffahrt zum Haus brüteten, schien sie zu verspotten.

Sie trug immer noch dasselbe unscheinbare braune Kleid, das sie vor drei Tagen angezogen hatte, bevor sie Fairchild Park im Morgengrauen verließ. Staub bedeckte den Saum ihres Rockes, und ein Fleck getrockneter Milch zierte ihr Oberteil; das Kind einer in der Kutsche mitreisenden Putzfrau hatte sie bespuckt auf der besonders holperigen Fahrt von Hornsey nach South Mims.

Samantha hätte sich eigentlich darüber ärgern sollen, doch eine gnädige Taubheit umfing sie. Selbst während sie sich noch fragte, ob sie wohl je wieder etwas empfinden würde, musste sie zugeben, dass die Taubheit dem beißenden Seelenschmerz vorzuziehen war, der ihr Herz durchbohrt hatte, als sie Gabriel schlafend in ihrem Bett zurückließ.

Sie sank auf den Hocker vor dem Frisiertisch. Dieses Zimmer hatte sie als Mädchen verlassen, doch es war eine Frau, die ihr nun aus dem Spiegel entgegenblickte. Aus dieser ernsten Miene zu schließen, würde niemand ahnen, dass ihre Augen vor Glück strahlen konnten oder dass sich beim Lächeln zwei bezaubernde Grübchen auf ihren Wangen bildeten.

Ihre Arme schmerzten vor Erschöpfung, als sie nach oben griff, um eine Nadel nach der anderen aus ihrem Haar zu ziehen. Die schwere Mähne fiel ihr schlaff auf die Schultern. Sie blinzelte ihr Spiegelbild aus müden Augen an – Augen in der Farbe des Meeres unter einem Sommerhimmel.

Schritte klangen auf der Treppe – die Schritte ihrer Mutter, so energisch und vertraut, dass Samantha unvermittelt voller Wehmut an die Zeit dachte, als ihre Mutter jeden Seelenschmerz, egal, wie schlimm er auch war, einfach durch eine zärtliche Umarmung und eine Tasse warmen Tees hatte vertreiben können.

»Man sollte doch meinen«, beklagte sich ihre Mutter lautstark, während sie die Treppe emporstieg, »dass, wenn eine Mutter ihrer Tochter erlaubt, ihre reiche Freundin auf einer ausgedehnten Reise auf den Kontinent zu begleiten, man doch wenigstens so viel Dankbarkeit erwarten darf, dass diese Tochter ihrer Mutter schreibt, damit die weiß, sie ist noch am Leben und schmachtet nicht in irgendeinem schmutzigen Kerker irgendwo in Frankreich. Noch sollte man es für möglich halten, dass eine solche Tochter sich bei ihrer Rückkehr wie ein Dieb klammheimlich ins Haus schleicht, anstatt ihre Eltern zu begrüßen, wie es sich gehört. Himmel, ich hätte überhaupt nicht erfahren, dass du wieder zu Hause bist, hätte deine Schwester nicht ...«

Samantha drehte sich auf dem Hocker um.

Ihre Mutter stand auf der Türschwelle. Eine Hand hatte sie sich auf das Herz gelegt, ihre Miene zeugte von Entsetzen. »Gütiger Himmel, Cecily! Was hast du nur mit deinem wunderschönen Haar angestellt?«

20

Mein liebster Lord Sheffield,
Sie behaupten, nichts als Staub unter meinen zierlichen Füßen zu sein, doch in Wahrheit sind Sie mir Sternenstaub, über einen samtigen Nachthimmel gesprenkelt, auf ewig in meinen Träumen und doch außerhalb meiner Reichweite …

»Sie kann sich doch nicht einfach in Luft aufgelöst haben. Das ist unmöglich!«

»Das sollte man meinen, Mylord. Aber es scheint, als sei genau das geschehen. Nachdem ihre Kutsche an jenem Nachmittag London erreicht hatte, verliert sich Miss Wickershams Spur. Meine Männer haben sie jetzt zwei Monate lang gesucht, und es ist ihnen nicht gelungen, auch nur den geringsten Hinweis auf ihren Verbleib zu entdecken. Es ist beinahe so, als hätte es sie nie gegeben.«

»So, das hat es aber, und zwar ganz gewiss.« Gabriel schloss einen Moment lang die Augen, erinnerte sich wieder daran, wie Samantha weich und warm in seinen Armen gelegen hatte, wirklicher als alles, was er je erlebt hatte.

Was, wenn wir kein Leben lang haben? Was, wenn uns nur dieser Augenblick bleibt?

Ihre rätselhafte Frage hatte ihn verfolgt, seit er Narr genug gewesen war, sie sich aus den Händen schlüpfen zu lassen. Und aus seinem Bett.

Er öffnete die Augen wieder und betrachtete den gepflegten, schmächtigen Mann, der ihm an seinem Schreibtisch gegenübersaß. Der Schleier über dem, was er erkennen konnte, hatte sich jeden Tag ein wenig mehr gelichtet. In Kürze schon würde er das Haus verlassen können, um selbst die Straßen nach Samantha zu durchkämmen. Bis dahin blieb ihm keine andere Wahl, als diesem Mann zu vertrauen. Danville Steerforth war einer von einem halben Dutzend erfahrener Bow Street Runner. Er und seine Kollegen mit ihren auffälligen roten Westen und den leuchtend blauen Mänteln waren ihm sowohl wegen ihres Könnens als auch wegen ihrer Verschwiegenheit mit höchstem Lob empfohlen worden.

Der Mann schien noch nicht einmal durch Gabriels Narbe eingeschüchtert. Vermutlich hatte er in seinem Beruf schon Schlimmeres gesehen.

»Unsere Suche von Tür zu Tür in Chelsea hat kein Ergebnis gebracht«, unterrichtete ihn Steerforth mit einem Zucken seines karamellbraunen Schnurrbartes. »Hat sie denn wirklich keine anderen Hinweise hinterlassen, wo sie herkommt? Wohin sie gegangen sein könnte?«

Mit dem Daumen über die Klinge des Brieföffners mit dem Messinggriff fahrend, schüttelte Gabriel den Kopf. »Wir haben die Truhe, die sie dagelassen hat, Zentimeter für Zentimeter von oben bis unten mindestens ein Dutzend Mal durchsucht. Ich habe nichts gefunden als ein paar unauffällige Gegenstände und eine Flasche mit Zitronenparfum.«

Er verriet nicht, was er empfunden hatte, als er die Tür ihres Schrankes geöffnet und entdeckt hatte, dass sie seine Geschenke nicht mitgenommen hatte. Geschenke, die er bis zu diesem Moment noch gar nicht gesehen hatte. Als er vorsichtig mit den Fingern über den zarten Musselin des Kleides strich, die weiche Kaschmirstola anfasste und die frivolen rosa Seidenschuhe, die nur zum Tanzen geschaffen waren, hörte er im Geiste wieder die wehmütige Melodie von »Barbara Allen«. Bei seiner sachlichen Aufzählung hatte er weiterhin ausgelassen, dass er ob des vertrauten Zitronendufts, der ihm aus den Kleidern entgegenströmte, rückwärts aus dem Zimmer gestrauchelt war, von schmerzlicher Sehnsucht schier überwältigt.

»Was ist mit ihren Empfehlungsschreiben? Sind die aufgetaucht?«

»Ich fürchte nein. Wie es scheint, hat mein Butler ihr die Briefe noch an just jenem Tag wieder ausgehändigt, als sie ihre Stellung antrat.«

Steerforth seufzte. »Das ist höchst bedauerlich. Selbst ein einziger Name wäre für uns eine Spur gewesen, die wir hätten verfolgen können.«

Gabriel zerbrach sich den Kopf. Da war etwas, das am Rande seines Bewusstseins nagte, eine Kleinigkeit, die sich ihm immer wieder entzog. »Während des ersten Abendessens, das wir gemeinsam eingenommen haben, erwähnte sie eine Familie, für die sie gearbeitet hatte. Caruthers? Carmichael?« Er schnippte mit den Fingern. »Carstairs! Das war es. Sie hat erzählt, sie habe zwei Jahre lang als Gouvernante für Lord und Lady Carstairs gearbeitet.«

Steerforth erhob sich und strahlte neue Zuversicht aus. »Ausgezeichnet, Mylord. Ich werde die Familie sogleich aufsuchen und befragen.«

»Warten Sie«, verlangte Gabriel, als der Mann seinen Gehstock und seinen Hut nahm. Jetzt, da sein Sehvermögen mit jedem Tag besser wurde, konnte er den Gedanken nicht ertragen, weiterhin nur untätig im Haus herumzusitzen und Fremde nach Samantha suchen zu lassen. »Vielleicht wäre es ja am besten, wenn ich selbst mit ihnen spräche.«

Falls Steerforth enttäuscht war, dass er die Ermittlungen entzogen bekam, so wusste er es gut zu verbergen. »Wie Sie wünschen. Sollten Sie irgendwelche Hinweise erhalten, setzen Sie mich bitte unverzüglich in Kenntnis.«

»Darauf können Sie sich verlassen«, versicherte ihm Gabriel.

Steerforth zögerte an der Tür, drehte seinen Filzhut unbehaglich in den Händen. »Verzeihen Sie, wenn ich meine Grenzen überschreite, Lord Sheffield, aber Sie haben mir nie gesagt, weshalb Sie diese Frau so dringend finden wollen. Hat sie Sie beraubt, während sie für Sie gearbeitet hat? Ihnen etwas Unersetzliches gestohlen?«

»Ja, das hat sie wohl, Mr. Steerforth.« Ein reuiges Lächeln spielte um Gabriels Lippen, während er den Mann anschaute. »Mein Herz.«

Cecily Samantha March saß auf der gefliesten Terrasse von Carstairs Hall und nahm mit ihrer besten Freundin und Mitverschwörerin, Lord und Lady Carstairs' einziger Tochter Estelle, den Tee ein. Die warme Junisonne liebkoste ihr Gesicht, während eine milde Brise ihre kurzen honigblonden Locken zauste.

Zwei Monate lang hatte sie ihr Haar in Mineralöl gebadet, doch zum Verdruss ihrer Mutter war es ihr dennoch nicht gelungen, es völlig von den Rückständen der Hennafarbe zu befreien. Eines Tages hatte Cecily dann beschlossen, dass sie es einfach nicht länger ertrug, wenn ihr Samantha Wickersham aus dem Spiegel entgegenblickte, und erbittert kurzerhand zur Schere gegriffen. Estelle hatte sie mit der Versicherung getröstet, dass kurze Locken der letzte Schrei in London seien. Aber Cecily war ohnehin der Ansicht, dass ihr die neue Frisur stand – sie ließ sie reifer aussehen und weniger wie das dumme junge Mädchen, das sie einmal gewesen war.

Natürlich hatte ihre Mutter geweint, als sie entdeckt hatte, was Cecily getan hatte, und auch Papa hatte fast so ausgeschaut, als wollte er selbst jeden Moment in Tränen ausbrechen. Aber keiner von beiden hatte das Herz, sie auszuschimpfen. Ihre Mama hatte einfach einem der Zimmermädchen aufgetragen, die abgeschnittenen Locken aufzukehren und ins Feuer zu werfen. Cecily hatte dagesessen und zugesehen, wie sie verbrannten.

»Wundert deine Familie sich nicht langsam, warum du so viel Zeit hier verbringst?«, erkundigte sich Estelle und bediente sich von dem Teekuchen-Tablett auf dem Tischchen.

»Ich bin sicher, dass sie froh sind, mich los zu sein. Ich fürchte, ich bin dieser Tage keine gute Gesellschaft.«

»Unsinn. Du bist immer eine überaus reizende Gesellschaft. Sogar wenn du wegen deines gebrochenen Herzens Trübsal bläst.« Estelle strich eine Schicht Sahne auf das hauchzarte Gebäckstück und steckte es sich in den Mund.

Wenigstens musste Cecily, solange sie bei Estelle war, nicht die ganze Zeit so tun, als sei alles so, wie es sein sollte. Sie musste nicht über die Witze ihres Bruders lachen oder Interesse an den neusten Stickarbeiten ihrer Schwester heucheln. Sie musste ihrer Mutter nicht versichern, dass sie völlig damit zufrieden war, in ihrem Schlafzimmer zu sitzen und bis in die frühen Morgenstunden zu lesen, oder dem bekümmerten Ausdruck in den Augen ihres Vaters ausweichen. Sie konnte an den besorgten Blicken ihrer Eltern erkennen, dass sie keine sonderlich überzeugende Vorstellung gab. Zwar hatte sie ihre schauspielerischen Fähigkeiten in zahllosen Laien-Theaterstücken vervollkommnet, die sie und ihre Geschwister als Kinder zu Hause aufgeführt hatten, doch alles Können schien sie in dem Moment im Stich gelassen zu haben, da sie die Rolle als Gabriels Pflegerin aufgab.

Estelle leckte sich etwas Sahne aus dem Mundwinkel. »Ich hatte befürchtet, deinen Eltern könnte es merkwürdig vorkommen, dass wir so viel Zeit gemeinsam verbringen, nachdem wir angeblich den halben Frühling zusammen mit meinen Eltern auf einer Vergnügungsreise durch Italien waren.«

»Pst!« Cecily stieß Estelle unter dem Tisch an, um sie zu erinnern, dass Lord und Lady Carstairs auf der anderen Seite der hohen Bogenfenster im Empfangssalon saßen und gerade ihren Tee einnahmen.

Mit ihrer Geistesgegenwart, den schwarzen Locken und den unternehmungslustig blitzenden dunklen Augen war Estelle die Einzige von Cecilys Freundinnen, der sie genug vertraute, um ihr bei der Durchführung eines derart waghalsigen Unterfangens zu helfen. Aber leider waren Umsicht und Diskretion nie eine von Estelles Stärken gewesen.

»Es ist bloß gut, dass ich nur wenige Tage vor dir und deiner Familie nach Hause zurückgekehrt bin«, murmelte Cecily und hoffte, Estelle würde den Wink verstehen und auch die Stimme senken.

Estelle lehnte sich vor. »Uns blieb ja keine andere Wahl, wo dieser Schurke Napoleon mit der Blockade ganz Englands gedroht hat. Mama wollte nicht, dass wir am Ende in

Italien festsitzen und dann die gesamte Saison versäumen. Sie hatte Angst, ein leidenschaftlicher, aber mittelloser italienischer Graf würde ein Auge auf mich werfen statt eines temperamentlosen englischen Viscounts, dem mehr an seinen Jagdhunden liegt als an mir.«

Cecily schüttelte den Kopf. »Das flößt mir höchstens noch mehr Widerwillen gegen den Tyrannen ein. Was, wenn ihr *vor mir* heimgekehrt wäret? Meine Eltern wären außer sich vor Sorge gewesen. Ich bin nur dankbar, dass unsere Familien sich nicht in denselben Gesellschaftskreisen bewegen. Ich kann mir die Katastrophe gut vorstellen, wenn sie sich über die Reise unterhielten.«

»Ich hatte versprochen, eine Nachricht nach Fairchild Park zu senden, sobald wir englischen Boden betreten, nicht wahr? Das hätte dir ausreichend Zeit gegeben, um dir eine neue Ausrede einfallen zu lassen.«

»Wie welche?«, erkundigte sich Cecily und nippte an ihrem Tee. »Vielleicht hätte ich einfach meiner Mutter schreiben können: ›Es tut mir schrecklich Leid, Mama, aber ich bin von zu Hause durchgebrannt, um mich als Pflegerin eines erblindeten Earls zu verdingen, der zufälligerweise außerdem einer der berüchtigtsten Schürzenjäger der feinen Gesellschaft ist.‹«

»*Ehemaliger* Schürzenjäger«, verbesserte Estelle sie, eine anmutig geschwungene, dunkle Augenbraue in die Höhe ziehend. »Hat er nicht dem Verführen von Frauen und dem Brechen von Herzen in dem Augenblick abgeschworen, da er dich getroffen hat?«

»Das behauptet er. Und wäre ich nicht ein so unreifes Dummerchen gewesen, hätte ich ihm geglaubt. Stattdessen habe ich ihn dazu getrieben, in die Königliche Marine einzutreten, damit er sich meiner Liebe würdig erweist.« Sie schüttelte den Kopf, angewidert von dem selbstsüchtigen, naiven Kind, das sie damals gewesen war. »Wenn ich mit ihm nach Gretna Green gegangen wäre, als er mich darum gebeten hat, wäre er nie verletzt worden, hätte niemals sein Augenlicht verloren.«

»Und du wärest nie nach Fairchild Park gefahren.«

»Als ich die Gerüchte hörte, dass er allein in dem Haus wie ein verwundetes Tier lebt, dachte ich, ich könnte ihm helfen«, erklärte Cecily leise und beobachtete ein Pfauenpaar, das über die weite grüne Rasenfläche stolzierte.

»Wie das?«

Das helle Läuten der Türglocke enthob sie einer Antwort. Sie runzelte die Stirn. »Erwarten deine Eltern Gäste?«

»Außer dir niemanden.« Estelle blinzelte in die Nachmittagssonne. »Seltsame Zeit für einen unangekündigten Besuch, oder?«

Beide Mädchen wandten den Kopf zum Empfangssalon hinter ihnen um, gerade als der Butler verkündete: »Der Earl von Sheffield.«

Cecily spürte, wie ihr alles Blut aus den Wangen wich. Obwohl ihr erster Impuls sie trieb, sich unter dem Tisch zu verstecken, wäre sie vermutlich wie gelähmt sitzen geblieben, hätte Estelle sie nicht am Handgelenk gepackt und hinter den ausladenden Rhododendron gezerrt, der zwischen den beiden Fenstern wuchs.

»Was, verflixt noch mal, will der denn hier?«, zischte sie Cecily zu.

Ihre Freundin schüttelte heftig den Kopf, während sie das Gefühl hatte, das Herz spränge ihr gleich aus der Brust. »Ich weiß es auch nicht!«

Die beiden kauerten hinter dem Busch, wagten kaum zu

atmen, als die Vorstellungen gemacht und Höflichkeiten ausgetauscht wurden.

»Ich hoffe sehr, Sie verzeihen die Störung«, drang Gabriels tiefe, rauchige Stimme durch das Fenster und sandte Cecily einen Schauer der Sehnsucht über den Rücken. Sie brauchte nur die Augen zu schließen, und schon war er hinter ihr, über ihr, in ihr.

»Davon kann gar nicht die Rede sein!«, wehrte Estelles Mutter ab. »Es ist uns eine große Ehre, einen gefeierten Helden begrüßen zu dürfen. Ganz London schwirrt vor Gerüchten über Ihre überraschende Genesung. Ist es wahr, dass Ihr Sehvermögen zur Gänze wiederhergestellt ist?«

»Ich habe immer noch ein paar Schwierigkeiten, wenn die Dämmerung anbricht, aber in diesen Schatten finde ich mich von Tag zu Tag besser zurecht. Mein Arzt scheint allerdings der Auffassung zu sein, dass mein Verstand eine Weile benötigt, um mit dem Fortschritt mitzuhalten, den meine Augen machen.«

Cecily kniff ihre eigenen Augen zusammen, konnte nicht anders, als ein kurzes, aber tief empfundenes Dankesgebet gen Himmel zu senden.

»Heute jedoch bin ich nicht gekommen, um über mich zu sprechen«, verkündete Gabriel. »Ich habe die Hoffnung, dass Sie mir gegebenenfalls in einer persönlichen Angelegenheit behilflich sein könnten. Ich bin auf der Suche nach einer Frau, die bis vor kurzem in meinen Diensten stand und davor in Ihren – eine gewisse Miss Samantha Wickersham.«

»Er sucht dich!«, flüsterte Estelle und stieß Cecily mit dem Ellbogen so hart in die Rippen, dass ihr die Luft wegblieb.

»Nein, das tut er nicht«, erwiderte sie grimmig. »Er sucht *sie*. Weißt du nicht mehr? Es war deine Idee, dass wir ihm ein Empfehlungsschreiben deiner Eltern geben. Und du warst es, die die Unterschrift deines Vaters gefälscht hat.«

»Aber wir sind davon ausgegangen, dass sie immer noch in Rom wären, falls er versuchen sollte, mit ihnen in Kontakt zu treten.«

»Soll ich dir etwas verraten? Sie sind es nicht.«

»Samantha Wickersham?«, sagte Lord Carstairs im Salon. »Ich denke nicht, dass ich mich an den Namen erinnern kann. War sie ein Hausmädchen oder so?«

»Nicht direkt«, antwortete Gabriel. »Dem Empfehlungsschreiben nach zu urteilen, das Sie ihr gegeben haben, war sie die Gouvernante Ihrer Kinder. Zwei Jahre lang.«

Lady Carstairs klang noch verwunderter als ihr Ehemann. »Ich kann mich keines solchen Briefes entsinnen. Es muss zwar mehrere Jahre her sein, aber ich bin mir sicher, der Name würde mir etwas sagen.«

»Ihre Anstellung kann nicht so lange zurückliegen«, bemerkte Gabriel, und der Argwohn in seiner Stimme wurde immer offenkundiger. »Miss Wickersham ist eine junge Frau, vermutlich nicht älter als fünfundzwanzig.«

»Nun, da haben Sie es. Das ist völlig ausgeschlossen. Unser Sohn Edmund ist in Cambridge, während unsere Tochter … einen Moment bitte. Estelle, Liebes«, rief ihre Mutter in Richtung offenes Fenster, »bist du noch irgendwo da draußen?«

Estelle sah Cecily entsetzt an.

»*Los!* Geh schon!« Cecily gab ihr einen verzweifelten Schubs, »bevor sie dich suchen kommen.«

Estelle stolperte hinter dem Busch hervor. Sie strich den weißen Musselin ihres Rockes glatt und warf Cecily einen letzten schreckensstarren Blick zu, ehe sie fröhlich antwortete: »Ja, Mama. Ich bin hier.«

Als Estelle im Haus verschwand, kroch Cecily durch den Busch und setzte sich mit dem Rücken gegen die Ziegelsteinmauer unter das Fenster. Sie kniff die Augen zu und rang den schier übermächtigen Drang nieder, einen flüchtigen Blick auf Gabriel zu werfen. Es war eine wahre Folter, ihm so nahe zu sein, und doch eine Welt entfernt.

»Dies ist unsere Estelle«, erklärte Lord Carstairs mit unverhohlenem Stolz in der Stimme. »Wie Sie sehen, ist sie schon vor ein paar Jahren der Obhut einer Gouvernante entwachsen.«

»Sie ist genau im richtigen Alter, das Kinderzimmer mit eigenem Nachwuchs zu füllen«, fügte seine Frau mit einem nervösen Lachen hinzu. »Nachdem wir den richtigen Ehemann für sie gefunden haben, natürlich erst.«

Ein Stöhnen unterdrückend, lehnte Cecily den Kopf an die Mauer. Gerade, als sie gedacht hatte, dass es nicht noch schlimmer kommen könnte, musste sie mit anhören, wie Lady Carstairs versuchte, ihre beste Freundin mit dem einzigen Mann zu verkuppeln, den sie je lieben würde.

Während Gabriel eine Begrüßung murmelte, bemühte sie sich, sich nicht vorzustellen, wie er sich über Estelles Hand beugte, versuchte sich nicht auszumalen, wie er mit seinen geschickten Lippen ganz leicht die zarte weiße Haut streifte. Im Gegensatz zu Cecily wagte sich Estelle nur sehr selten ohne Handschuhe und Hut in die Sonne.

»Wo ist deine kleine Freundin?«, erkundigte sich Lady Carstairs. »Habt ihr nicht eben noch miteinander Tee getrunken?«

Cecilys Augen weiteten sich vor Entsetzen. Das leiseste Wispern ihres Namens würde sie verraten und als die Lügnerin und Betrügerin bloßstellen, die sie war.

»Es gibt keinen Grund, weshalb wir nicht alle zusammen mit Lord Sheffield den Tee einnehmen«, verkündete Estelles Vater dröhnend. »Warum gehst du nicht und holst Miss ...«

Estelle bekam plötzlich einen Hustenanfall. Erleichtert ließ sich Cecily zurücksinken. Nach mehreren Runden besorgten Gemurmels und ein paar Klapsen auf den Rücken gelang es Estelle schließlich herauszubringen: »Tut mir so Leid. Ein Stück Teekuchen muss sich verklemmt haben.«

»Aber Sie haben doch gar keinen Teekuchen gegessen«, bemerkte Gabriel.

»Vorhin«, antwortete sie. Ihr eiskalter Ton klang wie eine Kampfansage für den Fall, dass er ihr widersprechen sollte. »Und ich fürchte, Sie werden meine Freundin entschuldigen müssen. Sie ist überaus schüchtern. Sie ist wie ein verängstigtes Kaninchen fortgelaufen, als sie die Türglocke gehört hat.«

»Das ist völlig in Ordnung«, versicherte ihr Gabriel. »Ich habe wirklich nicht die Zeit, noch länger zu verweilen. Und auch wenn ich Ihre Gastfreundschaft sehr zu schätzen weiß, fürchte ich, muss ich Ihre Einladung zum Tee doch ablehnen.«

»Ich bedauere überaus, dass wir Ihnen nicht helfen konnten, Earl«, sagte Lord Carstairs und erhob sich, wobei sein Stuhl bedrohlich knirschte. »Es klingt, als seien Sie das Opfer einer skrupellosen Hochstaplerin geworden. Falls dieses Schreiben noch in Ihrem Besitz ist, rate ich Ihnen, es den Behörden zu übergeben. Vielleicht sind die in der Lage, diese Frau zu finden und sie vor Gericht zu bringen.«

»Es besteht keine Notwendigkeit, die Behörden einzuschalten.« Die Entschiedenheit in Gabriels Tonfall sandte Cecily einen Schauer über den Rücken. »Wenn sie irgendwo dort draußen ist, dann werde ich sie finden.«

Als Estelle, nachdem Gabriel sich verabschiedet hatte, wieder aus dem Haus trat, saß Cecily auf dem Hügel oberhalb des kleinen Ententeiches. Eine Mutterente glitt durch die glatte Wasseroberfläche, sieben kleine braungelbe Federknäuel hinter sich.

»Ich hätte mir nie träumen lassen, dass er meine Empfehlungsschreiben überprüfen würde«, gestand sie, als Estelle sich neben ihr im Gras niederließ und ihre Röcke anmutig um sich drapierte. »Er hat sie nie gesehen.« Sie wandte sich mit einem gequälten Ausdruck in den Augen zu Estelle um. »Ich verstehe nicht, warum er mich – *sie* – immer noch sucht! Sobald er sein Augenlicht wieder hat, dachte ich, würde er das Leben wieder aufnehmen, das er geführt hat, bevor wir uns kennen lernten.«

»Welches der beiden Male?«, fragte Estelle sanft.

Cecily zog ein Knie an und schlang die Arme darum, nicht länger fähig, die eine Frage zu unterdrücken, die sie sich versprochen hatte, nie zu stellen. »Wie sah er aus?«

»Großartig, muss ich gestehen. Ich habe immer gedacht, dass du bei seinem Aussehen übertreibst – blind vor Liebe und so – aber ich kann nicht leugnen, dass er ein Bild von einem Mann ist. Und diese Narbe ist irgendwie besonders! Sie verleiht ihm etwas Rätselhaftes.« Estelle erschauerte wohlig. »Mit ihr sieht er wie ein Pirat aus, der sich einfach nimmt, was er haben will – sich die Frau, die ihm gefällt, über die Schulter wirft und davonträgt, bevor er sie verführt.«

Cecily wandte ihr Gesicht ab, aber Estelle bemerkte dennoch die Röte in ihren Wangen.

»Himmel, Cecily Samantha March, er ist nicht der Einzige, vor dem du Geheimnisse hast, oder?«

»Ich weiß nicht, wovon du sprichst.«

»Ich denke doch! Stimmt es? Ist er dein …« Mit einem verstohlenen Blick über die Schulter senkte Estelle ihre Stimme zu einem Flüstern. »Liebhaber?«

»Eine Nacht lang«, gestand Cecily.

»Nur einmal?«

»Nein. *Nur eine Nacht*«, wiederholte Cecily und sprach jedes Wort besonders deutlich aus.

Estelle keuchte auf, schien ebenso hocherfreut wie entsetzt. »Ich kann gar nicht glauben, dass du *es* getan hast. Mit *ihm*! Du bist ziemlich fortschrittlich, weißt du? Die meisten Frauen warten bis nach der Hochzeit, ehe sie sich einen Liebhaber nehmen.« Sie beugte sich weiter vor und fächelte sich mit einer Hand Luft zu. »Ich muss dich einfach fragen: Ist er so geschickt, wie er aussieht?«

Cecily schloss die Augen, als die Erinnerungen an Gabriels Geschick auf sie einstürmten und eine Welle heißen Verlangens durch ihre Adern sandten. »Mehr noch.«

»Ach du meine Güte!« Estelle ließ sich ins Gras zurückfallen, die Arme weit von sich gestreckt, als sei sie ohnmächtig geworden. Aber dann setzte sie sich wieder genauso unvermittelt auf und musterte Cecilys schlanke Figur kritisch. »Himmel, du bist doch nicht etwa … in anderen Umständen, oder?«

»Ich wünschte bei Gott, ich wäre es!« Das Geständnis drängte sich Cecily ohne Vorwarnung über die Lippen.

»Beweist das nicht, was für eine liederliche Person ich bin? Ich wäre bereit, meiner Familie das Herz zu brechen, die Verdammung der Gesellschaft zu erdulden und alles aufs Spiel zu setzen, wenn ich dafür nur ein winzig kleines Stück von ihm bekäme, das ich immer bei mir haben kann.« Sie barg ihr Gesicht an ihrem Knie, nicht länger in der Lage, die Last des mitleidsvollen Blickes ihrer Freundin zu ertragen.

Estelle strich ihr übers Haar. »Es ist nicht zu spät, weißt du. Warum gehst du nicht einfach zu ihm? Erzählst ihm alles? Bittest ihn, dass er dir verzeiht?«

»Wie könnte ich das?« Sie hob den Kopf und blickte Estelle durch einen Tränenschleier an. »Begreifst du denn nicht, was ich getan habe? Ich habe ihn beinahe umgebracht. Ich habe ihn schmählich im Stich gelassen, als er mich am meisten brauchte. Dann, bei dem Versuch, diese Sünde wieder gutzumachen, habe ich mir mit Lug und Trug Zutritt zu seinem Haus verschafft, um mit seinen Gefühlen und seinen Erinnerungen zu spielen.« Ein gequälter Seufzer entrang sich ihrer Kehle. »Wie könnte er mich jemals anders betrachten als mit Verachtung?«

Doch als Estelle sie behutsam in den Arm nahm, damit sie endlich die Tränen vergießen konnte, die sie in den vergangenen beiden Monaten zurückgehalten hatte, kam Cecily ein anderer schrecklicher Gedanke. Jetzt, da Gabriel wusste, dass Samantha ihn angelogen hatte – wie lange würde es dauern, bis er sich fragte, ob die Nacht, die sie in seinen Armen verbracht hatte, nicht auch nur eine Lüge gewesen war?

21

Meine liebste Cecily,
ein einziges ermutigendes Wort von deinen Lippen – und ich würde niemals von deiner Seite weichen …

Der Fremde bahnte sich seinen Weg durch die drängend vollen Straßen Londons, seine Miene so unerbittlich, seine ausholenden Schritte so entschlossen, dass selbst die Bettler und Taschendiebe sich beeilten, ihm aus dem Weg zu gehen. Von dem scharfen Oktoberwind, der unter die Schulterkrägen seines wollenen Mantels fuhr, schien er nichts zu bemerken, auch nicht von den eiskalten Regentropfen, die von der gebogenen Krempe seines hohen Biberhutes perlten.

Es war nicht die gezackte Narbe, die sein Gesicht verunzierte, welche die Passanten dazu trieb, ihre Kinder dichter an sich zu ziehen und zur Seite auszuweichen. Es war der Ausdruck in seinen Augen. Sein brennender Blick glitt suchend über die Gesichter der Entgegenkommenden und sandte jedem, der ihm begegnete, einen Schauer über den Rücken.

Die Ironie war an Gabriel nicht verschwendet. Er konnte endlich wieder sehen, doch blieb ihm der eine Anblick verwehrt, den er sich am meisten ersehnte. Jeder Sonnenaufgang, gleichgültig, wie atemberaubend die Gold- und Rosatöne auch sein mochten, schien nur auf die dunkle

Straße, die sich vor ihm erstreckte. Jeder Sonnenuntergang war der Vorbote einer langen, einsamen Nacht.

Er schritt durch die anbrechende Dämmerung und war sich überdeutlich der Tatsache bewusst, dass die Dunkelheit jeden Tag früher begann. Bald schon würde es nicht Regen sein, der seine Wangen benetzte, sondern Schnee.

Trotz der großzügigen Belohnung, die Gabriel ausgesetzt hatte, wenn sie weiter nach Samantha suchen würden, hatten sich Steerforth und seine Männer geschlagen geben müssen. Daraufhin hatte sich Gabriel selbst auf die Straße begeben. Er kehrte jede Nacht erst dann in sein Stadthaus am Grosvenor Square zurück, wenn es ihm kalt wurde und er zu erschöpft war, um noch einen Schritt zu machen. Er hatte jedes Krankenhaus in London aufgesucht, aber niemand erinnerte sich an eine ehemalige Gouvernante namens Wickersham, die verwundete Soldaten und Seeleute gepflegt hatte.

Er hatte nur eine Angst, die noch größer war, als Samantha nicht zu finden – was, wenn er sie nicht erkannte?

Er hatte Beckwith den ersten Monat seiner Suche mit sich geschleppt. Der schüchterne Butler hatte immer gleich elend ausgesehen, ob er nun mit hochgeschlagenem Kragen in einer Hafenschenke saß oder die Straßenverkäufer in Covent Garden befragte. Schließlich hatte sich Gabriel seiner erbarmt und ihn zurück nach Fairchild Park geschickt.

Jetzt war Gabriel – so wie die Männer, die er angeheuert hatte, Samantha zu finden – gezwungen, sich auf Beschreibungen zu verlassen, die allerdings von einander abwichen, je nachdem, wen man befragte. Soweit er es sagen konnte, suchte er nach einer schlanken Frau durchschnittlicher Größe mit dickem, rötlich braunem Haar, zarten

Zügen und Augen, deren Farbe von der dicken Brille verhüllt waren, die sie getragen hatte. Ein paar Dienstboten behaupteten, sie seien grün, während andere darauf beharrten, dass sie braun seien. Nur Honoria war der Ansicht, sie seien blau gewesen.

Er wusste, das alles hier war Irrsinn, aber Gabriel musste einfach daran glauben, dass etwas in seiner Seele sie wieder erkennen würde, wenn er vor Samantha stünde.

Er bog in eine schlecht beleuchtete Gasse ein, die sich zu den Docks hinunterschlängelte. Es waren weniger Menschen hier unterwegs und die Schatten tiefer. Wann immer Gabriel die schmierigere Unterwelt von Whitechapel oder Billingsgate erkundete, hatte er fast weniger Angst, Samantha nicht zu finden, als sie zu entdecken. Der Gedanke, dass sie irgendwelche dunklen Gassen entlangging, schwer an seinem Kind tragend, machte ihn schier wahnsinnig. Dann verspürte er den Drang, Türen einzutreten und Fremde am Kragen zu packen, bis er jemanden erwischte, der ihm bewies, dass sie nicht nur ein Produkt seiner überreizten Phantasie war.

Seine Entschlossenheit, sie aufzuspüren, wankte nicht, doch die Zweifel, die ihn seit seinem Besuch auf dem Anwesen der Carstairs quälten, wollten nicht weichen. Er erinnerte sich an den verregneten Nachmittag, als sie ihm aus *Eile geboten* vorgelesen hatte. Sie hatte jede Rolle überzeugend gespielt. Was aber, wenn sie nur die Rolle einer Frau gespielt hatte, die sich in ihn verliebte? Doch wenn das der Fall war, wie hatte sie sich ihm so großzügig schenken können? Wie hatte sie ihm ihre Unschuld opfern können, ohne etwas im Gegenzug zu erbitten?

Als er eine schmale Straße überquerte, stieg ihm ein vertrauter Duft in die Nase. Abrupt blieb er stehen, schloss die Augen und atmete tief ein, die Dunkelheit willkommen heißend, statt sie zu fliehen. Da war es wieder – ein unverkennbarer Hauch von Zitronenmelisse, der sich deutlich von den vermischten Gerüchen von angebrannten Würsten und verschüttetem Ale abhob.

Die Augen öffnend, betrachtete er die schattenhaften Umrisse um sich herum. Eine Frau mit einem Umhang war auf der anderen Straßenseite an ihm vorübergegangen. Durch den Nieselregen, da war er ganz sicher, sah er eine kastanienbraune Strähne unter ihrer Kapuze hervorlugen.

Gabriel lief ihr nach, fasste sie am Ellbogen und riss sie herum, sodass sie ihn ansah. Ihre Kapuze rutschte nach hinten, um ein beinahe zahnloses Grinsen und einen Hängebusen zu enthüllen, der aus dem klaffenden Ausschnitt zu quellen drohte. Gabriel wich zurück, als ihr nach Gin stinkender Atem ihm entgegenschlug.

»Nun mal langsam, Meister, kein Grund, grob zu werden zu einer Dame. Es sei denn, Sie mögen es so.« Sie klimperte mit ihren spärlichen Wimpern, was jedoch nicht im Geringsten neckisch, sondern vielmehr grotesk wirkte. »Für ein paar Schilling extra bin ich vielleicht bereit, das herauszufinden.«

Gabriel ließ seine Hand sinken und widerstand nur mit Mühe dem Drang, sie sich an seinem Mantel abzuwischen. »Verzeihen Sie, Madam, ich habe Sie mit jemandem verwechselt.«

»He, nicht weglaufen!«, rief sie ihm nach, als er sich umwandte und forthastete, wobei er fast einen Kaminkehrer umrannte, so eilig wollte er entkommen. »Für einen hübschen Kerl wie Sie gebe ich vielleicht sogar eine Kostprobe umsonst. Ich weiß, ich hab nicht mehr viele Zähne, aber manche Kerle sagen, das macht es nur umso süßer.«

Müde bis ins Mark ließ Gabriel die Schatten der Gasse hinter sich, entschlossen, Zuflucht in seiner Kutsche zu suchen, die er um die Ecke hatte warten lassen.

Den Kragen seines Mantels gegen den eiskalten Wind und Regen hochschlagend, überquerte er die belebte Straße, wich einer Kutsche voller kichernder Schönheiten und einem rotgesichtigen Laternenanzünder aus. Der junge Bursche eilte von Lampe zu Lampe, das Öl mit einer flüchtigen Berührung seiner wild flackernden Fackel entzündend.

Gabriel hätte die schäbige Gestalt, die auf dem Bürgersteig unter einer der Straßenlaternen kauerte, gar nicht bemerkt, hätte er den Mann nicht rufen hören: »Ein Almosen, bitte! Gebt einen Kreuzer für die, dic sich nicht selber helfen können.«

»Warum kriechst du nicht ins Arbeitshaus und hilfst uns allen?«, rief ein vorübergehender Herr verächtlich.

Immer noch unverzagt lächelnd, hielt der Mann seine Blechtasse einer Frau mit langer Nase hin; ihr folgten eine Zofe, ein Lakai und ein unglücklich dreinschauender afrikanischer Page, der unter der Last unzähliger Päckchen und Pakete strauchelte. »Bitte einen Kreuzer für eine Tasse warme Suppe, Ma'am?«

»Sie brauchen keine Tasse warme Suppe. Sie brauchen Arbeit«, teilte die Angesprochene dem Bettler kühl mit und hob ihre Röcke an, damit sie ihn nicht berührten. »Vielleicht hätten Sie dann keine Zeit mehr, anständige Christenmenschen zu belästigen.«

Kopfschüttelnd zog Gabriel einen Sovereign aus der Tasche und warf die Münze in die Tasse des Mannes, als er an ihm vorüberging.

»Danke, Leutnant.«

Die leise gesprochenen Worte ließen Gabriel innehalten. Langsam drehte er sich um.

Als der Mann seine Hand zum Salutieren hob, war es unmöglich, sein unkontrolliertes Zittern oder das Aufblitzen von Intelligenz in seinen hellbraunen Augen zu übersehen. »Martin Worth, Mylord. Wir haben zusammen auf der *Victory* gedient. Wahrscheinlich werden Sie sich nicht an mich erinnern. Ich war nur Seekadett.«

Den Mann genauer musternd, erkannte Gabriel, dass das, was er auf den ersten Blick für Lumpen gehalten hatte, in Wahrheit eine zerrissene Marine-Uniform war. Die verblasste blaue Jacke hing lose über einer so knochigen Brust, dass sie einem Skelett gehören könnte. Die schmutzigen weißen Hosen waren über Worths Beinen – oder besser dem, was davon noch übrig war – mit ein paar Nadeln festgesteckt worden. Für Strümpfe oder Schuhe hatte er keine Verwendung mehr.

Als Gabriel langsam die Hand hob, um den Gruß zu erwidern, wurde der Mann von einem quälenden Hustenanfall geschüttelt, sodass er beinahe umfiel. Es war klar zu sehen, dass die feuchte Kälte sich tief in seinen Lungen eingenistet hatte. So würde er den kommenden Winter nicht überleben.

Manche Männer sind noch nicht aus dem Krieg heimgekehrt und manche werden es nie. Andere haben beide Arme und Beine verloren. Sie hocken bettelnd in der Gosse, ihre Uniform und ihr Stolz in Fetzen. Sie werden verspottet, mit Füßen getreten, und die einzige Hoffnung, die ihnen bleibt, ist, dass ein Fremder mit einem Funken christlicher Nächstenliebe einen Penny in ihre Blechtasse wirft.

Als er in Gedanken wieder die anklagende Stimme hörte, schüttelte Gabriel ungläubig den Kopf. Monatelang hatte er Samantha gesucht, doch hier an dieser Straßenecke, in die Augen eines Fremden blickend, hatte er sie schließlich gefunden.

»Sie haben Recht, Kadett Worth. Ich habe mich nicht an Sie erinnert«, gestand er, während er seinen Umhang auszog und ihn dem Mann um die abgemagerten Schultern legte. »Aber jetzt tue ich es wieder.«

Worth blickte mit unverhohlener Verwunderung zu ihm auf, als er zur anderen Straßenseite winkte, einen schrillen Pfiff ausstieß und so die wartende Kutsche zu sich rief.

»Ich kann es nicht fassen, dass ich mich von dir dazu habe überreden lassen«, flüsterte Cecily, als sie mit Estelle die polierten Parkettstufen hinunterstieg, die in den überfüllten Ballsaal von Lady Apsleys elegantem Stadthaus in Mayfair führten. »Ich hätte mich nie von dir nach London schleifen lassen, wenn unsere Kirchengemeinde keinen neuen Hilfspfarrer bekommen hätte.«

»Ledig?«, fragte Estelle.

»Ich fürchte ja. Wobei das, wenn es nach meiner Mutter geht, nicht lange so bleiben wird.«

»Entnehme ich deinem niedergeschlagenen Tonfall, dass du ihn nicht für einen passenden Ehekandidaten hältst?«

»Ganz im Gegenteil. Er ist alles, was in den Augen meiner Familie für einen Ehemann wünschenswert ist. Langweilig. Schwerfällig. Er neigt zu endlosen Vorträgen über die Vorzüge des Züchtens von schwarzgesichtigen Schafen und dem Räuchern von Zungenwurst. Sie wären völlig zufrieden, wenn ich den Rest meines Lebens damit verbringen würde, seine Socken zu stopfen und seine dicken, trägen Kinder aufzuziehen.« Sie seufzte. »Vielleicht sollte ich ihm gestatten, mir den Hof zu machen. Ich habe es nicht besser verdient.«

Noch nicht einmal Cecilys lange Abendhandschuhe konnten den Schmerz mildern, als Estelle sie fest kniff. »Wag es nicht, so etwas Schreckliches auch nur zu denken!«

»Und warum nicht? Was wäre dir lieber, wie ich den Rest meines Lebens verbringe? Mich an deiner Schulter ausweinend? Mich nach einem Mann verzehrend, den ich niemals haben kann?«

»Ich kann nicht vorhersagen, wie du den Rest deines Lebens verbringst«, erklärte Estelle, als sie die unterste Stufe erreichten und sich durch das Gedränge plaudernder Gäste zu schlängeln begannen, »aber ich weiß, wie du den heutigen Abend verbringen wirst. Lächeln, freundlich nicken, tanzen. Und mit völlig vernarrten jungen Männern anregende Gespräche führen, denen Schafe und geräucherte Zungenwurst völlig egal sind.«

»Welches würdige Ereignis begehen wir hier heute eigentlich? Hat Lord Apsleys Pferd wieder ein Rennen in Newmarket gewonnen?« Cecily wusste so gut wie Estelle, dass die gefeierten Gastgeberinnen Londons jede Gelegenheit nutzen, um die langen, öden Monate zwischen den Ballsaisons mit einem Fest zu beleben.

Estelle zuckte mit den Schultern. »Alles, was ich weiß, ist, dass es mit Napoleon und dem Wahrmachen seiner Drohung zu tun hat, England zu blockieren. Lady Apsley hat beschlossen, einen Ball zu Ehren der Offiziere zu geben, die morgen in See stechen, um uns vor einem Schicksal ohne belgische Spitze oder türkische Feigen zu bewahren. Warum betrachtest du den heutigen Abend nicht einfach als ein Opfer deinerseits zur Unterstützung einer noblen Sache?«

»Du vergisst«, erwiderte Cecily leichthin, um den plötzlichen Schmerz in ihrem Herzen zu überspielen, »dass ich bereits meine Pflicht für König und Vaterland erfüllt habe.«

»Das hast du allerdings.« Estelle seufzte wehmütig. »Du Glückliche. Oh, sieh mal!«, rief sie dann, von dem Anblick eines livrierten Lakaien abgelenkt, der sich, ein Silbertablett mit Punschgläsern balancierend, durch die Menge lavierte. »Da wir noch nicht die Aufmerksamkeit eines der umherschlendernden Gentlemen erregt haben, nehme ich an, wir müssen uns selbst unseren Punsch besorgen. Warte hier. Ich bin gleich wieder da.«

Cecily verkniff sich ihren Protest, als Estelle mit der Menge verschmolz, wobei die weiße Schleppe ihres Kleides fröhlich hinter ihr herschwang.

Sie sah sich in dem überfüllten Ballsaal um, ein gekünsteltes Lächeln auf ihre Lippen zwingend. Estelle hatte darauf bestanden, dass sie sich ein Band, das farblich zu ihrem Ballkleid in einem zarten Pfirsichton passte, durch die seidigen Locken wand.

Obwohl der Tanz noch nicht begonnen hatte, spielte sich ein Streicherquartett auf der Empore am anderen Ende des Saales bereits ein. Cecily hatte gerade den hoffnungsvollen Blick eines jungen Offiziers aufgefangen, als ein Sologeiger die sehnsuchtsvolle Melodie von »Barbara Allen« anstimmte.

Cecily schloss die Augen, sich nur zu gut an einen anderen Ballsaal, an einen anderen Mann erinnernd.

Als sie sie wieder öffnete, befand sich der junge Offizier

auf dem Weg zu ihr. Sie drehte sich um, wollte nur noch fort.

Es war ein Fehler gewesen, sich von Estelle zum Mitkommen überreden zu lassen. Sie suchte mit den Augen die Menge ab, doch ihre Freundin war nirgends zu sehen. Sie würde eben einfach die Kutsche suchen und verlangen, dass der Kutscher sie unverzüglich zum Stadthaus der Carstairs bringen sollte. Später konnte er dann ja wieder zurückkommen, um Estelle zu holen.

Über ihre Schulter blickend, entdeckte sie, dass der Offizier immer noch auf sie zuhielt, und hastete blindlings zur Treppe, sodass sie aus Versehen jemandem auf den Fuß trat.

»Passen Sie doch auf, junge Frau«, fuhr die betroffene Matrone sie an.

»Es tut mir Leid«, entschuldigte sie sich leise und drängte sich an einem Mann mit einer roten Knollennase vorbei.

Schließlich gelangte sie an den Rand der Menge und zitterte beinahe vor Erleichterung, weil sie endlich am Fuß der Treppe angekommen war. Nur noch ein paar Stufen und sie wäre frei.

Sie konnte schier spüren, wie die Last von ihren Schultern glitt, und schaute nach oben … geradewegs in ein Paar spöttisch dreinblickender, meergrüner Augen.

22

Mein liebster Gabriel!
(Also, ich habe es getan! Ich hoffe, du bist jetzt zufrieden.)

Gabriel Fairchild stand am oberen Ende der Treppe, in die Ausgehuniform eines Offiziers der Königlichen Marine gekleidet. Er trug einen dunkelblauen Rock mit Messingknöpfen und schmaler weißer Biese. Ein einfacher blauer Stoffstreifen ersetzte sein rüschenbesetztes Halstuch. Seine Weste, Hemd und Kniehosen waren schneeweiß; ein Paar schimmernd schwarze Stulpenstiefel umschloss seine muskulösen Schenkel. Sein goldbraunes Haar war immer noch unmodisch lang und im Nacken mit einem Lederband zusammengehalten.

Stimmengewirr und bewundernde Blicke begleiteten sein Eintreffen. Genau wie Estelle gesagt hatte, verlieh ihm die Narbe etwas Geheimnisvolles und ließ ihn noch schneidiger und heldenhafter erscheinen. Cecily allein wusste, wie heldenhaft er in Wahrheit war. Sie stünde nicht am Fuß der Treppe, hätte er nicht sein Leben gewagt, um das ihre zu retten.

Ihr Herz erbebte unter dem Schlag, ihn so zu sehen. Sie hatte damit gerechnet, dass er seinen ausschweifenden Lebensstil wieder aufnehmen würde, den er genossen hatte, bevor sie sich bei Lady Langleys Hausgesellschaft kennen gelernt hatten. Dies hier jedoch war ein vollkommen anderer Gabriel – ernster, aber dennoch unwiderstehlich.

Ein leichtsinniger Teil von ihr wünschte sich fast, dass er sie als Samantha wiedererkannte und nicht als Cecily. Sie sähe lieber Verachtung in seinen Augen, als dass er sie anschaute, als bedeutete sie ihm weniger als eine Fremde.

Sie stand wie erstarrt vor ihm, als er die Stufen hinabstieg. Doch er schritt einfach an ihr vorüber, beinahe so, als sei er erneut mit Blindheit geschlagen.

Ihre Augen weiteten sich. Es gab keinen Zweifel. Er hatte sie soeben eiskalt und in aller Öffentlichkeit geschnitten. Sie blickte an sich herab und stellte fast überrascht fest, dass ihr Herzblut nicht das Oberteil ihres Kleides befleckte.

»Entschuldigen Sie, Miss?«

Cecily drehte sich um und fand sich dem eifrig lächelnden jungen Offizier gegenüber. »Ich weiß, wir sind uns noch nicht vorgestellt worden, aber ich frage mich, ob Sie vielleicht mit mir tanzen würden.«

Aus dem Augenwinkel konnte Cecily sehen, wie Gabriel die Gastgeberin begrüßte und lächelnd ihre Hand an seine Lippen zog. Gefährlicher Trotz regte sich in ihr.

»Aber gewiss«, antwortete sie dem jungen Mann und legte ihre behandschuhte Hand auf die seine.

Zum Glück machte die flotte Melodie des Ländlers eine Unterhaltung unmöglich. Selbst als sie sich zu den anderen Tanzenden gesellten, war sie sich noch überdeutlich jedes Schrittes, den Gabriel machte, jeder Hand, die er küsste, jedes hungrigen Blickes bewusst, mit dem ihn einige der dreisteren weiblichen Gäste musterten. Es war nicht schwer, seinen Weg durch den Saal zu verfolgen. Er überragte die anderen anwesenden Männer um einen Kopf.

Die ganze Zeit schien er sie keines Blick zu würdigen … und auch keinen Gedanken an sie zu verschwenden.

Sie verlor ihn aus den Augen, als die Musiker die ersten Noten eines altmodischen Menuetts zu spielen begannen. Nachdem die Klänge sie durch eine komplizierte Schrittfolge geführt hatten, wechselte die Tonart, einen Partnerwechsel ankündigend. Dankbar, dem jungen Offizier mit den schweißfeuchten Händen zu entkommen, wirbelte Cecily anmutig herum.

Ohne Vorwarnung fand sie sich Gabriel gegenüber, ihre Hände in den seinen ruhend. Sie schluckte, rechnete halb damit, dass er sich umdrehen und sie vor der versammelten Gesellschaft auf der Tanzfläche stehen lassen würde.

»Miss March«, murmelte er und verriet damit, dass er sich ihrer Gegenwart nicht ganz so unbewusst gewesen war, wie er den Anschein erweckt hatte.

»Lord Sheffield«, erwiderte sie, während sie einander argwöhnisch umkreisten.

Selbst durch ihren Handschuh hindurch konnte sie die Hitze seiner Haut spüren. Sie versuchte, nicht an die Zärtlichkeit zu denken, mit der er sie einst berührt hatte, die erschütternde Lust, die er ihr bereitet hatte.

Ihre größte Sorge war, dass er ihre Stimme wiedererkennen könnte. Für Samantha Wickershams gestrengen Ton hatte sie eine altjüngferliche Tante nachgeahmt. Aber sie wusste genau, dass sie bei mehr als nur einer Gelegenheit in ihre normale Stimmlage verfallen war – zum Beispiel, als sie auf dem Höhepunkt der Lust seinen Namen gerufen hatte.

»Es ist mir eine Freude, Sie so wohl zu sehen«, erklärte sie steif und sprach absichtlich atemlos. Das war nicht schwer, weil sie das Gefühl hatte, als ginge sie in seinem frischen männlichen Duft unter. »Ich habe Gerüchte von der wundersamen Genesung Ihrer Augen gehört. Ich bin froh zu sehen, dass sie der Wahrheit entsprechen.«

Er musterte sie unergründlich. »Vielleicht hat uns ja das Schicksal heute Nacht zusammengeführt. Ich hatte nie Gelegenheit, Ihnen zu danken.«

»Wofür?«

»Dafür, dass Sie mich im Krankenhaus besuchen gekommen sind, als ich verwundet dort lag.«

Cecilys Herz machte einen Satz, als er die Klinge in ihrer Wunde umdrehte. Zum ersten Mal taten ihr die Franzosen beinahe Leid. Dies war kein Mann, den man sich leichtfertig zum Feind machte.

Ihr Gesicht zu seinem emporhebend, schenkte sie ihm ihr bezauberndstes Lächeln. »Sie müssen mir nicht danken. Es war nicht mehr als meine Christenpflicht.«

Seine Augen verdunkelten sich. Es schien, als sei es ihr endlich gelungen, ihm eine Reaktion zu entlocken. Aber ihr Triumph währte nur kurz. Ehe er zu irgendeiner Antwort ansetzen konnte, beendeten die Musiker das Lied. Der letzte Ton des Menuetts stand fast greifbar zwischen ihnen.

Er beugte sich über ihre Hand, streifte mit den Lippen ihre Fingerknöchel in einem angedeuteten Kuss. »Es war mir ein Vergnügen, unsere Bekanntschaft zu erneuern, Miss March, wenn auch nur, um mir deutlich zu machen, wie wenig ich Sie tatsächlich kannte.«

Als das Quartett einen schwungvollen österreichischen Walzer anstimmte, verließen die anderen Tänzer die Tanzfläche, um sich eine Erfrischung zu holen oder dem neusten Klatsch zu frönen. Nichts leerte eine Tanzfläche rascher als ein Walzer. Niemand wollte auch nur in den Verdacht geraten, die Schritte des skandalösen Tanzes zu kennen.

Als Gabriel sich aufrichtete, musste Cecily gegen einen Anfall von Panik ankämpfen. Noch eine Minute, dann würde er ihr den Rücken zukehren und für immer aus ihrem Leben verschwinden. Sie hatten schon einige neugierige Blicke auf sich gezogen. Sie sah Estelle, die sie von der anderen Seite des Ballsaales aus beobachtete – ihr Gesicht war fast so weiß wie ihr Kleid.

Was habe ich noch zu verlieren?, überlegte Cecily. *Meinen guten Namen? Meinen Ruf?* Die feine Gesellschaft wusste es nicht, aber sie war bereits für jeden anderen Mann passé.

Bevor Gabriel weggehen konnte, legte sie ihm die Hand auf den Arm. »Hat Ihnen noch niemand gesagt, dass es unhöflich ist, wenn ein Gentleman eine Dame stehen lässt, die gern tanzen möchte?«

Er schaute sie an, und seine Miene verriet sowohl Argwohn als auch Spott. »Niemand soll sagen können, dass Gabriel Fairchild einer Dame einen Wunsch abschlägt.«

Mit diesen vertrauten Worten schlang er einen Arm um ihre schlanke Taille und zog sie an sich. Als er sie in den Tanz führte, schloss Cecily die Augen, erkannte in diesem Moment, dass sie willens war, jedes Wagnis einzugehen, jeden Preis zu bezahlen, nur um wieder in seinen Armen zu liegen.

»Ich muss gestehen, dass es mich überrascht hat, Sie heute Abend hier zu sehen«, erklärte er, als sie über die verlassene Tanzfläche wirbelten und ihre Körper sich im perfekten Rhythmus wiegten. »Ich dachte, Sie seien inzwischen längst mit einem Landedelmann oder Gutsbesitzer verheiratet. Schließlich weiß ich, dass Sie an einem Mann Achtbarkeit mehr als alles andere schätzen.«

Sie lächelte, sodass ihre Grübchen erschienen. »So wie Sie Frauen mit der Eigenschaft, leicht verführbar zu sein?«

»Das ist eine Eigenschaft, durch die Sie sich mit Gewissheit nie ausgezeichnet haben«, entgegnete er und schaute über sie hinweg.

»Anders als die meisten Frauen, die Sie heute Nacht schon mit den Augen verschlingen. Soll ich beiseite treten und einer von ihnen meinen Platz in Ihren Armen überlassen?«

»Ihre Großzügigkeit ehrt Sie, aber ich fürchte, mir fehlt die Zeit für solche Abenteuer. Ich laufe morgen Nachmittag mit der *Defiance* aus.«

Cecily geriet aus dem Takt und stolperte. Hätte er seinen Griff nicht sogleich gefestigt, wäre sie am Ende sogar gestürzt. Ihre Füße zwingend, sich weiter zur Musik zu bewegen, blickte sie ungläubig zu ihm auf. »Sie gehen wieder zur See? Haben Sie völlig den Verstand verloren?«

»Ihre Sorge rührt mich, Miss March, wenngleich sie ein wenig spät kommt. Es gibt keinen Grund, sich wegen meines Schicksals den hübschen kleinen Kopf zu zerbrechen.«

»Aber das letzte Mal, als Sie gesegelt sind, sind Sie fast nicht wieder heimgekehrt! Sie wären beinahe gestorben! Es hat Sie Ihr Augenlicht gekostet, Ihre Gesundheit und Ihre …«

»Ich bin mir bestens bewusst, was es mich gekostet hat«, versetzte Gabriel leise. Während er ihr Gesicht musterte, schwand der letzte Rest von Spott aus seiner Miene.

Cecily wünschte sich sehnlichst, ihn zu berühren, seine vernarbte Wange zu streicheln. Aber die scharfkantigen Scherben gebrochener Versprechen und zerschellter Träume bedeckten den Boden zwischen ihnen, waren unüberwindbar.

Sie senkte den Blick auf seine Rockaufschläge. »Warum wollen Sie unbedingt erneut den Helden spielen? Nachdem Sie beinahe Ihr Leben im Kampf für König und Vaterland geopfert haben, sollte man meinen, Sie müssten niemandem mehr etwas beweisen.«

»Ihnen vielleicht nicht, aber jemand anderem.«

»Ah! Ich hätte mir denken können, dass eine Frau dahintersteckt.« Obwohl sie wusste, sie konnte kaum von ihm erwarten, dass er sich den Rest seines Lebens nach einer Frau verzehrte, die es nie gegeben hatte, spürte sie dennoch Eifersucht in sich aufsteigen, bitterer als Galle. Es tat weh, ihn sich mit einer anderen Frau vorzustellen, in ihren Armen, in ihrem Bett, wie er all die unglaublich zärtlichen, schlimmen Dinge tat, die er mit ihr angestellt hatte. »Sie waren immer schon willens, für die Liebe jedes Opfer zu bringen, nicht wahr?«

Die Musik verklang, ließ sie unbeholfen in der Mitte der Tanzfläche stehen. Cecily entgingen die neugierigen Blicke und das verwunderte Geraune der Umstehenden nicht.

Diesmal war nur Mitleid in Gabriels Augen zu lesen. »Ich wusste noch nicht einmal, was Liebe ist, bis ich meine Samantha getroffen – und wieder verloren – habe. Verzeihen Sie bitte, wenn ich es so unverblümt sage, Miss March, aber Sie sind es nicht wert, ihr die Stiefel zu putzen.«

Mit einer knappen Verbeugung machte er auf dem Absatz kehrt und schritt zur Treppe, Cecily und die anderen Gäste im Ballsaal hinter sich lassend.

Sie blieb, nachdem er gegangen war, noch eine Weile dort stehen, bis sie schließlich flüsterte: »Nein, das bin ich wohl wirklich nicht.«

Gabriel warf die Tür seines Stadthauses hinter sich ins Schloss, dankbar, dass die Dienstboten längst zu Bett gegangen waren. Er marschierte in den Empfangssalon. Einer der Lakaien hatte ein Feuer im Kamin brennen lassen, um der Novemberkälte ihre Schärfe zu nehmen.

Seinen feuchten Mantel ablegend, goss sich Gabriel einen großzügigen Schluck Scotch aus der Kristallkaraffe auf dem Sideboard ein. Als der rauchige Alkohol ihm brennend die Kehle hinunterlief, erinnerte er sich an eine andere dunkle Nacht, als er zu viel Scotch getrunken und darüber nachgedacht hatte, seinem Leben ein Ende zu setzen. Samantha war in jener Nacht wie ein Engel aus der Dunkelheit zu ihm gekommen, hatte ihm einen Grund und den Willen gegeben weiterzuleben. Es war das erste Mal gewesen, dass er ihre Lippen gekostet hatte, ihren warmen Körper an seinen gedrückt hatte.

Er leerte das Glas in einem einzigen Zug. Ein geschnitzter Drache grinste ihn von seinem Podest auf einem gläsernen Beistelltisch an. Der Raum war im chinesischen Stil eingerichtet, aber heute Nacht wirkten die Vorhänge aus karmesinroter Seite, die Lackmöbel und die Miniaturpagoden eher albern als exotisch.

Er wollte nicht zugeben, dass das Wiedersehen mit Cecily ihn in eine so missmutige Stimmung versetzt haben könnte. Er hatte sich eingebildet, ihren Reizen gegenüber unempfindlich zu sein. Aber als er sie dort stehen sah am Fuße der Treppe, so verloren und verwirrt wie ein kleines Mädchen, hatte es ihm unerwartet einen Stich gegeben.

Sie war dünner, als er sie in Erinnerung hatte. Ihre kurz geschnittenen Locken hatten ihn zuerst erschreckt, doch auf eine seltsame Weise standen sie ihr. Sie verliehen ihrer Schönheit eine Reife, ließen ihren schlanken Hals länger erscheinen, ihre strahlend blauen Augen größer. Es war die unerklärliche Traurigkeit, die er in ihren Tiefen flüchtig wahrgenommen hatte, die ihn am stärksten erschüttert hatte.

Gabriel schenkte sich noch einen Scotch ein. Vielleicht war er ja ein Narr gewesen, sich einzureden, dass ein Wiedersehen mit ihr ihn nicht berühren würde. Er hatte zahllose Nächte auf See mit nichts als der Erinnerung an sie und ihren geschriebenen Versprechen als Gesellschaft verbracht. Versprechen, die sie heute Nacht mit nicht mehr als einer spöttischen Bemerkung und einem liebreizenden Lächeln abgetan hatte.

Er fuhr sich mit einer Hand durchs Haar. Der Scotch schürte das Fieber der Unbesonnenheit, das durch seine Adern pulsierte. Früher einmal hätte er Erleichterung in den Armen und dem Bett einer geschickten Kurtisane oder Operntänzerin gesucht. Jetzt war alles, was ihm als Trost blieb, der Geist der beiden Frauen, die er geliebt hatte.

Da ertönte ein Klopfen an der Haustür und riss ihn jäh aus seinen Gedanken.

»Wer, zum Teufel, macht zu dieser Zeit einen Besuch?«, fragte er sich halblaut, während er die Eingangshalle durchquerte.

Er zog die Tür auf. Eine Frau stand da, in einen Umhang gehüllt, eine Kapuze über dem Kopf. Einen trügerischen Moment lang blühte wilde Hoffnung in seinem Herzen auf. Dann schob sie die Kapuze zurück, gab den Blick frei auf kurz geschnittene honigblonde Locken und ein Paar argwöhnisch dreinblickende blaue Augen.

Er schaute suchend auf die Straße hinter ihr, aber es war weit und breit keine Kutsche oder Droschke zu sehen.

Fast war es, als habe sie sich aus dem wabernden Nebel materialisiert.

Gabriels Puls beschleunigte sich warnend. Er sollte sie ihrer Wege schicken, ihr die Tür vor der hübschen Nase zuschlagen. Aber der kleine Teufel, der ihm auf der Schulter saß, trieb ihn dazu, sich an den Türrahmen zu lehnen, die Arme vor der Brust zu verschränken und sie von Kopf bis Fuß anmaßend zu mustern.

»Guten Abend, Miss March«, sagte er gedehnt. »Sind Sie wegen eines weiteren Tanzes gekommen?«

Sie schaute zu ihm auf; auf ihren Zügen rangen Argwohn und Hoffnung miteinander. »Ich habe mich gefragt, ob ich wohl mit Ihnen reden könnte.«

Er trat zur Seite. Als sie an ihm vorbeiging, hielt er den Atem an, um auf keinen Fall den zarten Blumenduft einzuatmen, der ihrer Kleidung und ihrem Haar entströmte. Er führte sie in den Empfangssalon, erinnerte sich daran, wie oft er davon geträumt hatte, endlich mit ihr allein zu sein – ein Traum, der zu spät Wirklichkeit geworden war.

»Darf ich Ihnen den Umhang abnehmen?«, erbot er sich und versuchte zu übersehen, wie herrlich der smaragdgrüne Samt den zarten Pfirsichteint ihrer Haut unterstrich.

Ihre schlanken Finger spielten unruhig mit dem seidenen Verschluss an ihrem Hals. »Nein, danke. Mir ist ein wenig kalt.« Sie hockte sich auf die Kante eines mit Mandarinseide bezogenen Stuhles und betrachtete besorgt das Paar fauchender Drachen, die das Kamingitter zierten.

»Keine Sorge. *Die* beißen nicht«, versicherte ihr Gabriel.

»Das ist tröstlich.« Sie schaute sich vorsichtig im Raum um, nahm die üppige Dekadenz wahr. »Ich dachte einen Moment, ich sei in einer Opiumhöhle gelandet.«

»Ich habe viele Laster, aber dem Mohnsaft bin ich nicht verfallen. Hätten Sie gern etwas zu trinken?«

Sie zog ihre Handschuhe aus und faltete ihre Hände im Schoß. »Ja, gerne. Danke.«

»Ich fürchte, alles, was ich Ihnen anbieten kann, ist Scotch. Wenn Sie wollen, kann ich auch die Dienerschaft wecken, um Ihnen einen Sherry zu holen.«

»Nein!« Sie milderte ihren entsetzten Aufschrei mit einem unsicheren Lächeln. »Ich würde sie nur ungern belästigen. Scotch ist genau das Richtige.«

Gabriel schenkte ihnen beiden ein Glas ein. Er beobachtete ihr Gesicht sorgsam, als sie den ersten Schluck nahm. Ihre Augen begannen zu tränen, und sie musste ein Husten unterdrücken. Es war, wie er es sich schon gedacht hatte: Wahrscheinlich war es das erste Mal, dass sie das Zeug probierte. Eigentlich hatte er damit gerechnet, sie würde das Glas höflich zur Seite stellen, aber stattdessen hob sie es erneut an die Lippen und leerte es in einem Zug.

Seine Augen wurden groß. Was auch immer zu sagen sie gekommen war, es schien, als müsste sie sich dafür erst Mut antrinken. »Möchten Sie noch ein Glas, oder soll ich einfach die ganze Flasche bringen?«

Sie winkte ab. Der Alkohol hatte ihre Wangen gerötet und ein gefährliches Glitzern in ihre Augen gezaubert. »Nein, danke. Ich denke, das wird reichen.«

Gabriel ließ sich auf dem Fußende des breiten Diwans nieder und schwenkte den Scotch in seinem Glas. Er war nicht in Stimmung für den Austausch nichtiger Höflichkeiten.

Nach einer unbehaglichen Pause platzte Cecily heraus: »Ich weiß, dass Ihnen mein Besuch befremdlich vorkommt, aber ich musste Sie sehen, ehe Sie morgen in See stechen.«

»Warum die plötzliche Eile? Sie hätten mich das ganze letzte Jahr über zu jeder Zeit sprechen können – indem Sie einfach nach Fairchild Park gefahren wären.«

Die Augen niederschlagend, spielte sie nervös mit ihren Handschuhen. »Ich war mir nicht sicher, ob ich willkommen gewesen wäre. Ich hätte Ihnen keinen Vorwurf daraus machen können, wenn Sie die Hunde auf mich gehetzt hätten.«

»Seien Sie nicht albern. Es wäre wesentlich einfacher gewesen, meinem Wildhüter zu befehlen, Sie zu erschießen.«

Sie warf ihm unter gesenkten Lidern einen Blick zu, als wolle sie sich vergewissern, dass er scherzte. Gabriel verzog keine Miene.

Sie atmete tief ein. »Ich bin heute Nacht hier, um Ihnen zu sagen, dass ich Ihren Antrag annehmen möchte.«

»Wie bitte?« Er lehnte sich vor, meinte, sich verhört zu haben.

»Sie haben mich einmal gebeten, Ihre Frau zu werden.« Sie reckte ihr Kinn und erwiderte seinen Blick geradeheraus. »Ich würde den Antrag gern annehmen.«

Er musterte sie eine Minute lang ungläubig, dann brach er in lautes Lachen aus. Das volle Gelächter brach sich unaufhaltsam Bahn, zwang ihn, aufzustehen und sich gegen das Kaminsims zu lehnen, um wieder zu Atem zu kommen. So hatte er nicht mehr gelacht, seit Samantha aus seinem Leben verschwunden war.

»Sie werden mir verzeihen müssen, Miss March«, keuchte er schließlich und wischte sich die tränenden Augen. »Ich hatte vergessen, was für einen köstlichen Sinn für Humor Sie haben.«

Sie erhob sich und stellte sich vor ihn. »Ich habe das nicht im Scherz gesagt.«

Abrupt wurde Gabriel nüchtern. Er stellte sein Scotchglas auf das Kaminsims. »Nun, das ist schade, nicht wahr, denn ich dachte, ich hätte Ihnen deutlich vor Augen geführt, dass Sie keinerlei Anrechte mehr auf mein Herz haben.«

»Ich glaube, Ihre genauen Worte lauteten: ›*Ich wusste noch nicht einmal, was Liebe ist, bis ich meine Samantha getroffen – und wieder verloren – habe.*‹«

Er kniff die Augen zusammen, empfand beinahe Hass für sie.

Sie begann auf und ab zu gehen, der Saum ihres Umhanges schleifte über den Orientteppich. »Nichts kann uns davon abhalten, noch heute Nacht zu heiraten. Wir können auch nach Gretna Green durchbrennen, so wie Sie mich einst angefleht haben.«

Gabriel kehrte ihr den Rücken zu und starrte in die flackernden Flammen, nicht länger fähig, den Anblick ihres trügerisch süßen Antlitzes zu ertragen.

Ihr blumiger Duft hüllte ihn ein, das gleiche betörende Gardenienparfum, das den Briefen anhaftete, die er all die langen, einsamen Monate auf See über seinem Herzen getragen hatte. Er spürte ihre Hand auf seinem Arm. »Sie haben mich einmal begehrt«, sagte sie leise. »Können Sie leugnen, dass Sie das immer noch tun?«

Er fuhr zu ihr herum. »Oh, ich begehre Sie immer noch. Nur nicht zur Frau.«

Sie machte einen Schritt von ihm fort, aber er folgte ihr, trieb sie Schritt für Schritt in die Mitte des Raumes. »Ich fürchte, ich bin nicht mehr auf der Suche nach einer Gattin, Miss March, aber ich wäre nur zu gerne bereit, Sie zu meiner Mätresse zu machen. Ich könnte Sie in einem netten kleinen Haus in der Nähe unterbringen und mein Vergnügen in Ihrem Bett suchen, wann immer mein Schiff im Hafen vor Anker liegt.« Gabriel wusste, dass er sich wie ein Bastard benahm, schien aber nicht aufhören zu können. Alle Bitternis, die er seit Trafalgar in seinem Herzen gehortet hatte, wallte beißend in ihm auf. »Um Geld brauchen Sie sich keine Sorgen zu machen. Ich kann überaus großzügig sein – besonders, wenn ich zufrieden gestellt werde. Noch sollten Sie sich schuldig fühlen, meine Freigebigkeit anzunehmen. Ich darf Ihnen versichern, dass Sie sich jedes extravagante Schmuckstück, jeden Ohrring und jedes Rubinhalsband verdienen werden, entweder auf dem Rücken« – er senkte den Blick auf ihre zitternden Lippen – »oder auf den Knien.«

Gabriel ragte über ihr auf, wartete auf die schallende Ohrfeige, die er verdient hatte, darauf, dass sie ihn zu dem Schuft erklärte, der er war, und schreiend zur Tür lief.

Stattdessen hob sie die Hände und öffnete den Verschluss ihres Umhanges, sodass der Stoff leise raschelnd von ihren Schultern zu Boden glitt.

23

Liebste Cecily,
ich werde nie zufrieden sein, bis du in meinen Armen liegst und dort auf ewig bleibst …

Cecily stand mit trotzig gerecktem Kinn im Schein des Kaminfeuers vor ihm, mit nichts bekleidet als einem hauchdünnen Unterhemd, Seidenstrümpfen samt Strumpfband und einem Paar pfirsichfarbener Seidenschuhe, deren Bänder um ihre schlanken Knöchel gewunden waren.

Sie war einfach wunderschön, sie überstieg alles, was er sich je hätte ausmalen können – sanft gerundete Hüften, eine schmale Taille, hoch angesetzte Brüste. Das Unterhemd war aus einem so feinen Stoff gearbeitet, es hätte von Schmetterlingen gewoben sein können, so zart und durchsichtig war es. Beim Anblick der neckenden Schatten ihrer Brustspitzen und der Stelle, wo ihre Schenkel zusammentrafen, wurde ihm der Mund trocken, und die Lenden wurden ihm schwer.

Langsam umkreiste er sie, verschlang mit den Augen ihre anmutig geschwungenen Schenkel, ihren köstlich geformten Po.

Als er wieder vor sie trat, trafen ihre Blicke sich, blieben ineinander hängen. »Wenngleich die Schuhe reizend sind, muss ich doch feststellen, dass Ihre Aussteuer zu wünschen übrig lässt.«

»Für eine Braut vielleicht«, entgegnete sie und sah dabei so würdevoll wie eine junge Königin aus, trotz ihrer spärlichen Bekleidung, »aber wohl kaum für eine Mätresse.«

Gabriel schüttelte den Kopf, immer noch damit beschäftigt, diese verblüffende neue Entwicklung zu begreifen. Er hatte nie erwartet, dass sie ihn beim Wort nehmen könnte, besonders nicht auf so dramatische Weise.

Er studierte ihr Gesicht, fasziniert von den Gefühlen, die er in ihren wunderschönen blauen Augen miteinander ringen sah. »Sie sind nicht gekommen, um mich zu heiraten, nicht wahr, Miss March? Sie sind hier, um mich zu verführen.«

»Ich war mir ziemlich sicher, dass, wenn ich mit dem einen keinen Erfolg hätte, mir das andere gelingen würde.«

»Nun, Sie haben sich geirrt«, erklärte er kühl. Er bückte sich und hob ihren Umhang auf, legte ihn ihr um die Schultern. Dann ging er zur Tür, entschlossen, sie nach draußen zu geleiten, ehe seine Entschlusskraft weiter geschwächt wurde. »Ich habe Ihnen bereits gesagt, dass mein Herz nun einer anderen gehört.«

»Aber sie ist heute Nacht nicht hier«, entgegnete Cecily leise. »Ich schon.«

Gabriel blieb stehen, rieb sich mit den Fingerspitzen die pochenden Schläfen. »Ich sollte Sie warnen, Miss March, dass Sie das Schicksal und meine Geduld herausfordern. Wissen Sie eigentlich, wie lange ich auf See sein werde, wenn ich morgen absegle? Die Nächte sind kalt und einsam. Die meisten Männer unter meinem Befehl werden vermutlich die heutige Nacht wie brünftige Tiere verbringen. Und sie sind nicht sonderlich wählerisch, was ihre Bettgefährtinnen angeht. Jede beliebige willige Frau ist ihnen recht.«

»Dann tun Sie doch so, als sei ich irgendeine beliebige willige Frau.«

Langsam drehte sich Gabriel um.

Sie trat aus dem Umhang und kam zu ihm wie eine Vision aus einer seiner gewagtesten Phantasien. »Oder noch besser, geben Sie zu, dass ich die Frau bin, die es verdient zu bezahlen, weil sie Ihnen das Herz gebrochen hat. Ist es das nicht, was Sie sich gewünscht haben, seit ich an jenem Tag aus dem Krankenhaus geflohen bin? Mich zu bestrafen?«

Nicht länger fähig, der Versuchung zu widerstehen, umschloss Gabriel mit einer Hand ihren zarten Hals und rieb seinen Daumen über ihren wild klopfenden Puls. O ja, er würde sie strafen. Nicht mit Schmerzen, sondern mit Lust. Eine Lust, wie sie sie noch nie erfahren hatte. Eine Lust, wie sie sie nie wieder erfahren würde. Eine Lust, die sie alle Nächte verfolgen würde – und bei allen Liebhabern, die noch kommen würden.

Er senkte den Kopf, doch ehe seine Lippen die ihren zu streifen vermochten, wandte sie ihr Gesicht ab. »Nicht! Ich möchte nicht, dass du mich küsst. Du würdest es ohnehin nicht ernst meinen.«

Er runzelte die Stirn, von ihrer Heftigkeit erstaunt. »Die meisten Frauen verlangen eine gewisse Anzahl Küsse, ehe sie einem Mann erlauben, zu anderem … noch angenehmerem Zeitvertreib überzugehen.«

»Ich bin nicht wie andere Frauen.«

Sich mit einer Hand durchs Haar fahrend, sagte er: »Das beginne ich langsam zu begreifen.«

»Ich habe noch zwei andere Forderungen.«

»Ach ja?«

»Das Feuer darf nicht herunterbrennen, und du darfst

nicht die Augen schließen.« Sie starrte ihn vorwurfsvoll an. »Versprichst du, nicht die Augen zu schließen?«

»Du hast mein Wort als Gentleman«, erwiderte er, obwohl er sich in dem Augenblick überhaupt nicht wie einer vorkam.

Ihre Forderungen verlangten ihm kein großes Opfer ab. Sie sah im Feuerschein so wunderschön aus, dass er am liebsten nicht einmal geblinzelt hätte. Am meisten bedauerte er, dass seine Erblindung ihn daran gehindert hatte, jemals Samantha so zu sehen.

Als Gabriel zum Kamin ging, blieb Cecily in der Mitte des Salons stehen; sie bemühte sich, in dem dünnen Unterkleid und den Strümpfen nicht zu zittern. Sein Hemd spannte sich über seinen breiten Schultern, als er ein Holzscheit, so groß, dass es die ganze Nacht hindurch brennen würde, aus der Kiste neben dem Kamin nahm und in die Flammen schob. Dann wischte er sich die Hände ab, drehte sich um und musterte sie hungrig in den tanzenden Schatten.

In Unterwäsche vor Gabriel zu stehen, der noch alle seine Kleider trug – Cecily kam sich wie ein Sklavenmädchen bei der Versteigerung vor, dessen Leben von ihrer Macht abhing, ihren Herren zu befriedigen.

Diese Macht umarmend, zog sie sich das Hemd über den Kopf und warf es zur Seite, sodass sie nur in Strümpfen und Schuhen dastand. Gabriel ließ einen kehligen Laut hören. Dann kam er auf sie zu, überwand mit langen Schritten die Entfernung zwischen ihnen beiden.

»Ich werde dich niemals lieben«, warnte er sie noch, als er sie unter sich auf den Diwan drängte.

»Das ist mir egal«, flüsterte sie eindringlich und sah ihm dabei tief in die Augen.

Und das stimmte. Alles, was sie wollte, war eine weitere Gelegenheit, ihn zu lieben, bevor er am nächsten Morgen in See stach.

Er hob sich von ihr, um sich seine Weste auszuziehen, sich Kragen und Tuch vom Leib zu reißen. Ihre Hände waren sogleich da, zerrten an seinen Hemdknöpfen, schoben das Leinen auseinander, damit sie ihre Hände flach auf seine goldene Brust legen, mit den Fingerspitzen durch die krausen Haare fahren konnte, die sie dort fand.

Als Gabriels Schatten über sie fiel, barg sie ihr Gesicht im Kissen, damit er sie nicht auf die Lippen küssen konnte.

»Wenn du sagst, du willst nicht, dass ich dich küsse«, flüsterte er heiser, »dann nehme ich an, du meinst auf den Mund.«

Seine geöffneten Lippen glitten über ihren Hals, sandten Gänsehaut über ihren ganzen Körper. Sie kniff die Augen zu, gegen eine Welle hilflosen Sehnens.

»Schließ nicht die Augen«, verlangte er, seine Stimme so rau, wie seine Berührung sanft war. »Ich habe auch ein paar Forderungen.«

Sie gehorchte gerade rechtzeitig, um zuzusehen, wie er seinen Mund auf ihre Brust senkte. Die Spitze richtete sich unter seiner leckenden Zunge verlangend auf, beides willkommen heißend, den Kuss und die Lust, die er in ihrem Unterleib entfachte. Er wandte seine Aufmerksamkeiten der anderen Brust zu, bis beide glitzerten und vor Verlangen schwer waren.

Erst dann ließ er seinen geschickten Mund weiter an ihr abwärts gleiten, kaum spürbare Küsse auf die empfindsame Haut hauchend, über ihren Rippen, ihren Hüftknochen und dem bebenden Fleisch genau oberhalb des honigblonden Lockendreiecks zwischen ihren Schenkeln. Zu dem Zeitpunkt, als er sich auf die Knie niederließ und ihre Hüften bis zur Kante des Diwans zog, war sie aller Kraft beraubt und nur noch zu einem halbherzigen Protestlaut in der Lage.

Seine großen warmen Hände teilten ihre Schenkel, sodass sie ihm und seinem hungrigen Blick hilflos ausgeliefert war. Einer der Holzscheite im Kamin verrutschte, erleuchtete den Raum mit einem Funkenregen. In dem Augenblick bereute Cecily beinahe ihre unbedachten Forderungen. Aber sie hatte entsetzliche Angst gehabt, dass Gabriel sie am Geschmack ihres Kusses erkennen würde oder an dem zärtlichen Rhythmus, mit dem ihre Körper sich im Dunkeln aneinander rieben.

»Du warst immer schon so verflixt hübsch«, wisperte er und blicke auf sie herab, als sei sie eine Art heiliger Schatz.

Als er den Kopf senkte und sein goldbraunes Haar halb aus seinem Zopf glitt, konnte sie nicht verhindern, dass ihre Augen sich flatternd schlossen.

»Öffne deine Augen, Cecily.« Sie gehorchte und entdeckte, dass er sie eindringlich ansah, aber nicht grausam. »Ich möchte, dass du zuschaust.«

Sie hatte kaum Zeit, einige unbedeutende Einzelheiten wahrzunehmen – dass einer ihrer Strümpfe bis zum Knöchel gerutscht war oder dass sie immer noch ihre Schuhe anhatte –, ehe Gabriels Lippen sie berührten, ihr den verbotensten Kuss von allen gaben. Ihr Wimmern ging in ein Stöhnen über. Dann nahm sie nichts mehr wahr als die sengende Hitze seines Mundes, das wahnsinnig machende Zucken seiner Zunge, das unvorstellbare Gefühl, in einem Meer der Lust unterzugehen.

Als die dunklen Wellen über ihr zusammenschlugen, ihr Körper in Wonne erschauerte, rief sie heiser seinen Namen, mit einer Stimme, die sie kaum als ihre eigene wiedererkannte.

Durch einen köstlichen Nebel verfolgte sie, wie er den Verschluss seiner Hose aufzerrte. Ihr stockte der Atem, als sie sah, wie groß sein Verlangen war. Immer noch zwischen ihren Schenkeln kniend, spreizte er ihre Beine weit und drang mit einem Stoß tief in sie ein.

Gabriel hörte Cecilys Keuchen, sah das Weiten ihrer Augen, nicht vor Schmerz, sondern vor Lust. Selbst als ihr enger Körper darum rang, ihn aufzunehmen, musste er in würgender Enttäuschung die Zähne zusammenbeißen. Er sollte dankbar sein, dass sie nicht mehr unschuldig war. Das bedeutete, dass er nichts zurückhalten musste; sie war Frau genug zu nehmen, was er ihr geben konnte. Sie an den Schultern fassend, zog er sie hoch und rittlings über sich.

Cecily schlang Arme und Beine um Gabriel, pfählte sich auf seinem steifen Schaft.

Ich liebe dich. Ich liebe dich. Ich liebe dich. Die Worte schossen ihr in einem endlosen Singsang durch den Kopf. Entsetzt, sie am Ende womöglich auch auszusprechen, barg sie ihr Gesicht an seinem Hals, schmeckte das Salz auf seiner schweißfeuchten Haut.

Es war nur gut, dass sie ihm ihre Lippen verwehrt hatte. Er hätte die Worte in ihrem Kuss geschmeckt, so wie er die Tränen entdeckt hätte, die ihr hilflos über die Wangen liefen. Sie rieb ihr Gesicht an ihm, trocknete sie mit seinem Haar.

Gabriel glitt auf seine Knie, zog sie mit sich, bis sie auf seinem Schoß saß, er in ihr.

»Sieh mich an, Cecily«, drängte er.

Unter dem Gefühlsaufruhr erbebend, blickte sie ihm

tief in die Augen, erkannte in den goldgesäumten Tiefen ein Echo des zärtlichen Wahnsinns, der von ihrer eigenen Seele Besitz ergriffen hatte. Dann bewegte er sich in ihr, sie sich über ihm, und sie ritten beide gemeinsam, als wären sie eins, und die Flammen tanzten über sie, tauchten sie in goldenes Licht. Die ganze Zeit über brach Gabriel nie sein Versprechen, schloss nicht die Augen oder wandte den Blick ab.

Er blieb seinem Schwur treu, genau bis zu dem Moment, da sein drängender Rhythmus sie beide über den Abgrund der Ekstase in das süße Vergessen schleuderte. Erst dann, seine Arme fest um sie geschlungen, warf er den Kopf in den Nacken und kniff die Augen zu. Und da erst entrang sich der Name einer Frau seiner Kehle.

Cecily sank in sich zusammen, auf einer Woge aus Lust und Triumph schwimmend. In dem Augenblick, als Gabriel sich der Dunkelheit ergab, war es ihr Name gewesen, der auf seinen Lippen und in seinem Herzen war, nicht der von Samantha.

Gabriel erwachte mit Cecily in seinen Armen. Ihre wirren Locken kitzelten ihn am Kinn und jeder leise Atemzug strich zart durch seine Brusthaare. Er hatte so viele einsame Nächte damit verbracht, sich diesen Moment auszumalen, ohne jedoch zu begreifen, wie bittersüß es sein würde, wenn er endlich gekommen war.

Als ihr ein leises Schnarchen entwich, fuhr er mit seinen Fingern durch ihre Locken. Es war kein Wunder, dass sie so fest schlief. Ihr Körper war vermutlich erschöpft von seinen gierigen Aufmerksamkeiten. Er hatte sein Versprechen gehalten, keinen einzigen Augenblick seiner letzten Nacht an Land zu verschwenden. Er hatte Cecilys zarten

Körper benutzt und in den langen Stunden seine dunkelsten Sehnsüchte und ihre süßesten Phantasien wahr gemacht. Das große Holzscheit, das er ins Feuer geschoben hatte, war nur noch glimmende Asche. Doch es war nicht nötig, Holz nachzulegen. Durch einen Spalt zwischen den schweren Samtvorhängen drang das erste Licht der anbrechenden Morgendämmerung.

Er griff nach ihrem Samtumhang, um sie zuzudecken; eine Ahnung beschlich ihn, was für ein Narr er gewesen war. Er hatte sich eingeredet, dass es in der vergangenen Nacht um Rache gegangen sei, dass er sie mit Lust strafen könnte, sie lieben könnte, ohne sie zu lieben, um sie dann gehen zu lassen. Aber das würde sich als wesentlich schwieriger erweisen, als er gedacht hatte. Er berührte mit den Lippen ihre Locken, fragte sich, ob es möglich war, zwei Frauen gleichzeitig zu lieben.

Sie regte sich, hob den Kopf und blinzelte verschlafen. »Wie viele Diamantohrringe habe ich mir bis jetzt verdient?«

»Eine Schatzkammer voll.« Er streichelte zärtlich ihre Wange und verspürte einen Stich des Bedauerns. »Ich hätte niemals etwas so Hässliches sagen dürfen. Es war nur, um dich abzuschrecken.«

»Es hat nicht gewirkt.«

»Gott sei Dank«, flüsterte er und festigte seinen Griff.

Aber sie entglitt ihm, nahm den Umhang mit sich. Mit ihren weichen Brüsten strich sie quälend langsam an seinem Körper abwärts. Als sie damit sein Glied streifte, war er bereits völlig erregt. Wieder.

Seine Finger in ihr Haar schiebend, zog er sachte ihren Kopf hoch, sodass sie ihn ansehen konnte. »Was, zum Teufel, hast du vor, Frau?«

»Ich nehme das Rubinhalsband in Angriff«, erwiderte sie mit seidenweicher Stimme und lächelte zuckersüß, ehe sie den Kopf senkte und ihre köstlichen Lippen um ihn schloss.

Als Gabriel das nächste Mal erwachte, fiel ein Sonnenstrahl durch den Spalt zwischen den Vorhängen, und Cecily war fort.

Er setzte sich auf und blickte sich im Salon um. Das Feuer war erloschen, die Luft war kalt. Bis auf das halbleere Scotch-Glas auf dem Kaminsims und seine eigenen Kleider, die überall verstreut herumlagen, sah der Salon fast so aus wie gestern, als er nach Hause gekommen war. Es gab kein zerknittertes Hemd, keinen Samtumhang, keine Cecily.

Könnte er sie nicht noch auf seinen Lippen schmecken, hätte er vielleicht gedacht, die ganze Nacht sei nicht mehr gewesen als ein Ausbund seiner vom Scotch umnebelten Phantasie.

»Nicht schon wieder«, stieß er aus und schwang seine Beine über die Kante des Diwans, den Kopf in den Händen vergrabend.

Was sollte er jetzt nur tun? Nach draußen gehen und die Straßen Londons nach ihr durchkämmen? Sich wahnsinnig machen mit der Frage, warum sie ihn so zärtlich geliebt hatte, nur um ihn dann, ohne einen Blick zurückzuwerfen, zu verlassen? Samantha hatte sich wenigstens die Zeit genommen, ihm einen Abschiedsbrief zu schreiben, bevor sie für immer aus seinem Leben verschwunden war.

»Zur Hölle mit ihr.« Er hob den Kopf und spürte, wie sich die Kälte der Luft in sein Herz senkte. »Zur Hölle mit ihnen allen beiden.«

24

Mein liebster Gabriel,
es gibt keinen Ort, an dem ich lieber wäre, als in deinen Armen ...

Cecily blickte aus dem Kutschenfenster auf die vorüberfliegenden Wiesen und Hecken, sich schmerzlich der Tatsache bewusst, dass jede Umdrehung der Räder sie weiter von London fortbrachte. Und von Gabriel.

Berücksichtigte man, dass sie ihre letzte Reise nach Middlesex in einer öffentlichen Kutsche mit einem weinenden Kind, das ihr aufs Kleid gespuckt hatte, und einem stämmigen Schmied, der ihr auf den Fuß getreten war, unternommen hatte, so sollte man eigentlich meinen, sie würde den hemmungslosen Luxus der Stadtkutsche der Carstairs zu schätzen wissen. Aber sie bemerkte weder etwas von den weichen Polstern und den kunstvollen Messingbeschlägen noch von den besorgten Blicken ihrer Freundin.

Estelles angeborene Überschwänglichkeit konnte der Wolke der Trübseligkeit nichts anhaben, die Cecily einhüllte. Als die Kutsche über eine Steinbogenbrücke ratterte, schien es ihr passend, dass aus den tief hängenden Wolken schon bald die ersten Schneeflocken rieseln würden.

»Ich kann immer noch nicht glauben, dass du so kühn

warst, ihm einen Antrag zu machen«, erklärte Estelle und warf ihr einen bewundernden Blick zu.

»Ich habe ihm keinen Antrag gemacht. Ich habe seinen angenommen. Unglückseligerweise war er nur bereits zurückgezogen worden.«

»Was, wenn er zugestimmt hätte, nach Gretna Green zu gehen? Und wann wolltest du ihm mitteilen, dass du seine lang gesuchte Samantha bist?«

»Ich bin mir nicht sicher. Aber ich war überzeugt, dass der richtige Augenblick irgendwann kommen würde. Nach der Geburt unseres dritten Kindes vielleicht oder auf unserer goldenen Hochzeit.« Cecily schloss kurz die Augen, musste an das Kinderlachen denken, das sie niemals hören würde, an die freudenreichen Tage in den Armen ihres Ehemannes, die sie nie erleben würde.

Estelle schüttelte den Kopf. »Ich kann es einfach nicht glauben, dass er wieder zur See gehen will.«

»Und warum ist das so schwer zu glauben?«, fragte Cecily verbittert. »Er will für seine kostbare Samantha ein Held sein. Das letzte Mal, als er gesegelt ist, hat es ihn beinahe das Augenlicht gekostet. Ich frage mich, womit er das Abenteuer diesmal bezahlen wird? Mit einem Auge? Einem Arm? Seinem Leben?«

Sie lehnte den Kopf an die Fensterscheibe und kämpfte gegen die Verzweiflung, die sie zu überwältigen drohte. Sie hatte Gabriel dazu angestachelt, ein Held zu werden, während sie selbst der allerschlimmste Feigling war. Am Anfang war sie vor seiner Liebe davongelaufen, aus Angst, auf die Beständigkeit seines Herzens zu vertrauen. Dann war sie aus dem Krankenhaus fortgelaufen, weil sie sich den Folgen ihrer Feigheit nicht zu stellen vermochte. Sie war von Fairchild Park und aus seinen Armen weggelaufen – und jetzt war sie hier in dieser Kutsche und lief schon wieder davon.

Nur dass sie dieses Mal ihr restliches Leben lang immer weiterlaufen müsste, selbst wenn das bedeutete, nie irgendwo anzukommen.

»Schluss damit«, flüsterte sie.

»Wie bitte?«

Cecily setzte sich auf und rutschte nach vorne auf die Kante ihrer Sitzbank. »Lass den Kutscher wenden.«

»Was?«, fragte Estelle, die vergeblich versuchte, mit der Entwicklung der Ereignisse Schritt zu halten.

»Befiehl dem Kutscher zu wenden! Sofort!« Zu ungeduldig, um abzuwarten, bis ihre Freundin ihren sich überschlagenden Gedanken folgen konnte, packte Cecily den Stock auf dem gegenüberliegenden Sitz und begann, gegen die Luke im seidenbespannten Kutschendach zu klopfen.

Das Gefährt kam schaukelnd zum Stehen. Die Luke wurde geöffnet, und das verblüffte Gesicht des Kutschers erschien, die Nase rot vor Kälte. »Was kann ich für Sie tun, Miss?«

»Ich muss unverzüglich zurück nach London. Bitte wenden Sie die Kutsche!«

Der Kutscher warf Estelle einen fragenden Blick zu, als wolle er sich vergewissern, ob er ihre wild um sich blickende Freundin nicht besser gleich nach Bedlam zu den Verrückten bringen sollte.

»Tun Sie, was sie sagt«, verlangte Estelle, und ihre Augen blitzten vor Aufregung. »*Was auch immer* sie sagt.«

Er nickte zögernd. »Wohin, Miss?«

»In den Hafen, zu den Docks von Greenwich. Und beeilen Sie sich! Unter Umständen hängt das Leben eines Mannes davon ab!«

Die Kutsche setzte sich ruckend in Bewegung, sandte Cecily zurück auf den Sitz. Verzweifelt um einen Hoffnungsschimmer bemüht, an dem sie sich festklammern konnte, streckte sie eine Hand aus und drückte Estelles Arm, ein zitterndes Lächeln auf den Lippen. »Und das einer Frau vielleicht auch.«

Leutnant Gabriel Fairchild stand in seiner Uniform vor dem Spiegel im Arbeitszimmer seines Stadthauses. Während er den schmalen dunkelblauen Tuchstreifen um seinen Hals zurechtzupfte, zog die zornig gezackte Narbe auf seiner Wange seinen Mundwinkel nach unten, und es sah aus, als würde dieser Mund kein Lächeln mehr kennen.

Es war ein Gesicht, das kein Gegner gern von der falschen Seite eines Gewehres, eines Degens oder einer Kanone aus sehen würde. Es war das Gesicht eines Mannes, der für den Krieg geboren war, nicht für die Liebe. Niemand hätte je erraten, dass diese strengen Lippen, diese kraftvollen Hände den größten Teil der vergangenen Nacht damit verbracht hatten, mit unglaublicher Zärtlichkeit eine Frau von einem erschütternden Höhepunkt zum nächsten zu führen.

»Mylord?«

Bei dem Geräusch von Eisenrädern, die über den Teppich rollten, drehte sich Gabriel um. Niemand hätte in dem Mann, der da stolz und aufrecht im Rollstuhl saß, den ausgemergelten Bettler wiedererkannt, den Gabriel vor beinahe eineinhalb Monaten auf der Straße im Regen aufgefunden hatte. Seine Lippen hatten ihre blaue Färbung verloren, und seine volleren Wangen und seine Brust zeugten von ausreichender Nahrung. Mit seiner klaren Schrift, seinem guten Ausdrucksvermögen und seinem Talent für

Zahlen hatte sich Martin Worth als der fähigste Sekretär entpuppt, den Gabriel je beschäftigt hatte. Er vertraute dem ehemaligen Kadetten völlig, seinen Haushalt zu führen, während er selbst zur See war.

Gabriel hatte Martins Dankesbezeugungen einfach beiseite geschoben. Eine Laune des Schicksals und er wäre derjenige gewesen, der mit nur noch halben Beinen hätte dasitzen müssen, derjenige, der den Rest seines Lebens im Rollstuhl hätte fristen müssen.

Sich eine schimmernde braune Haarsträhne aus der Stirn streichend, teilte ihm Martin mit: »Da ist jemand, der Sie sprechen möchte, Mylord.« Ehe Gabriels Herz noch einen verräterischen Satz machen konnte, fügte er hinzu: »Ein Mr. Beckwith und eine Mrs. Philpot.«

Gabriel zog die Brauen zusammen, unfähig, sich vorzustellen, was die beiden treuen Dienstboten von Fairchild Park hergeführt haben könnte. Nachdem er mit Gabriel Londons übelste Stadtviertel auf der Suche nach Samantha durchkämmt hatte, hatte Beckwith nämlich geschworen, nie wieder einen Fuß nach London zu setzen, wenn es nach ihm ginge.

»Danke, Martin. Schicken Sie die beiden herein.«

Ein Lakai schob Martin hinaus, kurz darauf betraten Beckwith und Mrs. Philpot das Zimmer. Nach einer herzlichen Begrüßung nahmen sie auf dem Brokatsofa Platz, gaben sich große Mühe, einen gewissen Abstand zwischen sich zu wahren. Gabriel blieb vor dem Kamin stehen.

Mrs. Philpot streifte sich ihre Handschuhe ab. »Wir waren uns nicht sicher, ob wir Sie in dieser Angelegenheit belästigen sollten ...«

»... aber Sie sagten, wir sollten Sie unverzüglich informieren, falls sich etwas Ungewöhnliches in Miss Wickershams Schlafzimmer finden sollte«, beendete Beckwith ihren Satz.

Miss Wickersham.

Der Name bohrte sich wie eine heiße Nadel durch den Eispanzer um Gabriels Herz. Er verschränkte die Hände hinter dem Rücken, spürte, wie er unwillkürlich die Zähne zusammenbiss. »Ich wollte Sie gerade unterrichten lassen, dass Sie ihre Sachen verbrennen können. Sie hat offensichtlich nicht vor, zurückzukehren und sie zu holen.«

Beckwith und Mrs. Philpot wechselten einen bestürzten Blick.

»Wenn das Ihr Wunsch ist, Mylord«, antwortete Beckwith stockend, »aber ich bin der Ansicht, Sie sollten zuerst einen Blick auf dies hier werfen.« Damit zog er ein zusammengefaltetes Stück Papier aus seiner Westentasche. »Hannah und Elsie haben beim Wenden der Matratze in Miss Wickershams Schlafzimmer dies hier entdeckt.«

Gabriel versuchte, nicht an die Nacht zu denken, die er mit ihr auf dieser lächerlich schmalen Matratze verbracht hatte, an die Enge, die sie gezwungen hatte, sich aneinander zu schmiegen wie zwei Löffel in einer Schublade.

Er blickte auf das Blatt Papier in Beckwiths Hand, seltsam zögernd, es näher in Augenschein zu nehmen. »Sie hat mir bestimmt nicht noch eine Nachricht dagelassen. Ihre erste war unmissverständlich. Eine weitere Ausführung war nicht notwendig.«

Beckwith schüttelte den Kopf. »Das ist ja der Grund, weswegen es uns so merkwürdig erschien, Mylord. Es handelt sich nicht um einen Brief *an* Sie, es ist ein Brief *von* Ihnen.«

Die Falten auf seiner Stirn vertieften sich. Gabriel nahm Beckwith das Blatt Papier aus der Hand. An dem elfenbeinfarbenen Leinenpapier hingen Wachsreste. Es war noch abgegriffener als die Briefe, die er mit auf See genommen und über seinem Herzen getragen hatte. Es schien, als sei der Brief liebevoll behandelt und häufig gelesen worden.

Gabriel faltete ihn auf und erkannte erschreckt seine eigene Handschrift, die Worte, die er geschrieben hatte.

Meine liebste Cecily,
dies wird für lange Zeit mein letzter Brief an dich sein. Auch wenn ich sie nicht abschicken kann, so wisse dennoch, dass ich dir jede Nacht Worte voller Liebe in mein Herz schreiben werde, solange wir getrennt sind, auf dass ich sie dir vorlesen kann, sobald wir erst wieder vereint sind.
Jetzt, da ich deinem Rat gefolgt bin und meinem nutz- und belanglosen Leben abgeschworen habe, es stattdessen dem Dienst in der Marine Seiner Majestät verschrieben habe, hoffe ich, dass du nicht lachen und behaupten wirst, ich sei nur deswegen zur See gegangen, um meinem Kammerdiener zu beweisen, wie schneidig ich in einer Uniform aussehe.
Während der langen Monate unserer Trennung werde ich mich bemühen, ein Mann zu werden, der deiner Liebe würdig ist. Ich habe nie ein Geheimnis aus meiner Vorliebe fürs Glücksspiel gemacht. Und jetzt setze ich alles auf eine Karte, um den höchsten Einsatz überhaupt zu gewinnen – dein Herz und deine Hand zur Ehe. Warte auf mich, ich flehe dich an, und sei gewiss, dass ich so schnell, wie es mir nur möglich ist, zu

dir heimkehren werde. Ich trage deine Briefe und all meine Hoffnungen auf unsere gemeinsame Zukunft direkt über meinem Herzen.

Auf ewig,
dein Gabriel

Langsam ließ Gabriel den Brief sinken und stellte überrascht fest, dass ihm die Hände zitterten. »Wo haben Sie den Brief her? Haben Sie ihn irgendwo hier im Haus oder vor der Tür gefunden?«

Sie schauten ihn verwundert an, als hätte er den Verstand verloren.

»Nein, Mylord«, antwortete Mrs. Philpot mit einem besorgten Blick zu Beckwith. »Wir haben ihn genau dort gefunden, wie wir es gesagt haben. Unter Miss Wickershams Matratze.«

»Aber wie konnte er in ihren Besitz kommen? Ich verstehe nicht …«

Aber plötzlich verstand er es doch.

Alles.

Die Augen unter dem Ansturm der Gefühle schließend, flüsterte er: »Niemand ist so blind wie der, der nicht sehen will.«

Als er sie wieder öffnete, war mit einem Mal alles glasklar in seinem Leben.

Er steckte den Brief in die Innentasche seines Rockes, direkt über seinem Herzen, und schaute Beckwith mit gespieltem Erzürnen an. »Sagen Sie mal, Mr. Beckwith, wann wollen Sie eigentlich endlich eine anständige Frau aus Mrs. Philpot machen?«

Obwohl sie Angst hatten, einander anzusehen, wurden beide Dienstboten rot und begannen zu stottern.

Beckwith zog ein Taschentuch aus seiner Westentasche und begann sich die Stirn abzutupfen. »Sie wissen Bescheid, Mylord?«

»Wie lange schon?«, fragte Mrs. Philpot und knetete ihre Handschuhe nervös zu einem kleinen Knäuel.

Gabriel verdrehte amüsiert die Augen. »Seit ich etwa zwölf Jahre alt bin und Sie beobachtet habe, wie Sie sich im Obstgarten geküsst haben. Ich wäre beinahe aus dem Apfelbaum gefallen und hätte mir das Genick gebrochen, so erschrocken war ich.«

»Dürfen wir unsere Stellungen behalten?«, erkundigte sich Beckwith und erkühnte sich, die Hand auszustrecken und über Mrs. Philpots bebende Hände zu legen.

Gabriel dachte einen Moment nach. »Nur, wenn Sie sofort heiraten. Ich kann es nicht zulassen, dass Sie in Sünde unter meinem Dach leben und die Moral meiner Kinder gefährden.«

»Aber ... aber, Mylord, ... Sie haben doch gar keine Kinder«, wandte Mrs. Philpot ein.

»Wenn Sie beide mich entschuldigen wollen, ich bin auf dem Weg, diesem Missstand abzuhelfen.« Gabriel schritt zur Tür, entschlossen, keine Minute zu vergeuden.

»Wohin wollen Sie?«, wollte Beckwith leicht verwirrt wissen.

Gabriel fuhr auf dem Absatz herum und grinste breit. »Ich muss ein Schiff erreichen.«

Cecily war schon aus der Kutsche gesprungen, bevor sie noch völlig zum Stehen kam.

»Lauf, Cecily! Lauf so schnell wie der Wind!«, rief Estelle ihr nach, als sie die Röcke raffte und die enge Gasse hinabstürmte, die zu den Docks führte. Es schneite inzwischen heftig, aber sie spürte die beißende Kälte der eisigen Flocken kaum. Ihren warmen Umhang hatte sie in der Kutsche gelassen, da sie der Ansicht war, ohne den schweren Faltenwurf sei sie schneller.

Als sie über die Holzbohlen der Docks rannte, konnte sie die hoch aufragenden Spiere der Schiffe sehen, die darauf warteten auszulaufen – und sie konnte nur beten, dass die *Defiance* nicht zu ihnen zählte.

Sie hastete an einer Gruppe Männer vorüber, welche gerade die Ladung eines Handelsschiffes löschten. Einem Stapel Kisten ausweichend, prallte sie gegen einen Matrosen, dessen Brust beinahe so breit wie sie selbst groß war.

»Nicht so hurtig, Mädel!«, sagte er dröhnend und fasste sie am Ellbogen, um sie zu stützen. Seine blauen Augen waren nicht unfreundlich.

Cecily umklammerte seinen Arm, den Tränen gefährlich nahe. »Bitte, Sir, die *Defiance*! Können Sie mir sagen, wo ich sie finde?«

»Aber gewiss doch.« Er schenkte ihr ein strahlendes Lächeln und ließ dabei einen Mund voller schwarzer oder goldener Zähne sehen. »Genau dort drüben. Und ein schöner Anblick ist sie, wie sie unter den Flaggen Seiner Majestät in den Krieg zieht!«

Ihr Herz begann heftiger zu schlagen, und eine ungute Vorahnung erfasste sie. Langsam drehte sie sich um und folgte mit den Augen dem ausgestreckten Arm des Matrosen. Ein Schiff unter vollen Segeln schnitt durch das Wasser, dem Horizont entgegen, die majestätischen Masten beinahe völlig von dem wirbelnden Schnee verhüllt.

»Danke«, erwiderte sie matt, als der Seemann seine Mütze zog, sich eine schwere Kiste auf die Schulter wuchtete und davonging.

Sie sank gegen ein Fass, ihr Herz und ihre Zehen taub vor Kälte, während sie zuschaute, wie die *Defiance* – und mit ihr alle ihre Hoffnungen für ihre Zukunft – am Horizont verschwand.

»Suchen Sie jemanden, Miss March?«

Cecily wirbelte herum und sah sich Auge in Auge mit Gabriel, dessen offenes Haar im Wind wehte. Ihr Herz machte einen Satz vor Freude. Es bedurfte ihrer ganzen Selbstbeherrschung, nicht zu ihm zu rennen und sich in seine Arme zu werfen.

Er zog eine hellbraune Augenbraue in die Höhe. »Oder wäre es Ihnen lieber, wenn ich Sie *Miss Wickersham* nenne?«

25

Meine liebste Cecily,
meine Arme werden immer für dich geöffnet sein,
so wie mein Herz …

Als Cecily Gabriels unergründlichen Blick auffing, durchlief sie ein Schauer. Sie kehrte ihm den Rücken zu und schlang die Arme um sich, damit sie nicht zu heftig zitterte. »Du kannst mich Cecily nennen, wenn du willst, da ich ja nun nicht mehr in deinen Diensten stehe.«

Sie hörte seine Schritte näher kommen. Er legte ihr seinen Überrock um die Schultern, hüllte sie in die nach Wacholder und Mann duftende Wärme. »Ich hoffe, du erwartest kein Empfehlungsschreiben.«

»Ach, ich weiß nicht.« Sie hob die Schultern zu einem lakonischen Achselzucken. »Ich denke, ich habe meine Pflichten mit bewundernswertem Eifer erfüllt.«

»Das mag zwar wahr sein, aber ich möchte nicht, dass du sie für jemand anderen erfüllst.«

Bei diesen besitzergreifenden Worten drehte sich Cecily zu ihm um, und ihr Herz klopfte wie verrückt. »Wie konntest du wissen, dass ich hier sein würde?«

»Das habe ich nicht. Ich bin gekommen, um der Besatzung und dem Kapitän mitzuteilen, dass ich mein Patent verkauft habe. Behalte den Überrock. Ich benötige ihn nicht mehr.«

Sie kuschelte sich in das Kleidungsstück, hatte Angst, ihn zu fragen, hatte Angst zu hoffen.

»Vielleicht ist es nur gut, dass ich dich getroffen habe, denn ich glaube, ich habe etwas, das dir gehört.« Gabriel griff in die Innentasche des Rockes und streifte dabei mit den Fingern ihre Brust, während er ein schmales Stück Leinenbriefpapier hervorholte.

Sie nahm ihm das vertraute Blatt ab und schaute ihn verwundert an. »Wie bist du daran gekommen?«

»Die Dienstboten auf Fairchild Park haben es unter deiner Matratze gefunden. Beckwith und Mrs. Philpot brachten es mir heute Morgen. Als ich meine Briefe in deine Obhut gab, hätte ich es mir nicht träumen lassen, dass du selbst ein Bündel besitzt.«

»Der Brief muss in der Nacht herausgerutscht sein, als du in mein Zimmer kamst. Ich vermute, ich hätte sie nie nach Fairchild Park mitnehmen dürfen, aber ich konnte den Gedanken nicht ertragen, sie zu Hause zu lassen.« Sie schüttelte ungläubig den Kopf. »Ich hatte keine Ahnung. Ich dachte, ich hätte mich gestern Nacht verraten.«

»Ach, du hast dich sehr wohl verraten.« Plötzlich war alles wieder zwischen ihnen, was letzte Nacht geschehen war. »Und ich war nur zu bereit, deine Großherzigkeit auszunutzen. Aber nein, es war nicht letzte Nacht, die deine absurde kleine Maskerade verdorben hat.«

Trotzig reckte sie ihr Kinn. »Gar nicht *so* absurd, denke ich. Ich habe dich getäuscht, nicht wahr? Das einzige Problem ist, dass ich mich selbst auch getäuscht habe. Ich hatte mir eingeredet, dass ich eine Art Wiedergutmachung leisten könnte, wenn ich dir helfe, dich mit deiner Blindheit abzufinden.« Sie blickte zu ihm auf und bemühte sich nicht, die Sehnsucht in ihren Augen zu verbergen. »Aber die Wahrheit ist, dass ich alles riskiert hätte, selbst deinen Hass, nur um dir wieder nahe zu sein.«

Alter Schmerz überschattete seine Augen. »Wenn du so dringend in meiner Nähe sein wolltest, warum bist du dann aus dem Krankenhaus und von mir davongerannt? War dir mein Anblick so widerwärtig?«

Sie hob die Hand und berührte zärtlich mit einem Finger seine Narbe. »Ich bin nicht fortgelaufen, weil ich entsetzt wegen deines Anblicks war. Ich bin geflohen, weil ich über mich selbst entsetzt war. Über das, wozu ich dich getrieben hatte im Namen einer albernen, mädchenhaften Spinnerei. Ich wollte, dass du mein Herz eroberst, indem du einen Drachen für mich erlegst. Es ist mir dabei nicht einmal in den Sinn gekommen, dass im wirklichen Leben viel häufiger der Drache gewinnt als der edle Ritter. Ich war fassungslos, was ich dir angetan hatte. Ich war schuld, dass du verletzt wurdest und erblindet bist. Ich konnte mir einfach nicht vorstellen, wie du mir je verzeihen solltest.«

»Was? Dass du mich zu einem besseren Menschen machen wolltest?«

»Dass ich den Mann nicht genug geliebt habe, der du warst.« Sie ließ ihre Hand sinken. »Ich bin am nächsten Tag wieder ins Krankenhaus gekommen, aber du warst nicht mehr da.«

Gabriel blickte auf ihren gebeugten Kopf hinab, auf die weichen goldenen Locken. In dem Augenblick war sie Cecily, das Mädchen, das er geliebt hatte. Und Samantha, die Frau, die ihn geliebt hatte.

»Du hattest Recht«, erklärte er. »Ich habe dich nicht wirklich geliebt. Das hast du selbst gesagt. Ich kannte dich gar nicht richtig. Du warst nur ein Traum.«

Bei Gabriels Worten spürte Cecily ihr Herz entzweibrechen, wie einen Eisblock zerspringen. Sie wandte ihr Gesicht ab, denn sie wollte nicht, dass er ihre Tränen sah.

Doch er hob ihr Kinn mit zwei Fingern an, zwang sie, ihm in die eindringlich blickenden Augen zu schauen. »Aber jetzt kenne ich dich. Ich weiß, wie tapfer und dumm und stur du bist. Ich weiß, dass du bei weitem klüger bist als ich. Ich weiß, du schnarchst wie ein kleiner Bär. Ich weiß, du hast ein schlimmes Temperament und eine scharfe Zunge und kannst die großartigsten Abfuhren erteilen, die ich je gehört habe. Ich weiß, du liebst wie ein Engel und dass mein Leben ohne dich die Hölle auf Erden ist.« Er umfing ihre Wange mit seiner Hand, und seine Augen schimmerten zärtlich. »Vorher warst du nur ein Traum. Aber jetzt bist du ein Traum, der wahr geworden ist.«

Als Gabriel seine Lippen auf ihren Mund senkte, strömte berauschende Süße durch Cecilys Adern. Sie schlang ihm die Arme um den Hals und erwiderte seinen Kuss mit solcher Leidenschaft, dass sie beide zu zittern begannen.

Er schob sie von sich. »Ich habe nur noch eine Frage an dich.«

Ihr Argwohn kehrte zurück. »Ja?«

Er schaute sie mit gerunzelter Stirn an. »Hast du wirklich zahllose Männer ohne Hemd gesehen?«

Cecily lachte unter Tränen. »Nur Sie, Mylord. Nur dich.«

»Gut. Dann achten wir darauf, dass das auch so bleibt, ja?«

Sie quiekte auf, als er sie plötzlich auf den Arm nahm und wie ein Kind an sich drückte.

Während Gabriels lange Schritte sie zur Straße brachten, legte sie ihren Kopf an seine Schulter, hatte das Gefühl, endlich nach Hause gekommen zu sein. »Ehe wir weitermachen, Mylord, muss ich darauf bestehen, dass Sie Ihre Absichten erklären. Bieten Sie mir eine Stellung als Mätresse oder als Pflegerin?«

Er küsste sie zärtlich auf die Nasenspitze, die Wangen und die Lippen. »Ich biete dir eine Stellung als meine Gattin, meine Geliebte, meine Gräfin und Mutter meiner Kinder an.«

Cecily seufzte selig und schmiegte sich fester an ihn. »Dann nehme ich an. Aber ich erwarte dennoch, dass du mich gelegentlich mit Schmuck und Edelsteinen überhäufst.«

Er schenkte ihr ein lüsternes Grinsen. »Nur, wenn du sie dir vorher verdienst.«

Plötzlich machte sie sich in seinen Armen steif, und ihre Augen weiteten sich entsetzt. »Oh, nein. Mir ist gerade etwas eingefallen. Was wird nur deine Mutter sagen?«

Gabriel grinste durch die wirbelnden Schneeflocken auf sie herab. »Warum finden wir es nicht einfach heraus?« Sein Blick wurde ernst. »Das hier ist nicht nur wieder ein Traum, nicht wahr. Wenn ich morgen aufwache, bist du doch immer noch da, oder?«

Cecily streichelte liebevoll sein Gesicht und lächelte unter Freudentränen zu ihm auf. »Jeden Tag, mein Liebster. Für den Rest unseres Lebens.«

Epilog

15. Dezember 1809

Mein liebster Lord Sheffield,
an unserem heutigen dritten Hochzeitstag fühle ich mich genötigt, Sie darauf hinzuweisen, dass Sie so unverschämt, unerträglich und arrogant sind wie immer, ja, vielleicht sogar noch mehr als früher, seit man Sie so oft dabei antrifft, wie Sie unsere Tochter auf Ihren Schultern durchs Haus tragen. Trotz meiner Einwände und der meiner treuesten Verbündeten, Ihrer lieben, herzensguten Mutter, haben Sie darauf bestanden, sie auf den Namen »Samantha« zu taufen, und haben so dafür gesorgt, dass sie und der Hund angelaufen kommen, sobald ihr Name gerufen wird. Eine Weile konnte man sich nie sicher sein, welchen von beiden man dabei ertappen würde, wie er sabbernd an Ihren Stiefeln kaut. Die Tischmanieren des Mädchens weisen eine bemerkenswerte Ähnlichkeit mit denen auf, die ihr Vater einst hatte. Sie verschmäht Gabel und Löffel und wirft ihren Porridge mit einer Begeisterung um sich, die Mr. und Mrs. Beckwith gleichermaßen vor Schreck erbleichen lässt.
Ich schreibe Ihnen weiterhin, um Sie über die Tatsache in Kenntnis zu setzen, dass dank Ihrer aufopferungsvollen (und häufigen) Aufmerksamkeiten ich

erneut in anderen Umständen bin. Vielleicht werde ich Ihnen dieses Mal einen Sohn mit grünen Augen und goldenen Locken schenken. Er kann dann die Dienerschaft mit der anmaßenden Hochnäsigkeit herumkommandieren, die man von einem Fairchild-Erben erwarten darf.

In ewiger Ergebenheit,
Cecily

16. Dezember 1809

Meine liebste Lady Sheffield,
ich darf Ihre geschätzte Aufmerksamkeit vielleicht auf den Umstand lenken, dass unser kleiner Engel viele Eigenschaften mit seiner Mutter gemein hat. Sie liebt es, von Zeit zu Zeit so zu tun, als sei sie jemand (oder etwas) anderes – sei es nun eine Elfenprinzessin oder ein Gartenfrosch. Sie hat außerdem die Angewohnheit zu verschwinden, wenn man sie am dringendsten braucht. Gestern erst, als ich verzweifelt darauf wartete, dass mein frisch ausgebildeter Kammerdiener Phillip mir das Halstuch für den Kirchgang bindet, fand ich sie fest schlafend in meinem Ankleideraum unter einem gewaltigen Stapel von Hüten.
Und jetzt wollen Sie mir einen Sohn schenken, was? Zweifellos wird er ein ebenso entzückender und unwiderstehlicher Plagegeist werden wie seine Mutter und seine Schwester.
Sie haben mich einmal gefragt, ob ich Sie immer noch lieben würde, wenn Ihre Lippen vom Alter faltig und

Ihre Augen blass seien. Ich darf Ihnen versichern, dass ich Sie auch dann noch lieben werde, wenn ich nur gerade noch die Kraft besitze (und ein paar Zähne), um an eben diesen faltigen Lippen zu knabbern. Ich werde dich lieben, mein Herz, wenn deine Knochen so scharf hervorstehen, dass sie meine dünne Haut zu durchbohren drohen. Ich werde dich lieben, wenn mein Augenlicht schwindet und dein süßes Gesicht das Letzte ist, was ich sehe. Weil ich bin und immer sein werde …

dein dich liebender Ehemann
Gabriel